RAÚL D. MONTOYA

Número de Control de la Biblioteca del Congreso de EE. UU.:   2013910565
ISBN: Tapa Dura   978-1-4633-5935-5
                         Tapa Blanda   978-1-4633-5937-9
                         Libro Electrónico   978-1-4633-5936-2

Este libro fue impreso en los Estados Unidos de América.

Fecha de revisión: 03/07/2013

Para realizar pedidos de este libro, contacte con:
Palibrio LLC
1663 Liberty Drive
Suite 200
Bloomington, IN 47403
Gratis desde EE. UU. al 877.407.5847
Gratis desde México al 01.800.288.2243
Gratis desde España al 900.866.949
Desde otro país al +1.812.671.9757
Fax: 01.812.355.1576
ventas@palibrio.com
474597

Con sincero agradecimiento y cariño:

A mis queridos viejitos: Raúl y Alicia.

A mi amada esposa: María del Carmen.

A mis adorados hijos: Carmina, Horacio y Citlalmina.

NOTA DEL AUTOR

Las referencias a caudillos, instituciones y algunos lugares citados en esta obra, corresponden plenamente a la realidad.

La esperanza de un mundo justo, es la divina luz del porvenir.

Raúl D. Montoya

I

Perdido entre las brumas del olvido, bajo el hado de un signo funesto, el padre de Epifanio murió cuando éste era pequeño. En la mente del impúber sólo habían quedado fugaces imágenes de heridas en el cuerpo del occiso. También quedaron difuminados en el aire los recuerdos de la abuela y la tía, cuyos restos descansaban en el camposanto del pueblo de El Encanto. De tal suerte, se redujo el número de miembros de la familia Martínez Velasco, justo en la época en que soplaban los últimos vientos de la revolución. Y, aun cuando el estado de Veracruz no constituyó el epicentro de la revuelta armada, algunos poblados resintieron sus efectos.

Sin dejarse arredrar por la adversidad, don Eustacio Martínez Velasco, abuelo de Epifanio, con vehemencia juraba a los cuatro vientos que volvería por sus fueros. El recio hombre enfatizó que en el diccionario de un Martínez Velasco no existía la palabra rendición. Reaccionaba con grandilocuencia, vanagloriándose de lo ínclito de su descendencia. A pesar de todo, en la mente de Epifanio existía la inquietud de conocer a fondo los motivos por los cuales la pequeña familia partiría a la ciudad.

-Dígame de una vez, apá Eustacio, por qué mataron a mi padre Epifanio.

-¡Fue la envidia la que lo mató!

-¿La envidia?

-Sí, la envidia de los que quieren ser igual que nosotros, pero no pueden porque son una bola de pobretones mediocres. No me preguntes más, ya hablaremos de eso.

Con antelación a la muerte de sus seres queridos, el viejo cacique que imponía su voluntad con mano de hierro, pudo percibir con olfato de zorro el ambiente de intranquilidad que amenazaba al país. Previendo la proximidad de acontecimientos adversos, compró algunas fincas en la ciudad de Xalapa, en busca de resguardo y con la esperanza de regresar a El Encanto una vez transcurrida la revuelta que azotaba a la nación.

Entre relatos de grandeza, corregidos y aumentados por don Eustacio, transcurrió la infancia de Epifanio. Prácticamente, desde el instante de haber nacido, Epifanio vio en el abuelo la imagen de padre, ya que su progenitor estaba absorto en juergas y amoríos de ocasión. Por otra parte, Ángeles García, madre de Epifanio, en contra de sus deseos tuvo que conformarse con la idea de ceder la tutela del niño al abuelo. Acostumbrado a ejercer el poder, el hacendado nunca permitió la influencia de Ángeles sobre su hijo, quien se perfilaba como el único heredero de la cuantiosa fortuna del dueño de vidas y pueblos. Así las cosas, Ángeles vivió a regañadientes primero bajo la opresión del marido en vida, y después cobijada por el paternalismo de don Eustacio, cuyo primordial interés era retomar las riendas del poder que parecía escapársele de las manos, sin importarle lo que pudiera ocurrir entre la nuera y su hijo. Con vacíos de soledad que la herían profundamente, Ángeles vivía atrapada víctima de sus propias contradicciones. La crueldad con que eran tratados los peones de la hacienda, la hacían padecer y sufrir, pues se sentía impotente y frustrada al no poder hacer nada por mejorar las condiciones de vida de los miserables campesinos. Nunca antes, siendo hija de familia, había caído en la cuenta de lo duro y triste que puede ser la existencia de muchos seres. Por momentos se sentía cómplice de todo aquel estado de cosas y, por lo mismo, a su manera trataba de resarcir a algunos de los indígenas que laboraban en las tierras de la hacienda. En más de alguna ocasión, por sus acciones, fue duramente reprehendida por don Eustacio y, en el peor de los casos, sufrió la humillación de ser golpeada por el cónyuge. Por eso, al cabo de algunos años de fallecido su marido, sintió que un gran peso se le había quitado de encima. A pesar de los complejos de culpa por pensar así, se juró a sí misma que no volvería a cometer el error de juventud que la llevó a vivir una vida infeliz. Por momentos soñaba y se apasionaba con la posibilidad de encontrar el verdadero amor, pero se preguntaba si eso era posible en el pueblo en donde vivía.

Antes de partir a la ciudad en donde tenía esperanzas de encontrar nuevos aires y, aprovechando que don Eustacio y Epifanio se encontraban ausentes, Ángeles citó en un cuarto aledaño de la casa a dos jovencitos de la servidumbre que tenía en gran estima. Sin mayor preámbulo, al arribar los escuálidos muchachos, les hizo entrega de una serie de objetos personales, así como de una cantidad de prendas de vestir que ella había ordenado cuidadosamente en una caja de madera. El par de humildes campesinos, con grandes muestras de agradecimiento, bendijeron y le desearon mucha suerte a la caritativa patrona. Pero ella reviró diciendo que los obsequios eran poca cosa, comparado con las infamias y vejaciones de que habían sido objeto muchos de los peones de la hacienda. Al darse cuenta que no había nada más que tratar, Gabino Domínguez, hermano de Inocencia, indicó a ésta que había llegado el momento de partir. Sin embargo, Inocencia Domínguez no se movió de su lugar, en espera de que le salieran las palabras que tenía atoradas en la garganta.

-¿Cuándo la volveremos a ver patroncita?-finalmente alcanzó a balbucir Inocencia-Usté ha sido rebuena con nosotros, y ora que el patrón va a cerrar la hacienda, ya nos quedamos sin chamba. De pilón, ya no vamos a contar con todas sus ayudas.

-¡Anda, chiquilla, no digas tonterías!-contestó Ángeles con gesto maternal-Hablas como si esto fuera el fin del mundo.Yo soy la que debería estar agradecida contigo, pues con tus servicios y discreción, pude terminar de darme cuenta de lo malo que me rodeaba. Quisiera llevarte conmigo, pero don Eustacio no quiere a nadie de la hacienda con nosotros. Además, ni yo misma sé exactamente adónde voy. ¡Ya nos volveremos a ver! ¡Anden, salgan por esa puerta! Por ahí nadie se va a dar cuenta de que estuvieron aquí.

Inocencia no pudo contener la emoción, y en un gesto de atrevimiento espontáneo, tomó ambas manos de Ángeles y las besó. Al sentir las calurosas muestras de afecto, Ángeles prorrumpió en llanto y se abrazó fuertemente al cuerpo de la muchacha. Entonces, antes de separarse, un inefable lazo de hermandad se apoderó de Ángeles y sintió por un momento que algo más profundo la unía a Inocencia, pero no había más tiempo que perder y el par de jóvenes marcharon enseguida. Por otra parte, y no muy lejos de ahí, don Eustacio, acompañado de su nieto, daba las últimas instrucciones a dos pistoleros que habrían de cuidar la hacienda en su ausencia.

Como tránsfugas confundidos entre la niebla y la brisa, en completa oscuridad, don Eustacio, Ángeles y Epifanio arribaron a lo que sería su nuevo hogar en la ciudad de Xalapa. El caserón tenía un gran portón de madera decorado con motivos provenzales, y la cornisa presentaba una forma de arco recubierto de tejas. Lo alto del portón hacía imposible ver hacia adentro, en cuyo interior en medio del patio se encontraba una fuente. Aun cuando apenas eran las nueve de la noche, las calles estaban desoladas, dando la apariencia de que por aquellos rumbos el silencio lo envolvía todo. Lo apacible del callejón en donde se encontraba la casa, procuraba un ambiente de completa discreción, con la consecuente satisfacción de don Eustacio. Al ingresar a la sala, Epifanio se apresuró a encender la luz. Los muebles se encontraban recubiertos con sábanas para protegerlos del deterioro. En uno de los muros se encontraba un cuadro mediano en donde posaba un hombre pulcramente vestido. Al ver el cuadro, Ángeles infirió que se trataba del anterior dueño o de alguno de los antiguos moradores de la casa.

-¿Quién es ese hombre tan elegante?-preguntó ella.

-¡Ah! Es el abogado Luis Carreño-contestó don Eustacio, mientras ingresaba el equipaje a la sala-. Seguramente se le olvidó llevarse ese cuadro el día que me vendió la casa.

-¿Todavía vive? El cuadro parece un poco antiguo.

-¡Por supuesto! Y te aseguro que está más vivo que tú y que yo juntos.

Conforme con las respuestas, Ángeles ya no quiso seguir indagando, conociendo de antemano el carácter intransigente del viejo.

A pesar de una desagradable noche, en la que Ángeles no pudo conciliar el sueño, se levantó con el ánimo de tratar de transformar el aspecto descuidado en que se encontraba la casa. Empezó por abrir ventanas y puertas, buscando los rayos del sol y el aire que alejaran definitivamente el penetrante tufo ocasionado por la humedad. Con la ayuda de dos fámulas, contratadas para el caso, sacudieron, barrieron y lavaron pisos y ventanas, hasta devolverle a la propiedad su condición de ser adecuada para habitarse. Al reacomodar los muebles de la sala, Ángeles pudo darse cuenta que algunos ya estaban pasados de moda y, al disponer figurillas de porcelana aquí y allá, no pudo evitar toparse con el óleo del abogado Carreño. El rostro de éste denotaba cierto aire de seguridad que rayaba en la displicencia, similar a la estirpe Martínez Velasco. Aun cuando la cara del abogado mostraba rasgos finamente delineados, Ángeles no pudo contener el sentimiento de animadversión que la invadía, pues la expresión de los ojos de aquel rostro, traían a su mente el recuerdo de desagradables experiencias. Sin embargo, prefirió no seguir hurgando en elucubraciones que la pudiesen conducir a falsas conclusiones. "Después de todo-pensó-, puede ser que esté equivocada en mis apreciaciones." Dejando de lado el asunto, continuó con sus labores cotidianas, dando instrucciones a la servidumbre.

Al cabo de varias semanas, con el consentimiento de don Eustacio, Ángeles transformó el aspecto de la finca. Como en todas las decisiones de importancia, el viejo hacendado era el que tenía la última palabra, limitando así, la poca libertad de movimiento de la mujer. Molesta por las intromisiones del viejo, ella renegaba por aquel estado de cosas, pero tuvo que tragarse en silencio las imposiciones del hacendado. Sin otra alternativa, aceptó con callada resignación que no tenía ni voz ni voto en aquella casa. Con rostro adusto se refugió en a la intimidad de su cuarto, persignándose y rogando a Dios porque la guardara de los malos pensamientos que atravesaban por su cabeza. Entonces se dio cuenta que era inútil seguir rezando en espera de un cambio en su vida. En vano habían transcurrido varios años de su juventud sin el respeto y aprecio anhelado. Por momentos le daban ganas de huir en compañía de su hijo, pero el precoz adolescente no entendía de otra autoridad que no fuera la de su apá Eustacio. Además, en cierto modo, Ángeles se sentía incapaz de ganarse el sustento de cada día con su propio trabajo. Pudo constatar que su dependencia la inutilizó de tal manera que era incapaz de decidir sobre asuntos vitales para su propia subsistencia. Súbitamente, y mientras estas ideas la abrumaban, un ruido de voces de alarma la despertó de su ensimismamiento.

-¡Mamá! ¡Mamá!-gritó Epifanio con desesperación-¡No sé qué le pasa a mi apá!

Don Eustacio se encontraba sentado en una mecedora de mimbre del jardín, víctima de un repentino ataque, sofocado y tratando de jalar aire por la boca. Como loca, Ángeles corrió de un extremo a otro, hasta que pudo darse cuenta de que había un periódico en el suelo al lado del hombre que se doblaba angustiado. Agitando el diario con ambas manos, arrojó grandes cantidades de aire a la cara del viejo. También lo ayudó levantándole ambos brazos. Para fortuna de todos, pronto pudo salir del trance don Eustacio. La víspera, el ex hacendado se había encolerizado al leer en el periódico los planes de expropiación de tierras veracruzanas por parte de algunos revolucionarios. Al irse restableciendo el viejo con la ayuda del nieto, en forma maquinal, Ángeles desdobló el periódico dándose cuenta de la nota que lo puso en tan deplorable estado. A pesar de los agravios sufridos en aquella familia, sintió compasión por su suegro.

-Tal vez sería bueno que un médico revisara su estado de salud-dijo ella-. Si usted quiere yo puedo....

-¡Sí, ya había pensado en ello!-irrumpió enfadado don Eustacio-. Por lo mismo, necesito que vayas en busca del abogado Carreño y le hagas saber que necesito verlo en forma inmediata. Además, hay asuntos que tengo pendientes con él.

-¿Conoce él algún buen médico que lo pueda tratar a usted?

-Él conoce a todo mundo en esta ciudad, y seguramente me dará razón de un buen médico. ¡Apúrate, y ya no pierdas más el tiempo con preguntas! ¡Me urge verlo!

Renuente a acompañarla, Epifanio prefirió quedarse en compañía de su abuelo y, al poco rato, regresó una de las sirvientas con un cochero que había sido ordenado por don Eustacio. Ángeles salió portando un discreto vestido de tafetán negro, zapatos del mismo color y un reboso con grecas negras y blancas, a tono con el bolso de mano. De pie y recargado en el báculo que en forma reciente había empezado a usar, don Eustacio observó la gracia con que caminaba su nuera que aún era joven y bella. El ex hacendado pensó entonces que Ángeles podía fácilmente rehacer su vida con un hombre de buena posición social, incrementando así el prestigio de la familia. A pesar de ser un septuagenario, disimuladamente el viejo no pudo evitar fijar la vista en la curvilínea figura de la mujer que al instante partió traspasando el umbral del portón.

Transportada en la especie de berlina que recorría angostas calles empedradas, Ángeles no pudo evitar recordar el tono arbitrario en el que, en lugar de pedir, don Eustacio simplemente sabía dar órdenes. "Irremediablemente-pensó-, hay cosas en la vida que ya no van a cambiar." Con enfado exhaló una cantidad de aire por la boca, mientras observaba a los transeúntes en la calle. Los molestos pensamientos al instante se disiparon de su mente, dándose cuenta de lo pintoresco de la ciudad. Las campesinas transitaban con grandes canastos en la cabeza. Otras más, llevaban sobre la espalda rollos de flores para su venta en el mercado. A la distancia, también, pudo observar las recuas de mulas con cargamentos de madera, leña y carbón. En una y otra esquina, en forma más o menos alternada, los indígenas se apostaban con sus tenderetes en donde exhibían artículos de su propia manufactura. La venta de artesanía era variada. Las ollas de barro negro y colorado, al lado de huaraches y huipiles, pretendían competir con la mercadería del incipiente comercio formal de la ciudad.

Animada por el descubrimiento del nuevo ambiente, Ángeles le pidió al cochero desviarse de su rumbo, olvidando por un rato los motivos que la ocupaban. Por la calle pudo mirar a personas que transitaban con atuendos similares al de ella. Algunas de las mujeres y los hombres que recorrían las calles a pie, representaban el prototipo de individuos con modales y educación que los hacía distinguirse del común de la gente. Pero no se dejó deslumbrar por lo que de alguna manera era harto conocido para ella. Con el ojo clínico que la caracterizaba, sin mayor complicación podía darse cuenta que no todo lo que brillaba era oro. Al llegar a la intersección de la Calle de Belén, con la intención de respirar a pulmón abierto, pidió al cochero detenerse. Al apearse de la berlina, en contra esquina, un atildado hombre con maletín negro no despegaba la vista de ella. Sintiendo la forma en que la miraban, Ángeles dirigió la vista hasta encontrarse con los ojos del desconocido. Un ligero rubor recorrió el rostro de ella cuando el hombre no pudo contenerse y alzó una mano en ademán de saludo. A pesar de los convencionalismos de la época, ella supo corresponder con un movimiento de cabeza y una sonrisa los gestos del que aparentaba ser un hombre educado. Pero el encuentro casual fue roto cuando una familia de apariencia humilde, con manifiesta urgencia se llevó al personaje de la escena. Entonces, el hombre ingresó con aquel grupo de personas en un edificio de dos pisos, mientras Ángeles observaba el varonil y recio andar del incógnito. Sin otro recurso por el momento, encogiéndose de hombros ella también dio la media vuelta para continuar con su encomienda.

-¿Estamos muy lejos del bufete del abogado Luis Carreño?- con resuelta alegría preguntó al cochero.

-No, patrona. Está en aquella esquina en donde se alcanza a ver el edificio blanco.

-Antes de que me lleve hasta allá, le quiero pedir que aguarde un momento. La vista que ofrece lo alto de esta calle es inmejorable.

El cochero esbozó una maliciosa sonrisa, ante lo que parecía un pretexto de Ángeles, en espera de que pudiera salir de aquel edificio el hombre que previamente la había admirado. Estimulada por la curiosidad, por un instante pensó que esa era una magnífica oportunidad para tratar de indagar quién era aquel individuo. No obstante, se contuvo ante lo que podía ser considerado una osadía y un atrevimiento mayúsculo de parte de una dama. De tal suerte, se conformó con conocer el posible sitio de trabajo del agraciado joven, así como de disfrutar la vista panorámica que tenía enfrente. A lo lejos y delimitando con los pocos espacios urbanizados, se encontraban plantaciones de café, naranjales y establos. También se podía admirar lo anfractuoso de la ciudad, sus calles empinadas y sus innumerables casas cubiertas con tejas de barro. A la distancia observó el Cofre de Perote, y hacia el sur pudo contemplar la majestuosidad con que se erguía el Pico de Orizaba. La Catedral de Xalapa y el Palacio de Gobierno destacaban entre las construcciones de mayor tamaño.

Al arribar Ángeles al edificio en donde se encontraba el bufete jurídico de Carreño, fue manifiesta la forma ostentosa de quienes hacían vida común en dicho lugar. Las deferencias y cumplidos entre ínclitos personajes, a todas luces indicaban el sitio que ocupaba cada quien dentro de la alta sociedad. Con paso firme, sin demeritar con la modestia que la caracterizaba, de manera cortés, pidió audiencia a una secretaria que se encontraba en un escritorio al lado de la puerta en donde despachaba el abogado.

-¿A quién tengo el gusto de anunciar?-preguntó la secretaria, revisando sin disimulo de pies a cabeza a Ángeles.

-Mi nombre es Ángeles García, viuda de Martínez. Por favor dígale al abogado Carreño que vengo de parte de don Eustacio Martínez.

Apenas había entrado la secretaria a la oficina del abogado, cuando enseguida salió ésta asombrada por la inusual rapidez con que fue recibida la extraña.

-¡No sabe el gusto que me da conocerla, estimada señora viuda de Martínez!-con gesto cortés y galante el abogado tomó la diestra de ella, besándola con discreción-Yo soy el licenciado Luis Carreño de la Garza. Por favor, sea tan amable de tomar asiento. Sin duda, me ha tomado por sorpresa su visita, pero tratándose de la familia Martínez Velasco, estoy a sus órdenes en cualquier momento. Me siento honrado por las consideraciones de su familia y, con todo respeto, por tener la atención de una bella dama. ¿A qué debo la gentileza de su presencia?

Después de aquel preámbulo lleno de cumplidos, Ángeles se sentó en un mullido sofá de piel negra, ante la expectante mirada del abogado que aprovechó la oportunidad para llamar a su secretaria, ordenándole que nadie lo interrumpiera. Detrás del fino escritorio de caoba, estirando el cuello el abogado se alineó la sedeña corbata, tratando de esbozar su mejor sonrisa. Las finas y largas manos del abogado exhibían en uno de sus dedos un anillo de gran valor. Ángeles observó entonces los delicados y exquisitos movimientos del individuo que se arrellanaba en su asiento, cual duque de la corte del rey. El perfume del abogado se expandía por toda la habitación decorada con gran lujo. Al percibir la esencia del agradable aroma, Ángeles se sintió auscultada por un par de ojos azules, muy distintos a los del individuo con el cual ella había topado por casualidad en la calle. La mirada de éste, era sutil y misteriosa, y en nada se semejaba con la mirada del otro, espontánea y llena de esperanza. Entre otras cualidades, Ángeles tenía la virtud de poder leer en la mirada las secretas intenciones de los individuos, y en pocas ocasiones se equivocaba. Pero prefirió no seguir indagando, y en forma breve explicó los motivos que la ocupaban, ante el aparente asombro de Carreño, que no sabía que don Eustacio fuera presa de achaques seniles.

-¡Despreocúpese, señora!-con interés retomó Carreño la palabra-Yo conozco a uno de los mejores médicos de la ciudad. Hizo bien don Eustacio en dirigirse a mí. Nadie podía haberlo auxiliado mejor que yo; al fin y al cabo para eso son los amigos. En estos días de convulsiones en que vive el país, es difícil encontrar personas en quien confiar. Afortunadamente, las familias como la suya y la mía, entendemos que este estado de cosas no puede durar por mucho tiempo. Y la mejor manera de sobrevivir es la protección mutua entre las familias bien nacidas de nuestra sociedad. De mi parte, dígale a don Eustacio que mañana al mediodía estaré en su casa.

Ángeles partió de aquel lugar con desagrado, a pesar de los aparentes gestos de cortesía del abogado. La manera en que la observaba Carreño, dejaba traslucir un dejo de lascivia, vanidad y cinismo. Las primeras impresiones que tuvo, al recordar el óleo de Luis Carreño, confirmaron algunas de sus sospechas. El elegante atuendo y el anillo de oro con un gran diamante en uno de los dedos del individuo, iban a tono con su aire petulante y los desplantes de gran señor. Carreño proyectaba la imagen del perfecto aristócrata, sin embargo, Ángeles no sabía exactamente a que atenerse con aquel sujeto. Las muestras de caballerosidad dejaban entrever por otra parte al individuo frío y calculador, acostumbrado a tratar de sacar ventaja de cualquier situación. Las últimas palabras de Carreño, además, causaron cierto escozor en Ángeles. Carreño la trató como a una dama que se encontraba convencida de las causas y principios de la aristocracia de la ciudad, sin tomarse la molestia por saber qué era lo que realmente pasaba por la cabeza de ella. Como todos los hombres de su clase, él propuso y dispuso. Ella, simplemente se limitó a escuchar, sin prestar atención a expresiones que habían dejado de tener valor en su vida. Estaba cansada del mismo tipo de comentarios, y creía que algún día iba a cambiar su existencia para el bien de otros y de ella misma. Esto provocaba que se encerrara en su mundo de fantasías a recrear nuevos mundos. Y sólo en la literatura logró encontrar el bálsamo a sus eternos vacíos de desamor y soledad. El amor al que aspiraba, tenía que ver con la concordia y felicidad de otras personas. Por desgracia, en el núcleo de su propia familia, nada de eso existía. De esa manera, toda su belleza interior se encontraba encerrada en sí misma, cual contenido volcán, en espera de hacer erupción dejando libre para siempre toda la pasión amorosa que llevaba por dentro. Aspiraba a la libertad, y su mirada nostálgica llevaba oculta el deseo de ser y dejar que otros pudieran ser. Como muchos seres humanos, no sabía ni entendía que era la suerte, pero estaba convencida que la misma existía, y quizá sin siquiera saberlo, los dados de su propia fortuna estaban echados.

En la intimidad de su cuarto, Ángeles hizo un recuento de las semanas que llevaba viviendo en la ciudad y, sin duda alguna, aquel día fue el preludio de lo que parecía ser un despertar de su aletargamiento. Como si el cambio de aires le hubiera traído nuevas sensaciones y sentimientos que creía dormidos. Al mirar sus negros ojos reflejados en el espejo del tocador, pudo darse cuenta de que aún era bella. Sus carnosos labios, al entreabrirse, mostraban una sonrisa de dientes blancos como el marfil. La nariz recta, de mediano tamaño, armonizaba a la perfección con sus abundantes cejas. Además, tenía una sedosa cabellera azabache, recortada a la altura de los hombros. Su apiñonada tez aún denotaba la lozanía de una piel joven. Sonrojada, se descubrió poseída por un arcano deseo, como nunca antes en muchos años. Se despojó de la ropa y posó desnuda frente a su imagen en el espejo, mirando con curiosidad lo espléndido y bien formado de sus pechos. Su frondoso cuerpo, de amplias caderas, se correspondía con un par de piernas bien torneadas. Sus esculturales formas podían ser la dicha de cualquier hombre y la envidia de muchas mujeres. Ángeles se encontraba en la plenitud de su madurez como mujer, orgullosa por lo firme de las carnes de su cuerpo. Sentía no haber sido suficientemente amada por su difunto marido, pero si despreciada y humillada por sus irascibles celos. Por lo mismo, se había olvidado de sí misma, encerrada en el abandono total. Pero aquella noche, sin saber exactamente a que obedecían sus impulsos, se sintió impelida a descorrer el velo del encierro que la había mantenido postrada durante tantos años y noches de su inútil y vacía existencia. Súbitamente, vino a su memoria la extasiada mirada de aquel hombre de ojos verdes en la calle de Belén. El simple recuerdo provocó que se ruborizara por completo, sobre todo cuando pudo percatarse que sus manos inquietas acariciaban sus partes más íntimas. Como adolescente que recién ha descubierto los encantos de la carne, con ambas manos se sujetó sus ingentes senos hasta acariciar su par de pezones que, enseguida, se endurecieron henchidos de placer. Con urgente necesidad, recostada de espaldas, recogió ambas piernas y al instante sintió como se deslizaban sus dedos, sabiamente guiados por secretos y desenfrenados sueños. Las primeras perlas de sudor aparecieron en su frente y después en las sienes y, al poco rato, la humedad le escurría desde los senos hasta el abdomen. El intenso transpirar la empapó de pies a cabeza, en medio de ayes de placer, surgiendo las primeras lágrimas de sus ojos cuando se derramó en pleno éxtasis. Su cuerpo se encontraba sujeto a un febril trepidar, entre gemidos y contenidos gritos de apasionada locura. Entonces descubrió que ni siquiera en sus años mozos, el solo recuerdo de la belleza y personalidad de un hombre, le habían provocado tales fantasías y sensaciones. De ese modo, imploró al cielo porque algún día se hicieran realidad sus sueños. Extenuada y feliz, al fin, se quedó tendida cual larga era, con toda su desnudez como la misma Afrodita, en una especie de alterado estado de conciencia, sin comprender plenamente en donde empezaba y terminaba la realidad. En cuanto su mente se enfocó en el hombre que le había provocado aquel dulce trastorno, de nuevo experimentó el deseo de ser poseída.

II

A pesar de estar la primavera en ciernes, la mañana lucía fría. El chipi chipi de la madrugada se había prolongado hasta el alba. Las empedradas calles del centro de la ciudad aparentaban ser pequeños riachuelos por donde corría el agua en forma abundante. Con sombrillas e impermeables los peatones se protegían de las inclemencias del clima, cuya tupida brisa dejaba ensopados pies y piernas, a pesar de las protecciones procuradas. La sempiterna niebla, acompañada de agua, formaba parte de la cotidianidad de la gente de la ciudad. Luis Carreño, por lo tanto, no podía ser la excepción, renegando en ocasiones por lo que a su juicio parecía ser un exceso de la naturaleza que se empeñaba en arruinar su fino calzado y trajes. A pesar de ello, aquel día se levantó entusiasmado con la idea de asistir a una gran cita.

Con su característica elegancia, salió de su casa vistiendo un traje negro de casimir inglés. Al arribar a su despacho, dejó dicho a la secretaria que iba a estar ausente por el resto del día. Enseguida se enfiló a una lujosa tienda, en donde se vendían productos finos y de importación. Una vez escogido el regalo que pensaba obsequiarle a don Eustacio, se lo entregó a una de las empleadas que lo envolvió con destreza. Por un momento pensó también en Ángeles, pero se contuvo ante la posibilidad de despertar suspicacias. Con el regalo en la mano, al salir de la tienda, no pudo evitar detenerse en uno de los estantes que exhibía productos de porcelana francesa. Entonces le vino a la memoria el recuerdo de sus tías que tanto gustaban de la mercadería de aquel lugar. Ya estando en la calle sin darse cuenta, se quedó absorto en sus pensamientos. Huérfano de padre y madre, la crianza de Carreño corrió a cargo de un par de tías solteronas, quienes hacía algunos años habían fallecido. A ellas debía su educación y la casa que recién había vendido. Al transitar por un costado de la catedral, le pareció por un momento escuchar de nueva cuenta las jaculatorias que con devoción repetían el par de beatas, convencidas de la posible vocación del infante por los hábitos eclesiásticos. Sin embargo, las tías pronto cayeron en la cuenta que Luisito, como lo llamaban ellas, era un conspicuo estudiante avezado en el aprendizaje de las artes y lenguas. Atraídas por todo lo que viniera de Francia, las tías se sentían fascinadas al ver como avanzaba el infante en su dominio del idioma francés. Ésto le valió a Carreño no sólo el reconocimiento de los maestros, sino también del círculo de amistades del par de mujeres, que se enorgullecían del hijo. Estando en el bachillerato, era referencia obligada para muchos estudiantes. De tal guisa, al momento de realizar sus estudios en jurisprudencia, logró conformar un grupo selecto de amistades. Su inteligencia y destreza pronto lo introdujeron en los círculos de la política y los negocios, proyectándose a las alturas como litigante de las familias más acaudaladas del estado de Veracruz. En la antesala de la lucha armada que azotó a la nación, también tuvo la oportunidad de conocer a destacados personajes de los clubes antirreleccionistas, quienes al discurrir los eventos se dividieron en grupos antagónicos por el poder. Atento al vaivén de la lucha entre facciones, Carreño se guardaba sus ases bajo la manga, en espera de tomar el partido que mejor le conviniera.

Los fugaces pensamientos, entonces, quedaron en suspenso cuando se apeó del coche y pagó el importe del servicio con una pequeña moneda de plata. Al instante de golpear el portón con el aldabón de cobre pendiente en el centro, apareció una de las fámulas que lo condujo a la biblioteca en donde lo esperaba don Eustacio. Con la mirada fija, el uno en el otro, ambos estrecharon sus manos en señal de saludo, mientras se proferían frases de cortesía. Carreño, enseguida, entregó el regalo que el viejo recibió con agrado. Las deferencias cedieron paso a la curiosidad del anfitrión por tratar de conocer el contenido de la oblonga caja.

-¡Vaya, vaya!-externó don Eustacio con satisfacción-No me he equivocado al pensar que usted es una persona que sabe como granjear a sus amigos. Estos puros habaneros son mis favoritos. Sin duda, usted aún recuerda cuando le comenté en alguna ocasión de mi inclinación por estos gustos.

Luis Carreño esbozó una amplia sonrisa, al darse cuenta que el interlocutor tomó en gran aprecio el obsequio. Animado por el detalle, don Eustacio mandó llamar a una enjuta vieja de la servidumbre, quien regresó acompañada de Epifanio. Una vez traspasado el quicio de la puerta, Epifanio saludó al abogado que en forma simultánea reviró los ojos a uno de los muros.

-Con el debido respeto-dijo Carreño, previamente informado de ciertos asuntos de familia-, es impresionante el parecido de Epifanio con la fotografía de su occiso padre, colgada en esa pared.

-Lo mismo digo yo-agregó el viejo con gesto adusto-. Y ya que tocamos el tema, te mandé llamar, hijo, porque ya es hora en ausencia de tu padre, de que te empieces a empapar de los negocios de la familia. Los malditos achaques me están empezando a joder y es mejor que estés enterado, antes de que a mí me pase algo.

-Por cierto-dijo Carreño-, pasado mañana, a más tardar, va a venir a su casa uno de los mejores médicos de la ciudad. Seguramente le dará el tratamiento adecuado al mal que lo aqueja.

-¡Gracias, licenciado! Le agradezco que se haya tomado la molestia de cumplir con lo que le solicité, pero eso no es tan importante por ahora. Lo que me interesa saber es que ha pasado con el tal Venustiano Carranza. Las familias más importantes de Veracruz le hemos brindado todo nuestro apoyo y, a cambio, sólo hemos obtenido evasivas. Yo no soy precisamente un entusiasta convencido de la causa de estos revolucionarios, pero después de todo es mejor apostarle a algo y, por lo que se ve, esto se ha convertido en un verdadero enredo. Me he enterado por los periódicos que los mismos iletrados de siempre, pretenden arrebatarnos lo que con tanto esfuerzo hemos construido las familias de abolengo de este país.

Epifanio no despegaba la vista del viejo, atento a todo cuanto ahí se decía. Con placer, se sintió con las consideraciones propias de un adulto, que había sido invitado a tomar parte de una conversación en donde iban a tratarse asuntos de suma importancia. El orgullo se vio reflejado en su cara cuando efectivamente se dio cuenta que el lugar del occiso había sido tomado por él. Con diligencia destapó una botella de coñac que el viejo le había ordenado traer. La puerta estaba herméticamente cerrada, y don Eustacio se tomó la libertad de encender uno de los puros que Carreño le había regalado. Al degustar su bebida, a Carreño se le hicieron graciosos los gestos del adolescente que, nunca antes, había probado el licor. Cuando sorbió los primeros tragos, con permiso del viejo, Epifanio experimentó un agradable calor que le subía de pies a cabeza, gozando con la idea de sentirse como un auténtico hombre. Carreño se desenvolvía con el peculiar garbo del experto en aquel tipo menesteres. Entornó los ojos de uno a otro lado de la habitación, aprobando con la mirada el estilo y decoraciones de la casa. Un tanto meditabundo, puso en orden sus pensamientos, atraído en su inclinación por las piezas de arte antiguo, en especial el escudo heráldico que pendía a espaldas de donde se encontraba sentado Epifanio. Con la mirada fija en el abogado, don Eustacio arrojó varias bocanadas de humo por la boca, mientras alababa la gran calidad de los puros y el coñac, en espera de que el interlocutor retomara la conversación.

-Tiene usted razón-secundó Carreño al viejo en sus expresiones-cuando habla del esfuerzo de las insignes familias de nuestra sociedad. También le doy la razón cuando afirma que vivimos en un estado de incertidumbre provocada por tanto patán. Pero lo hecho, hecho está, y ya no podemos volver los ojos atrás.

-Entiendo lo que me quiere decir. Sin embargo, yo no me conformo con la sola idea de saber que las cosas pueden cambiar a nuestro favor, mientras una bola de huarachudos inmundos siguen alborotando la gallera, como si se tratara de romper la piñata en donde todos van a salir beneficiados. Creo que ya es hora de que el gobierno central empiece a hacer algo. Usted mismo me manifestó, cuando me vendió la casa, de sus buenos contactos con los carrancistas. De eso justamente quiero que hablemos, y que me diga de una buena vez a que nos atenemos.

-Como le dije hace un momento, el pasado ha quedado atrás, pero tengo entendido que las cosas van por buen camino. Las gavillas de asaltantes están siendo pacificadas por el gobierno provisional y, más importante aún, Carranza ya tiene un proyecto de Constitución menos radical que el de sus oponentes que pretenden expropiar cuanta extensión de terreno encuentren a su paso.

-¡Entonces! ¿Cree usted que….?

-¡No sólo lo creo!-afirmó Carreño con vehemencia, impresionando al interlocutor-Tengo las pruebas de lo que le digo. Un amigo mío, quien perteneció a uno de aquellos clubes de antirreleccionistas dispersos por el país, al tomar partido por los carrancistas, me ha hecho saber en una carta, que posee una estrecha relación con un tal general Guadalupe Sánchez. El general Sánchez, es nada más ni nada menos que uno de los hombres de mayor confianza del general Carranza. Se rumora que el general Sánchez puede ser adscrito como jefe de zona en la ciudad de Xalapa. Y, de ser cierto, podríamos contar con la ayuda de un moderado que, a mí entender, se opone a expropiar a toda costa. Con la discreción del caso, y dado que usted ha sido generoso conmigo, debo confesarle que pienso viajar en dos semanas a la ciudad de México para confirmar lo que se dice.

-¡Soberbio!-expresó don Eustacio al momento de brindar por la noticia-Lo dicho por usted, para mí vale más que oro. Tenga por seguro que si lo afirmado es cierto, yo le compensaré como nadie lo hubiese hecho. Los negocios entre nosotros serán muy prósperos, de llegarse a concretar lo que yo me imagino. Pero debemos caminar con paso firme, pues no por querer correr nos vayamos a caer.

Estimulado por las palabras del ex hacendado, Carreño columbró un promisorio futuro, lleno de recompensas materiales y de prestigio social. Sin decirlo expresamente, don Eustacio le había hecho la invitación a participar en sociedad. Entendido de los protocolos y del lenguaje utilizado por los de su clase social, Carreño se congratulaba en silencio por el buen tino que tenía para seducir y convencer de sus razones a sus interlocutores. Y, el hombre que estaba sentado frente a él, no era un simple interlocutor, sino uno de los individuos más ricos del estado de Veracruz. Precisamente, el viejo había sacado a Carreño de apuros económicos. La venta de la casa significó para el abogado el pago de deudas y la remodelación de su bufete jurídico. Por su parte, don Eustacio no había sido menos acertado, al escoger como asesor de sus negocios a uno de los hombres que se caracterizaban por su conocimiento de los secretos resortes del poder.

Amante de los bailes y de las reuniones de la alta sociedad, círculo del cual él formaba parte, Carreño conocía a la perfección los gustos y tendencias de la gente rica. Sabía con que regalos granjearse la amistad de unos, y con que tipo de conversación impactar a otros. Uno de los grandes vicios del abogado eran las mujeres, quienes seducidas por lo bien parecido y elegante del individuo, le hacían confesiones de alcoba que el abogado aprovechaba para enterarse de los detalles más íntimos de aquella cerrada sociedad. En especial, Carreño tenía una relación de amasiato con la dueña de un lupanar de lujo, en donde las citas se mantenían en estricta confidencialidad. Para él, sin embargo, no valían los secretos, pues las meretrices y la amante lo enteraban de los excesos y lujurias de los políticos y hombres más importantes de negocios. Cualquier indiscreción de Carreño en este sentido, podía ser motivo de escándalo, con la consecuente ruina de alguna insigne familia. El abogado lo sabía y, por ello, en ciertas ocasiones recurría al chantaje con tal de obtener una prebenda o el negocio que le pudiese redituar grandes dividendos.

Con ese instinto característico de ciertos individuos para indagar y enterarse de las debilidades propias del ser humano, Carreño aguardaba en silencio, imantado de nueva cuenta por la especie de escudo heráldico que pendía en una de las paredes en donde se encontraba departiendo con sus interlocutores. Epifanio, entonces, salió por un momento de la biblioteca, dejando al par de hombres solos. Al darse cuenta don Eustacio de la insistente forma en que Carreño miraba aquel escudo, aguardó con tranquilidad a que el visitante hiciera la pregunta que parecía tener a flor de labios.

—Desde que llegué a su casa no he podido quitar la vista de ese hermoso escudo. Tengo la impresión de que es muy antiguo.

—Ciertamente, es muy antiguo. Es más antiguo de lo que usted se imagina. Ahí se encierra la historia de mi descendencia, la de mis bisabuelos y abuelos y, aun mucho antes, la de mis ancestros que llegaron de España a fundar el poblado y después la hacienda que usted conoce con el nombre de El Encanto. Yo tengo la responsabilidad de continuar con la tradición de la familia que se ha distinguido por su noble abolengo. Y, ya que entramos en materia, le puedo decir con orgullo que durante el virreinato la familia Martínez Velasco tuvo la fortuna de contar entre sus miembros con condes y marqueses.

—Es muy interesante todo lo que usted me cuenta —dijo Carreño al momento de aproximarse para ver de cerca el escudo—. ¿Qué significan esos cañones del escudo?

—Como usted se habrá dado cuenta, este es un escudo de armas. Los cañones son emblemas de las fuerzas armadas comandadas por hombres de los cuales yo desciendo. En el pueblo de El Encanto, en un acceso cercano a la iglesia, como un par de guardianes se encuentran los originales de un par de cañones traídos por mis ancestros de ultramar. Si usted tiene la fortuna de ir por esas tierras, ahí los va encontrar.

—¿De veras? ¡Todo esto me parece increíble! Mis tías, en vida, me contaban historias inverosímiles, pero le aseguro que ninguna como ésta. Siento como si fuera una fantasía, de la cual sólo se sabe a través de un cuento.

—Compruébelo por usted mismo.

Enseguida, don Eustacio extrajo de un bargueño bellamente taraceado, un legajo de antiguos documentos, cuyo contenido era medianamente entendible, debido a los caracteres inscritos en original castellano. Deteriorados por el tiempo, los documentos hubiesen sido la delicia de cualquier coleccionista o especialista filólogo. Maravillado por lo que tenía frente a sus ojos, Carreño examinó cuidadosamente el contenido de los escritos que, al parecer, daban cita de sucesos en donde quedaban intercalados los apellidos Fernández, Martínez y Velasco. Ahí se exponían los motivos y la interrelación de familias de gran abolengo, prueba patente de lo previamente afirmado por el ex hacendado.

Después de varios minutos de ávido escrutinio, como hechizado, Carreño clavó la vista en el antiguo bargueño, que no podía ser menos encantador que lo que acababa de leer. Don Eustacio se dio cuenta de lo impactado que se encontraba el abogado, y procedió a abundar en explicaciones. Si algo en la vida verdaderamente causaba placer al viejo, era precisamente hablar de la grandeza de su linaje. Cual megalómano, bajo los efectos de unas copas de coñac, externó de una vez por todas las íntimas razones de su existencia. Hizo una breve narración de cómo sus ancestros habían logrado imponerse a lo indómito de aquellas feraces tierras, colonizando y fundando lo que se conocía como El Encanto. No pudo evitar referirse a lo heroico de los hombres arribados de ultramar, quienes lucharon contra todo y todos. "Nosotros-con grandilocuencia dijo-somos lo que somos, y tenemos lo que tenemos, porque lo hemos sabido construir. ¡Nada nos ha caído del cielo!" En el pináculo de lo que parecía ser un discurso, el viejo tampoco pudo evitar las expresiones de desprecio, en contra de los campesinos e indígenas a quienes consideraba como una clase inferior y degradada. Para él, aquellos seres no merecían los privilegios de su clase de alta alcurnia. Los indígenas eran seres tontos y atrasados, que debían ser conducidos como niños y gobernados con mano de hierro. "Porque sepa usted-terminó diciendo el viejo-que además de holgazanes, son ignorantes y viciosos."

Brevemente detenida en el umbral de la puerta que Epifanio había dejado entreabierta al salir, Ángeles alcanzó a escuchar las horrorosas expresiones del suegro que, en todo momento, era secundado y apoyado por el abogado. Conteniendo el disgusto, la nuera golpeó con los nudillos la puerta. Al ingresar a la habitación, anunció al par de hombres que la comida estaba lista, ante la atenta mirada de los interlocutores sorprendidos en una especie de conciliábulo. Inflamado por unas copas de coñac y, por lo bien que lucía Ángeles con un vestido que resaltaba a plenitud su silueta, Carreño no pudo evitar fijar la vista en ella. Al dar la media vuelta, cuando salía de la biblioteca, Ángeles pudo percatarse con el rabillo del ojo del descaro con que Carreño parecía desnudarla con la mirada. Irritada, al instante aceleró el paso y en un impulso inconsciente se dirigió a la sala descolgando de la pared, sin consentimiento de nadie, el óleo de Carreño. Los hombres mientras tanto, intercambiaron unas palabras antes de presentarse al comedor.

-¿No le parece que mi nuera aún es guapa?-con cierto dejo de cinismo manifestó don Eustacio-Creo yo que Ángeles todavía no está en edad de quedarse a vestir santos.

-¡Sí, sí, claro!-un tanto tartamudeando, Carreño había sido descubierto por el viejo en sus intenciones-Ciertamente, es una mujer bella y atractiva. Es curioso que no lo haya percibido a plenitud desde el primer momento en que la conocí.

En una larga mesa del comedor, con suficiente espacio para diez invitados, la pequeña familia y el invitado departieron al momento de degustar una opípara comida, en donde destacaba la crema de champiñones y el file miñón, acompañados de vino francés de la cava del ex hacendado. Espléndido en la forma de agasajar a su invitado, previamente don Eustacio había ordenado que se dispusiera la mesa con la bajilla de plata alemana, reservada para ocasiones especiales. Por encima del mantel blanco de manufactura europea, como lucecitas, brincaban los destellos de luz que se reflejaba en los cubiertos y las bandejas conteniendo confituras, fiambres, salsas y aderezos.

De mejor forma no podía haber sido tratado Carreño, quien con muestras de agradecimiento alababa la forma en que Ángeles había dispuesto y mandado cocinar aquella comida. Sin mostrar entusiasmo, ella también aceptó los cumplidos referentes a la forma en que había redecorado la sala y el comedor de la casa. "Sin duda-pensó para sí mismo el abogado-, don Eustacio debe ser un hombre inmensamente rico. Hace poco me compró la casa, y la ha restaurado y amueblado como si estuviéramos en época de bonanza." Al momento de pensar esto, con disimulo, Carreño miró el valioso anillo que el mismo don Eustacio le había regalado al momento de cerrar el trato de la casa. Entonces, por un instante, Ángeles creyó recordar que en alguna parte ella había visto la sortija que el abogado lucía en el dedo índice de su mano izquierda. Pero conforme charlaban los comensales, brincando de uno a otro tema de la cotidianidad, Ángeles dejó en el olvido aquel pequeño detalle, y preguntó a Carreño cuándo se iba a presentar el doctor que se haría cargo de revisar el estado de salud de don Eustacio. Carreño respondió al instante, extendiéndose en explicaciones acerca de la fama y buena reputación de que gozaba el médico en cuestión. Así las cosas, Ángeles parecía estar realmente preocupada por la salud del viejo, no obstante, lo que realmente le interesaba era saber los días en que el doctor iba a realizar sus visitas, con la intención de evadirse en el momento oportuno. A ella no le cabía la menor duda que el desconocido médico debía regirse por las mismas reglas de aquella sociedad, a su juicio, tan llena de fatuos recatos. De esta forma, concentrado en el propio ego y motivado por el vino, Carreño dio rienda suelta a la lengua, haciendo alarde de sus amistades y de los viajes que había realizado por el mundo, sin preocuparse por lo que pudiera estar pensando Ángeles.

Ocasionalmente, a pesar de la hosca personalidad de Epifanio, éste intervenía en la conversación con manifiestos gestos de simpatía por el abogado. Ángeles, entonces, volteó a mirar a su hijo que se encontraba sentado al lado de ella, y se pudo percatar del ligero aliento alcohólico del muchacho. Epifanio prefirió quedarse callado ante la evidencia de que su madre se había dado cuenta, pero enseguida, con un gesto de aprobación de don Eustacio, el adolescente terminó de expresar las ideas que habían quedado a medias. Las miradas de mutuas reprehensiones fueron más que evidentes entre los miembros de la familia. A pesar de ello, con la aquiescencia de don Eustacio, Carreño se tomó la libertad de invitar a Ángeles a convivir dentro del círculo íntimo de amistades de éste.

-Le agradezco la invitación-en forma escueta contestó Ángeles-, pero por el momento me siento indispuesta. Yo le haré saber cuando me sienta mejor.

-Si usted me lo permite, doña Ángeles-reviró Carreño sin darse por vencido-, con el debido respeto a la memoria de su difunto marido y, a don Eustacio y su hijo aquí presentes, siento la necesidad de decirle que a veces nuestras indisposiciones pueden obedecer a estados de soledad. Nada me agradaría más que hacer que su estancia en esta ciudad sea lo más agradable posible. Espero que reconsidere mi invitación para mejor ocasión.

-Yo creo que el licenciado Carreño tiene razón, mujer-dijo don Eustacio con voz de mando-. No es bueno que pases tantas horas de encierro en tu recámara. Aún eres joven y debes aprender a disfrutar de los placeres que ofrece la vida.

En señal de aparente acuerdo, Ángeles externó una sonrisa nerviosa, mezcla de confusión, aceptación y rechazo. Carreño había dado en la cabeza del clavo, cuando se refirió a uno de los males que a ella la aquejaban. A pesar de su posición de privilegio material, Ángeles no contaba con el afecto y cariño de un hombre y, sin otro recurso por el momento, fijó la mirada en el cabello engomado del abogado, dándose cuenta de los bien delineados rasgos faciales y la tez blanca, enrojecida por la influencia del alcohol. "Ciertamente-en soliloquio reflexionó ella-, Carreño es un hombre guapo. Por lo mismo, ha de ser un empedernido mujeriego. ¡Dios mío, líbrame de la amargura de volver a pasar por lo mismo! Ya bastante tuve con mi difunto esposo."

En el ínterin de aquellas reflexiones, Carreño se despidió de la familia al momento de recibir el óleo que previamente Ángeles había descolgado de la pared. Carreño se encogió de hombros dando las gracias, sin acertar a decir nada más. Apretando las mandíbulas, cual ogro, don Eustacio proyectó una fulminante mirada en contra de Ángeles, por lo que al parecer de él había sido un gesto de descortesía de parte de la nuera. Epifanio también miró a su madre, dándole a entender que se había metido en un grave problema. Los reproches contenidos no se hicieron esperar, luego de que Carreño partió.

-¡Caramba, mujer, no te mediste!-con tono furibundo, el viejo golpeó la punta del báculo en el suelo-¡Siquiera hubieras esperado a que el licenciado Carreño dijera qué esperaba hacer con su cuadro! Tú no sabes si él mismo lo dejó ahí con la intención de regalárnoslo.

-Todos nosotros sabemos-en forma airada replicó Ángeles-que el licenciado olvidó ese cuadro cuando nos vendió la casa. No sé por qué ahora usted dice eso.

-Tú no debes decidir por tu cuenta lo que no te corresponde. Espero no tener que volver a decirte esto. ¿De cuándo acá te tomas la libertad de disponer de las cosas que no son tuyas?

Con el ánimo crispado al borde de un ataque de cólera, Ángeles dio la media vuelta y partió rápidamente, azotando la puerta de la recámara en la cual se había encerrado a llorar su amarga desventura. Rehuyendo de la confrontación que la hubiese llevado a extremos degradantes, se sintió humillada en lo más profundo de su ser. En medio del llanto, también, alcanzó a columbrar con rabia y desesperación que su detestable suegro pretendía intervenir en su vida privada, como si se tratara de una cosa u objeto que podía ser manipulado a antojo. Hasta ese momento, con callada resignación, había sabido resistir las embestidas de tan abominable hombre, pero al final de cuentas presentía en lo más profundo de su ser que habría de sobreponerse a sus propios miedos. Después de haberse desahogado, en el sosiego de la meditación, con un destello de lucidez comprendió que su frustración tenía estrechos vínculos con la cobardía que la había llevado a vivir como una indefensa criatura, hundida en las profundidades del oscuro pozo de la infelicidad.

III

Sin más equipaje que un morral en donde guardaba objetos personales y la ropa que Ángeles le había regalado, Inocencia Domínguez se despidió de su madre y de sus hermanos, entristecida y con la esperanza de volver pronto. Atrás había quedado el terruño que tanto amaba. A través de la ventana del tren que la transportaba a la ciudad pudo observar la llanura llena de vacas y los grandes sembradíos de maíz, preguntándose el por qué de sus carencias en medio de tanta abundancia. Obligada por los excesos de un padre embrutecido por el alcohol y sus vicios pederastas, salió prácticamente huyendo de su casa. Su madre, por otra parte, era incapaz de mantener a una prole tan numerosa, pues el pan de cada día se había convertido en un lujo.

Horrorizada por lo degenerado y vicioso de su padre, aún recordaba la noche en que estando dormida en el camastro que compartía con sus hermanos pequeños, el individuo quiso manosearla por debajo de las cobijas. En esa ocasión las cosas no pasaron a mayores, pues tuvo la habilidad de enrollarse con fuerza en una cobija, cortando de momento los malvados propósitos del padre. Pero después de haber adquirido cuerpo de mujer, el hombre no cejó en sus perversas intenciones y trató de sorprenderla. Un día, sujetándola con toda la fuerza que le era posible, en la confusión de la oscuridad, con la mano su padre le tapó la boca profiriendo amenazas y frases de chantaje. Afortunadamente para ella, uno de los trastos de la cocina había sido arrojado al suelo por el gato de la casa, produciéndose un estrepitoso ruido. Al despertar su mamá, con habilidad el hombre se deshizo de ella, fingiendo que iba en busca de un vaso con agua. Inocencia se encontraba trémula al borde del camastro, negándose a revelar a su madre el por qué de sus temblores, presionada por la inquisidora mirada del hombre. Pero más temprano que tarde, sospechando lo depravado del individuo, la madre pudo arrancarle a Inocencia la confesión que guardaba en secreto.

Las amargas experiencias de la pobre familia trajeron como consecuencia que una revelación condujera a otra. Y, al cabo de unos días, Gabino sintió aborrecer a su padre cuando se enteró de la forma en que el depravado sujeto acosaba a su hermana. Por si fuera poco, el par de hermanos descubrieron lo que nunca se habían imaginado.

Atónitos, recibieron una confesión que su madre había mantenido celosamente en secreto. Enferma y llena de achaques prefirió hablar ante el presentimiento de que ya no le quedaba mucho tiempo de vida. Sentía que de un momento a otro podía morir.

-Su verdadero padre es el difunto Refugio García.

-¿El padre de Ángeles García?-al unísono interrogaron el par de hermanos, con ojos que parecían salírseles de sus órbitas.

-¡Sí, el mismo! El mismo al que asesinaron junto a dos hombres en el paso de las tres cruces. Yo me enamoré de don Refugio al mismo tiempo que yo ya no quería al que ustedes reconocen como su papá. Reconozco que lo engañé, pero desde antes ya me maltrataba y me pegaba rete harto. Ora ya saben la verdá. ¡Por favor perdónenme!

La pena de la desgraciada mujer fue menos dolorosa, en la medida en que los sorprendidos jóvenes estrecharon entre sus brazos a quien les había dado la vida. Inocencia quiso convencer a su mamá de partir juntos rumbo a la ciudad, pues el padrastro era un energúmeno que golpeaba a la enferma esposa. Pero la madre, con justa razón, le contestó a la hija que no tenían dinero ni más casa que el par de cuartitos en que vivían. Gabino, así, terminó por convencerse de que la decisión tomada por su madre había sido la más conveniente y sensata.

Apenas un año mayor que su hermana, Gabino se vio obligado a asumir la responsabilidad de quedar al frente de su familia, con la esperanza de que Inocencia los ayudara con unos centavos una vez que encontrara trabajo en la ciudad. Realizando todo tipo de trabajos, desde herrar caballos, en la ordeña de vacas y en la siembra, Gabino intercalaba sus actividades con el perfeccionamiento de sus clases de lectura y la escritura que le habían enseñado a él y su hermana el único maestro del pueblo. En un destartalado galpón que hacía las funciones de escuela, un hombre de edad avanzada, de pelo cano y con lentes cual casco de botella, enseñaba las primeras letras a los alumnos que se encontraban mezclados con niños de diferentes edades. Influenciados por las ideas críticas y de progreso del maestro, Inocencia y Gabino en más de alguna ocasión se vieron confrontados con algunas beatas del pueblo, quienes veían con recelo al educador a quien consideraban como un extravagante y deschavetado de marca. Cuando el maestro explicaba sus teorías acerca de la naturaleza y de la igualdad que debía privar entre mujeres y hombres, las beatas reaccionaban de modo iracundo.

En ausencia del terrateniente don Eustacio Martínez, el pueblo de El Encanto había quedado en vilo. La anarquía reinaba por doquier, y el padre de la iglesia se había visto obligado a actuar como árbitro de querellas por conflictos de tierras y herencias. El vacío de poder dejado por el ex hacendado había generado confusión entre los pueblerinos, quienes asediados por bandas de asaltantes pretendían hacerse justicia por propia mano. En legítima defensa de sus intereses, varias familias del pueblo intentaron recuperar algunas de las tierras que el ex hacendado les había robado. El padre, entonces, llamaba a sus fieles a la concordia y la unión, invitándolos a dejar de lado rencores y odios. Según sus propios preceptos sólo dentro de la ley de Dios podían resolverse los problemas. En las misas dominicales insistía en que las cosas materiales sólo eran pasajeras. Experto en asuntos teologales el padre Elías estaba convencido del poder que sus palabras ejercían sobre los feligreses. Para él, la gloria se encontraba en el cielo y no en la tierra tan corrompida por los bajos instintos del hombre. De forma explícita sostenía que el descontento sólo podía ser resuelto dentro de los cauces de las santas escrituras. Y entre oraciones y buenos deseos la gente se retiraba a sus casas con resignado convencimiento en espera de la justicia divina. Muy a su pesar, la justicia del cielo a la tierra parecía haberse retrasado más de lo debido. Para desgracia de muchos, también ondeaban por todo lo alto los sentimientos de avaricia y rencor. En lugar de mejorar el estado de cosas, los males parecían multiplicarse al infinito. En medio de los sermones del padre y las enseñanzas del maestro de la escuela, los Domínguez sabían que muchos pueblerinos vivían obsesionados con la idea de salir de pobres mediante un golpe de suerte. La fiebre del oro y de tesoros fabulosos constituía una obsesión en el imaginario de las personas del poblado. Enclavado entre cerros con cañadas y bosques exuberantes, El Encanto fue una de las guaridas de ladrones que pululaban por toda la zona, atraídos por los cargamentos de oro de las diligencias que transitaban por la región rumbo al puerto de Veracruz. Los bandidos se habían organizado en bandas que se dedicaban al pillaje organizado desde la época del virreinato, aunque a su vez los mismos ladrones eran asaltados por otros de la misma calaña. Quienes huían con lo robado enseguida lo enterraban. Esto explicaba en gran medida las leyendas e historias de fabulosos tesoros enterrados, en espera de que algún afortunado tuviera la suerte de convertirse en rico de la noche a la mañana. Y, aun cuando pareciese inverosímil, el occiso padre de Ángeles García y el dueño del molino del pueblo debían su riqueza a uno de aquellos hallazgos. Más de alguno soñaba con que Dios lo socorriese en el mismo sentido. Era el verdadero milagro al que todo mundo aspiraba.

La diferencia entre ser rico y pobre era uno de los lastres de confrontaciones ancestrales. Y la mejor manera para medir la riqueza de un individuo era a través de la posesión de tierras y ganado. Pero al margen de dos o tres individuos cuya fortuna podía ser considerada de mediana cuantía, quien mandaba de manera indisputable en El Encanto y pueblos circunvecinos era don Eustacio Martínez. De ahí en más, los que no estaban obsesionados con la idea de encontrar un tesoro, vivían con la esperanza de que los vientos de la Revolución soplaran por aquellos terruños. Los más bien informados esperaban rogando a Dios porque al fin los movimientos agraristas de que tanto se hablaba, hicieran acto de presencia y destrabaran los conflictos por tierras y uso de agua. Inocencia y Gabino, boquiabiertos, escuchaban las historias que su maestro les contaba en privado. Apenas podían creer que en ciertos estados del país e incluso en algunas zonas del estado de Veracruz ya había planes de expropiación de tierras. Ambos se regocijaban con la idea de que alguien pudiera poner un alto a los desmanes del ex hacendado. Sin embargo, temblaban con la sola idea de alzar su voz y tratar de oponerse al amo.

En medio de tanto desmán y en aquella situación de especie de interregno en que vivían ciertas regiones del país, Inocencia iba de viaje con la mirada perdida en el horizonte, mientras un lagrimón rodó en forma pesada por una de sus mejillas. En lontananza vio esfumarse tras de ella la iglesia en la loma más alta del pueblo, en una mañana gris en que los copos de niebla iban y venían empujados por el viento. Abstraída en sus pensamientos no podía dejar de pensar en su madre y sus hermanos. Con dolor pudo darse cuenta que ella era un ser insignificante, comparada con otros pueblerinos que no sufrían la situación de extrema pobreza de su familia. A pesar de ello se sentía agraciada por haber experimentado el aprecio que el maestro del pueblo sentía por ella y su hermano. Su maestro no sólo le había enseñado a escribir y leer, sino a analizar y a tratar de entender por qué su pueblo se debatía en tanta desgracia. La ruina de Inocencia era la de los eternos humillados y discriminados por su propia gente, pero el profesor contribuyó a reforzarle la propia autoestima. "Eres como un diamante en bruto-decía él-. Sólo te hace falta una pequeña pulida para que saques a relucir toda tu inteligencia. Sin vanidad, mírate en un espejo y te darás cuenta que eres más hermosa de lo que crees." Reanimada por estas ideas, Inocencia se reacomodó las largas trenzas que le caían por la espalda hasta tocar su cintura. Su cara afilada y ligeramente cuadrada, de pómulos marcados y ojos trigueños, quedó reflejada en la ventanilla del tren por los efectos del sol. De tal forma pudo darse cuenta que su maestro no mentía cuando afirmaba que era bonita. Su nariz roma se correspondía con lo fino de sus labios. Y la expresión de su rostro denotaba cierto dejo taciturno y de ligero abandono, lo cual le confería un arcano atractivo. Su talle atlético y la firmeza al andar, lo mismo que su busto, cadera y cintura, denotaban la fortaleza de personalidad. Acostumbrada al trabajo de campo y a caminar largos trechos, sus piernas eran fuertes y robustas, acentuando su encanto femenino. Al contrario de las muchachas de su edad, no se resignaba a aceptar con facilidad el imperante estado de cosas. Por lo mismo, a temprana edad, se ganó más de alguna enemistad en el pueblo. Y sin dejar de insistir en lo que ella consideraba como digno y justo, su tenacidad y carácter inquieto la llevaron a descubrir lo que se escondía en la apariencia de la vida. El sufrimiento y lo duro de su existencia, a temprana edad le enseñaron que el mundo no era color de rosa. A pesar de sus carencias y necesidades materiales, nunca perdió la esperanza de obtener el cariño y la aceptación anhelada.

De tal sino y atenta a cuanto acontecía a su alrededor, al momento de detenerse el tren, Inocencia observó a las personas que subían y bajaban entre pueblo y pueblo. Por la forma de vestir y el equipaje, ella pudo colegir la condición social de quienes viajaban junto con ella. Para su mala fortuna, por órdenes del boletero tuvo que ceder su lugar a un catrín que llevaba un boleto numerado con el mismo asiento en donde ella iba sentada. Sin contar con la misma prueba que la acreditara, tuvo que viajar de pie el resto del trayecto. Avergonzada por la despectiva mirada del individuo, ocultó detrás del cuerpo sus toscas manos deterioradas por el trabajo. Hasta ese momento se percató de lo raído de su vestido y lo desgastado de sus huaraches. La ropa que su patrona Ángeles le había regalado, la tuvo que compartir con su familia y, a ella, sólo le habían tocado dos mudas desgastadas por el excesivo uso. A pesar de esto, la cándida campesina se retiró con dignidad ignorando el breve incidente. Miró a su alrededor y caminó por los pasillos del tren hasta dar con el lugar en donde se encontraban personas de su misma condición. Ahí se refugió en sus pensamientos y en el paisaje del campo y de los pueblos que iba dejando en el camino.

Con emoción al fin arribó a su destino atraída por lo novedoso de la ciudad. Esa era la primera vez que salía de su pueblo y, alelada, no sabía adonde dirigir la vista primero. Con manifiesta timidez interceptó al primer transeúnte que encontró a su paso, mientras sacaba del morral un papel en donde se encontraba anotada la dirección de su tía con quien pensaba vivir. Una vez que una mujer le hizo las indicaciones pertinentes, ni tarda ni perezosa recorrió a pie calles y callejones, deteniéndose ocasionalmente para asegurarse que no había extraviado el camino. Al cabo de una caminata en que ella no pudo evitar mirar en forma curiosa todo lo que le rodeaba, al fin arribó a un pobre vecindario en donde los jacales no se diferenciaban en nada con los de su pueblo. Por un instante le llamó la atención que no muy lejos de ahí había casas muy bonitas y parques adornados con bellas fuentes. Hurgó de nueva cuenta en su morral y sacó el papel que previamente había visto para asegurarse del número de la casa. Cuando golpeó la puerta de madera con los nudillos de la mano derecha, la voz cascada de una mujer respondió en la parte de adentro. Una vieja sesentona de corta estatura y pelo entrecano, recibió en forma impasible el saludo de Inocencia, quien, enseguida, ingresó a la casita construida de madera.

-Te estaba esperando-dijo la vieja con mirada cansada-. Tú estabas retechiquilla cuando yo me vine a vivir a la ciudá. A lo mejor ya no te acuerdes de mí. Tu mamá me pidió con harto favor que te recibiera en mi casa. Me dijo que ustedes están muy fregaos, pero como podrás ver yo también soy pobre. Ojalá pronto encuentres onde chambear.

En completo silencio Inocencia se limitó a escuchar las palabras carentes de afecto por parte de la tía. Como un par de extrañas cada cual tenía la mirada fija en la otra. Con amarga nostalgia la vieja dejó escapar un hondo suspiro al percatarse del vigor y juventud de Inocencia. Enseguida le indicó a la sobrina el camastro en donde habría de dormir. La casita contaba con dos cuartos y un baño en la parte de afuera. Para bañarse, Inocencia tuvo que calentar agua en una estufa de madera al igual que lo hacía en el pueblo. Rendida por el viaje y la larga caminata, cayó en un sueño profundo y durmió como no lo había hecho en largo tiempo. Confiada en que no estaba al alcance de los torcidos impulsos del padrastro, quedó tendida cual larga era hasta que la alcanzaron los primeros rayos del alba.

En el crepúsculo de la mañana, sin más desayuno que un plato de frijoles con chile, tortillas y un jarrito con café negro, salió de la casa en compañía de su tía, quien la recomendó para un trabajo como sirvienta. Sin embargo, el lugar ya había sido ocupado por otra muchacha. Encogiéndose de hombros el par de mujeres tocaron una y otra puerta, encontrando por respuesta la misma negativa. Cansada de insistir, su tía le sugirió buscar empleo en otros lugares. Dejada a su propia suerte se dedicó a recorrer de uno a otro punto de la ciudad, encontrándose con que no había trabajo, o bien, la gente le pedía referencias que ella no podía proporcionar.

Los días de búsqueda empezaron a prolongarse de manera infructuosa, y lo que en un principio fue un recibimiento medianamente cortés, al correr de las semanas se trocó en una actitud hosca de parte de la tía. Una mañana, antes de partir como solía hacerlo todos los días, se quedó sentada al filo del camastro tratando de poner sus pensamientos en orden. La tía, al mirarla, no pudo contenerse por lo que a su juicio era una especie de claudicación.

-Qué te pasa, hija-descargó la vieja sin pensarlo dos veces-, parece que estás enferma, o es que, ¿ya te cansaste de buscar trabajo?

-No, no es eso. Lo que pasa es que pensaba en mi mamá, y en lo mal que la deben estar pasando mis hermanitos.

-Pos si no te apuras, menos los vas a poder ayudar. Además, yo también necesito que ganes unos centavos pa que me ayudes con los gastos de la casa.

Como impelida por resorte, Inocencia salió avergonzada de aquel lugar. Se sintió como pescado, que después de varios días de estar expuesto a la intemperie ya empezaba a apestar. A pesar del empeño que había puesto por agradar a la tía, los esfuerzos parecían desvanecerse en la nada. Se esmeraba lavando y planchando la ropa de su pariente, del mismo modo que hacía la comida de las dos. Pero para la dueña de la casa todo aquello era poca cosa, comparado con lo que ella le daba a la sobrina. Así era como la vida de Inocencia transcurría en esa ciudad, entre el buscar trabajo por las mañanas y trabajar en su nuevo hogar para tratar de ganarse el techo y la comida. "Un día más-pensó -y nadie me quiere dar chamba." Después de caminar varias calles, arribó al principal mercado en donde su suerte mejoró un poco. Desde ese momento, ocasionalmente era empleada en algún puesto de frutas, ganándose por lo menos la comida del día.

En consecuencia, se convirtió en una carga menos onerosa para su tía. No obstante, muy a su pesar, vivía en la penuria y constante hambre. Un día, en que una de las personas que la empleaban le regaló fruta, corrió con alegría y se fue a sentar en una de las bancas del parque Juárez. Desde ese espacio se puso a contemplar a cuanto transeúnte pasaba por ahí, y comió con regocijo de niña su naranja y tamarindos. La infancia truncada por las carencias y el trabajo, se esfumó de la mente de la adolescente en aquellos momentos en que se divertía con las melodías del organillero y con la aglomeración de palomas arribando en parvadas a picotear los granos que la gente arrojaba. Animada por lo que para ella parecía ser un día de fiesta, recorrió los puestos en donde se exhibían juguetes de manufactura manual. Los trompos, valeros, cajitas de Olinalá y carritos de madera barnizados en multicolores, la mantenían en auténtico embeleso. En especial, una muñeca de trapo de uno de los puestos la retuvo anonadada bajo una especie de hechizo. De todos los juguetes, esa era la muñequita que de niña siempre quiso pero no pudo tener. En ese momento, cualquier cosa hubiera dado por acariciarla, mimarla y abrazarla con ternura y amor. Por un instante se imaginó que podía ser la madre de la muñeca con largas trenzas, procurándola y dándole todo lo que a ella no le habían dado. Abstraída en sus sueños no se dio cuenta cuando una niña acompañada de sus papás, recibió de manos del dueño del puesto la misma muñeca. De modo maquinal, Inocencia solicitó que la familia la dejara cargar por un momento el adorado juguete. Entonces, con el permiso de la niña y de sus padres, la humilde campesina arrulló a la muñeca y la apretó contra su pecho. Al deshacerse del anhelado juguete, satisfecha se marchó por donde había llegado, con la sensación de que aquel había sido el día más feliz de su vida.

Las asperazas parecieron limarse cuando Inocencia dio algunos centavos a su tía para los gastos de la casa. Feliz, la joven muchacha salió a la calle aquella mañana, con el convencimiento de que las cosas iban a cambiar para bien. Debidamente acicalada enfiló rumbo al mercado bajo los rayos de una agradable resolana. Para su mala fortuna, sin más aviso, descubrió que se había quedado sin trabajo. A pesar de su insistencia en los puestos de verduras y frutas, se encontró con la noticia de que algunos de los vendedores habían sido reubicados, y otros cerraron temporalmente hasta que se concluyeran los trabajos de remodelación y limpieza del mercado. Preocupada por el imprevisible incidente se encogió de hombros y decidió caminar por las pintorescas callecitas de la ciudad. Cuesta arriba y en bajada, debido a lo pronunciado de las calles y callejones, ocasionalmente se detenía a observar la variada mercadería que se exhibía en las tiendas. Cual huérfana embobada, miró a la gente que pasaba por su lado, mientras en alguna pequeña iglesia se escuchaba el tañer de campanas llamando a misa.

Al filo del mediodía, la espesa neblina acompañada de una tupida brisa, semejante a diminutos alfileres que caían del cielo, puso en penumbras la ciudad. En busca de refugio corrió con destino a su hogar, al tiempo que buscaba resguardarse de la lluvia en los aleros de casas y comercios. Con admirable destreza brincó esquivando los charcos y riachuelos en que se habían convertido las calles de la ciudad. En un santiamén llegó al barrio en donde vivía, deteniéndose justo cuando doblaba una esquina. Su atención quedó en suspenso cuando pudo mirar a la distancia a su tía, quien entraba a toda velocidad al jacal. La vieja cargaba en la espalda un costal de yute medio lleno. A ella se le hizo extraño que su tía hubiese arribado a esas horas del día. Normalmente, la vieja mujer acostumbraba llegar más tarde a su casa. Acicateada por la curiosidad, se acercó con sigilo para tratar de saber a que obedecían los subrepticios movimientos de la mujer. A través de una rendija, de la especie de raída cortina de ventana, la ingenua muchacha pudo observar cuando su tía abrió un viejo ropero. Enseguida, su tía sacó del costal una caja de galletas, azúcar, almendras y pasas que guardó con avidez de avaro en aquel ropero. Boquiabierta, Inocencia no daba crédito a lo que sus propios ojos veían. Cualquier otra cosa hubiese esperado de su pariente, menos que le ocultase la comida y la hiciese padecer hambre. Aquello había sido como una puñalada asestada directamente al corazón de la adolescente.

Enloquecida y vuelta un mar de lágrimas, se retiró de aquel lugar con la idea de no volver nunca más, aun si para ello tuviese que vivir en algún lugar de la vía pública, pidiendo limosna como lo hacían muchos indigentes de la urbe. Con los pies y cuerpo empapados por la lluvia, huyó con un intenso vacío en el pecho y temblores similares a los que padecía cuando el padrastro la acosaba. En fracciones de segundo pasaron por su mente los pensamientos más oscuros, y sintió que no tenía caso seguir viviendo, pero al cabo de una hora de deambular, la desesperación cedió paso a una pesadez que la abatía. El cielo había escampado y la resolana le procuró una especie de alivio. Sin saber en donde se encontraba, se sentó en la banqueta de un callejón adoquinado y adornado con postes de donde pendían faroles de la época decimonónica. Los árboles de lele y jiniciles dejaban entrever sus copas por encima de las altas bardas que recubrían las residencias de la zona. Lejos del bullicio y de la mirada de extraños, la atmósfera que se respiraba en ese espacio era de silencio y absoluta tranquilidad. Los rayos del sol le empezaron a calentar todo el cuerpo y, en estado de sopor, se alertó ligeramente cuando escuchó uno de los portones que se abría en una de las residencias del rico vecindario. Un hombre había salido de aquella casa, y con paso ágil pasó a un costado. Dadas las condiciones de abandono de ella, con una de sus trenzas desecha y en medio de visibles suspiros, el individuo se sintió atraído con expresión generosa a tratar de saber qué le ocurría a la joven muchacha.

-¿Por qué lloras hija? ¿Hay algo que yo pueda hacer por ti?

-No, nada señor. No creo que alguien me pueda ayudar.

-¡Pero mira nada más como te encuentras! Das la impresión como si hubieses sido arrastrada por un huracán.

-No fue un huracán, pero casi casi-rió ella por la ocurrencia del hombre.

-¿Tienes hambre?

-¡Sí!

Sin pensarlo dos veces, el individuo sacó una moneda de su bolsillo y se la entregó a Inocencia. De forma inmediata le dio una tarjeta con una dirección adonde ella podía acudir en busca de ayuda. Extendiendo el brazo, el hombre estrechó la mano de Inocencia en señal de despedida y partió sin decir nada más. Impactada, no despegó la vista del sujeto que se perdió a la distancia con firme andar. Nunca antes, ninguna persona de clase rica la había tratado como aquel desconocido. Y, aún no acababa de salir de su asombro la adolescente, cuando pudo darse cuenta que el dinero que había recibido en forma maquinal, representaba el pago de dos días de trabajo. Con la mirada fija en la moneda, Inocencia le dio vueltas con una y otra mano, tratando de asegurarse de que aquello era real y no un sueño. Una vez convencida, guardó en un bolso de su desteñido vestido la moneda y la tarjeta que daba razón de la profesión del individuo. Enseguida especuló que el hombre vivía en aquella casa, pero pudo darse cuenta al leer la tarjeta, que la dirección anotada era diferente que la del callejón en donde ella se encontraba. Entonces pensó que el individuo sólo se encontraba de visita en esa casa y, preocupada, se puso a reflexionar en donde habría de pasar la noche, pues definitivamente, ya no iba a regresar a la casa de su tía. Sumergida en sus pensamientos así estuvo largo rato, planeando como iba a gastar el dinero que el generoso hombre le dio, cuando, súbitamente, se volvió a abrir el portón de la misma casa. A lo lejos, no podía creer lo que sus ojos habían visto. Una mujer salió de la residencia, pero con indecisión se regresó y cerró el portón como si hubiese olvidado algo. Inocencia quiso gritar pero no pudo, porque tenía la garganta hecha un nudo por la reciente aparición o, al menos, así creía ella de la mujer que acababa de ver. Angustiada y sin saber qué hacer, aguardó largos minutos que parecían horas, en espera de la mujer que no volvió a salir. En forma decidida y temblando de emoción, corrió y golpeó la aldaba de cobre en contra del portón.

-¿Quién es?-contestó la voz de la misma mujer en la parte de adentro.

-¡Soy yo! ¡Soy yo!

-¿Quién es yo?

-¡Soy yo, patroncita, Inocencia Domínguez!

Apenas acababa de proferir estas frases la adolescente, cuando enseguida se abrió el portón y salió Ángeles como impelida por una ráfaga de aire, a tratar de saber si era cierto o mentira lo que sus oídos acababan de escuchar.

-¡Ay, madre de Dios!-gritó Ángeles al momento que ambas se estrechaban en un fraternal abrazo-Te veo y no lo puedo creer. Casi me matas del susto. Esto es como un milagro.

-Lo mismo pensé yo cuando la vi salir y entrar a esta casa. Dicen que Dios hace milagros, y este es un milagro. ¡Ay, patrona, si le contara! Tengo hartas cosas que decirle.

-Yo también tengo muchas cosas de que hablarte, y no podías haber llegado en mejor momento. Aunque no lo creas, me hacías mucha falta. Me siento presionada y deprimida. Estoy desesperada. Ya no sé si pueda seguir viviendo como vivo. Pero, ¡mira! ¡Mira como vienes! ¡Anda, pasa! Necesitas ropa limpia y algo de comer.

IV

Ante la necesidad de una sirvienta, a regañadientes, don Eustacio se vio obligado a aceptar a Inocencia en su casa después de las insistentes peticiones de Ángeles que, a pesar de sí misma, hizo a un lado el orgullo e intercedió por la joven campesina, quien tuvo que explicar a la familia el modo casual con que había dado con la residencia. Conforme con las razones dadas, don Eustacio enarcó una ceja y advirtió al par de mujeres que a la más mínima indiscreción, Inocencia iba a ser corrida de aquella casa. Con maliciosa expresión, Epifanio escuchó en silencio mientras observaba a Inocencia de reojo, cual ser o bicho raro. Las órdenes del viejo fueron terminantes, y Ángeles, después de darle de comer, condujo a Inocencia al pequeño cuarto que habría de ser su hogar. En el jardín trasero, separado del resto de la casa, Ángeles e Inocencia adaptaron un bodegón lleno de tiliches. Aunque viejo y sucio, el cuarto era una residencia, comparado con la precariedad en que la adolescente vivía.

Lejos de la mirada y los oídos del viejo y el nieto, Ángeles e Inocencia se tornaron a mirar con traviesa complicidad. Al instante cayeron en la cuenta de que ese era el lugar ideal para platicar de lo que se les diera la gana, sin que nadie las pudiera escuchar. A pesar de las advertencias del viejo, ellas echaron en saco roto todo cuanto éste dijo. Inocencia le contó a Ángeles los motivos por los cuales se había visto obligada a desplazarse a la ciudad. Atenta y sin despegar la mirada de la joven muchacha, Ángeles escuchó estupefacta y fascinada las noticias que daban razón de su relación de parentesco con Gabino e Inocencia.

-Nunca te lo quise decir-expresó Ángeles con manifiesto júbilo-, pero tú forma de ser y de actuar, me recordaban mucho cuando yo era niña. Me parece mentira que el destino nos vuelva a juntar. Sólo Dios sabe por qué hace las cosas. Ora si, de a de veras eres mi hermana, mi querida hermanita Inocencia. Llevamos la misma sangre y me siento más obligada que nunca contigo, Gabino y toda la familia. Ya veré la forma de arrancarle un poco de dinero al infame que tienes como patrón.

-¡Ay, por Dios santo, patroncita, no diga eso! Acuérdese lo que dijo el patrón. Yo no estoy pa contarlo ni usté pa saberlo, pero don Eustacio no perdona cuando alguien contraría sus órdenes.

-Despreocúpate Inocencia. Don Eustacio está encerrado en la biblioteca con Epifanio. Seguramente al rato llega el antipático abogado Carreño. Además, ya no me llames patrona. Aunque te cueste trabajo, háblame de tú y por mi nombre. ¿Acaso no somos hermanas?

-Está bueno, se hará como tú digas, Ángeles-. Con dificultad, Inocencia se tuvo que adaptar a las nuevas circunstancias, dando explicación y detalles de la forma en que había arribado al callejón en donde se encontraba el domicilio de la familia Martínez Velasco.

Intrigada, Ángeles tomó la tarjeta que Inocencia le mostró con el nombre del individuo que previamente le había ofrecido ayuda en la calle. También, se sorprendió cuando Inocencia le mostró la moneda que le habían dado. No daba crédito cuando constató la gentileza con que el sujeto se había despedido de mano. En aquellos ambientes de la alta sociedad no se acostumbraba que los patrones se dispensaran semejantes confianzas. Por un momento creyó que Inocencia divagaba o le estaba contando sucesos que sólo existían en su imaginación. Pero las pruebas hablaban por sí mismas y eran irrefutables. Hasta ese momento, Ángeles se había negado a conocer al doctor que semana con semana examinaba el estado de salud de don Eustacio. Prejuiciada por los pruritos y la hostilidad de quienes la rodeaban, hizo tabla raza pensando que con ello conjuraba la posibilidad de un encuentro desagradable. Con la clara intención de evadir al sujeto, salía de la casa o se encerraba en su recámara cuando el médico llegaba. Y, hasta ese momento, no sabía ni estaba enterada de quién era aquel hombre, a no ser por las descripciones que Inocencia le había dado. La actitud generosa y la aparente modestia del individuo, despertó en Ángeles la necesidad por saber cómo o por qué, a pesar de las normas establecidas, el hombre se condujo con tal benevolencia y humanismo. Esos valores de solidaridad y piedad brillaban por su ausencia en la estirpe de los Martínez, Carreño y otros de su condición. Por eso, una y otra vez, Ángeles huía del acoso de esos hombres sin corazón, crueles y egoístas, infatigables enemigos de las causas dignas y justas.

Por las tardes, Ángeles se encerraba en su recámara a leer cuentos de caballería y de castillos en donde se narraban grandes romances. Soñaba con los ojos abiertos y creía en la posibilidad de un mundo mejor, en donde los hombres pudiesen amar y ser amados. Cuando se cansaba de leer, en forma celosa guardaba sus libros preferidos debajo del colchón, como auténticos tesoros que no debían ser vistos ni tocados por nadie. Animada por los relatos y las historias de las cuales se hubieran escandalizado las damas de buenas familias, en numerables ocasiones salió de su casa en busca de esa utopía que ella creía escondida en alguna parte de la ciudad. Una y otra vez buscó en forma infructuosa al otro, al hombre que ella había confundido con sus sueños. Al héroe semejante al de los cuentos que ella leía. Al hombre que pudiera entender los mismos motivos por los cuales ella sufría. Sin embargo, la cruda realidad parecía obstinada en imponerle sus insensatos designios. Mientras ella buscaba en la calle, Carreño le daba regalos que ella tenía arrumbados en algún rincón de su cuarto. Molesto por las negativas de Ángeles, el abogado prefirió replegarse con la firme idea de que tarde o temprano ella habría de aceptar sus solicitudes. Por su lado, con su característica impaciencia, don Eustacio mandaba a Epifanio para tratar de convencer a Ángeles de que cambiara de actitud.

Abrumada por el acoso y la necedad de los hombres, Ángeles empezó a padecer de insomnio. Y, cuando lograba conciliar el sueño, a las cuantas horas se levantaba bañada en sudor, presa del pánico por las horribles pesadillas. En una ocasión se soñó a sí misma vestida de novia, tendida dentro de un féretro del cual era rescatada por una mano blanca de largos dedos. Cuando abría los ojos, se encontraba con la desagradable sorpresa de que era Carreño quien supuestamente pretendía ayudarla. El hombre le ofrecía un anillo de compromiso, y ella huía despavorida hasta llegar al filo de un acantilado, en cuyo fondo se encontraban una gran cantidad de ataúdes. Horrorizada, despertaba a la realidad, con la sensación de que resurgía de la muerte para volver a caer en la misma. En otras ocasiones, la angustia del sueño era interminable, cuando la perseguía el occiso marido a través de valles y montañas. Al final, terminaba perdida en páramos oscuros, en donde flotaban extraviadas ánimas en pena, al igual que ella. Para colmo de males, cuando no eran las pesadillas, se levantaba en la madrugada a caminar sonámbula por todos los espacios de la amplia casa, en busca de la puerta o ventana que la pudiesen proyectar hacia la libertad.

Por eso, cuando Inocencia llegó a aquella casa, Ángeles pudo respirar con mayor tranquilidad. Ya no se encontraba sola y sin nadie a quien platicarle todos los males que la aquejaban. Inocencia, así, pudo enterarse de todos los secretos habidos y por haber. Ángeles no se guardó nada y le platicó a su hermana la forma en que las cosas iban de mal en peor. Del mismo modo en que Carreño encontró una relación de complicidad en Epifanio y don Eustacio, Ángeles también descubrió un aliado en su hermana Inocencia.

En los siguientes días ocurrieron varios sucesos que habrían de darle un marcado vuelco a las relaciones familiares. Como fiel emisario de la misión que se le había encomendado, Carreño llegó a la casa con nuevas noticias que traía de la ciudad de México. Cuando entró a la sala saludó a la familia y a Ángeles con un beso en la mano, sin siquiera inmutarse por la presencia de Inocencia que se encontraba parada a un costado de la puerta. La inocultable expresión de felicidad en la cara del abogado hablaba por sí misma. Al instante, los tres hombres se encerraron en la biblioteca sin voltear a ver a Ángeles e Inocencia, quienes sólo se encogieron de hombros y entornaron los ojos una vez que los individuos se alejaron de su presencia.

-Mañana mismo-manifestó Carreño al momento en que los interlocutores tomaban asiento-llega el general Sánchez a la ciudad de Xalapa. Las cosas van a salir mejor....

-¡Cómo! Pero si usted mismo me dijo en un telegrama que me envió de la ciudad de México, que este asunto podría tomar varios meses en resolverse.

-Sí, yo le dije eso, pero las cosas tomaron un giro inesperado y el general Carranza ha decidido acelerar los planes que tenía en mente. En una conferencia que dio ante la prensa, dijo que iba a proponer varios cambios que ya no podían esperar. La orden de mandar generales a distintas ciudades del país es parte del plan para darle más cohesión al gobierno central. Por medio de mis contactos tuve la fortuna de entrevistarme directamente con el general Sánchez, y logré de él mismo el compromiso de tener una entrevista directamente con usted.

-De plano, ahora si me dejó usted con el ojo cuadrado. ¿En qué clase de mago se ha convertido? Si no lo estuviera escuchando directamente de su boca, diría que todo esto es una absurda mentira. Pero ya que lo menciona, ¿cuál cree usted que sería el mejor lugar para tener esa entrevista con el general Sánchez?

-Por qué no aquí apá-externó Epifanio, atrayendo al mismo tiempo la mirada del par de interlocutores-Tú mismo me has dicho que este es el mejor lugar para tratar asuntos de negocios.

-A reserva de lo que usted pueda opinar-dijo Carreño-, yo creo que Epifanio tiene razón.

-Que no se diga más-terminó diciendo don Eustacio.

Epifanio acompañó a Carreño hasta el portón, y ahí mismo se despidieron con un apretón de manos, al momento que el abogado guiñaba un ojo al adolescente. Inocencia se encontraba barriendo el patio y pudo darse cuenta del gesto cómplice de Carreño. Como si nada hubiese ocurrido, tomó la escoba y se alejó fingiendo que no se había fijado en los gestos de los individuos. Mientras trapeaba la cocina, le dijo a Ángeles lo que había visto y, ésta, sólo movió la cabeza y torció la boca en señal de desaprobación. Inocencia, nada más le confirmó lo que ella sospechaba de su propio hijo. No sólo se encontraba de parte del abuelo, sino de paso, el vástago había tomado partido por el catrín que buscaba en forma interesada quedar emparentado con la familia. Ángeles lo sabía y lo presentía en la mirada y los gestos de aquellos individuos. Si algún día tuvo la esperanza de recuperar el cariño de su hijo, más que nunca se encontraba convencida que ese era caso perdido. El muchacho actuaba y se comportaba exactamente igual que los adultos que le servían de modelo. Las discusiones que la madre tuvo en alguna época con su hijo, con el tiempo dieron paso a la fría indiferencia. La displicencia la hacía padecer del mismo modo que la lastimaban las groserías del suegro. Así pues, para bien o para mal, las cartas parecían indicar que el destino de Ángeles estaba decidido, sin comprender lo que traía entre sus alas el futuro.

Del mismo modo en que en el otoño se deshoja el follaje de los árboles, las hojas en el almanaque volaron dando la bienvenida a otra semana. La luz del astro rey penetró oblicua a través del resquicio de las cortinas, y Ángeles se levantó con gran ánimo después de dormir como no lo hacía en mucho tiempo. Cuando descorrió las cortinas, encantada apreció el vuelo de las aves que se perdían en el horizonte de la mañana azul y diáfana. Desde la ventana del segundo piso posó la mirada en el jardín y en las casas del barrio que se encontraba en completo silencio. Satisfecha, con parsimonia se deshizo de su bata cuando llegó al baño. El agua tibia fue como un bálsamo que la despertó de su modorra, y salió de la bañera para enseguida enfundarse en uno de sus mejores vestidos. Radiante y de semblante fresco por el descanso, llegó a la cocina en donde ya la esperaba Inocencia con el desayuno.

-Luces muy bonita esta mañana, Ángeles-. Hasta las ojeras que tenías se te quitaron.

-No hay nada mejor que el descanso. Desde que llegaste a esta casa me siento más tranquila. Tus mimos y apoyo me han hecho mucho bien. Por fin, anoche, dormí como no lo hacía en meses.

El par de hermanas desayunaron en la intimidad de la cocina mientras intercambiaban recuerdos y mutuas palabras de halago y reconocimiento. Las bromas corrieron de uno y otro lado de la pequeña mesa, escuchándose ocasionalmente las risotadas de las alegres mujeres. Por un momento guardaban silencio, atentas de que nadie las estuviera escuchando y, enseguida, como un par de niñas juguetonas volvían a la carga. Ante los gestos y mímica que Ángeles hacía burlándose de su suegro, Inocencia no podía menos que estallar en hilaridad. Sus platos de comida se encontraban a la mitad, y apenas habían bebido un poco de café con leche, embebidas por sus ocurrencias. La diversión fue interrumpida cuando retumbó el portón por la aldaba que alguien golpeaba con fuerza. Ligera de pies, Inocencia se desplazó rauda y veloz a abrir la puerta.

-¿Qué haces aquí, hija?-sorprendido fue lo primero que dijo el hombre que había llamado a la puerta.

-Es que fíjese que....

-¡Quién es, Inocencia!-desde la cocina se escuchó el grito de Ángeles, tratando de indagar que ocurría.

-¡Es el doctor!

Cuando Ángeles se dio cuenta de quien se trataba, el doctor e Inocencia ya habían recorrido la mitad del patio. El hombre vestía una guayabera blanca, con pantalón y zapatos negros, de reluciente lustre. Cargaba en la diestra un maletín negro y, con la izquierda, llevaba tomada a Inocencia del brazo, escuchando con atención las razones que ésta le daba. Desde la sala, Inocencia y el médico interrumpieron su breve diálogo, cuando se dieron cuenta que Ángeles salió de la cocina con un florero en la mano. Por unos segundos, atónitos, el médico y Ángeles cruzaron sus miradas encendidas de pasión. Ambos se ruborizaron y quedaron mudos, en los instantes en que un inefable regocijo avivó la llama del amor guardado en lo más profundo de sus almas. Ángeles tembló de dicha y no pudo contener en su mano el florero que se había estrellado haciéndose añicos contra el suelo. El médico corrió en su ayuda, y de nueva cuenta los dos seres quedaron electrizados, enlazados sus ojos bajo los efectos de un embriagante sortilegio. Desafortunadamente, una estruendosa voz que venía del balcón del segundo piso, cayó como rayo que interrumpió el momento mágico.

-¡Qué pasa allá abajo!-gritó don Eustacio.

-¡Nada!-contestó Ángeles-Sólo se me rompió un florero.

Epifanio también salió de su recámara para ver que ocurría, pero al mirar al médico, entornó los ojos y se recluyó en su cuarto sin siquiera saludar. Apoyado en su báculo, don Eustacio bajó a la sala al momento que ordenó a Inocencia que limpiara los vidrios regados en el piso. Y el doctor se incorporó de donde se encontraba en cuclillas ayudando a Ángeles.

-Que pequeño es el mundo-dijo el doctor sin despegar la vista de Ángeles-. Todavía me acuerdo del día en que nos vimos por primera vez. Nunca me hubiera imaginado que....

-Sí, a mí tampoco se me olvida-interrumpió emocionada Ángeles al doctor-. Yo creía que nunca más nos íbamos a volver a ver.

-¿Ustedes se conocen?-preguntó don Eustacio desconcertado.

-¡Sí!-respondió al unísono la pareja que dejaba traslucir la forma en que habían quedado prendados.

-Más bien, sí nos quisimos conocer-enredada en sus propias palabras repuso Ángeles-, pero no nos conocemos.

Con una risilla coqueta, Inocencia se retiró de la escena con el recogedor lleno de vidrios y la escoba en la mano. Don Eustacio se rascó la cabeza y quedó más confundido de lo que ya estaba. Con gesto grave, el viejo no pudo ocultar que la situación lo empezaba a desquiciar.

-Bueno, permítame presentarme-dijo el médico a Ángeles-. Mi nombre es José Ruvalcaba. Cuando la vi por primera vez bajándose del coche en la calle Belén, me di cuenta que usted era una mujer atractiva. Y, ahora que la veo de cerca, me doy cuenta que usted es más bella de lo que yo me imaginaba.

Un calor como el que sienten los verdaderamente enamorados, recorrió de pies a cabeza por el cuerpo de Ángeles, cuando Ruvalcaba estrecho la mano de él a la de ella. Por el resquicio de la puerta de la cocina, Inocencia no se perdió ni un detalle de lo que ocurría. Llena de contento y alelada, por instantes, la especie de espía se tapaba la boca tratando de contener la risa cuando se dio cuenta de la inocultable expresión de ira del patrón. La forma en que previamente Ángeles había hecho una parodia del suegro, era similar a los gestos que Inocencia alcanzaba a distinguir en la cara del viejo. Desprendiéndose por un momento de Ángeles, José Ruvalcaba acompañó a don Eustacio a su recámara para realizarle la revisión médica de rutina. Ni uno ni otro se dirigió la palabra más que para lo indispensable, y Ruvalcaba pudo percibir la actitud hosca del abuelo que padecía de disnea. Guardó el estetoscopio en su maletín y entregó el frasco de pastillas que eran el medicamento que mantenía bajo control los ataques de asma que le daban al paciente. Como si llevase prisa, con maletín en mano, salió del cuarto en busca de Ángeles, quien no se había movido de la sala. Enseguida arribó Inocencia con dos tazas de humeante café negro, y él y ella conversaron fascinados el uno del otro.

A partir del feliz encuentro, las visitas de Ruvalcaba se hicieron más frecuentes en aquella casa. En cuanto se oía el retumbar del aldabón en el portón, Inocencia se desplazaba tan rápido como le era posible a abrir. Por lo regular, a su arribo, José Ruvalcaba llevaba un ramo de flores o regalos que Ángeles recibía ilusionada como nunca antes en su vida. Inocencia no podía ser la excepción y, aun cuando por diferentes motivos, aceptaba emocionada los regalos que el médico le daba. Los aretes, abalorios y anillos pronto se convirtieron en los favoritos de Ángeles, quien enseguida lucía con aires de diva todo lo que Ruvalcaba le regalaba. Y él se deshacía en dulces frases de alabanzas y admiración por la mujer a la cual empezaba a amar con incontenible pasión. Y, esa pasión, fue creciendo como el fuego en la medida que Ángeles se enteró de los altos ideales que motivaban la existencia de Ruvalcaba. A través de lo que él le relataba, ella reconoció en el médico al humanista que luchaba por las causas de los más necesitados. Su compromiso no sólo era con la medicina, sino a favor de servir a quienes menos tenían, sin importarle que por ello tuviese que sacrificar sus ganancias con tal de llevar un poco de esperanza a los más olvidados de la sociedad. Esto explicaba el por qué, desde la primera vez que lo vio Ángeles, el médico se había alejado de la vista de ella casi llevado en hombros por aquellos humildes campesinos. Y que mejor botón de muestra, que la forma en que Ruvalcaba le tendió la mano a Inocencia, en aquel día en que la joven muchacha lloraba con amargura su desventura. Por eso, y por muchas otras razones que se fueron descubriendo con el correr del tiempo, el par de hermanas adoraban a Ruvalcaba como el hombre modesto y afable, alejado del egoísmo y del odio por el cual estaban arrebatados los Martínez.

Como si el tiempo fuese más valioso que el oro, Ruvalcaba no dejó pasar un segundo más y, en una de aquellas visitas, le declaró a Ángeles todo el amor que sentía por ella. Ansiosa por la declaración que ella esperaba casi desde el primer día, al instante le respondió a Ruvalcaba que aceptaba la formalidad de ser su novia. De mutuo acuerdo los dos se levantaron del sofá en el que se encontraban sentados, y Ángeles atrajo a Ruvalcaba a la intimidad de la cocina en donde no podían ser vistos por nadie. Inocencia comprendió lo que ocurría y salió del lugar cuando vio al par de enamorados. Apenas traspasado el umbral de la puerta que se cerró detrás de ellos, José tomó de la cintura a Ángeles, y ella se apretó contra el cuerpo de él, al momento que le acariciaba el ondulado cabello. Entre ardorosos besos y caricias, así estuvieron por buen rato, bajo la implícita promesa de que eso sólo era el preludio de futuros encuentros amorosos. Tomados de la mano, los dichosos seres salieron de la cocina y caminaron a través del jardín. Ángeles descorrió el pestillo del portón y, al momento de abrir, despidió con un beso en la boca a su amado, justo en el momento en que arribaba Carreño, quien palideció y quedó petrificado por la escena. Pasando de largo, el abogado apenas pudo externar un inaudible saludo, y se internó en la residencia como si llevase a cuestas una pesada loza. Los tres protagonistas tomaron por rumbos distintos, y Carreño no podía creer lo que sus propios ojos acababan de ver. Se sintió defraudado y derrotado en sus propias narices por el médico que él mismo había llevado a aquella casa. Más que cualquier otra cosa, su orgullo y vanidad estaban hechos pedazos. Le habían arrebatado el trofeo con el cual el insigne abogado podía haberse lucido en los altos círculos de la sociedad xalapeña. Pero al poco rato, con su típico cinismo, Carreño se encerró en la biblioteca a dialogar con los acostumbrados interlocutores, con quienes se entendía casi a ojos cerrados.

El amor de Ángeles y José pronto hizo crisis en la familia de los Martínez. Don Eustacio dejó de requerir los servicios del médico, y Ruvalcaba sólo llegaba de pasada a la casa, saliendo de inmediato del brazo de Ángeles. La prepotencia y orgullo de Epifanio fueron más que manifiestos, retirándole por completo la palabra a su madre. El vástago hubiera preferido mil veces a Carreño, por encima del medicucho que para él era Ruvalcaba. Las de por sí deterioradas relaciones familiares quedaron hechas añicos, cuando los Martínez se dieron cuenta que aquel amor era más fuerte e intenso de lo que ellos se imaginaban. Inocencia, no podía menos que congraciarse del idilio que parecía una auténtica historia de amor y, en cuanto tenía la oportunidad, le confesaba a Ángeles lo que alcanzaba a escuchar de las conversaciones de los hombres, cuyos juicios cáusticos, no dejaban duda del malestar que los embargaba. El malestar fue encerrándose en aquella casa como en una especie de olla de presión que, en cualquier momento, podía estallar dejando en libertad a los demonios de la ira y el reproche. Ángeles lo sabía y, por lo mismo, prefería verse con su enamorado en algún lugar que ellos previamente habían acordado.

Desentendida por completo de lo que los hombres de la casa pudieran pensar, Ángeles se vistió aquella mañana ayudada por Inocencia, quien, con risitas cómplices, peinó a su hermana y la ayudó a escoger la ropa que se iba a poner. Cuando tomó entre sus manos algunas de las prendas íntimas de Ángeles, se sonrojó por el modo en que la veía su hermana y, sin decir palabra, cada cual se imaginó los pensamientos que cruzaron por sus mentes. Ángeles terminó de vestirse y se dio los últimos retoques de discreto maquillaje y del perfume con el cual encantaba a su amado. Faltaban sólo diez minutos para que Ruvalcaba llegara y, en cuanto ella salió de su casa, llegó un coche del cual se bajó José Ruvalcaba y le abrió la puerta a Ángeles con toda caballerosidad. Ruvalcaba dio la orden y el cochero partió. En un abrir y cerrar de ojos, como llevados por las alas de los mismos ángeles, el par de enamorados no se dieron cuenta en que momento habían llegado al empinado callejón en donde vivía el médico. Ruvalcaba abrió la puerta de la modesta y acogedora casa, y Ángeles ingresó con la sensación de que aquel nicho era un magnífico lugar para vivir. De una blanca pared que daba de frente a la entrada, colgaba un cuadro con el daguerrotipo de los padres de Ruvalcaba. Parada en medio se la salita, Ángeles se quedó por unos instantes con la mirada fija en el cuadro.

-¿Te gusta esa fotografía?-inquirió Ruvalcaba.

-¡Sí, es muy bonita!-suspendida en el recuerdo de su propia familia, reviró Ángeles al momento de admirar el estilo típicamente mexicano del amueblado de la casa.

-Me hubiera gustado que los conocieras en vida, pero mi padre acaba de morir y, mi madre, murió hace algunos años. Con el correr del tiempo sólo nos queda el recuerdo, y después, ya ni eso.

-Lo mismo me pasa a mí cuando me acuerdo de mi padre, a quien mataron de extraña forma cuando yo era niña.

Dejando de lado la nostalgia, Ruvalcaba le mostró cada uno de los espacios de la casa a Ángeles. Y, en especial, a ella le encantó la recámara de él. Desde la ventana se podía ver el Pico de Orizaba, engalanado con sus eternas nieves. La pintoresca ciudad también podía ser admirada en lontananza. Junto a la ventana estaba un escritorio de cedro y, alrededor de éste, se encontraban los anaqueles repletos de libros de medicina, historia y obras de literatura clásica. Emocionada, extrajo de los armarios varios volúmenes, y se dio cuenta que entre aquellos libros se encontraban varios ejemplares de los autores que a ella tanto la deslumbraban. Llena de entusiasmo se sentó en la cama a hojear algunas de aquellas historias, al momento que José tomó de los mismos libreros dos gruesos álbumes con fotografías de su familia. En medio de anécdotas y gratos recuerdos, José fue haciendo un relato de algunos de los pasajes de su vida. Con el dedo índice le mostró quienes eran sus hermanos, primos y demás parientes. Y, mientras hacía la relación de sucesos, un tibio viento empezó a soplar a través de la ventana que se encontraba abierta, dejando pasar el aroma de gardenias, jazmines y rosales del jardín. Ambos quedaron en silencio y se percataron del modo en que las cortinas parecían flotar por la habitación en gracioso vaivén. Los verdes ojos y la cuadrada cara de él, le daban un realce masculino, del cual ella quedó encantada.

Y a pesar de que los dos tenían acordado reservarse hasta después de su boda, una indescriptible necesidad se adueñó de ambos. Los meses de escarceos y contenida pasión, de manera espontánea empezaron a brotar por todos los poros de sus cuerpos. El simple roce de sus manos y su piel fue suficiente para comprender que tenían una asignatura pendiente. Cuando Ángeles se puso de pie de espaldas a José, de forma deliberada agitó la cadera con coquetería. Lo observó de soslayo y sintió como se le subió la temperatura cuando él la devoraba con la mirada. Arrojó los zapatos a un lado, y los pies de ella, lo mismo que sus hermosas piernas y caderas, lo trastornaron por completo. No hubo necesidad de decir nada, sus miradas hablaban más que mil palabras.

Hechizados, arrojaron libros y álbumes a un lado y sus bocas se juntaron en un apasionado beso. Con urgente deseo uno ayudo al otro a despojarse de sus ropas y, en minutos que parecían inefables momentos de gloria, ambos se encontraron completamente desnudos. De pie uno frente al otro, se abrazaron y acariciaron con sus manos las partes más íntimas de sus cuerpos. Con verdadera inspiración de artista, él exploró con sus labios toda la geografía del cuerpo de su amada, hasta alcanzar las profundidades de su sexo, provocando que los espasmos la hiciesen suspirar henchida de placer. Enardecidos de divina fiebre, retozaron al lado de libros dispersos en la cama. Y continuando con su lenguaje divino de juegos de manos y bocas, Ángeles no pudo más y poseyó dejándose poseer. Las caderas y el cuerpo de ella se agitaron en el aire en enloquecidos vaivenes con la furia de un terremoto de carnes que parecían devorar toda la humanidad de él. Se sintió embestida por una ingente masculinidad y, con total desenfreno, primero ella y enseguida él, alcanzaron el clímax en segundos en donde se encerraba el misterio de la vida y la muerte. Sus campos energéticos, lo mismo que sus humores y sudores se mezclaron en uno solo. Y estallaron hasta alcanzar el paraíso en medio de quejidos, risas y llantos de dolorido y total placer, en el supremo éxtasis del orgasmo. Abatidos por el esfuerzo, reposaron enlazados en un amoroso abrazo y, al poco rato, se encontraban en las mismas, como si aquel fuese el último día de su agraciada existencia en este mundo.

Enajenados por el placer, habían olvidado las horas y el día en que se encontraban. La vida seguía su curso, pero a ellos no les importaba lo que pudiera estar ocurriendo en la tierra y sus alrededores. El milagro del amor hizo su aparición y ellos no estaban dispuestos a dejar ir ni un solo gramo de lo que la naturaleza y los dioses les ofrecían en forma tan generosa. Al igual que ella, él se había mantenido en la abstención y la reserva después de una decepción amorosa. Pero Afrodita decidió ponerlos en el camino de la buenaventura y el privilegio de gozar y sentirse electrizados por mutuas caricias. Para el par de guerreros del amor cualquier rincón de su nicho era bueno para realizar acrobacias amorosas sin fin. A veces, la urgencia y la necesidad los alcanzaba en la sala. En otras ocasiones, el frenesí los sorprendía en el baño. Ni la cocina se salvaba de los temblores violentos de sus carnes, en donde por momentos, las escasas cazuelas y trastes parecían querer saltar de su lugar, en espera de ser invitados al concierto lúdico de manos, lenguas y cuerpos. En más de alguna ocasión a Ángeles la sorprendió la noche en casa de su amante. En medio de la conversación, la comida, el compartir sueños y hacer el amor, ninguno de los dos se daba cuenta en que momento los había alcanzado el crepúsculo de la tarde. Libres de ataduras habían dado rienda suelta a su amor delirante. Como un par de niños traviesos se paseaban desnudos por todos los rincones de la casa. Ella, admiraba el cuerpo atlético de José, y él, no podía menos que arrodillarse y besarle los pies a la diva que tenía enfrente. Extraviados en el delirio, por momentos los dos parecían estar realmente locos. En infructuosa búsqueda ninguno de los dos sabía adónde habían ido a parar las prendas personales de ella. Ángeles salía de la casa de José sin los abalorios o con sólo uno de los aretes que él mismo le había regalado. Días después, entre los trastos de la cocina, ella encontraba el collar extraviado. Curiosamente, un zapato de ella aparecía debajo del sillón de la sala y, el otro, lo encontraba en el comedor. En el colmo de la risa por poco regresa un día a su casa sin su sostén que se encontraba arrumbado detrás de la estufa. Aquella dulce locura había hecho que José se desentendiera de muchas de sus obligaciones. Hechizado por los negros ojos de ella, tuvo que posponer varias de sus citas con sus pacientes. Su existencia ya no tenía razón de ser sin los encantos femeninos de Ángeles.

V

Fue en el segundo verano de su relación con José Ruvalcaba, cuando Ángeles descubrió con gran emoción que estaba encinta. Ilusionada, salió de su cuarto y lo primero que hizo fue ir en busca de Inocencia. Su hermana se acababa de levantar y recibió con sobresalto el arribo de Ángeles. Sin anunciarse, con un empujón, Ángeles abrió la puerta y se abalanzó sobre su hermana abrazándola y llenándola de besos.

-¡Qué te pasa, Ángeles, hoy vienes más contenta que nunca! ¿Al fin se van a casar tú y el doctor?

-¡No, mi'ja, eso es lo de menos! Acabo de descubrir algo igual o más importante que eso.

-¡Por favor, termina de decirme!

-¡Estoy embarazada!

Apenas había dicho esto Ángeles, cuando enseguida las dos saltaron de gusto y se tomaron de las manos dando de vueltas como un par de chiquillas a la hora del recreo. Inocencia se agachó y pegó el oído al vientre de Ángeles, tratando de detectar algún movimiento o signo de vida del nuevo ser que se empezaba a gestar en las entrañas de la dichosa mujer. Y Ángeles, se dejó llevar por los mimos de su hermana, quien daba la apariencia de ser una experta partera, conocedora del modo en que se debía proceder en ese tipo de menesteres. La emoción fue mayor cuando Inocencia alcanzó a percibir lo abultado del vientre de Ángeles. Con gran algarabía salieron del cuarto y se dirigieron a la sala, olvidando por un momento el lugar y la situación en que ambas se encontraban. Al cruzar por la sala, fueron interceptadas por don Eustacio, quien se encontraba sentado en el sofá apoyando en forma impaciente las manos en el báculo.

-¡A ti te quería ver!-con voz estentórea, el viejo levantó el báculo señalando a Ángeles-Tú y yo tenemos muchas cosas de que hablar. Creo que ya va siendo hora de que pongamos las cosas en su lugar. ¡Y tú, Inocencia, retírate a tu cuarto o ve a ver que haces por ahí!

-Si algo tiene usted que decirme, Inocencia tiene derecho a saber porque es mi hermana.

-¡No digas tonterías! De plano tú estás terminando por perder el juicio, mujer.

-Mi difunto padre, don Refugio García, también es padre de Inocencia. Su propia madre se lo dijo.

Cuando Ángeles pronunció el nombre del occiso, don Eustacio enrojeció y guardó silencio como si el recuerdo de algo grave se removiera en su conciencia. Enseguida llegó Epifanio y, al igual que Inocencia, fue testigo de lo que parecía ser la última confrontación entre la nuera y el suegro. Recobrado del impacto, don Eustacio hizo gala de fortaleza y retomó el asunto que lo ocupaba.

-Está bien, si así lo quieres, peor para ti. Por lo menos te podías haber ahorrado el disgusto de quedar en vergüenza enfrente de la gente, pero parece que a ti no te importa, al igual que no te interesa la decencia que debe privar en las buenas familias.

-¿Y cuál es esa decencia que según usted debe privar en las buenas familias? ¿Desde cuándo el amor entre un hombre y una mujer es algo indecente?

-Ya veo que tus relaciones con ese doctorcillo te han dado grandes ínfulas. Pero por tu bien más vale que….

-¡No me amenace! ¡Ya basta de insultos e imposiciones! Usted ni nadie tienen el derecho de ofender mi amor con el doctor José Ruvalcaba. Mejor ocúpese de su vida y a mí déjeme hacer la mía como mejor me convenga.

-Pues si tú insistes en verte con ese hombre, no esperes ver de mi fortuna un centavo partido a la mitad.

-¿Y quién le dijo a usted que yo espero recibir algo de su dinero? El problema con ustedes los Martínez es que todo lo quieren resolver con sus millones. Pero entérese, de una buena vez, que mi dignidad no está en venta. ¡Vámonos, Inocencia! Vámonos lejos del alcance de estos horribles hombres.

-¿Adónde nos vamos a ir, Ángeles?

-Nos vamos adonde debimos de habernos ido hace mucho tiempo.

Epifanio y don Eustacio se quedaron con un palmo de narices. Y el viejo no pudo ocultar la cólera cuando vio al par de hermanas subir al cuarto de Ángeles. La rabia había dominado por completo al anciano que cayó presa de un ataque de disnea. Alarmado, Epifanio corrió por un vaso de agua y la medicina de su apá, y poco a poco, después del sofocamiento y la tos, el hombre pudo recobrar la estabilidad. Una hora más tarde, Ángeles e Inocencia salieron de la casa con un breve equipaje. Por la misma puerta que habían entrado en aquella residencia, salieron con decoro para no volver nunca más.

Ruvalcaba acababa de llegar a su casa cuando escuchó que en la cerradura de la puerta sonaban las llaves que descorrieron los pestillos. Lo inusual de la hora y el día, por un momento hicieron vacilar al médico que creía que se trataba de un ladrón, pero una vez que se abrió la puerta, con satisfacción se dio cuenta que se trataba de Ángeles e Inocencia. La inesperada visita al instante se trocó en completa alegría y fiesta, cuando Ángeles y José se abrazaron. De forma cariñosa José también abrazó a

Inocencia. Nadie hubiera deseado que las cosas se precipitaran de tal forma, pero lo hecho, hecho estaba, y lo importante era que todos estaban juntos para protegerse y ayudarse. El par de enamorados tenían planeado casarse aquel verano, sin embargo, se congratularon por el modo en que sus planes se habían acelerado. Ángeles puso al tanto a José de lo ocurrido, y él se sintió el hombre más feliz del orbe cuando ella le dijo que se encontraba encinta. Por fin, su anhelo de ser padre se iba a cumplir con la mujer de la cual él estaba locamente enamorado. Nunca perdió la esperanza de conformar un hogar, y maravillado recibió con los brazos abiertos lo que el destino o la buena suerte le tenía deparado.

Mes con mes, el afecto entre los miembros de la nueva familia fue creciendo, al igual que fue aumentando el tamaño del vientre de Ángeles, que no podía creer que la vida pudiera ser tan generosa. Cuando no era el teatro, era el cine o simplemente un paseo por los bellos parques de la ciudad. Siempre había una actividad con la cual se podía recrear la nueva familia. Inocencia era parte de aquellos privilegios y se sentía fascinada por la forma en que era apreciada y querida en aquella casa. Entonces, los lazos de parentesco se ampliaron y se hicieron más estrechos, cuando Gabino Domínguez tuvo la oportunidad de viajar a la ciudad para conocer al médico que se distinguía por su benevolencia y buen juicio. Gabino se sintió infinitamente agradecido por el modo en que Ruvalcaba se tomaba su tiempo, a pesar de sus múltiples actividades, para escucharlo y aconsejarlo. Por lo mismo, las visitas de Gabino se hicieron más frecuentes, y el hombre de campo ponía al tanto a la familia de lo que ocurría en el pueblo de El Encanto. Con la vista fija en el interlocutor, de vez en vez, Ruvalcaba se perdía en sus propias abstracciones, reflexionando en lo similar de la problemática de los distintos pueblos dentro del estado de Veracruz. Era inverosímil que sin haberlo buscado, el médico se involucrara cada día más en los asuntos que a él también le concernían. Empezando por don Eustacio que, sin siquiera saberlo el médico, tanto daño había causado a los tres hermanos. Gabino le platicó la forma brutal en que eran sometidos los peones de la ex hacienda, por el otrora amo y dueño de aquella comarca. El médico se sintió apenado por no haberse dado plenamente cuenta de la clase de calaña que tenía como paciente. Haciendo segunda a su hermano, Inocencia se integró al tema, y Ángeles confirmó con sus relatos todo cuanto los otros decían. Enarcando la ceja y con gesto adusto, Ruvalcaba reviró a ver a uno y otro, consternado y sorprendido por las historias que superaban con mucho las novelas que él había leído. Por momentos se le hacía imposible entender cómo era posible que aquellos seres transitaran por la tierra sin protestar por su oprobiosa situación. Pero enseguida, cayó en la cuenta que la ignorancia, la pobreza y el miedo eran los eternos males que mantenían en el completo atraso a comunidades que no sabían como sacudirse de encima la tutela de sus explotadores.

-En el pueblo-con toda franqueza externó Gabino-ya no sabemos qué hacer. Dicen que la revolución llegó dizque pa hacer justicia, pero la mera verdá es que los años han pasao y nosotros seguimos casi igual. De la ciudá nos mandaron un presidente municipal que no sirve pa maldita la cosa. Nunca está en el palacio de gobierno y, cuando está, nunca tiene tiempo pa recibirnos.

-Y por qué no lo quitan-dijo Ruvalcaba, al momento que las hermanas escuchaban atentas-, y eligen al presidente municipal que el pueblo quiera.

-Hemos querido hacer eso, pero en cuanto corre el rumor que el presidente municipal está mandao desde la ciudá por las mismas influencias de don Eustacio Martínez, a la gente le entra miedo y empieza a correr la voz que la autoridá puede meternos a la cárcel por andar de revoltosos. El maestro de la escuela nos ha dicho muchas veces que nos organicemos y luchemos por nuestros derechos, pero a la gente le entra por un oído y le sale por otro.

Por unos minutos, todos quedaron en silencio, cada cual sumido en sus propias reflexiones. Ruvalcaba iba a tomar la palabra, pero Inocencia se le adelantó tratando de abundar en lo que su hermano había dicho.

-Gabino tiene razón, doctor. En el pueblo somos muy valientes cuando no estamos enfrente de la autoridá. Pero en cuanto nos enteramos de que puede ser don Eustacio y sus pistoleros los que están mangoneando por detrás, no somos capaces de decir esta boca es mía. ¿Y, sabe una cosa doctor? El miedo no anda en burro. Todo mundo sabe en El Encanto que los pistoleros de don Eustacio deben varias vidas.

-Además-insistió Gabino-, la mayoría de la gente en el pueblo somos pobres. Y, los ricos con su dinero, siempre van a hacer lo que se les da la gana.

-En apariencia así es-lleno de convicción retomó de nueva cuenta la palabra Ruvalcaba-, pero siempre ha sido lo mismo. Nada puede hacer la gente sino aprende primero a dominar su miedo. Acuérdense que fueron campesinos como ustedes los que se alzaron en armas y se rebelaron en contra de las injusticias de los ricos y del mal gobierno. A mí me tocó formar parte de los primeros clubes antirreleccionistas que hicieron presión para que se diera un cambio democrático en México. No nos debemos desanimar y pensar que todo está perdido. Aunque ustedes no lo puedan notar ni sentir en el pueblo de El Encanto, en el país hay muchos grupos progresistas quienes luchamos porque las cosas cambien para bien de los más pobres. Entiendo que la justicia no ha llegado a todos los rincones de Veracruz, pero si unimos esfuerzos y nos organizamos como dice el maestro del pueblo, mejores tiempos habrán de venir.

Ante los sencillos y contundentes argumentos de Ruvalcaba, la familia quedó convencida de que el médico tenía razón. Satisfecho por el modo en que había persuadido a sus interlocutores, Ruvalcaba se dirigió al escritorio de su recámara y extrajo de uno de los cajones una caja oblonga en donde él guardaba recortes de periódico, fotos y cartas que daban razón del intercambio epistolar de sus años mozos como activista político. De regreso en la sala, todos quedaron a la expectativa tratando de saber qué era lo que él traía en sus manos.

-¡Toma, Gabino! Esta es una sorpresa que yo tenía reservada para ti.

Hasta donde tenía memoria, nadie le había regalado algo a Gabino con el valor que aquello representaba. Emocionado aceptó con gusto el obsequio, mientras mil pensamientos pasaron como negativos en blanco y negro por su mente. Más que un regalo, aquello era una muestra de afecto sin límites, y él no estaba acostumbrado a ese tipo de reconocimientos. Deshaciéndose en halagos, dando una y otra vez las gracias, Gabino estrechó con su par de manos callosas la mano de Ruvalcaba.

-¡Abre la caja!-casi al unísono gritaron Inocencia y Ángeles, acicateadas por la curiosidad. No obstante que Ángeles conocía o creía conocer todos los secretos de su amado, hasta ese momento, el contenido de la caja había pasado desapercibido para ella. Obediente de lo que sus hermanas demandaban, Gabino abrió la caja y sacó uno a uno los amarillentos papeles. Los recortes de periódico daban puntual cita de lo más relevante de los sucesos de aquella época. Entre la lectura de uno y otro papel, Gabino pudo descubrir las fotografías en donde Ruvalcaba se encontraba retratado en un mitin al lado de Francisco I. Madero, o bien, al lado de otros personajes de cuya existencia desconocían los hermanos. Boquiabiertos escucharon las explicaciones de Ruvalcaba en relación a la importancia y trascendencia de esos personajes en la historia política de México. Extasiados, los originales hijos de El Encanto escucharon la historia que había pasado velada para ellos. Orgulloso, Gabino tomó entre sus manos y leyó los borradores de algunas de las cartas que con excelente caligrafía había escrito Ruvalcaba. Sin embargo, en ese momento, era imposible entender y analizar cada uno de los documentos que regresaron a su caja como auténticos tesoros. Y, por un instante, la alegría quedó eclipsada cuando Ángeles alcanzó a descubrir entre los papeles una fotografía con la imagen de Carreño. Gabino no sabía quién era el individuo, y enseguida corrieron las explicaciones por parte de Ángeles y José.

-¡Ay, José! Lo que nunca he alcanzado a entender es cómo pudiste tener amistad con un hombre tan arrogante y presumido como Carreño. Yo sé que las comparaciones son odiosas, pero cuando te comparo con él, se me hace imposible que ustedes hayan podido ser amigos.

-Eso no es tan difícil de explicar. Carreño y yo nos conocemos desde que éramos niños. De hecho, nacimos y vivimos en el mismo barrio. Cuando empezaron a soplar los nuevos aires de la revolución, los dos abrazamos con entusiasmo la posibilidad de un cambio democrático. Pero al poco tiempo, Carreño se desentendió de las causas y de los principios por los cuales luchamos y seguimos luchando mucha gente. Luis Carreño prefirió seguir el camino del dinero y el poder político, y nuestra relación hizo crisis cuando tú y yo nos enamoramos.

Gabino escuchó atento lo que Ruvalcaba dijo, y pudo darse cuenta que el abogado, además de persona non grata, se encontraba estrechamente vinculado al ex hacendado del pueblo en donde el campesino vivía. Aun sin proponérselo, de una u otra forma, siempre salían a relucir en la conversación los nombres de los Martínez y el abogado Carreño. La intensidad y lo íntimo de la relación familiar, provocó que todos se preguntaran en silencio lo curioso y a veces extraño de los círculos del tiempo en que se encerraban vidas tan disímbolas, pero a la vez concatenadas por los impredecibles designios del destino. De tal talante, Gabino guardó la fotografía del abogado en la caja, con el presentimiento de que aquella no sería la primera ni la última vez en que Carreño habría de aparecer en la vida de los seres enlazados en indisoluble solidaridad.

Al cabo de unos días de inolvidables vicisitudes, Gabino partió a su pueblo vistiendo una camisa y pantalón que Ruvalcaba también le había regalado. El hombre de campo pensó que si Ruvalcaba no era un santo, estaba muy cercano a serlo. Como si se tratáse de una reliquia, con sumo cuidado guardó en su morral la caja que el doctor le había regalado. Sus ojos se iluminaron y sintió que en la cajita de madera se encerraban maravillosos secretos que él habría de disfrutar uno a uno con meditada devoción y paciencia. La existencia se le hizo más placentera y voló ligero con el alma llena de esperanza y deseos de vivir. Comprendió que el mundo estaba lleno de dolor, pero también entendió que por la tierra transitaban hombres y mujeres llenos de sensibilidad y generosidad. El amor por sus hermanas y el doctor, provocaron que Gabino irrumpiera en llanto cuando miró a través de la ventanilla del tren como se perdía a la distancia la ciudad.

El optimismo de las semanas previas por parte de Ruvalcaba, quedó ensombrecido cuando pudo percatarse del cruel modo en que el país parecía haber alcanzado la pacificación. Muchas heridas habían quedado abiertas por las traiciones entre generales en su lucha por el poder, mientras el pueblo seguía esperando cansado de tanta guerra a que se cumplieran los postulados por los cuales la gente derramó su sangre. La puñalada trapera se convirtió en el método predilecto de quienes pretendían presentarse ante la sociedad como los auténticos portadores del estandarte de la revolución mexicana. En forma por demás cobarde, Carranza había mandado matar a Zapata. Pero Carranza, a su vez, fue asesinado por las huestes del presidente en turno, Álvaro Obregón. El presidente también llevaba a cuestas la lamentable fama de haber sido quien mandó asesinar a Villa. De esta forma, la purga entre generales incluía a otros de mediano y más bajo rango, mientras se celebraba con bombos y platillos el arribo de la nueva familia revolucionaria al poder. La nueva casta, conformada por generales, decidía de norte a sur y en cada uno de los rincones de la patria el quehacer de la vida nacional. En los primeros años de la década de los veintes, el nuevo régimen procedió a repartir tierras en algunas partes del país, pero al poco tiempo el impulso inicial quedó frenado por la aparición en escena de nuevos grupos de poder y caciques. Muchos ex hacendados habían huido sacando del país sus fortunas y, otros, de manera discreta se agazaparon en las ciudades, en espera del momento oportuno para hacer su reaparición en el escenario público. Los conflictos entre quienes pugnaban por profundizar la reforma agraria y, quienes pretendían frenarla, se hicieron más que evidentes. Los privilegios, entonces, también se empezaron a hacer notorios, ahondando las diferencias que dieron origen a la simulación y el engaño, de la mano de la inmunidad e impunidad de que gozaba la nueva especie de poder omnímodo. En este contexto, el estado de Veracruz no podía ser la excepción. Y, aun cuando el a la sazón gobernador del estado, Adalberto Tejeda, se caracterizó por su apoyo a los movimientos agraristas, éstos perdieron su impulso asediados por la presión de la oligarquía local en estrecha alianza y connivencia con el general Guadalupe Sánchez. El general, no sólo actuaba en función de sus propios fines, sino se puso en contra del mismo gobernador, a favor de los intereses más espurios dentro del estado.

El día en que el general Sánchez salió custodiado por guaruras de la casa de don Eustacio, el en ciernes octogenario, a pesar de su enfermedad y una acentuada renguera, abrazó con júbilo a Epifanio y Carreño. El general había dado sus garantías de que no serían expropiadas la mayor parte de las tierras del ex hacendado. A cambio, el general se fue con la promesa de recibir en compensación varias fincas, que habrían de ser justificadas ante los registros de propiedades como enajenadas por utilidad pública. Amparado en el poder que dan las armas, el militar realizó jugosos negocios con la burguesía local y estatal. Y Carreño era una pieza clave en todos aquellos enjuagues, coadyuvando con triquiñuelas legaloides a que todo diera la apariencia de que se procedía dentro del marco de la ley. Así pues, el método predilecto para disfrazar aquellos fraudes fue el de presentar a varios propietarios como los supuestos dueños de grandes extensiones de tierras, cuando en realidad el propietario sólo era uno. Don Eustacio se valió de testaferros que aparecían en documentos como parientes que, de la noche a la mañana, hicieron crecer en forma geométrica a la familia de los Martínez. Epifanio, mientras tanto, fue aprendiendo cada una de las artimañas de que se valía Carreño para salir adelante en sus propósitos. Al poco tiempo, también, Epifanio se convirtió en un experto conocedor de los secretos resortes del poder. En más de alguna ocasión, ante la obligada ausencia del viejo por la enfermedad, Epifanio fue testigo del modo en que Carreño negociaba y lograba acuerdos con importantes políticos de la localidad. De tal suerte, la amistad entre los dos empezó a fraguarse en una especie de simbiosis, en que Carreño dependía del apoyo económico de los Martínez, y Epifanio necesitaba de los contactos políticos que habrían de darle la posibilidad de conducir con certidumbre las riendas de su herencia. El abogado, por lo tanto, tenía plena conciencia de lo que significaba aquella relación en sus anhelos de prestigio y fama. En un santiamén, Carreño se iba a elevar a las esferas más altas del poder político en Veracruz, cuando sus cómplices de siempre se comprometieron a apoyarlo con todo el dinero necesario en su campaña por alcanzar una diputación. De esa forma, los Martínez habrían de ver incrementada su fuerza y poder político.

-A río revuelto-comentó un día con sorna Epifanio-ganancia de pescadores. De veras que es de dar risa. Mientras se han matado unos generales con otros, nosotros seguimos aquí como si nada.

-Ciertamente-con sonrisa perversa confirmó Carreño-, es irónico que en medio de tanta confusión, estemos saliendo adelante casi intactos. No podemos negar que muchas cosas han cambiado, pero otras siguen como si nada hubiera pasado. Por fortuna, hemos sacado la mejor ventaja de los vaivenes de la política. Y más vale que nos afiancemos en nuestras posiciones, antes de que algún político salga con ideas disparatadas o tontas.

-Después de todo-abundó don Eustacio-algunos de estos revolucionarios no son tan torpes como yo creía. Si tuviéramos unos cuantos generales en el país como el general Sánchez, las cosas serían más fáciles. Este es el tipo de gente que necesitamos, y no, los inútiles radicales que echan todo a perder con sus discursos y sus ridículos afanes de justicia. De todas maneras los campesinos siempre seguirán siendo unos ignorantes y mal agradecidos que no entienden ni saben nada de política. Me da risa la torpeza y lo iluso de esta gente, pero más vale que sigan creyendo, pues de esa forma será más fácil manejarlos. Por lo mismo siento que vamos por buen camino. Poco a poco estamos volviendo a asentarnos en nuestros reales y, cuando quieran darse cuenta algunos políticos, ya estaremos afianzados en nuestras nuevas posiciones compartiendo honores con los que tienen el poder.

Los comentarios de unos y otros eran en el mismo tono, desbocados y mordaces, cuando no, llenos de sorna. Todos se frotaban las manos y ya empezaban a hacer cuentas de lo redituable que iba a ser para ellos la participación de Carreño en la legislatura del estado. Ciertamente, como afirmaba el viejo, mucha de la vieja burguesía encontró su reacomodo en el nuevo sistema. Al mismo tiempo nuevos caciques se unieron con los resabios del viejo poder, fortaleciendo en una sola a la oligarquía estatal que se solazaba con sus logros, al momento que adoptaban y se hacían partícipes del discurso de la también nueva clase política en el poder. Lo más novedoso, entonces, fueron los nuevos métodos de opresión que, disimulados, fueron creciendo como plaga a la sombra del poder político, cuando no, siendo parte de ese mismo poder que se decía tan preocupado y comprometido con las necesidades de las clases populares. Los Martínez fueron fieles depositarios del doble discurso de la clase gobernante, en donde se decía una cosa y se hacía todo lo contrario. Epifanio así, con la ayuda de su gran amigo Carreño, fue abonando el terreno de lo que sería el regreso a lo mismo de siempre en el pueblo de El Encanto, con el disfraz de la ley que de manera soterrada habría de quedar olvidada en un oscuro rincón en espera de mejores tiempos.

VI

Plácidamente y sin mayor pendiente, José y Ángeles pasearon tomados de la mano por el parque. Aun cuando la mañana se empezó a nublar, las copas de los árboles simulaban orlas de luz por donde se colaba el sol, al momento que se escuchaba la bulla de pájaros en distintas tonalidades. La paz y tranquilidad que se respiraban en la ciudad, ofrecían las condiciones ideales para las caminatas matutinas a que estaban acostumbrados. Ocasionalmente, José se detenía y le mostraba a Ángeles alguna flor o una de tantas plantas que abundaban en los bien cuidados jardines. Al pie de liquidámbares, araucarias y fresnos, como alfombras multicolores, crecían gardenias, jazmines, claveles y floripondios, entre algunas de las especies de la rica flora. Con delicadeza José cortó el tallo de las flores de su preferencia y se las dio a Ángeles, quien gustosa, le pidió que colocara una o dos en su cabello. Enseguida se sentaron en una de las bancas de metal del parque y se abrazaron y besaron como neófitos que no se cansaban de admirarse. Cuando el cuerpo de uno se estrechó al del otro, con risa y regocijo se pudieron dar cuenta que una especie de bulto se interponía entre los dos. Lo avanzado del embarazo era inocultable, y José posó su mano sobre el abultado vientre de Ángeles, tratando de palpar el increíble milagro de una nueva vida en gestación. En forma orgullosa se recreó con la idea de ser padre por primera vez, y ella se sentía ilusionada por la inigualable experiencia de volver a ser madre. Él mismo sería quien la iba ayudar en su trabajo de parto, y esto le causaba una gran sensación de paz y estabilidad a Ángeles. Estaban embelesados, pues ni los sobresaltos de lo cotidiano parecían irrumpir en la forma con que ambos se adoraban. Bañados por el aura del amor, sus rostros lucían radiantes en el teatro, la calle y hasta en el mismo consultorio adonde Ángeles acompañaba a José. Y en ocasiones, como niña, ella se ponía a jugar con los instrumentos que el médico utilizaba para sus consultas. De ese modo, los simples placeres de la vida los gozaban con gran intensidad, como si las cosas que los rodeaban tuviesen un nuevo encanto desconocido por ellos.

Trastocados por la fuerza del cambio que llegó a sus vidas, ninguno de los dos se percató de la entrada del otoño, hasta que un día, cuando transitaban por una de las calles de la ciudad, su marcha se vio interrumpida por la algarabía de la gente y el ruido de bandas de música acompañadas del reventar de cohetes en el cielo. Atraídos por la curiosidad, se aproximaron al lugar de donde provenían los ruidos de fiesta, pero no tuvieron que caminar mucho porque él alcanzó a columbrar lo que ocurría al mirar uno de los muros de la avenida en que se encontraban.

-¡Qué pasa, José!-sin entender la reacción de él, inquirió ella-¿Por qué nos detenemos?

-Juzga por ti misma-dijo él al momento que señaló con el dedo índice el muro en el cual había fijado la vista-Ahí está la respuesta del por qué de tanto alborozo y fiesta.

-Sigo sin entender-dijo Ángeles, ante la cantidad de multicolores pasquines que tapizaban por completo la pared.

Del mismo modo que un lazarillo guía y dirige al ciego, José tomó de la mano a Ángeles y le indicó que leyera los nombres de las personas que aparecían en la abundante propaganda. De forma inmediata ella comprendió de qué se trataba, al leer el nombre de Luis Carreño, quien había sido postulado como candidato a diputado. Imantados por el ambiente de festejo, los transeúntes pasaban en grupos que se dirigían al parque Juárez. En tales circunstancias, ninguno acertó a saber qué hacer y, cuando se disponían a regresar a su casa, José encontró por casualidad a un viejo conocido entre el gentío que minuto a minuto se transformó en tumulto.

-¡Qué milagro que te dejas ver, José!-exclamó un hombre de complexión delgada y bigotillo pulcramente recortado-Todos los amigos nos preguntamos en dónde has estado todo este tiempo. Da la impresión como si te hubiera tragado la tierra. Ya ni siquiera se te ve por los lugares que solías frecuentar.

El individuo estrechó la mano de Ruvalcaba y tornó a mirar a Ángeles, comprendiendo los motivos por los cuales el médico se había retirado temporalmente de gran parte de sus viejas amistades.

-¡Bueno! Muchas cosas han cambiado en mi vida-lleno de contento repuso Ruvalcaba al momento que tomó la mano de su mujer-. No me ha tragado la tierra, simplemente mi tiempo libre ahora lo ocupo en asuntos de familia. ¡Permíteme presentarte a mi esposa!

La ocurrencia de José causó gran gracia a Ángeles, pues aún estaba en trámite el matrimonio de ellos por el civil. De cualquier manera, para ella eso era lo de menos, pues en la práctica ya eran marido y mujer. El de bigotillo quedó satisfecho con la breve razón del médico y se aproximó saludando en forma cortés a Ángeles.

-Me da gusto que al fin te hayas casado, porque no hay nada mejor en la vida de un hombre que el amor de una mujer. Enhorabuena celebro que seas feliz. Y ya que hablamos de felicidad, me imagino que ustedes vienen a celebrar como yo el triunfo del licenciado Luis Carreño. Sobre todo tú, José, supongo que debes estar muy satisfecho con el éxito de nuestro amigo que, dicho sea de paso, goza de grandes influencias políticas y se rumora que contó con el apoyo económico de un hombre muy rico, cuyo nombre es Eustacio Martínez. ¿Has oído hablar de ese hombre?

En forma discreta, Ángeles pudo darse cuenta de la reacción de José, oscilante entre lo adusto y lo irónico. En el poco tiempo que llevaba de vivir con él, había aprendido a reconocer cada uno de los gestos de su marido. Y, sin decir palabra, ella aguardó con respeto a que él diera las razones que mejor considerara convenientes.

-Don Eustacio Martínez fue mi paciente. Luis Carreño me lo presentó, y no dudo que don Eustacio lo haya ayudado, pues ellos tienen una relación muy estrecha. Pero debo aclararte que de mi antigua amistad con Carreño no ha quedado nada. La relación pasó al olvido, pues ni él se ocupa de mí ni yo de él. Como quien dice, somos harina de diferente costal.

-¡Oh, perdón! Tal vez cometí una indiscreción sin querer. Si yo hubiera sabido que las cosas entre ustedes ya no están en buenos términos, me hubiera ahorrado el comentario.

-¡Pierde cuidado, hombre! Tú no tienes la culpa de lo que haya sucedido. Sólo quiero dejar en claro que entre nosotros ya nada existe. Mi esposa y yo no sabíamos lo que estaba ocurriendo, pero ahora ya entendemos el por qué de tanto alboroto.

El de bigotillo se encogió de hombros y se despidió cortando por lo sano el diálogo, enfilando en dirección contraria de donde marcharon Ángeles y José. Satisfecha por las respuestas dadas, Ángeles tomó del brazo a José y caminaron con la conciencia tranquila. En todo caso, ellos no tenían nada de que preocuparse, pues sólo obedecían a su corazón y actuaban conforme a sus principios. Y José se había deslindado con absoluta claridad y contundencia, sin caer en las odiosas descalificaciones o reproches. El tino y buen juicio de él, los hizo sentir más libres que nunca. Sus dos piernas les bastaron para caminar entre calles y callejones, deteniéndose ocasionalmente en alguna tienda o en alguna construcción antigua de la que José daba explicaciones a Ángeles, como si fuese un guía de turistas. Él conocía cada uno de los recovecos de la pintoresca ciudad, y ella escuchó atenta mientras transitaban por calles empinadas o cuesta arriba. Por callejones de terracería y empedrados, al fin llegaron a su casa.

Cuando abrieron la puerta se dieron cuenta que Gabino estaba en la sala ayudando a Inocencia a guardar ropa en maletas y cajas de cartón, como dispuestos a salir de viaje. El buen estado de ánimo de José y Ángeles fue presa de la sorpresa cuando no atinaron a saber a que obedecía la aparente prisa del par de hermanos. Tampoco sabían por qué Gabino había llegado a la ciudad sin avisar. Unos a otros se tornaron a mirar sorprendidos, y Ángeles percibió por el gesto de sus hermanos, que las cosas no marchaban bien o, por lo menos, algo grave estaba ocurriendo. Casi al mismo tiempo las hermanas intentaron tomar la palabra, pero al fin, Ángeles dejó que las explicaciones corrieran por cuenta del hermano que acababa de llegar a la casa.

-Perdonen ustedes la impertinencia, pero mi amá cada día está más mala y quiere que Inocencia esté con ella, porque dice que siente que en cualquier rato se puede morir. Y también quiere que Inocencia y yo nos hagamos cargo de la casa, pa cuando ella ya no esté en este mundo. De todas maneras, nosotros no nos íbamos a ir sin antes avisarles. Además, sin importarle la enfermedá de mi amá, cada vez que está borracho, mi padrastro insulta por parejo a toda la familia y dice que somos una bola de mal agradecidos. Pero mi amá y yo ya le pusimos un hasta aquí y lo corrimos de la casa. Y de mi cuenta corre que en los últimos días de vida que le quedan a nuestra madre, el desgraciao no va a poder ponerle la mano encima. Por eso nos urge irnos, antes de que el infeliz se entere que yo no estoy en la casa y quiera hacer una tontería.

Un silencio de tumba cayó de forma umbría cuando Gabino dio los detalles de las razones y la prisa que los ocupaba. Nadie pudo negar que sus motivos fueran más que justos. José sabía que la madre del par de campesinos no gozaba de buena salud, pero desconocía la gravedad del caso, por lo mismo, como último recurso ofreció sus conocimientos médicos para intentar aliviar los males de la enferma. Sin embargo, todo fue en vano, pues le informaron del tipo de enfermedad y él comprendió que ya no había nada más que hacer, y compartió el punto de vista del médico del pueblo que había dado por desahuciada a la mujer. Con pena y frustración José movió la cabeza de un lado a otro, y Ángeles rodeó con sus brazos a Inocencia, dándole consuelo. Afligida, Inocencia abundó en las razones de su hermano, y sintió la necesidad de hacer la confesión que sólo ella y sus hermanos conocían. Hasta ese momento, por vergüenza, nadie había tocado el tema enfrente de José, y él sintió mucha indignación cuando se enteró de los motivos que orillaron a Inocencia a salir prácticamente huyendo de El Encanto. Por boca de otras personas de poblados aledaños a la ciudad, José había escuchado los ignominiosos relatos de pederastia de los padres con sus propias hijas, pero nunca se imaginó que en el seno de su nueva familia pudiese existir un caso así. Casi cualquier cosa podía entender y aceptar, menos aquellos intolerables excesos que desgraciaban por completo la vida de un infante. Para José, la vida de un niño era sagrada, y aquellos degenerados actos merecían ser considerados como uno de los crímenes más repugnantes. El consuelo de todos fue que el padrastro de Inocencia, a pesar de sus aviesas intenciones, no había logrado vulnerar la intimidad de la muchacha. No por ello podía pasarse por alto, sin antes exhibirse ante la opinión pública como un cáncer que debía ser extirpado de raíz. El mal era uno de tantos, producto de la pobreza y la promiscuidad con la cual vivía la mayoría de la gente del pueblo de El Encanto. Y el médico sorprendido confirmó que el asunto en cuestión no era un caso aislado sino se repetía con harta frecuencia en el pueblo y poblados circunvecinos de donde provenía su nueva familia.

-La mujeres-dijo Ángeles abundando en el caso-se ven obligadas a sacar a las hijas de la casa, antes de que el padre se quiera pasar de la raya. Eso, en el mejor de los casos, porque cuando se da cuenta la madre el hombre ya hizo de las suyas.

-Y que podemos hacer doctor-con amargura repuso Inocencia-. Somos mujeres y parece que estamos condenadas a sufrir los peores tratos y humillaciones. Si alzamos la voz pa defendernos, enseguida nos llueven golpes, del mismo modo que mi padrastro golpeaba a mi madre. Y pa mí que ella también se enfermó por las golpizas que el borracho ese le daba. Nosotros estábamos chiquillos cuando veíamos como el desgraciao golpeaba a nuestra madre, y terminábamos llorando al lado de ella sin poder hacer nada. Imagínese usté, después del maltrato y las humillaciones en la hacienda de don Eustacio, teníamos que aguantar las groserías de nuestro padrastro. Y ora resulta que somos mal agradecidos, cuando encima de todo nos tenía en la vil hambre, y quiere quedarse con la casita que mi amá construyó con el esfuerzo de su trabajo. Porque usté no está pa saberlo ni yo pa contarlo, pero mi amá hizo la casa con los ahorros del dinero que ganaba lavando, planchando y haciendo tortillas pa la gente ajena.

-Inocencia no miente un ápice-convencida de esas razones abundó Ángeles-. Yo tuve que darles la mano cuando todavía no sabía que eran mis hermanos, pero para mí siempre lo fueron. Por años me dolió el modo en que don Eustacio y mi difunto ex marido maltrataban a los peones de la hacienda. Esos hombres nunca tuvieron ni tienen corazón, y ora me arrepiento y me da vergüenza haber vivido con ellos. Son unos malditos asesinos que se han hecho ricos con el sufrimiento de la pobre gente. Si nuestro pueblo vive hundido, es por ellos y por nadie más.

Como fulminantes condenas caídas del cielo, sonaron los argumentos de Ángeles. Todos coincidieron con ella y, hasta ese momento, nunca se había atrevido a hacer tales afirmaciones. La primera sorprendida, entonces, fue ella, pues más que quejarse exhibía sin reparo alguno los excesos de los Martínez. José escuchó con beneplácito la forma en que Ángeles denunció con convicción a los pillos que tenían asolado a El Encanto y comarcas circunvecinas. Por razones distintas de quienes habían sufrido en carne propia tantas vejaciones, él estaba convencido que lo dicho por ella era la fuente de los males que mantenían en el atraso a muchos pueblos. La situación, con el devenir del tiempo, alentaba en el médico un mesurado optimismo, pues José pensaba que las cosas irían cambiando paulatinamente, pero el ignominioso pasado parecía recuperar vieja fama. Gabino retomó de nueva cuenta la palabra, e inesperadamente sacó a todos de las reflexiones en que se encontraban inmersos.

-¡Ay, por poco se me olvida! Don Eustacio y Epifanio acaban de regresar a El Encanto.

-¡Cómo!-exclamaron todos al unísono.

-¡Sí! Yo mismo los vide con mis propios ojos. Viven en la casa que tienen enfrente del palacio municipal. Hace un mes que regresaron al pueblo, pero la gente dice que orita no están porque dizque se vinieron pa la ciudad a celebrar el triunfo de un amigo que ganó un cargo político.

Ángeles y José tornaron a mirarse, pues sabían perfectamente de lo que estaba hablando Gabino. Inocencia se encogió de hombros y esperó con paciencia a que corrieran las aclaraciones del caso. Cada cual estaba consternado porque esas no eran precisamente buenas noticias.

-¿Te acuerdas de la fotografía que vimos-preguntó José a Gabino-del licenciado Carreño, en la cajita que te regalé?

-¡Cómo no me habría de acordar doctor! ¡A poco él es el que ganó pa.....!

-Adivinaste, Gabino-interrumpió Ángeles-, él es el mismo que ganó un cargo para diputado con el dinero de don Eustacio.

-¡Entonces-dijo Inocencia admirada por la revelación que la hizo avisparse-, vamos a seguir igual de fregaos que siempre! ¡Sólo eso nos faltaba! ¿Es qué esos hombres no se van a cansar nunca de tener la pata encima de la gente?

-Eso mismo he pensao yo-dijo Gabino con cara de consternación-en estos días. Apenas la gente estaba queriendo ponerse de acuerdo pa correr al presidente municipal que no sirve pa nada, cuando llegaron los Martínez. Epifanio entra y sale de la presidencia como Pedro por su casa. Y la gente parece conformarse cuando don Eustacio dijo que el presidente va a seguir en el cargo. Si a esas vamos, como dijo Inocencia, ora sí ya nos fregamos.

-No adelantemos vísperas-dijo José sin perder la calma-. Ellos van a querer mangonear al pueblo igual que siempre. Pero también saben que las cosas ya no son igual que antes o, por lo menos, ahora les va a costar más trabajo porque la gente ya no se va a dejar tan fácilmente. Hay que esperar a ver hasta donde quieren llegar los Martínez, y será el pueblo el que decida lo que se deba hacer. Para que la cuña apriete debe ser del mismo palo y, por una u otra causa, los mismos de El Encanto les van a poner un hasta aquí. Por lo pronto, ustedes y nosotros somos los primeros inconformes, y ya el tiempo dirá.

-Y usté qué tiene que ver con todo ese enredo doctor-inquirió Inocencia consternada y sorprendida a la vez-Usté y Ángeles se van a quedar a vivir aquí en la ciudá, y Gabino y yo somos los que nos vamos pal pueblo.

-Que no se te olvide que tú y Gabino son mis cuñados. Por lo mismo, somos familiares, o para que me entiendas mejor, si algo le pasa a alguien de mi familia es como si me pasara a mí mismo.

Llenos de satisfacción, Inocencia y Gabino se sintieron de nueva cuenta honrados de ser parte activa del nuevo núcleo familiar. La modestia y simpleza con que los trataban Ángeles y José no tenían comparación con nada. Pobres de nacimiento y vejados por su misma gente, los Domínguez sentían que habían descubierto el paraíso terrenal en los Ruvalcaba, quienes los trataban con sinceras muestras de amistad y cariño. José, por lo tanto, era consecuente entre el decir y el hacer. Sus motivos estaban más allá de una simple conversación o reunión familiar y, si en algo había empeñado muchos de sus esfuerzos, era precisamente en mostrar su solidaridad con la gente del campo. Él tenía verdadera devoción por los campesinos e indígenas a quienes consideraba como la clase más humillada y olvidada de su patria, y la ruleta de la vida lo puso en el camino de experimentar de cerca los sentimientos, anhelos y frustraciones de aquéllos generosos seres. Así pues, mientras Ángeles ayudaba a sus hermanos a terminar de empacar, José ingresó en la recámara y abrió una pequeña caja fuerte. Al cabo de unos minutos salió con un fajo de billetes en la mano. Inocencia y Gabino, recibieron con incredulidad el dinero que José les estaba entregando. Ángeles, a su vez, quedó impactada por el acto de desprendimiento material de él, y no pudo menos que abrazarlo y besarlo. El júbilo no paró ahí e Inocencia hizo lo propio, esperando su turno Gabino, quien estrechó en un fuerte y largo abrazo a José. Un pacto de sangre había quedado sellado en el gesto altruista que habría de perdurar contra viento y marea, pues el amor tenía muchas invisibles recompensas que daban regocijo, sobriedad y paz al espíritu, pero también requería de grandes sacrificios que habrían de poner a prueba los tiempos difíciles por venir.

Montados en un robusto mastodonte de acero, cuya máquina arrojaba grandes bocanadas de humo, fascinados, por primera vez en sus vidas el par de hermanos viajaron con asientos pagados. Partieron con movimientos de manos en señal de despedida, teniendo en contraparte la misma respuesta de los Ruvalcaba, que siguieron con la vista el pesado movimiento del tren que se perdió en el horizonte sin dejar más huella que las pequeñas estelas de humo que también se desvanecieron en el aire.

-¿En qué piensas, José?-preguntó Ángeles al mirar que él estaba como ido.

-¡Ay! Pienso en lo duro que ha sido la existencia para ustedes. También pienso en lo feliz que somos nosotros, mientras muchos hombres y mujeres de este mundo sufren. A veces se me hace incomprensible por qué hay tantas disparidades y conflictos en esta vida, pero enseguida caigo en la cuenta que es el egoísmo y el odio, entre otras cosas, lo que no permite a las personas ser felices. Minuto a minuto, día a día, se comete una injusticia hasta que la gente revienta y termina por hacer justicia por propia mano, como acaba de suceder en nuestro país. Aun así, siempre nos quedamos a medias, esperando que las cosas sean mejores. No sabemos lo que vaya a ocurrir en El Encanto, pero no me gustan muchas de las cosas que Gabino nos ha dicho.

-A mí tampoco me gustan, José. Pero como tú dices, los tiempos de ahora ya no son los de antes. Tan sólo ponte a ver la ventaja que significa que vaya a ver una carretera que llegue hasta el pueblo. Muy pronto tardaremos la mitad de tiempo en llegar a El Encanto. Y también, muy pronto, en caso de emergencia mis hermanos podrán venir a vernos, o nosotros podremos ir a verlos. Gracias al desarrollo de las comunicaciones, como tú y yo lo hemos comentado, podremos enterarnos más rápidamente de lo que ocurre. Ya no va a ser tan fácil que estos malvados hagan sus fechorías sin que nadie se entere a tiempo.

-¡Umm! Sin duda eres una persona práctica. A mí no se me había ocurrido eso. Lo que acabas de decir es muy importante, porque los Martínez ya no van a poder esconderse en la lejanía de las montañas a realizar sus atrocidades. Pero al mismo tiempo tengo mis dudas, porque los rufianes de antaño ahora se van a escudar en la protección de leguleyos como Carreño. Al fin y al cabo los unen los mismos propósitos.

Dubitativa, Ángeles fijó la vista en José, pensando y tratando de razonar en lo que él decía. Ciertamente, las cosas eran diferentes, pero también los métodos de dominación y control por parte del poder tendían a volverse más sofisticados. Cuando regresaron a su casa, tanto él como ella estaban absortos en sus propias reflexiones, tratando de descifrar los futuros enigmas. Ocasionalmente rompían el silencio y uno le hacía preguntas al otro, externándose mutuamente sus puntos de vista. La noche los alcanzó y se acostaron por primera vez un tanto preocupados, pues ninguno de los dos tenía clara certeza del porvenir. Cualquier cosa, que no fuera precisamente algo bueno, se podía esperar de los abominables hombres que habían vuelto por sus fueros. Y aunque a los dos se les complicaban los pensamientos, los Ruvalcaba estaban dispuestos a enfrentar lo que viniera. En los siguientes días, de manera gradual, José retomó el hilo del diario acontecer en el país. Las disputas en Veracruz entre la clase adinerada y los que pugnaban por justicia eran más que evidentes. El conflicto principal en el estado tenía que ver con el uso y tenencia de la tierra. El reparto de tierras quedó frenado, y la mayor parte de la gente del campo quedó inconforme con el prometido cambio. Luego entonces, las caravanas de campesinos crecían día con día en busca de reivindicaciones que el gobierno parecía estar imposibilitado de satisfacer. Mientras en las ciudades crecían las obras de infraestructura, en el campo se fortalecían los nuevos grupos caciquiles que en forma soterrada ejercían un férreo control sobre las poblaciones. A la postre, las demandas ya no sólo fueron por el reparto de tierras, sino porque se hiciera justicia en torno a los líderes indígenas y campesinos que en forma inmisericorde mandaban asesinar los caciques. De modo inexplicable, nada ni nadie parecía poner bajo control los cacicazgos cuyo poder en las distintas regiones de Veracruz era indisputable. El progreso entonces fue a medias, pues a pesar de que surgieron nuevas organizaciones de campesinos y trabajadores, los mismos se encontraban mediatizados por sus líderes en estrecha connivencia con el gobierno. Del mismo modo que a nivel nacional habían quedado archivadas las demandas más sentidas de la gente, a nivel local fueron quedando en el abandono a merced del latrocinio comunidades completas. Por si fuera poco, la nación no parecía encontrar su definitiva y total estabilidad.

Ángeles estaba a punto de dar a luz y, José, no quiso preocuparla cuando llegó del consultorio con su clásico maletín negro en la mano y el periódico cuidadosamente doblado debajo del brazo. Él decidió guardar silencio cuando la vio con su abultada barriga sentada en el sillón de la sala, tejiendo ilusionada las chambritas de su bebé en ciernes. Prefirió no importunarla y se sentó al lado de ella a mirar como tejía, pero de reojo, Ángeles percibió el desasosiego del hombre que no podía ocultarle sus estados de ánimo. Como si fuese parte de su propia piel, ella había aprendido a identificar todo lo malo o bueno que transitaba por los finos hilos de la conciencia de él. Con la dulce mirada que tienen las mujeres encinta, ella se dirigió a la cocina y al instante regresó con dos humeantes tazas de té que había dejado reposando para cuando él llegara del trabajo. El té de tilo, ligeramente endulzado con miel, era el remedio perfecto para poner los nervios a tono y devolverle la tranquilidad a quien la hubiese perdido. José se sentía cansado por el exceso de trabajo, pero también traía una serie de pensamientos que revoloteaban en su cabeza como avispas extraviadas. Después de quitarse los zapatos, arrojó la corbata a un lado y, entre sorbos de té que saboreó con agrado, recobró su típico talante de hombre sobrio. Ella se acurrucó al cuerpo de él y se dejó acariciar como niña consentida, haciendo lo propio. En una especie de modorra los dos se sintieron con magnífico estado de ánimo, y a ella le pareció que era el momento ideal para iniciar el tema de conversación.

-¿Ora sí, me puedes decir que te ocurría mi amor?-inquirió Ángeles al momento que se desabotonó el vestido que casi le reventaba en el cuerpo-Llegaste más callado de lo normal y te veías tenso.

-Sí, tienes razón, muñeca. No quería decírtelo porque tu condición es delicada, pero me acabo de enterar que a un familiar de uno de mis pacientes lo mataron por andar metido en uno de esos conflictos de tierras que se han puesto de moda en Veracruz. Y, según me han comentado, los gatilleros de los caciques en el estado actúan con plena impunidad, sin que las autoridades les pongan un alto. También se rumora que esos matones cuentan con la protección de importantes políticos, porque de otra manera no se puede explicar como se pasean por todos lados sin que nadie les diga nada. ¿Te das cuenta de la gravedad del caso?

-¡Eso es horrible, José! No quiero ni imaginarme lo que podría pasar si a alguno de mis hermanos se le ocurriera enredarse en uno de esos líos. Don Eustacio y sus pistoleros son unos desalmados. No en balde la gente, incluida yo, sabemos y sospechamos que esos malditos deben más vidas de lo que muchos creen.

-Pierde cuidado, Ángeles, no creo que esos hombres se atrevan a tanto, sobre todo en el entendido que tus medios hermanos están de por medio. Además, esos hombres son malos pero no son estúpidos. Ellos saben que si se descaran la gente se puede alborotar, y al gobierno eso no le conviene. El más interesado en demostrar que este es un país de leyes es precisamente el gobierno. Aunque en realidad lo que más preocupa es que en el fondo siga prevaleciendo el privilegio de unos cuantos en detrimento de la mayoría. No por ello dejo de ser optimista, pero al mismo tiempo soy escéptico y no quiero pecar de ingenuo. Por otra parte, la reconciliación definitiva parece ser que nunca va a llegar.

Con parsimonia, José desdobló el periódico y se lo mostró a Ángeles. El diario daba cita a ocho columnas del modo en que había sido sofocada una rebelión más en el país. La sucesión presidencial estaba en juego y varios generales de la clase política en el poder se habían disgustado por el modo en que el presidente en funciones pretendía imponer a su sucesor. Los insurrectos entraron en querella cuando fue rechazado el candidato de su preferencia. La prueba fue dura para al poder ejecutivo, pero al fin y al cabo borró del mapa a quienes pretendían imponerse bajo el argumento de supuestas aspiraciones legítimas a la silla presidencial. Haciendo a un lado las contemplaciones, a punta de bala, el presidente Obregón eliminó a sus adversarios, al igual que lo había hecho con otros generales. Y en aquella revuelta, entre otros protagonistas, había participado nada más ni nada menos que el general Sánchez, amigo y aliado de los Martínez y Carreño. Temporalmente, la aristocracia local y estatal daba la apariencia de haber quedado acéfala o, por lo menos, sin su principal guía y soporte dentro del gobierno de Veracruz. Pero al igual que los Martínez, otros de similar prosapia también se previnieron en contra de los vendavales de los vaivenes de la política. Además, las sucesivas administraciones estatales, por simple omisión, contribuyeron a la consolidación del poder que se prefiguraba detrás del poder. El general Sánchez y otros de su estirpe, así como llegaron se fueron, pero muchos viejos grupos de poder se reagruparon y alinearon en torno a la imagen de la figura Presidencial.

A partir de esa época, todas las mejoras y beneficios sociales en el país pasaban por el obligado visto bueno del poder omnímodo del señor presidente. La gente lo entendió y aprendió a vivir dentro de la nueva realidad, pero las inconformidades trajeron como consecuencia los enfrentamientos y asesinatos que por motivo político parecían multiplicarse hasta el infinito, sin que nadie diera exacta razón del modo siniestro en que operaban las fuerzas del orden. El miedo, de la mano de una relativa resignación por parte del pueblo, fue aprovechado por los poderosos para ejercer sus métodos de control. Sin embargo, los opositores al régimen no se arredraron ante las embestidas brutales de quienes hacían usufructo y beneficio personal del poder, en medio de un mar de acuerdos y desacuerdos en que en algunas ocasiones se hacía justicia, aunque por desgracia no fuera así en la mayoría de los casos.

Así pues, Ángeles y José, al igual que Inocencia y Gabino, aprendieron a actuar con mesura, al tiempo que se consolidaron las relaciones familiares y económicas. Ángeles dio a luz una hermosa niña, y a los pocos meses ya se encontraba nuevamente embarazada. El inmarcesible júbilo de la familia que empezaba a crecer era manifiesto a todas luces, y los Ruvalcaba no se cansaban de agradecer a la vida la oportunidad que les había dado, sin perder de vista las cosas que ocurrían a su alrededor. Silenciosamente, al igual que la perenne niebla que cubría la ciudad, el progreso hizo su aparición en la urbe. Nuevas calles y avenidas aparecieron aquí y acullá, al tiempo que se construían hospitales y escuelas. A José le parecían inauditos los sensibles cambios que se experimentaban en su entorno mientras en el campo se vivían atrasos ancestrales, caracterizados por la ignorancia y el hambre. Los cambios tecnológicos también se hicieron presentes, y los Ruvalcaba compraron maravillados un radio de bulbos, al tiempo que miraban los primeros vehículos que empezaban a circular por la ciudad. Cualquier persona inconsciente del acontecer del mundo y de la nación, al ver los almacenes con nueva y variada mercadería de procedencia variada, hubiera pensado que aquel era un mundo feliz. Pero José y Ángeles sabían perfectamente que no toda la gente podía disfrutar de lo mismo que ellos disfrutaban. Sin ser ricos, el dinero que José ganaba era suficiente para vivir una vida holgada, y sus ingresos los compartía con satisfacción, dándoles a otros lo que a él le sobraba. Con harta modestia ellos vivían conformes de su suerte. Y por las tardes, radiante de gusto, José llegaba a su casa con un juguete diferente para la bebita que él tomaba en forma amorosa, arrullándola entre sus brazos y dándole pequeños golpecitos en la espaldita, en espera de que eructara después de haber sido amamantada. La rutina diaria, ocasionalmente quedaba interrumpida por las cartas que los Domínguez enviaban a José y Ángeles. Llenos de contento recibieron noticias del modo en que Gabino e Inocencia habían remodelado y ampliado su casa, construyendo también una pequeña tiendita que los ayudaba a salir adelante con la manutención de toda la familia. Pero a la par de su progreso, los hermanos atestiguaron con pena el modo en que su madre se había adelgazado hasta los huesos. Ni con todas las medicinas del mundo lograron amenguar los dolores y las escandalosas toses de la pobre mujer que arrojaba grumos de sangre por la boca. La tuberculosis estaba muy avanzada y, de un momento a otro, los Domínguez esperaban que su madre se fuera de este mundo. En una de tantas cartas, también, Inocencia enteró a Ángeles del modo en que el otrora poderoso hombre de El Encanto, don Eustacio Martínez, había dejado por completo las riendas del control del pueblo en manos de Epifanio, quien daba órdenes a todo mundo, siempre acompañado de sus pistoleros. El nuevo cacique por herencia, con el beneplácito del abuelo, se paseaba por todos los rincones del poblado luciendo en forma discreta la cacha de marfil de la pistola que llevaba ceñida a la cintura. La gente así, empezó a entender que no había otra ley que la de las pistolas de Epifanio.

VII

El poder de don Eustacio Martínez había quedado prácticamente incólume en El Encanto. Los hombres y mujeres más viejos del pueblo creían que los Martínez nunca se habían ido, sino que vigilaban desde lejos ocultos en algún secreto lugar el acontecer en el poblado. Aun cuando la gente no sabía con exactitud cuáles eran los planes del ex hacendado, atestiguaron con manifiesta curiosidad la forma en que el par de hombres llegaron con la mayor naturalidad, sin inmutarse ni voltear a ver a nadie, con la plena certeza de que los pueblerinos estaban obligados a rendirles pleitesía y darles cuenta de todo lo que había ocurrido en su ausencia. Algunos se deshacían en cumplidos por los patrones. Y los lacayos de siempre, con fingidas deferencias, ofrecieron sus servicios a los jefes que habían vuelto a poner orden en la casa. El presidente municipal, acompañado de su secretario y un escuálido policía, fueron los primeros que intentaron rendir un informe del estado de la administración del pueblo. Con altanero gesto, don Eustacio arrojó a un lado los documentos que el presidente le había entregado sin siquiera verlos. Los hombres se quedaron con un palmo de narices y aguardaron en silencio en la sala de la casa en donde habrían de tomarse todas las grandes y pequeñas decisiones que concernían al poblado.

-Yo no sé-con estentórea voz dijo don Eustacio-ni me interesa saber para qué pueda servir todo ese papelero, pero a partir de mañana, Epifanio se va a dar una vuelta por el palacio municipal. ¿Con cuánto dinero cuenta la presidencia?

Cuando el viejo inquirió sin rodeos al presidente, a éste le corrió un sudor frío por la frente. Los ojos detrás de los lentes que simulaban cascos de botellas, se agrandaron y parecían salirse de sus órbitas en la cara de roedor del presidente que tartamudeó por la inesperada pregunta. Cruzado de brazos, impertérrito, Epifanio observó cuidadosamente cada uno de los gestos del desquiciado hombre. Dos de los pistoleros de los Martínez se encontraban a un lado de la puerta y con contenidas risillas se dieron cuenta del modo en que el presidente daba la apariencia de haberse orinado en los calzones, presa del miedo.

-¡Buee…. Buee… Bueno don Eustacio!-manifestó el gris burócrata con visible nerviosismo-Hemos tenido muchos gastos en el ayuntamiento. Los sueldos de la gente del municipio y los arreglos que se le han hecho al pueblo requieren de mucho dinero. Como usted comprenderá......

-No te vayas por las ramas. No te pregunté cuánto se ha gastado, sino simple y sencillamente quiero saber cuánto dinero hay.

-¡Nada!

-¿Nada? Apenas acaban de mandar dinero de la ciudad. ¿Qué le han hecho a todo el dinero? Bola de inútiles, ya arreglaré cuentas con ustedes. Siempre lo he dicho; son como niños chiquitos que no saben ni como mandarse solos.

Así por el estilo, era el modo en que don Eustacio trataba a la gente. A unos los denostaba y a otros de plano los humillaba, como hizo la primera vez que tuvo contacto con el presidente del municipio, quien salió por donde entró sin chistar y con la cabeza gacha, como auténtico niño regañado. No podía ser de otro modo, pues el hombre que supuestamente representaba la autoridad en el pueblo, por si solo no reunía los méritos ni tenía la capacidad para aspirar al cargo. Era uno más de los títeres que don Eustacio había impuesto. De tal forma fueron desfilando uno a uno por la casa del amo los abyectos seres, desde el dueño del molino hasta los propietarios de algunas de las cantinas, pasando por el carnicero y la encargada del recién estrenado correo. Nada podía hacerse en el pueblo sino era con consentimiento del viejo patriarca que empezaba a mostrar signos de cansancio. Por tal razón, Epifanio empezó a despachar los asuntos cuando su padre no estaba de humor o de plano la enfermedad lo obligaba a recluirse en el encierro, antes de que la gente se diera cuenta que el antaño tozudo individuo ya no era el de siempre.

Notorio entonces, fue el día en que llegó la beata mayor del pueblo, Dolores García, a la casona de los Martínez acompañada de su séquito de mujeres vestidas de negro. Dolores era la hermana mayor de Ángeles, y el viejo patriarca la recibió con ciertas consideraciones, pero no pudo ocultar la voz sibilante y la pronunciada tos que lo hacía interrumpirse a cada rato. Epifanio comprendió entonces que la enfermedad de su padre se agravaba día con día, y prefirió tomar la conversación en sus manos ante el beneplácito del anciano y la interlocutora que no podía ocultar la fascinación que la embargaba cuando pudo darse cuenta que la voz y el parecido físico del occiso de los Martínez era casi idéntico al del joven vástago. Al escuchar hablar a Epifanio, Dolores sintió una especie de escalofrío que le corría de pies a cabeza, no sólo por lo que ella consideraba como una infalsificable réplica, sino por su soterrado pasado con esa familia. Haciendo un gran esfuerzo pudo controlarse, pero ocasionalmente con sonrojo reviraba a mirar a los otros, tratando de indagar si alguien se había dado cuenta de su estado emocional. De tal talante, no obstante la relación de parentesco, Epifanio conocía poco a la mujer y se limitó a pensar que era una persona penosa, mientras las otras mujeres fingieron que no se daban cuenta de lo que estaba ocurriendo. Ellas conocían a Dolores, pero prefirieron hacerse las desentendidas o, por lo menos, no sabían con exactitud a que obedecía el extraño comportamiento de la mujer. La suspicacia afloró en el rostro de una de ellas, no obstante reprimió sus pensamientos antes de ser descubierta por la mujer que podía ser implacable con quien se atreviese siquiera a la más mínima insinuación. Las mujeres lo sabían y por lo mismo callaron, mostrando con rostros mustios no haberse percatado de lo ocurrido. Y, lo que parecía una conversación de simple bienvenida, se trocó en un catálogo laudatorio con mezcla de quejas y explicaciones que ninguno de los de casa habían pedido.

-Gracias a Dios-con habilidad histriónica manifestó Dolores-, al fin llegaron ustedes. Pensábamos que ya no iban a regresar, pero con gusto nos damos cuenta que ya están aquí pa poner las cosas en orden. Si yo les contara todo lo que se ha dicho por ahí, no me lo creerían. La gente habla y habla pero no sabe lo que dice, y creen que es muy fácil gobernar a este pueblo que por momentos da la apariencia de quererse salir de la ley de Dios. A veces, algunos descarriados ya ni siquiera quieren hacer caso de las razones del padre Elías. Por lo mismo, muchos pensamos que lo mejor que nos podía haber ocurrido es que ustedes volvieran.

Sentado en un mullido sillón, como mudo testigo, don Eustacio parecía sopesar cada una de las palabras de Dolores, mientras las mujeres escucharon atentas conteniendo la respiración y sin parpadear. Nadie quiso perderse el más mínimo detalle de todo cuanto ahí se decía. Impasible, Epifanio de alguna manera ya había sido puesto en antecedentes por su padre acerca del papel que representaba la beata mayor. Él simplemente estaba corroborando algunas de las cosas que sabía.

-¿El padre Elías piensa del mismo modo?-preguntó Epifanio-. Supongo que él, mejor que nadie, debe saber cuál es el sentir real de la gente. Y si él comparte los mismos puntos de vista, yo creo que debemos de buscar la manera de ponernos de acuerdo en los asuntos importantes del pueblo.

-Bueno, Epifanio, yo sólo opino por mí misma. Pero pa serte franca, el padre Elías es el que tiene la última palabra. Tal vez mi humilde opinión pueda servir de algo, y el padrecito sabe mejor que nadie que yo no miento. Mi único interés es tratar de ayudar en lo que se pueda, y nada me daría más gusto que contribuir porque así fuera. Mucha de la gente de la iglesia siempre hemos comentado que el pueblo estaba mejor antes de que ustedes se fueran. Aunque algunos necios no lo quieran entender, el pueblo necesita ser gobernado por la mano de hombres fuertes como ustedes. Yo creo que el padre Elías va a poder darte más y mejores razones que las mías.

-No dudo que así sea-socarrón, Epifanio concluyó el asunto que ya empezaba a aburrirlo-. Tampoco dudo que algunos anden por ahí queriendo hacer su propia ley. Pero ya que hablamos de leyes, la gente debe aprender que hay autoridades. Por eso mismo tenemos un presidente municipal. Nosotros mismos seremos los primeros en vigilar que las cosas se hagan como debe ser. Y al que no lo quiera ver así, tendrá que ser castigado con todo el peso de la ley. Por suerte, vivimos en otra época, y las personas del pueblo se van a dar cuenta de ello.

Don Eustacio celebró en silencio la astucia y habilidad de Epifanio. Ni él mismo-pensó el viejo-lo hubiera hecho tan bien. Con contenida risa, miró de arriba a abajo a las mujeres y comprobó que habían quedado impactadas por la fatua actitud del hijo. A partir de ese momento, llegó a la conclusión que él ya no tenía nada que hacer en la conducción del pueblo y, minado por la vejez, dejó que el hijo hiciera y deshiciera a su antojo. Las mujeres se despidieron de mano y se marcharon por donde habían llegado. Entonces, con inusual gesto, Epifanio mostró una sonrisa de simpatía por Dolores que, al margen de lo demás, le había caído bien al joven hombre. De nueva cuenta la beata sintió un rubor que le recorría el cuerpo, y no pudo evitar manifestar también su mejor sonrisa. Los recuerdos se agitaron dentro del corazón de la mujer de negro, y por momentos sintió que todas las cosas a su alrededor daban vueltas. Una de las mujeres que la acompañaban se dio cuenta y trató de indagar con cortesía lo que ocurría, pero Dolores hizo gala de fortaleza y disimuló como pudo el incidente.

Cada vez que tenía la oportunidad, Dolores se detenía en casa de Epifanio, y cuando no era mole, eran tamales que ella misma preparaba para granjearse la confianza del nuevo jerarca. La mujer tenía la costumbre de ir una o dos veces por semana a aquella casa, y con el correr del tiempo pudo enterarse de que su hermana Ángeles había desperdiciado la oportunidad de unirse a un hombre de alta posición social. También supo por boca Epifanio que las relaciones entre su hermana y los Martínez habían quedado rotas en forma abrupta. Con lengua viperina, Dolores no pudo menos que externarle a Epifanio en más de alguna ocasión su resentimiento y desprecio por su propia hermana. Sin entrar en detalles que la pudieran poner en evidencia, manifestó que Ángeles era una mala agradecida que nunca supo valorar y entender el amor de su occiso marido. Epifanio concluyó que todo era cierto, pues don Eustacio daba referencias de Ángeles en los mismos términos. Las supuestas razones dieron paso al mutuo acuerdo y la tía y el sobrino se confabularon en uno solo, como si se conociesen de años.

La amargura de Dolores llegó al extremo de culpar a Ángeles de ser la causante de todos sus males. Parada frente al espejo del ropero de su recámara, observó con detalle las patas de gallo que se le empezaban a dibujar a un costado de los ojos, y no pudo menos que llorar con rabia cuando los recuerdos de su vida se le revolvían en el alma como bolas de fuego que la quemaban por dentro. El regreso de los Martínez provocó que resucitara en ella el pasado, y cada vez que miraba a Epifanio, recordaba la juventud que se le había escurrido como arena entre las manos. Dura consigo misma, había decidido entregarse a la vida eclesiástica, renunciando a la posibilidad de contraer nupcias con algún hombre, pues consideraba que la gran mayoría de los hombres del pueblo estaban cortados por la misma tijera. Los hombres que por alguna u otra razón a ella le gustaban, siempre tuvieron preferencia por su hermana. Sin ser tan bonita como su hermana, no era propiamente fea, pero nunca toleró la idea de que su hermana fuese más bella que ella. Y todo comenzó el día en que el occiso padre de las García, se refirió a Ángeles exaltándola por su belleza, sin siquiera externar los mismos mimos por Dolores. De ahí en adelante, Dolores reclamó de su padre las mismas consideraciones. Años más tarde, el hombre murió en extrañas circunstancias y, al poco tiempo, también la madre se marchó del mundo, dejando en el relativo desamparo al par de hermanas, que se las arreglaron con algunos de los bienes heredados por sus padres. Las rivalidades entre ambas fueron creciendo con el tiempo, y las discusiones se tornaron agrias. A pesar de que en más de alguna ocasión trataron de zanjar sus diferencias, Dolores estaba convencida de la mala fe de su hermana. El aprecio y atenciones que recibía su hermana, Dolores lo deseaba. Y el día en que a Ángeles la escogieron para un carnaval de belleza del pueblo, fue el acabóse para Dolores. Sintió que su pequeño mundo se derrumbó a sus pies, y se vio a sí misma como una insignificante hormiga que a nadie le importaba. Ávida de reconocimiento, inventó todo tipo de actividades, tratando de llamar la atención de la gente. Así, cuando no era la fiesta organizada por ella en beneficio de la iglesia, era el paseo de campo, o bien, la organización que tenía que ver con la fiesta anual del pueblo, tratando de demostrar con ello que ella era igual o mejor que su hermana. Por eso, el día en que el padre Elías reconoció a Dolores como la sacristana del pueblo, ella se sintió más feliz que nunca en su vida. Al fin el pueblo se iba a dar cuenta de lo importante que era doña Dolores García.

Absorta en sus pensamientos, Dolores se deshizo del reboso negro que vestía todo el tiempo, y se soltó la abundante caballera negra que le caía en la espalda. Su mirada fija en el espejo, le mostró a la otra mujer que trataba de esconderse de sí misma, sin saber el por qué de su inconformidad con el tipo de vida que le tocó vivir. De mentón ligeramente prominente, la quijada parecía estar trabada debido a lo rígido de los gestos del afilado rostro cuyas cuencas mostraban un par de ojos color ámbar y expresión inquisidora. Inflexible consigo misma, también era intolerante con los demás y, la misma obsesión, la mantenía en el constante desvelo, siempre atenta a lo que otros hacían. Por lo mismo, las ojeras y los pómulos se le habían hecho más evidentes en su mirada vigilante. Y su largo y esbelto cuerpo escondía un par de bien formados senos, ocultos bajo la blusa abotonada hasta el cuello, a tono con el atuendo que sólo descubría las manos y cara de ella. A su entender, las mujeres decentes y de buenas familias debían, antes que nada, vestirse con discreción y conducirse con recato, pues la buena o mala reputación de una familia tenía estrecha relación con la observancia de estas normas. Dentro de esa lógica, creía con fe ciega que todos los males de la tierra eran producto de la tendencia natural de los hombres por pecar.

La concupiscencia de los hombres y la coquetería de algunas mujeres, según ella, era uno de los pecados mayúsculos que debían ser erradicados de forma definitiva de este mundo. Pero entre más se empeñaba en sus cruzadas, con asombro descubría que muchos de los feligreses parecían haber extraviado el camino, o estaban muy lejos de las santas enseñanzas y preceptos por los cuales luchaban el padre Elías y ella.

En completo silencio, y antes de que llegara su hija Remedios del coro de la iglesia, Dolores se sentó a leer algunos pasajes de su vieja y desgastada Biblia, pero al poco rato interrumpió la lectura en medio de la zozobra que no dejaba de aguijonear su mente. Nunca iba a olvidar el día en que su padre en vida, don Refugio García, le manifestó a su esposa su preferencia por Ángeles. Desgraciadamente, el desprecio del que fue objeto Dolores, era común en las familias de El Encanto. Por el color de ojos o por el color de piel, el padre o la madre hacían distingos entre quienes eran los feos y los bonitos de las familias. Así, las rivalidades entre los hijos se multiplicaban en forma geométrica cuando estos crecían. El ojizarco y de piel blanca, siempre habría de estar por encima de los otros. En el subconsciente de los pobladores de El Encanto, entre otros males, se encontraba fuertemente arraigado el concepto de superioridad e inferioridad racial. Orgullosos de su descendencia española, los del pueblo consideraban al indio como una raza inferior, pero no se daban cuenta que ellos mismos eran víctimas de sus prejuicios.

Mientras la moral pública daba la apariencia de encontrarse a salvo, en privado se cometían todo tipo de excesos. Dolores lo sabía y, por lo mismo, se empeñaba en sus campañas evangélicas, acompañada en todo momento de feligreses que al pie de la letra cumplían las órdenes de la sacristana. Ella misma, en sus años mozos, había cometido adulterio y se arrepentía compungida de todos sus pecados, prometiendo a Dios y a la Virgen que nunca más habría de caer en los bajos vicios de la atracción carnal. Vivía convencida que el demonio era el que orillaba a pecar a las personas, quienes no comprendían plenamente que sólo en el recto camino de Dios el mundo habría de encontrar su salvación. Su constante batallar la llevó al extremo de querer clausurar los lupanares y cantinas que proliferaban en el pueblo. Horrorizados, los dueños de estos negocios clandestinos le pedían a la sacristana que no azuzara a la gente en su contra y, para quienes no gozaban de toda su simpatía, ella se ensañaba de manera implacable. Sin embargo, tenía ciertas consideraciones con los establecimientos que en forma generosa hacían jugosas aportaciones económicas a la casa parroquial y a la iglesia. Porque después de todo-como afirmaba el padre Elías-no todos los vicios podían ser completamente erradicados del pueblo. Un tanto más comprensible que la sacristana, el padre sabía que aquellos eran males necesarios, inevitables en un pueblo donde el ocio era la madre de todos los vicios. La ociosidad así, era tierra fértil para que los jóvenes se iniciaran en los juegos de azahar, desde el juego de baraja hasta las apuestas en los gallos y en las carreras de caballos. Una vez iniciada la fiesta, no podía faltar el aguardiente que mantenía embrutecidos en forma irremediable a muchos hombres.

Recostada en su cama, a Dolores le dio dolor de cabeza, cansada de tanto pensar en idear formas de cómo acabar con los conflictos y contradicciones en que vivía sumido El Encanto. Alguien llamó a la puerta, y enseguida ella comprendió que era la hija que regresaba de la iglesia. Remedios entró a la casa, y lo primero que escuchó la joven muchacha de boca de su madre fue un regaño.

-Por qué te tardaste tanto-con tono inquisidor, Dolores auscultó con la mirada a la hija-¿Qué no te das cuenta que ya no son horas de que una muchacha decente ande en la calle? Qué va a pensar la gente si andas desbalagada por ahí, como muchas descarriadas que luego salen con su domingo siete.

-¡Ay, amá! Es usté reexagerada. Apenas son las ocho de la noche.

-¿Qué no se supone que los del coro terminan a las siete? ¿Con quién andabas?

-Con nadie amá. Sólo se me hizo tarde porque el padre Elías nos pidió que le hiciéramos unos arreglos a las canciones que vamos a cantar en la misa del domingo. Si no me cree, usté misma puede preguntarle al padrecito.

-Pos más te vale que así sea, porque yo misma le voy a preguntar al padre. Además, te he dicho muchas veces que no me gusta que te vistas así. Traes el vestido muy corto de abajo, y se te ven mucho las piernas. El pecho está muy descubierto y la ropa la tienes muy pegada al cuerpo. ¡Canija muchacha! Antes no me di cuenta, sino, no te dejo salir así a la calle.

Remedios guardó silencio conteniendo la ira, pues aquella no era la primera vez que Dolores la reprendía del mismo modo. La animadversión era muy grande y la hija comprendió que, a pesar de las advertencias, su madre estaba muy ocupada enderezando y deshaciendo los entuertos de vidas ajenas.

-Mire amá, no quisiera contrariarla, pero usté sabe que esta es la moda que se viene usando en la ciudá. Pa no ir muy lejos, Inocencia Domínguez, la de la tiendita, me acaba de enseñar un vestido rechulo. Ayer se lo vide puesto y todo mundo dice que le queda rebonito. Me dijo que mi tía Ángeles, de quien por cierto poco me acuerdo, se lo regaló el día de su cumpleaños.

Al escuchar el nombre de Ángeles, Dolores sintió que el estómago se le revolvía. Todo le dio vueltas y perdió por completo el habla. El nombre de Inocencia, por razones similares, se le atragantó en el pecho. Y tuvo que sentarse al filo de la cama, sujetándose las sienes con la mano derecha. Asustada y confundida, Remedios corrió a preparar el té que ayudaba a curar los males de su mamá. Dolores estaba al borde de un ataque de histeria, pero las fuerzas no le alcanzaron para bofetear y estrangular a la hija que, sin saber, miraba extrañada el modo en que su madre se había desplomado sin decir nada. La reacción de la beata mayor del pueblo, por unos minutos mantuvo en ascuas a Remedios. Pocas veces, ésta había visto en condiciones tan deplorables a su madre, que se jactaba de ser una mujer fuerte y, no sin razón, mucha gente sabía que lo era. Pero aquella noche, sin querer, Remedios había tocado unas de las fibras más sensibles de la mujer. Como especie de ánimas, los nombres de Ángeles e Inocencia, le recordaron a Dolores que el pasado estaba más vivo que nunca. Por órdenes de Dolores, Remedios salió de la recámara en silencio, con más preguntas que respuestas. Pero la madre se negó en forma contundente a continuar con aquella conversación. Cual larga era, Dolores se quedó tendida en su cama con la mirada fija en el techo, y Remedios se fue a dormir más confundida que nunca. La joven quiso saber a que obedecían las desquiciadas reacciones de su madre, y lo único que obtuvo fueron negativas y el rechazo de la mujer que se sentía autosuficiente y con un orgullo a toda prueba. Además de tener la completa potestad sobre su hija, Dolores era una de las personas más importantes del pueblo. Su influencia, en muchos sentidos, era equiparable a la del cura. Así pues, ella no estaba para darle explicaciones a nadie, y mucho menos a una jovenzuela que poco o nada sabía de la vida. En todo caso, la gente podía confesarse con ella misma, pero ella sentía que no tenía la obligación de externar las cuitas que atormentaban su corazón. Sólo Dios-se decía a sí misma-podía comprender lo que a ella le ocurría, y la mayor parte de los mundanos seres de aquel terruño no estaban en capacidad para entender las cosas del alma. El padre Elías y ella, como su brazo derecho, eran los únicos indicados para guiar por el camino recto a aquella horda de ovejas descarriadas. Orgullosa de sí misma, ella era la que tenía que indicarle el buen camino a la gente, y no al revés.

Después de una noche de perros, Dolores se levantó y salió temprano por la mañana de su casa. Gervasio, el campanero, se topó con ella a su paso. Alzando levemente la punta de la copa del desgastado sombrero de palma, el tuerto y viejo hombre la saludó cortésmente con una inclinación de cabeza. En una y otra dirección pasaban los hombres a pie o en caballo con destino a la ordeña. Con deferencias harto elocuentes todo mundo saludaba a la sacristana. El cuchicheo y las voces de las personas se dejaron escuchar en los terrosos callejones, y con el resplandor del alba los pueblerinos se preparaban para sus labores cotidianas. El carpintero, zapatero, carnicero y tendero abrieron sus puertas en medio del repicar de campanas que llamaban a misa de siete. Por doquier se escuchaban los "buenos días" de los pueblerinos que se saludaban por su nombre. Y los cascos de los caballos y mulas resonaban en las calles que también se poblaron de toscos campesinos que iban a la labor de campo con sus machetes, hachas y azadones en la espalda. No podían faltar los famélicos perros retozando en la calle, y el chillar de puercos en los chiqueros, junto con el mugido de vacas y el rebuznar de algún burro a la distancia. El bullicio entonces fue en aumento, con conversaciones a voz en cuello y las repentinas risotadas de los chiquillos que corrían alegremente en dirección a la escuela, libres de conflictos y preocupaciones.

En un santiamén, Dolores arribó a su lugar de destino y la recibió el molinero, Modesto Sánchez, con una sonrisa de podridos dientes, dejando entrever que algo quería decirle a la sacristana. El hombre le entregó el nixtamal que especialmente preparaba para ella todas las mañanas, y esperó el momento en que no hubiera ninguna persona indiscreta a su alrededor.

-Fíjese usté, doña Dolores-Modesto acercó la cara musitando-, que mi mujer y yo pensamos que algo muy malo le debe estar pasando a don Eustacio. Usté sabe que desde mi casa se puede ver la casa de los Martínez, y tambíén se alcanza a escuchar el murmullo de voces a lo lejos. Pos cuando ya era muy tarde, anoche, nosotros vimos cuando el doctor salía de casa de don Eustacio.

-Y que puede tener de sorprendente eso. Casi todo mundo en el pueblo sabe que don Eustacio está cada día más enfermo. ¿Acaso no se ha dado cuenta que ya casi no sale? Por lo mismo, Epifanio es el que se hace cargo de todas las cosas.

-Bueno fuera que eso hubiera sido todo. Al poco rato salió Epifanio y regresó acompañado del mismo padre Elías. Usté y yo sabemos que el padrecito no acostumbra hacer visitas a...

-¿El padre Elías?

-Le digo a usté que nosotros mismos lo vimos. Y también vimos como llegaron algunos de los muchachos de Epifanio. Entonces, mi mujer y yo pensamos lo pior. Que Dios no lo vaya a querer, pero de plano creímos que...

-¡Santo Dios! orita mismo me voy a ver al padre Elías. De todas maneras tengo que ir a la iglesia a ayudar al padre a prepararse pa misa de siete.

-Despreocúpese usté, doña Dolores. Si algo malo hubiera ocurrido, tenga usté por seguro que ya lo sabría todo el pueblo.

-¡Eso sí!

En cuanto traspasó el umbral de la puerta, Dolores casi se estrella de frente con Inocencia. Con una mueca y visible enfado en la cara, estuvo a punto de iniciar un altercado verbal, pero prefirió contenerse y amenazó con una frase a la contraparte. Inocencia quiso responder a la agresión, pero la sacristana salió con pies en polvorosa. Modesto quedó como espectador del aplazado enfrentamiento, y no pudo menos que externar una sonrisa de burla para el par de mujeres. A Inocencia le temblaban las manos y le dieron ganas de alcanzar a la sacristana y darle un par de bofetadas en plena calle. Sin embargo, ella sabía que esa osadía le podía haber salido muy cara. El gesto descompuesto de Inocencia contrastaba con el del molinero que gozaba con el modo en que ella se encontraba arrebatada por la ira, crispando ambos puños. Con imprudencia, el cincuentón usurero atizó el fuego de la hoguera y pasó de la soterrada sorna a la franca advertencia.

-Yo que tú, mejor ni le movía. Tú no sabes de lo que es capaz la sacristana cuando alguien se le atraviesa en el camino. No te empeñes en contrariarla porque....

-¡Porque qué! ¿Acaso me va a matar esa mujer? Yo no tengo porque respetarla. Ella cree que puede tratar a la gente como se le dé la gana, pero yo no tengo porque respetar a alguien que no se da a respetar. Me admira que todavía haiga gente en el pueblo que no vea lo hipócrita que es.

Recién habían entrado tres mujeres al molino, tapándose la boca por el espanto que les causaba el modo en que Inocencia se expresó de la sacristana. Optaron por hacerse a un lado, pero con disimulo se aposentaron a un costado de la puerta, con la intención de escuchar en que terminaba todo aquello.

-¡Cálmate mi'ja!-sin cejar en su actitud sardónica continuó el molinero-Pa que te enchilas. Nomás te juiste pa la ciudá y regresaste recambiada. Yo nomás te quiero prevenir pa que no te vayas a meter en un problema. Tú sabes que aquí no hay más ley que la de la gente importante del pueblo. Y mejor párale, chiquita, antes de que vayas a terminar en mal con medio mundo.

-Por lo visto, usté no se dio cuenta del modo en que Dolores me amenazó. Pero no me debería de extrañar, porque al fin y al cabo ustedes son como uña y carne. Usté sabe que tengo la razón, pero prefiere hacerse de la vista gorda. Por eso estamos como estamos, y mejor ya no le sigo, no vaya a ser que mis razones lo vayan a lastimar a usté también.

La actitud irónica del molinero se trocó en franco disgusto cuando vio partir a Inocencia. Imposibilitado a contestar en forma inmediata los reproches de ella, las palabras se le quedaron en la garganta. Y se tuvo que tragar el coraje de haber sido puesto en tela de juicio en su propio negocio, por alguien a quien consideraba de más baja condición. Las mujeres que atestiguaron el incidente tornaron a mirarse sorprendidas por la forma en que había sido herido el orgullo de Modesto. Al sentir que había hecho el ridículo, lo que más lo irritaba era el atrevimiento de Inocencia. En el pueblo era mal visto que una mujer tuviera tales desplantes con un hombre, y Modesto, además de ser el dueño del molino, era uno de los hombres más ricos del poblado. Su riqueza la debía en gran medida a la protección y el apoyo que le había dado don Eustacio. Por lo mismo, era una osadía mayúscula que la otrora sirvienta de los Martínez, se hubiese tomado la libertad de hablarle a Modesto como si se tratáse de un igual. Usurero al extremo de una enfermiza obsesión, el molinero se había ganado el respeto de la gente fundamentalmente por la mediana fortuna que había logrado acumular. Los pueblerinos sabían que era rico y lo trataban con deferencias, al igual que hacían con el cura, la sacristana y los Martínez. Nadie podía dudar de su riqueza y de los favores que gozaba el avaro. Y, por momentos, soñaba con la idea de quedar emparentado con los Martínez, pues Epifanio tenía amoríos con la única hija del dueño del molino, quien recibía gustosa los regalos que aquél le daba, ante el beneplácito de los padres.

VIII

La misa de siete había terminado y, con toda discreción, el padre Elías ordenó a Dolores recoger las copas sagradas y algunos de los ornamentos dispuestos en el estante del altar. Los feligreses fueron saliendo en silencio de la iglesia, y algunos se detuvieron para saludar con un beso en la mano al padre. Dolores por su cuenta, guardó en una caja de madera con meticuloso cuidado el dinero de las limosnas que ella y un monaguillo habían juntado. Se despidió del muchacho y con discreción también dijo adiós a varias de las personas cuyos murmullos vagaban como ligeros ecos de uno a otro extremo de la iglesia. Al poco rato, el recinto quedó a solas ante el poco audible zumbar de moscas. Entonces, el padre Elías le indicó a Dolores que lo siguiera a la casa parroquial, en donde habrían de charlar con la seguridad de que nadie los podía escuchar. El padre se deshizo de los hábitos y con toda parsimonia le indicó a Dolores que tomara asiento en una silla de cedro que hacía juego con el escritorio y la cama donde él dormía. En una de las paredes se encontraba un Cristo bruñido en plata, y la atmósfera de paz y tranquilidad invitaban a la oración y el retiro espiritual. Impertérrita, Dolores aguardó mientras observaba la breve calvicie del cura cuya despejada frente daba claros indicios de su edad. Los labios y nariz gruesa del padre contrastaban con su mirada apacible, y la complexión robusta con algunas arrugas en la cara de tez blanca, prueba evidente de que él rebasaba los sesenta años de edad. El padre había arribado al Encanto cuando aún era joven y sin el sobrepeso que lo caracterizaba. Conocía al dedillo las debilidades, habilidades y virtudes de los pueblerinos. También estaba al tanto, incluidos los chismes de alcoba, de todo cuanto acontecía. Prácticamente para él no existía nada oculto. A través del secreto de confesión se enteraba de las miserias y aberraciones de la condición humana. Los corazones atormentados de las personas siempre acudían a depositar su confianza en el representante de Dios en la tierra. Dolores estaba consciente de ello, y también sabía que ella no le podía ocultar absolutamente nada al padre. La sacristana y su séquito de beatas eran el ojo vigilante del padre y, en más de alguna ocasión, le habían demostrado que fungían como sus más fieles aliadas. El padre confiaba plenamente en Dolores y esto mismo había hecho que él la tomara en cuenta para asuntos delicados. Después de todo, el buen estado en que se encontraba la casa parroquial y la iglesia, en gran medida se debían a la incansable labor de la sacristana. En especial, ella le corroboraba al padre de lo que él se enteraba en el confesionario y, por distintos caminos, cada cual sabía que los conflictos entre los creyentes eran más que los acuerdos y la armonía tan necesaria. Así pues, el padre Elías se sentó en una de las sillas frente a Dolores y tomó la palabra con su peculiar estilo, sosegado y con pausas que parecían sopesar cada uno de los comentarios que hacía.

-Que bueno que escogiste el día de hoy para hablar conmigo, Dolores. Yo también quería hablar contigo. Me imagino que te preocupa lo mismo que a mí me preocupa. Seguramente ya te dieron la nueva de que el otro día estuve hasta altas horas de la noche en casa de don Eustacio.

-Disculpe la impertinencia padre, pero de eso mismo quería yo hablarle. Me parece increíble que usté sepa que yo pueda estar enterada del asunto.

-Tú mejor que nadie sabes que las noticias vuelan como el viento, pero olvidémonos de eso ahora y vayamos al grano. Primero debo decirte que don Eustacio está muy enfermo. Epifanio personalmente vino a levantarme de la cama a solicitud del mismo don Eustacio que sentía que se moría. Gracias a Dios, las cosas no pasaron a mayores, pero yo creo que a don Eustacio no le queda mucho tiempo de vida.

-¡Dios nos tenga en su santa gloria, padrecito! Lo que usté me está diciendo es muy grave, ora que el pueblo parecía empezar a ponerse en orden. En medio de esta mala noticia, por lo menos Epifanio puede…

-¡Espera! Aún no he concluido con el asunto de verdadera importancia.

Dolores abrió los ojos más grandes de lo que los tenía y contuvo la respiración sorprendida. El gesto adusto del padre Elías provocó que el corazón de ella palpitara con mayor rapidez, pues sabía que él no hablaba a la ligera. Lo conocía perfectamente, y sólo en casos especiales el cura adoptaba aquel tono solemne. Después de tomar un vaso de agua de la jarra que se encontraba en el buró de la cama, el padre retomó el hilo del inconcluso diálogo, y a ella la corroían las ganas por saber que era aquello tan importante.

-Pensando que ya se iba a morir, en secreto de confesión don Eustacio me dijo algo que me llamó la atención, a la vez que me preocupa. Los detalles no te los voy a dar, porque tú sabes mejor que nadie que la confesión de un cristiano es sagrada. Pero debo decirte que el asunto es más delicado de lo que tú te imaginas, pues te concierne a ti misma, a tu hermana Ángeles y muy probablemente a Inocencia y su hermano Gabino. Por lo mismo te pido que no vayas a confrontarte con estas personas. Trata de ser discreta.

Como una especie de maldición que parecía seguirla a todas partes, Dolores escuchó los nombres de las personas que por alguna u otra razón siempre se interpusieron en su vida. Todo lo podía soportar, menos lo que el padre le estaba pidiendo. A ella le parecía el colmo de la estulticia que siendo una de las personas que influían en el destino del pueblo, se le impidiera ejercer el poder a su manera, pues, la solicitud del padre, era lo mismo que atarla de pies y manos. Y sobre todo con Inocencia, la sacristana tenía asignaturas pendientes. Más que difícil, era prácticamente imposible lo que el padre le pedía. Sabía que debía predicar con el ejemplo, y el perdón era el único medio de resarcirse a sí misma, pero el resentimiento era mayor que sus fuerzas y, al final de cuentas, todo se reducía a cuestiones mundanas. Reacia a aceptar lo que el cura le pedía, ella insistió en sus razonamientos.

—¡Pero, padre! Usté mismo me ha dicho que el pueblo y el mundo están de cabeza porque la gente aún no ha aprendido a vivir dentro del temor de Dios. Vea usté como regresan muchas de las muchachitas que se van a vivir a la ciudá. Precisamente, Inocencia se viste y se pinta la cara de un modo tan vulgar que da vergüenza. Varias de las señoras del catecismo me han dicho que otras muchachas andan con las mismas ideas en la cabeza. Y, los hombres, en cuanto ven a estas mujeres, pierden la decencia como si hubieran sido tentados por el mismo demonio. Además, usté y yo sabemos que el mal ejemplo cunde, hasta que la gente termina por querer vivir fuera de la ley de Dios. No sé que le pasa a Inocencia, pero ella y su hermano Gabino ya casi no vienen a misa. A mí lo único que me interesa es el bienestar de nuestro pueblo y, por las mismas razones, yo creo que lo más conveniente sería que les hiciéramos una invitación a estos jóvenes para que volvieran a nuestra iglesia.

Los ojos entreabiertos del padre Elías penetraron a profundidad todo el ser de Dolores, y pudo darse cuenta que todo cuanto ella decía para él era cierto. Las coincidencias por lo tanto, eran más que las desavenencias. Muy a su pesar tuvo que reconocer que no podía frenar a la sacristana en su labor pastoral, y era preferible, en todo caso, que ella actuara libremente en el entendido de que era mejor tenerla de su parte, en lugar de provocar un conflicto de intereses. De cualquier modo, el padre Elías hizo una última recomendación a Dolores.

—No sé exactamente qué es lo que pienses hacer. Sea como sea, ten mucho cuidado. No te voy a contradecir en muchas de las cosas que me dijiste, pero te voy a pedir que platiques con Epifanio. Él, mejor que nadie, sabe como están las relaciones de la Iglesia con el Gobierno. Antes podíamos hacer y deshacer a nuestro antojo en el pueblo, pero si te he pedido que actúes con discreción, no sólo es por el problema que te mencioné, sino también, porque el Gobierno ya no ve con buenos ojos que los padres nos inmiscuíamos en asuntos que supuestamente sólo competen a la autoridad oficial.

—¡Ay, padre, eso es muy delicado!

—¡Sí, es muy delicado! Tal vez vamos a enfrentar tiempos muy difíciles. Las cosas ya no son igual que antes. En ese mismo sentido te insisto que dejes que la autoridad se encargue de meter en cintura a cantinas y congales. A nosotros, eso ya no nos compete. Entre más lejos estemos de esos pleitos, mejor para nosotros. Si es posible, trata de pasar desapercibida, y no vayas a cometer imprudencias de las cuales luego nos vayamos a arrepentir.

Dolores salió de la casa parroquial en el entendido de que podía actuar de acuerdo a su criterio. La consternación, sin embargo, para ella era muy grande. Aun cuando claras, las razones del padre Elías no habían quedado plenamente explicadas, sobre todo en al asunto que competía a su hermana Ángeles y los hermanos Domínguez. Las dudas la hicieron vacilar y pensó que alguien había dado al traste con el secreto que ella guardaba celosamente. Antes de llegar a su casa, la interceptaron un grupo de mujeres y varias de las beatas de la iglesia. Sorprendida por la súbita aparición de las mujeres, ella las invitó a pasar y las otras accedieron en forma amable.

-¡Ay, doña Dolores!-dijo una mujer regordeta, de cara enrojecida-Dios no me dejará mentir en lo que le voy a decir. Fíjese usté que la loca esa de la Inocencia, habló horrores de usté enfrente de don Modesto.

-¡Sí!-expresó otra de ellas, prácticamente arrebatándole la palabra a la primera-Dijo que usté era una persona, con perdón de la palabra, hipócrita. Además, la muchachilla ésa, tuvo el atrevimiento de hablar cosas muy feas de don Modesto. Bien dijo usté un día que la grosera ésa ya se había pasado de la raya. Y yo creo que esto es el colmo.

Las tensas quijadas de Dolores denotaban a todas luces que ella se encontraba furibunda por lo que le estaban diciendo. El padre Elías le había pedido que actuara con mesura, pero Dolores pensó que su determinación de poner un alto a los desplantes y ofensas de parte de Inocencia, estaba más que justificado. Las mujeres así, le pidieron a la sacristana ser parte de lo que parecía un tribunal en ciernes, dispuesto a juzgar de una vez por todas a la criatura que en forma inconveniente se paseaba y ofendía las buenas costumbres del pueblo. Percatándose de que aquello podía devenir en un zafarrancho, Dolores frenó las intenciones de varias de aquellas mujeres y prefirió arreglar el asunto a su manera.

Tres días habían transcurrido desde la última vez que Dolores habló con el padre y las mujeres. El chipi chipi no cesaba y las calles se encontraban enlodadas por la constante llovizna. En silencio y con marcada ansiedad, Dolores afinó el plan que habría de ponerle en forma definitiva un alto a Inocencia. De una buena vez, la incauta hermana de Gabino debía entender que con la sacristana no se jugaba. Si anteriormente no tuvo reparo en poner en su lugar con amonestaciones y veladas amenazas a otras mujeres y hombres del pueblo, no veía por qué no habría de ponerle un alto a la campesina que era poco menos que nada. Pues Inocencia, además de pobre-de acuerdo al criterio de Dolores-no contaba con el respaldo y el apoyo de la gente más importante del pueblo. Sobre ese entendido, Dolores creía que Inocencia y Gabino iban a temblar de pies a cabeza cuando se enteraran que la sacristana contaba con el total respaldo del padre Elías y de Epifanio. Con regocijo se imaginó la cara de terror que iban a poner los Domínguez cuando supieran de las represalias que ella podía tomar si ellos insistían en poner en tela de juicio su autoridad.

En la soledad de la recámara, cual viuda negra que teje la telaraña en la que habrá de caer el incauto insecto, Dolores denotaba una sonrisa afectada. Segura de sí misma, sentía que la partida la tenía ganada, aun antes de haberse iniciado. A través de los visillos de la ventana pudo darse cuenta que la lluvia había cesado. El día se hizo más claro, no obstante la densa niebla iba y venía arrastrada por el viento. Contenta y con sibilina expresión, envolvió su cabeza en su típico chal. Toda vestida de negro salió de su casa cuando se dio cuenta que habían arribado las dos beatas que habrían de acompañarla. Las tres mujeres tan sólo caminaron unos cuantos minutos ante las expectantes miradas de los curiosos vecinos que se dieron cuenta del modo en que aquéllas arribaron a su lugar de destino.

Gabino se encontraba agachado acomodando la mercadería en los breves estantes de la tienda de él y su hermana. Cuando se incorporó, se dio cuenta que Dolores y el par de mujeres ya habían ingresado al lugar.

-¡Buenos días, Gabino!-sin parpadear y con voz chillona dijo Dolores-Queremos hablar con Inocencia.

-Como podrán ver-socarrón repuso Gabino-Inocencia no se encuentra aquí. Pero si quieren tener razón de ella, tóquenle la puerta de al lado. Lo más seguro es que ahí la van a encontrar. Como ustedes comprenderán, esta es sólo la tienda, y la casa onde vivimos está ahí al lado.

Con visible enfado en la cara, Dolores salió de la tienda. Gabino, entonces, acicateado por la curiosidad, dejó a su hermano Juan encargado de despachar y, por la puerta de atrás del negocio, a hurtadillas, ingresó a su casa para tratar de saber a que obedecía la visita de la sacristana. Inocencia abrió la puerta y se encontró con la inesperada y desagradable visita.

-¡Vaya, muchacha!-con sobrado desdén y petulancia afirmó Dolores-Aunque con poca educación, por lo menos tu hermano Gabino no mintió cuando me dijo que estabas aquí. He estado muy ocupada tratando cosas de verdadera importancia, pero al fin vas a tener que escuchar algunas razones que tenía pendientes.

-¡Qué bueno que usté piense así!-reviró con sarcasmo Inocencia, apostada en el umbral de la puerta-A mí también me urgía darle mis razones, pero también he estao ocupada con cosas más importantes.

Con incredulidad, el par de beatas tornaron a mirarse, ante el modo en que Inocencia había recibido a la sacristana del pueblo. Con el rostro arrebolado, Dolores no pudo ocultar la ira e impaciencia que empezó a hacer estragos en ella. Sin la más mínima consideración, Inocencia se dirigió a Dolores como lo hubiera hecho con el común de la gente y, la segunda autoridad de la iglesia, no podía pasar por alto aquellos desplantes.

-¡Mira, muchachita! Más vale que entiendas de una vez con quien estás hablando. Tus modales y tu forma de vestir son una falta de respeto a la ley de Dios. Además, me parece de muy mal gusto que andes hablando en público tonterías de mí.

-Pos, si es eso de lo que quiere hablar, por qué no pasa de una vez y me explica con más detalle todos sus malestares. Pue que así usté también escuche lo que yo le tengo que decir. Y, ya que tanto le importa lo que dice la gente, mejor sería que los del pueblo no se enteraran de su vida privada.

Desquiciada, a regañadientes Dolores aceptó entrar sola a la casa de los Domínguez. Las beatas esperaron afuera irritadas, pero a la vez extrañadas por lo que parecía ser una graciosa concesión de la beata mayor. Alarmada por la posibilidad de un escándalo en la calle, Dolores recordó de súbito que Inocencia sabía más cosas de lo que muchos se podían imaginar. Entonces se vendría abajo su imagen de mujer pura y casta. Además, aunque no se lo había prohibido terminantemente el padre Elías, sabía que de alguna manera estaba contraviniendo las recomendaciones que se le habían hecho. Por lo mismo, prefirió no exponerse e ingresó a aquella casa para terminar de una buena vez lo que había iniciado, ante la expectante mirada de los vecinos que se apostaron en ventanas y puertas tratando de atrapar al vuelo lo que estaba ocurriendo.

-Más te convendría quedarte callada-fue lo primero que dijo Dolores en cuanto quedó cerrada la puerta-si supieras el problema en que te has metido. Sólo vine a decirte que la gente de la iglesia ve con muy malos ojos que te pongas esos vestidos que son una falta de respeto a las buenas costumbres y a la moral de Dios. Además, el padre Elías está muy molesto porque tú y tu hermano ya casi ni van a misa. Yo no sé que malas ideas se les han metido a ustedes en la cabeza, pero debo advertirte que el día menos pensado todo esto puede acabar de mala manera. A mí me corresponde avisarte, para que luego no digas que no te lo advertí. Y si mis advertencias no fueran suficientes, también debes de saber que cuento con el apoyo de Epifanio.

-Si tuviera un poco de decencia, no vendría usté a amenazarme a mi propia casa. Usté no es Dios ni es nadie pa que me venga a decir como me debo de vestir o comportarme. Si el padre Elías, como usté dice, está molesto, él mismo nos lo va a decir. Y si algo va a hacer Epifanio o la gente en contra de nosotros, ya estaría de Dios. Además no sé que vela pueda tener en este entierro Epifanio o su viejo abuelo.

De forma furtiva, detrás de la puerta de la recámara, Gabino escuchó y se congratuló en silencio por la forma en que su hermana estaba enfrentando a Dolores. La mamá de los Domínguez estaba dormida y, Gabino, no se perdió un solo detalle de aquella confrontación.

-Además de grosera, eres una mala agradecida-iracunda y con gesto duro, Dolores quiso de una vez fulminar a la contraparte-. Si yo hubiera querido, la gente te hubiera puesto como lazo de cochino enfrente de todo mundo, pero preferí ahorrarte el ridículo. Deberías también agradecerme que no trajera a la autoridá pa que aclararas todas las ofensas que dijiste de mí a don Modesto. Pero por lo visto, tú no sabes lo que es el respeto. Es el colmo que no quieras entender que eres una irrespetuosa e indecente. Si sigues así, lo único que vas a lograr es….

-¡Ya, por favor!-sin la más mínima contemplación, Inocencia descargó todo lo que llevaba guardado adentro-Usté es la menos indicada pa hablar de respeto y mucho menos de decencia. ¿Ya se le olvidaron los tiempos en que usté se revolcaba a escondidas con el difunto Epifanio Martínez? Por Dios santo que cuando la veo, no puedo creer que usté hable tanto de decencia. Indecencia, fue lo que usté hizo, cuando se acostaba con el difunto a sabiendas que él estaba casado con su propia hermana Ángeles. Mire, Dolores, si cree usté que no me acuerdo porque yo todavía era una niña, debo recordarle que yo la vide con mis propios ojos acostándose con el difunto. También estoy enterada de que usté anduvo en amoríos con otro hombre cazao, así es que mejor ya párele, porque si sigue con su necedá, voy a salir a gritar en la calle todo lo que sé de usté.

Demudada y lívida, como si hubiese visto un horroroso espectro de ultratumba, Dolores salió de casa de los Domínguez más arrepentida que nunca. Basada en su donaire, el respeto y miedo que inspiraba en la gente, la sacristana subestimó y, por lo mismo, nunca creyó que la otrora fámula de los Martínez hubiese tenido el nervio de poner al descubierto el pasado. Acompañada de las beatas que previamente la esperaron con impaciencia, Dolores simplemente se limitó a comentar en forma escueta que todo había salido bien. La mujeres se conformaron con aceptar las razones que les daban, pero también se dieron cuenta que la actitud de Dolores estaba muy lejos de ser la de la mujer que siempre salía airosa de sus querellas.

En completo silencio, al cabo del altercado, el rostro de consternación de Inocencia era evidente prueba de que aquellas desavenencias no habrían de parar ahí. Sobresaltándose por la repentina mano que sintió en su larga cabellera, Inocencia se dio cuenta que Gabino había estado al acecho. Él posó la mano sobre el hombro de ella, y le manifestó que se sentía orgulloso de ser su hermano. También enfatizó que ni él mismo hubiera enfrentado la situación con la valentía y la audacia con que Inocencia había mandado prácticamente al diablo a Dolores. Atónito, Gabino no podía creer el secreto que Inocencia había revelado del pasado de Dolores.

-Por qué no me lo habías dicho, Inocencia. En algún tiempo, yo también había creído que ésa mujer es tan honesta como aparenta ser. Te lo juro que casi se me caen los calzones cuando le dijiste que se metía con el difunto Epifanio. Por Dios que me daban ganas de salir de la recámara y decirle unas cuantas verdades, pero creí preferible esperar a que todo terminara. ¿Ángeles sabe que el difunto la engañaba?

–Ella fue la primera en saberlo. Yo misma se lo dije, pero ella me hizo jurarle que a nadie le iba a decir lo que vide. Ora tú también ya sabes nuestro secreto. Dolores no es la blanca paloma que todo mundo cree que es. Lo que más me da coraje es que es una hipócrita que se quiere cubrir con el manto de mujer caritativa y buena. Me preocupa que la bronca no haya terminado aquí. Ella va a querer vengarse, Gabino. El modo en que me miró cuando se fue de la casa, por un momento me dio miedo. Esa mujer está amargada y es muy mala.

–Pos ella podrá ser muy mala, pero de pendeja no tiene un pelo. Y más le vale que se quede callada, porque sino tú y yo vamos a decirle a la gente quien realmente es Dolores García. Además, que se ande con pies de plomo, porque ya me enteré con don Gervasio, el campanero, que a ella le gusta quedarse con parte del dinero que la gente da pa la iglesia.

–¡Ay, Dios! Nomás eso nos faltaba. Ora resulta que hasta ratera es.

–De ónde crees que Dolores tiene cría de puercos. Y de ónde crees que sale el dinero pa mantener a su hija y tener lujos en su casa. Si no trabaja y se la pasa todo el día en la iglesia, cómo le hace pa mantenerse.

–¿Y tu crees que el padre Elías sepa?

–A lo mejor el padrecito lo sabe, pero se hace de la vista gorda cuando le conviene. Si la gente me oyera hablando del modo en que lo hago, de seguro me cuelgan. Pero muchas son las cosas que se rumoran, y la verdá es que el padre deja que Dolores haga y deshaga en el pueblo a su antojo. Tengo entendido que algunas personas ya le han ido con ciertos chismes al padre, pero el sigue como si no pasara nada. A veces me parecen mentiras las cosas que se dicen por ahí, y lo más malo es que estoy empezando a creer que estamos más fregaos de lo que yo me imaginaba. Ahí tienes a Epifanio, que ya empezó igual que el difunto, a meterse con cuanta mujer se le atraviesa en el camino. Todo mundo lo sabe, pero la gente hace como que no se dio cuenta. Al fin y al cabo, Epifanio es el hombre más rico del pueblo, y ahí si no dicen nada la sacristana y el padre que son grandes amigos de los Martínez.

Sorprendido por sus propios razonamientos, Gabino cayó en la cuenta que había puesto el dedo en la llaga. Todo en el pueblo giraba en torno al poder de un hombre y de los eslabones que unían las cadenas de medianas y grandes complicidades. Inocencia concluyó también que lo que su hermano decía era inobjetable, pues de manera constante la gente se iba a quejar al mismo estante de la tienda en que ella y su familia despachaban. Unos se quejaban de los excesos de la sacristana y de los oídos sordos del cura con respecto a los problemas del pueblo. Otros se quejaban de la ineptitud del presidente municipal y, los menos, se referían con voces más o menos disonantes a los abusos de Epifanio y su par de pistoleros preferidos, los hermanos

Esteban y Luis Alarcón. Amparado en la protección de su pistola, discretamente oculta en alguna parte del cuerpo y, con la protección del par de guaruras que lo seguían a todas partes, Epifanio se inició haciendo honor a los de su linaje, en su carrera sin freno de abusos y atropellos. Su voz, era absoluta ley en el pueblo, y ni el padre Elías podía hacer frente a quien tan generosamente hacía jugosas contribuciones económicas a la iglesia. Aunque el padre sabía de sobra que el vástago de los Martínez sólo dispensaba favores a sus incondicionales, cuando algunos de los creyentes se iban a quejar con el prelado, el padre prefería callar o, en el mejor de los casos, le decía a la gente que habría de interponer sus buenos oficios. Pero con el correr de los años, la gente fue cayendo en la cuenta que el padre Elías cedió completamente el protagonismo a Epifanio Martínez. Nadie podía negar también que el ayuntamiento sólo fuera un objeto decorativo, pues en donde se decidían todos los asuntos del pueblo era en casa de Epifanio. Así, la gente se acostumbró a decir, "en ese edificio despacha el presidente municipal, pero el que manda vive enfrente".

Un día domingo por la mañana, mientras en su casa aún se encontraba durmiendo la familia, Gabino estaba entretenido leyendo algunas de las cartas que su cuñado, el doctor José Ruvalcaba le había regalado. Entre otras tantas, una carta escrita de puño y letra del mismo, decía algo que llamó grandemente la atención de Gabino. "El primer paso para que el pueblo se libre de su opresor, es perder el miedo. Sólo cuando la gente pierde el miedo al poderoso, empieza a entender todo su potencial oculto." Gabino leyó y releyó el pequeño fragmento, y pudo darse cuenta que en aquellas palabras se encerraba una gran verdad. La gente en El Encanto gritaba y maldecía en privado, pero cuando trataban de externar sus dudas ante la autoridad, las palabras parecían quedárseles atoradas en la garganta. Él mismo y su hermana Inocencia, temblaban ante la idea de pensar que algún día tendrían que verse las caras con el nieto del que fuera su patrón. Por un momento, Gabino se sintió avergonzado de su propia cobardía, sin embargo, concluyó que sólo con valor y determinación Inocencia y él se pudieron quitar de encima el yugo del borracho que les tocó como padre. También Gabino recordó el coraje y la audacia que su hermana mostró cuando se enfrentó a la sacristana. A pesar de ello, aquella claridad de pensamiento repentinamente se eclipsó ante la indolencia e indiferencia de los pueblerinos que en forma sumisa y resignada creían que las cosas públicas sólo eran asuntos que competían a la gente poderosa y de dinero. A nadie parecía importarle o sólo a algunos les importaba el modo en que la balanza se encontraba inclinada a favor de Epifanio y sus compinches. Gabino estaba consciente que él solo con la ayuda de su hermana, eran incapaces de convencer de sus razones a los pueblerinos que se ocultaban en el anonimato a tratar de sacar ventaja de la situación que prevalecía en el poblado. Desesperanzado, por instantes, Gabino también descubrió la oscura cara de la moneda, en donde la gente actuaba motivada en función de sus propios intereses que, en la mayoría de los casos, tenían estrecha relación con los ricos del pueblo. De tal suerte, no era un secreto para nadie el modo en que Epifanio compraba y acallaba conciencias, prodigando medianas y regulares prebendas, según fuera el objeto de interés del cacique. "Maldito pueblo de mierda-se dijo a sí mismo con amargura, Gabino-. Somos una bola de convencieros que no queremos enemistarnos con el gran patrón Epifanio Martínez. Ya empezó a hacer sus chingaderas, igual que el difunto y el maldito de don Eustacio, pero parece que a nadie le importa." Disgustado, Gabino guardó en la misma caja de madera los papeles que leía, al momento que se dejaron escuchar tres leves golpes de alguien que llamaba a la puerta.

Cuando abrió la puerta, Gabino se encontró con la agradable sorpresa de que su profesor de primaria, don Augusto Cisneros, venía acompañado de tres campesinos que al momento retiraron sus sombreros de sus cabezas saludando con cortesía al de casa. Al instante, Gabino los invitó a pasar. En un santiamén, Inocencia salió de la recámara en donde dormía al cuidado de su madre, y preparó una olla de café para los invitados. Gabino trajo dos sillas en donde se sentaron él y su hermana, mientras los invitados tomaron asiento en los modestos sillones de la sala. Don Gervasio, el campanero de la iglesia, venía junto a la especie de pequeña comitiva, en donde además del profesor, se encontraban dos campesinos que respondían al nombre de Ramiro y Rogaciano. Éstos eran primos y también tenían una relación de parentesco político con el campanero. La consternación era evidente en sus rostros, y de conformidad con la ceremoniosa forma de conducirse de los hombres de campo, dejaron que las razones corrieran a cargo del profesor.

-Como comprenderán tú y tu hermana, si hemos venido a visitarlos es porque algo muy grave acaba de ocurrir. Ayer por la noche, mientras regresaban al pedazo de tierra que trabajan a medias, Ramiro y Rogaciano, al momento de guardar su pequeño atajo de cabras, se encontraron en el monte con el cuerpo de su primo Luis. A decir de quienes lo vieron, el occiso tenía un balazo en la cabeza. Su cuerpo olía a aguardiente, y más de alguno afirma que Luis tuvo un enfrentamiento con uno de tantos enemigos que tenía, justamente cuando se encontraba en estado de ebriedad. Nadie pudo confirmar ni desmentir los hechos, pero lo que es de llamar la atención es que apenas hacía una hora, don Gervasio había hablado con Luis y, éste, se encontraba en su completo juicio.

-Además-abundó don Gervasio con manifiesto enojo y fijando la vista con el único ojo que tenía-, Luis mismo me había platicao que los pistoleros de Epifanio, Esteban y Luis Alarcón, lo amenazaron cuando el ahora difunto los descubrió recorriendo el cerco de púas pa robarle parte de su terreno. Según dijeron, lo habían hecho porque Epifanio necesitaba construir un camino. Y, pa colmo de males, le prohibieron a Luis que le diera de beber agua a sus animales en el manantial que después resultó ser propiedad de Epifanio.

Inocencia y Gabino movieron la cabeza de un lado a otro manteniendo la mirada fija en los interlocutores. En solidaridad con los hombres que provenían de las mismas raíces, el par de hermanos comprendieron que aquella infamia no podía ser pasada por alto. No obstante, aguardaron con paciencia los puntos de vista de uno de los campesinos.

-Ustedes no están pa saberlo ni yo pa contarlo-a pesar de la inaudible voz de Ramiro, todos captaron lo que éste dijo-. A otras gentes del pueblo, Epifanio les ha hecho lo mismo con el cerco de sus ranchos. Ya nos cansamos de decirle al presidente municipal, y dice que va a investigar. Cuando le preguntamos si ya investigó, nos corre de su oficina diciéndonos que somos muy desesperaos, porque según él, estos casos toman meses y hasta años pa que se puedan aclarar. Y, de plano, con Epifanio no se puede ni hablar, porque enseguida salen sus pistoleros y nos corren diciéndonos que pa eso está la autoridá.

-Y ya que estamos en el punto de la autoridad-retomó la palabra el profesor Augusto-, si venimos a verlos, no nada más es para quejarnos, sino para pedirles que nos unamos. Desgraciadamente, ya nada se puede hacer por el occiso. El presidente municipal acaba de levantar un acta, y en la misma se asienta que Luis murió en un pleito con un desconocido. Aunque todas las evidencias apuntan a que fueron los pistoleros de Epifanio quienes ejecutaron en forma criminal a Luis, si no tenemos pruebas de nuestras afirmaciones, nosotros mismos podemos ir a parar a la cárcel por supuesta difamación.

-Toda la vida ha sido lo mismo-indignado afirmó Gabino ante la aprobación de Inocencia y de los interlocutores-.Desde que don Eustacio mandaba en este pueblo, por las mismas razones sus pistoleros han matao a varias personas. Medio mundo sabe que son los Martínez los que están detrás de todo, pero somos tan cobardes que preferimos quedarnos callaos. ¡Qué bueno que vinieron a vernos! Yo no quisiera hablar por Inocencia, pero yo creo que ella está de acuerdo conmigo en darles todo nuestro apoyo.

-Bueno, pues lo primero que hay que hacer-dijo el profesor Augusto-, es ir a la escuela primaria hoy en la tarde. Me imagino que ya les habrá llegado el rumor de que Epifanio quiere imponer al dueño del molino como el nuevo presidente municipal. En ese entendido, es necesario que hagamos acto de presencia. Debemos hacer escuchar nuestra voz. Por lo menos, Epifanio se debe enterar que las cosas no van a ser tan fáciles de hoy en adelante.

La especie de plan de acción corrió por cuenta del profesor Augusto, ante la entusiasta participación de todos. Cada cual, a su manera, aportó sus puntos de vista a la improvisada reunión. Cuando uno se callaba, el otro hablaba, y los hombres notaron con asombro que Inocencia también interactuaba, aunque ocasionalmente se cohibía por lo novedoso de la experiencia. Al principio, los tres campesinos que acompañaban al profesor se sintieron incómodos, pues en el pueblo no se acostumbraba que las mujeres participaran en asuntos que se suponía sólo competían a los hombres. Pero al poco rato, el profesor notó con complacencia que todo aquello era el preludio de algo nuevo o, por lo menos, algo diferente a lo que tradicionalmente se había vivido en el pueblo.

IX

La junta convocada por Epifanio en uno de los salones de la escuela primaria, contó con la asistencia de los personajes más importantes del pueblo. Mientras en la parte de afuera revoloteaban las moscas y perros famélicos merodeaban el lugar, algunas mujeres aprovecharon la ocasión para apostarse con sus puestos de frituras y toda clase de chucherías, con la esperanza de allegarse unos centavos que pudiesen aliviar un poco las precarias condiciones de sus familias. A pesar de estar la puerta cerrada, el vozarrón de Epifanio daba la impresión que él era el único que hablaba en aquella aula. El presidente municipal, el tesorero y un síndico del ayuntamiento se encontraban ubicados en una tarima de frente a la audiencia. A un costado de las autoridades del pueblo, don Eustacio observaba atento las reacciones de la concurrencia. De forma reposada en su asiento, y apoyado en el báculo que lo acompañaba a todas partes, el en ciernes octogenario daba la impresión de que contaba con magnífica salud. Quien lo hubiese visto debatirse entre la vida y la muerte hacía apenas algunas cuantas semanas, habría jurado que no era el mismo. El viejo quería demostrar que aparte de su poder terrenal, él podía burlarse de la muerte. Y a los concurrentes, incluidos los lacayos que fungían como autoridad, no les quedó más alternativa que admitir que el patriarca todo lo podía con el poder de su dinero.

Entre la gente se encontraban el profesor Cisneros y sus antiguos discípulos, Gabino e Inocencia. También el campanero y sus primos, quienes no perdían un solo detalle del novedoso acontecimiento. Sin disimulo, varios hombres no despegaban la vista de Inocencia. Ella se encontraba al lado de su hermano y, al poco rato, en franca burla, el musitar de varios campesinos se dejó escuchar de uno a otro lado del salón. Pues, hasta ese momento, ninguna mujer había tenido la osadía de inmiscuirse en asuntos que eran considerados de exclusiva competencia de los hombres. De tal talante, las voces fueron subiendo de tono, y las risas se dejaron escuchar por doquier, convirtiéndose aquello en una auténtica algazara.

¡Silencio!-con estentórea voz ordenó Epifanio-. No vinimos aquí a divertirnos, sino a decidir asuntos que tienen que ver con el beneficio del pueblo. Además, las autoridades que se encuentran aquí presentes merecen todo nuestro respeto.

El profesor Cisneros no pudo evitar externar una irónica sonrisa, ante lo que mucha gente concebía de antemano como una obra de teatro montada astutamente por los Martínez y sus secuaces. De igual manera, con sarcasmo, el par de hermanos Domínguez observaron la obsecuencia con que la audiencia se comportaba ante los llamados del gran jefe. El presidente municipal tomó la palabra que le había cedido Epifanio y dio inicio a la asamblea. El síndico, que también fungía como secretario del ayuntamiento, procedió a asentar en un acta los acuerdos que se iban a tomar. Y junto a la puerta, resguardando el orden, se encontraban los mismos raquíticos policías de siempre, sin poder ocultar su estado anémico, producto del hambre crónica que padecían. Por otra parte, uno de los pistoleros de los Martínez, estaba atento a cualquier instrucción que le pudieran dar sus amos, mientras el otro se encontraba al fondo del salón recargado con un pie apoyado sobre la pared, al momento que se limpiaba con un palillo los dientes, denotando la forma displicente con que se conducía.

Las palabras introductorias corrieron por parte del presidente, que ocasionalmente reviraba la mirada hacia donde se encontraban los Martínez en busca de aprobación. El insignificante hombre con cara de roedor y gruesos lentes, de pronto se sintió imbuido de un afán protagónico y se perdió en una serie de retruécanos que disgustaron a Epifanio y empezaron a causar insomnio en la audiencia. Pero, para fortuna de todos, el presidente retomó el hilo del asunto que lo ocupaba. Enseguida convocó a que la gente propusiera posibles candidatos para la presidencia municipal. Algunos quedaron molestos porque no se les había tomado en cuenta, y otros que sí habían sido incluidos, no sabían bien a bien ni siquiera gobernar con tino en sus propias casas. Las bromas no se hicieron esperar, y entre risillas y chiflidos no faltó el audaz que gritó: "A mi compadre lo manda su vieja". Otro más dijo: "Mi primo apenas sabe leer". El ambiente se tornó en chacotilla y la gente recobró la compostura cuando alguien propuso que fuera el dueño del molino uno de los candidatos que habrían de ser votados en aquella asamblea. Varios aplausos se dejaron escuchar celebrando ésta última como la mejor opinión del día. El dueño del molino, Modesto Sánchez, como impelido por resorte se levantó de su asiento dejando traslucir su mejor sonrisa, agradeciendo a quienes en aparente espontaneidad se habían mostrado proclives a su persona. Vestido con sus mejores galas al estilo vaquero, para la ocasión el dueño del molino lucía uno de sus mejores sombreros, que en nada desmerecía con los que lucían los Martínez. Aquellos sombreros vaqueros eran signo de gallardía y distinción entre los hombres, incluyendo a las mujeres que no podían concebir a un verdadero macho sin su sombrero. Así, de alargada cara y breve bigote, seguro de sí mismo el molinero se arrellanó de nueva cuenta en el lugar que ocupaba, ante la expectante mirada de las personas que volvieron la vista a donde se encontraba el presidente municipal. Éste hizo un ademán señalando que se iba a proceder a votar ante la ausencia de más candidatos. Y cuando todo parecía transcurrir de acuerdo a los planes trazados por los Martínez, el profesor Cisneros sorprendió a la asamblea. Intervino para hacer una moción, y el presidente se vio obligado a aceptar, no sin antes buscar con los ojos la aprobación de Epifanio. Éste se encogió ligeramente de hombros, y con gesto aquiescente fingió que no había motivo de preocupación.

-A mí me parece-expresó el profesor con donaire y firme convicción-que esta asamblea no es plenamente representativa de todos los intereses del pueblo. Estoy convencido que a muchos les hubiera gustado participar, pero no se les avisó, o bien, se olvidó avisarles.

Los comentarios recorrieron de uno a otro lado del aula, dividiéndose las opiniones a favor y en contra. El presidente mostró desagrado ante el revuelo causado y consideró como un completo desatino la manera en que había sido interrumpida aquella reunión. También el molinero se sintió ofendido, pero al momento recobró la calma cuando se dio cuenta que Epifanio se encargó de replicar al profesor.

-Con todo respeto, profesor, me parece que sus opiniones están fuera de lugar. Usté mejor que nadie sabe que hay mucha gente que no le interesa participar en este tipo de cosas. Además, la autoridá invitó a toda la gente. Si no quisieron venir, esa ya no es nuestra culpa.

-También, con todo respeto, Epifanio-espontáneamente reaccionó Gabino a pesar del miedo que sentía-, no quiero decir que usté mienta, pero no fue por medio de la autoridá que nosotros nos enteramos de esta junta.

-¡Sí es cierto-con la cara enrojecida de vergüenza por la falta de costumbre en aquellos menesteres, Inocencia secundó a Gabino-, mi hermano tiene razón! Si no hubiera sido por el profesor y don Gervasio y sus primos aquí presentes, nunca nos hubiéramos dao por enteraos de que se estaban decidiendo cosas importantes pal pueblo. Yo sé que muchos hombres se burlan porque una mujer se venga a meter en asuntos que, según ustedes, son sólo cosas de machos. Pero ni modo, de hoy en adelante se van a tener que acostumbrar a que yo también meta mi cuchara. Y a ver si otras también se animan a hacer lo mismo, porque ya estamos cansadas que a nosotras nunca se nos tome en cuenta.

Cuando concluyó su intervención Inocencia, la sorna y morbo con que se conducían varios idividuos al principio, cedió ante un silencio de aceptación a regañadientes, como consecuencia de las opiniones del par de hermanos. A partir de ese día, a nadie en El Encanto le cupo la menor duda del extraño cambio que se había operado en la actitud de los Domínguez. Unos lo atribuían a los constantes viajes que realizaban a la ciudad, y otros pensaban que el profesor había influido en forma definitiva. Y más de alguno de modo inconsciente se sintió imantado por la osadía que, con el correr del tiempo, se traduciría en reconocimiento y simpatía.

La asamblea se tornó por momentos en una franca discusión sobre los usos y costumbres del pueblo entre cuatro personas, ante la impávida mirada de la autoridad, la no menos expectante audiencia y el gesto adusto de don Eustacio, sintiendo que aquello estaba rebasando los límites de su escasa paciencia. Al viejo no le importaba tanto que el profesor Cisneros interviniera con sus agudos comentarios, pues, al fin y al cabo, sus puntos de vista no eran tomados en cuenta. Pero en ese momento, lo que lo irritaba sobremanera a él y al nieto, era que el par de hermanos otrora peones en su hacienda, se tomaran la libertad no sólo de opinar sino de secundar y apoyar en público las opiniones del profesor del pueblo. De tal suerte, el atrevimiento de los interlocutores fue cortado de tajo, cuando dispuesto a no dar más concesiones, Epifanio dijo: "Ya basta, el punto ha sido suficientemente discutido. Pasemos a la votación".

Conforme a lo convenido de antemano, varios campesinos levantaron la mano en favor del candidato de su preferencia, y a partir de ese momento el pueblo ya tenía a los dos candidatos que habrían de enfrentarse en una elección en donde todo mundo saldría a depositar sus votos en las urnas que habrían de instalarse para el caso. Hinchado de gozo, Modesto se levantó de su asiento agradeciendo el voto mayoritario de la gente. Aquel era uno de los días más felices de su existencia y estuvo a punto de darle un abrazo a Epifanio, pero se contuvo ante la advertencia de no despertar sospechas de lo que para medio pueblo era más que obvio. Aún no era el presidente municipal electo, pero don Modesto, como él mismo se hacía llamar, reaccionaba como si fuese la nueva autoridad, dando apretones de mano aquí y allá, cual servidor público convencido de las quejas y peticiones de los amigos que tenían fe en él. El otro candidato, ocasionalmente recibía una felicitación, sin embargo, varios de sus amigotes se reían sin disimulo en su cara, recordándole que tan sólo representaba la figura de un monigote manipulable a antojo de los amos.

El secretario con aspecto de burócrata, de saco y pantalón desgastado, no dejaba de escribir asentando en el acta los acuerdos que la asamblea había tomado. Ocasionalmente se detenía ante alguna indicación del presidente, o bien, ante los dictados de Epifanio. El profesor Cisneros los miraba a la distancia, y no pudo menos que sonreír con desprecio ante la franca imposición y burla de que habían sido objeto él y sus amigos. Y cuando todo parecía terminado, en el colmo de la mofa, Epifanio no pudo evitar expresar la forma civilizada y cordial en que la gente de El Encanto resolvía sus diferencias. "Debo decirles con gusto, que me siento muy orgulloso por la manera con que nos ponemos de acuerdo. Somos un pueblo muy unido y sólo así vamos a poder traer buenos beneficios a todos."

Quien más resintió las expresiones de Epifanio fue Inocencia. Estaba que trinaba de rabia, y no pudo evitar mirar con odio a los Martínez. Don Eustacio pudo percibir la forma en que ella no despegaba la vista de él y, sorprendido, se sintió desnudado en lo más íntimo de su ser, pues las miradas de la joven muchacha le recordaron las de reto de Ángeles. Por un instante, de nueva cuenta el pasado parecía confabularse en contra del viejo, sintiéndose mareado y con una especie de náuseas. Los pesados cargos de conciencia por algo muy oscuro que llevaba en el corazón, lo hicieron presa de un miedo indescriptible, y antes de que aquellos inefables demonios lo poseyeran por completo, don Eustacio aceleró su salida de aquel lugar en compañía de Epifanio, que no entendía a que obedecía tanta premura. El profesor Cisneros y Gabino también se percataron del furibundo modo en que Inocencia parecía haber quedado como petrificada por una Hidra. Gabino tomó del brazo a su hermana, y tuvo que darle una fuerte sacudida para despertarla de la especie de sopor en que se encontraba, y ella reaccionó con expresión de consternación sin saber a ciencia cierta a que obedecían aquellos nuevos sentimientos. Antes de que nadie pudiera decir nada, y como si fuesen coparticipes de la misma preocupación que embargaba a la joven mujer, transcurrieron unos minutos en que la mayor parte de la gente había abandonado el aula en discreta estampida. El bullicio de la asamblea cedió ante un silencio en que el campanero y sus primos, confundidos, esperaron en silencio sin acertar entre salir de aquel lugar o preguntar a sus amigos qué era lo que estaba ocurriendo. Cuando al fin el pequeño grupo quedó a solas, el campanero fijó la vista con disimulada angustia en la cara de Gabino, pero éste, al igual que la hermana, quedó contagiado del mismo sentimiento.

-¡Vamos, Inocencia!-con gesto paternal irrumpió el profesor Cisneros-Trata de despabilarte y explícanos qué es lo que te ocurre.

-No sé por donde empezar-dijo ella, denotando con la mirada las preguntas sin respuestas que traía en mente-. Quisiera decirles muchas cosas, pero ni yo misma sé qué es lo que les quiero decir.

-Pos empieza por el principio-sin ambages dijo el campanero-. O si quieres di lo que se te ocurra. Mi abuelita decía que ese era el mejor modo de salir de la mohína o de algo que nos estuviera haciendo mal.

-Tiene razón don Gerva, me puse reenmohínada y sentí harto odio por el modo en que nos trató Epifanio. Pero cuando volteé la vista hacia donde estaba don Eustacio, sentí que mi odio se hizo más grande, y por un momento creí que estaba mirando algo horrible. Aunque no me lo crean, esos hombres están agarrados del mismo demonio. Que Dios me perdone por lo que voy a decir, pero ellos tienen el alma más negra de lo que nosotros creemos.

-Tal vez estés exagerando un poco-con parsimonia repuso el profesor Cisneros-. Todos sabemos que esos hombres son unos malvados, pero en ocasiones podemos equivocarnos en lo que percibimos.

-¡No, profe!-en forma abrupta irrumpió Gabino-Usté sabe que lo queremos y lo respetamos mucho, pero en esta ocasión creo que debemos de darle toda la razón a Inocencia. Sin saberlo por qué, yo también sentí al último, la preocupación de mi hermanita.

-Esos hombres no sólo mandaron matar-afirmó Inocencia-al pariente de ustedes, don Gerva, sino que deben otros pecados aún más feos. Sobre todo don Eustacio. Al mirarlo me recordó a Ángeles, y pude ver en sus ojos que se sintió culpable. Algo muy malo hizo en el pasado, pero no alcanzo a entender qué es, y de momento sentí como si yo tuviera que ver con eso.

-Perdonen ustedes la impertinencia-concluyó el campanero al momento de retirarse el sombrero en señal de despedida-. Que Dios nos agarre confesados, pero todo esto a mí también ya no me está gustando. Voy a pedir a Dios porque nada malo nos pase a nosotros. ¡Adiós!

El mes de septiembre aún presentaba visos de un verano que se había alargado más de lo debido. Estando el otoño en puerta, la gente de El Encanto pretendía celebrar y se preparaba a dar rienda suelta a los deseos contenidos por la sacristana y el padre, quienes reconvenían a los feligreses cuando éstos se dejaban vencer por la lascivia y el vicio. Previamente, la autoridad de la iglesia había logrado acordar con las autoridades municipales alargar los períodos entre una y otra fiesta. Por esa misma razón la gente estaba ávida de festejar. En el patio de la escuela primaria, a pleno aire libre, se habían improvisado unas pequeñas lonas en donde quedaban más o menos a cubierto los invitados especiales. Ricos y pobres se habían dado cita en el mismo lugar y convivían entre bebidas alcohólicas. Y cualquier forastero ignorante de los usos y costumbres del pueblo, hubiese aceptado convencido que entre aquella gente existían verdaderos lazos de solidaridad y hermandad, pues al calor de las copas, las personas más pobres le rendían pleitesía a aquellos que eran considerados por todos como los más distinguidos por su alta posición económica. A pesar de que muchos de los aduladores echaban pestes y maldecían en silencio a los más ricos del pueblo, en cuanto tenían la oportunidad, externaban en público todo lo bueno y generosos que eran aquellos señores adinerados.

Ensoberbecido por el triunfo y acompañado por su gran jefe Epifanio, Modesto-que todo tenía, menos modestia-en estado etílico celebró la manera apabullante en que había arrasado a su oponente en las votaciones para la Presidencia Municipal. El flamante nuevo presidente se encontraba departiendo con unos y otros. Entre vítores, se dio tiempo de bailar con las muchachas más bonitas del pueblo, y con impúdico disimulo, a más de alguna le hizo propuestas indecorosas al oído. El ruido del grupo de música era ensordecedor y, entre el amontonamiento de personas, cada quien pretendía sacar ventaja a su manera. Sin menoscabo por su creciente fama de mujeriego, para la ocasión, Epifanio escogió como pareja a Lola, la hija de Modesto. Mientras la ceñía del talle, al momento de bailar, ella le recordó lo feliz que lo podría hacer si él aceptaba definitivamente tener una relación más formal. A Epifanio no le disgustaba la idea, pues la muchacha era atractiva, pero sobre todo, su voluptuosidad femenina al andar y cuando bailaba, le habían hecho ganar el apodo de "Lola Meneos", provocando el deseo en los hombres y los celos y envidias en las mujeres. Sin embargo, Epifanio se hacía el desentendido cuando así le convenía, y sus clandestinos amoríos con Lola daban la apariencia de no prosperar y, en ocasiones, pasaban a segundo término. Esto exasperaba a Lola, y por momentos pensaba que lo mejor era olvidarse del asunto, pero el interés y el deseo eran más fuertes y al final de cuentas ella caía rendida en los brazos de él. Por su lado, mientras la susodicha hacía lo propio, Modesto observaba a la joven pareja y no dejaba de soñar con la idea de quedar emparentado con la familia más rica de la región. Los mismos deseos eran compartidos por la esposa del molinero, que hacía oídos sordos a todo cuanto sus comadres le decían en relación a la fama de mujeriego de Epifanio. Además, para Modesto, eso era lo mejor que le podía ocurrir, pues en los últimos tiempos tanto la esposa como la hija que tenía, cada día se ponían más exigentes, pidiéndole al dueño del molino dinero para comprar la ropa que estaba de moda en la ciudad. Todo aquello le parecía al molinero una desconsideración de parte de su familia. A pesar de su riqueza, éste tenía el defecto de ser un auténtico avaro, motivo por el cual constantemente reñía con su mujer y, para la ocasión, ella se negó a acompañarlo al baile, pues éste no quiso comprarle la alhaja que la esposa pretendía lucir con sus amigas. De tal suerte, el molinero se ilusionaba con la idea de que Epifanio le diera a Lola los lujos que el papá le regateaba. Y por el momento, el electo presidente municipal, se sentía feliz de encontrarse fuera del control de su mujer, comportándose como si fuese un hombre soltero.

A altas horas de la noche aquella celebración parecía no tener fin, y mientras los invitados especiales bebían del mejor licor, la gente más humilde se conformaba con el aguardiente que Epifanio había comprado por caja. Todos tomaban y se emborrachaban, y agradecían la generosidad con que los gastos corrían por cuenta de la casa, sin comprender que después se los iban a cobrar al pueblo con muy altos réditos. De cualquier forma eso a nadie le importaba, pues era preferible vivir como rey un día, y el resto del año como parias. Del mismo modo los pueblerinos echaban la casa por la ventana cuando se trataba de la celebración anual de la fiesta del pueblo, y se enorgullecían de su terruño y de la forma en que se relacionaban unos con otros. "Verdá de Dios que somos rete a toda madre en este pueblo -con la mirada perdida, entre tumbos y con la camisa desabotonada hasta el pecho, le dijo un hombre al otro-. Epifanio tiene razón cuando dice que no hay gente más unida que nosotros." Los interlocutores asentían con la cabeza y nadie parecía caer en contradicción. Todo era gozo y regocijo y, entre tanto desenfreno, varios individuos fueron sacados en peso de la fiesta, ya que no se podían sostener en pie debido al estado de embrutecimiento en que se encontraban. Las madres que acompañaban a sus hijas a la celebración, en todo momento por recomendación de la sacristana, estaban atentas a que el novio no se pasara de la raya. A pesar de eso, confundidas entre la multitud, en cuanto sentían que la madre no las vigilaba, las muchachas se dejaban acariciar y besar. Pero no faltó la madre que descubriera a la hija haciendo de las suyas y, sin pensarlo, sacaban a las muchachas del baile entre reproches.

Afuera de la escuela, entre Aves Marías y Padres Nuestros, más de una beata del coro de Dolores, tragándose su propia vergüenza cargó en hombros con el marido. Alarmada por tanto desmán, Dolores tuvo que salir de su casa cuando una de las beatas la puso al tanto de lo que ocurría. Hacía rato que ella se encontraba dormida, y ocasionalmente se movía de uno a otro lado de la cama, cuando alcanzaba a escuchar entre sueños el retumbar a la distancia del grupo musical en la escuela primaria. De momento, Dolores no se dio cuenta que estaban tocando en su puerta, pero al abrir lo primero que escuchó fueron quejas.

-¡Disculpe que la vengamos a despertar a estas horas, doña Dolores!-con voz chillona expresó una mujer regordeta, con la cabeza completamente envuelta en un rebozo negro-Fíjese usté que muchos hombres ya están retetomaos, y don Modesto como autoridá que es, no hace caso. Ya le dijimos que pare la fiesta, porque además ya empezaron los pleitos. Y Dios no lo quiera, pero acuérdese usté como terminó la fiesta del año pasao. El pleito entre unos y otros se hizo tan grande que ya no se sabía quién le pegaba a quién.

-Además, con perdón de la palabra-dijo otra mujer-Varias de las muchachitas que fueron al baile, ya empezaron de locas y se andan besuqueando con los novios enfrente de la gente. ¡Por favor, venga usté con nosotros! A usté si le van a hacer caso.

-Y Epifanio en dónde está-enseguida inquirió Dolores-¿Ya hablaron con él?

-Disculpe usté la mala razón-al momento contestó la mujer regordeta-, pero el joven Epifanio estaba bailando con la tal Lola, la hija de don Modesto, y de repente ya no los vimos más en la fiesta.

-¿Me está usté dando a entender que Epifanio se fue de la fiesta acompañao de la muchacha ésa?

-¡Eso mismo, doña Dolores!

-¡Santo Dios! Cuando se llegará el día en que la gente entienda que la única manera de vivir bien es conforme a los decretos del Señor. Mientras el mundo no haga caso, el demonio siempre andará haciendo de las suyas.

Tan pronto como pudo, Dolores se vistió y se cercioró que su hija dormía plácidamente. Previamente la hija había asistido al baile, pero tuvo que retirarse a regañadientes a la mitad del festejo, cuando la madre le indicó que la diversión había culminado para la joven muchacha. Enseguida salió Dolores de su casa con un rosario en la mano, en compañía del pequeño grupo de mujeres, cuyos adustos rostros, eran muestra patética de la misión moral que las ocupaba, pues, con la venia del padre Elías, en más de alguna ocasión las mujeres actuaban como árbitros, enderezando entuertos de distinta índole. Y, apenas habían caminado por una calle empedrada, cuando tuvieron que esquivar prácticamente a brincos los cuerpos de dos hombres que se encontraban en el suelo tendidos cual largos eran. A una distancia de no más de diez metros el uno del otro, los beodos daban la impresión de ser un par de inanimados fardos, batido uno de ellos en su propia basca. Horrorizadas, las mujeres se taparon las narices por el pestilente olor a vómito y se persignaron avergonzadas de lo que sus ojos veían. "¡Ay, Dios mío!-dijo una de ellas-¡Adónde vamos ir a parar en este pueblo! ¡Vea usté, doña Dolores, compruebe usté misma lo que le decíamos!" Apenas habían doblado la esquina del callejón por donde transitaban, cuando a la distancia descubrieron a un par de parejas de jóvenes disimulados en la oscuridad del viejo portón de una casa abandonada, trenzados en febriles abrazos y caricias. Al darse cuenta que las mujeres se aproximaban, los adolescentes salieron huyendo, sin hacer caso de los gritos de las mujeres que les ordenaban que se detuvieran. Irritada, una mujer de negro aceleró el paso para tratar de saber quienes eran los jovencitos que estaban incurriendo en semejantes faltas a esas horas de la noche. Sin embargo, por más que corrió la mujer, sus pies no eran tan ligeros para dar alcance a las presas que prácticamente se le habían escapado de las manos, quedando con un palmo de narices. "¿Se alcanzó usté a dar cuenta quienes eran esos muchachos?"-al instante inquirió Dolores. Con las manos extendidas, encogida de hombros y entornando los ojos, como si fuese muda, la mujer dio a entender la frustración que la embargaba al no poder responder en forma afirmativa a la sacristana. En el corto trayecto que separaba la casa de Dolores de la escuela primaria, ésta se topó con hombres discutiendo en las esquinas y, con alguno que otro ebrio que, ante la imposibilidad de poder abrir las puertas de sus casas, se habían quedado dormidos al pie de los mismos portones. Pero lo que le pareció intolerable e imperdonable a la sacristana, fue el descubrir que una de las mujeres del coro de la iglesia llevaba prácticamente a rastras a su marido, ayudada por una de las hijas. Cuando la mujer que cargaba con el embrutecido se dio cuenta que la sacristana la miraba con ojos de reprobación, se quedó boquiabierta e imploró al cielo por perdón, porque de antemano sabía que las amonestaciones del cura iban a ser implacables. La desgraciada mujer trató de justificarse, pero Dolores no le dio la oportunidad de que pronunciara palabra, indicándole con la mano y la mirada que ya hablarían del asunto después.

Entrados en copas, el campanero y sus inseparables primos, se encontraban enfrascados en un alegato que no parecía tener fin, en contra de un par de hombres que se empeñaban en defender a Epifanio. Gabino, quien apenas había probado el alcohol, trató de interceder a manera de árbitro en aquella discusión que, por momentos, daba la impresión de terminar en reyerta. A Gervasio también se le habían pasado las copas y se tambaleaba de un lado al otro en torpe vaivén, al momento que sus primos, Ramiro y Rogaciano, jaloneaban y empujaban a los otros hombres. Previo al pleito que se empezaba escenificar, las fuerzas del orden, que no pasaban de ser tres policías mal equipados, habían echado a la calle a dos hombres por las mismas razones. Sin embargo, no hubo necesidad de que la policía interviniera, porque justo en el momento en que los ánimos parecían desbordarse, Dolores arribó con su comitiva de mujeres de negro. Y los hombres que se encontraban discutiendo a unos cuantos pasos del portón de entrada al patio, súbitamente guardaron silencio ante la expresión de asombro que puso el campanero cuando se dio cuenta del arribo de las mujeres. Dolores avanzó con paso firme delante del grupo, cual juez de la santa inquisición y, Gabino, no pudo ocultar el desprecio con que la miraba. Avergonzado y temeroso, como si hubiese visto un ánima del purgatorio, como pudo, Gervasio trató de hilvanar unas cuantas palabras en busca de salir de la manera más airosa posible del embrollo en que se encontraba.

-¡Doña Dolores! No pensábamos encontrarla en este lugar a estas horas. Yo creiba que usté se encontraba durmiendo en su casa.

-Pues creía usté mal. Cómo voy a creer que el campanero de nuestra iglesia esté dando tan mal ejemplo a nuestros jóvenes. En el estado en que está, si tuviera un poco de decencia, ni siquiera se atrevería a dirigirme la palabra. De los que andan con usté lo puedo creer, pero me parece increíble de un colaborador de la casa de Dios.

-Le ruego de la manera más atenta-con vehemencia, Gabino interpeló a la sacristana al darse cuenta del denuesto-que tenga más cuidao con sus palabras. Aunque parezcamos iguales, no todos andamos en lo mismo.

-¡Y quién te crees tú para decirme qué es lo que debo decir! Yo sólo digo lo que ven mis ojos.

-Precisamente, doña, porque me encuentro en mi sano juicio es que le digo lo que le digo. Antes de echar a todos en el mismo costal, es mejor que esté completamente segura de lo que pasa.

Los músicos terminaron de tocar y se dispusieron a guardar sus instrumentos musicales. El barullo de la gente, entonces, se dejó escuchar con más intensidad, pues el retumbar de la música había cesado. Y varias personas, incluido el presidente municipal, desviaron la atención hacia donde ya se encontraban en franca confrontación verbal Gabino y Dolores. Tan pronto como pudo, acompañado de policías y amigos de farra, Modesto se desplazó al lugar en donde una muchedumbre de curiosos creó un círculo en torno al par de protagonistas. Prácticamente a empujones, el nuevo presidente municipal se abrió paso entre la gente. Por más que el hombre les decía que se hicieran a un lado, nadie parecía escuchar, cautivos del morbo.

-¡Qué pasa aquí!-tratando de imponer orden, fue lo primero que se le ocurrió decir al presidente.

-¡Nada, don Modesto!-con cara de víctima ofendida, Dolores cambió el tono de voz, consciente de la cantidad de gente que se encontraba observando-Yo sólo vine aquí porque me dijeron las señoras que se encuentran conmigo, que varios hombres estaban escandalizando en la calle con ofensas y malas razones. Y de pronto me encontré con las groserías de estos señores. Usté, mejor que nadie, sabe que yo sería incapaz de ofender a alguien. Eso va en contra de los buenos principios de cualquier cristiano.

En cuanto Dolores hizo estas afirmaciones, Gabino se sorprendió por la forma en que ella se transformó, señalando con el dedo índice a los supuestos agresores, siempre con la incondicional aquiescencia de las mujeres que la acompañaban. Con los puños crispados por el enojo, Gervasio estuvo a punto de decir una tontería a la mujer que en forma tramposa había maniobrado en contra de él, sus primos y Gabino. Pero el campanero no tuvo tiempo de pronunciar palabra, porque de nueva cuenta el presidente intervino, simulando que estaba preocupado en tratar de encontrar cuál era el origen de aquel conflicto, creyendo que ya sabía de antemano como desenredar aquella maraña.

-¡A ver, Gabino!-el presidente inquirió en forma pausada, tratando de esconder el estado etílico en que se encontraba-Si es cierto lo que dice doña Dolores, tú mejor que nadie sabes que eso es muy delicao. Yo estoy aquí pa imponer y hacer que se respete la ley.

Cuando el presidente municipal habló de ley, los policías se acercaron en actitud de intimidación y en espera de recibir una orden de parte de la máxima autoridad del pueblo. Gabino estaba deseoso de tomar revancha por el desaire de apenas hacía algunas semanas en la asamblea de la escuela primaria y, al parecer, la oportunidad se le había presentado en bandeja de plata. Modesto sabía que Gabino era hueso duro de roer, y antes debía acorralarlo hasta demostrar ante la opinión pública que éste y sus amigos habían incurrido en flagrante falta.

-Yo sólo quiero decir-sin arredrase y con arrojo expresó Gabino-que lo que dice doña Dolores es una mentira. Fue ella la que empezó a ofender, sin saber que estaba pasando. Si como dice ella, es tan buena cristiana, por ahí debería empezar. Porque yo no creo que Dios esté de acuerdo con que la gente diga cosas que no son verdad. Mis amigos y yo sólo platicábamos que en este pueblo ya hace falta que se haga un poco de justicia.

El musitar de la gente resonó en el aire cual zumbar de abejorro, unos en aprobación y otros en desaprobación, en la especie de tribunal público que de forma improvisada habría de absolver o definitivamente castigar al osado campesino, que ponía en tela de juicio la buena reputación de la segunda autoridad de la iglesia del pueblo. El séquito de beatas se persignó con escándalo por el atrevimiento de Gabino, al momento que aconsejaban en forma soterrada a la sacristana. Por su lado, al presidente se le prendieron los focos rojos de alarma, cuando se dio cuenta que las aclaraciones de Gabino no sólo tenían que ver con Dolores, sino con la misma autoridad que en forma por demás cínica le había dado carpetazo al asunto del hombre supuestamente asesinado por los pistoleros de Epifanio. Así, al poner en entredicho a la autoridad, Gabino dejó en claro-a pesar del enojo de Dolores y Modesto-cual había sido el origen de aquellas desavenencias que, con el correr del tiempo, habrían de incrementar la carga de los rencores y odios acumulados. En un último intento, el presidente trató de levantar cargos en contra del campanero y sus primos por estar escandalizando borrachos, pero se contuvo porque aquél también se encontraba en estado de ebriedad, y sabía perfectamente que si procedía así, su nueva gestión se iba a ver opacada. En ese mismo sentido, lo peor que le podía suceder al presidente es que su administración se iniciara con un escándalo que después Epifanio le habría de reclamar. Consciente de los consejos que el cacique había recibido del diputado Luis Carreño, el presidente estaba plenamente convencido de los nuevos métodos de hacer política. De tal suerte, en forma astuta, Modesto cortó por lo sano a pesar de que con los ojos, Dolores le rogaba que encerrara de una buena vez en la cárcel del pueblo al individuo que se había atrevido a desafiarla acusándola de mentirosa enfrente de todo el mundo. Modesto prefirió postergar el ajuste de cuentas para mejor ocasión, dando la impresión de que había actuado como fiel de la balanza. Los curiosos se marcharon a sus casas, y Dolores no podía ocultar la frustración y rabia que la embargaba. No obstante que Modesto, al fin de cuentas se empeñó en que todo quedara en un empate, para mucha gente, incluida Dolores, aquello había sido una derrota.

X

La espesa neblina que había oscurecido la luz del día, confería a El Encanto un aspecto lúgubre. La mañana lucía fría y, la víspera, en horas de la madrugada, una fina lluvia había empapado casas y dejado calles encharcadas y llenas de fango. Los habitantes del pueblo se levantaron con la novedad del tañido de campanas, distinto al normal. El llamado no era simplemente a la tradicional oración matutina, sino avisaba a la gente que uno de sus pobladores había muerto. Aun cuando algunas personas ya habían sido informadas, los más desconocían quien era el infortunado que padecía el inexorable embate de la parca. Y los habitantes de aquel terruño se persignaron consternados por el innegable augurio de que la muerte les cobraría las cuentas pendientes a otros. Por razones que nadie sabía explicar con exactitud, siempre que en el pueblo moría alguien, enseguida se desataba una especie de epidemia, y la cadena de decesos se sucedían en forma consecutiva uno detrás del otro. Hasta donde alcanzaba la memoria a los habitantes, hubo ocasiones en que se llegaron a contar hasta diez decesos, mediando un espacio de tiempo de uno a tres días entre cada muerte. Por lo regular, las muertes ocurrían por causas naturales, pero también se podían contar a los que habían partido por causas violentas. De cualquier forma la parca no hacía distinciones, y se llevaba cual voraz lobo a todo aquel que se atravesara en su camino.

El turno le tocó a la madre de Inocencia y Gabino, a pesar de que el doctor Ruvalcaba puso a prueba todos sus conocimientos médicos. Por lo menos dos veces al mes, Ruvalcaba viajaba a El Encanto tratando de salvarle la vida a la mujer que ya había sido considerada como desahuciada por otros médicos. Si tan buenos resultados había obtenido en ataño el doctor en favor de don Eustacio Martínez, no veía por qué no podía salvarle la vida a la madre de los Domínguez. Muy a su pesar, los medicamentos y tratamientos no pudieron salvar a la pobre mujer que terminó sus últimos días tendida cual larga era en la cama de su cuarto. Más que nadie, Inocencia se encontraba inconsolable, y sintió un poco de alivio cuando arribaron a su casa Ángeles y José Ruvalcaba en compañía de sus dos pequeños hijos. Gabino tenía unas ojeras de mapache, porque no había dormido en todo el día en que viajó a la ciudad para avisar a los Ruvalcaba, y se encontraba parado al lado de la cama de su madre observando la forma en que la pobre sufrida se había consumido. El día anterior, el padre Elías le había aplicado los óleos de la extremaunción a la enferma, al momento que le tomaba la última confesión. Y, una vez que expiró, sus hijos se aferraron con todas sus fuerzas al desfallecido cuerpo que se había extinguido en un último'aliento. Inocencia no paraba de llorar y de manera maquinal se dio tiempo de vestir con sus mejores galas a la difunta. Lo primero que hizo Ángeles al mirar a Inocencia en aquel estado de angustia y pena, fue abrazarla en forma maternal.

-¡Llora mi'ja! ¡Llora todo lo que puedas!-con amorosa voz, Ángeles le dio palabras de aliento a su hermana-Todos sabíamos que de un momento a otro esto iba a pasar. Yo sé que te duele mucho, pero con el tiempo te vas a resignar.

Al instante, el par de niños se acurrucaron en las naguas de su madre, al darse cuenta que Ángeles también lloraba en forma copiosa. Las caras de las dos mujeres se habían juntado y las lágrimas de una se confundían con las de la otra. Gabino estaba agotado y Ruvalcaba le dio un fraternal abrazo sin pronunciar palabra. Todo era silencio y se podía respirar un aire de ausencia, en que cada quien a su manera, hacía votos por el alma que habría de viajar a confines desconocidos. Los golpes de nudillos en la puerta de la casa interrumpieron el momento de meditación solemne. Gervasio llegó acompañado de sus primos, y otro grupo de hombres entró a la casa llevando a cuestas el féretro de madera de pino, fabricado por el carpintero del pueblo. Previendo que de un momento a otro su madre podía fallecer, Inocencia encargó el ataúd cuyo barniz aún se podía oler. La casa quedó impregnada por el olor de pintura y pino, al momento que los recién llegados con discreción esperaron a que los familiares se ocuparan de colocar a la difunta en el féretro. En la recámara contigua a la sala sólo se encontraban los de casa, haciendo los preparativos mientras el grupo de hombres y varias mujeres que acababan de llegar, esperaban pacientemente cualquier indicación o solicitud que se les hiciera. La espera fue corta y enseguida se acondicionó la sala en donde se colocó el féretro en un catafalco fabricado por el mismo carpintero. Unas sábanas blancas colgaban hasta el suelo y cuatro largos cirios fueron colocados en las esquinas en donde se encontraba la laqueada caja oblonga. Al poco rato el lugar se encontraba adornado con una gran cantidad de flores, y en forma abundante, a ras del suelo, las veladoras fueron cubriendo aquel espacio.

El tañido de campanas de nueva cuenta se dejó escuchar a la distancia, y llamaba a que los feligreses se presentaran a la misa que habría de ser oficiada en honor a la difunta. Con paso lento pero seguro, los dolientes, después de esquivar charcos aquí y allá, fueron subiendo uno a uno los escalones de piedra que conducían a lo alto de una loma. Con discreción curiosa, Ruvalcaba entornó la vista al par de antiguos cañones de hierro macizo, que custodiaban a uno y otro extremo como mudos testigos el acceso al recinto sagrado. Sin dudar pensó que aquellos cañones fueron colocados ahí por los mismos pobladores que llegaron a colonizar aquellas feraces tierras y, sin comunicar a nadie los pensamientos que lo ocupaban, se le ocurrió que esas joyas de museo encerraban perdidos en el tiempo de los tiempos la evidencia de historias y leyendas fabulosas. Al mismo tiempo que observaba los antiguos artefactos, se percató que a un costado, en un terreno baldío, se encontraba una construcción abandonada, simulando un castillo hecho a pequeña escala. Nunca antes, en los múltiples viajes que había realizado a El Encanto, imaginó que contiguo a la iglesia pudiesen existir esas joyas de incalculable valor histórico. Gabino se percató del interés de Ruvalcaba y, con un comentario escueto, le hizo saber que los Martínez tenían que ver con aquellas piezas de museo. De tal suerte, Ruvalcaba pudo plenamente confirmar sus sospechas.

Cuando entraron a la iglesia, los Domínguez y los Ruvalcaba se percataron que una cantidad considerable de gente se encontraba dentro, sentados en las largas bancas de madera en espera de que arribaran los interesados. Hasta ese momento, Inocencia y Gabino no tenían clara conciencia del número exacto de sus amistades, o por los menos, de las personas que sentían simpatía por ellos. La primera sorprendida fue Ángeles, mirando con curiosidad la manera en que el recinto prácticamente estaba lleno de gente. Ella creía que aquella misa iba a tener un carácter más o menos privado, pero no fue así. Por la misma razón, musitando, preguntó a Inocencia el por qué de tanta gente reunida y, ésta, simplemente se encogió de hombros sin saber bien a bien cuáles eran los motivos. Sin proponérselo, y a pesar de la animadversión de mucha gente, ellos eran más populares de lo que creían, debido a su rebeldía en contra de la autoridad de la sacristana. Y lejos de ser censurados o vistos con malos ojos, con beneplácito los pueblerinos se dieron cuenta que doña Dolores García ya no era la intocable que siempre deshacía entuertos a su entero antojo.

El eco de voces de juego infantil e inocente resonó de uno a otro extremo de la iglesia, provocando que gran parte de la multitud ahí reunida entornara la vista hacia donde se encontraban los hijos de Ángeles, jalonándose de la ropa y sin recordar que apenas hacía un rato habían visto a su madre llorar. El suave siseo de los labios de Ángeles, al momento que inclinaba el cuerpo hacia donde se encontraban sus hijos, fue suficiente para que los vástagos guardaran la compostura. Con parsimonia, uno por uno, las dos familias interesadas se fueron colocando en la fila de enfrente al momento que el padre Elías realizaba los últimos preparativos previos a su sermón. Por una puerta, a un costado de donde se encontraba el altar, hizo su aparición Dolores, cargando con ambas manos la dorada copa sagrada en donde se encontraban las hostias. Con manifiesta sorpresa, la sacristana pudo confirmar lo que alguno de sus secretos correos ya le habían informado. Como parte de la familia de los dolientes, Ángeles se encontraba compartiendo aquel momento de pena. Hasta ese instante la sacristana no había tenido la oportunidad de ver a su hermana en persona, y con discreción externó un saludo, al cual correspondió la visitante con un ligero movimiento de su mano derecha. De la misma manera, Dolores fingió distracción, cuando pudo percatarse de la presencia de Inocencia y Gabino. Aunque aquel era un momento de duelo, la sacristana no estaba dispuesta a concesiones, pues al fin de cuentas ellos eran los causantes de sus noches de insomnio.

En el púlpito, justo al lado contrario por donde había ingresado la sacristana, vistiendo un pulcro hábito negro, el padre Elías dio inicio al sermón. Sin embargo, la gente estaba más atenta a las reacciones del par de hermanas que hacía largos años no se veían. Con discreción, Ángeles entornó la vista hacia uno y otro lado y pudo darse cuenta de los cuchicheos de individuos, cual ventrílocuo con imperceptible movimiento de labios. Al igual que en antaño, la gente no había perdido la costumbre de estar atentos de los defectos de los demás y, entre rezos, ciertos feligreses se daban el tiempo para hacer comentarios cáusticos o de mal gusto. De tal suerte, pocas cosas habían cambiado a juicio de Ángeles, salvo que la iglesia había sido bellamente remozada, aun cuando el sistema de alumbrado del pueblo era deficiente y las calles se encontraban en estado desastroso, por no mencionar la única escuela cuyo mobiliario y puertas se estaban cayendo a pedazos. Las mismas caras que ella había dejado de ver hacía muchos años, resaltaban entre las bancas, con muestras visibles de que el tiempo no había pasado en balde. Así, la exuberante negra cabellera de algún muchacho había cedido ante las canas o, en algunos casos, la calvicie era síntoma inequívoco de cambio. Las patas de gallo en ojos y arrugas en caras de algunas mujeres, también eran clara señal de que la vida se había llevado lo mejor de su juventud. Con curiosidad, Ángeles se puso a reflexionar cuándo había sido la última vez que entró en aquel recinto, y pudo darse cuenta que en realidad muchos años transcurrieron desde que iba a misa con su padre y, después, en su primer matrimonio, contadas fueron las ocasiones en que ella asistía a orar con auténtica devoción. En todo caso, quienes daban muestras de estar realmente atentos al sermón del padre Elías, eran los más viejos, sabedores de que sus días en este mundo estaban contados. No así los jóvenes que parecía importarles poco o nada de lo que el cura pudiera decir. De modo que Ángeles, así como notó la ausencia o el envejecimiento de muchos conocidos, también pudo descubrir la lozana sonrisa de una nueva generación dispuesta a vivir y moverse de acuerdo a sus propias convicciones o, por lo menos, conforme a la época señalada en su propio calendario. Y se recordó a sí misma, cuando por razones similares a las de esos muchachos, ella creía que el mundo estaba a sus pies, sin detenerse a pensar en las consecuencias de sus actos. De modo que cuando miró en la banca anterior a Lola, la hija del presidente municipal, sintió que aquella muchacha de pronunciados senos, por motivos que vagamente alcanzaba a columbrar, era el reflejo de ella misma hacía veinte años. Sobre todo pudo darse cuenta que la similitud entre ambas, más que nada en lo externo, quedó de manifiesto cuando Lola dirigió la mirada hacia donde Ángeles le correspondió con una discreta sonrisa. Socorro, la madre de Lola, se dio cuenta de aquel intercambio de miradas y sintió cierto estupor por lo que a su juicio era una especie de complicidad, aun cuando Ángeles y la hija no sabían nada la una de la otra. No obstante, al igual que gran parte de la gente del pueblo, Socorro estaba al tanto del pasado de Ángeles, de modo que le parecían incomprensibles las coincidencias, pues Ángeles había sido mujer del occiso Epifanio Martínez y, Lola, suspiraba por quedar enlazada en matrimonio con el hijo del difunto. Con una discreta inclinación de cabeza, la mujer susurró algo al oído del marido, quien enseguida entornó los ojos hacia donde se encontraba la hija inquieta, volteando una y otra vez en dirección al portón de entrada a la iglesia. El estado apacible y confiado de Lola, por momentos denotaba ansiedad, esperando que de un momento a otro hiciera su aparición la persona que ella tenía en tanto aprecio. Con disimulado interés, Ángeles pudo darse cuenta de las distracciones de Lola, y comprendió que la muchacha se encontraba impaciente, en espera del hombre ausente por motivos desconocidos.

Lola se encontraba convencida de que en cualquier instante habría de llegar a la iglesia Epifanio, acompañado de sus inseparables pistoleros, pues ella suponía que él estaba enterado de la presencia de su madre en El Encanto. Muy a su pesar y el de su propia familia, no contaban con que entre Ángeles y Epifanio existía un mar de distancia. Sólo los Martínez y el padre Elías conocían los pormenores de las diferencias entre familiares. A pesar de que Dolores se jactaba de conocer todos los secretos de la gente del pueblo, hasta ese momento, lo único que podía sacar en claro es que existía un conflicto entre aquellas dos familias. Pero el padre Elías, lo mismo que Epifanio y don Eustacio, no querían entrar en detalles cuando Dolores intentaba tocar el tema. Sin embargo, tarde o temprano, como había sucedido en otros asuntos, ella iba a deshacer la madeja de aquel enredo. Y su intuición no distaba mucho de darle a entender que entre los Ruvalcaba y los Domínguez había algo más que una simple amistad. El simple hecho de que Ángeles se desplazara de la ciudad a tomar parte en aquel acto luctuoso, después de muchos años de no poner un pie en el pueblo, era clara muestra de lo que Dolores empezó a columbrar. Y sus sospechas quedaron más o menos confirmadas, cuando pudo observar la manera tan familiar con que uno de los niños de Ángeles se desplazó del lugar en donde se encontraba, para sentarse en las piernas de Inocencia. Mientras tanto, el eco de las jaculatorias de la gente resonaba por todos los rincones de la iglesia. Así pues, nada de lo que ocurría era casualidad. Las evidencias hablaban por sí mismas, en relación a los vínculos de familia entre los de casa y los recién llegados forasteros. Dolores lo comprendió pero nunca se imaginó, a pesar de todas sus especulaciones, que estuviese tan lejos de la verdad.

Así, entre fervorosos rezos en los que se intercalaban las genuflexiones de los feligreses, Dolores no perdía detalle de todo lo que ocurría a su alrededor. Desde donde se encontraba hincada, a un costado del atrio, podía observar y medir cada una de las reacciones de lo que ella daba en llamar "El buen rebaño del Señor", que no siempre se correspondía con lo que ella consideraba como ideal. Por lo mismo, aparte de estar atenta a la preocupación que la ocupaba en ese momento, no despegaba la vista de su hija Remedios, pues creía que ésta andaba en malos pasos. Los cuchicheos y ligeros golpes de codo entre Remedios y una muchacha cuyas risas coquetas estaban dirigidas a un grupito de jovenzuelos, tenían irritada sobremanera a la sacristana. Se había jurado a sí misma que ella no iba a correr el riesgo de que su hija anduviera en boca de todo el mundo. Si los padres de Lola se habían hecho de la vista gorda con respecto a su hija, la gente debía de estar enterada que la sacristana no era igual que Modesto. A su entender, ella, más que cualquier otro, se encontraba muy cerca de Dios, y la mejor manera de demostrarlo era predicar con el ejemplo. Nadie debía de dudar que a la sacristana la animaran los más altos principios morales, pues a la vista de su más íntimo círculo se encontraba muy cerca de ser santa. Y si de santidad se podía hablar, a juicio de sus corifeos, no había gran diferencia entre ella y el cura del pueblo. Si la reputación que con tanto trabajo había construido la sacristana implicara tener encerrada bajo siete llaves a la hija, no se iba a tentar el corazón, aun cuando Remedios tuviese que renegar y patalear de desesperación maldiciendo en silencio a su madre. Por esos mismos motivos, a pesar de estar embebida por los rezos que recorrían de uno a otro lado de la iglesia, no quitaba la vista de encima de Remedios, que parecía haberse extralimitado en la forma de comportarse. Pero más importante que eso, por el momento, era el morbo que impelía a la sacristana a tratar de saber que se traían entre manos Inocencia y Gabino con Ángeles.

A la distancia, con expresión socarrona el campanero, Gervasio, casi sin mover los labios le indicó a su primo Ramiro que la sacristana se encontraba consternada y llena de ira. La conocía perfectamente, pues el modo en que la sacristana se había distraído de sus oraciones era algo inusual en ella. Incluso a sabiendas de que aquellos sentimientos no eran buenos, celebraba en silencio cuando miraba a la sacristana perder el control. Un solo ojo le bastaba al campanero para saber que la sacristana estaba muy lejos de ser lo que mucha gente creía. Quizá por conveniencia o simplemente por guardar las apariencias, nadie quería tocar el tema. Pero la poca estima que algún día sintiera Gervasio por Dolores, quedó como un vidrio hecho añicos, cuando la descubrió disponiendo para su uso particular de las limosnas de la iglesia. El modo en que Dolores extrajo el dinero y lo guardó en un monedero que escondía en el busto, dejó boquiabierto a Gervasio, que en aquella ocasión por casualidad intentaba entrar a uno de los cuartos de la casa parroquial. Al mirarlo, Dolores lo tomó del brazo cerrando de golpe la puerta y, al momento, con contenido pudor, ella se justificó diciendo que el padre Elías le había dado permiso de tomar aquel dinero. Pero los nerviosos movimientos de Dolores y, sobre todo, cuando le hizo jurar a Gervasio que no fuera a comentar el incidente con nadie, sembraron en el campanero más dudas que certezas. A fin de cuentas, después de meditarlo por semanas e incluso meses, llegó a la conclusión que ella había incurrido en faltas graves. Hurtó de manera subrepticia un dinero que no era suyo y, después, mintió diciendo que el padre le había dado autorización. Gervasio era un hombre iletrado, pero no era el tonto que todo mundo creía. En sus ratos de ocio se subía a la torre más alta de la iglesia y, desde ahí, con el único ojo que tenía bueno, se ponía a observar las estrellas y las diferentes fases de la luna y, quienes lo conocían, podían confiar en él cuando predecía una época de lluvias o sequías. En su mayor parte, la gente lo tildaba de loco, pero Inocencia y Gabino sabían que Gervasio no estaba tan loco como muchos creían. Sobre todo cuando desde aquella misma torre, como si estuviese oteando el horizonte, el campanero pudo confirmar la estrecha forma en que se relacionaba la sacristana con Epifanio y don Eustacio Martínez. Pues más que una simple relación de amistad, aquello daba la impresión de que la mujer y aquellos hombres vivían en estrecha connivencia, cuando Dolores entraba y salía con harta familiaridad de aquella casa. Desesperado por el asesinato de uno de sus parientes, y convencido de la oculta mano que había provocado tal atropello y de las redes que unían a la sacristana con aquellos abominables hombres, Gervasio decidió romper con el juramento que había hecho. De esa forma, se quitó un gran peso de encima, que ahora compartía con los Domínguez, el profesor Cisneros y sus parientes. Por eso, cuando miraba a la sacristana compungida y con cara de mártir, lo menos que podía hacer era burlarse y no dejar de sorprenderse por lo que consideraba una hipocresía mayúscula. En ocasiones se sintió culpable por haber aceptado de manos de la sacristana el dinero con que se emborrachaba o se curaba las crudas, a sabiendas de que la mujer había incurrido en falta grave. Cuando cobró plena conciencia de su complicidad por omisión, se decidió a hablar y a nunca más volver a aceptar dinero mal habido, aunque por ello tuviese que sufrir por no tener unos cuantos centavos para poderse embriagar a su gusto.

Apenas terminó el sermón el padre Elías, la primera en salir a toda prisa de la iglesia fue Lola. A pesar de que la madre intentó retenerla del brazo, la hija hizo su propia voluntad e iba con manifiesto disgusto en la cara. Ángeles volteó a mirarla y, no obstante su disgusto, la joven se despidió con un movimiento de mano. Dolores hizo lo propio y ordenó a Gervasio batir las campanas en señal de que la misa había terminado. Los primeros en salir del recinto fueron los que se encontraban en las filas de atrás, y los comentarios y cuchicheos fueron aumentando de tono conforme la gente se acercaba al umbral de la puerta. El padre Elías pensaba hacerle unas indicaciones a Dolores, pero ésta había desaparecido por una de las puertas al costado del altar. Con prisa, pero con motivos diferentes de los que ocupaban a Lola, la sacristana no estaba dispuesta a perder la oportunidad de saber a que obedecía la relación tan familiar entre Ángeles y los Domínguez. Sin que nadie se percatara cuál era el rumbo que había tomado la sacristana, ésta aceleró el paso y dio un rodeo por la casa parroquial, a cuyo costado se encontraban unos escalones que daban acceso a un callejón por donde habría de pasar Ángeles acompañada de su familia.

La lluvia cesó y, justo en el instante en que la muchedumbre salió al aire libre, el día escampó apareciendo el astro rey que todo lo iluminaba con sus cálidos rayos. Por el frontispicio de la iglesia y en los muros laterales corrían hilillos de agua que descendían de las mismas cúpulas hasta el suelo. Al poco rato, un sopor en combinación con el aroma de tierra mojada, se podía percibir en el ambiente, y de las casas también escurriendo agua, se podía apreciar el vapor que salía de techos y paredes. Las calles lavadas por el agua contrastaban con el caserío bañado de tejas, cuyos colores rojos, estaban en mediana armonía con el abigarrado color de muros. Alrededor del pueblo se encontraban potreros y fincas, cuyo verdor relumbraba en distintas tonalidades, en extensiones que remataban en lomas recubiertas por bosques llenos de árboles de distintas especies. Ángeles y José se detuvieron por un momento en la altura de aquella planicie a admirar en lontananza como se extendían las planicies cultivadas mayormente de maíz hasta perderse en el horizonte, mientras el rebuznar de un burro y el mugir de vacas se escuchaban a distancia. Al momento que marido y mujer admiraban el paisaje, varios viejos se acercaron para saludar a Ángeles. Ella daba apretones de manos aquí y allá, ocasionalmente estrechando en un abrazo a algún anciano de los que ella todavía tenía memoria o se acordaba. Entonces los campesinos pudieron conocer de cerca a la familia Ruvalcaba. Inocencia y Gabino prefirieron tomar la delantera en compañía de Ramiro y Rogaciano, y dejaron que las explicaciones y comentarios corrieran por cuenta de Ángeles y José, que se encontraban satisfechos de poder charlar con aquella gente sencilla. Mientras descendían por escalones de piedra, José les indicó con el dedo índice a sus hijos en donde se encontraba la casa de Inocencia. Los niños iban felices y ocasionalmente se detenían para admirar los caballos cuyas riendas se encontraban sujetas a las casas de los dueños. También los niños pudieron admirar a las puercas con sus críos en algún chiquero dentro de las casas. Conforme caminaban por la calle, en pequeños grupos, la gente se fue dispersando y varias personas prometieron a Ángeles que pronto se habrían de reunir en casa de los Domínguez para externarles sus parabienes a la familia en duelo. Al tomar por una de aquellas pintorescas calles, súbitamente, la tranquilidad con que transitaba la familia se vio interrumpida por una voz que llamaba a la distancia.

-¡Ángeles! ¡Ángeles!-la voz de mujer de pronto despertó a la familia que andaba con paso perezoso.

A pesar de los años transcurridos, Ángeles pudo reconocer el inconfundible tono. Tan familiar era el llamado que ni por un solo minuto dudó de que se tratara de la persona con la cual ella había compartido tantas alegrías y amarguras. En fracciones de segundos que se trocaron en toda una vida de infancia y adolescencia, por la mente de Ángeles se suscitaron uno tras otro los recuerdos. De pronto se vio tentada a ignorar a la mujer que la llamaba, pero su corazón no albergaba tanta amargura como para incurrir en tal desplante. Después de todo, se dijo a sí misma Ángeles en soliloquio, "los lazos de hermandad debían ser más fuertes que la posibilidad de cualquier resentimiento". Quizá, especuló también ella, el paso del tiempo podía cambiar la forma de pensar de las personas, hasta hacerlas reconocer que habían cometido un mal o agravio. Comprendió que ella no era Dios para juzgar a nadie, y cada quien sabía como traía su conciencia. Tomando como premisa tales razonamientos, Ángeles dio un medio giro sobre sí misma y se dispuso a reencontrarse con la persona que la llamaba. Del otro lado de la calle con su habitual atuendo negro, la mujer cuyos llamados denotaban ansiedad, al momento se encontró frente a Ángeles estrechándole la mano en señal de saludo. Lo primero que notó Ángeles en el rostro de su hermana fue la expresión rígida y los desplantes de quienes están acostumbrados a imponer su voluntad sobre los demás. No obstante ello, intentó hacer el reencuentro más cordial, pasando del saludo de mano a un abrazo espontáneo que, de pronto, tomó por sorpresa a Dolores quien no esperaba aquella muestra de afecto. Así, la sacristana correspondió del mismo modo, pero enseguida se deshizo de los brazos de su hermana, experimentando una especie de raro estupor que le recorría de pies a cabeza. Los comentarios no se hicieron esperar y, al momento, Ángeles presentó a su marido y a sus dos pequeños hijos que en forma cordial saludaron a la hasta entonces desconocida tía. Ángeles les recordó a sus hijos que la señora de negro era su hermana, y a los niños no pareció causarles gran impresión la presencia de aquel pariente. A su vez, Dolores apenas si les dedicó una fugaz sonrisa y con discreta indiferencia no hizo mayor comentario. José Ruvalcaba simplemente se encontraba en forma relajada a la expectativa, y sin que ninguna de las dos hubiese hecho alguna alusión al respecto, comprendió que el objeto de aquel reencuentro era de carácter privado. En forma breve, Dolores hizo algunos comentarios acerca de su hija Remedios y, en cuanto terminó de hablar, José se retiró en compañía del par de hijos, permitiendo con ello que las mujeres se pudieran explayar como mejor les conviniera. Dolores agradeció el gesto y celebró en silencio la partida de Ruvalcaba. Al parecer, la suerte estaba del lado de Dolores, quien se consumía devorada por el fuego de la ansiosa curiosidad que la obligaba más allá de sus propias fuerzas a tratar de descorrer el velo del posible secreto que no alcanzaba a descifrar. A una cuadra de distancia los cuerpos de José y sus niños se hicieron más pequeños, y sin moverse de aquella esquina en donde se encontraban paradas, ambas observaron como se alejaban. Dolores comprendió entonces que el momento era más que oportuno para abordar los temas que la habían mantenido en vilo durante varias semanas, haciéndola perder el sueño.

-Veo que tienes una familia muy bonita-con cierto dejo de celos comentó Dolores- y, al igual que antes, cuando éramos más jóvenes, pareces simpatizarle hasta a la gente que no te conoce.

-Tienes razón en lo que dices, sobre todo si te refieres a la muchacha que me saludó en la iglesia. Y ya que lo mencionas, me pude dar cuenta que es hija de don Modesto, de quien he escuchado decir que es el nuevo presidente municipal. Pero me pareció percibir que, sobre todo a su mamá, no le hizo gracia que la muchacha saliera a toda prisa de la iglesia.

-¡Ay, Ángeles! Yo sé que sólo llevas unos cuantos días en el pueblo, pero, ¿no te parece extraño que la jovencita tenga precisamente que ver con tu propio hijo? Y, ya que viene al caso, precisamente porque eres su madre, yo creía que Epifanio había de asistir a la misa de los Domínguez. Estoy doblemente sorprendida, primero, porque no vi a tu hijo poner un pie en la iglesia y, después, porque pareciera que entre tú y la familia en luto existe una gran amistad.

Ángeles no supo responder al bote pronto las preguntas que la tomaron fuera de balance. Como solía hacer su hermana cuando eran más jóvenes, la inquirió con dos preguntas a la vez. Y no sabía a cuál responder primero, pero de algún modo pudo darse cuenta que Dolores efectivamente ignoraba los detalles que habían ocasionado el rompimiento con los Martínez, lo mismo que ignoraba los lazos que la unían a Inocencia y Gabino. Sin entrar en detalles acerca de su rompimiento con don Eustacio y Epifanio, columbró que el verdadero objetivo Dolores no eran ellos, sino los otros que parecían gozar de privilegios que no merecían. Del mismo modo en que Dolores fue incisiva y contundente en la forma de inquirir sin ambages, Ángeles, de manera clara y breve, develó las razones que cayeron como admonición del cielo sobre la cabeza de Dolores. Todas las desgracias de la sacristana parecían haberse unido en una sola, y entonces comprendió por qué los Martínez preferían no hablar del asunto, lo mismo que el padre Elías, quien decidió no abonar más a las desavenencias existentes entre Dolores y los otrora peones del viejo cacique. De un solo golpe las dudas quedaron despejadas, y la sacristana hubiera preferido cualquier cosa, menos que su hermana le dijera que su odio podía ser considerado como un grave pecado, pues Inocencia y Gabino además de ser medios hermanos de Ángeles, también lo eran de Dolores. Y más que una mala noticia, todo aquello parecía una mala jugarreta del infausto destino de la sacristana. Boquiabierta, se le aflojaron las quijadas de la impresión, y escuchó el final de la pesadilla que como bien le había dicho el cura en una ocasión, era mejor no tratar de indagar. Con ambas manos se apretó las sienes y sintió que se iba a desvanecer en plena vía pública. Ángeles la ayudó a sostenerse en pie y la acompañó hasta la puerta de su casa.

XI

Al cabo de varios días la gente no entendía a ciencia cierta cuál era la enfermedad que tenía a la sacristana postrada en su cama y encerrada en su cuarto sin querer hablar con nadie. Lo único que sabían algunas personas es que Dolores, después de presidir la ceremonia luctuosa de los Domínguez, había tenido una conversación con su hermana Ángeles en plena vía pública. El campanero Gervasio, apostado en la torre de la iglesia desde donde todo lo observaba, percibió a plenitud que la sacristana en verdad se encontraba en estado inconveniente. Apreció como entraba y salía gente de casa de Dolores, sin que ésta pusiera un pie en la puerta. El deceso de tres personas se suscitó en esos días, y la sacristana no se presentó en la iglesia en auxilio del padre. Prefirió mandar a algunas beatas, y el padre aceptó sin respingos quedando más o menos claro el motivo de aquel quebranto de salud. Al momento en que ella se afanó entre amargos reproches, el padre le contestó: "Te lo dije Dolores. Te dije que era preferible no tratar de indagar en asuntos que solo a Dios le corresponde juzgar". A regañadientes aceptó las amonestaciones, pero en el fondo de su corazón no podía disipar sus molestias. Sintió que todo aquel enredo era poco menos que una traición hacia ella, supuestamente una persona en quien se podía confiar plenamente. Cuando supo que la fuente original de lo que ignoraba partió de casa de los Martínez, se sintió doblemente traicionada. Equivocadamente creía que antes que nadie, ella era depositaria de muchos de los secretos de Epifanio Martínez. Desencantada pudo darse cuenta que no le daban participación en muchos de los conciliábulos que se traían entre manos don Eustacio, Epifanio y el padre Elías. En un instante de amarga lucidez desconfió del padre, pero al momento reprimió los inconfesables pensamientos y se refugió en la oración que todo lo curaba. A pesar de todo, en una de tantas visitas del padre, aceptó con resignación su desventura encogiéndose de hombros mientras externaba con sinceridad su malestar.

—Yo hubiera preferido que usté mismo me lo hubiera dicho, padrecito. Y no que mi propia hermana tuviera que venir desde tan lejos a darme razón de lo que los Martínez y usté ya sabían desde hace mucho tiempo.

—¡Y qué hubieras ganado con eso!

-Por lo menos me hubiera ahorrado la humillación que sentí y que por poco me provoca que me desmayara en plena calle. Bien dicen que los más interesados siempre son los últimos en enterarse. Y no quiero ni imaginarme que Inocencia y Gabino anden de boca suelta por ahí diciéndole a la gente que yo misma soy media hermana de ellos. ¡Qué vergüenza, padre! ¡Qué vergüenza!

-¡Anda, pierde cuidado! La prueba está que lo saben desde hace mucho tiempo, y no han dicho nada.

Con la mirada fija en el techo, tendida en su cama cual larga era, Dolores repasó cada uno de los recientes episodios. Como si estuviese paralítica, ni siquiera parpadeaba, y cualquiera hubiese afirmado que padecía una enfermedad grave e incurable. Con los párpados inflamados de tanto haber llorado la víspera, sus pómulos se encontraban más que nunca pegados al hueso, lo mismo que las quijadas que se habían vuelto más visibles. Su blanca piel, debido al encierro, acusaba un color pálido de tifoidea, y las venillas que recorrían sus sienes y partes del cuello, por momentos daban la impresión de reventarse hasta dejar brotar el aparente líquido índigo que transitaba por debajo de la piel. El único pasante de medicina que existía en el pueblo, acudió varias veces a hacerle las revisiones médicas de rigor, pero Dolores sólo parecía acusar un decaimiento que la había llevado al agotamiento. Junto al buró de su cama se encontraba el frasco de vitaminas que el médico en ciernes le recetó, pero a ella parecía no importarle nada, aun cuando su hija estuviese al pendiente de todas las instrucciones médicas. No cesaba de quejarse amargamente de su mala suerte. Cualquier cosa podía haber tolerado, menos que el par de hermanos a quienes consideraba como unos indios ineptos y atrasados, llevasen su misma sangre. Sobre todas las cosas, eso era lo que más hondo le hería el orgullo. Estaba convencida que ella se encontraba por encima de los Domínguez y de otras gentes del pueblo, haciendo alarde de su noble descendencia. Todos en el pueblo sabían que ella provenía de una familia rica o, por lo menos, así recordaba la gente al padre de Ángeles y Dolores, don Refugio García. En sus años mozos, don Refugio compartía honores con don Eustacio, pero al poco tiempo de morir, la cuantiosa fortuna que el hombre poseía fue dilapidada por parientes y oportunistas que se fingieron parte de aquella familia. Dolores, por ser la hija mayor, conservaba vivo el recuerdo de las dotes que hacían distinguirse a su padre como hombre hidalgo, y se lamentaba en silencio de que las cosas no fueran como antes.

La sacristana y su hermana muy poco habían disfrutado de la herencia del occiso, y a Dolores le causaba satisfacción reconocerse a sí misma como una mujer fuerte e independiente. Pero en aquellos momentos de soledad y encierro, no bastaban los recursos de recurrir al propio ego, pues los hechos hablaban por sí solos y, contra eso, no obstante las más inspiradas jaculatorias e imploraciones al cielo, el destino o quizá lo que ella interpretaba como una dura prueba del Señor, la habían sumido en aquel estado de depresión y desencanto, donde de pronto, como corceles desbocados, se sucedían uno tras otro los recuerdos de su hermana y los de su padre que quedaron entrelazados en uno solo. Dolores pensó en don Refugio y no pudo arrancarse de la mente toda la serie de raras ideas que la atormentaban. El extraño deceso de don Refugio, del cual nadie podía dar exacta razón, al cabo de varias reflexiones sumió en negras dudas a Dolores que, por un instante, se sintió tentada a dudar de todo y de todos, incluido el padre Elías. Pero sus pensamientos la horrorizaban y prefería sumirse en la oración, tratando de conjurar así lo que ya se prefiguraba en su imaginación como una leyenda maldita que la tenía aherrojada en aquellos momentos de frustración y dolor.

Un día por la mañana, se levantó de su cama ardiendo en calentura. Hasta altas horas de la madrugada se había pasado leyendo en su Biblia el capítulo concerniente al Apocalipsis, hasta que el sueño la venció. En estado de delirio y con el sudor escurriéndole de pies a cabeza, sujetaba las Santas Escrituras con ambas manos, apretando el libro contra su pecho al momento en que iba y venía cual autómata alrededor de su cama. Remedios acababa de entrar a la casa y, al mirar a la mujer en aquel estado, pensó que su madre había perdido el juicio. Con los pelos desaliñados y parados de punta, Dolores apenas se había percatado de que su hija acababa de llegar de la calle con las aspirinas que habrían de ayudarle a reducir la fiebre. Su hija intentó tomarla del brazo y recostarla en la cama, pero de un empellón Dolores hizo a un lado a Remedios, que por poco pierde el equilibrio sujetándose firmemente del guardarropa contiguo a la cama, evitando así caer de bruces contra el suelo. En estado irascible, a Dolores parecían salírsele los ojos de sus cuencas, y al momento en que Remedios recuperó la vertical, de hito en hito observó como su madre pronunciaba incoherencias contra todo y todos. "Tú, igual que Epifanio, son culpables. ¿Y, sabes por qué? Porque no han aprendido a vivir dentro del temor de Dios." Remedios no entendía de donde provenían todas aquellas acusaciones de su madre, pero por un momento se sintió desnudada en sus intenciones y formas de proceder. El miedo hizo presa de la muchacha, quien era señalada por el dedo flamígero de la especie de demonio arribado del averno, con la clara intención de someterla a grave juicio. Las reconvenciones cesaron por segundos, sin embargo, súbitamente Dolores volvió a la carga con estentórea voz. "¡Óyeme bien! ¡El diablo se está adueñando del alma de mucha pobre gente! ¡Por eso está cercano el día del juicio final! ¡Pero yo, yo voy a ayudar a que se salven todas esas pobres almas!

Agotada por el esfuerzo, Dolores se dejó caer boca abajo en la cama. Al instante quedó dormida, y Remedios se alarmó creyendo que su madre había fallecido, pero enseguida se tranquilizó cuando se dio cuenta que roncaba después de haber caído en un profundo sueño.

La gente mientras tanto, en uno y otro velorio de los que se llevaron a cabo en aquellos días de guardar luto, recibió a cuenta gotas las noticias del estado de salud de la sacristana, quien brillaba por su ausencia. Sólo el padre Elías estaba al tanto de lo que ocurría, y le hizo jurar a Remedios que no fuese a difundir los detalles de las delicadas condiciones en que se encontraba su madre. Y no faltó el ocurrente que se atrevió a pensar que todo aquello era un mal augurio que se podía llevar entre sus negras alas a la enferma. Pero enseguida, los más fervorosos creyentes reprendían a quien se atreviera a insinuar que la sacristana podía correr la misma suerte que varios de los finados que se sucedían uno tras otro sin más remedio que la resignación de sus familias. De tal suerte, entre sus quehaceres en el altar y sus visitas domiciliarias, más que nunca, el padre pudo darse cuenta de la falta que le hacía la sacristana, justo en el momento en que eran tan requeridos sus servicios.

En una de tantas tardes en que la neblina había oscurecido casi por completo el pueblo, el cura visitó la casa de los Martínez. Epifanio personalmente se levantó del sillón de la sala para abrir el portón, y el padre quedó sorprendido porque regularmente era la servidumbre quien acudía a responder los llamados.

-¡Precisamente a usté lo estaba esperando, padrecito! Pero qué bueno que fue usté mismo quien se decidió a venir.

-¡Dígame, para qué soy bueno, Epifanio! Si en algo le puedo ayudar, sobra decir que cuenta usted con mi incondicional apoyo.

Al momento de pronunciar estas palabras, con parsimonia, Epifanio cerró el portón que daba acceso a la casa. Después de un corto trayecto en que recorrieron el zaguán, el padre Elías se dio cuenta de que no había nadie en la casa. Ni siquiera estaban a la vista los pistoleros que normalmente se encontraban al resguardo y a la espera de cualquier orden de sus amos. Tan pronto llegaron a la sala, una mujer de edad avanzada acudió con dos tazas de café. El cura estiró ambas piernas como si estuviese en su propia casa, arrellanándose en un mullido sillón a la expectativa mientras sorbía cortos tragos. Epifanio esperó hasta que la fámula partió, y el cura miró intrigado la forma en que el cacique se levantó de su asiento y se aseguró de que nadie fuese a escuchar los temas de aquella charla. Enseguida cerró, embonada una contra la otra, las dos puertas que dividían a la sala del comedor. Las puertas rechinaron sobre sus goznes, pues nunca se movían de su lugar. Así, el cura comprendió que el asunto que Epifanio traía entre manos, era más grave de lo que inicialmente aquél se imaginaba. Con atención, no quitó la vista del acaudalado hombre, hasta que éste se apoltronó en su lugar preferido y fue directamente al tema que más le preocupaba.

-¡Mire, padre! Desde la última vez que se llevó a cabo una asamblea en la escuela primaria, antes de las elecciones para presidente municipal, siento que mi apá ha cambiao mucho. Come poco y casi no quiere hablar. Se pasa las horas sentado en su mecedora, mirando a través de la ventana de su cuarto. Como usté bien sabe, desde la ventana se divisa el camino y El Paso de las Tres Cruces que conduce precisamente a los terrenos en donde se encuentra la vieja hacienda de nuestra propiedá. En una ocasión tuvo la intención de hacerme una confesión y, enseguida, se quedó callao fijando la vista a lo lejos.

–Comprendo que se sienta usted preocupado por la salud de su padre. Para su tranquilidad debo decirle que por lo regular cuando se tiene una edad avanzada y, sobre todo, después de la recaída que sufrió don Eustacio, ocurren este tipo de cosas. En los años que llevo de servicio en la iglesia del pueblo, me he dado cuenta que la vejez, sumada a la enfermedad, producen un estado meditabundo en las personas. Quizá porque como humanos sentimos que nuestros días en la tierra están contados.

La aparente tranquilidad de Epifanio al momento se trocó en visible ansiedad. De la mejor manera que pudo, el cura trató de explicar los motivos por los cuales el octogenario hombre se comportaba de manera inusual. A su vez, Epifanio trató de explicar los reales motivos que lo ocupaban, pero al parecer, uno no había sido lo suficientemente explícito y, el otro, no acertó en dar en el quid del asunto.

–¡Disculpe, padre! No quiero sonar irrespetuoso-sensiblemente la voz de Epifanio bajó de tono- Yo creo que usté tiene que ver con lo que le pasa a mi viejo. Hace tiempo, desde antes de que él se enfermera, me dijo que el único hombre que compartía todos sus secretos en este pueblo es precisamente usté. Y, al cabo de tanto pensarlo, me parece que todo tiene que ver con la vieja hacienda. Me preocupa que él se vaya a morir y no me diga nada. Si usté sabe algo, por favor dígamelo padre.

La postura relajada y apacible del padre Elías poco a poco se tornó tensa. Su cara había enrojecido y se le hicieron más notorias las ojeras producto del cansancio que arrastraba por el exceso de trabajo. Inesperadamente, Epifanio había llevado al padre a un callejón sin salida. Un gran nudo en la garganta provocó que el cura difícilmente pudiera pasar saliva. El papel que tan hábilmente desempeñaba para inquirir en los secretos de otros, por obra de la casualidad se había revertido contra sí mismo. Experimentó en carne propia lo que sentían muchos de sus feligreses cuando en secreto de confesión se negaban a decir toda la verdad. Su respiración también se había hecho difícil y un hilillo de sudor frío le recorrió por una de las sienes hasta bajar por un costado del cuello. Epifanio se dio cuenta que el padre respiraba con dificultad y, sin pensarlo dos veces, le trajo un vaso de agua. Después de beber varios tragos, el cura recobró la compostura y trató de hilvanar las palabras que se le habían quedado atoradas en minutos que fueron una eternidad para Epifanio. Al fin, convenció a su interlocutor de que él no podía hablar sin el consentimiento de don Eustacio, pues lo que el hombre de negra sotana sabía, era secreto de confesión.

La insistencia de Epifanio obtuvo como resultado que el padre en persona se dirigiera a la recámara en donde se encontraba don Eustacio. Con pesado andar y dando la apariencia de que no quería confrontarse con el lúgubre pasado, fue subiendo uno a uno los escalones que habrían de conducirlo con la inesperada cita. Epifanio contó cada uno de los pasos del sexagenario y por un momento sintió que en aquel lance gran parte de su porvenir y el de su intocado feudo se encontraban en tela de juicio. La impaciencia empezó a corroerlo, y si la víspera, el rato de silencio se le había hecho insoportable, los veinte minutos que el padre Elías tardó en salir de aquella recámara, fueron un tormento inexorable para el caprichoso individuo que con un chasquido de dedos estaba acostumbrado a obtener todo lo que él quería. Visiblemente perturbado por la espera, Epifanio caminó de una a otra habitación de la amplia casa. Con ambas manos entrelazadas por detrás de la espalda, lo mismo se trasladaba a la sala que al comedor y, por un instante, se vio tentado a salir en carrera y golpear con los nudillos de los dedos la puerta en donde se encontraban encerrados los dos hombres. Pero él sabía que un arranque de ese tipo hubiese sido una total imprudencia, sobre todo porque su mentor le había inculcado que una de las mayores virtudes del buen cazador era precisamente la paciencia. De tal talante, Epifanio debió imponerse a la dura prueba que le imponía la desesperación que podía llevarlo a estallar contra todo y todos. Y en aquellos momentos de espera y silencio, pudo darse cuenta que tan similares eran el carácter de él y el de don Eustacio, que no estaban acostumbrados a quedar a merced de los acontecimientos. Súbitamente, con los sentidos más aguzados que nunca, Epifanio alcanzó a escuchar el ruido de la perilla que giró para abrir la puerta por donde habrían de salir los dos personajes que como especie de taumaturgos desvelarían los secretos que por tanto tiempo lo mantuvieron en vilo.

Devastado, y como si hubiese realizado una proeza más allá de sus fuerzas, el padre Elías parecía haber envejecido más de diez años de un solo golpe. Éste había sido el primero en salir de la recámara y, ligeramente rezagado, don Eustacio daba la impresión de que apenas podía sostenerse en pie apoyado en su inseparable báculo. Del mismo modo que subió los escalones, como si apenas pudiese con su grueso cuerpo, el padre descendió apoyado en el barandal de madera. Desde distintas posiciones los tres hombres se miraron unos a otros sin pronunciar palabra. Al fin, cuando el padre se aproximó a Epifanio, rompió el grave silencio que envolvía la atmósfera de la casa.

-Su abuelo le va a decir toda la verdad. Acordamos que eso es lo más conveniente para todos.

-¡Anda! Acompaña al padre hasta la puerta. Tú y yo tenemos varios asuntos que tratar.

En un santiamén los últimos rayos del sol se habían perdido en el horizonte. Y si aquel día había sido uno de los más largos en la vida de los Martínez, la noche apenas empezaba a despuntar. De tal suerte, en el crepúsculo que prometía cosas impredecibles, Epifanio simplemente se limitó a seguir las instrucciones del viejo ex hacendado. Bajo la promesa de que habría de hacerle una revelación en el mismo lugar de los hechos, don Eustacio se calzó con las botas que normalmente utilizaba para montar a caballo. Consciente de lo que le pedía el abuelo, Epifanio hizo lo mismo y, al cabo de unos cortos preparativos, tomaron ventaja de la oscuridad en que la gente se encontraba descansando en sus casas, se dirigieron a las caballerizas y ensillaron los dos mejores equinos de su cuadra. Don Eustacio supervisó personalmente al caballerango que aquella noche tuvo que trabajar horas extras para satisfacer a sus amos. Cuando el lacayo finalizó su tarea, enseguida lo despidió el amo. Las cinchas se encontraban ajustadas debidamente a la barriga de los caballos, lo mismo que las cabalgaduras que habían sido sujetadas por manos expertas. Las bridas, al igual que los cabestrantes lucían impecables, y don Eustacio tomó dos piteados fustes que tenían inscritos los nombres de él y el de su hijo. El octogenario se aseguró de que nadie estuviera en los alrededores. Entonces tomó de uno de los armarios las alforjas que él mismo colocó, llamando la atención de Epifanio, que observó con curiosidad como depositaba en aquellos bolsones de cuero unas velas, una palmatoria y fósforos, lo mismo que un garfio y unos hierros que servían para realizar trabajos de albañilería. Epifanio quiso inquirir al viejo, pero éste, con el dedo índice sobre los labios, le indicó que guardara silencio. Antes de montar en sus caballos, ambos se aseguraron de que sus pistolas estuvieran en óptimas condiciones, y salieron a trote lento, procurando evadir el terreno duro o rocoso que pudiera delatarlos con el ruido de las herraduras del caballo. Cabalgando por terrenos de su propiedad, don Eustacio dio un rodeo al camino terroso por donde comúnmente transitaba la gente. No quería que ningún curioso hurgara en la misión que lo ocupaba. Rezagándose por momentos, para luego emparejarse con el caballo del abuelo, Epifanio observó complacido como el viejo hombre no había perdido, a pesar de la edad, sus dotes de hábil jinete. Y, lo que más le causó admiración, era la habilidad con que se conducía quien lo dirigía, mostrando que conocía el terreno como la palma de su mano. Los dóciles animales, lo mismo iban a trote lento que con rapidez, cuando así eran requeridos. Y después de una breve cabalgata que les tomó el doble de tiempo, ambos estaban próximos a su destino, en donde previamente habían subido y bajado, lo mismo que rodearon por lomas, cruzando a través de dos arroyuelos. La ex hacienda estaba próxima a la vista de los nocturnos viajeros, que no tuvieron ningún problema con la oscuridad, pues en el cielo con su argéntea luz, la luna llena iluminaba la campiña. El silencio de la noche de pronto era roto por el balar de cabras que, alertadas por la proximidad de extraños, corrían en forma nerviosa tratando de escapar del encierro en donde las tenían sus dueños. Pero, en cuanto los animales se percataron de que el par de viajeros seguían de largo, enseguida se tranquilizaron, al igual que alguna vaca cuyos mugidos ocasionalmente se escuchaban. A campo abierto se podían apreciar en lo lóbrego del bosque, la infinidad de diminutas lucecillas intermitentes de las luciérnagas suspendidas en el aire al compás del chirrido de grillos e insectos de distinta índole. El gato montés, lo mismo que la zorra, huían despavoridos en busca de mejor refugio en las profundidades de la sierra. La naturaleza así, era vivo ejemplo de uno de tantos secretos que encerraba en sí misma.

El par de jinetes tuvieron que apearse de sus caballos, pues el tupido follaje por donde pretendían atravesar, hizo imposible el tránsito. Con su afilado machete, Epifanio fue abriendo brecha para acceder por un costado de la otrora imponente hacienda que se encontraba en completo estado de ruinas. Los grandes muros que la rodeaban se encontraban invadidos de maleza y, en algunos tramos, la muralla había cedido ante los embates del agua y de las raíces de los árboles que en forma obstinada fueron empujando, hasta hacer ceder, las grandes moles de piedra. El par de hombres no tuvieron necesidad de acceder por la entrada principal, pues los huecos que habían quedado en aquel muro, procuraban el espacio suficiente para que un hombre pudiera ingresar con todo y caballo al interior de lo que fue el cuartel general de don Eustacio Martínez Velasco. El tiempo había sido el peor enemigo de aquellos sueños de gloria de los ancestros llegados de ultramar. De cualquier forma, al viejo y al joven hombre que lo acompañaba, no parecía importarles mucho lo que antes había sucedido, pues llevaban el pensamiento puesto en otros objetivos. En una parte del terreno que se elevaba como meseta, se encontraba el viejo caserón que fue en antaño la morada del ex hacendado y toda su familia. Ahí decidieron el par de hombres detenerse un momento y, con el dedo índice, don Eustacio señaló en dirección al Paso de las Tres Cruces, que se podía divisar perfectamente desde aquel punto. Epifanio creyó entonces que el momento de la gran revelación había llegado.

-¡Mira! ¿Alcanzas a observar el Paso de las Tres Cruces? Ahí se encuentra encerrao una parte del secreto del que te quería hablar. Pero antes, hay un pequeño trabajo que tú y yo debemos hacer.

-¡Bueno apá! ¡Pa qué tanto misterio! Por qué no me dice de una buena vez que se trae entre manos.

-Eres igualito a tu padre de desesperao. Con los años vas a aprender a domar tu carácter. En un momento vas a saberlo todo, pero primero es lo primero. ¡Sígueme!

Apenas terminó de pronunciar con voz cascada estas palabras don Eustacio, los dos se dirigieron al lugar en donde se encontraba el casco de la hacienda. En unos derruidos abrevaderos sujetaron con mecates a los caballos. El viejo sacó de las alforjas la herramienta que previamente había preparado. Y, después de caminar algunos metros, se encontraron con que una de las puertas que daba acceso a la construcción, había sido forzada por alguien. No hubo necesidad de utilizar la llave, pues la puerta cedió al ser empujada. Enseguida se desprendió de sus goznes y calló en forma pesada al suelo. Una grave preocupación se dibujó en la cara del viejo que con agilidad, a pesar de la edad, ingresó al lugar revisando minuciosamente cada uno de sus espacios. La luz era escasa y, por lo mismo, se vio obligado a encender una vela que traía oculta entre la herramienta. Epifanio simplemente se rascó la cabeza y observó sorprendido al anciano que parecía tener todo calculado. El hombre caminó en una y otra dirección e ingresó a una sala contigua ante la impávida mirada del hijo putativo que no acertaba a decir nada. Una vez auscultado el lugar, don Eustacio recuperó nuevamente la calma. Sólo habían sido extraídos unos muebles por los ladrones que habían ingresado, y unos viejos cuadros que para el dueño nada valían. Los pillos no tuvieron la suficiente imaginación para darse cuenta que en aquel lugar podía existir algo más.

En la segunda sala del casco de la hacienda había quedado abandonada una silla a la que no pusieron mayor atención los asaltantes. La silla sirvió de asiento para la palmatoria que había extraído de la bolsa de lona el astuto viejo. La iluminación entonces apenas fue lo suficientemente adecuada para poner manos a la obra. Don Eustacio escogió una de las esquinas de aquel cuarto e hizo un pequeño recorrido como si estuviese haciendo una medición. Una vez que se cercioró que aquel era el lugar adecuado, en genuflexión, ordenó a Epifanio que le fuera pasando cada una de las herramientas que iba a requerir. Con cincel y maceta en mano, fue desprendiendo una a una las baldosas que se encontraban adheridas con cemento al suelo. Una sensación de sutil regocijo recorrió toda la humanidad de Epifanio que presentía, al igual que cuando era pequeño, el descubrimiento de algo extraordinario. Su abuelo, en antaño lo impactaba con grandes sorpresas, y todo parecía indicar que esa ocasión no iba a ser la excepción. Algunos de los cuadros del mosaico cedieron completos, otros, fueron desprendidos en pedazos por las rudas manos que aun conservaban el suficiente vigor para realizar la tarea. Una fina capa de cemento se despegó como costra ante el golpeteó del cincel que dejó al descubierto una argolla similar a donde se amarraban las vacas y caballos en los establos. A una indicación del viejo, Epifanio le proporcionó el garfio que fue enganchado de la argolla y, entre ambos, tiraron de la loza de cemento que dejó al descubierto las fascinantes chafalonías y joyas que, aun en la oscuridad, parecían rutilar. Aquello era impresionante por su variedad e incalculable valor. De aquella cavidad extrajeron un pequeño cofre repleto de monedas de oro. Pero lo más impactante aún estaba por venir. Tres talegas contenían anillos, brazaletes, pectorales y abalorios incrustados de piedras preciosas. Todo aquel tesoro era tan antiguo como la época de la conquista. Y Epifanio quedó boquiabierto cuando el viejo extrajo de una de las talegas una corona de fina manufactura, engastada en esmeraldas y diamantes. Epifanio tomó la corona con ambas manos y no desprendía la vista de ella, como si hubiese quedado prisionero de un arcano hechizo. Don Eustacio pronunció algunas palabras, pero el joven heredero de tan vasta fortuna no se había dado cuenta de lo que le decían. Dominado por el orgullo de sí mismo y de su herencia, al fin despertó ante los susurros que parecían llegar a la distancia.

-¡Lo sabía, hijo! Siempre estuve convencido que entre todas estas joyas, esta corona es lo que más te iba a impresionar. ¿Y sabes por qué es tan importante? Porque en ella se encierra todo nuestro árbol genealógico. La costumbre siempre ha dictado que el hijo mayor de la familia, al casarse, sea el heredero de esta corona. Yo hubiera preferido que primero te casaras, pero no siempre las cosas son como uno quiere.

Epifanio se mostró conforme con la explicación, pero aún quedaba por aclarar lo más lúgubre del origen de aquel cuantioso tesoro. Aquella inmensa fortuna nunca hubiera sido posible sin la audacia y temeridad de su dueño. Don Eustacio fijó la mirada en Epifanio y éste comprendió que para amasar tal fortuna no se requería precisamente de buenos escrúpulos. En cuanto empezó a hablar el viejo, no pudo evitar referirse a uno de sus hermanos que era un perfecto pillo que dirigía a una de tantas bandas que pululaban por aquella región. De esta forma, Epifanio pudo darse cuenta que los gavilleros no actuaban por cuenta propia, sino que estaban en estrecha connivencia con el respetado hacendado don Eustacio Martínez Velasco. Y entre las víctimas de los continuos asaltos que se sucedían por toda la comarca, no sólo sufrían los forasteros que caían en desgracia, sino también gentes que pertenecían al pueblo de El Encanto y pueblos aledaños. De tal suerte, en uno de tantos asaltos, no faltó la persona que pudo identificar al bandolero, hermano menor de los Martínez, que fue borrado de la faz de la tierra en forma misteriosa. Como auténtico sabueso, en aquellos años, y con el vigor que sólo la juventud puede brindar, en forma incansable don Eustacio se dedicó a indagar hasta que pudo dar con el paradero de los responsables de la desaparción de su hermano. De forma artera, por propia cuenta, tomó la justicia en sus manos y con ayuda de sus pistoleros asesinó a dos de los hombres precisamente en el lugar en donde se encontraba El Paso de las Tres Cruces. Los caídos en desgracia, no sólo perdieron la vida, sino que nunca pudieron recuperar para sus familias los bienes que les fueron arrebatados por los Martínez. En forma pausada, el viejo hizo el relato ante la atenta mirada de Epifanio que no parpadeaba y aún le quedaba por escuchar lo más escabroso de los crimenes que nunca fueron esclarecidos.

Al igual que el otrora ex hacendado, el padre Elías conocía cada uno de los detalles de la historia del Paso de las Tres Cruces, pues en secreto de confesión de uno de los parientes afectados, pudo recabar la información que él mismo corroboró de parte de don Eustacio. Sin embargo, el otrora hacendado compró el silencio del padre Elías a través de jugosas dádivas que beneficiaron a éste en lo personal y, en segundo término, a la iglesia y a la casa parroquial. Aun cuando el padre era ajeno a aquellos hechos de venganza y sangre, por omisión incurrió en falta grave. Por eso, bajo la lógica de que el dinero todo lo puede, el astuto viejo tenía relativa razón cuando afirmaba que cada hombre tiene su precio.

-Por dos o tres monedas de estas-manifestó don Eustacio con vehemente cisnismo-, la gente de nuestro pueblo sería capaz de cualquier cosa. Nunca olvides esto, el poder del oro lo puede todo. De este modo es que logramos tener de aliados al cura del pueblo y al diputado, nuestro amigo, Luis Carreño. Y, de esta manera, también, fue que logré dar con el paradero de los tipos que asesinaron a tu tío. Por último, debo decirte que el tercer muerto en el paso, tenía relaciones de parentesco con los dos primeros, pero además....

Las últimas palabras del viejo fueron abruptamente interrumpidas por el relinchar del par de equinos amarrados en la construcción contigua al casco de la hacienda. Al instante, don Eustacio desenfundó el arma que traía ceñida al cinto y su contraparte hizo lo mismo. Epifanio intentó salir para tratar de saber a que obedecía la inquietud de los animales, pero el viejo se empeñó en ser él quien intentara enfrentar el posible peligro. A regañadientes, Epifanio se quedó con arma en mano a la retaguardia, en espera de cualquier señal que le pudieran hacer. Con paso sigiloso, cual tigre que acecha su presa, el viejo salió al aire libre al momento que se escuchaba el canto de un buho perdido a la distancia entre la maleza. Por un momento, el par de caballos daban la impresión de haberse tranquilizado, pero de súbito, empezaron a estrellar los cascos de las patas delanteras contra el suelo. Epifanio se encontraba atento a cualquier ruido y el viejo se perdió en la oscuridad en dirección de donde los animales se movían en forma nerviosa de un lugar a otro. Al poco rato, como un manto de paz traído por la noche, la calma se posesionó de la ruinosa hacienda y sus alrededores, hasta quedar el ambiente en completo silencio. Un extraño sopor hizo presa de Epifanio, y éste creyó que el viejo tenía la situación bajo control. Sin soltar la pistola que sujetaba firmemente con la mano derecha, aguardó varios minutos en que por momentos parecía vencerlo una especie de sueño. Al cabo de un rato en que perdió la noción del tiempo que había transcurrido, Epifanio no sabía si en realidad se había traslado por propio pie hasta ese lugar, o si había sido su imaginación la que lo hacía sentir que estaba en un espacio que había sido elegido en contra de su voluntad. En el patio, contiguo al umbral de la puerta por donde había salido el viejo, la ojarasca se empezó a remolinar por el viento que de un momento a otro se trocó en un auténtico torbellino. El imponente impulso del tornado se incrementó hasta hacer cimbrar el casco de la hacienda en donde se encontraba Epifanio. Éste se percató de lo que ocurría afuera y, por un momento, tuvo la sensación de que iba a ser levantado en peso junto con la construcción en donde se encontraba. A pesar del crujir de puertas y ventanas, fue incapaz de vencer el estado de somnolencia y, con gran esfuerzo, decidió desplazarce en forma torpe a la sala contigua. En bamboleo por el vértigo, sintió que todo giraba a su alrededor, y un miedo indescriptible lo hizo dudar hasta quedar confundido por una rara bruma que flotaba en el aire.

XII

No había bebido ni una sola copa de aguardiente, sin embargo, Epifanio sentía que se encontraba en estado etílico. Del mismo modo como cuando se excedía bebiendo, se encontraba parado en medio de la sala sin saber si daba un paso atrás o continuaba con su marcha. Y, en realidad, el bamboleo de uno a otro lado, lo tenía atrapado como pesado fardo a merced de las olas en alta mar. Si la víspera, Epifanio tuvo que sufrir con desesperación la charla del padre Elías con don Eustacio, la angustia de no poderse mover hasta sentirse prácticamente paralizado, era algo superior a sus fuerzas y más allá de las posibilidades de cualquier ser mundano. Entonces comprendió que no todo lo dicho por viejo era cierto, pues ni con todo el oro del mundo podría salir librado del impasse en que se encontraba. Con escéptico afán trató de encontrar una explicación lógica de lo que le ocurría, pero entre más insistía parecía alejarse de la respuesta que le diera una solución a su problema. La blanquecina bruma que se extendía por debajo de sus pies y por algunos espacios de la habitación, no se correspondía con la claridad de la noche. Y, más grave aún, era el hecho de que aquella neblina no provenía de la parte de afuera, pues del otro lado de la puerta el ambiente era más transparente o, por lo menos, eso creía percibir Epifanio a través de sus abotagados sentidos. Por medio de manotasos al aire trató de deshacerse de la bruma, e incluslo estuvo a punto de descargar varios tiros en contra del intruso que lo tenía imposibilitado en aquel lugar, pero cayó en la cuenta de que estaba reaccionando en forma estúpida. Además, si hacía uso de su pistola, podía comprometer al viejo que se encontraba afuera.

Al dirigir la mirada en dirección de la única salida, el cuerpo de un hombre se encontraba apostado en el umbral de la puerta. Estupefacto, Epifanio pudo darse cuenta que las proporciones y el tamaño de aquel individuo, en nada se correspondía con el físiso de don Eustacio, que era más bajo de estatura y de apariencia enjuta debido a la edad. Poseso de pánico, no le quedó la menor duda que el sujeto apostado frente a él no había arribado en buen plan. Sin pensarlo mucho levantó el arma y apuntó con la intención de descargar todo su revolver, pero al momento de querer disparar, el sujeto vestido de negro con una especie de traje charro, levantó la mano derecha, haciendo la indicación de que Epifanio cejara en sus intenciones. Una y otra vez trató de activar el gatillo de su pistola, haciendo caso omiso de lo que se le pedía. Desafortunadamente para él, su dedo índice al igual que otros miembros de su cuerpo se encontraba paralizado. El terror fue patente en su rostro, cuando pudo percatarse que el hasta ese momento silencioso individuo, en nada se correspondía con las cosas materiales de este mundo. Demudado por el horror, también pudo darse cuenta que lo que parecía un hombre, no tenía pies y se encontraba suspendido en el aire como si estuviese flotando. La cara debajo del sombrero charro de amplias alas, era simplemente una sombra. En forma copiosa Epifanio sudaba de pies a cabeza, cuando arrebatado por la impotencia al igual que un niño, con estentórea voz externó unos gritos que le salieron de lo más profundo de su ser, en busca de una explicación a algo que no la tenía.

-¡Quién chingaos eres! ¡Qué haces aquí!

-¡Cálmate, soy tu aliado!-Con voz tenue y modulada respondió el espectro.

-¿Mi qué?-sobreponiéndose al miedo, Epifanio inquirió a la negra sombra.

-Sí, tu aliado. Deberías sentirte satisfecho de tenerme aquí. Solo una persona entre varias generaciones de tu linaje, tiene la oportunidad de contar con el apoyo que yo te puedo brindar. A partir de hoy vas a gobernar solo. Tu padre ya cumplió con su último designio. Si me buscas, aquí me podrás encontrar.

-¡Quién eres! ¡Cómo te llamas! ¡De dónde vienes!

Justo en el momento en que la charla de Epifanio se había hecho más familiar con el enigmático fantasma, éste se difuminó en el aire ante la incrédula mirada del cacique que no terminaba por asimilar lo que estaba ocurriendo. Como si hubiese sido liberado de las ataduras que lo tenían preso, a toda prisa se dirigió a la puerta y salió al aire libre en busca de algún rastro que le pudiera dar luces de lo ocurrido. La búsqueda fue infructuosa. Recorrió en diferentes direcciones el patio contiguo a la puerta, y lo único que obtuvo como evidencia fue el desorden de ojarasca, paja y pequeños trozos de madera dispersos por los alrededores. Por lo menos, pudo comprobar que el torbellino que la víspera había arribado con furia, no era producto de su imaginación. Y, por lo tanto, concluyó a pesar de sus prejuicios, que el supuesto aliado era toda una realidad.

Con pistola en mano, siguió hurgando por todas partes y, recordando los verdaderos motivos por los cuales se encontraba en la ex hacienda, concentró su atención en lo más inmediato y urgente. Al ubicar su pensamiento de nueva cuenta en el mundo material, la prisa y la duda lo tenían en un dilema. Por un lado don Eustacio se encontraba perdido en alguna parte de las derruidas construcciones y, por la otra, dentro del casco había quedado fuera de resguardo el fabuloso tesoro. Al regresar sobre sus propios pasos, consideró pertinente primero poner a resguardo la incuantificable fortuna. En completa oscuridad, después de haberse consumido la vela que alumbraba la habitación, a tientas, regresó a su lugar todas las joyas. Más ligero que nunca, con agilidad de felino, se dirigió al lugar en donde se encontraban los caballos. La tranquilidad de aquel plenilunio y del cielo tachonado de estrellas, fueron interrumpidos por el lúgubre aullar de lobos y coyotes ocultos en alguna parte de la montaña. El ulular era cada vez más audible y una serie de presentimientos se sumaron a la consternación que mantenía angustiado al individuo. Solo uno de los caballos se encontraba nervioso moviéndose de un lugar a otro, en el mismo sitio donde había sido dejado. El otro equino, al parecer, había salido huyendo de aquel lugar.

Una y otra vez, Epifanio llamó al viejo obteniendo como respuesta el silencio. Revisó con cuidado todo el perímetro circundante en busca de algún indicio de riña o forcejeo, pero lo único que obtuvo como resultado fue el pedazo de reata roto por uno de los caballos. A un costado de los abrevaderos entre tupidos matorrales, pudo identificar al otro caballo en aparente calma comiendo hierba. Con paso firme enfiló hacia donde se encontraba el animal y, cuando se aproximó, también pudo distinguir entre la maleza un bulto. Con sigilo concentró la mirada en el túmulo que parecía ser parte de la misma tierra. Una bota sobresalía de aquella exuberante vegetación y, al momento, pudo darse cuenta que también una mano quedaba al descubierto. Las chaparreras del supino desconocido eran similares a las de Epifanio, y todo parecía indicar que éste había encontrado lo que buscaba. Al instante descubrió la otra mano undida entre la hierba y, cuando Epifanio se dio cuenta del anillo que lucía, ya no le cupo la menor duda que era él. El mismo que lo había llevado hasta ese lugar y, que de manera inexorable, había partido a otro plano astral sin siquiera decir adiós. Y descubrió que aquel cuerpo estaba inerte, cuando en genuflexión pegó el oído al pecho del viejo, comprobando que no había una sola señal de vida. La cara del otrora poderoso hombre se encontraba hinchada y morada, cual repugnante zapo. La deformidad en aquel rostro era harto visible y, quien lo hubiese visto, habría jurado que no era el mismo hombre que con mano de hierro había gobernado e impuesto su voluntad a capricho. Ya nada se podía hacer, y Epifanio abrazó tan fuerte como pudo a su abuelo y padre don Eustacio Martínez Velasco. De rodillas se desprendió del cuerpo de su padre y un par de lagrimones le escurrieron por las mejillas. Con el dolor a cuestas, atónito por la serie de acontecimientos vividos en las últimas veinticuatro horas, hizo los preparativos para regresar por donde había llegado. De tal talante, al difunto sorprendido por la parca, no le alcanzó la vida para recapitular el inconcluso relato de las Tres Cruces.

Antes del crepúsculo, sin que aún se pudiera visualizar la presencia de diáfana luz en el horizonte, con sigilo, Epifanio ingresó a las caballerizas con el pesado cargamento que traían el par de equinos a cuestas. Los animales escurrían sudor por todo el cuerpo y acusaban un agotamiento que por poco los revienta hasta hacerlos desfallecer. Y no obstante que también él se encontraba agotado por la extenuante jornada, sin la ayuda de nadie, descolgó del caballo el cuerpo del inerte abuelo y lo llevó en hombros hasta la sala de su casa. Al instante regresó sobre sus propios pasos y cargó con las pesadas alforjas que se encontraban repletas de joyas. Con paso trastabillante, apenas podía el vigorozo hombre con el excesivo cargamento que dejó caer en forma pesada a un costado de donde se encontraba el difunto. Sin perder tiempo cerró todas las puertas que daban acceso a la sala, y también se aseguró de que nadie pudiera ingresar al caserón, incluida la servidumbre y sus pistoleros. En forma pesada el heredero de aquel feudo y dueño de una inmesa riqueza, se dejó caer en uno de los sillones, al momento que observó, cual largo era, el cuerpo del otrora patriarca que estaba tendido en la alfombra de ruda manufactura turca. Y, vencido por el cansancio, con todo y botas y chaparreras, cayó en un profundo sueño que al cabo de un par de horas fue interrumpido por los insistentes llamados a la puerta. De manera abrupta despertó y restregándose los ojos se aseguró de que la previa experiencia no había sido una pesadilla.

Los golpes de nudillos no cesaban y, entonces, con su característica voz de mando, sin abrir la puerta, Epifanio ordenó a la mujer que se encontraba afuera que llevara el mensaje de que podían tomarse el día libre todos los lacayos. En forma obediente la fámula se fue por donde vino, pero apenas había transcurrido medio hora, cuando de nueva cuenta los golpes de la mano de un hombre llamaron a la misma puerta. Esteban, uno de los pistoleros de Epifanio, esperaba que de un momento a otro le abrieran la puerta, sin embargo, aquél tuvo que aceptar las escasas razones que daba el patrón. A pesar de eso y, presintiendo que algo grave podía haber ocurrido, Esteban no pudo aguantar la tentación de saber qué era lo que realmente acontecía.

-Disculpe la grosería, patrón. Si hay algo en lo que yo pueda ayudar a usté y a don Eustacio, por favor hágamelo saber.

-¡No! ¡Ya te dije! ¡Vete! ¡Avísales a los otros que mañana nos vemos!

Del mismo modo que la fámula, Esteban partió con más preguntas que respuestas. En todos los años que llevaba de trabajar al servicio de los hombres más poderosos de aquel terruño, el pistolero nunca se había enfrentado a una situación que para él era inédita. Aun en los momentos más difíciles, hasta donde él recordaba, el matón a sueldo más o menos se daba cuenta o era medianamente informado de lo que ocurría. Pero en la presente ocasión, en ascuas y en completa consternación el hombre partió con sombrero en mano y rascándose la cabeza sin saber absolutamente nada. Y, al cruzar por las caballerizas, Esteban escuchó la voz del caballerango que lo estaba llamando. El encargado de la cuadra de equinos le mostró a Esteban el estado de agotamiento en que se encontraban el par de caballos más finos y, también, el caballerango explicó brevemente los preparativos que la noche anterior habían hecho don Eustacio y Epifanio. Ambos revisaron los caballos de cabo a rabo y, entrecruzándose las miradas de uno y otro, en silencio concluyeron que algo grave había ocurrido. En un chispazo de viveza, Esteban inquirió a bocajarro al caballerango. "¿Tú crees que algo le haiga pasao al patrón don Eustacio?" El otro respondió con un movimiento afirmativo de cabeza, al momento que se persignaba. Esteban hizo lo mismo y partió raudo y veloz, dando por hecho que lo que ambos pensaban era verdad.

Epifanio se acomodó en el mullido sillón del cual se había levantado dos veces y recorrió con la mirada todos los rincones de la amplia sala. Por más que intentó poner en orden sus pensamientos, se le hizo prácticamente imposible. Por momentos pensaba en el viejo, pero enseguida una lluvia de ideas se le congestionaron en la cabeza cuando recordó el paso efímero por este mundo de su verdadero progenitor fisiológico. En la esquina de aquella estancia, en una mesita que hacía la función de esquinero, lleno de polvo y prácticamente arrumbado, se encontraba el dagerrotipo con la imagen del occiso Epifanio, acompañado de Ángeles y del pequeño Epifanio. Con la camisa desabotonada y sin las botas que había arrojado en un rincón, Epifanio dirigió sus pasos hacia donde se encontraba la foto que tomó con ambas manos, y en silencio se preguntó quién había colocado la fotografía en aquel lugar. Hasta ese momento, nunca se había percatado de que aquella fotografía existiera y, sin soltarla, embobado observó las caras felices o, al menos eso le parecía a él, de lo que algún día fue su familia. Epifanio se vio tentado a llamar a la fámula para preguntarle que hacía esa fotografía en aquel lugar, pero enseguida recordó que no podía llamar a nadie, porque no había nadie más que él en la casa. Y un sentimiento de orfandad se posesionó de él, acompañado de una mezcla de resentimiento que, por momentos, se trocó en odio hacia su propia madre. Con angustia, pudo darse cuenta que su mamá, doña Ángeles García, no requirió de un solo centavo de aquella familia para encontrar su propio camino y ser feliz. Abrumado por aquellos pensamientos, la conciencia del hombre más poderoso de El Encanto le recordó que el difunto que yacía frente a sus ojos, una vez más se equivocaba. "Sí, efectivamente-en soliloquio razonó el hombre en contra de sus propias creencias-, el dinero no puede comprar la felicidad, pero además, nada puede contra la muerte." Cuando en su mente resonó la palabra muerte, un inefable escalofrío recorrió el debilitado cuerpo de Epifanio, quien, por momentos, creía que estaba delirando. Y prefirió arrojar con rabia la fotografía cuyo cuadro y vidrio se destrozaron al estrellarse contra el suelo.

En un santiamén regresó al sillón del cual se había levantado varias veces, pero apenas se había sentado, cuando de nueva cuenta con expresión nerviosa fue y extrajo de las alforjas una gran cantidad de monedas de oro que arrojó hacía arriba y, al caer, quedaron dispersas por toda la sala. En el colmo de la locura, se pusó en la cabeza la corona que tan fascinado lo tenía, y trató de convencerse a sí mismo que sus poderes estaban más allá de las posibildades de cualquier ser humano. En una lucha feroz contra sí mismo, se empeñó en recuperar su característica arrogancia, pero muy en el fondo de su corazón sabía que al único que no podía engañar era a él mismo. Entonces, como auténtico loco, la risa lo dominó hasta hacerlo perder por completo la compostura. Las carcajadas retumbaron por todos los rincones del gran caserón y, al poco rato, las risotadas iban acompañadas de guturaciones dolorosas que lo hicieron estallar en llanto y gritos de dolor. De sopetón, el cacique calló de rodillas y con el cuerpo inclinado hacia abajo, como si pidiese perdón, escondió la cabeza entre los brazos y lloró con amargura como nunca en su vida. Después de llorar en forma copiosa, exánime, calló en un pesado sueño.

Dos días habían transcurrido desde la última vez que Epifanio había mandado con cajas destempladas a la servidumbre de la casa. Más de medio pueblo en la parte de afuera, con alarma y consternación, se preguntaba que estaba ocurriendo al interior de la casa de los Martínez. Y, las noticias, volaron de uno a otro confín de la comarca. Mucha gente dio como ciertas las versiones del pistolero Esteban Alarcón, en el sentido del posible fallecimiento del anciano jerarca. Las distorsiones sobre la versión original fueron más que evidentes, pues ni Esteban ni el caballerango pudieron ponerse de acuerdo en la posible explicación de los extraños sucesos. Así pues, se empezaron a manejar una serie de especulaciones que iban de la muerte de don Eustacio hasta la del nieto. Como siempre, los más enterados o que creían saber más sobre el tema, deformaron los hechos afirmando que el par de hombres salieron de noche a todo galope y tuvieron un enfrentamiento a balazos con sus enemigos. De tal suerte, mucha gente se preguntaba quiénes pudieron ser los osados que se confrontaron con los hombres más poderosos de la comarca. Enseguida, muchas de las sospechas recayeron sobre los primos de Gervasio, pero los más avesados afirmaron que los campesinos no tenían las suficientes agallas para tal empresa. Sea como sea, las viejas querellas de siempre empezaron a cobrar forma entre quienes tomaron partido por los Martínez y los eternos descontentos. De esa manera, del retorcimiento de los hechos se pasó a la suspicacia y, de ahí, a los posibles culpables y cómplices. Fue así como los señalamientos llegaron hasta las personas de Inocencia y Gabino.

Con inocultable urgencia, un grupo nutrido de personas ingresó al palacio municipal para entrevistarse con el presidente, y la gente le exigió a la autoridad que tomara cartas en el asunto. El presidente, apoltronado en su silla detrás del escritorio, con aviesa expresión creyó que la ocasión era una magnífica oportunidad para cobrarse las cuentas pendientes que tenía en contra de los Domínguez y Gervasio. La gente partió confiada cuando el presidente les prometió que iba a actuar en consecuencia. Pero apenas salieron a la calle, cuando por accidente, se toparon con tres de los presuntos responsables de lo que la gente daba como un hecho. Los insultos entre unos y otros no se hicieron esperar y, de ahí, pasaron a las manos. Por el suelo rodó trenzado en abrazo juntó con otro hombre, Ramiro, al momento que el campanero, Gervasio, y su otro primo, Rogaciano, eran tundidos a puñetazos y patadas por el grupo que los aventajaba en número. Modesto, acompañado por dos policías, con pies en polvorosa arribó a poner orden. Las mentadas de madre y amenzas entre unos y otros no cesaban y, antes de escenificado el pleito en plena vía pública, dos chiquillos habían corrido en busca de Inocencia y Gabino.

Los tres primos fueron sometidos por la autoridad con ayuda de los agresores. Y cuando era evidente que los infelices iban a parar detrás de las rejas, Inocencia, acompañada de Ángeles, sofocadas de tanto correr, exigieron al presidente dar marcha atrás en sus intenciones. Modesto tornó a mirar con cierta malicia a Inocencia, pero cuando los ojos del hombre se toparon con los de Ángeles, sintió una especie de pudor.

-¡No puede ser que usted-con voz tonante manifestó Ángeles ante el silencio de los demás-como autoridad del pueblo se comporte de forma tan injusta! ¡Dígame, pero dígame ahora mismo de que se les acusa a las personas que usted quiere meter en la cárcel!

-¡Bue…bueno, doña Ángeles!-sorprendido en su propia madriguera, Modesto se retiró el sombrero tratando de dar una explicación-Con el debido respeto, quiero recordar a usté que yo represento a la autoridá en este pueblo y, por lo mismo, estoy obligao a resguardar el orden.

-También con todo respeto, don Modesto, eso no fue lo que yo le pregunté.

-Si es cierto-increpó Inocencia con rudeza al hombre-. Usté habla de imponer el orden. Entonces, si de eso se trata, por qué no mete a la cárcel a todos los que participaron en el pleito. Es una vergüenza que usté sólo quiera encerrar a estos tres hombres, siendo que los demás tienen la misma culpa.

Un musitar colectivo en plena vía pública flotaba en el aire ante el arribo de curiosos que hicieron más grande aquella muchedumbre. Y las mujeres se encontraban apostadas en las ventanas de sus casas mirando como se desenvolvían los acontecimientos. Mientras tanto, en las esquinas, se encontraban grupos de jóvenes comentando el incidente a la distancia. Modesto, por momentos, se sintió más enredado en lo que se había iniciado como un día de rutina que, a la postre, se estaba convirtiendo en un dolor de cabeza. Pero no faltó la ingenua intervención de uno de los participantes de la trifulca que, sin querer, dio en el quid del asunto.

-Ellos tienen la culpa-un hombre de corta estatura y complexión gruesa, señaló con el índice a los recién golpeados-. Ellos tienen que ver con la muerte de don Eustacio y, a lo mejor, con la muerte del mismo joven Epifanio.

-¡Cómo es eso!-sorprendida por tal aseveración, Ángeles interrumpió al hombre-¡A ver señor, por favor explíquese!

-Todo mundo en el pueblo sabe que los primos de don Gervasio tenían rete harta mohína en contra de don Epifanio. Ellos tienen la culpa de que los patrones estén muertos. Por lo mismo, todos dicen que….

-¿Usted ya los vio muertos?

-¡Pos no!

-¡Entonces!

Al mismo tiempo, Ángeles e Inocencia dirigieron la mirada al presidente municipal en busca de una explicación. Modesto se encongió de hombros entornando los ojos, fingiendo que también era víctima de la misma confusión de los demás. Mas sin embargo, el hombre comprendió a pesar del gesto hipócrita, que se encontraba en un aprieto, pues Ángeles e Inocencia a vuelo de pájaro descubrieron las aviesas intenciones de aquél. Las dos se dieron cuenta que la animadversión del individuo que se ostentaba como autoridad del pueblo, iba más allá de los comentarios hechos en corrillos. De tal suerte, más que una explicación, el par de mujeres empezaron a reprobar con la vista al inepto que avergonzado por su falso proceder ya no sabía en donde esconder la cara. Modesto, ante lo contundente de las evidencias, a regañadientes no tuvo más remedio que dejar en libertad a Gervasio y sus primos. Pero aún quedaba por aclarar el meollo del asunto que había provocado aquella reyerta.

-¡Bueno!-con cierta malicia inquirió Inocencia-Si como ustedes dicen, don Eustacio y su nieto están muertos, ¿en dónde se encuentran?

-¡Ay!-al instante intervino una de las mujeres protagonistas del pleito-La casa del joven don Epifanio está cerrada y nadie ha entrao o salido en dos días. Y por ahí dicen que una de las señoras que hace el aseo, fue despachada a su casa por el mismo Epifanio. También dicen que el joven Epifanio y su papacito don Eustacio se pegaron de tiros con unos hombres.

-Pero si como usté dice-de nueva cuenta inquirió Inocencia-, Epifanio mismo fue el que despachó a esa señora a su casa, quiere decir que él está vivo.

-¡Ay, si, verdá!-la mujer se tapó la boca con una mano, comprendiendo que había cometido una imprudencia.

Con un movimiento de mano, Modesto le indicó al par de policías que se hicieran a un lado, pues ya no había más delito que perseguir. Ramiro y Rogaciano trataron de poner sus camisas en orden, o lo poco que había quedado de las prendas que habían terminado hechas hilachas. A Ramiro le habían tumbado un diente y escurría sangre por la boca, mientras que Rogaciano tenía un tremendo chichón que se sobaba con la mano. Gervasio no era la excepción, pues le reventaron los labios a golpes y tenía su único ojo morado, pero eso era preferible a la vergüenza de quedar encerrado en una de las celdas del palacio municipal. De tal forma, al poco rato de haberse aclarado las cosas, los tres golpeados se encontraban a un lado de Inocencia y Ángeles que, de manera valiente y hábil, intercedieron por sus amigos. Los primos estrecharon sus manos con las de las mujeres y se deshacían en cumplidos hacia ellas. Aquella experiencia inédita fue motivo de admiración, pues se sabía de hombres interviniendo en favor de una mujer, pero nunca que un par de mujeres tuvieran la osadía de salvar a tres hombres y, sobre todo, de enfrentar con determinación a la autoridad. Ante el peso de los hechos, los agresores no tuvieron otro remedio que hacerse a un lado con rostros desencajados y llenos de frustración. Unos se miraban a otros tratando de encontrar al culpable que había ocasionado que las truchas se les escaparan de las manos. Cuando las personas se disponían a marcharse, a un hombre se le ocurrió decir algo.

-Con el perdón de ustedes, espero que no me lo tomen a mal, pero yo creo que debemos ir ora mesmo a la casa de los patrones pa saber de una buena vez que es lo que está pasando.

A nadie le pareció mala la idea y enseguida aceleraron el paso, no sin antes verse interrumpidos por el arribo de la sacristana, que hacía mucho tiempo no se veía enredada en aquel tipo de menesteres. La gente detuvo su marcha de golpe y unos a otros se miraron sin saber quién iba a tomar la palabra primero. Un grave silencio se hizo y, mientras algunos tornaron la vista hacia donde se encontraba parado el presidente municipal, otros esperaron la reacción de Ángeles e Inocencia. Finalmente, Dolores tomó la iniciativa, auscultando como bichos raros a los golpeados. Y enseguida dejó caer sus amonestaciones sobre uno de los agredidos, sin siquiera tomarse la molestia de indagar cuál era el motivo real de tanto lío.

-¡Ay, Santo Dios!-de aspecto cadavérico, Dolores se expresó dando la impresión de que se había vuelto más severa-Cuando me avisaron que estaba ocurriendo un zafarrancho en plena calle, me negué a creerlo. Pero no cabe duda que cuando el río suena es porque agua lleva. ¡Mire, mire nada más Gervasio! Otra vez usté en las mismas. Yo creo que no le van a alcanzar las razones que tenga que dar de su comportamiento al padre Elías. De plano no tiene remedio. Usté ya no debe merecer el privilegio de ser el campanero de la iglesia de nuestro pueblo.

Aun cuando de forma esquiva, Dolores no pudo ocultar el desprecio que sentía por sus hermanas, Ángeles e Inocencia. Éstas últimas, con prudencia, guardaron silencio y dejaron que las aguas tomaran su curso normal. No faltó el ofrecido que dio santo y seña de todo lo ocurrido y, a la brevedad, Dolores encabezó cual líder de una gran cruzada, al numeroso grupo que se enfiló en dirección al caserón de los patriarcas de El Encanto.

XIII

De los dimes y diretes al pleito callejero, con morbo, la gente por propia cuenta tomó cartas en el asunto. Como en carnaval, niños, mujeres y hombres se sumaron al grupo que avanzó por la calle empedrada que separaba al palacio municipal de la casa de los Martínez. Más de algún curioso no sabía exactamente a que obedecía semejante barullo, pero al final de cuentas se integraban al contingente que parecía prefigurar un día de fiesta. Y de una cantina, con los vasos en alto, salieron varios beodos a celebrar lo que a su entender era un anticipo de la fiesta anual del pueblo. Al instante empezaron las rechiflas y risotadas a todo pulmón de parte de los hombres sobrios desternillándose por las gracejadas de los borrachos.

-¡No sean güeyes compadres!-enseguida gritó un hombre que acompañaba al nutrido contingente-Mejor jálenle pa su casa. De la peda que train, ya no saben ni cómo se llaman.

Risas y más risas fue lo único que retumbó en el aire ante los gritos del ocurrente, con el consecuente regocijo de los niños que corrían como cabritas entreveradas en la gente.

-¡Ya cállate!-con un pellizco en el brazo, la mujer que acompañaba al hombre, trató de conminarlo a la prudencia-¿Qué no ves que doña Dolores ya se dio cuenta de que andas con tus desparpajos en plena calle? ¡Ay Dios, está remohína!

-¡Cálmate vieja, de todo haces un pedo!

De nueva cuenta resonaron las risas, y la mujer se sintió aturdida por el ridículo en público y por las reprimendas que no se harían esperar debido al supuesto exabrupto. Revirando ligeramente la cabeza, con la expresión de la cara, Dolores lo dijo todo. De manera servil, dos de las acólitas que la acompañaban, se ofrecieron a ir a poner orden. La sacristana les dio unas breves instrucciones y, al instante, las mujeres cumplieron con la tarea que se les había encomendado. Al poco rato de haber hablado las mujeres de negro con aquel matrimonio, tanto la mujer como el hombre, guardaron la compostura con la mirada clavada en el suelo como un par de niños regañados. Dolores conocía al dedillo las debilidades y vicios de su gente, y el mensaje enviado causó el efecto deseado.

La amplia comitiva encabezada por Dolores, se topó de frente con el gran portón de madera de la casa que se encontraba cerrada de par en par. Como fieles sabuesos a un costado de la entrada, en cuclillas, se encontraban los pistoleros jugando naipes. Al ver el tumulto de gente que se aproximaba, uno de los hombres decidió guardar la baraja en el bolsillo de su camisa. Al instante, Esteban Alarcón, jefe del grupo de gatilleros al servicio de los caciques, se retiró el sombrero de la cabeza y saludó con fatua deferencia a la sacristana del pueblo. Después de risas y chanzas, los protagonistas de aquel tumulto guardaron por completo la compostura, con expectante atención de lo que se pudiera acordar en el lugar en donde se originó toda aquella confusión. Dolores sugirió que Esteban llamara a Epifanio dando fuertes golpes en el portón, pero el gatillero reviró diciendo que era inútil, pues éste y sus compinches ya lo habían intentado en forma infructuosa. Un individuo propuso que brincaran por encima del muro hasta ingresar al zaguán por donde atravesarían hasta arribar a la puerta de la casa. A Dolores no le pareció mala la idea, pero se contuvo cuando Esteban le dijo que él tenía una mejor forma de acceder a la residencia. De ese modo, un grupo de individuos acompañó a los gatilleros e ingresaron a la casa por la parte de atrás, en donde se encontraban las caballerizas. Con visible interés en los rostros, todo mundo esperaba alguna señal de vida. Desde la calle las personas se percataron de las voces de hombres llamando a don Eustacio y Epifanio. Una y otra vez se escucharon los llamados a los patrones, y los sonoros ecos de los nudillos de rudas manos de campesinos que golpeaban por parejo puertas y ventanas. Pero todo parecía en vano, porque después de tanto insistir, nadie respondió al incesante golpeteo. En realidad, todo indicaba que la casa se encontraba en completo abandono.

El nerviosismo empezó a cundir y, algunos sujetos, como si tuviesen hormigas entre las correas de los guaraches, se desplazaban con visible ansiedad. Los corrillos de comadres comenzaron a ser evidentes, y el comentario discreto se convirtió en murmuraciones. Al igual que cientos de abejas alrededor del panal, se podía escuchar el zumbido a la distancia, mezclado con los desesperados llamados en la parte de adentro. Así pues, los comentarios cesaron ante los francos golpes con puños y pies de los hombres que habían decidido derrumbar la puerta principal de acceso a la casa. Dolores se secó una y otra vez de manera insistente el sudor que le escurría por la frente, y para la gente era evidente que algo muy grave había ocurrido. De tal suerte, fue cobrando fuerza la idea que la víspera había provocado tantos malos entendidos. Cuando nadie lo esperaba, disminuyó la intensidad del ruido, y varios hombres treparon hasta apostarse encima del muro de la casa, con la intención de saber qué ocurría en la parte de adentro. Tanto la gente de afuera, como los que se encontraban en el interior, guardaron un silencio mortal, en el que parecían haber contenido la respiración. Súbitamente, uno de los hombres trepados en la barda pegó un grito y, más que aclarar lo que sucedía, causó más confusión, sobre todo entre quienes se encontraban en la parte de atrás del numeroso grupo de personas. "¡Ahí está, ahí está!"-gritó el individuo que no parecía acertar a decir otra cosa.

-¡Ahí está quién!-enseguida interpeló Dolores al individuo-¡Por favor explíquese señor! Si usté no nos puede decir con exactitud qué es lo que está viendo, mejor sería que se bajara de la barda en donde se encuentra trepado.

-¡Sí, doña Dolores!-otro hombre que se encontraba en la misma barda, despejó cualquier duda-El joven Epifanio acaba de salir por la misma puerta que los demás hombres querían abrir a la fuerza.

-¡Oooh! ¡Aah!-las expresiones de asombro se dejaron escuchar de parte de la concurrencia.

-¿Está usté seguro?

-Estoy tan seguro como que llamo Carmelo. ¡Ahí viene! ¡Ahí viene!

En tropel, la gente se amontonó alrededor del portón en espera de que se abriera de un momento a otro e hiciera acto de presencia el único y absoluto patriarca del pueblo. El portón de rústica madera empezó a crujir cuando los gatilleros retiraron los picaportes que mantenían herméticamente cerrada la estructura de roble y pino. Con maravillada expectación, como si fuese a atravesar el umbral un enviado celestial, la gente no perdió un solo detalle de lo que acontecía. Los primeros en salir a la calle fueron los pistoleros que habían abierto la puerta y, apenas detrás de ellos, con expresión taciturna y sin perder su característico donaire petulante, Epifanio saludó con un ademán de mano a la concurrencia que lo recibió con aplausos y vivas. Epifanio no pudo ocultar la satisfacción que le causaba aquella recepción y, a pesar de estar en duelo por la muerte de su padre, esbozó una sonrisa de oreja a oreja. La gente entonces, pudo darse cuenta del estado de abandono que observaba toda la humanidad del joven patriarca que, al final de cuentas, ya no parecía estar tan joven como muchos creían. La tupida barba negra de varios días, casi cubría por completo la cara del individuo que aparentaba haber envejecido varios lustros de un día para otro. El Epifanio que todo mundo conocía ya no era el mismo, pues sus facciones parecían haberse endurecido y, su mirada, denotaba cierta turbiedad, similar a la del occiso y verdadero padre biológico. Sobre todo para las mujeres que se encontraban más cerca del hombre, estos detalles no pasaron desapercibidos. Y más de alguna se persigno con toda discreción, pues el aspecto torvo del hombre no era augurio de nada bueno. El pelo ensortijado y desaliñado de Epifanio, aparte de toda su persona, eran prácticamente iguales a los del padre que hacía muchos años había muerto en forma violenta. El cabello negro azabache, lo mismo que la barba y cejas, contrastaban con la piel blanca y ojos azules de cuyos párpados colgaban como baberos un par de negras ojeras, producto de noches de insomnio y de tensión acumulada. La cara cuadrada, lo mismo que la nariz aguileña similar a la de los árabes, conferían al hombre ese aspecto típico de sus ancestros, que oscilaba entre lo español y la influencia que dejaron los moros cuando dominaron durante ocho siglos a la madre patria. El talante recio y de misterioso conquistador, era el que atraía como imán a las mujeres, causando por otra parte el respeto de los hombres. Epifanio lo sabía, y por eso recibía con júbilo las muestras de cariño y afecto que, enseguida, dieron paso a verdaderos ditirambos por parte de los corifeos que estaban plenamente convencidos que la existencia de El Encanto no podía concebirse sin la presencia de los auténticos fundadores de aquel terruño. La imponente personalidad del hombre, así como generaba adhesiones, también provocaba la repulsa y hasta el odio de otros. Despertaba pasiones que devenían en una situación de polarización que consitaba debates y pleitos. Sin embargo, los aduladores siempre podían contar con la aprobación y las concesiones de Epifanio, sin que esto significara que daba muestras de flaqueza que pudieran interpretarse como excesos de magnanimidad o indulgencia. Y al que cometía un error o daba indicios de ya no ser un incondicional, podía pagarlo muy caro. El cacique tenía el ingenio para persuadir y corromper a quien se le diera la gana. Conocía como la palma de su mano las debilidades de sus coterráneos, y no había mejor forma de tener el control que el miedo que producían sus gatilleros.

Entre aplausos y comentarios jocosos que al momento dieron paso a las risas, Epifanio estrechó manos aquí y allá. Dolores se encontraba atenta sintiendo por un momento que ella había tomado el lugar de la madre que el individuo trataba como una auténtica desconocida. No obstante los resquemores que en ciertos momentos la sacristana había experimentado, sobre todo en aquellos días en que deliraba ardiendo en fiebre, al fin terminó por congraciarse con Epifanio. Sus sentimientos no eran falsos o inducidos, pues ella era la tía y fue la amante del papá de Epifanio. Con el rabillo del ojo, mientras lo saludaba una mujer, Epifanio pudo darse cuenta que Dolores se encontraba contenta como nunca antes, y de manera espontánea rodeó ambos hombros de la mujer con uno de sus brazos, hasta estrecharla con un costado de su cuerpo. Dolores externó una gran sonrisa que causó asombró entre quienes la conocían, y cuando reviró la cara para encontrarse con los ojos de él, un temblor de deseo le recorrió de la punta de los dedos de los pies hasta el último cabello de su cabeza. El color se le iba y le regresaba a la cara. Su rostro arrebolado, enseguida, palideció para de pronto volver a enrojecer. En un impulso frenético casi superior a sus fuerzas, sintió la necesidad de besar con loca pasión a Epifanio, del mismo modo que ella hacía con el occiso. Epifanio y quienes lo rodeaban se percataron de aquel sentimiento, y unos a otros tornaron a mirarse confundidos en un breve instante en que pasaron muchas cosas por la cabeza de los interlocutores. En fracciones de segundos, los presentes retrocedieron treinta o más años en el tiempo que, de nueva cuenta, adelantó las manecillas del reloj al presente, cuando un grupo de músicos irrumpió en el mismo lugar de la escena. Los individuos que llegaron acompañados de un par de guitarras y un desafinado violín, externaron sus parabienes a Epifanio, que escuchó a los hombres de forma maquinal. Dolores también se encontraba confundida y nadie acertaba a responder a los hombres que daban la impresión de hablarle a la nada. Un hombre se acercó preguntando por don Eustacio, y el gesto adusto de Epifanio hizo evidente que aquellos no eran momentos precisamente de celebración. Con un movimiento de manos, Epifanio le pidió a los músicos que se fueran, y le dio a entender a la gente que el viejo tata había dejado de existir en la tierra. Un grave silencio volvió a dominar el ambiente y todo mundo dirigió sus miradas hacia donde se encontraba el caserón de la familia Martínez Velasco.

La gente tuvo razón en parte cuando se propalaron los rumores de muerte que se cernían sobre la casa de los Martínez. A nadie le cupo la menor duda que la afirmación de Epifanio despejaba en parte el camino de tantas elucubraciones. En forma obediente, sus amigos más allegados, incluida Dolores que lo escoltaba con aspecto sombrío, siguieron a Epifanio cruzando por el largo zaguán que dividía al portón de la casa. Dolores decidió quienes debían ser las personas que podían acceder al mismo lugar de los hechos y, los otros, se conformaron con las órdenes dadas por la mujer. Epifanio guardó silencio y dejó que aquella decisión corriera por parte de la mujer. En un santiamén, los interesados ingresaron a la sala en donde encima de uno de los sillones se encontraba cual largo era el cuerpo del ya difunto don Eustacio Martínez Velasco. La pequeña comitiva, incluidos los gatilleros, en genuflexión se persignaron frente al cuerpo del otrora poderoso hombre, dueño de vidas y pueblos por entero. Ninguno de los presentes, a pesar de las muestras tangibles de la parca, podía creer lo que sus propios ojos les mostraban. A un costado de donde estaba el cuerpo inerte del viejo patriarca, aún se encontraban los restos del cuadro que Epifanio había destrozado y, no muy lejos de ahí, una moneda de oro cual mudo testigo, estaba botada en un rincón como evidencia del tesoro que Epifanio había escondido en una de las habitaciones antes de que la gente ingresara a la casa. Dos de los presentes se percataron de aquellos detalles, pero del mismo modo como miraron, fingieron que no se habían dado cuenta de nada. A los pocos minutos de estar en la casa la gente empezó a sentir una picazón en las narices, producto del tufo provocado por tantos días de encierro, pero más que cualquier cosa, por el desagradable mal olor proveniente del cadáver de don Eustacio, que ya empezaba a acusar signos de descomposición. Dolores no pudo contener el nauseabundo aroma que parecía haber penetrado toda la casa y, con andar rápido pero discreto, salió al aire libre del patio a arrojar la basca que le había revuelto el estómago. Unos a otros tornaron a mirarse y Epifanio comprendió que la casa requería ventilarse. Hombres y mujeres ayudaron a abrir puertas y ventanas y, al instante, se empezaron a sentir las corrientes de aire fresco que circulaba por toda la casa. Dolores se reintegró al grupo y se disculpó con Epifanio, pero éste le indicó con un movimiento de cabeza y con la diestra que no debía de preocuparse. En una especie de ritual en donde más bien parecía que se le rendía pleitesía a un santo, las personas no dejaban de rezar entornando los ojos hacia el cielo y, entre oraciones, cada uno de los presentes le dio un abrazo a Epifanio externando sus condolencias. Como nunca en su vida, éste sintió que la solidaridad profesada era auténtica. Ese calor y ese cariño no lo había sentido él en gran parte de su vida, entonces, a pesar de sí mismo y de su orgullo de hombre poderoso, se le aguaron los ojos. Al ver el dolor en la cara del hombre, tres de las mujeres incluida Dolores, prorrumpieron en llanto. Al rato, contagiados del mismo sentimiento, todos lloraban. Pero el repique de campanas en la parte de afuera, interrrumpió aquel momento de duelo. La gente enjugó sus lágrimas con el reverso de la mano y de nueva cuenta recobró el talante perdido. Una vez más, los presentes rodearon el cuerpo del difunto, y con harta curiosidad se dieron cuenta que la cara del hombre estaba transfigurada hasta hacerlo casi irreconocible. Pero el anillo que portaba en uno de sus dedos el muerto, lo mismo que la vestimenta y otras características de ese cuerpo, demostraban fehacientemente que se trataba de él, el manda más, el cacique, el plus ultra, al que no se le podía decir que no en aquella comarca. Y, en suma, uno de los hombres más poderosos del país y del estado de Veracruz.

En duelo, las campanas se encontraban a todo batir, y Gervasio, como auténtico Cuasimodo, se columpiaba en forma frenética brincando de una cuerda a otra, anunciando a todos la pérdida del hombre más célebre del pueblo de El Encanto y de cuantos pueblos existían en kilómetros a la redonda. Entre tanto ruido ensordecedor de campanas, Gervasio no sabía con exactitud qué era lo que lo estaba volviendo loco, si el constante retumbar de las inmensas masas de cobre, o el placer de saber que los pueblerinos se habían liberado del yugo de uno de sus opresores. En todo caso, el campanero siguió dando rienda suelta a sus impulsos contenidos, y por momentos sentía que se elevaba hasta el cielo llevado por el repicar de campanas. Alarmado, el padre Elías ordenó subir a uno de sus acólitos hasta la punta de la torre más alta, con el propósito de poner un alto al desventurado que daba la impresión de haber perdido el juicio. Al momento, el joven muchacho bajó los escalones por donde había subido con la evidente negativa de Gervasio. A toda velocidad, Dolores arribó a la iglesia y pudo darse cuenta de todo lo que acontecía. Haciendo gala de su tenacidad, la sacristana rogó e insistió en que el padre actuara en consecuencia, y pusiera de una buena vez freno al loco que se encontraba allá arriba. El padre comprendió que la situación era insostenible, y ordenó de forma inmediata que cuatro hombres detuvieran al demente que tenía a todo mundo con los pelos de punta. Hasta entonces las campanas dejaron de retumbar, haciéndose evidente el escándalo por el forcejeo. Y el campanero fue bajado en peso, sostenido de cada una de sus cuatro extremidades. Aun estando frente al padre Elías y de Dolores, Gervasio se retorcía en el aire tratando de deshacerse de las manos de los hombres que lo sostenían con firmeza. La escena fue por demás grotesca, y Dolores no pudo más y estalló en un acceso de cólera.

-¡Que Dios me tenga en su santa gloria!-gritó Dolores como nunca en su vida-¡Pero se lo juro, padre, que ya no aguanto más a este idiota!

-¡Cálmate, Dolores!-al instante reaccionó el padre Elías con voz tonante, pero sin perder la cordura-¡Recuerda que estamos en la casa de Dios!

-Perdóneme padrecito, pero yo sabía que un día iba a pasar esto. Tanto va el cantaro al agua, que termina por romperse.

Al momento que el padre y Dolores decían ésto, Gervasio recobró la compostura y lo soltaron los brazos que lo tenían atenazado. Recobrado el talante, Gervasio clavó la mirada en ambos, con la intención de recriminarles y llamarles la atención en relación a asuntos que por toda una vida llevó guardados dentro de su conciencia. El padre Elías intentó hablar, pero Gervasio le indicó con la mano que guardara silencio. Desconcertado, el cura accedió a lo que le pedía el campanero, ante la asombrada mirada de Dolores y de los hombres que se alarmaron por la osadía del tuerto que apenas podía ver por la hinchazón que traía en su único ojo. Antes de decir nada, y como si se dispusiera para una ceremonia muy importante, Gervasio sacó de uno de los bolsillos de su pantalón un desgastado y sucio peine, con el cual se acomodó la abundante y blanca cabellera que le cubría la cabeza. Los presentes estaban en suspenso, en espera de escuchar algo muy importante, al momento que el campanero respiró en forma profunda, dando la impresión de que se disponía a pronunciar un gran discurso.

-Lo único que ma da harta pena, es tener que irme de esta iglesia que tanto quiero, con la mohína de saber que no todo lo que brilla es oro. Llevo hartísimos años trabajando como campanero y, por lo que me he podido dar cuenta, los verdaderos cristianos no son los que están aquí adentro o que vienen todos los días a rezar cosas que en verdá no sienten en el corazón.

-¡Ya padre, por favor!-con visible desesperación externó Dolores-Termine de echar a este loco a la calle, antes de que empiece con sus necedades.

El padre Elías iba a decir algo, pero del mismo modo que la víspera, Gervasio no lo dejó pronunciar palabra.

-Usté es la menos indicada pa callarme, doña Dolores. Me da risa cuando algunas personas dicen que usté está muy cerca de ser una santa, y la mera verdá es que usté vive con muchos lujos, gracias a las limosnas de mucha gente pobre como yo.

-¡Padre, por favor, no permita que este hombre me calumnie!-iracunda Dolores vociferó, al momento que los cuatro hombres que estaban presentes, no podían creer lo que escuchaban.

-No, no son calumnias. Yo lo vide con mis propios ojos.

-¡Termine de una buena vez y váyase Gervasio!-prorrumpió visiblemente molesto el padre Elías.

-Sí, voy a terminar padrecito, pero antes debo decirle que usté ha sido el alcahuete de esta señora, y no sólo de ella sino de los desgraciaos que tienen hundido a este pueblo. Y bien saben a que me refiero. Epifanio, doña Dolores y usté padrecito, son como uña y carne. Al difunto don Eustacio ya ni lo cuento, porque ése, con perdón de la palabra, ya se fue de esta tierra.

-¡Desde este momento, queda usted excomulgado por ofender a Dios en su casa!-irritado como nunca en su vida, el padre Elías alzó ambos brazos como si implorase el perdón de Dios-¡Váyase y nunca más vuelva por aquí!

-¡Sí, ya me voy padrecito! Pero antes quiero que sepan ustedes que yo nunca he ofendido a Dios. Son ustedes los que lo han ofendido con sus hipocrecías y mentiras. Pero tengo la corazonada que más temprano que tarde se les va a caer su teatrito, y a lo mejor yo voy a vivir pa verlo.

-¡Le digo que se vaya! ¡Dios lo va a castigar un día por todas sus profanidades!

-¡A usté lo va a castigar el doble!-con el índice, cual dedo flamígero, Gervasio señaló y soltó sus admoniciones en contra del cura- Desde la muerte del difunto Refugio, papacito de doña Ángeles y doña Dolores, usté se ha quedao callao, siendo que sabe toda la verdá. Y usté sabe a que me refiero padrecito. Y de plano, mejor ahí le paro, porque con perdón de la palabra, a los señores aquí presentes, se les caerían las orejas de vergüenza si yo dijera todo lo que sé de usté.

Petrificado como estatua, al padre Elías parecían habérsele desprendido ambas quijadas de su lugar. Boquiabierto por la sorpresa y el espanto, daba la impresión de haberse topado con un auténtico demonio, salido del mismo infierno para llevárselo con todo y sotana y zapatos. Nadie se había percatado plenamente en que momento Gervasio había salido con pies en polvorosa de aquel lugar. Cada uno de los presentes se encontraba hundido en sus propios pensamientos. Los hombres se miraban unos a otros con gesto de incredulidad, mientras el más viejo de ellos se rascó la cabeza, tratando de hacer una remembranza de los acontecimientos que todo mundo había olvidado, cuando en forma misteriosa murió don Refugio García, padre de Ángeles, Dolores, Inocencia y Gabino. A su vez, Dolores no desprendía la mirada de toda la humanidad del padre Elías, en busca de respuestas que pudieran aclarar las graves acusaciones del otrora campanero de la iglesia del pueblo.

Los cuatro hombres que habían cargado en peso con todo el cuerpo del campanero, prefirieron retirarse ante la evidencia de que el padre no iba a pronunciar una sola palabra de lo comentado por Gervasio. El eco de sus pisadas resonó de uno a otro extremo de la iglesia, mientras Dolores y el padre Elías los miraban con gesto meditabundo. Cuando los individuos traspasaron el umbral del portón de la iglesia, Dolores tenía una gran cantidad de preguntas en la cabeza. De hito en hito, no despegaba los ojos del padre, en espera de que éste pudiese darle una mínima explicación. Pero la sacristana conocía a la perfección el carácter del hombre, y sabía que era impenetrable cuando se trataba de ser hermético. No obstante, la curiosidad fue mayor que las fuerzas de la mujer, y no pudo evitar inquirir acerca del asunto que por toda una vida la había mantenido en interrogación, al igual que a su hermana y otras personas del pueblo.

-¡Que Dios me perdone, padrecito! No quisiera ser impertinente, pero por qué el señor Gervasio se refirió a usté y a la muerte de mi difunto padre del modo en que lo hizo. ¿Acaso sabe usté cosas que yo no sé?

-El sabe lo mismo que tú y yo sabemos-afirmó contundente el padre Elías-. Lo que sucede es que ese hombre está loco. Del mismo modo en que anda con sus tontos rumores de que tú te has robado las limosnas de la iglesia, también anda con sus tonterías que no sé de donde saca. Yo creo que ese hombre está mal de sus facultades mentales.

-¡Sí! ¿Verdad, padre?-De forma mustia, Dolores prefirió no entrar en terrenos que se podían tornar espinosos para ella misma.

En eso estaban las dos máximas autoridades de la iglesia del pueblo, cuando de pronto, un coro de voces de hombres y mujeres dejó inconcluso el diálogo. Un tanto sorprendidas, las personas que ingresaron al recinto se dieron cuenta que Dolores y el padre Elías se encontraban a un costado del altar en una especie de conciliábulo. Al instante, Dolores se desplazó del lugar en donde se encontraba, ante la expresión aquiescente del cura. De forma expedita, aparentando que nada había ocurrido, la sacristana se transfiguró en cuestión de segundos, dando la impresión de que todo se encontraba en estado de normalidad. Las mujeres que ingresaron al recinto cargaban con rollos de flores de múltiple variedad, y los hombres llevaban consigo cirios, coronas de flores y tablas para hacer arreglos de decoración en la iglesia. Dolores comprendió que había llegado el momento de vestir con sus mejores galas el lugar de oraciones, pues el ínclito personaje de mayor trascendencia merecía una ceremonia fastuosa, como nunca antes hubiesen visto los pobladores de El Encanto. De tal suerte, después de una serie de instrucciones del padre Elías y la sacristana, los hombres empezaron a armar el catafalco en donde habría de ser colocado el féretro con el cuerpo de don Eustacio Martínez Velasco. La idea era dedicarle al difunto una misa de cuerpo presente, contrario a lo que tradicionalmente se hacía en el pueblo, como si se tratáse de un rey o un emperador al cual se debía venerar con devoción. Y para los corifeos de los Martínez, daba lo mismo, pues el difunto era considerado como el gran jefe, sino a la altura de un rey, sí, muy cerca de serlo. En consecuencia, al poco rato llegaron pintores y albañiles que se encargaron de resanar y pintar los lugares más deteriorados de la iglesia, pues a las exequias fúnebres, se esperaba el arribo de insignes personajes de la ciudad.

En un santiamén, el lugar parecía una auténtica romería de hombres y mujeres que laboraban como hormigas obreras. De un lugar a otro transitaban las personas con diverso tipo de objetos. El martillear retumbó con sonoro eco dentro del recinto, y todo mundo trabajaba convencido de la importancia del evento. En la parte de afuera, desde el mismo frontispicio de la iglesia, y a través de la explanada y de las escalinatas que servían como acceso, el ingenio de los artesanos no se hizo esperar, cuando éstos empezaron a fabricar un tapete de flores de diversa clase y colorido. Traídos de distintas comunidades, los artistas fueron adornando pedazo a pedazo cada uno de los espacios del suelo. Sólo en la parte de en medio, de la multicolor carpeta de aserrín y flores, había quedado una especie de pasillo, por donde habría de transitar la gente sin ningún problema. Si alguien tenía duda de cómo podía ser la entrada al paraíso, aquello podía ser una perfecta réplica, en espera de las buenas almas que habrían de ingresar al cielo. A tono con las circunstancias, sin recato alguno, y a pesar de sus males procederes, la gente le empezó a encontrar virtudes al otrora hacendado. Condolidos, en una especie de emotiva amnesia colectiva, un número considerable de personas hizo énfasis en lo mucho que había amado y querido a su pueblo, don Eustacio Martínez. Y aún no le daban sepultura, cuando algunos ya empezaban a concebir la idea de mandarle construir un monumento. De este modo, entre los comentarios e ires y veníres de individuos, también se lavaron y pulimentaron los dos cañones que custodiaban el acceso a la iglesia. El ambiente de fiesta se empezó a hacer manifiesto, y los preparativos, más que un acto fúnebre, parecían encaminados a la realización de un majestuoso carnaval, como ninguno otro en la memoria del Encanto.

XIV

Tan solo un día había tomado a aquel ejército de abnegados trabajadores transformar la apariencia de la iglesia y sus alrededores. La calle que se ubicaba enfrente del lugar adonde los pueblerinos iban a rezar y confesarse, quedó recubierta de grava roja. De las casas, recién enjabelgadas, aún se podía percibir con el vaivén del viento el olor a pintura fresca. Las personas de mayores recursos económicos regresaban de la ciudad con desplante orgulloso, llevando a cuestas las bolsas con la ropa que habrían de estrenar en tan importante evento. Nadie quería quedarse atrás, e inclusive aquellos que no se distinguían por ser gente adinerada, vendieron algunos de sus bienes personales, con tal de allegarse los recursos que les permitieran estar a tono con la importancia del momento. Sobre todo las mujeres y hombres más jóvenes, no querían ser opacados por quienes habrían de arribar de la ciudad y, como si fuese un desfile de modas, lucían atuendos como el mejor de los ricos. Con regocijo, algunas mujeres se habían enfundado en vestidos negros con discretos escotes y calzado que les dificultaba caminar. Lo más importante ya no era el acto fúnebre, sino estar al día con la gente de la urbe. Todo, con tal de no desmerecer en el propio terruño. La gente de la ciudad podría decir lo que quisiera, menos que los pueblerinos eran unos atrasados pobretones, ignorantes de la buena vida y el buen vivir.

La gran novedad, entonces, fueron los grupos de bien atildados sujetos, que arribaron al poblado con manifiestos aires de superioridad. Carreño sobresalía por su estatura y el garbo que le confería su personalidad aristocrática. Sin disimulo, varias mujeres externaron con descaro miradas de coquetería al diputado en ciernes. El individuo, al percibir que era el centro de la atención, sintió que le inyectaron en el cuerpo una dosis de vitaminas que le inflamaron la vanidad. Cuando entró en la mansión, que apenas tuvo tiempo de acondicionar la servidumbre, Epifanio salió hasta el mismo zaguán y recibió con un abrazo efusivo al amigo y cómplice de negocios. Carreño externó en forma un tanto inaudible unas palabras de pésame a Epifanio, y éste, aceptó complacido todo cuanto el otro le decía. De manera impasible, arribaron en discretos grupos varios personajes de la alta sociedad de Xalapa, al momento que la servidumbre de la casa estaba atenta a cualquier llamado del cacique. Los dos personajes centrales de aquel escenario se disponían a ingresar a la casa, cuando enseguida arribó una especie de carruaje. Al poco rato, el zaguán fue insuficiente para albergar a tantas personas. Sorprendidos y con expresión incrédula, los del pueblo no dejaban de admirar a tanto millonario y político de la urbe, que pavoneándose como auténticas estrellas de cine, ingresaron en la gran residencia. Así, ya nadie dudaba que aparte de Dios, el difunto contaba con la bendición de la clase adinerada de Veracruz. A lo lejos, el repicar de campanas anunció la primera llamada a misa. El retumbar de las inmensas moles de metal era distinto al que comúnmente conocía la gente y, para entonces, ya era de conocimiento público que había un nuevo campanero en la iglesia.

Los abrazos aquí y allá, lo mismo que las manos estrechadas con deferencias en señal de saludo, no se hicieron esperar entre los insignes personajes que, de manera pausada, se incorporaron en nutridos grupos en el lugar adecuadamente acondicionado. Epifanio, mientras tanto, daba órdenes para que las fámulas se hicieran cargo de gabardinas y sobretodos de las damas, cuyo exquisito andar denotaba sus refinados modales. En la sala se encontraba el catafalco con el feretro de don Eustacio. Varios de los invitados no ocultaron su sorpresa ante el deceso del otrora hombre más poderoso de la región. Y Carreño, con su característico donaire y actitud reflexiva, en compañía de Epifanio, fue el primero en aproximarse a observar de cerca el rostro del difunto que era visible, al contrario de las demás partes del cuerpo. Pero por cuestiones de acepcia, la cara del muerto se encontraba detrás de un vidrio, como si se tratáse de una vitrina en donde estaba recluida una momia, que era precisamente lo que había quedado del ex hacendado. A pesar de que se utilizó cloroformo y alcanfor para lavar el cuerpo, en la sala de la casa flotaba un tufillo desagradable, que no se disipaba ni con todo el perfume esparcido en la habitación. Para la gente fue evidente, entonces, que el cuerpo se encontraba en franco estado de descomposición. Pero con recato, sobre todo las mujeres, contuvieron el asco que sentían. Sin embargo, el que aparentaba más asco de todos, fue el diputado Carreño, a quien le costó mucho trabajo disimular la repugnancia que sentía al mirar el horrendo estado del muerto. Horrorizado, le entró una especie de pánico cuando pudo confirmar que él mismo podía terminar de igual forma sus últimos días. Una mujer lo tomó del brazo y lo alejó del lugar cuando se dio cuenta que el diputado se había quedado petrificado sin pronunciar palabra. Carreño aceptó de buena gana que aquella conocida hubiera ido a rescatarlo de lo que empezaba a convertirse en una desagradable obsesión. Epifanio apenas pudo darse cuenta del incidente y más bien se encontraba ensimismado en sus propios pensamientos, distraído y sin saber exactamente como proceder. Una vez que terminaron de desfilar uno por uno y de persignarse los dolientes frente al féretro, Epifanio ordenó que se sirvieran las copas de coñac para dar inicio al brindis en honor al muerto.

Con urgencia, Carreño tomó una de aquellas copas y la bebió de un solo sorbo, justo en el momento en que Epifanio terminó de pronunciar unas breves palabras. Los demás bebieron con discreción y se condujeron con el respeto que el protocolo requería. Los corrillos no se hicieron esperar y, más que conversar, la gente parecía musitar. Epifanio se aproximó a Carreño y en forma escueta le preguntó: "Qué te pasa Luis, te veo intranquilo". Carreño aún tenía entre las manos la copa vacía y, antes de responder, le dio a entender a la mujer que lo acompañaba que lo dejara a solas con el anfitrión.

-Tú bien sabes-manifestó Carreño con harta familiaridad-que los actos luctuosos a mí me repugnan. Si estoy aquí es por la amistad que me unía a don Eustacio y a ti.

-Sí, comprendo. Pero me dio la impresión de que te sentías mal.

-Tú me conoces mejor que nadie y no te lo voy a negar. Me impresionó ver a tu abuelo muerto. Y, de pronto, me acordé del día en que murieron mis tías. También me vinieron a la mente las historias fabulosas que don Eustacio solía contarme. Por una u otra razón, no he tenido la oportunidad de ver los cañones que resguardan el acceso a la iglesia. ¿Aún se encuentran ahí?

-Muy pronto los vas a conocer y vas a confirmar que todo cuanto el viejo te decía era cierto.

La segunda llamada a misa no se hizo esperar, e indicaba que había llegado el momento de cargar con la laqueada oblonga caja en dirección a la iglesia. Un grupo de rudos campesinos, en compañía de los pistoleros de siempre, por órdenes de Epifanio arribó a la sala y con notoria habilidad y fortaleza levantaron en peso el ataúd. Por el zaguán de la casa salió la insigne caravana ante la curiosa mirada de los pueblerinos. Aprovechando que la gente estaba atenta a tan solemne acto, un grupo de chiquillos se coló por un costado de los portones abiertos. Anonadados, los infantes se pararon a admirar un carruaje estacionado en el patio. Uno de los niños tuvo la osadía de ir a tocar con su manita aquel vehículo. Al instante, el conductor se bajó de la berlina y de un empellón retiró al chiquillo del lugar. Asustado el niño se batió en retirada seguido por los otros que no quisieron correr la misma suerte. La madre del desafortunado, lejos de molestarse por el ademán despótico del conductor, alcanzó al hijo y lo regañó como si hubiese incurrido en falta grave. La gente de la servidumbre que se había percatado del incidente, pensó que la mujer había hecho lo correcto. Los lacayos estaban convencidos de que no se podía contrariar a los importantes invitados recién llegados de la urbe. Y todo mundo se congratuló de que Epifanio no se hubiera dado cuenta, de otro modo la reprimenda hubiese sido por parejo para madre e hijo. El incidente quedó olvidado y los pueblerinos tanto en balcones como ventanas, blandían pañuelos negros en señal de duelo.

Los más ancianos, imposibilitados por los achaques, con gestos adustos y de asombro meditabundo sabían en forma irremediable que ellos iban a correr la misma suerte. En las mentes de los hombres y mujeres más viejos, como en un rollo de película, pasaron una gran cantidad de imágenes. Con amargura, uno de aquellos individuos, recordó como fue despojado de sus tierras, mientras otro recordaba aún retociéndose de celos, la forma en que su mujer lo engañaba con el cacique. Con la lástima que irradiaba la mirada marchita, desde una ventana, una anciana observaba al hombre que sufría por los deslices de su mujer, sin saber el martirizado que quien lo miraba, toda la vida suspiró por él. Otra anciana, con gesto mustio, se persignó al momento que pasaba por su casa aquella caravana, tratando de olvidar que en sus años mozos ella también tuvo asuntos de alcoba con el finado. Unos más y otros menos, pero todos tenían algo en común con don Eustacio Martínez. El cansancio y la confusión hicieron presa de unos, mientras otros, no podían superar el rencor que los amargaba hasta la médula de los huesos, por los agravios y las humillaciones sufridas. De cualquier modo, murmuró uno de aquellos ancianos, "a toro pasado no se le ven los cuernos". Una mujer de mediana edad, que alcanzó a escuchar, o quizá a leer el movimiento de labios del hombre, de forma ocurrente reviró: "Con el perdón de Dios, los cuernos del difunto no eran nada, comparados con los cuernos que les puso a muchos". Algunas risillas se escaparon de entre los ocurrentes, y más de un fuereño que transitaba en procesión, alcanzó a percibir las aviesas expresiones de los pueblerinos. Pero al instante, el posible denuesto y los desplantes de malicia pasaron desapercibidos, cuando de alguna de aquellas casas salió un grupo de hombres que en forma voluntaria se ofreció a reemplazar a los otros que llevaban en hombros el féretro. De tal suerte, unos y otros se disputaban el honor de llevar a cuestas la humanidad del ínclito personaje. Y ya próximos a las escalinatas de piedra que conducían a la iglesia, tuvo que incorporarse otro grupo de individuos para ayudar en el ascenso. Mientras se intercalaban unos y otros hombres, Carreño tuvo la oportunidad de admirar los cañones de hierro maciso que custodiaban el acceso al sagrado recinto. Y no le cupo la menor duda lo veraz de las afirmacione del difunto. Admirado, alcanzó a leer el apellido Velasco en los recién bruñidos cañones. Entonces, en una sucesión de fugaces pensamientos, llegó a la conclusión que en aquella región además de leyendas inverosímiles, se ocultaban bajo la tierra fabulosos tesoros. Y no podía ser de otra forma, sino, de qué manera se podía explicar que los Martínez dispusieran de joyas tan valiosas, como la que a él le habían regalado. Con discreción levantó la mano izquierda para observar de reojo su hermoso anillo de oro, cuyo gran diamante, era motivo de conversación en los círculos sociales en que se desenvolvía el político. El anillo lo había cautivado de tal forma que lo consideraba como una especie de amuleto del cual nunca habría de desprenderse.

Al momento en que la fúnebre procesión comenzó el ascenso, el número de participantes se había incrementado al doble. El mediodía que ya anunciaba las horas de la tarde, lucía espléndido, y del diáfano cielo azul caían en forma vertical los rayos del astro rey. Lo puro de la atmósfera, por momentos, daba la impresión de haber aumentado el colorido y lo pintoresco del pueblo y de los potreros que lo rodeaban. De tal suerte, las condiciones climáticas eran inmejorables para despedir al gran patriarca. Con orgullo manifiesto, los pueblerinos se envanecieron cuando se dieron cuenta que los fuereños admiraban lo pródigo de la naturaleza que los rodeaba. Y por delante, en una sucesión de imágenes e ideas, como una especie de guía, la gente seguía de cerca el féretro.

Al alejarse de los cañones del acceso, Carreño no pudo contener la curiosidad, e hizo un breve comentario a una de las damas que lo acompañaba, señalando con la mano las piezas de artillería. En consecuencia, un destello de luz se alcanzó a percibir cuando el diputado levantó el índice de la mano izquierda. Sin proponérselo, el delgaducho y estilizado individuo llamó la atención de no pocas personas que, al momento, se dieron cuenta que aquellos destellos provenían de la sortija del abogado. A dos cuadras de distancia, Gervasio hizo un comentario acerca de los reflejos de luz, pero a Gabino e Inocencia lo que más les importaba en ese momento era la cantidad de gente que empezaba a llegar a la iglesia. Como siempre y ya característico en él, el espíritu de investigar y no quedarse con la duda, obligaron a que el tuerto dirigiera sus pasos al lugar de donde partían las lucecitas. Gabino y su hermana sólo se encogieron de hombros cuando se dieron cuenta que Gervasio salió de la tienda con prisa inusitada. A pesar de su edad, el viejo aceleró el paso como si en aquel lance se jugara la vida. Su intención era llegar a la iglesia y saber de una buena vez de donde provenían aquellos destellos, antes de que todo mundo ingresara al interior de la iglesia. Agitado por el esfuerzo, Gervasio subió uno a uno los escalones, pero por más que buscó algún destello, todo daba la impresión de que las lucecitas habían desaparecido. Justo en el momento en que Carreño traspasaba el umbral del portón, de nueva cuenta un resplandor llamó la atención de Gervasio. El campesino estaba seguro que aquel destello partió del grupo compacto en donde se encontraban los insignes personajes. Se acercó un poco más, y pudo darse cuenta de la gran sortija que lucía en su mano izquierda el diputado. Atraído por una especie de imán, y como si en aquel anillo se encerrase un mensaje enviado del más allá, Gervasio se aproximó de forma evidente. Carreño fue el primero en darse cuenta del modo resuelto en que arribaba el otrora campanero. Las miradas de ambos se entrecruzaron y, por un instante, ninguno de los dos supo qué decir. Las personas que se encontraban alrededor observaron a ambos personajes, y sus miradas denotaban desconcierto. Carreño, al darse cuenta que Gervasio había bajado la mirada y no la despegaba de su mano, sin mayor prurito manifestó: "Es muy bonito, ¿verdad?" Escueto interpeló el interlocutor: "Por Dios que sí, señor". Varias personas se dieron cuenta que los dos hablaban de la sortija que el abogado lucía en el índice de la mano izquierda. Sin embargo, nadie acertaba el por qué ambos se habían dirigido el uno al otro, como si se conociesen de antaño. A Gervasio se le agitaron los pensamientos y los recuerdos en la mente y, como si estuviese en un navío en altamar, se le revolvió el estómago y sentía que la cabeza le daba vueltas. Fue manifiesto el modo en que el tuerto casi se desvanece, y tuvo que ser sostenido del brazo por un hombre que evitó que de plano cayese de bruces. Una expresión de asombro poseyó a varias mujeres y, en cuestión de minutos, casi todo mundo se percató de que algo ocurría en el portón de acceso a la iglesia.

Varios hombres estaban dando acomodo al ataúd en el catafalco dispuesto al pie del altar, al momento que el padre Elías estiró el cuello tratando de indagar el motivo de tanto revuelo. Dolores hizo lo propio y sintió una rabia indescriptible cuando pudo percibir que se trataba del campanero. Gervasio apenas podía sostenerse en pie, mientras la gente del pueblo pensaba que estaba dando un espectáculo deplorable. La voz apenas audible de un hombre de la concurrencia tuvo el desatino de decir que el campanero estaba ebrio, y los comentarios y risillas nerviosas recorrieron de un ala a otra de la iglesia. Con un gesto de cortesía, Carreño ayudó a reincorporarse completamente al hombre que daba la impresión de desfallecer en medio de aquel acto luctuoso. La gente, entonces, consideró que además de cortés, el abogado se comportaba de manera generosa con quien no lo merecía. Poco a poco, Gervasio fue recobrando la compostura. Sin despegar la mirada de la sortija y de aquellos ojos azules que por siempre se quedarían grabados en su mente, el rudo campesino dio la media vuelta, prácticamente huyendo del recinto. Carreño quiso indagar los motivos de aquel comportamiento, pero se quedó consternado al igual que todas las personas que se encontraban allí. También quiso correr para alcanzar al hombre y dejar en claro que se traía entre manos, sin embargo, cualquier esfuerzo hubiese sido infructuoso, pues el otro había desaparecido del mismo modo que un espectro en la oscuridad. Carreño presentía que gran parte de la curiosidad que lo asechaba tenía su respuesta en el anillo que él tenía en tanto aprecio. En un instante, en que un detalle puede hablar más que mil palabras, la suspicacia de los pueblerinos fue en aumento cuando pudieron darse cuenta que el abogado, en gesto meditabundo, no despegaba la mirada de la sortija que lucía en la mano. El acto luctuoso continuó su curso ante los llamados del padre a la oración, pero la pompa quedó eclipsada ante el breve incidente, del cual, nadie tenía la más mínima idea en que podía desembocar.

Si algunos tenían la certeza que Gervasio había perdido el juicio, después del repicar de campanas en que había caído poseso, a nadie ya le quedaba duda que estaba completamente loco. Enloquecido realmente, el pobre sujeto encontró, sin proponérselo, lo que había sospechado por toda una vida. Iba maldiciendo a los cuatro vientos la porquería y miseria de la condición humana, con tal amargura, que sintió que la vida era una broma de mal gusto. Del mismo modo quiso tomar un arma y borrar de la faz de la tierra a la gente que se hacía pasar por decente y de buenas costumbres. Como auténtico energúmeno llegó hablando solo a casa de los Domínguez.

-¡Maldito pueblo desgraciao! ¡Estamos agarraos del mismísimo demonio! ¡Y no por lo que dice la maldita vieja Dolores!

Todas las miradas de quienes se encontraban departiendo en la pequeña salita de la casa de Inocencia, se concentraron en la humanidad del desdichado hombre. Ángeles y su familia, recién habían arribado y no despegaban la vista de aquel esperpento en que se había trocado el sujeto.

-¡Ellos, ellos fueron los que mataron a don Refugio!

Ángeles no tuvo más remedio que llevarse a sus dos hijos a la recámara, ante lo que se prefiguraba como una escena desagradable.

-¡Explíquese, don Gerva!-interpeló Inocencia, una vez que se dio cuenta que los niños no estaban presentes-A qué don Refugio se refiere usté.

-Pos a don Refugio García. El mismísimo papá de todos ustedes.

Todos se encogieron de hombros y se miraron unos a otros, sin saber todavía a que obedecía la gravedad de aquellas acusaciones.

-¡A ver, vamos por partes!-expresó Ángeles que se encontraba de regreso en la sala-En qué basa sus acusaciones.

-El señor ése, que vino de la ciudá y que dicen que es diputao, tiene en uno de sus dedos el mismo anillo que todo el tiempo traía puesto el difunto papacito de ustedes.

-¿Carreño?-inquirió Ángeles como si fuese la más sorprendida de todos.

-Sí, creo que así se llama.

Al instante, Gervasio dio una descripción detallada de su encuentro con el individuo y de la forma en que venía vestido, lo mismo que de la sortija que lucía éste en el índice izquierdo. A nadie le cupo la menor duda que se trataba del sujeto en cuestión.

-¡Sí, sí, siii! ¡Gervasio tiene razón!-Ahora la que hablaba, razonando consigo misma, era Ángeles-¡Pero cómo se me pudo olvidar que ese anillo es el mismo! Por más que trataba de recordar en dónde había visto esa joya tan hermosa, nunca me pude acordar. Yo era muy niña cuando….

Ángeles saltaba de una idea a otra de forma atropellada, sin concluir ninguno de sus pensamientos. Daba la impresión de que había perdido el juicio, contagiada por Gervasio. Con prisa inusitada, se le agolparon mil ideas en la cabeza y fue por su hija que estaba en la recámara, solicitando a su vez que la acompañara Inocencia. Hasta ese momento, Ruvalcaba se había mantenido a la expectativa observando la escena. Cuando Ángeles se disponía a salir de la casa en compañía de Inocencia y su pequeña hija, el doctor la detuvo del brazo.

-¡Mira, mi amor!-con voz pausada expresó Ruvalcaba-Antes que nada, nos tienes que decir el por qué de todo lo que te has acordado. Ya fuiste y veniste, subiste y bajaste mentalmente, pero no nos has dicho bien a bien todos los detalles.

Ella se sonrojó al darse cuenta que su marido tenía razón y, antes de salir de la casa, volviendo sobre sus propios pasos pudo darse cuenta de lo precipitado de sus acciones.

-¡Perdónenme todos! Yo creo que José tiene razón. Ahora mismo les diré todo lo de ese anillo. Hace años, cuando conocí al licenciado Carreño en la casa del difunto en la ciudad, me dí cuenta que el abogado lucía un anillo hermoso con un gran diamante. Al mirar el anillo tuve la impresión de que en algún lugar lo había visto antes. Yo era una niña cuando a mi padre, al cual mataron de forma misteriosa, lucía en una de sus manos un anillo igual al que describe don Gervasio. Por lo mismo de que era muy chiquita nunca más me volví a acordar. Así es que quiero comprobar con mis propios ojos lo que casi estoy segura que es verdad.

¡Espera!-interpeló enseguida Ruvalcaba a Ángeles-Mucha gente del pueblo está en duelo por la muerte de don Eustacio. Tu presencia en el acto luctuoso podría ser interpretada como una provocación que podría generar un escándalo.

-Aunque no lo creas, amorcito-segura de sí misma dijo Ángeles-, a pesar de todas las ideas que tengo en la cabeza ya había pensado en ello. Les aseguro a todos que lo que menos quiero es causar un zafarrancho. Ya bastantes pleitos hemos tenido últimamente como para que yo todavía provoque uno más.

Ella le explicó a la familia cuál era el plan que tenía en mente, y a nadie le pareció mala la idea. Más que nunca, estaba convencida de que era necesario que tuviera las pruebas de lo que a todas luces era una de las peores infamias que se habían cometido en aquel pueblo. Con movimientos de cabeza en señal de aprobación, a nadie le quedó la menor duda que las pretensiones de Ángeles eran más que justas. De tal suerte, aseveró Gervasio que, "pa que la cuña apriete, tiene que ser del mismo palo". La autoridad del rudo campesino se había acrecentado en un abrir y cerrar de ojos, y él se sentía más que satisfecho por la forma en que era escuchado, pues, después de todo, el hombre había dado en el quid que mantuvo en velo por tantos años a mucha gente. Ya no sólo era don Gervasio, el otrora campanero de la iglesia de El Encanto, sino un hombre digno de respeto y gran consideración. Hasta se dio el lujo de aportar sus puntos de vista, sin que nadie chistara en lo que él pensaba. No obstante, como era un asunto de familia, prefirió de forma prudente mantenerse al margen de las acciones que Ángeles tenía pensado llevar a cabo.

XV

A los costados de la calle más céntrica del pueblo se encontraban intercaladas una que otra tienda, una cantina por aquí y por allá, casas de reciente construcción y caserones de altas techumbres coronadas de tejas. Las casas más antiguas, con sus colores rosados y verde pistache, más que viviendas, daban la impresión de ser grandes galeras en donde lo mismo podían cohabitar puercos, caballos y personas. Muchas de aquellas casas, construidas en la época anterior a la revolución, poco se diferenciaban de las que existían en algunas villas y poblados de España. Gran parte de sus habitantes eran similares a los ancestros de ultramar. No obstante, en aquellos momentos, nadie parecía habitar el caserío y todo se encontraba envuelto por el silencio, sin ningún bullicio que denotara algún atisbo de vida.

Con paso resuelto, a Ángeles la acompañaban su hija e Inocencia a través de la terracería, cuando de pronto, pudieron escuchar el murmullo de hombres bebiendo y jugando naipes, escondidos en algún tugurio improvisado. Los insolentes, arrebatados por el vicio, habían preferido quedarse rezagados para darle vuelo a sus bajos instintos, antes que asistir a un acto luctuoso que en realidad los tenía sin cuidado. De mediana edad, y con una barba que casi le cubría el rostro por completo, salió de aquella cantina un individuo tambaleándose por la borrachera. Cuando miró a las tres mujeres que transitaban por el rumbo, se retiró el sombrero en señal de saludo. Inocencia lo miró de reojo y ni siquiera se tomó la molestia de contestar, recomendando la misma actitud a Ángeles, dado que el sujeto tenía fama de ser un bebedor consuetudinario que, además, le gustaba adoptar poses de conquistador cuando se encontraba pasado de copas. Mientras pasaban a toda prisa, dejando de lado al sujeto, empezaron a repicar las campanas indicando que la misa había llegado a su fin.

Con urgencia, Ángeles pidió a Inocencia que acelerara el paso, pues la ocasión se presentaba ideal para interceptar a la persona con quien debían hablar. Por momentos, la niña tomada de la mano de su madre habría el compás y correteaba un poco para ir al paso de las dos adultas. Las campanas no dejaban de retumbar y, al momento en que las tres llegaron a las escalinatas de acceso, los primeros grupos de gente empezaron a salir de la iglesia. Varias mujeres desconocidas salieron primero, acompañadas de sus maridos e hijos. Enseguida, del brazo de su mujer, con gesto orgulloso salieron el presidente municipal y su hija Lola. De acuerdo al plan que previamente habían trazado, las tres se apostaron a un costado de la iglesia, cercanas a unos árboles en donde se podían ocultar o pasar desapercibidas, procurándose por otra parte, un ángulo de visibilidad lo suficientemente adecuado.

-¡Mira, hija!-con instrucciones precisas le indicó Ángeles a su pequeña niña-Ve a donde está el señor más alto, de traje negro, y dile que tu mamá quiere hablar algo muy importante con él. Enséñale con tu manita en donde estamos y enseguida te regresas.

La niña hizo exactamente lo que su madre le indicó, y Carreño tornó a mirar en dirección de donde venía el mensaje. El diputado pudo reconocer a Ángeles a la distancia, mientras Epifanio pudo darse cuenta que se trataba de su madre, acompañada de Inocencia y la niña quienes esperaban el arribo del hombre. Epifanio enarcó una de las cejas en gesto de desaprobación, pero no le quedó más remedio que aceptar, presintiendo que algo muy grave estaba a punto de ocurrir. Por más que Ángeles trató de llevar a cabo el asunto con toda la discreción que le fue posible, dada la personalidad imponente de Carreño, más de alguna persona se percató de lo ocurrido, incluidos el padre Elías y Dolores que, a su vez, uno por conocimiento de causa y, la otra, por simple intuición, sintieron que aquel día apacible podía trocarse en tormenta. Y, como si se hubiesen confabulado los elementos naturales, la resolana que tan tranquila caía sobre la cabeza de la gente, dio paso a una gran cantidad de nubes que empezaron a oscurecer el horizonte.

La curiosidad, más que cualquier otra cosa, impelió a Carreño a desprenderse del grupo de dolientes que, con la mirada, trataban de indagar los motivos por los cuales se desplazaba el largirucho individuo hacia el lugar en donde era llamado. El abogado y flamante diputado, con su característico estilo de don Juan, saludó a Ángeles con un beso en la mano. De la misma manera extendió su mano, estrechando la manita de la niña. No así con Inocencia, a quien apenas saludó con una breve inclinación de cabeza.

-Debe ser muy importante lo que usted me quiere decir doña Ángeles-sin mayor preámbulo expresó Carreño-. De otra manera, no se podría entender que precisamente en esta ocasión, usted haya decidido expresarme lo que desea.

-Es más importante de lo que usted se imagina-reviró ella, al momento que pidió a Inocencia que se retirara con la niña.

-Trate de ser breve. Pues, como usted comprenderá, hay personas que me están esperando para finalizar el acto luctuoso.

-¡Sí, lo seré! ¿Podría usted ser tan amable de mostrarme el anillo que tiene en el dedo índice de su mano izquierda?

Carreño no tuvo ningún reparo en extender la mano y dejar que Ángeles auscultura detenidamente aquella sortija.

-Sepa usted que ese anillo era de mi padre, quien fue asesinado por el señor que va precisamente en el féretro con destino al panteón.

Demudado por la impresión, a Carreño se le arreboló la cara, brotándole perlas de sudor por todo el rostro. Aquella afirmación, más que inverosímil, produjo un sentimiento de soledad y desgracia en el individuo que creía que aquel anillo, más que el motivo de su propia buena suerte, podía ser la causa de sus peores desdichas. No le quedó otra alternativa que escuchar con suma atención, a pesar de sí mismo, todas las razones que le fue enumerando Ángeles. Sin que ella se lo pidiera, con un gesto de caballerosidad y reconocimiento, ante lo contundente de las afirmaciones, Carreño se desprendió del anillo y se lo entregó en su mano a Ángeles, dio la media vuelta y se fue por donde había llegado.

A la distancia, cuando aquella especie de séquito se encaminaba al camposanto, retorciendo la cara, sin la más mínima discreción, Dolores pudo darse cuenta que Carreño le estaba haciendo entrega de algo a Ángeles. Los cuchicheos y corrillos no se hicieron esperar y, hasta una de las beatas que la acompañaban, tuvo que sujetar fuertemente del brazo a la sacristana, que parecía haber olvidado por completo a qué obedecía su presencia en el solemne acto. Sorprendidos, los prosélitos más allegados también se dieron cuenta del modo en que trastrabilló con una piedra la sacristana, y por poco cae al suelo.

Lo que se había iniciado como un acto de gran pompa, fue ensombrecido por los negros nubarrones y el canto de gallos que anunciaban un aguacero. Todos aceleraron el paso y trataron de llegar lo más rápido que les fue posible al camposanto. Carreño, antes de integrarse nuevamente al grupo, ordenó a sus guaruras traer sombrillas e impermeables, pues aquello no auguraba precisamente un feliz día de campo. El ascenso por el rústico camino de piedra que conducía al cementerio, súbitamente, se tornó en un verdadero viacrucis, cuando los cuatro hombres que llevaban a cuestas el ataúd fueron insuficientes. Dos más se incorporaron, incluido el presidente municipal. Inexplicablemente, el peso de la oblonga caja parecía haberse duplicado, y no se hizo esperar el cotilleo de personas que atestiguaban el incidente con perplejidad. "¡Santa Madre de Dios!-expresó una mujer que miraba a la distancia-Dicen que cuando este tipo de cosas pasan, es porque el difunto llevaba hartos pecaos en su conciencia." Contagiados por el comentario, hombres y mujeres se persignaron, ante la también perpleja reacción de Epifanio. Carreño inquirió con los ojos a su amigo en busca de una explicación razonable, pero el otro se encogió de hombros sin acertar a decir nada.

Modesto, haciendo alarde de su autoridad, se quitó el sombrero y con los cabellos relamidos producto del esfuerzo, quiso poner el ejemplo de cómo se debían enfrentar ese tipo de situaciones. Sobre uno de sus hombros levantó a cuestas parte de la carga, con gesto orgulloso y con toda la virilidad que le era posible, demostrando a los demás que, además de sacos de granos, tenía la fortaleza para cargar lo que fuera. Los demás individuos se sintieron motivados por aquellas muestras de tosudez, al tiempo que Epifanio indicó a todos que aceleraran el paso, pues las primeras gotas de lluvia empezaron a caer. Una parvada de pájaros recorrió rauda y veloz el horizonte en busca de refugio, mientras la gente se cubría con lo que tenía a la mano del agua que caía del cielo. Entre el mirar a aquellas aves y observar con placer el modo en que era obedecido Epifanio, Lola se deshizo del brazo de su madre sacando un pañuelo de su cartera. Se acercó a su padre con curiosidad y pudo darse cuenta que, además de hilillos de sudor, escurrían por el cuello del hombre empeñado en faena, diminutas corrientes de un líquido negro. Al momento, lo primero que pensó ella era que el barniz de la caja del muerto se estaba desprendiendo, pero un deseo de bomito fue evidente cuando pudo percibir un olor perstilente. Tornó a mirar a los otros hombres y pudo percatarse que sus cabellos y cuellos también estaban siendo invadidos por la misma negruzca y viscosa sustancia. La mamá de Lola se acercó y enseguida dos mujeres más. Lola pegó un aullido y en el mismo lugar volvió lo que traía en las entrañas, ante el asombro de quienes la circundaban. La desventurada muchacha, al igual que su madre y otras mujeres, pudieron comprobar que el negruzco líquido brotaba de las hendiduras de aquella caja. Los hombres se deshicieron como pudieron del féretro cuando estaban próximos a la fosa, y con ambos manos limpiaron sus caras y cuerpos, con disimulada desesperación, del mismo modo que si hubiesen sido orinados por los zorrillos más apestosos.

Lola cayó al suelo, se desmayó y por poco se descalabra, de no ser por su madre y las mujeres que estaban cerca. Los perros empezaron a aullar y, al poco rato, todo era confusión y un absoluto enredo, del cual nadie daba pie con bola. Epifanio alzó ambas manos pidiendo que la gente se tranquilizara, pero a esas alturas ya nadie escuchaba de razones. Unos corrieron espantados, y otros, salieron huyendo de la lluvia que había arreciado. Hacía rato que gran parte de los personajes llegados de la ciudad habían encontrado refugio en una improvisada casucha al pie del camino. Carreño quiso hacer lo mismo, sin embargo, guardó la compostura y se resignó a que su fina ropa quedara salpicada de lodo y ojarasca. En silencio maldijo y retorció la boca, ante uno de los peores días que nunca había tenido en su vida. Epifanio se acercó al lugar en donde era atendida Lola por sus padres y, para entonces, la mitad de la gente se había desentendido del asunto. El padre Elías y Dolores se encontraban muy cerca de la fosa y del ataúd al cual ya nadie hacía caso, cubiertos por sombrillas y plásticos que sostenían los acólitos. Ensimismada, Dolores no despegaba la vista del féretro que se encontraba a pie de fosa, notando, al igual que el cura, que el líquido negro brotaba en forma copiosa sin que la lluvia pudiese borrarlo por completo.

-¡Juro por Dios que yo nunca había visto una cosa así! ¡Qué es eso padre!

-No lo sé, no lo sé, hija. Yo creo que ha llegado la hora de que terminemos de una buena vez con todo esto.

Epifanio hizo una señal a la distancia con la mano, y el padre comprendió que todo estaba bajo control, mientras Lola era llevada en brazos por su padre a lugar seguro. La gente fue saliendo poco a poco de entre las copas de los árboles, pero era evidente que aquel día iba a quedar por siempre gravado en la memoria de los pueblerinos, no sólo por lo fastuoso del acto, sino también por una serie de incidentes que ocurrieron uno tras otro. Lo que no ocurría o parecía no ocurrir en años, de pronto, en cuestión de horas y días, aceleró las manecillas del reloj, dando a todo mundo la sensación de que se encontraban en una realidad fuera de la misma realidad. Las preguntas y misterios flotaban en el aire, al tiempo que la lluvia caía, y los pueblerinos más que nunca se percataron de su vocación religiosa, convencidos de los designios de Dios. Todo aquello sólo podía tener una explicación divina. Nadie más que las máximas autoridades de la iglesia estaban en capacidad de dar las razones pertinentes. Las mujeres y hombres que aún se encontraban presentes en el cementerio, rodeados de lápidas, árboles y potreros, rezaron con plena devoción y fe por la salvación del alma de don Eustacio, al momento que eran bajados los restos mortales al hoyo del cual nunca más habrían de salir. Las últimas paletadas de tierra fueron arrojadas y el llanto de plañideras se confundió con las oraciones del padre Elías. Primero Epifanio, y después Carreño, arrojaron un puño de tierra encima del ataúd, antes de que éste terminara de ser cubierto por completo de tierra.

Carreño se desprendió por un momento del grupo y se puso a pensar en la forma extraña en que se había relacionado con los Martínez. De la misma manera recordó que él pudo haber quedado emparentado con aquella familia. Y así, brincando de una idea a otra, observó a Epifanio quien se encontraba de espaldas, pensando en Ángeles y lo disímil que era el uno del otro. No alcanzaba a comprender cómo, la mujer a quien entregó el anillo que él tenía en tanto aprecio, pudo haber sido su esposa, pero a la vez, enemiga de su propio hijo. Aquello, además de aberrante, tenía al licenciado abatido y confundido por el círculo vicioso en el que él se encontraba encerrado, pero al cual no podía renunciar, dadas las relaciones de poder económico y político. Una y otra vez observó los alrededores y cobró plena consciencia de lo pródigo de aquellas tierras. Y, como si no hubiese sido poco, en aquel largo día lleno de vicisitudes, distraído, nunca se dio cuenta cómo Dolores se aproximó al lugar en donde él se encontraba. Sin decir su nombre, ella extendió la mano en señal de saludo y con caballerosidad él, le correspondió del mismo modo, creyendo que sólo era una importante colaboradora del cura del pueblo. Dolores sabía que no disponía de mucho tiempo, antes de que alguien se aproximara, y fue directamente al grano.

-No quiero ser impertinente, licenciado, pero pude darme cuenta que algo le entregó usté en su mano a Ángeles.

-¡Ah! Ya sé a que se refiere usted-dijo él de forma maquinal-. Le regresé a la señora Ángeles un anillo que me había regalado don Eustacio.

-¿Dice usté que le regresó un anillo que le regaló el difunto?

-Sí, porque dijo ella que el verdadero dueño de ese anillo era su difunto padre.

-¿Se refiere usté a don Refugio García?

-¡Sí, al mismo! ¿Usted conoció a ese señor?

-¡Cómo no lo habría de conocer!-haciendo gala de fortaleza, Dolores fingió que estaba al tanto de sucesos que desconocía, con tal de llegar a la verdad-Sólo algunas personas de la iglesia tenemos conocimiento de aquellos trágicos sucesos en que murió don Refugio.

Hasta ese momento, desubicado como nunca antes, y como si su mente flotara en el limbo, Carreño no tenía plena consciencia con quién estaba hablando. Él tenía referencias de la sacristana, pero no la conocía en persona. Estando en misa, entre tanta gente y en medio de tanta mujer de negro, nunca supo bien a bien cuál era la apariencia física de la sacristana. Y, del mismo modo en que había abordado al hombre, Dolores quiso saber todo de un solo golpe, y Carreño no se contuvo en dar ciertos detalles relevantes, sin acabar de caer en cuenta quién era la interlocutora. Apenas unos cuantos años mayor que Ángeles, Dolores si tenía plena memoria del famoso anillo. En pocos segundos la sacristana ató cabos y, más lívida que un papel por la desgracia que le cayó a cuestas, se dio cuenta que ni con todos los rezos del mundo iba a aliviar su atribulada alma. Después de todo, reconoció con amargura que el deschavetado campanero no estaba tan loco. En todo caso, ella se encontraba al borde de la locura y, en un santiamén, la pobre mujer perdió el conocimiento. Carreño tuvo que atraparla en el aire, antes de que cayera pesadamente al suelo. Todas las miradas, entonces, se concentraron en Carreño que sostenía en sus brazos a la sacristana. Y de plano, aquello era el acabóse para Epifanio, dándose pequeños golpes con la palma de la mano en la frente, mientras enrojecido por la vergüenza, el padre apuraba con ambas manos a varias beatas, en señal de que asistieran a Dolores. Las damas de negro, auténticamente consternadas, ayudaron a Carreño a deshacerse de todo el peso de Dolores. Recostada en las piernas de dos mujeres, a los pocos minutos la sacristana recobró el conocimiento. Parpadeando y sorprendida por la cantidad de gente que la rodeaba, a Dolores le daban vuelta los ojos, deteniéndose con horror cuando enfocaron el robusto cuerpo de Epifanio. Las miradas del cacique y las de la segunda autoridad de la iglesia del pueblo se entrecruzaron sin pronunciar palabra. Y para Epifanio, al igual que para el padre Elías, fue patética la expresión de locura de la mujer. Por más que mujeres y hombres intentaron que ella respondiera a las preguntas que brotaban por doquier, Dolores no desprendía la vista de Epifanio. De tal suerte, las beatas pensaron que Dolores reaccionaba así por la impresión de la muerte de don Eustacio. Pero los más suspicaces comprendieron que algo más había de por medio. Y solo Carreño les podía dar una explicación. No obstante, para el abogado lo más sencillo fue desentenderse del asunto, fingiendo que no comprendía nada de lo que estaba ocurriendo.

Sin mediar mayor explicación, Dolores se incorporó sobre ambas piernas y se encaminó a su casa, acompañada por algunas de sus más fieles seguidoras. Atraídos también por sus propias afinidades, se conformaron pequeños grupos y, al poco rato, en completo silencio la gente abandonó el camposanto. Lo que pudieron haber sido unas exequias fúnebres con todos los honores que el caso ameritaba, terminaron por ser una desvandada de confundidos individuos. Una cadena de sucesos fue el caldo de cultivo ideal para que cada quien creara sus propias hipótesis. Mientras unos tenían sus mentes puestas en el fortuito papel protagonista de Carreño, otros, conversaban del modo en que el difunto parecía haberse derretido en su propio féretro. La lluvia había dejado de caer, pero una pesada neblina dio la impresión, sobre todo a quienes habían arribado de la ciudad, de que estaba oscureciendo antes de lo normal. Así, aceleraron el paso respaldados por sus guardaespaldas los fuereños, y ya lo único que les interesaba era dejar aquel pueblo inmundo que, en contra de lo que ellos mismos pensaron, no era tan bonito como creían. No les causaba ninguna gracia a los citadinos caminar entre riachuelos, pedruscos, grava y lodo. Mucho menos les causó gracia la densa niebla que casi obstruía por completo la visibilidad. La diminuta brisa que todo lo empapaba, acompañada de neblina, era poco menos que insoportable para la gente que se sintió aliviada cuando arribó a casa de Epifanio Martínez. Una nube de fámulas acudió en ayuda de tan insignes personajes y, con el donaire propio de la gente de alcurnia, la gente se despojó de sus sobretodos para que la servidumbre los llevara a secar en los fogones que se habían improvisado para el caso. El padre Elías, acompañado de su séquito de ayudantes, notablemente disminuído por la ausencia de Dolores, pronunció unas breves oraciones dando la bendición a la casa del cacique y, entre sorbos de bebidas calientes, la gente fue desfilando una a una sin pronunciar más palabra que un escueto adiós y alguna que otra palabra de pésame.

Después que todos se habían marchado, Carreño se quedó a deliberar con Epifanio. Los dos hombres estaban completamente solos en la sala. Y frente a un anafre se calentaron el cuerpo, al momento que sorbían el coñac de las copas que tenían en sus manos. Nunca antes le había sabido tan buena aquella bebida alcohólica al abogado que se encontraba abstraído en sus propios pensamientos. Meditabundo, también, Epifanio miraba los trozos de carbón que ardían y chisporroteaban produciendo chirridos, mientras se consumían en el fuego.

-La verdá es que-con desparpajo dijo Epifanio-más que un sepelio, esto se volvió un verdadero desmadre.

-Yo también pienso lo mismo.

-¡A ver Luis, vamos por partes! ¡Qué chingaos tenía que hablar mi madre contigo!

Con gesto de culpabilidad, Carreño miró de soslayo a Epifanio y enseguida le confesó el motivo de su conversación. Del mismo modo le dijo lo que le había confesado a Dolores, cuando ésta se había aproximado a él en el cementerio. Epifanio comprendió entonces que el desmayo de Dolores no era para menos. También su mente se transportó al día en que su abuelo había fallecido en la otrora hacienda de El Encanto, y sus pensamientos cobraron plena consciencia de la confesión a medias de parte del difunto. Los datos no podían mentir, y nadie más que su abuelo era el asesino del padre de Inocencia, Gabino, Ángeles y Dolores García.

-¡Puta madre, Luis! Entiendo que mi madre te haya dicho todo eso, avisada por el viejo Gervasio. Lo que no entiendo es por qué abriste la boca enfrente de Dolores García.

-Ni yo mismo lo sé. Además, cómo iba yo a saber que ella era Dolores García, si nunca nadie me la presentó. Pasaron tantas cosas, antes, durante y después de misa, que te juro que se me hizo un verdadero enredo en la cabeza.

-¿Te das cuenta del gran desmadre que se va a armar?

-Y ahora qué, Epifanio.

-No lo sé, no lo sé Luis. Pero si estos idiotas piensan que me van a asustar con el petate del muerto, están muy equivocados la bola de pendejos. Bien me decía mi apá que a estos animales hay que tenerlos siempre a raya.

-Pero debemos de actuar con mucho tacto e inteligencia. Piensa que no son sólo Inocencia y Gabino, sino tu madre y, lo más grave, la sacristana Dolores García.

-Dolores es la que más me preocupa. Tengo que hablar con el padre Elías. El curita sabe como controlar a esa mujer. Despreocúpate Luis, ya verás que por las buenas o por las malas todo va a tener arreglo. Y mejor será para ellos que sea por las buenas. Yo no me voy a detener ante ninguno de estos pobres diablos.

-¿Incluida tu madre, Epifanio?

-Ella no cuenta aquí. Por mucho que diga y patalee, ella vive en la ciudad. En este pueblo no es más que un cero a la izquierda.

-¿De veras lo crees así, Epifanio?

Una mirada fulminante, de parte de Epifanio, causó una reacción de consternación en Carreño, quien comprendió al instante que efectivamente el cacique estaba decidido a todo con tal de que nadie le pisara la sombra en aquel terruño.

XVI

Los nueve días de oraciones o novenario, después de fallecido y sepultado el finado, dieron inicio con la notable ausencia de la sacristana. Ella era la responsable de dirigir esos eventos luctuosos. A pesar de ello, nadie, ni las amistades más íntimas de la mujer, daban razón del paradero de ésta. Tampoco su hija podía dar seña del lugar en dónde poder encontrar a su madre. El suceso fue una más de las malas noticias que tenían a la gente hecha un mar de confusiones. Así las cosas, el padre Elías no tuvo otro remedio que encabezar las oraciones. Más que nadie resintió la ausencia de la mujer que era su brazo derecho. Las ojeras en la cara del cura causaban la impresión de que tenía amoratados los ojos por golpes. Su tez blanca, lo mismo que su grueso rostro, hacían resaltar aquellos bolsones negros. El cansancio era evidente en todo el regordete cuerpo del individuo que se movía de forma pesada. De manera incansable se dedicó a tratar de indagar los posibles rumbos por donde pudiese haber partido Dolores. De lo único que estaba convencido, lo mismo que la mayoría de la gente, es que Dolores prácticamente salió huyendo del pueblo sin dejar rastro alguno. O, por lo menos, eso era lo que demostraban las evidencias, habiendo desaparecido varias prendas de vestir del guardarropa de la mujer. El padre y un ejército de beatas, inquirieron a cuanta persona pudieron, lo mismo que revisaron cada uno de los lugares adonde le gustaba ir a Dolores. Pero al parecer, ciertos ados mágicos se confabularon para que nada ni nadie supiera de la misteriosa forma en que la mujer se había difuminado en el aire. Los días de insomnio, como consecuencia de ciertos asuntos escabrosos, provocaron en el cura un sentimiento de culpabilidad y de agotamiento. De forma cómplice, debido a los favores económicos procurados por el difunto patriarca, el padre mantuvo en silencio todo el asunto de la muerte de don Refugio García.

Al final de cuentas, todo se desbordó del mismo modo que revienta una presa al límite de su capacidad de contención de agua. Así pues, ya no tenía caso seguir callando, después que Epifanio se había enterado por terceros acerca de aquel pasaje oscuro de la vida de don Eustacio. El cura sólo se encogió de hombros y aceptó sin chistar todos los reclamos de Epifanio. En la mente del religioso se reprodujeron las imágenes del rostro de Gervasio. El tuerto, transmutado en demonio, era el que había dado al traste con todo. Como una auténtica pesadilla de horror, cada vez que el padre recordaba a Gervasio, era por la forma en que el rudo campesino lo había señalado con índice flamígero. A altas horas de la madrugada, el padre Elías se levantaba bañado en sudor, temeroso y con la creencia, una vez dictada la sentencia, de que en cualquier momento podía aparecer el energúmeno que habría de llevárselo al averno. Y de pronto, cayó en la cuenta de que la insoportable situación se estaba tornando ridícula. Él, que era la máxima autoridad de la iglesia en El Encanto, con toda su formación teológica y el apoyo incondicional del obispo del estado de Veracruz, no podía sucumbir ante el juicio de un ser de menor autoridad moral. En todo caso, para el padre y para la clase pudiente con la que se relacionaba en connivencia, el otrora campanero era más que un don nadie, indigno y vulgar. Así, una y otra vez, el cura repetía en soliloquio una serie de sinrazones tendientes a justificar su papel evangelizador y de encausador de almas, a pesar de sí mismo y con la convicción del crédito que le daba su envestidura. Pero el peso de su inexorable consciencia lo hacía padecer los suplicios de un condenado en vida. Pensaba que su existencia hubiera sido menos dolorosa de haber hecho votos de pobreza cuando era más joven, pero sus desgracias empezaron cuando se apropió de algunos bienes de los pueblerinos. Y su definitiva desdicha comenzó cuando reveló algunos secretos de confesión al recién fallecido patriarca, a cambio de jugosas prevendas materiales. De este modo, ya era muy tarde para lamentaciones, y el padre lo comprendía perfectamente. La amargura y el desasosiego día a día se fueron adueñando del hombre, y él sabía, muy en el fondo de su alma, que no era mejor que don Eustacio, Epifanio ni el presidente municipal. Simplemente era parte de lo mismo, pero con un disfraz diferente. De forma acelerada se avejentó, y el poco cabello que tenía se redujo a unos mechones blancos por encima de las orejas. Moralmente consumido y en un estado físico deplorable, fue la manera en que el padre arribó a casa de Epifanio, más a fuerzas que de ganas.

La amplitud de la sala, adornada de tapetes, cuadros y muebles de manufactura colonial mexicana, fue insuficiente para albergar a la cantidad de gente que se dio cita en casa de Epifanio. Los personajes de mayor importancia se encontraban comodamente sentados en sillones y sillas, y el resto de la gente tuvo que conformarse con secundar las oraciones del padre en la parte de afuera. Sin importarle lo que marcaba la tradición, el padre esparció agua bendita por diferentes rincones con el hisopo traído de la sacristía. Los pocos pueblerinos que tuvieron cabida en la sala, al observarlo, no daban crédito como en cuestión de días, el cura daba la impresión de ser un anciano inservible. Los Padres Nuestros, secundados por las Aves Marías, se escucharon en coro generando una especie de eco que recorría la sala hasta el patio que se encontraba repleto de gente. Por iniciativa de una beata, las personas portaban velas y, de pronto, todo aquello más bien parecía un festejo de las tradicionales fiestas de posadas. Sin embargo, en ausencia de la sacristana, a la ocurrente mujer le pareció que aquello era un detalle bonito que nadie tomó a mal. Si al padre se le había ocurrido utilizar uno de los utensilios de la iglesia, entonces ella también se sintió con el derecho de implementar alguna idea que permitiese hacer el evento más vistoso. Como autómata, el padre nunca se percató de lo que pudiera estar sucediendo en la parte de afuera de la casa. Él se encontraba concentrado en sus oraciones, y las personas estaban embebidas en fervientes jaculatorias, en las que ciertos sujetos alzaban la voz y, con rostros compungidos, trataban de hacer énfasis en que eran los creyentes más devotos de este mundo. A nadie le debía quedar duda de que estos individuos se comportaban como auténticos emisarios de Dios en la tierra, para orgullo y gusto del pueblo. Y en una soterrada competencia, otros más prefirieron no quedarse atrás. Pero aquella inspiración divina, en que los religiosos sentían que estaban a punto de despegarse del suelo, al poco rato llegó a su conclusión, pues el padre terminó con aquellas oraciones con toda la celeridad que le fue posible. Como pudo se despidió de Epifanio y sus invitados especiales, y sin prestar atención agitó la diestra en señal de adiós, mientras caminaba de prisa a través del patio de la casa. La gente lo vio pasar como un ánima extraviada en medio del tumulto. Y los prosélitos más fieles trataron infructuosamente de entablar conversación con el individuo a quien lo único que le importaba era llegar cuanto antes a la casa parroquial.

Una vez que el padre partió, la gente empezó a festejar de manera discreta en memoria del difunto. Sobre todo los hombres, se sintieron sin las ataduras que la sacristana les imponía. Y a pesar de su fervorosa fe, consideraron que nada tenía de malo en beber una copa de aguardiente en honor del finado. Después de todo, aquella era una ocasión especial, que no habría de repetirse en muchos años. Las cajas de licor arribaron de forma abundante a la fiesta luctuosa. Para la gente de mayor importancia se reservó el brandy, y el común de las personas ingirió aguardiente. Sin escatimar esfuerzos, Epifanio mandó matar una rez, lo mismo que un puerco y gallinas, para que nadie se quedara sin cenar. Entre sorbos de café, galletas, alcohol, y comida en abundancia, los pueblerinos se encontraban felices celebrando la forma cristiana en que se relacionaban unos con otros. Con orgullo sentían que no había pueblo mejor que el suyo. Y en nueve días, Epifanio quiso demostrarles que él no era el ser malvado que algunos mal intencionados pensaban. "Verdá de Dios-dijo uno de tantos campesinos entrado en copas-que Epifanio es rete a toda madre." Nadie, excepto Epifanio, podía granjear con tal generosidad a su gente. Apenas habían transcurrido un par de horas y grupos de mujeres y hombres connversaban animadamente en círculos alrededor de fogatas. Las miradas indiscretas de algún macho con una hembra no se hicieron esperar y, para algunas mujeres, aquella situación se empezó a tornar incómoda. Más de alguna trató de llevarse a su hombre tirado del brazo, pero pudo más el morbo y el vicio que otra cosa.

Modesto salió por un momento de la casa para tomar un poco de aire fresco. Al ver que las apuestas en el juego de baraja estaban sumamente calientes, se olvidó por completo de la esposa y su hija Lola, quienes se encontraban amenamente platicando con Epifanio y Carreño. En un principio, el presidente se arremangó las mangas de la camisa y, cruzado de brazos, se dedicó a observar, y sin saber a que horas ni cómo, formó parte de uno de tantos corrillos obsesionados por los naipes. En realidad el verdadero placer del presidente estaba al lado de los gustos del común de la gente de su pueblo. Las conversaciones entre aristócratas lo tenían sin cuidado, sin descontar que éste sentía que ya formaba parte de aquella clase. A pesar de ser un hombre importante y rico, el presidente hacía alarde de la forma en que aceptaba la amistad de los más humildes. Los apostadores lo trataban de asimilar de forma fatua, rindiéndole pleitesía, pero en el fondo sabían que el sujeto era un pésimo perdedor. Usurero hasta con su propia familia, no soportaba perder unos cuantos pesos. Cuando no estaba de suerte, de forma supersticiosa creía que iba a terminar en la bancarrota. Pero a pesar de su apego por el dinero, la atracción del vicio era más grande que sus fuerzas y, el día en que perdía, la familia era la que pagaba las consecuencias. No obstante, aquella velada fue el día de mayor suerte del presidente en muchos años. Cuando el adversario parecía tener la mejor mano, de manera milagrosa llegaba la carta que le daba el triunfo a Modesto, quien, como poseso enloquecido, atraía hacía sí el monte de dinero. La mayor parte de los individuos se encontraban ebrios, pero desde hacía rato que el hombre no tocaba la copa de vino que le habían servido cuando salió al patio. En las primeras horas de la madrugada los afortunados de otros grupos, después de haber dejado sin un solo centavo a los adversarios, se sintieron atraídos por retar a la atracción de aquella velada. Entonces, ya no era un pequeño círculo jugando a la baraja, sino una serie de círculos que convergían con aquel núcleo. Las expresiones de admiración eran notorias, por la forma en que el presidente vencía a uno y otro rival, hasta dejarlos prácticamente en la quiebra. Los rivales pidieron que se cambiaran las barajas, e incluso, mandaron traer cartas nuevas, porque pensaron que era inconcebible el modo en que el hombre estaba ganando. Pero aquella noche, fue de manera definitiva la mejor velada en toda la existencia del empedernido jugador. La aglomeración de hombres era impresionante, y hasta algunas mujeres, en contra de lo que dictaba la costumbre, se asomaron a ver cuáles eran los prodigios que tenían imantado a tal tumulto. Una mano anónima, que se introdujo entre aquel gentío, trató de llamar la atención de Modesto por la espalda, pero éste, sin recato alguno, ni siquiera se tomó la molestia de voltear a mirar quién lo llamaba. Ante la gran cantidad de dinero que el hombre había acumulado, Socorro comprendió que ningún poder de este mundo iba a ser capaz de arrancarlo de su lugar. Impresionada, la mujer de Modesto prefirió no insistir, ante las cuantiosas sumas del dinero que el marido había ganado. Dio la media vuelta y se enfiló de regreso a la sala en donde estaba su hija encantada con Epifanio. Carreño hizo lo propio y se desentendió de la pareja, atraído por una de las mujeres del pueblo. Al abogado le pareció atractiva y joven la mujer que le hizo algunos guiños, y pensó que no debía de perder aquella oportunidad.

Al entrar por la puerta principal de la sala, Socorro se dio cuenta que su hija no estaba. De la misma manera pudo percatarse de la ausencia de Epifanio y Carreño. Recorrió con la vista cada uno de los rincones de la amplia estancia, y tan sólo se topó con la presencia de algunas personas embebidas en sus propias conversaciones. Las pocas personas de la ciudad habían partido, y a la mujer no le quedó más remedio que preguntar por el paradero de su hija. Nadie le pudo dar una razón exacta, cuando de pronto arribó Carreño.

–¡Ay, que bueno que lo veo licenciado! ¿Tiene usted alguna idea en dónde pueda estar mi hija?

–Creo que dijo que iba al baño.

–Menos mal. Porque pienso que ya es muy tarde y nos tenemos que ir a la casa.

–Sí, comprendo señora.

Sin hablar nada más al respecto, ambos decidieron cambiar el tema de conversación. Se sentaron en el mullido sofá de la sala y pacientemente la mujer decidió esperar a que arribara su hija.

Con toda la discreción que les fue posible, Epifanio y Lola se pusieron de acuerdo. Ella hizo creer a varias personas que efectivamente iba al baño, y Epifanio hizo lo propio tomando por diferente rumbo, persuadido de las ideas que ella le metió en la cabeza. Sin que nadie sospechara nada, simulando a la perfección, los dos se dieron cita en un lugar harto conocido por ellos. Allí, la joven muchacha en el reciente pasado, saboreó por primera vez los besos y la pasión del hombre que le hizo perder su virginidad. Y, de sólo recordarlo, sintió que una especie de salpullido la hizo estremecerse de placer. Ocultos detrás de varios equinos de la inmensa caballeriza, se detuvieron en el espacio acondicionado con la mejor paja, y en donde las yeguas parían sus crías. Al mirar el lugar que ellos consideraban como su alcoba clandestina de predilección, rieron, pero enseguida guardaron silencio, hasta que Epifanio comprendió que ella debía expresarle una serie de razones.

–¡Bueno! Qué es eso tan importante y urgente que me tenías que decir.

–No es mucho.

–¿Y para eso me hiciste venir hasta acá? Más vale que lo que tengas que decir sea rápido. De seguro, tu mamá ha de estar esperándote. Y si nos tardamos mucho, la gente puede empezar a murmurar cosas.

–Mi mamá no importa mucho. A ella, como sea la convenzo. Y de la gente no debemos de preocuparnos tampoco. La mayoría andan borrachos.

–Está bien, pero habla.

-Bueno, mi amor, tú bien sabes que el niño que tengo es tuyo. También conoces como es mi papá de codo. Apenas si me quiere dar dinero a mí. Dice que mi mamá y yo le salimos muy caras.

-Si es eso lo que necesitas, te daré lo que te haga falta.

-Hay algo más. Desde hace tiempo siento como si ya no te importara. Ya no eres tan cariñoso conmigo.

Epifanio se retiró levemente el sombrero de la cabeza y se rascó el cráneo sonriendo. Comprendió que cuando Lola se ponía en ese plan, era porque en realidad sus necesidades sentimentales y fisiológicas la impulsaban a actuar de esa manera. A él le gustaba fingir haciéndose el desentendido, pero a la vez le causaba placer que su amante lo llevara a aquellos callejones sin salida. Él continuó con aquellas bobas sonrisas, dejándose regañar, y ella intuyó que lo había llevado al terreno donde más quería. Dos copas no eran suficientes para emborracharlo, pero si eran la medida adecuada para que el hombre sintiera que su cuerpo estaba más que a tono para cualquier empresa. El silencio así, envolvió a ambos, y sus miradas dejaron entrever en mudo lenguaje sus intenciones. Al parecer, el hambre y las ganas de comer se habían juntado. El chasquido de un beso y después otro, fue el preludio para que los amantes se trenzaran en apasionado abrazo, en que quedaron fundidos los alientos de ambos. Lola había esperado interminables semanas para aquel encuentro amoroso, y su fiebre era tan grande como su imaginación y deseo. Ella estaba dispuesta a conquistarlo por completo, y a demostrarle que lo de Lola Meneos se correspondía plenamente con su voluptuoso cuerpo. Los dos se depojaron brevemente de sus ropas. Con destreza ella alzó su vestido y le mostró a su amante una parte de sus desnudas piernas, cuando de pronto la mano de Lola se apoderó con urgencia de la ingente masculinidad de él. Lola le arrancó lo poco de ropa a su hombre, y él la despojó del vestido que le descubrió los encantos secretos de ella. "¡Mira mi cielo-con suave musitar expresó Lola-, tú puedes ser el único dueño de todo lo que ves! ¡Anda, cásate conmigo! Con astucia, ella posó de frente y de espaldas, revelando sin pudor todo el esplendor de su cuerpo. Aquellos excesos de volúmenes bien delineados eran para enloquecer hasta al más templado de los hombres. Ella abrazó y acarició a su amante dando rienda suelta a la imaginación, y sin pensarlo un segundo más se dejó avasallar del mismo modo en que las yeguas reciben gustosas el embate de un brioso caballo. Epifanio era el jinete que montaba a la yegua desbocada, quien agitaba las caderas con desmedido frenesí. Hasta que al fin, entre ayes y suspiros de dolorido placer, ella alcanzó el clímax en más de una ocasión y él se proyectó en completo éxtasis en el dulce abismo de la oscura profundidad de aquella diosa del amor. Los quejidos como especie de llantos permearon toda la atmosfera, y los equinos de la caballeriza se agitaron de un lado a otro de forma nerviosa, ante aquella escena de incontenible lujuria. Por unos cuantos segundos continuó el vaivén, y ninguno de los dos parecía desentenderse del asunto, pero poco a poco aquel volcán amoroso fue bajando de intensidad. El primero en desenchufarse fue él, y ella se quedó en el mismo lugar sin moverse, en espera de más.

-¡Apúrate, no te quedes allí!-dijo él mientras se vestía a toda prisa-Hace casi una hora que nos desaparecimos. Todo mundo debe andarse preguntando en dónde estamos.

-¡Está bien, ya voy!

Sin la más mínima gana de regresar a donde se encontraba toda la gente, de forma atolondrada y con el cuerpo adolorido, Lola se incorporó en ambas piernas. Un líquido pegajoso le escurría por el interior de los muslos, y no tuvo otro remedio que limpiarse con su ropa interior. Con desdén arrojó sus calzones a un costado de donde se encontraba, pero enseguida, Epifanio recogió la prenda y se aseguró que no quedara a la vista de nadie. A ella le causó risa y cierto enfado aquel detalle.

-¡A poco te preocupa mucho que alguien vaya a ver mis calzones por allí!

-No es eso, pero es mejor que nadie se entere que tú y yo nos vemos aquí.

-Todos en el pueblo saben que nosotros andamos juntos. Así es que, si lo sabe Dios, que lo sepa el mundo.

-A ti todo se te hace muy fácil.

-No es que se me haga fácil. Además aún no me has dicho si le vas a pedir mi mano a mis papás.

-Parece ser que eso es lo único en lo que piensan ustedes las mujeres.

-No, no es lo único. Ya pasó mucho tiempo desde que nació nuestro hijo, y tú me dijiste que me ibas a dar una respuesta.

-¡Vámonos mejor! Este no es el momento para hablar de esas cosas.

-Pero hay algo más que no te había dicho. No me ha bajado en dos meses, y presiento que otra vez estoy embarazada de ti.

-¡Carajo! No entiendo por qué te empeñas en hacer las cosas tan difíciles.

-Yo siento que tú ya no me quieres igual que antes. A lo mejor por eso no quieres que nadie se entere que tú y yo nos vemos aquí. De seguro aquí te vienes a ver con alguna de ésas mujercitas que dicen que tienes por allí.

-¡Qué! ¿Ahora me vas a hacer una escena de celos? Mejor vámonos, antes que me hagas perder la paciencia. Tú ve primero por delante. Después yo me voy a aparecer como si nada hubiera sucedido.

-Pero Epifanio, por favor comprende que….

-¡Ya! ¡Has lo que te digo! Te prometo que luego hablamos.

Lola dio la media vuelta y torció la boca haciendo una mueca de enfurecimiento, preguntándose en silencio por qué no podía ser feliz con el hombre al que estaba aferrada. Pensaba que ella, por encima de cualquier mujer del pueblo, podía hacer a Epifanio el hombre más dichoso. De tal manera partió en medio de cavilaciones. Y los rumores empezaron a corroerla, creyendo efectivamente que el cacique no era hombre de una sola mujer. Para su propia desgracia, un segundo hijo venía en camino, y aquellos tormentos amorosos, lejos de atenuarse, día a día se complicaban más. Cuando entró caminando a la sala, su madre la escudriñó de pies a cabeza como bicho raro. Lola estaba despeinada y traía torcido el escote del vestido, dejando entrever de forma notoria un seno más que el otro. Silente, y cuidándose de que nadie la viera, la madre sacó a la hija con un ligero empellón al patio.

−¡Ahora me vas a decir en dónde anduviste, canija muchacha!

−Estaba en el baño.

−¿Más de una hora en el baño?

−Sí. Estoy mala del estómago.

−A mí se me hace que estás mala de algo que tienes más abajo. ¡Vámonos! Tú y yo vamos a arreglar cuentas en la casa.

−Yo ya no soy una niña. ¿Qué no se da cuenta que ya soy una mujer? Además, como usté misma dice, a lo mejor de veras estoy mala de algo más.

−¡Cómo! ¡Qué estás diciendo diantre de muchacha! ¡Ahorita mismo me vas a explicar lo que acabas de decir!

Desquiciada por lo último que había dicho su hija, Socorro alzó la voz llamando la atención de algunas personas que se encontraban cerca. Al darse cuenta que la observaban, trató de guardar la compostura y tomó del brazo a Lola, convenciéndola de que era mejor partir, antes que escenificar un escándalo a la vista de todos. Lola comprendió que su mamá estaba decidida a todo y prefirió acceder, pues no quería verse avergonzada en público. De esa forma prefirieron guardar las apariencias y partieron a toda prisa.

XVII

Fue hasta el medio día cuando los campesinos del pueblo empezaron a vender y hacer queso la leche de la ordeña. La gran mayoría aún estaban ebrios o con una cruda que los hacía temblar de pies a cabeza. Y, de plano, no fueron pocos los que prefirieron no dormir, y de casa de Epifanio se fueron directamente a los establos en donde tenían el ganado lechero. Los más desafortunados se quedaron dormidos, y fueron los nietos o sobrinos quienes se encargaron de ordeñar a los animales que estaban al borde de la calentura con las ubres repletas de leche. De la misma manera, Lola tenía los senos adoloridos y agrandados por el embarazo que apenas empezaba. A su madre no le quedó la menor duda cuando pudo ver que efectivamente aquellos eran síntomas inocultables. De manera tenue los rayos del sol se filtraban entre la neblina, cuando las mujeres iban rumbo al molino y, del mismo modo que Lola no pudo ocultar que estaba encinta, tampoco la familia supo mantener la discreción.

Modesto estaba contento por la gran cantidad de dinero que había ganado la noche anterior. Pero a la vez el hombre se encontraba contrariado, entrando y saliendo a través de una pequeña puerta del molino a la casa. Con suspicacia, una que otra mujer preguntó si todo estaba bien. Y un tanto distraído, él no pudo darse cuenta de lo que se prefiguraba como la comidilla del día. Agotadas por el desvelo, al igual que mucha gente en el pueblo, Lola y Socorro se levantaron tarde. Pero apenas se habían puesto de pie, cuando empezaron los gritos y los reclamos. Modesto quiso simular que nada pasaba, dando a entender que aquellos gritos eran una simple discusión de mujeres. Al instante, dio la media vuelta y cerró tras de sí la portezuela que daba acceso al molino. Prefirió dejar a su nieto en compañía de una jovencita que se encargaba de atender a la gente, y fue a tratar de poner orden.

–¡Ya cállense! ¿Qué no se dan cuenta que sus gritos se oyen hasta allá afuera?

–Pos ya viene siendo hora que le pongas un hasta aquí a tu hijita.

–¡Qué quieres decir con eso, vieja!

–Quiero decir que tu hija ya perdió la vergüenza por completo. Ya ni siquiera disimula el modo en que se ve con Epifanio.

-No le veo nada de malo, si de todas maneras Lola se va a casar con él. Qué puede tener de malo que ellos se vean.

-Ya veo que tú no entiendes nada. ¡Claro! Cómo vas a saber lo que está pasando, si a ti lo único que te interesa es la baraja y el pinche vino.

-¡Mejor te callas! Sino hasta tú vas a pagar los platos rotos del desmadre que se traen entre manos. Además, deberías ·de estar contenta porque ayer gané mucho dinero, y ahora sí les puedo comprar lo que me habían pedido.

Hasta ese momento, con expresión mustia, Lola dejó que el alegato corriera por cuenta de los padres. Creía que así, podía evadir la responsabilidad que pendía sobre sus hombros. Incluso, trató de congraciarse con su padre, por los logros de él en los naipes. A pesar de ello, no logró su cometido, pues ya estaba advertida que no le pasarían otro error como el acontecido cuando nació su hijo.

-¡Bueno ya!-enfadado alzó ambos brazos Modesto-De una buena vez quiero que me digan por qué tanto enredo.

-Mejor que te lo diga tu propia hija. A ver si tiene los huevitos de decírtelo.

-¡Bueno! Es que yo…. Yo…

-¡Ya chingaos, acaba de una vez, antes de que me ponga más mohíno!

-Estoy esperando otro hijo de Epifanio.

Todo el rostro de la tez clara del molinero y presidente municipal, enrojeció de tal forma que daba la impresión que la sangre le iba a brotar por los poros. Intentó por todos los medios contener la ira, pero aquello era para él poco más que el fin del mundo. De pronto, en incontenible impulso, sintió que le estaban jugando una cruel broma. Prácticamente se arrancó el sombrero de la cabeza y lo arrojó por un rincón.

-¡Con una puta madre! ¿Así piensas que Epifanio se va a casar contigo? ¡Ya no quiero saber nada! ¡Orita mismo agarras tus cosas y te me largas de la casa!

-¡Pero papá, adónde voy a ir!

Lola y su madre estaban hechas un mar de lágrimas ante la decision del hombre.

-¡Lárgate con Epifanio! A lo mejor él te acepta en su casa.

-¡Pero viejo! ¡Comprende que no nos conviene lo que empiece a decir la gente! Ya ves cómo son de chismosos todos en este pueblo.

-¡A la chingada con la gente! Con eso o sin eso, de todas maneras hablan.

Cuando el dueño del molino salió por la misma portezuela por donde había entrado, se encontró con un nutrido grupo de personas que le dirigían sus miradas como un gran ojo vigilante, dándole a entender que estaban al tanto de todo. Y no podía ser de otra manera, pues los gritos del hombre se habían escuchado hasta la calle. Todo mundo parecía haber contenido la respiración, en espera de no perder el más mínimo detalle de lo que a todas luces era un escándalo más para los pueblerinos. Las personas se fueron dispersando sin que nadie preguntara nada, y cada quien tomó por el rumbo que mejor le convino, dando por hecho lo que era más que evidente.

Unas cuantas horas después, en medio de una densa neblina en donde apenas se podía distinguir el cuerpo de una persona, con todo sigilo, Lola arribó a casa de Epifanio. El zaguán estaba abierto y ella decidió atravesar el patio hasta topar con la casa. De forma tímida golpeó con los nudillos la puerta. Nadie respondió a su llamado. Entonces tuvo que preguntar a voz en cuello si alguien se encontraba adentro. Al poco rato salió una fámula que la conocía y le informó que Epifanio regresaría en un rato. La mujer de la servidumbre le permitió a Lola entrar a la sala, y comprendió que aquello no era una simple visita, pues Lola llevaba consigo un pequeño veliz. Con malicia, la vieja miró de reojo el equipaje de Lola, y se retiró dando la media vuelta. Lola se sentó en el sofá que le pareció más cómodo y decidió esperar. Con curiosidad sus ojos recorrieron de uno a otro rincón, admirando las porcelanas finas y los cuadros con paisajes. De pronto, su vista se detuvo ante un daguerrotipo en donde el recién difunto estaba montado en un hermoso caballo. Asimismo pudo observar el cuadro con la imagen del occiso Epifanio. Entonces pudo comprender plenamente que no era mentira cuando los más viejos afirmaban el tremendo parecido entre el hijo y el occiso. También el barandal de caoba, al costado de la escalera que conducía al segundo piso en donde se encontraban los cuartos, le pareció bello. Sin duda, en aquella casa había objetos de mucho valor, y de pronto ella pensó que podía ser la dueña de todo aquello. Lo único que tenía que hacer Epifanio era de una buena vez darle el sí. Y ella estaba dispuesta a lo que fuera, con tal de que él se dicidiera a aceptarla como su mujer en matrimonio. Varios suspiros salieron de los más hondo de su ser cuando empezó a meditar en qué tan cerca pero a la vez qué tan lejos se encontraba de su cometido. Súbitamente, los golpes de alguien en la puerta despertaron a Lola de las reflexiones en que se encontraba sumida. Por un instante creyó que podía ser Epifanio, pero de inmediato razonó que no tenía lógica lo que pensaba. Enseguida se levantó del sillón y rápidamente fue abrir. Una mujer se empezó a descubrir la cabeza de un reboso, y Lola no supo distinguir de quién se trataba. Pero en cuanto la mujer puso su rostro totalmente al descubierto, Lola se dio cuenta con sorpresa que frente a ella se encontraba Ángeles García. Asustada, y sin saber por qué, Lola no supo qué decir, hasta que fue Ángeles quien se decidió a estrechar la mano de la otra en señal de saludo. Lola externó una nerviosa sonrisa y no despegó la mirada de Ángeles, al momento que las manos de ambas quedaron suspendidas en un apretón que duró varios segundos. En alguna ocasión, las dos se habían encontrado en la iglesia y, sin podérselo explicar plenamente, una silente simpatía había surgido entre ellas. La similitud física, lo mismo que el carácter, las había atraído. No obstante, sin decirlo, Ángeles intuyó cuáles eran los motivos que provocaban aquella mutua atracción. Cuando ingresó a la sala, se dio cuenta que la muchacha se encontraba postrada, como huérfana en espera de que alguien tuviera la caridad de recogerla. El veliz, discretamente acomodado en un rincón lo explicaba todo. Y Lola se percató del modo en que Ángeles observaba aquel veliz, de tal forma que las palabras salían sobrando. En un impulso espontáneo, a Lola se le llenaron los ojos de lágrimas, y Ángeles la estrechó en un maternal abrazo.

–Comprendo por lo que estás pasando hija. Creo que hasta en eso nos parecemos tú y yo.

–¿Usté también pasó por lo mismo, doña Ángeles?

–¡Claro, hija! Yo también viví una experiencia muy amarga, al lado del hombre que fue precisamente el padre de Epifanio.

–¡Ay, por Dios Santito, por favor no me diga usté eso!

–No te quiero asustar, hija, pero desde ahorita quiero que sepas que los hombres que han gobernado este pueblo no tienen corazón. Ojalá que Epifanio tenga la hombría de aceptarte como su mujer. No te deseo nada malo, pero te aseguro que yo lo conozco mejor que nadie. Al fin y al cabo es mi hijo.

–¡Ayúdeme, ayúdeme por favor, doña Ángeles! Usté bien sabe que tengo un hijo de Epifanio. Y mi papá me corrió de la casa porque ya sabe que estoy esperando otro hijo de él mismo.

–¡Ay, Lola! ¡Mira el tremendo lío en el que te has metido! Haré lo que pueda, pero no te garantizo nada.

–¡Gracias, muchas gracias doña Ángeles! Sea como sea, yo siempre le voy a agradecer lo que usté pueda hacer por mí.

En genuflexión, apoyada sobre una sola rodilla, Lola tomó ambas manos de Ángeles y las besó como si se tratáse de un verdadero ángel enviado del cielo en su ayuda. La muchacha estaba desesperada y cualquier palabra de aliento, o la más mínima esperanza, tenían un gran significado para ella. Ángeles se dio cuenta que la muchacha se encontraba verdaderamente compungida y, de nueva cuenta, la atrajo hacia sí y la volvió a abrazar en gesto de solidaridad. Al fin, Lola sintió que alguien la comprendía de manera auténtica, y se aferrró a todo el cuerpo de Ángeles como nunca lo había hecho ni con su familia. Las lágrimas escurrieron por el rostro de Lola, y Ángeles sintió como caían gota a gota en sus hombros ligeramente descubiertos. Aquella catarsis no podía quedarse sin una respuesta sincera y, simultáneamente, los recuerdos se le revolvieron en el corazón a Ángeles, provocando su llanto. Los rostros de ambas se juntaron y sus lágrimas de mezclaron, hasta que las dos sintieron como se humedecían mutuamente. En fracción de segundos, en un destello inconsciente, a Lola le pareció que era maravillosa la sensibilidad de Ángeles. Sintió que nadie, hasta ese momento, podía apreciar el dolor que la atormentaba. Las dos mujeres se encontraban suspendidas y plenamente identificadas como criaturas del mismo dolor, cuando, despertadas del letargo en el que habían caído, prácticamente dieron un brinco y se separaron una de la otra. En el acceso a la sala se escucharon voces de hombre, y todo aquel rito fue roto de forma un tanto grosera.

-¡Qué hacen ustedes dos allí paradas!-sin la más mínima contemplación, fue el modo en que Epifanio abordó al par de mujeres-Desde cuando se toman la confianza de llegar así a mi casa.

-¡Tú ya no tienes remedio, Epifanio!-con gallardía, Ángeles se limpió las lágrimas, al momento que respondió a los denuestos del hijo-En lugar de saludarnos y preguntarnos el motivo de nuestra visita, como siempre, lo primero que haces es agredir a la gente.

Con un movimiento de cabeza y ojos, Epifanio le dio a entender a sus pistoleros que debían salir de inmediato. Carreño, se encontraba ligeramente atrás de Epifanio, y también comprendió que aquella era una discusión de familia. La víspera, el abogado y flamante diputado, aceptó de buen grado el ofrecimiento que le había hecho Epifanio, en relación a la compra de unas fincas en El Encanto. En un principio, al abogado no le atrajo mucho la idea, pero al final, después de haberse entendido muy bien con una de las mujeres del pueblo, le pareció que aquella era una propuesta excelente. Por tal razón, Carreño había decidido quedarse unos cuantos días más en el pueblo. Pero la inesperada visita del par de mujeres, tomó a los hombres por sorpresa, y Carreño decidió que el tampoco tenía vela en ese entierro. Con un breve movimiento de cabeza se despidió y de inmediato partió al patio.

-Primero-dijo implacable Epifanio-, dime que haces aquí, Lola. Se supone que tú y yo habíamos quedao en algo.

-Entiendo lo que me quieres decir. Pero mis papás ya saben todo. Y mi papá me corrió de la casa.

-¿Y piensas que puedes quedarte en mi casa, así como así?

-Perdóname, Epifanio! Por lo menos déjame quedarme esta noche en tu casa. Yo no tenía adónde ir, por eso vine aquí.

-¡Está bien, está bien! Ustedes las mujeres siempre se salen con la suya. Sube a una de las recámaras y después hablamos. ¡Apúrate, no te quedes ahí como boba!

En completo silencio, obsecuente y cabizbaja, casi de puntitas para no hacer ruido, con el veliz en la diestra Lola ascendió los escalones que se encontraban adornados por una franja de tapete multicolor. Al llegar a una de las recámaras del segundo piso, cerró tras de sí la puerta, dejando constancia de que se había encerrado en la habitación. No obstante, apenas habían cruzado unas cuantas palabras el hijo y la madre, Lola se repegó a la puerta, para tratar de saber a que obedecía la solemne visita de Ángeles. A pesar de que la joven muchacha se esforzó en escuchar, sólo pudo percibir partes de aquella conversación. Fue así que, con toda sangre fría y conteniendo la respiración, Lola giró la manija que dejó entreabierta la puerta. La curiosidad superó al miedo y, desde el primer momento en que topó con Ángeles, comprendió que aquella no era simplemente una visita de cortesía. La última vez que Lola había visto a Ángeles, fue en la misa en honor de don Eustacio. Del mismo modo que la mayoría de los pueblerinos, Lola se encontraba consternada con una gran cantidad de preguntas en la cabeza. Desde entonces, Ángeles se ausentó de forma un tanto extraña. Y Lola presintió que el incidente entre Carreño y Ángeles, era precisamente el motivo del encuentro entre madre y vástago.

-Me parece-cáustico expresó, Epifanio-que usté no tiene nada que hacer en esta casa. Sobre todo, cuando ni siquiera se tomó la molestia de pararse en la iglesia y el panteón, después que murió mi apá. Siquiera por respeto, no debería de venir aquí.

-¡Y tú, hijo! ¿Tú eres el que me vas a hablar de respeto? ¿Cuándo ni siquiera tienes la decencia y cortesía sobre el modo en que debe ser tratada una mujer? En primer lugar, fíjate como te comportas. Mandaste a Lola a una de las recámaras como si fuera tu sirvienta. Y a mí, que soy tu madre, prácticamente me estás echando de tu casa. Además, que no se te olvide que Lola espera otro hijo tuyo. Espero que seas lo suficientemente hombre para responderle.

-¡Yo sabré lo que hago con mi vida! Ya estoy bastante grandecito como para soportar estos sermones. Si eso es todo a lo que vino, mejor váyase por donde llegó.

-¡No, eso no es todo a lo que vine! Seguramente, tu amigo Carreño, ya te informó acerca del anillo que era propiedad de mi padre.

-Sí, ya me dijo. Y yo qué tengo que ver con todo eso.

-Tú, nada, pero el difunto don Eustacio mucho. Porque el fue el que mató a mi padre.

Lola se tapó la boca y sintió que las piernas no la podían sostener. Una expresión de horror se dibujo en el de por sí atribulado rostro. Y se dio cuenta que el asunto era más grave de lo que ella imaginaba. De pronto le dieron ganas de correr al baño, pero al instante comprendió que su posición de espía no se lo permitía.

-¿Y usté cree-con cinismo repuso Epifanio-que porque mi difunto apá le regaló a Carreño un anillo que era de don Regufio García, eso es prueba suficiente para hacer una acusación así?

-¡No sólo lo creo! Estoy convencida que el anillo es una prueba contundente de lo que afirmo. Además, hay otras evidencias.

-Pues podrá usté tener todas las pruebas del mundo, pero mi apá ya está muerto. A no ser que usté piense hacerle un juicio en su tumba.

-No, no puedo hacer eso. Lo que si puedo hacer es que la gente de este pueblo se entere de una buena vez la clase de calaña que son ustedes los Martínez. Ustedes son los que han hundido y denigrado a El Encanto.

-¡Haga lo que se le dé la gana! ¡Y ya váyase de una vez!

Con una expresión de amargura y disgusto reflejada en la cara, Ángeles dio la media vuelta, al darse cuenta que al monstruo que tenía enfrente no lo conmovía nada. Con paso firme, ella se alejó de aquella casa, al momento que Epifanio la siguió con la mirada, cruzado de brazos y con una de las cejas enarcadas. Pero en cuanto la madre se desapareció por el zagüan, Epifanio pegó un tremendo puñetazo en contra de la pared. Lola dio un pequeño salto y despertó de la especie de pesadilla en que se encontraba inmersa. Con el mismo sigilo que había abierto la puerta, la cerró. Y comprendió, con miedo, que además de cínico, Epifanio podía ser un hombre cruel y despiadado. En ningún momento, ella pudo constatar que el hombre al que quería, se inmutara ante los delicados señalamientos de que era objeto. Apenas unos minutos después, Lola escuchó el murmullo de voces de hombre, y también alcanzó a percibir las carcajadas de Carreño y Epifanio, en franca burla. Para ella, aquello no tenía nada de gracioso, sin embargo, los dos hombres se reían como si nada hubiera ocurrido. De pronto bajaban la voz en franco conciliábulo, pero a ella le pareció que ya había escuchado más de lo debido, y se desvistió hasta introducirse en la cama. Lloró y comprendió que no iba a ser nada fácil convencer al hombre con el que, más que amarlo, estaba encaprichada. Ella era la hija de uno de los hombres más ricos del pueblo, pero además, su padre como presidente municipal, le había dado el estatus que la hacía creerse por encima de muchas mujeres.

Las voces fueron en aumento y, al poco rato, ya no sólo conversaban Carreño y Epifanio, sino se unieron en coro las conversaciones de mujeres y hombres. Los nudillos de una mano llamaron a la puerta de Lola, y ella se dio cuenta que Epifanio la estaba apresurando a prepararse. Los rezos estaban a punto de dar inicio y ella se volvió a vestir. Se había olvidado por completo del novenario y, a la brevedad, se dispuso a ayudar a las fámulas que servían café y galletas. El padre Elías estaba ausente, pero en su lugar había mandado a la beata que la víspera se le había ocurrido encender velas. Todo mundo, incluido Epifanio, aceptaron las excusas del padre que se encontraba enfermo. Y el padre prefirió guardar reposo, pues el dolor de cuerpo y la calentura lo tenían completamente abatido. De tal suerte, la beata designada para el caso, llegó con gran orgullo a precidir la ceremonia, con una biblia enorme en una de sus manos. La mujer se puso al frente de aquellos rezos, y con toda la solemnidad que le fue posible, tomó el lugar que Dolores había dejado vacante. Así, la hembra de negro, se ilusionó al pensar que ella podía asumir sin mayor problema el papel de sacristana. Inclusive, algunas mujeres dejaron entrever que la podían apoyar en su cometido. En unos cuantos días, en que Dolores se había borrado de la faz de la tierra, ya empezaban a surgir las candidatas que la sustituyeran. Y, doña Piedad, parecía ser la candidata idónea. Haciendo honor a su nombre, la mujer daba la impresión de estar impregnada de auténtica piedad. Compungida hasta las lágrimas, logró conmover e imbuir a todos de fe religiosa. A pesar de todo, Epifanio tenía una cara de aburrimiento que apenas podía disimular. Y Carreño se encontraba impasible, como si le diera lo mismo que toda aquella gente rezara con devoción. Lola estaba en medio de la gente, y con disimulo alzó la cara, cuando se dio cuenta que sus padres de encontraban en un extremo de la sala. Pero los dos la miraron, del mismo modo que si no miraran nada. Entornando los ojos, y mirando ocasionalmente hacia el techo, Epifanio no quería otra cosa que terminar de una vez con aquello. De esta forma, Lola pudo darse cuenta que a Epifanio lo tenía sin cuidado el acto luctuoso. Pero la apariencia, antes que nada, dictaba cuales eran las normas correctas de las buenas familias. Y aunque a Epifanio le importaran un bledo todos los santos y santidades celestiales, nadie podía poner en tela de juicio su vocación de hombre cristiano y creyente. Eso era lo más conveniente para su imagen. Y si de imágenes se trataba, él, mejor que nadie, sabía que debía contribuir a favor de su propia imagen. Por eso, y no por otra cosa, es que el individuo toleraba que más de medio pueblo se diera cita en su casa. Los gastos de darle de comer y beber a tanta gente, de manera abundante, pronto los habría de recobrar el cacique. Y, de cualquier manera, eso era lo que más les encantaba a los pueblerinos. No les importaba disfrutar de unos cuantos días al año, aunque el resto de sus vidas las vivieran como parias al servicio de los caprichos de Epifanio.

En medio de rezos y con expresiones que denotaban total arrepentimiento y ruegos por el alma del difunto, unos y otros estaban convencidos de que esta era la mejor manera de ser buenas personas. No obstante ello, a los individuos les interesaban más los asuntos terrenales. La madre de Lola inclinaba la cabeza y cerraba los ojos absorta de pasión espiritual, sin embargo, por la rendija de un ojo semiabierto se daba perfectamente cuenta de todo lo que ocurría a su alrededor. Don Modesto murmuraba y movía los labios como si rezara, pero en realidad hacía cuentas de todo el dinero ganado en el juego. Y, al igual que Epifanio, sentía que aquel ritual se estaba prolongando más de lo deseado. Ocasionalmente, pensaba en su hija, pero en realidad eso era lo que menos lo tenía con cuidado. El presidente municipal, de antemano sabía que si Epifanio no estaba dispuesto a comprometerse, por lo menos no dejaría a su hija en el total desamparo. Y, eso, para el avaro individuo, era motivo de regocijo, porque al menos ya no tendría que disponer de grandes sumas de dinero en atuendos para Lola. A su vez, Lola observaba a sus padres, a sabiendas que estaban ocupados en sus propios asuntos. Ella estaba empecinada también en lo propio. Empezó a cavilar mientras miraba a las personas, y en soliloquio se convenció que lo mejor que le podía ocurrir era pasar el mayor número de días en casa de Epifanio. Quizá, se dijo a sí misma, el hombre terminaría por aceptarla y hacerla en forma definitiva su mujer. Por otra parte y, con toda sinceridad, se sintió agradecida por la forma en que Ángeles había intercedido a su favor. Muy a su pesar, un escalofrío recorrió su cuerpo, cuando recordó la forma en que había reaccionado Epifanio ante los severos señalamientos de que fue objeto. Y peor aún, presintió que sus ilusiones podían desvanecerse en el viento, del mismo modo que se desvanecieron las de Ángeles con el otrora occiso. Sin habérselo propuesto, en algún rincón de la amplia estancia, la mirada de ella se topó con un descolorido daguerrotipo de familia. El cuadro, que contenía una parte del linaje de familia, mostraba a algunos de los descendientes de la insigne familia. Epifanio aún era un niño. Y el padre de éste, era la viva imagen del Epifanio del que Lola estaba convencida sería su marido. Pero un hado funesto, de pronto, a pesar de lo que ella creía, la hacía caer en la cuenta de la cruda realidad que Ángeles le había pintado en simples y llanas palabras. Y una catarata de preguntas surgió en su cabeza, ante las evidencias que, poco a poco, parecían reducirse a dolorosas verdades. De tal guisa, se concentró con todas sus fuerzas, y rogó a Dios que sus más caros anhelos se le cumplieran, aunque en ello tuviese que empeñar la vida. Ya había pasado por una primera humillación cuando fue corrida de su casa. Y, después de todo, se encontraba en el lugar donde realmente quería estar. Lo que no podía tolerar, era la idea de ser echada de la casa del que se suponía iba a ser su marido. Más que ninguna otra cosa, eso era lo que más la preocupaba. Su orgullo podía quedar pizoteado hasta convertirse en el hazmerreír de la gente. La principal preocupación de ella y su madre, era precisamente quedar en entredicho con toda la gente del pueblo. Ellas, que ya empezaban a saborear la dicha de sentirse gente de alcurnia, por encima de la chusma del poblado, bajo ningún concepto iban a reconocer la idea de ser ninguneadas. Eso era lo que a la larga habría de constituir el auténtico motivo de sus desvelos y desdichas. Por tal razón, Lola debía actuar pronto, haciendo gala de toda la astucia que le fuera posible. Su amor o capricho, sólo podía verse coronado en el momento que Epifanio la llevase de blanco al altar de la iglesia. Esa era la única manera de demostrarle a todo mundo que ella había salido airosa de aquella batalla.

El último amén salió de la boca de Piedad, y Epifanio sintió un gran alivio, arrojando una bocanada de aire. Apenas habían pasado unos cuantos minutos, cuando ya era visible la ausencia de varias personas. Los más viejos aún estaban sentados con modorra en la sala, exaltando las virtudes del anfitrión. Pero a los más jóvenes todo aquello los tenía sin cuidado. Se empezaron a formar círculos de personas en el patio y, al calor de fogatas, salieron a relucir como en noches anteriores las barajas y dados. Con visible júbilo en el rostro, cada cual se integró al grupo que mejor le convino, o en donde pensaban obtener los mejores dividendos. Modesto empezó jugando a los dados, pero en tres partidas perdió todo cuanto había apostado. Encolerizado se alejó de aquel grupo y decidió tomarse unas copas. Al poco rato regresó, pero en la baraja tan sólo fue un poco mejor su suerte. Ganaba una mano y perdía dos, o ganaba dos y perdía una. Pero al final de cuentas, se percató que estaba empezando a echar mano del dinero que en otra noche había ganado. Pensó retirarse, pero un campesino le picó la cresta cuando le dijo: "¡Espérate, compadre, no te rajes! Tan siquiera déjanos recuperarnos tantito de todo lo que nos has despelucao". Muy a su pesar, Modesto aguantó el reto. Una y otra vez se levantó a orinar y seguir bebiendo. Y, al poco rato, ya no sabía porque las cosas empezaban a darle vueltas, del mismo modo que la suerte le había dado la vuelta. "¡Con una puta madre- repeló colérico-, nunca había estao tan salao!"

XVIII

Sin aparente razón, el palacio municipal se había mantenido cerrado hasta el final del novenario de don Eustacio. Pocos lo querían confesar, pero la realidad era que el presidente traía una borrachera de una semana. Apenas lo quería alcanzar la cruda, cuando enseguida, se tomaba una copa y de ahí la siguiente y la siguiente, hasta estar de nueva cuenta en completo estado etílico. Los congales del pueblo fueron demasiado pequeños para los desmanes de Modesto. No sólo había perdido todo el dinero que había ganado en los naipes, sino que empezó a echar mano del propio pecunio. Empecinado en querer recuperar lo que había dilapidado, se metía en cantinas en donde empeñaba hasta la camisa. A tal grado llegó su locura, que su mujer le tenía que esconder el dinero de las ganancias del molino. Aquella situación se había salido completamente de control, cuando Epifanio se vio forzado a traer a Modesto por medio de los pistoleros, completamente a rastras. De la misma manera, Socorro lo sacaba de cantinas y lupanares a base de empellones. Un día, en que Modesto parecía restablecido, fue ayudado por su esposa a abrir el palacio municipal. El hombre parecía que volvería de forma normal a sus funciones. Y, ante la sorpresa de todos, nadie supo a que horas se había escapado el individuo por la puerta de atrás, para volver a las mismas. La gente entraba y salía del inmueble, pero de pronto se dio cuenta que no había quien despachara los asuntos acumulados por medio de alteros de documentos que tapaban por completo el escritorio de la autoridad del pueblo. Desde actas de defunción, hasta actas de matrimonio y nacimiento que requerían de la firma del presidente. Entonces, Epifanio ordenó a uno de los síndicos firmar y darle trámite a toda la documentación amontonada.

Por su parte, Epifanio ya no sabía que hacer ante los llantos y súplicas de Lola. En cuanto terminó el novenario, la convenció de que viviera en una de tantas casas que él tenía en el pueblo, bajo la promesa de que enseguida se casarían. Ella aceptó a regañadientes, pero los días pasaron sin que se llegara la hora señalada. Y lo peor de todo fue la vergüenza que sintió cuando pudo observar desde una de las ventanas donde habitaba, el modo en que su madre sacaba a Modesto de una y otra cantina. También desde ahí, pudo darse cuenta de la manera en que las mujeres murmuraban apostadas en una esquina, en franca burla de quien se ostentaba como la máxima autoridad del pueblo. Así fueron transcurriendo las semanas y los temas de conversación eran más que abundantes. Las lágrimas de ella, entonces, fueron de franca amargura y decepción, cuando pudo darse cuenta que no eran mentiras lo que a sus oídos llegaba. Con una barriga tremendamente pronunciada, Lola se dio cuenta como sus senos también eran más grandes cada día, y pudo constatar el modo en que algunas muchachas le coqueteaban a Epifanio. Los celos la estaban haciendo pedazos, pero a la vez comprendió que ella ya no podía darle a su hombre lo que tanto apetecía, debido a su avanzado estado de embarazo. De tal talante, las discusiones y los reclamos de parte de ella hacia él se hicieron más frecuentes. Consecuentemente, el enfado provocó que Epifanio no se parara en días por la casa en donde vivía la que se suponía sería su futura esposa. Y el morbo, de la mano de la malicia, provocó que una de aquellas resbalosas tuviera el atrevimiento de jugar una apuesta con las amigas. La mujer apostó a que Epifanio nunca se casaría con Lola. Aun con su avanzado embarazo, ella se empeñó en no darse por vencida. Y en una noche de ira, con una panza que casi le llegaba a las rodillas, tuvo la osadía de ir a vigilar cada uno de los movimientos de Epifanio. Escondida en un granero contiguo a las caballerizas, esperó dos horas para comprobar sus sospechas. Nada había pasado en anteriores días en que se dedicó a espiar. Pero aquel día, en medio de la penumbra y detrás de unos tablones a través de cuyas rendijas podía observarlo todo, pronto pudo comprobar lo que tanto temía. El ruido de una rata entre el pajar, despertó a Lola de su estado somnoliento. La oscuridad era completa y, al darse cuenta que sólo se trataba del animal, pensó que su suerte no sería mejor. Para su propia sorpresa, enseguida escuchó de manera poco audible los ruegos de placer de una mujer, y de ahí la incontenible lujuria.

-¡Ay, papacito, sígueme encuerando y hazme todo lo que me gusta!

Cuando Lola escuchó las formas tan libidinosas de la mujer, sintió que la rabia la volvía loca. Encarrerada salió de su escondite y enseguida que empuñó una pala que encontró a la mano, pegó tremendo aullido.

-¡Hijo de puta! ¡Así te quería encontrar desgraciao! ¡Revolcándote con esta putilla barata!

Encolerizada, la mujer se deshizo de los brazos de Epifanio y se le fue con todo encima a Lola, pero Lola la recibió con un palazo en la cabeza que casi la mata. Como un pesado fardo, la mujer azotó a un costado del improvisado lecho. Desnuda rodó por el suelo, presa del dolor y de los chorros de sangre que le escurrían del cráneo. Con los ojos que casi se le salían de sus órbitas, al mirar el demonio que tenía enfrente, Epifanio se incorporó con agilidad y de un manotazo pudo desarmar a Lola.

-¿Estás loca o que chingaos te pasa?-gritó Epifanio al momento que arrojó la pala a un lado-¿Qué no ves que casi la matas?

-¡Qué poca madre tienes!-enloquecida gritó Lola, al momento que arañó una de las mejillas de él-¿Todavía te atreves a defenderla?

Con la rabia dibujada en el rostro por el araño recibido, Epifanio forcejeó con Lola, sujetándole ambas muñecas. Incapaz de ponerla en paz, le pegó una bofetada y ella cayó dándose un tremendo sentón.

-¿Esta es la manera en que tú sabes tratar a una mujer embarazada?-los llantos le escurrían por todo el rostro-Bien dijo tu madre que ustedes los Martínez no tienen corazón.

-¡Ya cállate, si no quieres que te dé otra cachetada!

-¡Ándale, atrévete, poco hombre!

-¡A ver, tú!-Epifanio ordenó a la otra mujer-¡Vístete y vete de aquí! Ya después hablamos.

-Es que la sangre no se me para.

-¡Toma, límpiate con mi camisa y vete ya!

Obsecuente, la mujer hizo lo que se le ordenaba. Epifanio tomó de un brazo a Lola e intentó llevarla a una de las recámaras de la casa, con los botines y el pantalón medio puestos. Lola aún se encontraba en estado de ira e indignada, se deshizo de la mano que la sostenía y prefirió caminar sola rumbo a su casa. Epifanio se encogió de hombros y la dejó partir como ella quería. Mientras caminaba por la calle, tuvo la rara sensación que todo había terminado entre ellos dos. Llegó al lugar en donde vivía y entró por la puerta trasera. Y en cuanto traspasó el umbral de la puerta, los llantos y los gritos de dolor se sucedieron de manera incontenible. Enloquecida, volteó la mesa del comedor, rompiendo trastos y todo lo que encontraba a su paso, al momento que maldecía a Epifanio a los cuatro vientos. Sacó una fotografía que tenía de él en un cuadro y la hizo pedazos. Y, por un instante, al mirar uno de los cuchillos de la cocina, por su mente pasó la loca idea de quitarse la vida. Pero a pesar de su delirio, cayó en la conclusión que al quitarse la vida, también atentaría contra la vida del hermoso ser que llevaba en sus entrañas. Entonces se sintió la mujer más culpable del mundo y, con profundo dolor y llanto, se preguntó a sí misma qué culpa podía tener un niño de todas sus estupideces. En un último impulso, con el cuchillo que tenía en la mano, rasgó y prácticamente despanzurró uno de los sillones de la sala. Mientras enterraba el artefacto metálico en el sillón, como posesa, se imaginó que era Epifanio a quien mataba, del mismo modo que él mató la pasión que ella sentía. Terminó por arrojar el cuchillo en un rincón y, como ida, se sentó entre la borrasca a esperar a que amaneciera.

En poco tiempo, la penumbra dio paso a la luz. Y así como fue de oscura la noche, la mañana empezaba a lucir plena y radiante. A la distancia se empezaron a escuchar los cantos de gallos, anunciando el advenimiento de un nuevo día y también se empezó a escuchar el alboroto de puercos y el mugido de vacas en espera de alimento. Por un costado de la casa de Lola, Gervasio iba con paso lento cargando un asadón, con rumbo a la labor en el campo. Al desviar ligeramente la vista del camino, él pudo darse cuenta que la casa de la joven mujer encinta denotaba algo extraño. Al acercarse, pudo constatar que en una de las ventanas, la cortina se encontraba ligeramente ladeada y uno de los extremos se encontraba hecho girones. El hombre se quedó un tanto consternado, de tal manera que por su cabeza pasaron los peores pensamientos. Él sabía que ahí vivía Lola y, al observar por otra ventana, pudo constatar que dentro de la vivienda había un total revoltijo y objetos rotos. Rápidamente caminó alrededor de la casa, y pudo darse cuenta que la puerta del patio de atrás se encontraba ligeramente abierta. Golpeó con los nudillos en una ventana y también llamó a Lola. Como respuesta obtuvo un completo silencio que dio paso a la alarma. Así fue como se decidió a entrar sin pedir permiso. Empuñando el asadón a manera de arma, con pasos sigilosos atravesó la cocina que era un perfecto desorden lleno de destrozos. Cuando Gervasio entró a la sala, lo primero que saltó a su vista fue el gran cuchillo de cocinar arrumbado en un rincón. En completo estado de alerta, tensó cada uno de los músculos de su cuerpo, en espera de que en cualquier momento lo atacara el posible intruso oculto en alguna parte de la casa. Al revisar cada uno de los detalles, pudo percibir el brazo y la blanca mano de una mujer que yacía en el suelo. El cuerpo se encontraba medio oculto a un costado del sillón y ligeramente tapado por la borrasca del mueble destripado. Al mirar la cara de ella, Gervasio pegó un pequeño salto de sorpresa.

-¡Señorita Lola! ¿Está usté bien?-él agitó ligeramente el cuerpo de ella, tomándola de los hombros, al ver que no respondía-¡Por favor hábleme! ¡Diga algo!

Repentinamente, la joven mujer abrió ambos ojos llena de sorpresa. A Gervasio también se le agrandó el único ojo que tenía, y ninguno de los dos sabía a ciencia cierta cuál era el más sorprendido. El rudo campesino retiró ambas manos de los hombros de ella, y los dos se quedaron mirando por breves segundos, antes que ninguno se atreviera a decir nada.

-¡Qué hace usté aquí, don Gerva!

-Lo mismo le quisiera yo preguntar, señorita Lola. O más bien quisiera yo preguntarle que fue lo que pasó.

-Nada. No pasó nada. Yo sólo me quedé dormida.

-Pero, Lola, su casa está hecha un desastre. Yo me asusté reteharto cuando entré y vide que todo estaba patas pa arriba. Por Dios santo que yo creiba que a usté le había pasao algo, cuando la encontré ahí recostada en el suelo.

-No se preocupe don Gerva. Yo estoy bien. Lo que pasa es que a veces pienso que este maldito pueblo, como dice doña Dolores, está agarrao del demonio.

-Debe haber sido muy malo lo que le pasó pa que piense así y en su casa haiga tantos destrozos.

-Sí, es muy malo don Gerva. Figúrese usté que yo creo que me voy a quedar sola, con el chiquillo que ya tengo y con el que viene en camino. Bien me dijo doña Ángeles que ese maldito de Epifanio es un hombre sin corazón. Todos en el pueblo decían que se andaba metiendo con otras mujeres, y yo no lo quería creer hasta que lo agarré en las andadas con otra. Por Dios que de sólo acordarme me está empezando a dar mohína.

-¡Ah! Pos ora ya entiendo por qué tanto desbarajuste en su casa.

-Sí, yo misma fui la que hizo todo esté rompedero de cosas. Ora ya sé que Epifanio no sólo me engaña con otras, sino que nunca se va a casar conmigo.

-No diga eso, a lo mejor él cambia de parecer.

-No, don Gerva. Yo creo que él mismo es el demonio en persona. El día que doña Ángeles me advirtió sobre lo malo que es este hombre, me pude enterar que su difunto abuelo tuvo que ver con la muerte de don Regugio García.

-Entonces, ¿usté ya está enterada?

-Sí. Me acabo de enterar. ¿Usté ya lo sabía?

-Pa serle franco, yo siempre tuve mis sospechas, pero apenas lo pude comprobar hace poquito.

-Sea como sea, ora ya sé en verdad con quién me fui a meter. Pero yo tengo la culpa por haberme creído mejor que otras mujeres del pueblo y, en resumidas cuentas, yo soy una más de las mujeres con las que le gusta revolcarse a Epifanio. Ora sí, ni siquiera el dinero de mi papá me va a poder salvar.

-El dinero no compra el amor, Lola.

-Muy tarde me vine a dar cuenta.

-¡Bueno, Lola! No piense tanto y trate de descansar. Con su permiso, me tengo que ir. Si en algo la puedo ayudar, llámeme.

Al salir de la casa de Lola, Gervasio pudo percibir todo el resentimiento encerrado en la mirada de la desairada mujer. Comprendió que efectivamente todo estaba acabado en la que pudo ser una de las bodas más fastuosas del pueblo. La joven mujer se encontraba destrozada anímicamente, pero a la vez, Gervasio también supo comprender que Epifanio se había ganado a pulso un nuevo enemigo. El difunto patriarca le había heredado una cuantiosa fortuna a Epifanio, del mismo modo que le dejó de herencia una serie de odios que de una u otra forma se entrecruzaban en el mismo camino. Los viejos y nuevos agravios confluían todos en el mismo punto. En todos estos pensamientos reflexionaba Gervasio, al momento que tomó camino rumbo a la parcela en donde habría de laborar. Sin embargo, a medio camino, con la resolana a cuestas, pudo darse cuenta que había perdido más tiempo de lo que él creía en casa de Lola. Y llegó a la conclusión que ya no eran horas adecuadas para trabajar la tierra. En una especie de actitud ociosa, desistió de continuar con su cometido original y tomó rumbo por una vereda, escalando por una serie de lomas.

Al llegar a la cúspide de una montaña, arrojó el asadón a un lado y se recostó en un rellano desde donde la vista era inmejorable. Desde ahí, en lontananza, pudo observar el pueblo de El Encanto, al igual que otras rancherías y comunidades aledañas. Lo mismo pudo observar las planicies divididas en pequeños cuadros que daban la impresión de verdes parches, delimitados con cercos de alambre unos de otros. Algunos de esos recuadros eran más pequeños que otros, dependiendo de la extensión de cada propiedad. Los terrenos más grandes tenían como propietarios a las personas más adineradas del pueblo. El dueño de uno de aquellos terrenos era precisamente el presidente municipal, que había visto crecer la extensión de sus propiedades bajo el amparo de Epifanio. No obstante la riqueza del presidente, en nada se comparaba con la del cacique protector, cuyas llanuras se extendían más allá de donde alcanzaba la vista. Con desenfado y curiosidad, tomando en cuenta el tamaño de muchas de las propiedades, Gervasio trató de cuantificar cuantas hectáreas correspondían a las propiedades del cacique. Después de quince minutos en que hacía cuentas mentalmente, sus cálculos rebasaron las dos mil hectáreas, y no tenía para cuando terminar. Cuando comprendió que ya no le alcanzaba la mirada, desistió de la idea y llegó a la conclusión de que el patriarca contaba con miles y miles de hectáreas. Entonces, también concluyó que aquello era una injusticia del cielo. Por qué, se preguntó a sí mismo el tuerto, si Dios era tan misericordioso y justo, a unos les había dado tanto y, a otros, apenas si les había dado lo suficiente, como en el caso de él, en que tenía una parcela tan pequeña que apenas podía tener unos cuantos puercos y gallinas. Y, para poder obtener el frijol y el maíz de su sustento, tenía que trabajar en los terrenos de la gente más rica.

Sentado y con las piernas recogidas sobre el pecho, Gervasio meditaba al momento que observó lo hermoso de la campiña y los grandes y verdes valles que se extendían a sus pies. Los montes se encontraban primordialmente llenos de pinos y, en los claros de tierra, desmontados de maleza, se veían como diminutos puntos las vacas. Un ligero viento empezó a mover las copas de los árboles, y el otrora campanero percibió el aroma de los encinos y pinos, lo mismo que el olor de pasto, hierbas y flores silvestres. Y en aquellos instantes, a pesar de su pobreza, se sintió el hombre más libre del mundo, obervando como las ardillas brincaban de uno a otro árbol, lo mismo que los pájaros carpinteros que perforaban la corteza de los pinos. De pronto también observó las parvadas de aves que se detenían en las ramas de arbustos, con sus plumajes multicolores y sus variados cantos, como especies de chiquillos en pleno regocijo. Todo aquel maravilloso encanto de la naturaleza, con sus caídas de agua y riachuelos en las cañadas, pagaba con creces todos los momentos malos de la condición humana. De tal talante, entre el observar y meditar, él se dio cuenta del modo en que el viento del norte, poco a poco, fue arrojando copos de neblina que empezaron a obstruir el paso de los rayos del sol. Por último, antes de irse de regreso a su casa, una breve nostalgia asaltó su mente cuando se trepó en una peña a donde solían ir él y su mujer cuando eran jóvenes. Su cónyuge había muerto apenas hacía unos cuantos años de una rara enfermedad. Y su único hijo, al cual veía de vez en cuando, vivía en la ciudad. A pesar de todo, el individuo se sentía en paz consigo mismo y con su pasado. Su carácter tranquilo y pacífico, lo mismo que su buen proceder como hombre de familia, habían contribuido a que el padre Elías lo considerara como campanero de la iglesia del pueblo. Sin embargo, con el correr del tiempo, sobre la base de hechos que él mismo fue comprobando, sufrió la pena del desencanto que lo impelió a vencer algunos miedos que llevaba ocultos dentro del corazón. Para su propia fortuna, en la medida que envejecía, se volvió más libre e independiente. Pero su independencia, por momentos, lo conducía a nuevos temores, pensando que tal vez estaba atentando contra la voluntad de Dios. No obstante ésto, la fuerza de la razón y la lógica pesaban más en su ánimo, al darse cuenta que todo cuanto intuía e investigaba lo conducía a encontrar la verdad oculta detrás de las cosas. De este modo, en lo que parecía una retirada, decidió quedarse sentado otro rato más en el peñasco a donde había trepado con dificultad. Justamente, aquella gran roca, se interponía como muralla que evitaba que él pudiese ver el punto en donde remataba El Paso de Las Tres Cruces, o El Paso, como mucha gente lo conocía. Desde ahí se podía observar lo que en alguna época fue la gran hacienda de El Encanto. Y Gervasio meditó un momento pensando en lo lejano pero a la vez cercano, de los tiempos en que Inocencia y Gabino eran parte de la servidumbre del finado don Eustacio. Por un momento le pareció que la vida era como un sueño que se vive de manera breve y rápida. También pensó en Ángeles, y del extraño modo en que la vida de ella estaba entrelazada en unión consanguínea con la del par de hermanos Domínguez. El espíritu tranquilo de Gervasio, en el fondo, denotaba una rebeldía que se hermanaba con la de Gabino. Y creía que ya todo estaba escrito, una vez que pudo dar con el quid que tuvo en velo por tanto tiempo a mucha gente en relación a la misteriosa muerte de don Refugio García. A pesar de ello, para su propia sorpresa, pronto se habría de dar cuenta que siempre hay algo que descubrir y, que la existencia, como acertadamente él pensaba, es demasiado corta para revelarnos todos sus secretos. Fue así como el viejo hombre no despegaba la vista de la extinta hacienda y de la cordillera que se elevaba a la distancia. Por un momento también pensó que él era un solitario deschavetado que se reía de sus propias locuras. Y una breve sonrisa se dibujó en su rostro al ver una gran cantidad de aves que se perdían precisamente por los rumbos por donde se alzaban majestuosas las montañas que encontraban su final en la cúspide de una cumbre, popularmente conocida como el Cofre de Perote. Este gran monte o cumbre, debía precisamente su nombre al hecho de que emulaba un gran cofre. Gervasio observó todo sin perder detalle alguno. Y, lo que en un principio fue una sonrisa de paz y regocijo, enseguida se trocó en franca risa. Y de la risa, pasó

a la franca carcajada, burlándose de sí mismo al recordar el revuelo que provocó en
todo el pueblo, cuando como endemoniado poseso se columpiaba de las cuerdas que
provocaban el repicar de campanas llamando a misa. Hasta donde él tenía memoria,
ese había sido uno de los días más divertidos y felices de su vida. Con gran emoción
trepó hasta la torre más alta de la iglesia y, Cuasimodo, se hubiera muerto de envidia
si se hubiese dado cuenta del delirante modo en que Gervasio enloqueció a medio
pueblo, incluido el cura y sus compinches. La alegría del campanero en aquellos
instantes no tenía comparación con nada, pues al fin la parca había hecho su trabajo,
llevándose entre sus negras alas al malvado ogro, semi dios pagano y eterno azote
de los habitantes de aquel terruño. Pero su alegría fue corta, al comprender que el
difunto había dejado su semilla sembrada en la tierra. Además, Epifanio seguía
contando con el apoyo incondicional del padre Elías, aparte de la influencia que tenía
su socio Carreño en la legislatura del Estado. Al parecer poco era lo que se podía
hacer contra aquellos monstruos que tenían secuestradas las conciencias de una gran
cantidad de habitantes y sus alrededores. Fue entonces cuando también pensó en
Dolores y el modo misterioso en que había desaparecido de la escena. Por lo menos
ya no se tendría que ver la cara con la mujer que lo odiaba como nadie en el pueblo,
pues la otrora sacristana, de sobra sabía que aquel astuto viejo conocía a la perfección
todas sus mañas. Por los mismos motivos, al poco tiempo el cura se percató que
Gervasio era más peligroso de lo que aparentaba. Y si Dolores se había difuminado
en el aire como por arte de magia, el padre se encargaría de hacerle la vida imposible
a Gervasio, cada vez que tuviese la oportunidad. De esa forma, Gervasio se fue
conformando con la idea de vivir excomulgado, desde el mismo día en que el cura se
lo dijo en su cara.

Sentado en aquella roca, dio rienda suelta a la imaginación y pensó que tal vez
algún día podían cambiar las cosas, a pesar de tener en apariencia los pronósticos
en su contra. Después de todo, comprendió que el balance de fuerzas no era tan
negativo en su contra, pues los hermanos Domínguez, incluida Ángeles y su esposo
José Ruvalcaba, eran aliados de él, sin incluir las voces de no pocos pueblerinos que
empezaron a notar el desastre, por no decir la corrupción que ya era manifiesta en
la presidencia municipal. Por desgracia, para todos, Epifanio siempre encontraba
el modo de arreglar las cosas a su manera. Y lo que el cacique no podía componer
con su dinero e influencias políticas, lo hacía a través de los santos oficios del cura
de la iglesia. Y de esa forma, en ocasiones, la frustración hacía presa de Gervasio,
que intentaba por todos los medios hacer comprender a la gente que el padre no
era precisamente un enviado del cielo como muchos suponían. A algunas personas
del pueblo, Gervasio las dejaba un tanto pensativas, cuando las hacía partícipes de
los malos oficios de Dolores García. Sin embargo, otros francamente se rebelaban
en contra de la idea de creer que el cura obraba en complicidad con quienes tenían

hundida a la comunidad. Y algunos pueblerinos pensaban que Gervasio era un lunático que había perdido la razón, al poner en tela de juicio la sacro santa autoridad del padre Elías. Fue así que Gervasio se vio en la necesidad de moderar sus opiniones, porque algunos de los prosélitos de la iglesia lo empezaban a mirar con recelo. Entre otras cosas, comprendió que lo más difícil era influir en la conciencia de los individuos, sobre todo si éstos se encontraban enajenados por el concepto divino e impoluto de un supuesto representante de Dios en la tierra. Después de todo, a él mismo, le había costado muchos años comprender que Dolores García y el padre Elías eran seres de carne y hueso, con defectos y virtudes como cualquier otra persona. Y de pronto, al viejo hombre, se le vino a la cabeza la forma en que razonaba José Ruvalcaba. Sin quererlo y mucho menos sin proponérselo, fue cayendo en la cuenta del modo en que el doctor había influido en su vida y en la de Gabino e Inocencia. Al instante, se le ocurrió también que eran muchas las cosas que aún no había platicado con aquel médico que, además de saber de los malestares físicos y de la mente, era un especialista de los problemas sociales. La mañana y parte de la tarde, así, se le habían escurrido como agua entre las manos al campesino, sin saber por qué y para qué se encontraba sentado en aquella peña, cuando ya empezaba de forma temprana el crepúsculo. Casualmente, y todavía con el reflejo de los rayos solares, alcanzó a vislumbrar que una nube de polvo se había levantado allá por los rumbos en donde se encontraba el camino de El Paso. Al instante pensó que aquellas no eran horas de que nadie transitara por aquellos caminos, y se incorporó sobre sus entumidas piernas con la idea de indagar a que obedecía el aparente galopar de un caballo y su jinete, que se iban a perder precisamente en las entrañas de la antigua hacienda.

XIX

Después de varios intentos, una vez más, Gervasio dirigió sus pasos a casa de Gabino. Tenía muchas ganas de conversar con quien consideraba como a un hijo. Al mismo tiempo, deseaba aclarar una serie de ideas con el doctor Ruvalcaba. Al arribar, justamente se topó con Gabino. El viejo tuerto llevaba su sombrero puesto de medio lado, y su lacónico saludar, al igual que su expresión meditabunda, enseguida llamó la atención del otro que lo observó de cabo a rabo. Gabino conocía mejor que nadie al viejo, y de antemano sabía sin haber cruzado más palabra que el saludo, que algo se traía entre manos.

-¡Y ora usté-expresó Gabino con sutil ironía-que se te trae con esa cara de secretos guardaos! No me vaya a decir que se encontró con el fantasma del difunto don Eustacio.

-¡Ji, ji, ji!-Gervasio soltó una risilla maliciosa por la ocurrencia de Gabino-No, nada de eso. Sucede que te he venido a buscar varias veces, y a penas el día de hoy te encuentro. También quería hablar con el doctor Ruvalcaba.

-Pos ora sí, este es su día de suerte. Primero me encontró a mí, y en la tarde llegan de la ciudad Inocencia, Ángeles, el doctor y sus hijos.

-¡Bendito sea Dios! De veras que si estoy de suerte.

-Y de qué quiere que hablemos.

Gervasio se acomodó levemente el sombrero en la cabeza, dirigiendo la mirada hacia uno de los niños que ayudaba a Gabino en la tienda, y éste comprendió que el viejo prefería hablar a solas. En la sala contigua a la tienda, y que formaba parte de la casa, los dos se sentaron en modestos sillones a sus anchas, lejos de la mirada y oídos curiosos de alguien. Gabino sabía que si el viejo le había solicitado discreción, era porque algo importante se traía entre manos. Con su habitual parsimonia, aunque acentuada por lo que él mismo empezaba a considerar como asunto delicado, Gervasio se retiró su sombrero con respeto, no sin antes mirar a través de una ventana como jugaban unos niños en la calle.

-Con el perdón de la palabra, yo no sé por qué siempre me he de topar con cosas raras. Me dio risa cuando me dijites que si me había topao con el fantasma del difunto don Eustacio. Aunque no me topé con ninguna ánima, pienso que algo está pasando por los rumbos de la vieja hacienda.

Gabino abrió los ojos más de lo normal y contuvo brevemente la respiración, siguiendo con detenimiento cada uno de los gestos del viejo.

-¿Algo vio en la hacienda que le preocupa tanto?

-No, no vide nada. Pero ya van dos veces que voy a la peña esa, adónde me gustaba ir con mi difunta mujer, y desde ahí alcanzo a devisar como que alguien se mete hasta la misma hacienda.

Enseguida, Gervasio relató lo que para él eran sucesos extraños. Gabino escuchó con atención, pero pensó que todo podía tener una explicación lógica. Sin embargo, Gervasio insistió en que aquello no tenía nada de normal, sobre todo en horas de la tarde en que todo mundo debía estar descansando en sus casas. Efectivamente, Gabino cayó en la cuenta que el viejo tenía razón.

-¡Mira, Gabino! No sólo vine a decirte eso, sino que quiero que tu mismo me acompañes pa que te des cuenta de lo que te digo. Y si no me lo tomas a mal, después de que tú mismo puedas ver lo que yo vide, me gustaría que los dos nos acercaramos a la hacienda pa viriguar que está pasando.

Por varios segundos, Gabino se quedó pensando ante lo inusual de la petición del viejo. Hasta ese momento, nunca le había pedido una cosa así. Gervasio acostumbraba realizar sus asuntos solo. Y, por la misma razón, Gabino se encontraba un tanto consternado por una situación que, en apariencia, no era de la mayor trascendencia.

-Si me gustaría acompañarlo, aunque no sé pa que quiere que lo acompañe.

-¡Bueno! La verdá es que tengo miedo.

-¿Miedo? ¡De qué!

-Por Dios Santo que ni yo mismo sé de qué tengo miedo. A mí nunca me ha gustao andar por aquellos rumbos. Por allá mismo fue por donde mataron al que fue tu verdadero padre, don Refugio García.

-Ora sí estoy empezando a creer que usté ya vio un ánima por ahí.

-¡No'mbre, mi´jo, por Dios que no!

-Ta bueno. Cuándo quiere que vayamos.

-Si quieres hoy mismo.

-Yo creo que hoy no se va a poder. Acuérdese que al rato llega Ángeles con toda su familia.

-Se me estaba olvidando, por esta idea que traigo clavada en la cabeza. Sólo te quiero pedir de favor que no le digas a naiden.

Gabino aceptó de buen grado lo que el viejo le pedía, pensando por un momento en el que había sido su padre bilógico, y con quien nunca tuvo la oportunidad de intimar, ignorante de la verdadera personalidad del occiso. Y a pesar de que él e Inocencia ya llevaban algún tiempo conviviendo en familia con los Ruvalcaba, aún le parecía a Gabino inverosímil que Ángeles pudiese ser su hermana. Pero le pareció más increíble el aprecio que sentía por Ángeles, y el recelo que no podía borrar de su mente por Dolores. A pesar de ser ambas hermanas, y sangre de su misma sangre, Gabino pensaba que eran como el agua y el aceite. Ni siquiera físicamente tenían parecido. Pero para Gabino eso era lo de menos, pues lo que más le enfadaba era la prepotencia con la que se conducía la otrora sacristana del pueblo. Y si él y su hermana, por decir lo menos, detestaban a Dolores, tenían motivos de sobra debido a que la mujer los tenía en la lista negra. El día que por aparente voluntad, Dolores desapareció del pueblo, el par de hermanos sintieron un gran alivio. Para ellos fue como quitarse una lápida de encima, en el entendido de que el día menos pensado podía estallar un zafarrancho como el que habían protagonizado Gervasio y sus primos, cuando fueron tremendamente golpeados frente al palacio municipal. De la misma manera vino a la mente de Gabino la ocasión en que se armaron de valor él y sus amigos para enfrentar por primera vez en sus vidas a Epifanio y don Eustacio. Sin duda, en aquella ocasión todos se comportaron con gran valentía, sobreponiéndose al sempiterno miedo que los tenía paralizados como criaturas indefensas ante las fieras. No obstante que el pueblo seguía en una especie de vilo, aquel pequeño núcleo conformado por familia y amigos, ya no era el mismo de antes. Gervasio era uno de los primeros que se congratulaba por los cambios operados, y aquel medio día llegó a casa de los hermanos Domínguez también con la intención de encontrar respuesta a algunas preguntas que revoloteaban en su cabeza como avispas extraviadas en busca de su panal.

-Perdóname la pregunta, Gabino. No quiero ofenderte, pero hay cosas que tengo atoradas aquí en el corazón, y yo creo que el único que me las puede aclarar es el doctor Ruvalcaba.

-No, don Gerva, aquí no hay ninguna ofensa. Usté es mi hermano, y yo más bien diría que es como un verdadero padre para mí.

El rostro de Gervasio se arreboló y con gran emoción sintió que un sentimiento de amor se apoderó de su alma, pues en realidad Gabino era para el viejo como el hijo que se encontraba ausente por circunstancias de la vida. Al instante, Gabino se levantó de su asiento y le pidió a Gervasio que lo esperara un momento. Apenas unos cuantos minutos después, Gabino se encontraba de regreso en la sala, portando entre sus manos una pequeña caja de madera. El viejo individuo observó con curiosidad aquella caja, y por un instante dudó si debía abrirla, una vez que Gabino se la entregó.

-¡Ábrala! A lo mejor le va a gustar lo que trae adentro.

Con la misma emoción que la había recibido Gabino, hacía tiempo, Gervasio la abrió tratando de que sus toscas manos no fuesen a estropear la fragilidad del tesoro que se podía encontrar adentro. El viejo pensaba encontrar algún objeto delicado, pero su sorpresa fue mayor cuando pudo ver las fotografías y recortes de periódico que la laqueada caja contenía.

-¡Y ora! ¡De ónde sacaste tú esto!

-Es un secreto que yo tenía guardao, y que algún día yo pensaba enseñarle.

Un tanto anonadado, Gervasio fue observando cada una de las fotografías. Y también observó los recortes de periódicos en donde se citaba el nombre de Ruvalcaba. El viejo hombre no podía creer lo que sus ojos le mostraban cuando pudo distinguir al individuo que era el mismo doctor en sus años mozos, retratado al lado de Madero y Zapata. Además de fascinante, aquello era como una fantasía inenarrable. Aunque descoloridos y un tanto amarillentos por el paso de los años, los daguerrotipos eran fiel testimonio de las andanzas y aventuras del médico formado en una academia militar. De la fascinación, Gervasio se quedó un tanto consternado, cuando descubrió en aquellas fotografías a otro personaje que creía conocer. Al instante, Gabino le confirmó lo que pensaba. "Y qué está haciendo junto al doctor-inquirió Gervasio con cierto desdén-el diputao Carreño." Gabino le dio al viejo todas las razones del caso, y sorprendido, Gervasio se rascó la cabeza por lo opuesto de los caminos que los hombres habían tomado. Después de todo, Gervasio cayó en la cuenta que si Ángeles y Dolores eran tan diferentes, por qué no lo habrían de ser aquellos dos hombres que, en todo caso, no tenían ninguno lazo consanguíneo.

-Todo está muy bien-con satisfacción concluyó Gervasio-. Lo único que no puedo entender, es por qué, una persona tan importante y que sabe tanto como el doctorcito, no sea creyente. ¿Tú piensas que....

-¿Usted cree que eso pueda ser malo?-José Ruvalcaba se encontraba parado en el umbral de la puerta de la pequeña salita, provocando que Gervasio y Gabino se sorprendieran como un par de niños en travieso contubernio.

-¡Doctor!-al unísono expresaron ambos.

-¡Sí, soy yo! No vayan a pensar que es el diablo que viene por ustedes. ¡Cómo están!

-Estamos muy bien, doctor-el primero en responder fue Gabino, en medio de risas nerviosas que él y el viejo no podían contener.

Con el barullo de niños jugando en la calle, el par de amigos nunca se dieron cuenta en que momento arribó Ruvalcaba. Inocencia, Ángeles y su par de chiquitines, se habían rezagado un poco y se detuvieron por un momento en la tienda.

-Perdone usté la imprudencia, doctor-con voz melosa expresó Gervasio-.Con usté mismo yo quería hablar. Y ya que me agarró usté con las manos en la masa, eso mismo que oyó yo le quería preguntar.

-¡Mire, Gervasio!-con tono afable externó Ruvalcaba-Qué hombre es mejor: el que se pasa todos los días en la iglesia, pero golpea casi a diario a su mujer, o el que casi no se para en la iglesia, pero es bueno y trata con cariño a su mujer.

-Pues el que es bueno con su mujer-sin la menor duda respondió Gervasio.

-Entonces, Gervasio, piense usted que el hábito no hace al monge.

-No le entendí muy bien doctor. ¿Me podría usté explicar más?

-Sí, mire usted don Gervasio, vivimos en un mundo en donde abunda la apariencia y la hipocrecía. Los seres humanos siempre quieren aparentar lo que no son. Y en los pueblos pequeños como éste, una de las maneras de tratar de demostrar que se es buena persona, es precisamente a través de un cristianismo torcido y mal entendido. La gran mayoría de las personas quieren hacer creer a los demás que son hombres de buenos principios y de gran moral. Pero en el fondo, todo se reduce a un carnaval de máscaras, en donde no sabemos cuál es la verdadera cara de las personas.

-¡Entonces, doctor!-externó Gabino con visible interés-¿Usté cree que la mayoría de las cosas en la vida son mentira?

-Por desgracia, hay mucho de cierto en lo que dices. Hay una gran cantidad de políticos y curas que mienten. Pero mucha gente no puede ver la realidad por ignorancia, y se deja engañar fácilmente por los dueños del dinero y del poder político, incluidos los señores de la religión. De esta manera, los hombres creen de forma ciega, sin preguntarse de donde obtuvo su gran fortuna el portentado o poderoso.

-¿Del mismo modo que pasa-inquirió Gabino-con Epifanio y el padre Elías?

-¡Así, exactamente de la misma manera!

-¿Pero no es mejor-inquirió Gervasio con vehemencia-creer en Dios que no creer en nada?

-Usted puede creer o no creer. Lo importante es que usted obre con virtud. O lo que es decir, ser justo y honrado es el mejor remedio para nuestra alma.

-¿Y usté cree en Dios?-inquirió Gervasio un tanto apenado por el atrevimiento.

-No, no soy creyente. Sólo creo en los hombres de buena voluntad o virtuosos. Es mejor un hombre bueno que el que dice ser bueno y no lo es. Creo en los buenos actos de las personas. Lo demás son palabras que se lleva el viento. Los hechos son los que cuentan. Y si una persona está dedicada a trabajar en beneficio de otros, encontrará siempre su felicidad en la felicidad de los demás.

El silencio ante lo contundente y sencillo de la breve explicación de Ruvalcaba, devino en una reflexión de los tres en diálogo, teniendo como ingrediente principal la tolerancia y el respeto entre las partes.

-Al final de cuentas-terminó diciendo Ruvalcaba-no tiene nada de malo creer o no creer en Dios. Lo malo está en perjudicar a los otros para satisfacer fines personales y egoístas.

-Usté siempre habla con la verdá-externó Gabino satisfecho-. Nosotros creemos en Dios y usté no cree. Pero todos queremos el bien de los demás.

-Yo también pienso lo mismo-dijo Gervasio en medio de una especie de cavilación-. Pero hay dos cosas más que yo quisiera preguntarle.

-Pregunte con confianza.

-Cómo es eso de que usté era amigo del diputao Carreño, si todos sabemos que el catrin ése, con perdón de la palabra, es muy amigo de Epifanio.

Al instante, Ruvalcaba se dio cuenta del sentido de la pregunta, al observar el cúmulo de fotografías que se encontraban en el sillón a un costado de Gervasio. Con su sencillez característica, el hombre recién arribado de la ciudad, explicó a Gervasio los motivos que lo unieron en alguna época con Carreño. También le explicó al viejo la causa de las desaveniencias que llevaron al rompimiento de la amistad entre Ruvalcaba y Carreño.

-Algo más quisiera preguntarle, doctor. Es tocante a que el padrecito me corrió de la iglesia el día que empecé a tocar las campanas sin parar, y más que nada por todo lo que le dije. El padre me dijo que a partir de ese momento yo quedaba excomulgao. A veces me preocupo y pienso si no me irá a castigar Dios, como el mismo padre dice.

-A usted mismo-con una sonrisa expresó Ruvalcaba-lo escuché decir un día que el padre Elías le daba vergüenza por ser un alcahuete de Epifanio. Varias personas sabemos, incluido usted, que el padre no es el cura bueno en quien mucha gente cree. Él es un hombre como usted y yo, con defectos y virtudes. Y yo diría que con más defectos, porque en nombre de Dios engaña a las personas. Una cosa es la que dice, y otra muy diferente la que hace. Actúa con plena consciencia de lo que hace y, a pesar de ello, no tiene el más mínimo recato en su forma de proceder. Y si de pecados y castigos vamos a hablar, ¿no les parece a ustedes que eso es doblemente un pecado?

Gervasio y Gabino asintieron con la cabeza sin chistar todo cuanto Ruvalcaba afirmaba. En actitud de reflexión, los dos campesinos tenían la mirada extraviada en algún punto de la pequeña sala, al momento que el doctor cruzaba ambas manos y observaba a sus interlocutores con la certeza de que había dado en el quid del asunto. En ese instante arribó Ángeles con sus dos niños e Inocencia. Con perspicacia el par de mujeres se dieron cuenta del estado dubitativo en que se encontraban los interlocutores, cómodamente sentados en la sala. Los tres hombres simplemente se limitaron a mirar a los recién llegados, como si hubiesen sido sorprendidos in fraganti.

-Y a ustedes qué les pasó-con gracia expresó Ángeles-, ¿les comieron la lengua los ratones?

-No, querida-enseguida repuso Ruvalcaba-. Lo que sucede es que estábamos hablando sobre el padre Elías y, por un momento, todos caímos en una pequeña reflexión.

Gabino y Gervasio, despertaron de los pensamientos que los tenían suspendidos en otra dimensión, y al instante extendieron sus manos en señal de saludo.

-¿Y se puede saber-preguntó Inocencia con tono afable-qué era eso tan importante que hablaban del padre Elías?

-Pos lo que todos ya sabemos-dijo Gabino-, y que es que el padrecito es el alcahuete número uno de Epifanio.

Inocencia se quedó en silencio por un momento, como si quisiese ordenar sus pensamientos, antes de intervenir y afirmar algo. Ruvalcaba y Ángeles también se quedaron a la expectativa, y prefirieron que la conversación fuera reanudada por parte de los otros interlocutores.

-Sí-solemne afirmó Inocencia-, el padre se hace de la vista gorda. Y a mí y a Gabino, de plano nos ha dicho que ya no andemos de revoltosos porque eso no es bueno pa las buenas costumbres del pueblo. También nos ha dicho que Dios no ve con buenos ojos que nosotros ya no vayamos seguido a misa. Pero a mí, de plano no me quedan muchas ganas de escuchar los sermones, desde el día en que me enteré que el padre sabía quien era el culpable de la muerte del difunto don Refugio. Y por mucho tiempo se quedó callao, como si él no supiera nada. Él, más que nadie, sabe de las injusticias de Epifanio, y ahora nos viene con el cuento de que somos unos revoltosos. Y hasta se atreve a amenazarnos con que Dios nos puede castigar. Yo creo que si el Señor va a castigar a alguien, primero va ser a Epifanio y, con perdón de la palabra, al mismo padre Elías.

-¡Eso, eso mismito-con plena convicción afirmó Gervasio-fue lo que yo le dije al padrecito aquel día que me corrió de la iglesia! Esa es la puritita verdá. Si Dios es justo como dicen, sabrá reconocer entre los que son buenos y los que son malos.

-Además-abundó Ángeles-, que no se les olvide que yo soy creyente igual que ustedes y, hasta ahora, a mí no me ha castigado Dios por no ir a misa y defender lo que es justo. Al contrario, la vida ha sido muy generosa conmigo, dándome un buen marido y dos hijos a los cuales yo adoro. A mí no me da miedo señalar a las personas malas, incluido el padre Elías y, por supuesto, a mi propio hijo Epifanio que, no por ser parte de mi sangre, deja de ser el más malvado entre los malvados.

El tono de conversación pronto tomó visos de denuncia en contra de quienes tenían postrado al pueblo. Todos, de una u otra forma, habían llegado a la misma conclusión. Y Ruvalcaba entornaba los ojos de uno a otro lado de la sala, escuchando con beneplácito la actitud crítica de los interlocutores. Ni él mismo, meditaba en silencio el doctor, lo hubiese hecho tan bien. Además, todo aquello no era una simple charla, pues en aquellos señalamientos estaban involucrados miembros de familia. Con excepción de Gervasio y Ruvalcaba, a los otros los unían estrechos lazos consanguíneos. En consecuencia, y tomando como precedente aquellos implacables juicios, Ruvalcaba creyó opotuno dejar de una buena vez sanjado el asunto con una serie de apreciaciones que por mucho tiempo se había guardado para sí mismo. Consciente de que en temas de religión y política era muy difícil llegar a acuerdos, tuvo la sensibilidad suficiente como para concluir que la situación era inmejorable para ahondar y profundizar en el tema propuesto.

-Hay varias cosas que tal vez ustedes no han escuchado y, que por lo mismo, de las cuales no tengan pleno conocimiento.

Todos tornaron a mirar al doctor como tratando de comerse cada una de las palabras de lo que se vislumbraba como grandes revelaciones.

-Pues bien-dijo el doctor al retomar el aliento, listo a iniciar la especie de alocución-, sepan ustedes que no es nada nuevo que los intereses de la Iglesia Católica, históricamente siempre han estado del lado de los ricos y poderosos. Desde épocas remotas, la Iglesia era la que tenía el mando de los gobiernos en Europa y el mundo. Los reyes y emperadores de la antigüedad eran prácticamente parte de la Iglesia. Aquí mismo en México, tuvieron el control absoluto los curas durante trescientos años. Con el correr de los siglos, la Iglesia se ha reformado. Esto quiere decir que ha cambiado como consecuencia de las revueltas y revoluciones que surgieron en contra del férreo control que aplicaba en perjuicio de los pueblos. Algunos gobiernos en Europa, primero, se fueron liberando del control del Vaticano, que es en donde se encuentra el gobierno de la Iglesia en Roma. Después, en nuestro país, también se dieron cambios en el mismo sentido. A pesar de ello, la Iglesia ha sabido mantener gran parte de su poderío hasta nuestros días.

-¿Eso quiere decir-preguntó Gabino perplejo-que la Iglesia es mala pa la gente?

-En gran medida lo ha sido, pero con el tiempo ustedes van a ir sacando sus propias conclusiones, del mismo modo que lo están haciendo ahora con el padre Elías. También es importante que sepan que hay padres que se preocupan por ayudar a la gente pobre. Estos curas consideran que es inmoral la forma en que los más poderosos se hacen ricos a costa del sudor de los más pobres Por desgracia no son muchos los padres de ese tipo.

-¡Ah, güeno!-dijo Gervasio-Ya me estaba empezando a asustar.

-Pues no se asuste, don Gervasio, pero tampoco se alegre. Porque además de que son pocos los curas que verdaderamente se preocupan por los más necesitados, por desgracia tampoco tienen voz ni voto en la Iglesia. Al contrario, si la Iglesia pudiera deshacerse de estos hombres, lo haría con toda seguridad.

-¿Y no sería posible-cándidamente expresó Inocencia-que nos mandaran pa'cá a uno de esos padrecitos?

-No te hagas ilusiones, Inocencia. Esos padres están relegados en las comunidades más pobres y alejadas. Además, como ya dije antes, no abundan.

-El profesor Cisneros-con orgullo repuso Gabino-hace tiempo nos había hablado a mí y a Inocencia de algunas de estas cosas, y yo no lo quería creer. Pero ora ya me están quedando más claras muchas cosas. ¿Por qué nadie nunca habla de esto?

-Simple y sencillamente-de nueva cuenta intervino Ruvalcaba-porque la gente no sabe. Y no sabe, porque los más poderosos controlan a la gente por medio de mentiras. Por medio de la desinformación manipulan, controlan y mantienen en la ignorancia al pueblo en beneficio de sus propios intereses. Entre menos entienda la gente de las reales intenciones del cura o del politiquero, mucho mejor para quienes son dueños de la riqueza.

-¡Ay!-con manifiesta emoción externó Gervasio-Yo quisiera que algunos de mis compadres y amigos vinieran a escuchar todo lo que usté nos dice. Por Dios Santo que usté si nos abre los ojos y nos pone a pensar. La gente piensa que estoy loco cuando trato de decirles algunas cosas del padre Elías.

-Precisamente-afirmó Ruvalcaba con vehemencia-, muchos personajes que en la historia de la humanidad fueron tomados como locos, a la larga demostraron que sus locuras tenían más de razón que las supuestas razones a las que está acostumbrada el común de la gente. En todo caso, quién está más cerca de la verdad y la realidad, ¿el que se dice estar loco o el que se dice cuerdo?

Sin darse cuenta, en un ambiente de familia y completa hermandad, Ruvalcaba, llevado de la mano del entusiasmo de los comensales, se desvió de uno de los temas que más le precisaba, asaltado por preguntas que se sucedían una tras otra. Al voltear a mirar su reloj, pudo constatar que ya eran las ocho de la noche, y a nadie parecía preocuparle que no hubieran probado bocado desde la tarde. Con una sonrisa de feliz tranquilidad, mientras abrazaba a Ángeles, le hizo ver a su familia que no sólo de ideas vivían los hombres, ante la promesa de que aún no concluía lo medular de aquella conversación. Gabino y Gervasio insistieron en que el doctor terminara de una vez, pero las mujeres pusieron el orden, indicando que había llegado la hora de cenar.

XX

-Y qué será eso-con su típica curiosidad inquirió Gervasio-tan importante que el doctor no terminó de decirnos. ¿A ti te dijo algo al otro día?

-¡No!-expresó Gabino al momento que miraba el horizonte sentado en la misma roca en donde estaba Gervasio-No pude hablar con el doctor porque me tuve que ir pa'l rancho en la mañana. Y cuando regresé, ya no lo encontré.

Los dos estaban sentados en la inmensa roca a donde tanto le gustaba ir a Gervasio. Y esa era la tercera ocasión que iban al mismo lugar, sin obtener ningún resultado. De pronto, le pareció a Gabino que Gervasio podía estar equivocado, y que todo había sido producto de su imaginación. Pero al instante le replicó Gervasio que no olvidara que él había dado con el meollo del asunto del difunto Refugio García. De tal suerte, Gabino se vio obligado a ser más mesurado en sus comentarios, y se armó de paciencia en espera de poder observar algo que efectivamente les indicara que algún cristiano se iba a meter a aquellas horas de la tarde en la abandonada hacienda. Hasta donde les fue posible mantener la paciencia, el crepúsculo los alcanzó sentados en el inmenso pedregón, mientras conversaban y observaban como vigías o cazadores furtivos en espera de la presa. El encanto de los dos individuos se fue diluyendo, del mismo modo que la ausencia de los rayos del sol dio paso a la oscuridad. Gervasio era el más desencantado y, sobre todo, sentía que estaba defraudando al amigo que tanto creía en él. Al darse cuenta de la desilusión y la molestia del viejo, patente en la expresión de su rostro, Gabino tuvo uno ocurrencia.

-Por qué no bajamos y nos acercamos a la hacienda. A lo mejor podemos descubrir algo. Al cabo que hay luna llena, y podemos ver bien entre el monte.

Gervasio aceptó con júbilo la idea, ante lo que se prefiguraba como una noche de completo aburrimiento. Sin decir palabra, el viejo se incorporó sobre ambas piernas y con una sonrisa y mirada pícara, empezó a descender del lugar en donde se encontraba. Gabino hizo lo mismo, y al poco rato los dos fueron descendiendo de aquella colina, por momentos a través del monte y entre zigzagueantes veredas, tratando de evitar cruzar por potreros y por el camino de terracería que conducía a la hacienda. La noche sólo era en el sentido estricto de la palabra, pues el plenilunio del astro que se antojaba de plata, irradiaba una luz que hacía visible las cosas como si fuese de día. Y, para ellos, acostumbrados a la serranía, aquello era prácticamente un día de campo. Conforme se alejaban del pueblo, se internaron en una cordillera tupida de pinos y de hierbas o arbustos que de momento les impedían el paso. Pero era preferible dar un rodeo, antes que ser descubiertos por una mirada indiscreta. Y ninguno de los dos quería ser interrogado acerca de los motivos que los tenían deambulando por aquellos despoblados rumbos en aquellas horas de la noche. No obstante, ellos sabían de sobra que nadie transitaba por el monte, a no ser que se tratara de un cazador en busca de su presa. Y de la misma manera ellos eran un par de cazadores, conducidos por la pura intuición sin saber a ciencia cierta que era lo que perseguían. Por lo menos el cazador sabía cuál era su objetivo, pero los campesinos, de lo único que tenían certeza es que iban en dirección de las derruidas ruinas de lo que en alguna época fue el gran feudo de los dueños de aquella comarca. A la distancia, con el oído agusado, característica propia de las personas de campo, los campesinos en misión, en forma casi imperceptible alcanzaron a escuchar el repicar de campanas que llamaba a misa de siete. Sin reloj en la muñeca, o cosa que se le pareciera, los inidividuos podían saber la hora por los llamados a misa, por la posición del sol o por la posición de los astros, de la misma manera que el marinero en alta mar. Al igual que el oído, el sentido de la orientación y el olfato eran unas de tantas cualidades que los hacía distinguirse del común de los hombres acostumbrados al ambiente citadino. Cual sabueso que se guía por su olfato, sabían la diferencia entre los orines de un collote o los de una liebre, y ni que decir de los de un zorrillo. Sin más luz que lo oscuro del monte, cuando se ocultaba la luna entre las copas de los árboles, ellos también podían identificar en la oscuridad cuando el canto de un ave podía ser el de una lechuza, el de un buho o el de otro pájaro. Sin duda, los brillantes ojillos de una liebre eran diferentes al de una ardilla o al de un gato montés, escondidos en la maleza atentos al posible peligro que significaba la presencia de los seres humanos.

Detenido un instante, ante lo que parecía ser un día excelente para la cazería, Gabino indicó con el índice el par de liebres que brincaban entre matorrales, lo mismo que el pequeño venado que se desplazaba veloz hasta perderse entre arbustos y árboles. Al señarle al viejo la abundante cantidad de presas, se lamentó de no cargar con la vieja escopeta que ocasionalmente utilizaba cuando salía de caza. Para colmo de males, a unos cuantos metros de donde estaban ellos, un par de ojos como luminosas canicas en la oscuridad denotaban la presencia de un cervatillo. En consecuencia, se vio tentado a correr detrás del animal. Pero en cuanto el cervato detectó la señal de peligro, se esfumó del mismo modo que había aparecido.

-¡Chingao!-expresó Gabino con visible frustración-Pareciera como si estos méndigos animales supieran que no venimos armaos.

-Acuérdate-dijo Gervasio con ironía-que los animales del bosque son igual que los perros, que pueden oler el miedo o las malas intenciones de una persona.

A Gabino no le hizo mucha gracia el comentario y prefirió seguir caminando sin hacer más aspavientos. Mientras salían del bosque a un claro en el llano, los pies de ambos, ajustados en recios guaraches, se hundían en el tupido barbasco de pino y de ojarasca. Aunque ese no era su deseo, tuvieron que cruzar por una propiedad delimitada por cercos de alambres de púas. Después, atravesaron por un gran sembradío de maíz. La milpa tenía más de dos metros de altura, y se encontraba justamente enfrente de los terrenos que daban acceso a la hacienda. Por un instante se detuvieron y musitando discutieron entre la conveniencia de continuar su camino al mismo interior de la hacienda, o simplemente quedarse agazapados a observar. Al fin concluyeron que no tenía caso esperar a que algo ocurriera, pues de todas maneras habían pasado toda la tarde en aquella peña sin descubrir absolutamente nada. A un costado de la hacienda se escuchaba la corriente de un riachuelo, y siguiendo el curso del agua en dirección al pueblo de El Encanto, de manera paralela corría el camino de terracería en donde se encontraba el camino del Paso de las Tres Cruces. El par de hombres agusaron los oídos y miraron en todas direcciones, tratando de asegurarse de que ningún cristiano se encontraba alrededor. Al momento de mirar hacia Las Tres Cruces, los dos, por costumbre se persignaron. Gabino sintió el vivo recuerdo de don Refugio García, y de repente también tuvo la sensación de que el occiso se encontraba deambulando por aquellos rumbos. Experimentó una especie de temor cuando vinieron a su mente los recuerdos del otro occiso, padre de Epifanio. Recordó la brutal forma en que el difunto Epifanio trataba a los peones de la hacienda, y en su mente se reprodujeron los crueles castigos que aquel miserable hombre imponía a los harapientos labriegos, cuando éstos contravenían sus órdenes. Uno a uno vinieron a su memoria el recuento de sucesos vividos detrás de las murallas de aquel lugar de oprobio y esclavitud, cuando él y su hermana Inocencia apenas eran un par de niños traviesos sin plena consciencia del bárbaro régimen de explotación al que era sometido mucha gente. También vinieron a su memoria las primeras lágrimas que había visto de la entonces patrona Ángeles García, cuando Inocencia besó ambas manos de Ángeles en señal de agradecimiento el día en que la mujer se despidió del par de hermanos. Y no era para menos, pues en realidad, Ángeles se había convertido en algo más que una protectora para Gabino e Inocencia. En unos cuantos segundos, a la velocidad de la luz, por la mente de Gabino transitaron una sucesión de amargas, pero también unas pocas y felices experiencias, como el día en que él y su hermana se habían robado unas manzanas y habían sido solapados por Ángeles. Meditabundo y en suspenso, en otra dimensión del tiempo y el espacio, Gabino apenas empezaba a darse cuenta de todos los años transcurridos desde la última vez en que había pisado aquellas tierras. Al instante, Gervasio pudo comprender la cantidad de pensamientos del hombre, y lo dejó que vagara absorto en las propias ideas. Al fin, Gabino volvió a la tierra y volteó a mirar a Gervasio, como si se encontrase extraviado o perdido en algún lugar del monte. El viejo le indicó el camino que debían seguir y, de forma obediente, el otro siguió a su guía sin decir ninguna palabra. Así, con prudencia se fueron aproximando.

Cuando entraron a la propiedad considerada como parte de la hacienda, un muro de piedra volcánica les impedía el paso y la vista hacia adentro. Entonces caminaron alrededor de la gruesa barda, hasta encontrar partes de la misma derruidas por las corrientes de agua. Efectivamente, como Gervasio lo había previsto, sólo quedaba en pie una parte de aquella muralla, y no tuvieron que caminar mucho hasta encontrarse con las ruinas de piedra a través de las cuales saltaron sin mucho esfuerzo. Ingresaron con cautela mirando en todas direcciones, y lo primero que observaron fue la gran casona en donde había nacido Epifanio, y en donde trabajaban como parte de la servidumbre Inocencia y Gabino. La casa denotaba el paso del tiempo, y como era de esperarse, ya no existía la mitad de la techumbre y la otra parte tenía las vigas, viguetas y tablones podridos. Aquel resplandor de antaño había dado paso a una residencia de aspecto lúgubre, en donde anidaban en los áticos murciélagos y gran cantidad de bichos. Ocasionalmente salían de las rendijas de lo que quedaban como puertas, ratas del tamaño de una liebre, y las ventanas estaban tapadas de manera burda con tablas llenas de clavos. Las paredes presentaban manchones negruscos y cúmulos de musgo por los hilillos de agua que bajaban por las mismas cuando llovía. Ni que decir de ciertos muros, cuyo aspecto mortecino, denotaban el aspecto de suciedad y abandono.

Gervasio le indicó a Gabino que se encontraban muy a descubierto en una franja de terreno abierto, y los dos decidieron ocultarse a un costado de la antigua casa. Al caminar unos cuantos metros entre matorrrales y mechones de zacatón que se elevaban medio metro del suelo, observaron las caballerizas que también se encontraban en deplorable estado. Entonces, Gabino pensó que era mejor andar en esa dirección. En una loma contigua, entre el bosque, los dos pudieron observar una gran cantidad de lucecitas brillando en lo oscuro. Los cocullos volaban en grupitos separados aquí y allá, y del mismo modo que rutilaban en azul resplandor, de pronto se apagaban, dando paso al canto de una luchuza o al aullido de un lobo encaramado en lo alto de la serranía. Por un instante detuvieron sus pasos, y uno se retiró el sombrero de la cabeza ordenando con los dedos los cabellos relamidos por el sudor. El otro se levantó brevemente el sombrero, y como le había ocurrido desde el primer momento que vio la hacienda, una serie de vivencias empezaron a surgir en su mente.

-¡Y ora tú!-dijo Gervasio musitando-¿Ya vas a empezar como hace rato?

-¡No, no es eso! Lo que pasa es que me quedé pensando en todo lo bonito que era la casa de los que fueron nuestros patrones, y ora parece peor que una caja de muerto toda podrida.

-Pos ya muerto uno, que más da que la caja esté bonita o fea. ¡Ji, ji, ji!

A Gabino le pareció graciosa la ocurrencia y empezó a reír tapándose la boca en un intento de contener la risa y de que ésta no fuera muy audible. Cual niño travieso, Gervasio reía de la misma manera, y al abrir la boca mostraba la falta de dos de sus dientes. Una vez que terminaron de explayarse, los dos guardaron la compostura y se miraron un tanto intrigados, como preguntándose cuál era el objetivo real de su presencia en aquellos terrenos desconocidos. Ninguno se atrevió a hacer la pregunta obligada, pero intuyeron por medio de la mirada que los dos pensaban lo mismo. Mientras estaban parados, resguardados por un alerón de las caballerizas, ambos se encontraban indecisos entre entrar a aquel galpón o regresar e ingresar a la casa de donde venían. No sabían qué hacer, y por pura coincidencia ambos fijaron la vista en una de las paredes de la casa. De una argolla pendía algo, y sin pensarlo mucho, de forma sigilosa se acercaron a ver de qué se trataba. De inmediato, Gabino pudo identificar el pedazo de reata colgando del arillo, y un gesto grave se dibujó en su cara cuando creyó reconocer al dueño de la deshilachada fibra. Consternado por el adusto gesto del otro, sin pronunciar palabra, Gervasio encogió ambos hombros y se quedó a la expectativa. De forma lacónica, Gabino le indicó al viejo que se fijara bien en la reata. Pero apenas estaban en eso, cuando Gervasio tomó del brazo con un fuerte apretón a Gabino. A un costado, en una hendidura entre el muro y el suelo había un fuete. El objeto de cuero, de indudable calidad y manufactura digna del mejor artesano o talabartero, era señal inequívoca del sello de la casa. Vacilando, ninguno de los dos sabía si debían recoger aquel fuete del suelo, con el temor de que algún día el dueño les fuera a reclamar algo. No obstante, los dos sabían que eso era imposible, porque el propietario tan sólo era un esqueleto como muchos otros que había en el camposanto. Y más que los reclamos de un ser viviente, eran los temores de que un ánima enfurecida pudiese echarles en cara el atrevimiento de estar en casa ajena husmeando en donde no debían. El viejo le pegó un pequeño empujón al más joven. Al fin, como pudo y con la saliva a medio tragar, Gabino recogió la pieza de cuero del suelo, aterrorizado con la idea de que el occiso Epifanio regresara del más allá para tundirlo a latigazos del mismo modo que hacía con los miserables de aquella hacienda.

-Caminas-jocoso aseveró Gervasio-como si anduvieras surrao del miedo.

-¡Cállese viejo jijo! ¿Qué no ve que esto es muy serio? Además, si usté es tan machito, pa que me mandó a mí por delante.

Ambos examinaron con detenimiento el fuete, y sin chistar concluyeron a quién pertencía.

-Pero qué-inquirió consternado Gervasio-está haciendo aquí el fuete de don Eustacio.

-No nomás es el fuete. Fíjese bien en ese pedazo de reata y se va a dar cuenta que el dueño es el mismo. Aquí había un caballo amarrao, y espantao por algo empezó a pegar de brincos y reventó la soga.

-¿Y debo de suponer que el dueño de ese caballo era don Eustacio?

-¡Exactamente él mismo!-enfático aseveró Gabino-Porque ese tipo de reata es la misma que usa en sus caballos Epifanio. Y es la misma que usaba el difunto.

Gervasio se retiró el sombreo rascándose la cabeza con movimientos de arriba abajo en señal de aprobación. Todo parecía indicar que las cosas eran como Gabino afirmaba. Además, el viejo sabía que Gabino era un experto en el arte de la charrería y los caballos. Y si de algo se podía ufanar Gabino, era de su conocimiento sobre equinos. Después de todo, entre varias de sus ocupaciones, el herrar caballos y curarlos constituía una de las formas en que se ganaba la vida, y a través de la cual había ganado cierto prestigio y aprecio de la comunidad. El otrora campanero, simplemente se limitó a escuchar y aceptar sin chistar todo cuanto el otro afirmaba. El veredicto era el de un especialista. Por lo mismo, aquello ya no era motivo de discusión, pero tal acuerdo inevitablemente apenas era el principio de una serie de incógnitas.

-Verdá de Dios-expresó Gervasio-que yo también creo que las cosas son como dices. Y si el caballo del difunto estaba aquí, eso quiere decir que don Eustacio, antes de morir, vino pa la hacienda. La cosa sería saber cuándo vino y por qué vino.

-No nomás eso, don Gerva. Si el caballo que estaba amarrao lo asustó algo, me gustaría saber qué fue lo que lo espantó.

Insatisfechos con el hallazgo que al fin les había dado reales motivos para seguir hurgando, el par de improvisados detectives se tomaron más que en serio su papel, con la plena intención de dar con el quid del misterio encerrado en las habitaciones de las derruidas construcciones. Con el fuete en la mano, y sintiéndose por el momento amo de la situación, aunque era poco o casi nada lo que alcanzaba a vislumbrar, Gabino le sugirió a Gervasio transitar por lo que era considerado como la parte trasera de la casa. Se asomaron por ventanas o lo que quedaban de ellas, pero en realidad era poco lo que podían aventajar. Cuando la luz de la luna no los ayudaba mirar al interior de aquella casa, lo único que podían ver eran cuartos oscuros. Después de auscultar y tratar de encontrar indicios de algo, se toparon con una pequeña puerta que cedió con cierta facilidad, pues los maderos estaban prácticamente podridos. Una nuve de murciélagos salió despavorida del interior de la habitación, y los individuos como ladrones sorprendidos in fraganti empezaron a manotear. Los negros intrusos, con cuerpos de roedor y alas, se estrellaron en caras y cuerpos de los campesinos que se agitaban en forma desesperada, hasta que al fin cedió la intensidad de aquellos animalejos. A tientas, con la ayuda de algunos rayos de luz que se colaban por la puerta, los dos empezaron a buscar sus sombreros que habían salido proyectados hacia algún rincón. El látigo que cargaba con la diestra Gabino, fue el arma perfecta para deshacerse de las alimañas que, por un momento, parecían llevárselos a ambos en peso. Gabino se quedó observando por un momento el fuete, y pudo darse cuenta que aquel objeto, además de servir para golpear bestias y humanos, podía servir para otras cosas.

Sin perder mucho tiempo, los campesinos metidos a detectives, alinearon sus ropas y se acomodaron sus sombreros para continuar sus indagatorias. Por fortuna para ellos, la habitación por donde habían ingresado, comunicaba con otras habitaciones de la casa o lo poco que quedaba de ésta. En la pared y pisos se podían ver las marcas de objetos que aparentemente habían sido robados a toda prisa. Lo que en alguna época fueron mármoles y maderas preciosas, cedieron su lugar a nidos de arañas y culebras. El tufo a humedad, producto de tanto encierro, incluso para el par de hombres que estaban acostumbrados a aquellas condiciones climatológicas, era insoportable. Temerosos de que pudiera salir una serpiente o algún otro tipo de bicho, caminaron de puntitas por una y otra habitación, descubriendo alguna silla rota en un rincón, un buró o algún otro mueble de madera hechos astillas o casi inservibles. De los techos colgaban telarañas, lo mismo que de los rincones que unían al techo con muros y a los muros con el suelo. Nada fuera de este mundo había causado pánico entre el par de individuos, no obstante, lo lóbrego del lugar los mantenía en constante estado de tensión. En una de tantas habitaciones de la antaño mirífica mansión, Gervasio constató que una parte del piso denotaba características fuera de lo común. Las sospechas del hombre lo condujeron a elucubrar algunas ideas. Y la suspicacia fue mayor cuando ambos pudieron constatar que las paredes de algunas habitaciones se encontraban llenas de huecos producidos por la mano del hombre.

-¡Aquí estaban-pronunciaron al unísono como si estuviesen de acuerdo-buscando oro!

Las evidencias eran contundentes, y solo un niño o una persona carente de malicia no hubiesen llegado a la misma conclusión. De inmediato empezaron a formular hipótesis de lo que pudo haber ocurrido, y lo primero que se les vino a la cabeza fue pensar que Epifanio y su abuelo tenían que ver con aquellos desaguisados. A Gervasio le llegó el recuerdo del gran anillo que don Eustacio había regalado a Carreño y, atando cabos, pudo darse cuenta que además de haber dado muerte al difunto Refugio García, en aquella hacienda había escondido un gran tesoro. Ninguno de los dos estaba equivocado en sus especulaciones, aun cuando los detalles distaban de los hechos reales. Sea como sea, el rompecabezas empezaba a cobrar forma, y los jerarcas de aquellos latifundios guardaban muchos más secretos que los que el par de campesinos se imaginaban. Creyendo que habían descubierto muchas más cosas de las que realmente esperaban encontrar, los dos salieron por la misma puerta por donde habían entrado a la odiosa mansión. A corta distancia de donde se encontraban, el relinchar de un caballo los volvió a la realidad. Más asustados que cuando se enfrentaron a manotazos con los murciélagos, ligeros como una liebre, saltaron entre matorrales en busca del hueco de una derruida barda. Aquel agujero fue la puerta de escape de lo que parecía la presencia de un ser mundano. Con el corazón agitado por la carrera y el susto, los dos se recargaron del otro lado de lo quedaba en pie de la mole de piedra, en espera de recobrar el aliento. Desde aquel lugar, y sin siquiera habérselo propuesto, como consecuencia de lo elevado del terreno, tenían una perfecta visión del casco de la hacienda, de las caballerizas y de la casa. Sin que hubiesen reparado en ello, el casco les pareció una construcción singular, por la forma en que había sido edificado y por su estratégica ubicación. En pocas palabras, se podía decir que el casco de la hacienda era el timón de aquella gran nave. Los dos se quedaron un tanto extrañados de cómo no se habían percatado de aquella construcción ubicada en una pequeña pendiente de lo que constituía el gran centro de poder de aquel latifundio.

XXI

Eran las doce de la noche y el par de hombres estaban sorprendidos por la forma tan rápida en que había transcurrido el tiempo. Tenían la impresión de que tan sólo pasaron dos horas, desde la última vez que se encontraban sentados en aquel peñasco en lo alto de una colina. Jadeando y sudorosos por la carrera que habían pegado, se arrojaron aire con sus sombreros en la cara, tratando de refrescarse y recuperar el aliento. En la medida que fue controlando la respiración, el más joven, en cuclillas, se asomó para tratar de identificar de dónde provenía el relinchar del equino que los puso en franca huída. Gabino volteó en todas direcciones sin poder identificar el caballo o yegua, empeñándose de manera infructuosa. Gervasio hizo lo mismo, indicando a Gabino la conveniencia de quitarse los blancos sombreros para no ser descubiertos. Agazapados los dos, estuvieron atentos a cualquier señal sin que nada pareciera romper la tranquilidad de catacumba que rodeaba al lugar. Ambos, entonces, se incorporaron en sus piernas y escondidos detrás del muro, discutieron la conveniencia de buscar otro punto de observación. Con sigilo caminaron resguardados por la barda que serpenteaba por un lomerío, hasta tener una nueva posición, pero el resultado fue el mismo. Lo único que lograron divisar fue el caserón, las caballerizas y el casco de la hacienda. Sin darse por vencidos casi habían dado un rodeo completo a la hacienda, y el resultado fue el mismo. Nada indicaba la presencia de un ser viviente. Y lo que en un principio era una simple indagatoria, al poco rato se trocó en franca intriga.

-¡Oye tú!-vacilante inquirió Gervasio-¿De veras oíste lo mismo que yo? ¿No será que nos confundimos?

-¡No señor! Los dos oímos claritito como relinchó un caballo. ¿O qué cree que nos estamos volviendo locos?

Agradecido por aquella afirmación, Gervasio trató de recobrar la cordura ante lo que ya se prefiguraba en su mente como una idea producto de su imaginación. Y es que en realidad, después de la aburrida forma en que había terminado la tarde en lo alto de aquel peñasco, se sucedieron una serie de hechos que los llevaron a tratar de recrear de manera mental los arcanos sortilegios encerrados en aquel lugar. Haciendo conjeturas, Gervasio trató de convencer a Gabino de que el relinchar de aquel animal tenía que ver con la posibilidad del jinete y el caballo que se internaban en la hacienda en horas de la noche. Aunque no tenía ninguna evidencia de ello, debido a la distancia desde donde observaba en aquella peña, Gervasio creía que no podía ser de otra manera. Y Gabino, atento, trató de encontrar una explicación lógica que, al parecer, no existía porque ni equino ni jinete eran visibles por ningún lado. Entonces, uno y otro se miró de forma fija, ante la idea que atravesó como estrella fugaz el firmamento, y que ambos atraparon al vuelo. Ninguno de los individuos se atrevió a insinuar nada, pero sabían que habían sido arrebatados por el mismo pensamiento. Un sudor frío recorrió de pies a cabeza a Gabino, y Gervasio sufrió el mismo efecto cuando pudo constatar lo mismo que miraba el otro. Un hombre de recio caminar, con chaparreras y pantalones ceñidos al cuerpo al estilo charro, se paseaba frente al casco de la hacienda. Al mirarlo, el par de campesinos sintieron que las rodillas se les habían aflojado ante la presencia del extraño visitante. El sujeto de sombrero negro, entró y salió del casco de la hacienda como tratando de cerciorarse de que no había nadie en los alrededores. Al fin, Gervasio y Gabino habían dado con el extraño jinete que el más viejo tenía en el imaginario, sin embargo, el caballo brillaba por su ausencia. Y al instante los dos concluyeron que no se habían percatado de la presencia del animal, porque seguramente se encontraba en alguna parte dentro de las derruidas caballerizas. A la vez se congratularon de no haber sido descubiertos cuando salieron con pies en polvorosa al escuchar el relinchar del equino. Ninguno de los dos despegaba los ojos del cristiano que deambulaba por los terrenos de la hacienda, cuando enseguida se dieron cuenta que el individuo tenía una forma singular de caminar. El cuerpo robusto y fortachón, también les pareció familiar al par de campesinos. Y cuando se detuvo el visitante para limpiar con una vara el lodo que tenía en una de las botas, ya no hubo la menor duda.

Era él y no podía ser otro. No obstante, el par de vigías instalados en la improvisada y derruida atalaya de piedra volcánica, no se explicaban los motivos por los cuales Epifanio se encontraba a media noche en medio de aquel lóbrego espacio. Creyeron que estaban ante la evidencia de algo muy importante, y musitando en susurros casi inaudibles, pensaron que un tesoro importante se encontraba guardado en la hacienda, sin saber que el tesoro ya había sido extraído de aquel lugar. Al mirar a Epifanio, tuvieron la impresión de que hablaba con alguien, pero de nueva cuenta un terror se dibujó en sus caras cuando descubrieron que el cacique hablaba con la nada. Uno y otro tornaron a mirarse, y con los ojos se interrogaron preguntándose si en realidad Epifanio había perdido el juicio. Y aún quedaron más estupefactos cuando en fracción de segundos, en un instante en que ambos habían fijado sus miradas el uno en el otro, al volver los ojos a donde se encontraba Epifanio, éste, se difuminó en el aire como por arte de magia.

-Esto ya no me está gustando-con voz entrecortada y visible miedo en la cara, expresó Gabino-. Yo creo que mejor nos vamos.

-A mí también me está cargando la chingada del espanto. Pero yo creo que debemos aguantarnos como los machos.

-Ta güeno.

A pesar del horror que los poseía, siempre bajo el resguardo del muro de piedra y de puntitas, del mismo modo que habían ingresado a la vieja casa, los dos se apostaron frente al casco de la hacienda en donde había desaparecido Epifanio. Ninguno parpadeaba con la mirada fija en la puerta de acceso al casco, con la esperanza de que de un momento a otro saliera de aquel lugar el cacique. Los minutos de espera se hicieron más largos de lo normal y, de forma alternada, primero uno y luego el otro, empezaron a cabecear por el cansancio y el sueño que los invadía. A la una de la mañana, en condiciones normales los campesinos ya estaban en su quinto sueño, no obstante, la intriga y el misterio los tenía de pie como un par de guerreros que se negaban a darse por vencidos. Gervasio jaloneaba del brazo a Gabino, cuando éste parecía haberse quedado dormido, y viceversa. Entre sueños, pesadamente recargado entre el pedregal detrás del cual se escondía, Gervasio tuvo la impresión de escuchar murmullos. Al sentirse fuertemente jaloneado de la manga de la camisa por el viejo, Gabino agusó ambos oídos sin escuchar nada. Pero al cabo de un rato, los dos percibieron el ruido de una voz que salía a través del resquebrajado techo del casco de la hacienda. Aquella voz de hombre se escuchaba de forma esporádica. Y, al cabo de escucharla varias veces, los dos se convencieron de que se trataba de la voz del cacique. Por más que agusaron los oídos, nunca lograron entender una sola palabra de aquella especie de monólogo apenas contenido entre cuatro paredes. Gabino quiso hacer un comentario acerca de lo inusual de aquella situación, pero enseguida con el índice puesto en los labios, Gervasio le indicó que guardara silencio. Siendo ya horas de la madrugada de un nuevo día, un tenue viento trajo consigo la neblina que fue invadiendo cada uno de los confines de la vieja hacienda. De la misma manera, las nubes en el cielo taparon por completo la luz de la luna. Todo quedó entonces en completa oscuridad, provocando que los campesinos se sintieran en una especie de pueblo fantasma. El miedo de ambos fue en aumento y, sin pensarlo más, decidieron salir del perímetro de la hacienda con la clara intención de regresar por donde habían llegado. Ya no quisieron indagar más, pues lo lóbrego del lugar poco a poco se fue imponiendo en los abotagados sentidos de los hombres. De sobra sabían de las historias que hablaban de aparecidos en aquellos lugares, y ellos no querían ser una más de las víctimas que se enfermaban producto de un mal aire causado por la aparición de un ánima. Aun así, se agazaparon por un buen rato entre la milpa, desde donde habían ingresado a la hacienda, con la esperanza de que saliera Epifanio a descubierto y de una buena vez lo vieran montar en el caballo que ellos suponían estaba en las caballerizas.

En el interior del casco de la hacienda, en un intento de diálogo, Epifanio se encontraba pronunciando llamados al arcano espectro que ocasionalmente se aparecía en aquel lugar.

-¡Aliado, aliado!-con relativa impaciencia dijo Epifanio-¡Soy yo, Epifanio! Necesito tu ayuda.

Por un momento, Epifanio creyó que no iba a contar con suerte, pues en otras oportunidades nada había ocurrido. Igual que la primera vez, como en el día en que murió don Eustacio en la hacienda, Epifanio experimentó una especie de vértigo maligno. Una risa perversa le salió de los labios y el eco de la misma parecía rebotar en la oscura habitación. En un instante en que todo aparentaba un aquelarre, la risa de él se confundió con la del otro. Ese otro también reía, y con perverso placer Epifanio no sabía bien a bien en donde empezaba su risa y donde terminaba la del otro. Era muy poco lo que el cacique podía ver en medio de aquella oscuridad, pero pudo percibir la presencia de su aliado. Como un par de compadres que se habían reunido para maquinar una fechoría, Epifanio comprendió que había logrado su cometido, cual nigromante henchido de orgullo.

-Dime que quieres-sin más preámbulos dijo el aliado-. Bien sabes que cuentas conmigo.

-No es mucho-enseguida expresó Epifanio, como repensando en lo que iba a decir-. A veces te apareces aquí, pero hasta la fecha no me has dicho realmente quién eres.

-Ya te lo dije. Solo uno entre tantos de tu linaje tiene la oportunidad de verse a sí mismo en el árbol genealógico de la sangre.

-No entiendo lo que me quieres decir.

-Es muy simple. Yo soy el padre del padre del padre de tu padre. Conformate con saber que soy parte de ti mismo. Nada gano con explicarte otras cosas. Vengo de tiempos inmemoriales para ti y todos tus contemporáneos. Sé lo que necesitas de mí. Sigue adelante con tus planes. Nada se interpondrá en tu camino, por ahora.

-¿Por ahora?

-Sí, por ahora. Tú mismo te irás dando cuenta con el tiempo quienes son tus verdaderos enemigos. Sólo cumplo con decirte que debes estar atento. Tú serás el último de nuestro linaje. A pesar de que ya tienes y tendrás una gran cantidad de hijos, contigo se termina la real descendencia de nuestra estirpe. ¡Adiós!

En completo silencio y sin poner en tela de juicio las aseveraciones del aliado, Epifanio comprendió más de lo que creía en cuanto a lo que el porvenir le deparaba. Solo una duda había quedado en su mente, pero como el arcano espectro había dicho, esa tarea le correspondía al cacique. En el largo rato en que quedó parado en total silencio, una vez que la sombra se difuminó en el aire, el hombre tenía la certeza de saber quienes eran esos verdaderos enemigos. Una sonrisa que enseguida se trocó en risa, dejó entrever a plenitud la soberbia de Epifanio Martínez, único sobreviente y real heredero de la herencia de El Encanto. Si los enemigos a que se refería el aliado, eran los mismos en que pensaba Epifanio, todo iba a ser como quitarle una paleta a un niño de la mano. Con los ojos enrojecidos y una especie de fiebre que le recorría el cuerpo, Epifanio se encaminó a la puerta de salida, más seguro que nunca de lo que debía hacer.

Aún entre las milpas, con los ojos que casi se les salían de las órbitas, tanto Gervasio como Gabino no daban crédito de lo que veían. Gervasio no se pudo sostener en pie y de un sentón cayó al suelo, abrazando como niño huérfano una de las piernas de Gabino. Gabino, por su parte, apenas si se podía sostener en pie, con el cuerpo totalmente bañado en sudor y los pelos parados de punta. Apretó fuertemente el fuete del difunto que aún traía en las manos, y se quedó completamente paralizado de la impresión. Del casco de la hacienda salió una especie de individuo. Pero al momento que seguían con la mirada al sujeto o lo que parecía ser un sujeto, el par de espantados hombres se dieron cuenta que aquello era cualquier cosa, menos un hombre. El espectro aquel parecía no tener pies y se desplazaba en el aire a gran velocidad. En segundos que fueron eternos, también se dieron cuenta que el ánima tenía como cabeza una sombra o nebulosa, por encima de la cual parecía flotar un sombrero. El fantasma siguió su curso con gran velocidad por los aires y pasó a un costado de donde se encontraban el par de campesinos, provocando que un ventarrón les arrancara de la cabeza sus sombreros. La milpa crujió y se agitó de un lado a otro, al igual que los matorrales, y los pobres espantados creyeron que ahí mismo los iba a encontrar la parca. El ánima aquella, que por momentos parecía ser el mismo Epifanio, en un instante alcanzó el camino de las cruces y se fundió por completo en la oscuridad. El yerto cuerpo de Gabino perdió poco a poco su tensión y cayó como pesado fardo al lado de Gervasio. Los pantalones del más joven de los hombres estaban completamente mojados, sin saber Gabino si era producto del sudor, de los orines o ambos. Y Gervasio despedía un tufo pestilente, sin darse plena cuenta de que se había surrado en los calzones. Un sentimiento de vacío y soledad los invadió, y una y otra vez se persignaron, al momento que imploraban al cielo y a Dios para que no se los llevara la muerte entre sus negras alas. Como dos gatos enteleridos, tenían los pelos relamidos y de punta, en espera de que les volviera en forma completa el alma al cuerpo. Ya nadie les podía contar que se sentía ver una aparición. En todo caso, ellos se sumaban a todos aquellos cristianos que habían sido espantados por aquellos rumbos.

-Ora sí-comentó Gervasio como tratando de romper el impasse-me cagué de veras en los calzones. Verdá de Dios que nunca me había sentido tan espantao en mi vida.

-Yo también ando todo miao-dijo Gabino, tratando de consolar a Gervasio-Por Dios Santísimo que si yo hubiera sabido que todo esto nos iba a pasar, de plano no vengo pa´ca. Pero eso nos pasa por andar metiendo las narices donde no debemos. Por andar de chiles fritos salimos cagaos y miaos.

-¡Ji, ji, ji! ¡Ja, ja, ja!

La risa les hizo recobrar en forma definitiva el talante perdido. De nueva cuenta volvieron a ser los alegres hombres de siempre. Por segunda ocasión recogieron sus sombreros arrumbados entre la yerba y, con el debido respeto, prefirieron dar un rodeo antes que caminar a través de la intersección de Las Tres Cruces. La única prueba palpable que tenían de aquella aventura, era el fuete que llevaba en la mano Gabino. Quizá iba a ser muy poco creíble lo que ellos le platicaran a sus familiares o amigos, pero el fuete era la real evidencia de que todo cuanto había ocurrido no era una simple fantasía. A falta de machete, Gabino utilizaba el fuete para golpear con el mismo las ramas que se interponían al paso. De tal manera fue discutiendo con Gervasio acerca de la conveniencia de mostrar aquel trofeo a quienes pusieran en duda su epopeya. Al cabo de comentar la idea mientras caminaban, concluyeron que lo mejor era ocultar el objeto de cuero, pues alguien podía delatarlos como vulgares ladrones. Más que a nadie, a ellos les hubiera gustado demostrar la veracidad de la experiencia, pero la prudencia les aconsejaba actuar con cautela, no sólo en ese aspecto sino también en lo concerniente a no confiar en cualquier persona. Ellos conocían mejor que nadie a su gente, y de sobra sabían que la discreción no era precisamente una de las virtudes de los pueblerinos.

El trayecto de regreso fue mucho más corto. Y en cuanto entraron al pueblo, el par de hombres se sintieron completamente felices de estar de regreso con los suyos. Por momentos, tuvieron la sensación de que recién despertaban de una pesadilla que los había tenido secuestrados toda la noche. Gabino llevaba escondido el fuete debajo de la camisa, y de forma maquinal al igual que Gervasio, caminaban sigilosamente, olvidando que ya no tenían nada de que esconderse. Al dar la vuelta por un callejón, a Gervasio le causó gracia la manera en que caminaba de puntas Gabino. Gabino cobró consciencia del hecho, y al instante trató de actuar con naturalidad. Eso fue motivo de burlas mutuas, siendo interrumpidos por un individuo que acababa de salir de una de las cantinas más frecuentadas en el pueblo. Al encontrase de frente, el sujeto se tambaleaba de un lado a otro en estado etílico. Se retiró el sombrero de la cabeza en señal de saludo, pero al reconocer al par de campesinos trató de entablar un diálogo.

-Con perdón de la palabra, de onde vienen ustedes.

Gervasio y Gabino tornaron a mirarse un tanto sorprendidos por la pregunta. En circunstancias normales, el otro habría sospechado por la forma en que titubeaban los recién arrivados.

-¡Bueno!-manifestó al fin Gabino-Venimos de casa de un compadre.

-Sí-dijo Gervasio, secundando a Gabino-Allá estuvimos toda la tarde en el bautizo de un chiquillo.

-¡Ah güeno! Perdonen ustedes la imprudencia. Sólo preguntaba por simple curiosidá. Yo sólo acabo de echarme unas copitas mientras jugaba a los dados sin ofender a naiden. Verdá de Dios que se siente rechulo ganar. Pero al fin me dejaron bien pelao, sin un centavo pa un trago. El que trae la suerte retederecha es Epifanio. Con perdón de la palabra, pareciera como si tuviera pacto con el diablo.

Enseguida, el hombre se persignó e hizo el signo de la cruz con el índice y el pulgar, besándose los dedos y jurando que todo cuanto decía era verdad. En cuanto escucharon el nombre del cacique, un frío sudor empezó a recorrer el cuerpo del par de amigos. Creían que se habían librado de la pesadilla, olvidada detrás en la abandonada hacienda, por infortunio el tormento no sólo tenía que ver con el más allá, sino también con los asuntos tangibles de esta tierra. Gabino se retiró una y otra vez el sombrero de la cabeza, se acomodó el sudoroso cabello y se rascó el cráneo como tratando de asimilar lo que acababa de escuchar.

-¡A ver, a ver, compadre!-inquirió Gervasio con grave tono-Cuánto tiempo lleva metido en esa cantina Epifanio.

-Pos allí ha estao toda la noche.

-¡No puede ser cierto!-al instante reaccionó Gabino.

-¡Cómo!-sorprendido por la reacción de Gabino, el otro hombre se sintió confundido.

-¡Bueno!-recompuso Gabino, dándose cuenta de su indiscreción-Lo que quise decir es que yo creí haber visto a Epifanio en otra parte del pueblo a esas horas.

La charla se prolongó más de lo debido, y el par de amigos comprendieron que no era necesario ahondar en el mismo tema. Dieron la media vuelta y se despidieron del individuo sin querer saber nada más. Gabino quiso acompañar al viejo hasta su casa, pero éste se rehusó, comprendiendo que a su amigo aún le faltaba un trecho por recorrer. Por un callejón lateral al pueblo, Gabino se despidió de Gervasio, y al viejo se lo tragó la oscuridad en la medida que se alejaba.

XXII

Desde las primeras horas de la mañana, las tres únicas parteras del pueblo no se daban a vasto. Como puestas de acuerdo, varias mujeres encinta en aquel tranquilo día, empezaron a resentir los dolores previos al parto. Lola fue la primera en dar inicio a lo que se prefiguraba como una jornada muy activa. Para fortuna de ella y de su madre, pudieron contar antes que nadie con los servicios de una mujer de tosco aspecto y de mediana edad. Socorro arribó acompañada de la partera, una vez que le dijeron que a su hija se le había roto la fuente. Supina e incorporándose por momentos de la cama, Lola empezó a experimentar los dolores normales, y al poco rato los malestares aumentaron. De la misma manera, las contracciones se hicieron más constantes. Pero ambas mujeres, partera y madre, saltaron un tanto alarmadas cuando alguien, fuera de la casa, casi tira la puerta a golpes. Enfadada por la insistencia, la partera dirigió sus pasos para tratar de saber quiénes eran los incautos.

-¡Por amor de Dios!-disgustada interpeló la partera a los inesperados visitantes-¿Qué no ven que está a punto de nacer una criatura?

Apenas terminó de pronunciar estas palabras, cuando pudo darse cuenta que un hombre traía entre brazos a una mujer encinta, quien prácticamente, casi tenía al niño saliéndole de las entrañas. El marido que cargaba con la esposa, venía acompañado de otra mujer. Y en los brazos del hombre eran visibles los hilillos de sangre, mientras la falda era una gran mancha roja. Sin pensarlo demasiado, la partera observó aquel patético cuadro y enseguida dejó ingresar a los tres visitantes a la casa. Y no tuvo que esperar mucho, para enterarse de los verdaderos motivos de tal intromisión. Como tarabilla, en parte porque así era la forma natural de hablar del esposo, y por los nervios que lo invadían, explicó que nadie lo podía auxiliar, pues las demás parteras se encontraban igual de atareadas. La mujer que acompañaba a los inesperados visitantes, simplemente peló los ojos y asentía con la cabeza todo cuanto el hombre decía. Con la diestra, la atareada curandera le indicó al esposo que acomodara a la quejosa en el sillón de la sala. Allí mismo iba a tener que intervenir en el alumbramiento del nuevo ser. Por indicación de la partera, el marido raudo y veloz se dirigió a la cocina a calentar una cubeta con agua. Encarrerada, también, la mujer entró a la recámara en donde Lola yacía aferrada fuertemente con una de sus manos al brazo de su madre. Con urgencia y sin permiso de nadie, la partera tomó una de las sábanas de Lola y la cortó en pedazos con unas viejas tijeras. En cuanto ingresó a la sala dio los trozos de tela a la mujer con cara de susto, y desvistió a la sufrida embarazada. Efectivamente, la criatura estaba a boca de jarro, como ella había supuesto. Con diestras manos acomodó el producto que venía en camino, y la mujer recostada en el sofá pujó unas cuantas veces, cuando enseguida pegó un alarido de jubiloso dolor. La cabecita del bebé asomó por completo y el cuerpecito fue extraído por las hábiles manos que sujetaban aquella masa sanguinolenta. En ese preciso momento arribó el marido con cara de pánico y por poco se le cae la cubeta. Tembloroso dejó el balde de agua a un costado y prefirió voltearse para otro lado. La partera, al instante, pudo darse cuenta que se trataba de un niño. Recostó a la criatura junto a la madre en uno de los pedazos de sábana y cortó con unas tijerillas el cordón umbilical. Enseguida cargó al chiquillo sujetándolo con una sola mano de los tobillos y, boca abajo, le propinó dos pequeñas nalgadas. Los berridos del bebé se dejaron escuchar por toda la casa. Y en la habitación contigua, Lola y su mamá reaccionaron con sorpresa, debido a la brevedad de aquel parto. No daban crédito a lo que sus oídos escuchaban, pero las evidencias eran más que contundentes. El padre se acercó encantado a observar a su hijo, pero no le causó mucha gracia la pequeña masa amoratada en la que no se podía reconocer él o la madre. De cualquier modo se fue conformando con la idea, al paso de los días, de reconocerse a sí mismo en el hijo. De tal talante, la partera lavó el cuerpecito del infante y la madre con los trozos de tela mojados en agua caliente. Y aún con perlas de sudor escurriéndole de la cara al cuello, sin pensarlo mucho, corrió al lado de Lola. En cuanto traspasó el umbral de la puerta, chocó de frente con Socorro que, desesperada, iba en busca de la partera, pues la hija se deshacía en gritos.

Como si el esfuerzo de la robusta mujer hubiese sido poco, visiblemente consternada, pudo darse cuenta que ese parto no iba a ser tan sencillo como el anterior. La criatura venía en mala posición, y habría de recurrir a toda su sapiencia para intentar salvar al nuevo ser y la vida de la madre que se encontraba en un predicamento. Socorro, entonces, entendió lo delicado del asunto, y aceptó sin chistar todo lo que decía la partera. Una vez que comprendió que la hija podía perder la vida, sacó de su monedero el rosario con el que normalmente asistía a misa, y empezó a rezar con mayor devoción que nunca. Imploró a Dios y todos los santos, dispuesta a entregar su propia vida, con tal de que se salvara Lola. De rodillas, entre las piernas de la embarazada, las manos de la curandera se movían de una a otra parte del vientre, ante el escándalo de desesperados aullidos. Logró mover ligeramente de posición a la criatura que venía atravesada, pero en cuanto esto ocurría, Lola dejó de gritar y enseguida unos extraños estertores causaron una alarma terrible en la mujer afanada en tarea. Como impelida por resorte, la mujer pegó el oído al pecho de Lola, y pudo darse cuenta que el corazón latía lentamente. La moribunda manoteó y jaló aire en forma desesperada por la boca. En ese preciso momento, casi encima de ella, la partera golpeó varias veces con sus manos entrelazadas el pecho de Lola, ante los gritos de horror y el llanto de Socorro.

-¡No te la lleves Diosito!-gritó Socorro al momento que se mecía los cabellos, con dolor que rayaba en locura-¡Llévame a mí, llévame a mí! ¡Pero a ella no te la lleves! ¡Ayúdame, Dios Todopoderoso!

En la sala, a los inesperados visitantes se les salieron las lágrimas al escuchar aquel espantoso drama. La momentánea felicidad del reciente alumbramiento, en un impasse de angustia, quedó eclipsada por la posibilidad de una funesta noticia. De pronto, todo quedó en completo silencio, y las cosas parecían haber llegado a un horrible final. Con el alma en un hilo, Socorro casi pierde el juicio sin saber que era lo que le pedía la partera. Confundida, pudo constatar que le indicaba que guardara silencio y mantuviera la calma. Con el oído pegado al pecho de Lola, la partera pudo percibir un pequeño latido, mientras de rodillas al pie de la cama, la mamá rogaba encarecidamente a todos los santos del universo. Los de la sala se convencieron, aturdidos y confundidos, que todo había terminado. Pero el primer latido vino acompañado de otro, y de otro más, hasta adquirir su ritmo normal el corazón de la moribunda, del mismo modo que un tambor inicia con breves notas. La partera al fin retiró el oído del pecho de Lola, y con un suspiro que le salió de lo más profundo, mostró una expresión de alivio. Compulsivamente, Socorro se persignó varias veces y juntó ambas manos para enseguida extenderlas, mientras prosternada y hecha un mar de lágrimas, alzó la cara al cielo en señal de agradecimiento. En el umbral de la puerta, el papá del recién nacido y la mujer que lo acompañaba se abrazaron felices. Todos estaban contentos, sin embargo, nadie quiso echar por completo las campanas a vuelo, porque sabían que solo una parte del milagro se había consumado. Entonces la que empezó a rezar en silencio fue la partera, y con satisfacción manifiesta, pudo darse cuenta que la cabecita de la criatura ya empezaba a asomar por la dilatada vulva. Las manos de Lola y las de la partera se entrelazaron, mientras ésta le indicaba a la quejosa que pujara con todas sus fuerzas. En ese momento la única preocupación de la partera era el debilitado corazón de Lola. Y un inmenso grito de doloroso placer cimbró las ventanas, e impelida como torpedo, salió casi por completo la criatura a la cual sólo tuvo que dar un leve jaloncito la partera. La mujer realizó todo el proceso de costumbre y, al poco rato, los llantos de la niña de Lola se confundían con los del niño de al lado. La mujer y el hombre que la acompañaba, no pudieron contenerse y fueron al instante a abrazar a la madre de Lola. Jubilosos todos, incluida la partera, se abrazaron. Y el milagro al fin fue completo. Ese era el segundo nieto de Socorro, y lo había sufrido y padecido en carne propia como si fuese su propio hijo. Nunca antes, pensó la mujer de Modesto, ella había sufrido como en aquellas horas que fueron las más largas, angustiosas y dolorosas de toda su existencia. En ese momento, salió de la casa la mujer que acompañaba a los visitantes. Tan pronto como pudo, aceleró el paso y fue a indagar la suerte de las mujeres del pueblo en similares circunstancias. La partera se dejó caer con todo el peso de su cuerpo en una silla que crujió, y ahí se quedó por largo rato reposando, después de la faena más agotadora de toda su vida. A veces lloraban los bebés en forma alternada, y en otros momentos berreaban al mismo tiempo. La madre de Lola era la abuela más feliz de aquel terruño, y la anterior zozobra y sufrimiento, dieron paso al júbilo. Madre e hija estaban encantadas de dar la bienvenida a una niña, aunque la noticia no iba a ser del completo agrado de Modesto, quien esperaba a un barón. La paz y tranquilidad al fin reinaban en casa de Lola, que así como estaba tan cerca de la vida, lo estuvo de la muerte. A ratos, un silencio invadía todo, pero enseguida era interrumpido por los llantos de los chiquitines. Los llamados en la puerta alteraron aquellos momentos de tranquilidad, y enseguida arribó de regreso con nuevas noticias la mujer que apenas se ausentó por un breve lapso de tiempo. Lo primero que dijo fue que habían nacido otros niños más o menos en las mismas horas. La partera y Socorro, enseguida fueron a la sala a escuchar todo cuanto la mujer explicaba. Lo sorprendente, entonces, no era en sí el nacimiento de niños, sino el hecho de que todos hubiesen nacido el mismo día con algunas horas o quizá minutos de diferencia. Otra situación inédita para la historia del pueblo, tenía que ver con la cantidad de niños. La partera se rascó la cabeza y peló los ojos incrédula. En total nacieron seis niños. Así pudo darse cuenta que no solo ella estuvo tremendamente atareada, sino que las mujeres que compartían idéntico oficio, transitaron por el mismo camino de dificultades. Pues las otras dos, al igual que ella, ayudaron cada una en el alumbramiento de dos nuevos seres. Y por si fuera poco, un tercer asunto venía a sumarse a lo acontecido. Corría el rumor de uno a otro extremo de la comarca, que Epifanio era el progenitor de aquel racimo de niños. Por la misma razón, no fue casual que el hombre que se encontraba en casa de Lola, se empeñara una y otra vez en tratar de identificar los rasgos del vástago. El macho quería asegurarse de que el hijo fuera realmente de él. Lo que más le importaba es que su orgullo de hombre rodara cuesta abajo en boca de los del pueblo. Fue así que la mujer que narraba lo acontecido, prefirió reservarse para sí misma lo que ya era de conocimiento público. Y Socorro la observó con cierto prurito, ante el suspicaz silencio en que unos y otros se miraban sin atreverse a decir nada. A pesar de todo, Socorro dejó escapar un hondo suspiro y se dio cuenta que había llegado la hora de la reconciliación. Regresó al lecho en donde se encontraba su hija y, para su propia ventura, comprendió que su actitud orgullosa y de resentimiento le ocasionó grandes daños. Conmovida por el sufrimiento de perder a su hija para siempre, concluyó que la mejor manera de ayudar a Lola era apoyándola de forma incondicional. Con auténtica sinceridad, como pocas veces en su vida, también pudo darse cuenta que

Lola sufría la desdicha de no ser correspondida por el hombre al que creía amar. En un lance de lucidez, de algún rincón del inconsciente, también pudo percatarse que ella padeció en sus años mozos de los mismos males que su hija. Conforme ingresó a la recámara y observó a Lola abrazando amorosamente a su niña, más y más fue comprendiendo que ella no era otra cosa que una mujer frustrada. Después de una decepción amorosa, por puro despecho, prácticamente se casó con el primer hombre que encontró a su paso. Creía que así, había conjurado la desdicha de aquel amor de juventud. Se conformó con la idea de casarse con un hombre que le podía ofrecer una posición económica estable, pero más tarde que temprano, fue comprobando lo equivocado de su intempestiva decisión. El no meditar y la desmesura de sus actos, trajo como consecuencia el procrear a una hija con un hombre al que nunca amó. Y su marido, en el fondo de su corazón, aunque no lo alcanzaba a dilucidar plenamente, sabía que su mujer no lo quería. Así, el amor, era algo que había quedado enterrado en lo más hondo de su corazón. Por fortuna, la catársis producto de tanto sufrimiento, la cimbró de pies a cabeza, y le hizo ver en forma clara que Modesto no era más que la imagen del hombre que le ofrecía una mediana protección. Y, al cabo de los años, ya ni eso, pues el hombre se había desentendido de todos sus deberes, y de plano se entregó en cuerpo y alma a dar rienda suelta a los más bajos vicios. Entre otras cosas, pudo ver lo equivocado de ella y su marido, al creer que Epifanio iba a corresponder a las súplicas de Lola. Muy a su pesar, tuvo que aceptar que ella contribuyó a que la situación se saliera completamente de cauce, debido al interés que tenía en ver casada a la hija con el hombre más poderoso de la región. Una vez arrojados los naipes del destino, ya nada se podía hacer, el honor de la familia quedó completamente mancillado. Y en aquellas horas de profunda reflexión y auténtico arrepentimiento, Socorro lloró copiosamente y se acurrucó junto al cuerpo de su hija, entendiendo ambas que no hacían falta palabras para restablecer los lazos rotos por ambiciones y necedades compartidas.

En la habitación contigua, el diálogo roto quedó restablecido. El único hombre en en casa, pudo enterarse de los comentarios que no sólo se reducían a lo inusual de tantos nacimientos y a la dudosa paternidad de los infantes. En una de las principales calles del pueblo se había escenificado otra trifulca, justo en el momento en que varias mujeres se debatían en dolorosos partos. Los protagonistas eran los mismos, en una sucesión de hechos que parecían no tener fin. Sin que ellos se lo hubiesen propuesto, en su afán de despejar las incógnitas que los atribulaban, una vez más, Gervasio y Gabino se encontraban en el ojo del huracán. Ninguno de los dos podía ni quería deshacerse de su obsesión, después de la noche de espectros sufrida en la hacienda de El Encanto. Sobre todo Gabino, se empeñó en tratar de encontrar explicaciones a algo que quizá no lo tenía. Detuvo en plena calle a un individuo para interrogarlo. El hombre, un tanto sorprendido, no entendía a que venían tales preguntas. Aquel individuo se encontraba entre el grupo de que se emborrachaba y jugaba a los dados y naipes, precisamente el día en que Gervasio y Gabino se encontraban en la hacienda. En un principio solo era una que otra tímida pregunta, pero en un instante aquello devino en franca conversación. De manera contundente, el viejo con cara llena de arrugas y de desalineado bigote blanco, contó una a una las hazañas de las que había sido testigo. Conforme narraba, su ánimo aumentó, contando con fascinación la endemoniada suerte con que el cacique derrotaba a uno y otro contrincante. De la misma manera en que ganó Modesto el día del velorio, en la reciente noche de francachela, Epifanio hizo gala de dotes de tauromaquia. El hombre juraba y volvía a jurar que lo acontecido con el presidente municipal, era poca cosa, comparado con los lances de fortuna de Epifanio. En completo silencio, y sin interrumpir un solo momento al otro, Gabino escuchó con suma atención, hasta que el hombre terminó de explayarse. Gabino se retiró el sombrero de la cabeza, y sosteniéndolo con ambas manos, lo observó en gesto meditabundo. Con la mente puesta en todo lo que le habían dicho, no se dio cuenta que Modesto se detuvo a la vuelta de la esquina, con la intención de indagar el tema de conversación. Concentrado en lo suyo, Gabino reinició la charla, convencido de que aquel hombre y él se encontraban a solas.

-¡Bueno!-inquirió Gabino con harta familiaridad-¿Epifanio estuvo tomando y jugando con los demás toda la noche?

-¡Sí!-dijo el hombre enseguida.

-¿Está seguro que Epifanio no salió en ningún momento del lugar en que todos estaban?

-Que yo sepa, nunca salió de ahí.

-¡Y desde cuándo-abruptamente intervino Modesto-tú andas metiéndote en cosas que no son de tu incumbencia!

Gabino y el hombre que lo acompañaba pegaron un tremendo salto ante el intempestivo arribo del otro. El viejo campesino, en señal de deferencia se retiró el sombrero. De forma pausada, Gabino se colocó el sombrero y se tomó el tiempo necesario para responder, mientras Modesto, con los ojos inyectados de sangre por la cruda y la irritación, esperaba impaciente.

-¡Mire, don Modesto!-con ironía y gesto despectivo reviró Gabino-Se supone que usté es un hombre más educao que yo. Y, por lo mismo, hace usté mal en meterse en las conversaciones privadas de otras personas. Yo no tengo porque darle razón de mis asuntos privados a usté ni a nadie. La conversación solo era entre el señor y yo. Por educación le estoy contestando, pero no debiera. ¡Con permiso!

Dando la media vuelta, Gabino se dispuso a partir, ante la atónita mirada del campesino y la rabia que parecía brotarle por todos los poros del cuerpo a Modesto. Gabino pudo sentir como lo sujetaban del brazo en cuanto dio el primer paso.

-¡Óyeme, indio mugroso-desquiciado, Modesto pegó tremendo grito en plena calle-, yo te voy a eseñar como te debes dirigir a la autoridá!

-¡Suélteme!-enseguida se deshizo Gabino de la mano que lo sujetaba-Usté a mí no me va a enseñar nada. Además, podré ser un indio mugroso, pero decente, y no un vicioso ratero.

-¡Ora sí te voy a partir toda tu madre, pinche indio patarrajada!

Irascible y completamente fuera de control, Modesto se le fue encima a Gabino. Con la juventud y flexibilidad propia de un hombre de su edad, Gabino simplemente, como torero experto dejó que Modesto pasara de largo. Más viejo, y con una tremenda cruda encima, el individuo que se ufanaba de ser la autoridad del pueblo, como toro desbocado fue a dar de cabeza contra el suelo, provocándose un gran raspón en un costado de la cara. Aun así, se levantó de donde se encontraba tirado y de forma rabiosa intentó golpear a Gabino, quien, obligado por las circunstancias, le pegó al agresor un certero derechazo en medio de la cara. Aquel golpe había sido suficiente para mandar al suelo con todo el peso de su cuerpo a Modesto. En unos cuantos minutos de discusión y pleito, como atraídos por imán, un gran número de hombres y mujeres se encontraban alrededor de los dos en disputa. Cada quien empezó a ofrecer su propia versión de los hechos. Y, con la nariz rota y la sangre que le brotaba, cual áspid, Modesto escenificó el papel de víctima, tergiversando por completo el auténtico motivo de aquella riña.

XXIII

-¡Ya les dije que este hombre está loco!-fue lo primero que dijo Modesto, al inquirirsele el motivo de la riña-. Yo sólo iba pasando y le pregunté a éste por qué se refería de tan mal modo a las autoridades del pueblo. Y sin darme ninguna explicación, se me fue encima como animal, y vean ustedes como me dejó.

Al mismo tiempo, las miradas de Modesto y Gabino se dirigieron al único testigo de la trifulca. Pero el hombre, lejos de dar una explicación de los hechos, simplemente se quedó mudo y se encogió de hombros. Disimuladamente se hizo a un lado y miraba al suelo en una especie de sentimientos de confusión. Por un lado se sentía presionado de manera cómplice a no decir la verdad, pero por otra parte sabía que con su mentira estaba condenando de manera injusta a Gabino. Un grupo de hombres, incluido uno de los pistoleros de Epifanio, tenían sujeto a Gabino, mientras éste se retorcía tratando de deshacerse de las manos que lo sujetaban. A su vez, varios hombres intentaron interceder a favor de Gabino, en lo que se prefiguraba como un pleito mayor.

-¡Mentira, mentira!-furibundo interpeló Gabino, señalando con el dedo al testigo-El señor que está aquí presente, sabe perfectamente que lo que está diciendo don Modesto es una vil calumnia. Dígale a la gente la verdá. Dígales usté que nosotros hablábamos del modo en que Epifanio había ganado en los naipes y los dados.

-¡Bueno, sí!-dijo el hombre a regañadientes-Pero después, ya ni yo mismo me dí cuenta por qué fue el pleito. Y ya no me pregunten más, porque yo no sé nada.

Indignado, Gabino le reclamó en plena cara su cobardía al testigo y le exigió que dijera toda la verdad. A pesar de ello, pudo más la actitud intimidatoria de Modesto, y de plano todo indicaba que al final de cuentas se iba a salir con la suya. Súbitamente, un sujeto se abrió camino entre aquel tumulto en lo que daba la impresión de ser, de nueva cuenta, un tribunal en plena vía pública.

-¡Oye, compadre!-sudoroso por la carrera para llegar al lugar de los hechos, intervino Gervasio-¿Qué de plano tú eres o te haces güey? Tú mismo, un día me dijites que a don Modesto se le cocían las habas por encerrar a Gabino o a mí en la cárcel.

-¡Sí!-dijo el hombre completamente aturdido-Pero ya les dije que a mí no me metan en sus pleitos.

En cuanto dijo ésto, el hombre salió despavorido rumbo a su casa, desentiéndose por completo de las consecuencias de sus actos. Y a los que se ostentaban como soporte de la autoridad del pueblo, no les quedó otro remedio que llevarse en calidad de detenido al supuesto inculpado, ante la protesta de hombres y mujeres y la atónita mirada de Gervasio. Con la sórdida expresión de una leve sonrisa dibujada en el rostro, Modesto tuvo la satisfacción, al fin, de poder saborear sus anhelos de venganza. Gervasio se le había escapado de las manos pero no así Gabino.

Inconforme por lo que a todas luces era una arbitrariedad y un completo acto de injusticia, Gervasio atestiguó como ponían a su mejor amigo detrás de las rejas. En la presidencia municipal no pudo contener la ira, y empezó a alegar de manera airada manoteando y dando golpes en el escritorio de Modesto. El alegato fue en aumento y, al poco rato de discutir y exigir que liberaran a su amigo, la poca paciencia de Modesto se desbordó en amenazas.

-Es mejor que te calmes amiguito. A tu amigo ya nada lo va a salvar de que se quede encerrao por un buen tiempo en la cárcel. Y si sigues de necio, a ti también te meto en la jaula. Además, te puedo dejar ahí todo un día sin comer, a ver si eres tan hombrecito.

-Pues si usté se siente tan hombre, por qué anda calumniando a Gabino. ¿Qué no sabe usté que un hombre de verdá no hace eso? De autoridá sólo tiene el nombre. Verdá de Dios que el saco le viene muy grande. Todos sabemos que usté es sólo un monigote que hace todo lo que su patrón Epifanio le ordena.

-¡Ah, conque te sientes muy cabroncito! Pos ora, por pasarte de reata, tú también vas pa dentro.

Los mismos enteleridos policías de siempre, reaccionaron al instante ante las órdenes de su jefe. Indignado, Gervasio les indicó que no había necesidad de sujetarlo. Por su propio pie él atravesó la puerta de la única celda en donde estaba encerrado Gabino. El par de amigos se dieron un abrazo y sonrieron mutuamente, ante la expectante mirada de Modesto, que se quedó un tanto desconcertado porque el castigo parecía hacer poca mella en los hombres. De pronto se dio cuenta que había cometido un error al poner a aquel par juntos, pero ya era demasiado tarde para cambiar su decisión. En pleno contubernio empezaron a hacer bromas y sus risotadas tenían a Modesto al borde de la cólera, y al cabo de unos minutos salió de la presidencia municipal de forma rabiosa, cerrando la puerta con tremenda patada. Al darse cuenta del modo intempestivo en que partió del inmueble, el par de encarcelados soltaron las carcajadas a pulmón abierto. Como niños de escuela en el patio de recreo daban vueltas y brincoteaban, oprimiéndose con la mano sus partes pudendas, con la intención de no orinarse por la incontenible risa.

-¡Ja, ja, jaaa!-dijo Gervasio entre risas-El tonto ese iba más enchilao que si se hubiera tragao diez chiles de árbol. Creyó que me iba a asustar con el petate del muerto, y el que se puso como perro que casi se muere fue él.

-¡Ji, ji, ji, ja, ja, ja! Nunca creí que nuestros chistes lo fueran a poner tan bravo. Aparte de que trae la nariz rota y la cara raspada, de seguro se le está haciendo el hígado mierda.

-Por qué lo dices, tú. ¿Por lo pinche briago que es? ¿O por lo ardido que anda del coraje?

-Pos, por las dos cosas. Aparte de crudo, yo creo que hoy no va a poder dormir de la pura mohína. Yo creo que en sus sueños nos va a ver como a los demonios que llegaron al mundo pa arruinarle la vida. Ora sí, don Gerva, este desgraciao va a saber lo que es tener pesadillas.

Los dos continuaron con las chanzas y no paraban de reír, hasta que cayeron en la cuenta que ya no eran horas de oficina. Ni siquiera los guardias se encontraban en el palacio municipal. Y cuando no se escuchaba el eco de sus risas que rebotaban en los cuartos vacíos, los rumores de la gente en la calle llegaban hasta ellos. Poco a poco recobraron la cordura, y también se dieron cuenta que por lo menos aquella noche se iban a quedar encerrados sin ingerir agua ni alimentos. De esa manera, la preocupación se hizo manifiesta en ambos, pues empezaron a comprender que arrebatado por la ira, Modesto podía cumplir con creces todas sus amenazas.

-¡Oye tú!-un tanto consternado expresó Gervasio-¿De veras crees que el desgraciao ése nos deje aquí encerraos todo un día sin comer ni beber agua?

-Pa mí que nos puede dejar hasta más tiempo sin tragar ni beber. Andaba tan mohíno que en verdá si lo creo capaz.

-Ni digas eso porque está de la rechingada. Ora nomás falta que aparte de encerraos, también nos vayamos a morir de hambre. De plano ese viejo está loco.

-No sé que tan loco esté, pero váyase haciendo a la idea de que no vamos a cenar ni a desayunar.

Enfadado por las malas noticias, Gervasio arrojó su sombrero en un rincón, y se sentó al borde del único e infecto camastro que había en la celda. Allí estuvo por varios minutos, mientras se rascaba la cabeza con ambas manos, intentando descifrar a qué horas y en qué momento se había metido en aquel enredo. Gabino simplemente lo miraba, del mismo modo que a un ser raro. Y decidió sentarse en el burdo piso de cemento, recargado en la pared y con ambas piernas recogidas. Y mientras observaba al viejo, trató de adivinar cuáles eran los pensamientos que cruzaban por su cabeza. No tuvo que esperar demasiado tiempo para darse cuenta de sus verdaderos motivos. Al fin, Gervasio alzó la mirada que tenía fija en algún punto del suelo, y decidió romper aquellos breves minutos de silencio. En la calle dejaron de escucharse los ruidos de vida humana, y sólo se podían percibir los cantos de grillos y de ranas en el río aledaño a la celda. Lo primero que se le ocurrió fue tratar de indagar los detalles de la riña que tenía a ambos encerrados. Entre tanto revuelo, dimes y diretes, no sabía bien a bien como se habían enredado en pleito Modesto y Gabino. Así pues, convencido de que tenía todo el tiempo del mundo para dar pelos y señales, Gabino hizo lo propio, narrando con toda paciencia la causa del altercado. Gervasio, fiel a los usos y costumbres de algunos campesinos del pueblo, sin interrumpir al interlocutor, escuchó una a una las razones que le daban. Con mirada curiosa, le pareció que Gabino tenía una gran capacidad para narrar de manera amena y convincente aquellos acontecimientos, sin omitir detalle alguno. Hasta llegó a pensar que su amigo era más inteligente de lo que pensaba. Gabino hacía pausas, y también enfatizaba las cosas que consideraba de mayor interés. Y de pronto, al viejo le vino a la memoria el recuerdo de su propia abuela, quien se distinguía por su gran capacidad para contar historias y fábulas. Fue así que se recostó en el destartalado camastro de paja, supino y con las manos entrecruzadas por detrás de la cabeza y con la vista fija en el techo. Por momentos interrumpía a Gabino con preguntas breves y ágiles, y éste, al instante retomaba el hilo de la charla ante el beneplácito del más viejo. Después de todo, concluyeron que el encierro podía ser menos duro estando uno en compañía del otro, conversando sobre diversos temas en ese y otros días por venir. A los dos les pareció maravillosa su mutua comprensión, de tal manera que su pacto de amistad y hermandad los llevó a jurarse absoluta lealtad. Incluso, Gervasio preguntó a Gabino cómo habría de reaccionar en caso de encontrarse su vida en peligro. Gabino no vaciló un solo instante, y aseguró que el daría su vida antes que ver que a Gervasio le hicieran algún daño. Emocionado, Gervasio agradeció aquellas muestras de aprecio, y le correspondió a Gabino de la misma manera. Sin pensarlo demasiado, ambos se incorporaron en sus piernas y quedaron trenzados en un fraternal abrazo. De tal talante, Gervasio no se pudo contener y empezó a llorar como un niño, con el recuerdo de su hijo, de su difunta esposa, de su madre y de la abuela a quienes él tenía en la más alta estima. Gemía y temblaba de la emoción, como no lo hacía en muchos años. Gabino tampoco pudo contenerse, y al instante empezaron a rodar las lágrimas por sus ojos. Pocas veces había sentido un abrazo tan sincero. Ni siquiera el propio padrastro cuando él era niño, tuvo la capacidad para dar el cariño que no podía pagarse con todo el tesoro que Epifanio desenterró de la hacienda. Al fin, ambos se separaron y se limpiaron sus lágrimas con todo el decoro del mundo. Se miraron sorprendidos por lo espontáneo de su conducta, pues en el terruño en que vivían no se acostumbraban aquellas muestras de afecto. En todo caso, los llantos y abrazos de aprecio, estaban reservados a las mujeres. Un macho bien plantado y con una hombría a toda prueba, no se podía dispensar aquel tipo de reacciones. Cualquiera, incluida la mujer, podrían pensar que aquéllo sólo era muestra de debilidad en el hombre, al grado de creer que esas eran tendencias afeminadas. A pesar de todo, Gervasio y Gabino se miraron con absoluta dignidad, más convencidos que nunca de sus profundos lazos de hermandad, comprendiendo cuan equivocados estaban en esos temas muchos pueblerinos. Ellos no tenían nada de que avergonzarse, pues con su actitud estaban demostrando que eran más hombres que el mejor de los hombres del pueblo. Reflexionaron y concluyeron que aparte de vivir en el vicio y la ignorancia, el egoísmo y un orgullo mal entendido, tenían en la ruina del desamor a una gran cantidad de familias de El Encanto. Con plena claridad, al mirarse en el espejo de su origen y descendencia, se dieron cuenta con horror que por llevar en las venas más sangre india que blanca, eran considerados como hombres inferiores. De esa manera lo entendía Epifanio, y ni que decir del difunto don Eustacio que, en todo momento, le echaba en cara a muchos pueblerinos todo lo indio que eran. Enseguida vino a la mente de Gabino la manera en que apenas hacía algunas horas, le había restregado Modesto en plena cara que era un indio mugroso.

-Entonces-con manifiesta molestia expresó Gervasio-, ¿quiere decir que porque somos más indios que los otros, somos más pendejos?

-Así mismo es don Gerva. En este pueblo los más güeros, y los que no lo son tanto, piensan que el indio es lo peor de este mundo. Mire usté, nosotros somos medio indios, y si fuéramos indios completos, a mí me daría lo mismo. Yo estoy completamente de acuerdo con lo que dice el profesor Cisneros y el doctorcito Ruvalcaba; deberíamos sentirnos orgullosos de descender de indios. Pero parece ser que en este pueblo, todo lo más malo y feo tiene que ver con el indio.

-¡Ora sí la rechingamos!-perplejo expresó Gervasio-Nomás falta que nos digan que por ser medio indiaos, no tenemos los mismos derechos que los demás.

-No lo dicen de manera descarada, pero yo sé que eso es lo que Epifanio y Modesto piensan muy en el fondo de su corazón. Creen que por ser de piel más blanca y ojos claros, son mejor que nosotros. A lo mejor le estamos dando demasiada importancia al asunto, pero con el paso de los años me he dao cuenta que esto es más importante de lo que yo creía. Es más, por ahí me enteré que la gran mohína de Dolores fue saber que su sangre estaba mezclada con la de un par de indios mugrosos como Inocencia y yo. Más que nada, eso fue lo que la volvió loca.

-¿Será que traemos la maldición en la sangre? Ya que lo mencionas, todavía me acuerdo que cuando estaba chiquito, mi amá tenía preferencia por los más blanquitos de sus hijos.

-Pos acaba de dar en la mera cabeza del clavo. Sin querer, eso mismo les pasaba a algunos de mis parientes. Se volvían locos cuando las mujeres tenían un güerito, y de plano le hacían mala cara a los más morenitos. Da tristeza hablar de estas cosas, pero lo peor que nos puede pasar es que cerremos los ojos y digamos que esas sólo son figuraciones de uno. Cuanta razón tiene el doctor Ruvalcaba cuando dice que los conquistadores nos vinieron a imponer el color de piel blanca como lo mejor de este mundo, y ya ni hablar de la religión católica, que también nos la impusieron a huevo.

-No me asustes, Gabino. No me vayas a salir igual que el doctor Ruvalcaba. Yo pienso que debemos de creer en algo.

-Mire, don Gerva. Sólo creo en Dios. De lo demás, ya no sé ni en que creo ni en que no creo. Todos estos asuntos, aunque usté no lo crea, los hemos hablao mucho Inocencia y yo en casa de los Ruvalcaba. Y sí, es verdá, como dice el padre Elías, mi hermanita y yo ya casi no nos paramos por la iglesia. Pero vea usté que también Ángeles casi no se para en la iglesia, y todos sabemos que es una buena mujer. De seguro, si estuviera en el pueblo, ya le hubiera venido a decir unas cuantas verdades al desdichao de Modesto.

Sin chistar, Gervasio asintió con la cabeza lo que a su juicio eran más que verdades contundentes. Simple y llanamente, en ese tipo de menesteres no había nada que discutir. Y mientras sopesaba cada una de las palabras de Gabino, se iba convenciendo de la idea de tomar el mismo camino de sus estimados amigos los Domínguez y los Ruvalcaba. Aunque ocasionalmente asistía a misa, el solo hecho de mirar a la distancia al individuo que impartía los sermones, paulatinamente se le hizo intolerable. Y definitivamente concluyó que no había vuelta de hoja. Ya no podía ser partícipe de aquellos ritos que todo tenían, menos consecuencia entre lo que se decía y hacía. "Todas eran palabras", pensó Gervasio, que sonaban muy bonito pero que no tenían nada que ver con la realidad y las verdaderas intenciones de los hombres. Después de todo, se conformó y se sintió feliz con la idea de saber que no era un loco solitario, pues había otros a quienes él tenía en la más alta estima, igual de locos o más locos que el viejo campesino. En todo caso, pensó Gervasio que la mayoría de la gente del pueblo en verdad estaban locos. Locos de miedo, de ignorancia y de convenenciera hipocrecía. En silencio, Gabino observó la forma en que el viejo meditaba, en una especie de diálogo consigo mismo. Ocasionalmente salían de boca de Gervasio risillas discretas, y su amigo o hijo putativo se encontraba imantado por la forma en que el otro reflexionaba de manera profunda.

-¡Y ora, a usté que le pasa! Se anda riendo solo. ¿Qué de plano ya se volvió loco?

-¡No mi'jo! ¡Ji, ji, ji! Los pinches locos están allá afuera.

-¡Ay chingao, ora sí ya me puso a pensar!

-Si te fijas bien, no hay tanto que pensar. Ustedes los Domínguez, los Ruvalcaba y yo, pa'l común de la gente estamos locos. Y dime, dime de verdá. ¿Qué no todos ellos están más locos que nosotros? Sí es cierto, una vez más tiene toda la razón el doctor Ruvalcaba cuando dice que unos cuantos locos son los que han cambiao al mundo. Cuando uno va descubriendo la verdá que hay detrás de las cosas, de veras se empieza a dar uno cuenta que hemos nacido y crecido en la mentira. ¿Y sabes que es lo peor de todo? Que nos alcance la chingada muerte, sin saber pa qué nacimos y por qué estamos en este mundo. Por lo menos nosotros, vamos a tener la suerte de no morir tan ciegos como los desdichaos de este pueblo. Y eso me da harto gusto, porque por lo menos ya no va a ser tan fácil que nos dejemos marear por el padrecito, por Epifanio o por el politiquillo Carreño. A veces me daba miedo pensar en estas cosas. Pero ora que me he quitao el miedo, por Dios que siento como que me quité la venda de los ojos. Siento como si acabara de nacer. Esta luz es la que siempre nos hizo falta, y no la bola de mentiras de los riquillos del pueblo y el padre Elías.

Eufórico, Gabino pegó un tremendo salto, y se dirigió hacia al camastro en donde se encontraba recostado Gervasio. Con ambas manos estrechó la mano derecha de Gervasio, y lo felicitó por todo lo lúcido de sus razonamientos. Si apenas hacía un rato, Gervasio se congratulaba por tener en Gabino a un hijo inteligente, Gabino estaba pletórico y henchido de orgullo por tener como padre adoptivo a aquel sabio viejo. Aquellas palabras habían calado en lo más hondo del alma de Gabino, y pensó que su querido viejito merecía una condecoración por lo coherente y bien estructurado del breve discurso que, además de contundente y emotivo, no faltaba un ápice a la verdad. Aquel fue el redescubrimiento de ambos, y el bregar por horizontes hasta ese momento novedosos. Era la noche de auténticas revelaciones. Ya no había motivos para dudar de nada. Se convencieron que había que poner un alto a las tropelías y abusos de parte del hombre que gobernaba al pueblo. No había vuelta de hoja. Tendrían que enfrentar con valentía y responsabilidad cualquiera de los obstáculos que se presentaran en su camino. Ciertamente, tenían el prurito de ver en Epifanio al sujeto aliado con las entidades más oscuras. No obstante, estaban conscientes de que su temor debía ser vencido, al igual que fueron derribando una a una las barreras de los miedos que los tuvieron paralizados. Y de una idea saltaron a otra, hasta dar con el quid del alter ego de los pueblerinos. Como una imagen que se presentó de forma mágica en sus mentes, se dieron cuenta que además del egoísmo y los odios entre unos y otros, lo que verdaderamente tenía postrado a los pueblerinos era el miedo. Un miedo irracional, que de forma consciente e inconsciente obligaba a la gente a rendir culto a imágenes impuestas por quienes detentaban el poder. La gente tenía miedo a las amonestaciones del cura y la sacristana. Pensaban que si eran censurados por las opiniones de las autoridades eclesiásticas, habrían de padecer los suplicios a que estaban condenadas las almas pecadoras en el averno. Para muchos pueblerinos era preferible vivir como parias en la tierra, con tal de ganar un pedazo de cielo una vez muertos. Entre más sufrimientos, vejaciones y humillaciones sufriera la gente en la tierra, mayor habría de ser su premio a la hora de morir. Como si las palabras del padre Elías fuesen garantía de que las personas serían recompensadas con el paraíso, voluntariamente una gran cantidad de feligreses cerraban los ojos, dejándose del mismo modo engatusar por las artimañas de la otrora sacristana. Y todo, absolutamente todo, pensaron Gervasio y Gabino, por el maldito miedo que infundían estos personajes. A través del miedo se dieron cuenta que el par de susodichos seres divinos, manipulaban las consciencias de muchos. A quien no contribuyera con su limosna a la causa divina de Dios, enseguida era chantajeado por el cura. A través de dádivas económicas, la gente creía que estaba salvando su alma. Y el lado divino tenía su extensión terrenal justamente en los caminos que desembocaban frente a la celda en donde se encontraban encerrados el par de campesinos. La casa de Epifanio era el núcleo en torno al cual giraba todo. La gente no sabía exactamente a quienes le tenían más miedo, si al cura y la sacristana con sus razones divinas, o al cacique con sus concretos procederes en la tierra. Nadie, absolutamente nadie, quería pasar la vergüenza de ser señalado y exhibido públicamente por el cura, pero tampoco querían vivir el horror de caer en las garras de Epifanio. De cualquier forma, eran lo mismo, se dijeron uno al otro los presos. La máscara del dinero y el poder político, se transmutaba y fundía de manera perfecta con la del poder religioso. Y no iba a ser fácil dar la lucha contra aquellos mitos y leyendas vivientes, pero no había otra alternativa. Eso era preferible a quedarse en su casa cruzados de brazos, en espera de que una entidad divina llegara a salvarlos. Sólo ellos, con el apoyo de sus amigos, habrían de realizar los cambios deseados. Aunque pareciese una paradoja, el único que podía salvar al pueblo, era el mismo pueblo. En unas cuantas horas de encierro, Gervasio y Gabino aprendieron y comprendieron lo que no habían entendido en toda su existencia.

XXIV

Eran justamente las once de la noche, y los hombres pudieron darse cuenta de la hora cuando miraron el cielo tachonado de estrellas a través de la única ventanita que tenía la celda. A una altura que superaba la estatura de ellos, y delimitada por un par de barrotes de acero, la ventana era el único puente de comunicación con el exterior. Por ahí se filtraban los rumores de vida y el aire fresco que llegaba del campo. Entonces entendieron la importancia de vivir en libertad, en lugar del insalubre espacio que, además de tener aquel viejo camastro, tenía en una esquina de aquella jaula un trozo de lo que en algún tiempo fue escusado. Ahí era en donde habrían de hacer sus necesidades el par de individuos, uno a la vista del otro. Pero en aquellas circunstancias ellos no estaban para exigir comodidades, sino para aceptar lo que les había sido impuesto en contra de sus deseos. A pesar de todo, eso no era lo que más les preocupaba, pues las tripas de ambos empezaron a crujir por el hambre. Cuando los encerraron en la tarde, Gabino no había probado bocado y Gervasio apenas tuvo la oportunidad de saborear una frugal comida. Más que nunca, Gervasio se arrepintió de no haber comido más. A pesar de ello, Gabino se encontraba en peores circunstancias. De ese modo, cobraron conciencia de que el castigo podía ser terrible si se prolongaba por unas cuantas horas.

-¡Oye tú!-dijo Gervasio con visible consternación-¡De veras que si va a estar cabrón que nos vayamos a morir de hambre en esta jaula!

-Lo mejor, don Gerva, es que nos estemos quietecitos y ya no hablemos tanto, porque sino nos va a dar más hambre. El mejor remedio cuando no hay nada pa comer es el descanso. Eso nos lo enseñó nuestra mamacita que en paz descanse, a mí y a Inocencia. Yo creo que por eso, la gente que es muy pobre duerme mucho.

Gabino no se equivocaba un ápice en sus razonamientos. Esa era la forma en que los más pobres entre los pobres, aliviaban o intentaban curar su hambre. Además, todo embonaba o tenía una lógica perfecta, pues al no tener que comer la gente, no tenía las suficientes energías para realizar sus actividades cotidianas. El cansancio terminaba por hacer estragos en las personas, hasta caer vencidos por la debilidad. Y de alguna forma, lo mismo les había ocurrido a ellos. El esfuerzo de tanto pensar y reflexionar en los temas que los ocupaban, tenía a los dos al borde del agotamiento. De forma obsecuente Gervasio se quedó callado, y en unos cuantos minutos dormía plácidamente en el camastro en donde se encontraba tendido. Gabino sintió que no había mejor cama en el mundo que el piso de la cárcel. Como auténtico chiquillo fuera de cualquier pendiente, Gervasio empezó a roncar, y Gabino abría ocasionalmente los ojos interrumpido por los ronquidos. Al mirarlo, se dio cuenta que no era más que un niño de setenta años, con un deseo y esperanza por la vida que cualquier joven envidiaría. Más que un anciano decrépito, Gervasio se conducía con la energía de un hombre veinte años menor que él. Cuando no se encontraba en su pequeña parcela dando de comer al pequeño atajo de animales que tenía, pasaba el tiempo observando la naturaleza y todo cuanto la rodeaba. Dejaba a muchos admirados cuando podía predecir con anticipación el cambio de clima, incluso antes que los mismos gallos. Su intuición y capacidad de autodidacta, lo hacían distinguirse de muchos individuos de su misma condición. Y en el pueblo se convirtió en referencia obligada en sus predicciones acerca de cuando un año podía ser malo o bueno para la agricultura. Entre otras muchas cosas, el viejo se emocionaba cuando escuchaba de boca de Ruvalcaba la manera en que los antiguos indígenas poseían todo ese tipo de conocimientos.

Gabino no podía dormir por el bufar de aquel toro, y más que causarle desagrado le daba risa la manera en que Gervasio se encontraba perdido en la profundidad del sueño. El cansancio al fin pareció vencer por completo a Gabino. Y cuando prácticamente se encontraba roncando, un siseo penetró por la ventana de la celda. Entre sueños percibió un murmullo, que a pesar de todo no logró despertarlo. Creía que aquello era el rumor del río que llegaba de la parte de afuera. Al poco rato escuchó extraños ruidos. Y de pronto, algo dio la apariencia de haberlo tocado o rosado. Se pegó un manotazo en el brazo y se despertó somnoliento y enfadado. Caminó y buscó en cada rincón de la celda al posible bicho o araña que lo había arrancado del placentero descanso. Por más que se afanó, lo único que pudo encontrar fue una pequeña laja. Dirigió la vista hacía donde se encontraba el viejo y se dio cuenta que el dormilón no tenía nada que ver con lo que le sucedía. De esa manera se cercioró de que el otro era ajeno a todo cuanto acontecía. Se paró frente a la ventana y aguzó el oído, pero aparentemente, lo único que percibió fue el rumor del río y el canto de grillos y ranas. Súbitamente llegó a sus oídos de nueva cuenta el siseo, acompañado del musitar de alguien, y pudo darse cuenta que aquello no era producto de su imaginación.

-¡Quién anda ahí!-preguntó susurrando.

-¡Soy yo!

-¡Y quién es yo!

-¡No seas burro!-expresó una voz de mujer-¡Quién más ha de ser, sino tu hermana Inocencia!

-¡Ah! Qué bueno que me lo dices, ya me estaba empezando a espantar otra vez.

-¿Pos qué, algo te espantó antes?

-No, no es eso, sólo que….

Gabino se dio cuenta de que había cometido una imprudencia, pero ya era demasiado tarde para corregir la indiscreción del secreto que guardaban él y Gervasio. Inocencia, a pesar de su nombre, no era tan inocente como para no darse cuenta que algo se traía entre manos su hermano. Hábilmente, Gabino cambió el tema de conversación, pero comprendió que no iba a ser tan fácil mantener oculto lo que él y Gervasio habían presenciado en la derruida hacienda. Al instante zangoloteó al viejo que se levantó hablando entre sueños, mientras Inocencia aguardaba de forma paciente. De esa manera, el diálogo ya no sólo era entre dos. Y a los encarcelados se les iluminó el semblante cuando Inocencia les dijo que les había llevado comida.

-¡Por Dios-dijo Gervasio con ansiedad-que esta es la mejor noticia que he recibido en toda mi vida!

Excitados por la idea de comer, los dos cargaron con el camastro en donde dormía Gervasio, y lo pegaron a la pared justo debajo de la ventana de la celda. Así treparon y pudieron acceder con manos y brazos a recoger los tacos que Inocencia les había preparado. Ella, a su vez, colocó un pedregón en el cual se encontraba parada. Con una mano sostenía su canasta y con la otra pasaba los tacos a los hombres que prácticamente se los arrebataban. En una botella llevaba agua de horchata, pero más que beber, a los hombres les interesaba comer. Y de cualquier manera ella no pudo verter el líquido en los vasos, pues no se daba a vasto con una sola mano para pasar los tacos que enseguida los otros devoraban con desesperación. Aquellos tacos de carnitas con frijoles, lo mismo que la salsa en que iban envueltos, a ellos les supieron a gloria. Sus manos y caras se encontraban salpicados de comida y engullían como verdaderos salvajes, como si ese fuese el último día en que iban a comer en sus vidas. Al momento también sus ropas quedaron embarradas de chile y frijoles, y la mejor servilleta eran sus camisas y pantalones. Nadie dijo una sola palabra por un buen rato, e Inocencia tan sólo escuchaba las expresiones de placer del par de hambrientos, convencidos de que ella era algo así como un ángel caído del cielo. Poco a poco fueron saciando su necesidad de alimento, y entonces bebieron gustosos el agua que ella les había preparado. De cualquier forma, ya no había un solo taco en la canasta, y ellos se encontraban ahítos después de la opípara comida. Y más que haberse saciado, se encontraban hartos y felices de tanto comer.

-Ora sí, Inocencia-con júbilo expresó Gervasio-, te mereces un menumento. Hacía muchos años que no sentía tanta hambre.

-Por qué te tardaste tanto-a su vez manifestó Gabino-. De plano, si no hubieras venido, a lo mejor de veras nos morimos de hambre.

-No podía hacer otra cosa. Tuve que esperar hasta la media noche, pos más temprano alguien se hubiera dado cuenta de que yo andaba por aquí. Esta es la hora en que todo mundo está dormido. Solo uno que otro borracho anda en la calle. Además, también me tardé porque tuve que preparar la comida. Pero lo que más me quitó el tiempo fue ir a ver al desdichao Modesto, pa pedirle que los dejara salir de la cárcel.

-¡Ooohh! ¡De veras que tienes razón!-alternadamente expresaron los dos.

Se dieron cuenta que Inocencia efectivamente no perdió un solo minuto de tiempo. Había interpuesto sus mejores oficios, pero todo había sido en vano.

-Fui con unas personas pa tratar de convencer al viejo ése. Y ahí estuvimos frente a su casa, hasta que al fin salió pa decirnos que nos largaramos por donde habíamos llegao. No quiso entender razones, a pesar de que le dijimos que comprendiera todo el mal que les estaba haciendo a ustedes y a algunas familias del pueblo. Al contrario, pegó una tremenda risotada y de plano nos azotó la puerta en las narices. Por Dios que sentí tanta mohína que me dieron ganas de tirarle la puerta a patadas, pero la gente me dijo que me calmara y no hiciera la bronca más grande.

-¡Hijo de puta!- expresó Gabino apenas musitando-Pa eso me gustaba. Además de cobarde y mentiroso, es una maldita víbora que sólo sabe burlarse de la gente. ¿Y esa es la autoridá que supuestamente está pa imponer orden y respeto? ¡Qué bueno que don Gerva le dijo unas cuantas verdades a ese borracho ratero!

-Peor para él mi'jo-secundó Gervasio-, mucho peor para él. Acuérdense tú y tu hermanita como terminan todas esas asquerosas ratas. Se las dan de muy importantes, y acaban como terminó Dolores, que nadie sabe en dónde está. Y, con perdón de la palabra, y sin afán de desearle nada malo a esa mujer, a lo mejor ya ni en este mundo está. Se sentía la reina del pueblo, y pa mí que terminó media loca, sino es que loca completa.

-¡Es verdá, es verdá!-al unísono externaron el par de hermanos.

-Aparte-abundó en explicaciones, Inocencia-fuimos a casa de Epifanio, a pesar de lo enmohínada que andaba, y ahí sí ni nos recibió. Uno de sus pistolerillos salió y nos dijo que no se encontraba en su casa. Todos sabíamos que ahí estaba, porque algunas personas se dieron cuenta cuando entró. Y uno de los mismos matones nos miró con desprecio y no nos hizo caso, dejándonos con la palabra en la boca.

-¡Y ora!-consternado manifestó Gabino-¿Aquí nos vamos a quedar encerraos hasta que se le antoje a Epifanio y al presidentillo municipal? ¡Ojalá no! Al menos, no nos vamos a morir de hambre, porque ya tenemos quien nos traiga de comer.

Un breve silencio dejó a todos en una especie de impasse, no obstante, Inocencia tenía muy en claro cuál era el paso a seguir, una vez agotadas todas las posibilidades en el pueblo. La única y real solución se encontraba en la ciudad. La familia Ruvalcaba posiblemente tenía en sus manos las llaves de la persuasión que abrieran las rejas de la cárcel en donde se encontraban encerrados el par de desdichados. Sin embargo, Inocencia y los presos comprendieron que no iba a ser tan fácil como la primera vez, en que Ángeles intervino para evitar el encarcelamiento de Gervasio y sus primos. La gran diferencia consistía en que en la ocasión anterior, Inocencia y Ángeles prácticamente sorprendieron en forma in fraganti a Modesto. En lo que aparentaba ser caso cerrado, los Ruvalcaba tendrían que idear un método que diera al traste con el avieso proceder. De tal suerte, los interlocutores concluyeron que no había más qué hablar. Ya eran horas de la madrugada, e Inocencia apenas tendría tiempo de dormir unas cuantas horas antes de partir a Xalapa. Primero Gervasio y después Gabino, estrecharon la mano de Inocencia a través del par de barrotes de la ventana por donde habían recibido los alimentos. También recibió gustosa los besos que le dieron en señal de agradecimiento. La efusión y la forma en que la habían tratado, además de placer, provocaron en ella la sensación de que un extraño cambio se había operado en sus seres queridos. Hasta ellos mismos se dieron cuenta que a partir de unas horas ya no eran los mismos.

-¡Oye tú!-dijo Gervasio un tanto sorprendido por su reacción-¿Tú crees que le haiga gustao a Inocencia que le besaramos las manos? Disculpa mi atrevimiento.

-No hay nada que disculpar don Gerva. Yo creo que a Inocencia le encantó. Yo la conozco muy bien, y pienso que la primera sorprendida fue ella. Clarito noté, a pesar de la oscuridá, como se le puso la cara roja de gusto. Sintió un poco de pena, pero le gustó harto. Si no le hubiera gustao, lueguito nos lo hubiera dicho. Ella no es de las que se quedan calladas, y estoy seguro que se fue muy contenta. Pero de seguro ha de pensar si somos los mismos que entramos a esta cárcel, y ahora sé por eso y por todas las cosas que hemos hablao, que nosotros ya no somos los mismos.

-¡Por Dios que tienes toda la razón!

Al poner el camastro de nuevo en su lugar, se dieron cuenta que su estancia en aquel encierro podía ser más cómoda. Con sumo cuidado auscultaron cada rincón y se cercioraron de que no quedara ninguna huella de su entrevista con Inocencia. Lo único que habría de alterar la apariencia del lugar, eran las condiciones en que se encontraba la réplica de cama en que descansaba Gervasio. Con dientes y manos despanzurraron los sacos rellenos de paja que hacían la función de colchón, y fabricaron una segunda cama. Gervasio habría de seguir en el camastro, ya no tan mullido, y Gabino podría dormir más a gusto en el suelo. Así, el sueño los fue venciendo, cada cual pensando por qué no se les había ocurrido antes.

Cuando el alba descorrió con su luz el oscuro velo de la noche, una tímida resolana penetró a través de la ventana. Los gallos con su cacareo, desde antes ya anunciaban el advenimiento de un nuevo día. Pero los hombres se encontraban roncando a todo pulmón. Ningún tipo de ruido logró arrancarlos de sus sueños. Los pasos y voces de los guardias pasaron inadvertidos. Empezaron a conversar, y ni así movieron de su lugar a los sujetos que parecían encontrarse bajo el efecto de un poderoso somnífero. Con curiosidad, uno de los policías, se sentó en una destartalada silla a observar, mientras el otro se encaminó a la puerta a indagar si había indicios de la presencia del presidente. Pero los dos sabían que Modesto no se distinguía precisamente por llegar temprano a su oficina. De esa forma, se apostaron frente a la celda a conversar, dándose cuenta que lo único fuera de lugar era el modo en que el camastro había sido dividido en dos. Miraron con sorna, y comprobaron que el par de fardos se encontraban tumbados de forma inanimada. Se les hizo gracioso el modo en que roncaban alternadamente los presos. Y mientras el sol entraba de lleno por la ventana de la celda, entre sueños se taparon con sus sombreros las caras el par de campesinos, continuando con su concierto de ronquidos. Pero el roncar, vino seguido de otros ruidos que no tenían nada que ver con las ruidosas exhalaciones. Entonces, a los policías ya no les causó gracia la forma en que se les habían fugado los gases que llevaban dentro de los intestinos los presos. Hartos de haber comido tanto la víspera, el par de hombres traían una pedorrera que prácticamente ahuyentó a los guardias. De eso modo salieron al aire libre a respirar aire puro, en espera de que llegara la máxima autoridad a darles instrucciones. Una hora después, llegó Modesto mirando de cabo a rabo al par de polizontes que se encontraban a las puertas del inmueble.

-¡Y ora ustedes qué hacen ahí paraos! ¿Qué no saben que su trabajo está adentro y no aquí afuera?

-Sí, pero es que…-fue lo único que alcanzó a decir uno de ellos.

-¡Pero es que nada!

Se encogieron de hombros, y con lánguidas expresiones miraron al patrón como dando a entender que ellos lo querían poner sobre aviso. Modesto se levantó aquel día de excelente estado de ánimo, con total regocijo en la cara, primero por haber puesto tras las rejas a los sujetos que tanto odiaba, y después por haber humillado a Inocencia. Más contento que nunca, ingresó al inmueble con la convicción de que había cumplido con creces su capricho, siempre con el apoyo de Epifanio. Al cruzar el umbral de la puerta en donde se encontraba su oficina, todo parecía estar en perfecto orden. Pero en cuanto atravesó la segunda puerta que daba acceso a la celda, las facciones de Modesto denotaron una visible molestia. Sus enemigos se encontraban tirados a sus anchas en las improvisadas camas. Y, más que cualquier otra cosa, lo que provocó su enojo fue la desagrable peste que rodeaba a la celda y la habitación.

-¡Puta madre!-exclamó irritado-Este par de pendejos se están cagando.

Como si las cosquillas no les permitieran controlarse, los guardias no pudieron contener la risa, y se dieron cuenta de la forma en que Modesto se apretaba las fosas nasales con una de sus manos.

-¡Y ustedes de que se ríen, animales!

-Se lo quisimos decir, jefe. Pero usted no nos quiso hacer caso.

La pestilencia del lugar, y la forma en que Gervasio y Gabino habían despansurrado el camastro para hacer dos camas, aunado a las incontenibles risotadas de los guardias, de plano terminaron por sacar de quicio a Modesto. En unos cuantos minutos, lo que parecía ser uno de los días más felices de su vida, se tornó en una desagrable e inaceptable burla a la autoridad del pueblo. Lo aberrante de aquel estado de cosas, puso al hombre en un predicamento. Como león enjaulado caminó de uno a otro lado sin saber qué hacer. Prefirió salir del inmueble a respirar aire puro, mientras instruía al par de achichincles a que arrojaran bocanadas de aire con un par de viejas cobijas que se encontraban arrumbadas en un rincón de la habitación. Ni siquiera el mejor payaso hubiera hecho reír tanto a los individuos, que se desataron en sonoras carcajadas cuando se dieron cuenta que su jefe no se encontraba cerca. Daban de vueltas en círculo y palmoteaban como si se encontrasen en plena celebración. Pero la fiesta les duró muy poco, porque enseguida regresó Modesto sorprendiéndolos mientras reían.

-¡Y ustedes dos! A ver si ya dejan de andar de chistositos, porque sino también los encierro como a ésos asquerosos huarachudos. Y últimamente, que ya se levanten ese par de indios mugrosos, porque ya no son horas de estar durmiendo.

Recién habían despertado Gervasio y Gabino cuando percibieron la forma en que los gendarmes reían, pero fingieron que seguían durmiendo, en un premeditado intento de poner en estado de cólera a Modesto.

XXV

Indeciso entre dar una orden o no tomar cartas en el asunto, con ira manifiesta en el rostro como ya era costumbre en él, Modesto jaloneó con ambas manos los barrotes de la celda. En medio de vozarrones que al instante se tornaron en gritos e insultos, quiso arrancar del aparente sueño a los presos. Pero los otros ni siquiera se movieron de donde se encontraban tirados, aumentando la furia del individuo cuya desesperación iba en aumento.

-¿Qué no oyen que se levanten? ¡Arriba, par de indios huevones! Ya no son horas de estar durmiendo.

-¡Ay, como joden los perros con sus ladridos!-con sorna expresó Gabino-De plano hasta le quitan a uno el sueño.

-¡Déjalos que ladren!-enseguida reviró Gervasio, siguiendo el juego del otro-Acuérdate que perro que ladra no muerde.

No sólo las burlas enfurecieron a Modesto, sino también que el par de ladinos se comportaran como si nadie les estuviera hablando. Del mismo modo que el día anterior, los dos se dedicaron a hacer bromas de todo tipo. Entonces, Modesto estalló en desaforados aullidos, dando órdenes a diestra y siniestra.

-¡A ver ustedes, par de inútiles! ¡Quiero que se metan a la cárcel y le pongan una buena chinga a esos jediondos indios!

Los improvisados policías se miraron uno a otro, y ninguno se movió del lugar en donde se encontraban parados observando aquel sainete. Y, de pronto, a Modesto le pareció que sus guaruras se habían confabulado con los otros.

-¡Bueno! ¿Van a hacer lo que les estoy mandando? ¡O qué chingaos!

A pesar del escándalo, ningún de los guardias mostró la más mínima intención de acceder a los llamados del jefe. Ellos sabían que en una pelea cuerpo a cuerpo, a pesar de la senectud de Gervasio, iba a ser imposible que sometieran a Gabino que, físicamente, era un fortachón al lado de los escuálidos policías. Por su parte, a pesar de la rabia, el miedo era mayor, pues Modesto ya había sentido en plena cara todo el peso de la mano de Gabino, y no estaba dispuesto a volver a tomar el riesgo. Sin pronunciar palabra, con los puños apretados y el cuerpo rígido, salió completamente endiablado de aquella habitación. Pero apenas habían transcurrido unos cuantos minutos, cuando ya estaba de regreso con un puño de llaves en la mano. Al arribar confirmó lo que de antemano sospechaba. Los cuatro individuos, tanto los encerrados como los que estaban afuera, reían a tambor batiente, mirándose unos a otros en una especie de complicidad fortuita. Contagiados de risa, aquella parecía una auténtica algarabía con visos de pachanga. Sorprendidos por el arribo del endemoniado, todos guardaron silencio y se dieron cuenta como le temblaban las manos. Estaba afanado en encontrar la llave de la celda y, cuando al fin la encontró, la introdujo en la cerradura con el claro propósito de abrir la puerta. Lo primero que se les vino a la cabeza a los demás, fue que harto de tanto desmán, Modesto había decidido liberar a Gabino y Gervasio. No obstante, en cuanto abrió las rejas, prácticamente a empellones empujó a uno de los guardias dentro de la reducida cárcel y, al otro, ya no le quedó más remedio que entrar de manera más o menos voluntaria.

-¿Eso era lo que querían? ¡Pos ora sí pueden reírse todo lo que quieran! Y ustedes, par de indios piojosos, yo pensaba que les trajeran algo de comer, y ahora, por cabrones, van a sentir lo que es morirse de hambre de a de veras.

Con el juicio totalmente trastornado, Modesto lanzó con toda la fuerza que le era posible el manojo de llaves en contra de una de las paredes de la habitación. Al salir a la sala contigua, varias personas se encontraban a un costado del quicio de la puerta. Los gritos desaforados, lo mismo que las risotadas, habían atraído como abejas al panal a los curiosos que transitaban por la calle. El vocerío devino en comentarios que trataban de encontrar una explicación.

-¡Y a ustedes quién chingaos los llamó aquí! Mejor váyanse pa su casa, y dejen que la autoridá se haga cargo de las cosas que le corresponden.

-Precisamente-dijo una mujer con desagrado por los malos modos del presidente-, yo sólo vine aquí pa que me ayude a resolver el problema del acta de nacimiento de mi hijo.

-Pos orita tengo otras cosas más importantes que resolver. ¡Váyanse y mejor vuelven otro día!

A nadie le cupo duda que por lo menos en aquella ocasión, el presidente no estaba de humor para tratar ningún asunto. Tanto mujeres como hombres, salieron del inmueble encongiéndose de hombros y mirándose unos a otros. Conforme fueron saliendo cada quien conjeturó a su manera. Sin lugar a dudas, aquella había sido la noticia del día. En la calle, o en las esquinas, la gente no hablaba de otra cosa. Y, tratando de controlar el demonio que traía encerrado dentro del cuerpo, Modesto se dirigió a la puerta principal de la presidencia y la cerró por dentro. De un solo golpe se dejó caer en la silla del escritorio, y puso los pies encima del viejo mueble. Con ambas piernas cruzadas, una encima de la otra, ahí se quedó por largo rato tratando de poner sus pensamientos en orden, mientras observaba los botines que traía puestos. Súbitamente se le ocurrió que había sido un exceso encerrar al par de guardias en la misma celda en donde se encontraban los presos. Pero después razonó que así estaba mejor. No sólo habían desoído sus órdenes, sino de paso, actuaban en complicidad con los otros. Eso, pensó él, habría de servirles de escarmiento para que en un futuro supieran a que se arriesgaban si lo desobedecían. Muy a su pesar, el capricho cumplido a cabalidad se diluyó como la bruma al correr del viento, cuando comprendió que la cárcel no era suficiente para someter al par de sujetos que tanto odiaba. Por momentos se conformó con saber que les estaba propinando un terrible castigo al dejarlos sin comer ni beber. No obstante, la incertidumbre lo invadía y lo hizo rabiar de nueva cuenta, cuando recordó las risas de los hombres que se mofaron en su cara como nadie antes lo hubiera hecho. Cansado de tanto pensar, y sin solución a la obsesión que lo enloquecía, bajó las piernas del escritorio y abrió uno de los cajones del mueble. De ahí extrajo una botella que guardaba secretamente debajo de un bulto de papeles, y sorbió con placer el líquido. De tres sorbos acabó con la mitad del contenido. Un suave calor le recorrió el cuerpo de pies a cabeza, y al mirar aquella botella sintió que la calma le volvió al alma. O, al menos, el inicio del estado etílico lo había relajado lo suficiente como para yo no sentirse arrebatado por los demonios de tantas obsesiones. Ya briago, creyó que podía olvidar todos los males que lo aquejaban. A pesar de ello, arribaron los fantasmas de la desdicha que empezaba a producirle noches de insomnio. Pensó en su nieto, y enseguida también vino a su mente la recién nacida. Como bien había dicho su mujer, a él no le causaba ninguna gracia la niñita. En lugar de sentirse contento se le amargó la expresión de la cara cuando hizo una recapitulación de las agrias discusiones. La niña que había procreado Lola, había sido el motivo de muchos desacuerdos. Y a la postre, Socorro tomó partido por la hija y la nieta. De tal guisa, ella pernoctaba en su casa por un solo día, para luego desaparecer durante tres días. Y aquello ya se estaba volviendo costumbre, a pesar de las amenazas y maltratos que el marido daba a su esposa con la clara intención de retenerla a su lado. Ni los golpes surtieron efecto alguno. Ella le perdió por completo el respeto y la poca confianza que le tenía. Y eso tenía en un auténtico predicamento al hombre que día a día experimentaba el horror de la soledad. Impacientándose por momentos, tuvo que dar otro largo sorbo de licor, que tragó con amargura cuando pudo comprender que el matrimonio de Epifanio con Lola se desvaneció como el humo. Lo poco que le quedaba de decoro, lo habían destruido las falsas promesas del cacique. Enfadado por sus propios razonamientos, a pesar de sí mismo, sintió odio por Epifanio, pues éste había sido el causante de todas sus desgracias. Sin embargo, más que nadie sabía que tenía que tragarse todas las ofensas. Él formaba parte clave de una red de complicidades y sucios negocios. Sus malos manejos y la pésima administración de la presidencia municipal, Epifanio los conocía al dedillo. Por lo mismo se encontraba a merced de su gran jefe. Al cacique le debía una parte de su riqueza, aunque eso le hubiese costado el sacrificio de perder a toda su familia, que estaba harta de sus maltratos, parrandas y usura. Con cinismo y total desvergüenza aceptó que su suerte ya estaba decidida. Para tratar de distraerse de los pensamientos que lo absorbían, tomó del cajón de donde había extraído la botella, una vieja y desgastada baraja. Al sacar las cartas recordó que en otro lugar, cerrado con llave, guardaba algo importante. Hurgó en su bolsillo y sacó unas llaves. Una pequeña llavecita abrió el cajón, y al instante tenía en sus manos una pistola calibre treinta y ocho. De aspecto torvo y con cara enrojecida por la ebriedad, los más siniestros pensamientos cruzaron por su mente. Casi de un brinco, se incorporó sobre ambas piernas y dejó el altero de cartas sobre el escritorio, al momento que se tambaleaba con la pistola en la diestra. Escuchó murmullos en el cuarto contiguo y se acercó a espiar. Cuando se apostó oculto a un costado de la puerta, se dio cuenta que los hombres de la celda se encontraban conversando en círculo. Y pensó que era el momento ideal para intentar una fechoría. No obstante, dio marcha atrás en el intento, y regresó a sentarse en la misma silla. Así estuvo por breve tiempo observando el revólver que traía en la mano, y finalmente lo puso en el escritorio. Sus pensamientos eran muy malos, pero la tentación de los naipes le hizo cambiar de opinión. Por largo rato se puso a jugar solo. Pero conforme alineaba las cartas y sacaba del altero la posible ganadora, con molestia se dio cuenta que hasta en eso Epifanio era mejor que él. Él no contaba con la misma suerte del cacique que, además de ser afortunado en el juego, lo era en amoríos. Y como prueba, estaba su hija, y muchas otras mujeres del pueblo que deseaban pasar una noche de pasión junto al hombre más poderoso de la comarca. De esa manera, aparte de resentimiento sintió envidia. Se tocó la herida que traía en la cara y se le revolvieron en la conciencia los más oscuros deseos. Casi en su totalidad bebió lo que le restaba de alcohol. Y creyéndose más valiente que nunca, tomó una vez más el revólver y arrojó las cartas que quedaron disperas en el escritorio y el suelo.

Asustados por lo intempestivo del arribo, los hombres miraron con alarma el deplorable estado del individuo que se ostentaba como autoridad del pueblo. La amena charla quedó rota de manera abrupta, y al momento que los polizontes observaron horrorizados, Gervasio y Gabino se interrogaban mutuamente con la mirada.

-¡Ya se los cargó la chingada, pinches indios! ¡Es mejor que se recen sus últimas oraciones porque se van a morir!

-¡Espérese jefe!-angustiado gritó uno de los guardias-¡No apunte pa'ca porque se le puede salir un tiro.

-¡Pa ustedes no son las balas, son pa los otros huarachudos!

Modesto se tambaleó de uno a otro lado, y del mismo modo que apuntó el arma, por momentos bajaba el brazo en denodado esfuerzo por mantener el equilibrio. De nueva cuenta hizo blanco y un estruendo cimbró la habitación de forma ensordecedora. La bala rebotó en una barra metálica que hacía la función de travesaño, donde se encontraban adheridos los barrotes de la celda. Una luz de chispas brincó y, al instante, todos se encontraban tirados boca abajo. Dos tiros más fueron a pegar contra una de las paredes haciendo grandes boquetes, mientras delirante reía Modesto. Asimismo, un retumbar distinto al de los tiros, se escuchó en la habitación contigua.

-¡Jefe, jefe!-gritó uno de los guardias-¡Alguien está queriendo abrir la puerta de su oficina!

-¿Cómo? ¡Quién es!

Con una evidente borrachera a cuestas, Modesto dirigió sus pasos a la puerta que había atrancado. Los gritos de desesperación lo llamaban de afuera, en lo que ya se vislumbraba como una tragedia. Los golpes con toda clase de herramientas no cesaban y la puerta parecía ceder sobre sus goznes y cerradura. Pero al momento, todo aquel golpeteó cedió cuando Modesto pegó un grito que nadie pudo reconocer. Sin desprenderse de la pistola descorrió los pestillos y la tranca, y lo primero que pudieron ver varios curiosos era el estado inconveniente en que se encontraba. Epifanio iba al frente de aquel tumulto. Una vez que valoró la situación a ojo de pájaro, mandó a todo mundo a su casa.

-¡Todo está bien! Los muchachos y yo nos haremos cargo de la situación.

Las personas se fueron inconformes, pues estaban ansiosos de tener la noticia completa, pero nadie más pudo acceder al lugar más que el cacique y sus pistoleros de confianza.

-¡Qué pinche desmadre es éste, Modesto!-fue lo primero que dijo Epifanio en cuanto cerraron la puerta y ya no había ningún testigo.

-¡No es nada, no es nada!

-¡Cómo no va ser nada! En todo el pueblo se oyeron los balazos.

-¡Sólo fueron dos tiritos!

-¡A ver, empecemos por el principio!

En realidad fue poco lo que pudo explicar Modesto, pues las evidencias saltaban a la vista de todos. En el escritorio se encontraba un reguero de cartas, lo mismo que una botella casi vacía. Al observar aquello, y las cartas que también se encontraban dispersas en el suelo, Epifanio comprendió al mirar los ojos enrojecidos del briago el por qué de tanto escándalo. Dos de los matones del cacique estaban atentos a todo cuanto ahí se decía, cuando al instante regresó Esteban de la otra habitación en donde se encontraba husmeando.

-¡Venga pa'cá, jefe! Yo creo que le va a llamar la atención lo que acabo de descubrir.

Ni tardo ni perezoso, impelido por la curiosidad, Epifanio dejó prácticamente hablando solo a Modesto, quien como auténtico tarado balbuceaba y arrastraba las palabras en insufribles circunloquios.

-¡Qué chingaos hacen ustedes ahí adentro!-fue lo primero que dijo Epifanio al mirar a los polizontes encerrados junto a los otros desdichados.

-¡Eso mismo-dijo uno de ellos-le tendría que explicar don Modesto!

Parados detrás de los polizontes, una vez pasado el susto, Gabino y Gervasio observaban de manera divertida lo cómico en que por momentos se tornaba aquella comedia.

-¡A ver tú!-al instante ordenó Epifanio a uno de sus pistoleros-Llama al inútil que tenemos como autoridad del pueblo.

Al entrar bamboleándose en la habitación, Modesto se dio cuenta, a pesar de su estado inconveniente, que iba a ser muy difícil que saliera bien librado de aquella situación. Como tarabilla, debido al alcohol y los nervios, brincaba de una idea a otra sin concluir ninguna. Epifanio no comprendía lo que trataba de explicarle el embrutecido y, de plano, tuvo que recurrir a uno de los guardias encerrados para tratar de saber de una buena vez cuál era el trasfondo de tanto enredo. Lacónico, el mismo polizonte que había intervenido anteriormente, explicó en unas cuantas palabras lo que su jefe no pudo. Sorprendido, al escuchar las razones, Epifanio se retiró y se puso una y otra vez el sombrero ante las francas miradas de Gervasio y Gabino que, de plano, esbozaban sonrisas de burla.

-¡Orita mismo vas-ordenó Epifanio a Modesto-por las llaves para sacar a los guardias de ahí!

Sin chistar, Modesto hizo lo que el gran patrón le ordenaba, pero al volver, no pudo dar una explicación clara de dónde había dejado el manojo de llaves que abría todas las puertas de la presidencia. El otro guardia que, hasta ese momento no había intervenido, indicó la forma en que enfurecido Modesto había arrojado las llaves contra una de las paredes.

-¡Pos qué pinche mierda tragaste-francamente enojado, Epifanio regañó a Modesto-, que de plano te volviste loco!

-¡No, don Epifanio!-dijo uno de los guardias-Don Modesto aventó las llaves por ahí en su sano juicio.

-¡Ora sí, ora sí la rechingamos!-expresó Epifanio, mientras se retiraba el sombrero de la cabeza y se daba un manotazo en la frente-¡Ora resulta que ni en tu juicio haces bien las cosas! ¡Te la pasas haciendo puras pendejadas!

Al momento en que Epifanio amonestaba y ridiculizaba en público al presidente municipal, sus pistoleros estaban afanados en encontrar las llaves en algún rincón de la habitación. Y, ante semejante escena, Gabino no pudo contenerse y lo venció la risa por las últimas expresiones del cacique.

-¡Y tú, de qué chingaos te ríes!-cual ogro, Epifanio quiso cortar de tajo las risas de Gabino-¡No le veo la gracia!

-¡Ora resulta que ya ni reírse puede uno!

-Pos podrás reírte todo lo que quieras, por lo pronto te callas el hocico.

-Yo no soy ningún animal pa que me hables así.

-Eres peor que eso. Eres un indio mugroso. Además, desde cuando tú y yo nos tuteamos.

-¡Desde hoy!-enseguida Gervasio saltó a la palestra-Por qué habríamos de respetarte nosotros, si tú lo único que sabes es ofender a la gente. El respeto se gana con respeto. Ni siquiera te has tomao la molestia por tratar de entender el modo injusto en que nos encerró Modesto. Es de dar risa la forma en que tratas a la supuesta autoridá del pueblo. Hasta que oíste los tiros se te ocurrió venir.

En los años que llevaba de mandamás Epifanio, nadie había tenido la oportunidad de atestiguar un enfrentamiento de tú a tú. Los polizontes pelaban los ojos al igual que los matones del cacique, y Modesto se movía de un lugar a otro de manera nerviosa, todos en espera de que Epifanio pronunciara la orden que le diera su merecido al par de osados campesinos. Uno de los pistoleros había encontrado las llaves, y la confrontación verbal se interrumpió brevemente, al momento que eran liberados los polizontes.

-Bueno hubiera sido-retomando la palabra expresó Epifanio, al mirar los boquetes causados por los impactos de bala-que Modesto les hubiera pegao un tiro, pa que de una buena vez dejen de estar hablando pendejadas.

-Lo que pa ti son pendejadas-con convicción expresó Gabino-pa'l pueblo son injusticias y humillaciones. A ti lo único que te importa es hacer tu santa voluntad, sin importarte el beneficio del pueblo, al que según tú, tanto quieres.

-Además-secundó Gervasio con valentía-, bien sabemos que ganas no te faltan pa matarnos, pero también sabemos que tú no eres tan tonto como pa deshacerte de un par de pájaros a plena luz del día. Crees que todo lo puedes con tu dinero y con la ayuda del diputao ése, pero también debes saber que aunque tú no lo quieras ver, mucha gente del pueblo está inconforme contigo. Lo que pasa es que nadie dice nada por miedo a tus matones. Pero ya estaría de Dios si nos encontrara un tiro de tus pistoleros.

La confrontación verbal había generado tal tensión que el aire que se respiraba en la atmósfera podía cortarse con tijeras. Más que sorpresa, los testigos estaban boquiabiertos en algo que definitivamente era un hito, digno de ser registrado en los anales de la historia del poblado. De manera discreta, los polizontes se acomodaron con las manos los desgastados uniformes, y los pistoleros acariciaban de forma nerviosa sus armas, en espera de la orden que pusiera fin a lo que todos consideraban como un auténtico reto a la autoridad de Epifanio. A pesar de todo, a regañadientes, Epifanio sabía que Gervasio tenía razón, pues no iba a ser tan torpe como para exponerse públicamente después del escándalo de Modesto. La discusión había tomado un sesgo que lo puso en evidencia, y lo mejor era cortar por lo sano, aunque ello implicara tragarse la cólera.

-Ahí se van a quedar encerraos hasta que yo diga. A lo mejor se van a morir de hambre antes de que los alcance un tiro. ¡Par de indios mugrosos!

Antes de partir, uno de los pistoleros se aseguró de echar llave al cerrojo. En franca actitud de reto, y con la esperanza de amedrentar a los declarados enemigos, Epifanio no despegó la mirada de los otros. Sin embarto, el par de reclusos no se dejaron intimidar, dando a entender que estaban dispuestos a lo que fuera, con tal de no sufrir más humillaciones. Por lo pronto, la humillación de quedarse encerrados en una infecta celda ya había sido consumada. Pero ni siquiera un encierro mayor habría de mortificarlos. Venciendo el miedo y la vergüenza, recuperaron lo más grande y preciado que pueda tener cualquier hombre, y eso, precisamente eso, era la dignidad. Entendieron y comprendieron de una vez para siempre que el decoro y la dignidad eran los valores más grandes que podía tener un ser humano. A partir de ese día constataron con orgullo que Epifanio no era el super hombre que ellos creían. Ni tampoco era esa entidad mágica y maligna, no obstante lo anormal de la experiencia vivida en la derruida hacienda de El Encanto. Los pruritos que pesaban en su ánimo, como por arte de magia, se desvanecieron en el aire del mismo modo que se difuminó el espectro que ellos habían visto en los alrededores de la hacienda. En completo silencio y aislamiento, una vez que los demás hombres partieron, estaban anonadados por lo que ellos mismos consideraban como una proeza. Y no era para menos. Habían vencido a los demonios de sus temores. Lejos quedaron los tiempos en que aceptaban sin chistar las órdenes del padre Elías, la sacristana y el difunto don Eustacio. De pronto se sintieron los hombres más felices y libres del mundo, a pesar de estar tras las rejas. Sabían que aquel encierro no habría de ser eterno y, una vez que salieran, sus amigos y simpatizantes iban a saber de viva voz los motivos de tan increíbles cambios. Si ellos lo lograron, pensaron por qué no habría de lograrlo mucha gente. La llama de la esperanza creció en sus almas, y sintieron la necesidad de transmitir las nuevas. Algo tenía que hacerse para cambiar el estado imperante de cosas, y se redescubrieron como los protagonistas centrales. La urgencia los acicateó a salir cuanto antes del encierro, pero tuvieron que controlar sus ansias. Inocencia ya se encontraba en misión para tratar de sacar de la jaula a las aves dispuestas a volar en busca de nuevos horizontes.

XXVI

Las lecciones de algunos días de encierro fueron infinitamente mayores que todos los recortes de periódico que Ruvalcaba regaló a Gabino. A la postre, los presos pensaron que más que mala fortuna, el encierro era un verdadero golpe de suerte, rico en aprendizaje y experiencias. Entre meditar y charlar se miraron en el espejo del pasado, acrecentando su consciencia del presente y lo que les podía deparar el futuro. Pudieron ver todo lo erróneo e irracional de sus comportamientos y el de muchos de su misma condición. Día tras día constataron los avances logrados, del mismo modo que un atleta se entrena para alcanzar sus metas. Aún en el terreno de las ideas, vislumbraron que a partir de aquella eclosión espiritual, entraron de lleno a una nueva realidad, y eso, además de excitante, era motivo de regocijo y fiesta. El anocher y el amanecer ya no eran lo mismo. De esa manera estaban próximos a una semana de encierro, en que se dieron cuenta que también afuera, las cosas no marchaban como lo marcaban los usos y costumbres del pueblo. Los llamados a misa dejaron de escucharse en las horas habituales y, lo que un principio les pareció extraño, al poco tiempo fue confirmado por las frescas noticias que Inocencia llevaba a los presos. De lo único que estaba segura es que la iglesia permanecía cerrada ciertos días, por espacio de varias horas en que el cura iba y venía de diligencias del pueblo a la ciudad, sin que nadie diera cuenta exacta de lo que ocurría. Por otra parte, el par de infelices no tuvieron otro remedio que esperar a que regresara la familia Ruvalcaba, que se encontraba ausente de la ciudad. Noche tras noche, Inocencia llevaba de comer y beber a los presos, de la misma manera en que había hecho el primer día. A Modesto se le hizo sospechoso que los presos no dieran señales de haber perdido peso por el supuesto estado de hambre. Y mucho menos había signos de agotamiento. Por lo mismo tuvieron que diseñar un plan para hacer creer a la autoridad que en realidad estaban urgidos de agua y comida. Cuando el presidente se acercaba a la celda para constatar el estado de los prisioneros, fingían que estaban sedientos y necesitados de alimento. Entonces, Modesto se expresaba con burlas y risas que lo hacían cobrar revancha por las humillaciones sufridas en días anteriores. Nada le causaba más regocijo que verlos deshaciéndose en ruegos por agua y comida. Y para hacer más grande el supuesto sufrimiento, en ocasiones arribaba con un vaso de agua fresca, simulando que bebía con placer. Cuando se le daba la gana, con desprecio les arrojaba el agua en plena cara, provocando que se relamieran labios y manos con fatua desesperación. Al fin, entonces, se conformó con saber que el castigo estaba produciendo su efecto. De cualquier modo dio la orden para que los guardias no se acercaran a donde estaban los prisioneros, pues creía que por lástima o simpatía les daban de comer y beber.

La noche del séptimo día de cautiverio, Inocencia arribó en lo que ya parecía una simple rutina, excepto por dos cosas. La buena noticia era que la familia Ruvalcaba habría de arribar al pueblo al día siguiente. Y todos estaban convencidos que sus familiares los iban a liberar. La otra noticia, quizá no tan buena, se la reservó ella hasta que terminaran de comer y beber los reclusos. No tuvo que esperar mucho, pues devoraron con desesperación, después de no haber comido en todo el día. Ahítos, y con las panzas que parecían tamboras a punto de reventar, los dos aguardaron a que ella les diera santo y seña de cuanto acontecía. Ellos le dieron los detalles de la confrontación con Epifanio. Todos en el pueblo estaban enterados de cómo el gran mito llamado Epifanio, ya tenía su contrabalanza. Los polizontes fueron los encargados de difundir las noticias que caminaron a la velocidad de pólvora encendida. Y entre cavilaciones, sobre todo los más inconformes, cayeron en la cuenta que el par de presos iban a ser su punto de referencia en un futuro no muy lejano. Las novedades parecían haber quedado suficientemente discutidas. Y, de improviso, Inocencia sacó algo que traía oculto en su canasta, como mago que trata de sorprender a la audiencia. Al mirar la tira de cuero que Inocencia introdujo por la ventanilla de la celda, ellos casi se caen del camastro en donde estaban parados. Sin estar plenamente segura, debido a lo oscuro de la noche, quiso indagar cómo reaccionaron. Y aun cuando no alcanzó a percibir plenamente la expresión de las caras, el susto y la consternación hablaban por sí mismos.

-¡Y ora, a ustedes qué les picó! Es mejor que digan algo, porque sino me van a hacer pensar que se quedaron mudos, del mismo modo como cuando alguien ve un ánima.

-¡No, no es eso!-exclamó Gervasio francamente contrariado-O más bien quiero decir que si es, pero de plano es algo que no se puede explicar.

-Son cosas-dijo Gabino-en las que una mujer no se debe meter. Además, de ónde agarraste tú este fuete.

-¡Bueno! Yo lo encontré en el mismo ropero en donde tú guardas la cajita con las fotos y los recortes de periódico que el doctor Ruvalcaba te regaló. Sin querer yo estaba buscando unos papeles por ahí, y me encontré con ese chicote que, de pronto, me hizo recordar muchas cosas, porque yo sé o creo saber quién era el dueño de esa cosa. Y, como estaba junto a tus cosas, pensé que tú podías darme mejor razón de ónde había salido eso que trae muy malos recuerdos.

-Es por demás guardar un secreto contigo, hermanita. Tú estás igual que mi viejo Gerva que, de cualquier manera, se enteran de todo. Nosotros pensábamos hablar esto con los Ruvalcaba y contigo, pero al fin te les adelantaste a ellos y vas a saber lo que un día nos pasó a nosotros en la vieja hacienda en donde trabajamos de niños. Mira que pequeño es el mundo. Nosotros casi nacimos por aquellos rumbos en donde pasamos nuestra triste infancia. Después de tantos años, sin querer encontramos este maldito fuete. También, por meter nuestras narices donde nadie nos llamó, vimos cosas que no deben ser vistas por ningún cristiano. Yo sé lo que sospechas. Pa tu conocimiento, sólo quiero decirte que el dueño de esta horrible cosa es el mismo que tú piensas.

El tono solemne, lo mismo que lo contundente de las expresiones del hermano, hicieron pensar a Inocencia que iba a escuchar un relato extraordinario. Sin imaginárselo, en aquel fuete se encontraban encerrados secretos que le habrían de poner los pelos de punta. Lo grave y lúgubre de aquella narración también causó un escalofrío en todo su cuerpo. Y mientras Gabino y Gervasio narraban aquella fabulosa historia, una serie de ideas y fantasías cruzaron por la mente de ella. De pronto sintió un miedo que la hizo estremecerse compulsivamente. Pensó en lo nefasto y horrible que eran los hombres que dominaban a El Encanto. En su memoria se reprodujo la mirada del difunto don Eustacio, el día en que la gente se encontraba reunida en un aula de la única escuela del poblado. Mientras escuchaba tembló horrorizada. No en balde, aquello había sido un anticipo de lo que más tarde desembocó en el casual descubrimiento de Gervasio, en relación a la muerte de don Refugio García. Pero la especie de raro encuentro con la verdad oculta por tantos años, era poca cosa, comparado con lo que sus incrédulos oídos escuchaban. Con la respiración contenida, sudó y se le paralizaron los miembros del cuerpo. Sintió la fea sensación de que el ánima del difunto podía hacer acto de presencia en reclamo de lo que los otros habían tomado sin permiso. Y por un instante, dominada por el miedo, se vio tentada a interrumpir a los hombres y dejar todo por la paz. Sin embargo, la curiosidad fue más grande que el temor y, sobreponiéndose a sus propias flaquezas, aguardó en completo silencio. Pero entre más se adentraban los hombres en su propia historia, concluyó que la experiencia de ellos superaba con mucho las leyendas y cuentos de aparecidos que conocía. De niña, por boca de los hombres más viejos del pueblo, había escuchado historias inverosímiles. Sin embargo, la novedosa aventura era única en su género por la serie de vicisitudes y por los protagonistas que, en todo caso, podían incluirla a ella misma. Aunque no lo pareciera, tenía tanta vela en el entierro como el par de hombres que se encontraban posesos contando todos los detalles. La narración era tan contundente y elocuente, que prefirió manifestar sus dudas hasta el final.

-Yo creía-expresó ella con una risilla nerviosa-que cuando tú, Gabino, dijiste que éstas eran cosas en las que no se debía meter una mujer, era por lo del pleito con don Modesto y Epifanio. Pero ya veo que ustedes no sólo tienen bronca con los vivos de este mundo, sino de paso, hasta andan buscando ruido con los muertos. Y eso sí que está rete canijo. Por Dios Santo que ya me estaban dando ganas de correr, antes de orinarme en los calzones.

-¡No m'ija-dijo Gervasio-, los orinaos y cagaos fuimos nosotros!

Al instante todos tronaron en sonora carcajada, olvidándose del lugar y las circunstancias en que se encontraban. Y la primera en llamar a la prudencia fue Inocencia que, a pesar de las risas, aún sentía un pequeño escozor que le recorría el cuerpo. De tal suerte, las desveladas se estaban volviendo costumbre en todos. Después de la medianoche discutían todos los temas habidos y por haber. Pero esa madrugada, más que ninguna, revestía un especial carácter por cuanto a la historia de espectros y por la forma en que los hombres habían descubierto nuevos cauces de expresión y motivación. Así, se le vinieron a la cabeza ciertas ocurrencias a Inocencia.

-¡Bueno!-manifestó un tanto dubitativa-Yo no estoy pa contarlo ni ustedes pa saberlo, pero por ahí dicen que cuando una persona sufre de espanto, pueden pasar dos cosas: o de plano les agarra un mal aire y se enferman sin remedio, o pue' que se les salga el alma del cuerpo, y la gente empieza a hacer cosas que no creía poder hacer. Y yo creo que a ustedes, por ventura de Dios, les pasó ésto último.

-Pero no se te olvide-ocurrente respondió Gabino-que a nosotros se nos salió el alma y lueguito nos regresó al cuerpo, sino, ya estaríamos bien fríos.

De nueva cuenta las risas no se hicieron esperar, pero en esta ocasión rieron de manera discreta, aun cuando a esas horas de la madrugada todo mundo se encontraba en su quinto sueño. Más divertidos que en cualquier otro día, a pesar de lo lóbrego del asunto planteado, encontraron en el buen sentido del humor y los chascarrillos la manera de fugarse de sus preocupaciones y los sinsabores provocados por el abuso de la autoridad. Y cuando no era Inocencia, eran Gervasio o Gabino quienes intervenían con sus chanzas. Así es que, ya en plan de broma, los individuos hicieron un recuento de la manera en que desquiciaron hasta enloquecer de ira a Modesto. Las parodias hacia Modesto y Epifanio no se hicieron esperar, del mismo modo en que hacía ya algunos años, Ángeles e Inocencia se burlaban del difunto don Eustacio. E Inocencia celebró con toda franqueza, que no sólo su hermano y Gervasio se habían vuelto más graciosos que nunca, sino que eran un par de valientes como ninguno en el pueblo. El amor y la admiración de ella se hizo más grande hacia ellos y, no obstante la cantidad de chistes y anécdotas, las en antaño vacilaciones empezaban a quedar en segundo término. El porvenir parecía más esperanzador, pero al fin recobraron la cordura y comprendieron que eso apenas era la antesala de futuras y difíciles batallas. Una de ellas estaba a punto de iniciarse. En una especie de misión imposible, los Ruvalcaba habrían de interponer sus buenos oficios para sacar a Gabino y Gervasio de la pocilga en que se encontraban encerrados. El objetivo a lograr no iba a ser nada fácil, con la atenuante de que la guerra había quedado declarada por las amenazas de Epifanio, y por la forma por demás gallarda en que los presos enfrentaron al cacique.

Unas cuantas horas después, Gabino y Gervasio fueron arrancados del sueño por el trajinar de gente que entraba y salía de la presidencia municipal. Sin darse plenamente cuenta de lo que ocurría, pudieron percibir el gran revuelo que había en la calle. Los rumores de voces llegaban de la sala contigua, y por más que agusaron el oído para saber el motivo de tanta discusión, nada sacaron en claro. Súbitamente, y aprovechando el descuido de la autoridad, con toda discreción uno de los guardias entró al lugar en donde estaban los presos, y los puso al tanto de lo que acontecía. Fastidiado por el sueldo de hambre y los maltratos que recibía, el polizonte tomó partido en forma definitiva. Si en un arranque de simpatía se había identificado con los hombres injustamente encerrados, al cabo de varios días, tuvo suficiente tiempo para meditar sobre su situación y la de toda su familia. Sabía que nadie le había dicho sus verdades en su cara a Epifanio, y aquello había sido un acto de heroísmo. Y se encargó de difundir la noticia que tenía concentrados todos los ojos en la presidencia municipal. La gente sabía que Epifanio gozaba de grandes influencias políticas en la ciudad, pero también sabía que los presos, además de su valor, contaban con la ayuda de la familia Ruvalcaba. La figura de Ángeles vino a poner un extra ingrediente de sabor y morbo en el ánimo de la gente. Los pueblerinos sabían que era enemiga abierta de su hijo. Por lo mismo, aquel choque de locomotoras concitó gran polémica y debates. Y aun cuando ya algunos hacían sus apuestas, la situación se antojaba de pronóstico reservado. Las filias y fobias crecieron hasta el infinito, y todo mundo estaba concentrado en el desenlace de aquella confrontación. Sin siquiera imaginárselo, los prisioneros dieron la bienvenida al informante que se acercó por propia convicción, dándoles los detalles del modo en que habían arribado dos hombres a discutir el asunto con el presidente municipal. Y por las descripciones, comprendieron que uno de aquellos hombres era ni más ni menos que José Ruvalcaba. Pero enseguida, el guardia salió a toda prisa del lugar, antes de que alguien se diera cuenta. Del mismo modo que entró, salió con sigilo de la habitación, mientras los presos clavaban la mirada en los barrotes de la celda. Ahí se quedaron parados cavilando, pues tenían entendido que habría de ser Inocencia y Ángeles quienes intervinieran en su defensa. De cualquier modo no eran dueños de su suerte. Sólo esperaban a que los acontecimientos tomaran su curso.

De última hora cambiaron los planes. José Ruvalcaba recién arribaba de una comunidad en donde defendió a un hombre que se encontraba en condiciones similares. Y no veía por qué no habría de obtener los mismos buenos resultados.

Después de mantenerse al margen de problemas que también le concernían, al fin decidió que había llegado el momento de intervenir. Arribó a la presidencia municipal acompañado de un amigo que hacía las funciones de periodista. No obstante que los forasteros arribaron solos, poco a poco y sin ser parte del plan, como la humedad se fueron colando mujeres y hombres. Por más que Modesto intentó echar a la gente fuera, nada pudo lograr, pues con astucia y razón argumentaron que el asunto incumbía al pueblo por completo. Casi acorralado no tuvo otro remedio que aceptar a regañadientes lo que le imponía el populacho. Volteó a mirar a sus policías, pero comprendió que se encontraban tremendamente agraviados, y la mesura imperó para no cometer uno más de sus desaguisados.

-¡Miren señores!-explicó Modesto con forzado donaire-Yo estoy aquí pa cumplir y hacer que se cumpla la ley. Y de ninguna manera podemos liberar a las personas que no sólo violaron la ley, sino de paso, agraviaron mi persona de forma violenta.

-Y en concreto-inquirió Ruvalcaba-de qué se les acusa al par de hombres que están presos.

-¿Tiene usted testigos-a su vez inquirió el periodista-y pruebas de lo que afirma? ¿O acaso a los hombres se les sometió a un juicio antes de ser encarcelados?

-En este pueblo-interpeló Modesto de forma torpe-no se acostumbran ese tipo de cosas.

-Como presidente municipal-contundente afirmó Ruvalcaba-debería usted saber que nadie es culpable o inocente hasta que se demuestre lo contrario. Y la única forma en que se puede aprehender a una persona es justamente por medio de las pruebas del caso.

-Pos en este pueblo-de forma irracional respondió Modesto-no hay más ley que la de Epifanio y la mía. Y es mejor que ya no insistan en sus peticiones.

-Por ahí hubiéramos empezado, don Modesto-con paciencia repuso Ruvalcaba-, y nos habríamos evitado tantas vueltas. Nosotros sólo vinimos aquí en el ánimo de lograr un sano y saludable entendimiento. Por la misma razón, debe tener muy en claro que su injusta forma de proceder nada tiene que ver con la justicia. Usted nos está dando la razón. Lo único que nos queda pensar es que de no enmendar su error, está cometiendo un grave abuso de autoridad. Pero yo no creo que la opinión pública vaya a ver con muy buenos ojos todo lo que hacen usted y el señor Epifanio.

Un atronador aplauso se dejó escuchar en toda la sala. Y todo mundo pensó que más claro ni el agua. Modesto frunció el seño y se dio cuenta, de manera tardía, que había cometido una tremenda imprudencia.

-¡Por eso-grito un individuo de entre la concurrencia-estamos como estamos! En este pueblo no hay más ley que la de las pistolas de Epifanio.

Al parecer, Modesto iba a salir airoso de aquella contienda, independientemente de haber sido desnudado ante los ojos de todos. El hombre estaba aferrado y se propuso no ceder un ápice. Sin embargo, Ruvalcaba aún no había jugado todas sus cartas, y por los mismos motivos llegó acompañado de aquel periodista, porque sabía que la discusión podía llegar a un aparente callejón sin salida. Y después de aplaudir, la gente se quedó expectante. De tal suerte, el periodista sacó una cámara que llevaba en un maletin y empezó a tomar fotos y a hacer preguntas a los asistentes que, en franco desafío a la autoridad, expresaban sus malestares. Los destellos luminosos del flash que aparentaba ser más grande que la cámara, a todo mundo cegaba. A pesar de ello, todos se encontraban contentos de posar en una especie de fotografía de gran familia, que había elegido como estudio fotográfico el inmueble en donde se llevaba la administración y los asuntos legales del poblado. Así, entre una pose y otra, la gente estaba maravillada de los flashazos que despedía aquel portento de la tecnología. Y mientras unos individuos posaban en el quicio de la puerta que comunicaba con la otra habitación, de manera fortuita se toparon con la celda en donde se encontraban parados Gabino y Gervasio. No tuvieron que hacer muchas señales, para dar a entender al periodista que en aquel espacio se encontraban los presos. Entonces, la expectación fue mayor cuando el hombre de la cámara traspasó el umbral de la puerta, ante la atónita mirada de Modesto que, de tanto flashazo, no sólo se le había nublado la vista, sino peor aún, estaba con el pensamiento en tinieblas. Y cuando quiso reaccionar, ya era demasiado tarde.

-¡Oiga, oiga!-gritó Modesto de manera infructuosa-¡Nadie le dio permiso de entrar en ese lugar!

Ruvalcaba esbozó una disimulada sonrisa, y se dio cuenta que su amigo había dado justamente en el blanco, ante la impotencia y alarma de Modesto. Éste dio la orden de sacar al invasor del lugar, pero el golpe ya estaba dado. El periodista no sólo había fotografiado a los presos, sino también por indicación de Gabino, tomó fotos de los boquetes dejados en la pared por las balas de Modesto. La alarma entonces fue mayúscula y mandó a uno de los guardias en busca de Epifanio, comprendiendo a plenitud a que se refería Ruvalcaba cuando afirmaba que la opinión pública no veía con buenos ojos aquella serie de tropelías. Por tales motivos, el semblante de autosuficiencia y arrogancia del individuo que fungía como autoridad, cedió al de nerviosismo y franca incertidumbre. Los forasteros se le habían colado hasta la cocina, sin que el cocinero pudiera hacer nada al respecto.

XXVII

Acompañado de sus pistoleros de confianza, Epifanio ingresó a la presidencia municipal sin más presentación que el saber que él era el dueño de la casa. La displicencia y sus gestos arrogantes eran manifiestos en la forma de caminar y observar todo lo que le rodeaba. Parado a un costado de la puerta, y con toda la agudeza de sus sentidos, Ruvalcaba pudo constatar la veracidad del retrato hablado que Ángeles le había hecho. Apenas si Epifanio se había tomado la molestia de mirar de soslayo a Ruvalcaba, inquiriendo de manera directa a Modesto, del mismo modo que lo hacía con toda la gente que estaba a su servicio. Ni siquiera se había preocupado por guardar las apariencias ante los fuereños que habían llegado a molestarlo en su propia guarida. De tal guisa, una voz de aviso hizo eco de una a otra habitación, y al instante todo mundo estaba apercibido de que el cacique se encontraba en persona en la presidencia. Cuando Epifanio miró al periodista que recién salía cámara en mano de la habitación contigua, pudo darse cuenta que la situación era más grave de lo que él pensaba. En días recientes, El Encanto había ganado celebridad por ser noticia de primera plana en los principales diarios del estado y a nivel nacional, debido a los misteriosos enjuagues en que se encontraba involucrado el padre Elías. Subsecuentemente, el altercado de Epifanio con los presos abonó a hacer el panorama más incierto. Más que nadie, él sabía que no podía darse el lujo de cometer errores. Con la asesoría política de Carreño, comprendía de sobra que un escándalo más, podría complicar el de por sí enrarecido ambiente del poblado.

El barullo y la romería en que había sido transformado el palacio municipal, cedieron ante un silencio en espera de lo que parecía ser el veredicto final. Epifanio se retiró el sombrero de la cabeza, y al observar a Modesto junto al periodista, concluyó que su principal interlocutor habría de ser justamente Ruvalcaba. Éste lo entendió del mismo modo, y aguardó a que Epifanio diera la pauta de lo que habría de discutirse.

-¡Bueno, señor! Antes que nada, quién es usté.

-Yo soy el esposo de su señora madre, doña Ángeles García.

-¡Ah, muy bien! Yo creo que ya empezamos a entendernos. Y si no me equivoco, supongo que su visita a este poblado tiene que ver con el par de hombres que están presos.

-Así es, en efecto.

-En todo caso, quiero que todas las personas que se encuentran dentro de esta oficina nos hagan el favor de salir, salvo ciertas excepciones.

-Yo estoy de acuerdo con usted. Si no dispone lo contrario, me gustaría que discutiéramos el asunto el señor presidente, mi amigo el señor periodista que me acompaña y usted. Como se dará cuenta, tan sólo seríamos cuatro hombres en un justo equilibrio de fuerzas.

-¡Está bien!

La aquiescencia de Epifanio fue más que lacónica. Tuvo que admitir a regañadientes lo que Ruvalcaba le proponía. El primer movimiento en el tablero del ajedrez lo ganó Ruvalcaba con agilidad. Epifanio hubiese preferido tener a sus gatilleros al lado, como una forma de ejercer presión, pero también sabía que una imposición hubiese complicado todo. El tono afable del cacique tenía a hombres y mujeres sorprendidos. Pudieron constatar que el hombre no sólo sabía de modales hoscos y agresivos, sino también podía actuar de manera cortés, aun cuando dicha cortesía esparciera en el aire un tufillo de fatua amabilidad. La gente que había salido junto con los odiados gatilleros, y los que se encontraban afuera, formaron un tumulto que prácticamente estaba agolpado a las puertas de la presidencia municipal. Impasible, Epifanio esperó a que saliera la última persona, quedando tan sólo los cuatro individuos propuestos.

-Miren señores-repuso Epifanio con su característico tono-, yo creo que ya va siendo tiempo que le demos solución a todo este enredo. Pero antes, me gustaría que todo lo acordao quedara en estas cuatro paredes. Yo creo que no hay necesidad de llevar las cosas a nivel de escándalo público. Me parece que para nadie es conveniente esa situación.

Cuando Epifanio habló de conveniencias o inconveniencias, Ruvalcaba pudo darse cuenta que al único que no le convenía que el asunto trascendiera era al cacique. A pesar de ello, no quiso entrar en una polémica que entorpeciera el posible acuerdo.

-¡Mire usted, señor Epifanio!-repuso Ruvalcaba, consciente de que la decisión la tenía el cacique-De la manera más atenta queremos que se deje en libertad a Gabino y Gervasio. Los detalles sobre su encarcelamiento en estos momentos ya no son relevantes, en el entendido de que los hombres ya cumplieron con creces las posibles faltas. Nos gustaría escuchar si usted está en disposición de cumplir con nuestra petición. Me parece que eso sería lo mejor para todos.

El breve diálogo sólo era de dos. El periodista siguió con atención cada una de las palabras de Ruvalcaba. Por su parte, al igual que la gente que había salido a la calle, Modesto estaba sorprendido, pues el tono afable de Epifanio emulaba los modos cordiales en que éste trataba sus asuntos con Carreño. A Modesto no le causó ninguna gracia lo que ya se prefiguraba como un desenlace contrario a sus caprichos.

—Es muy sencillo, desde un principio lo dije. A nuestro pueblo ya no le convienen más escándalos. Para que los presos queden libres ustedes se deben comprometer con el señor autoridad y conmigo a que no haya ningún escrito en ningún periódico, y mucho menos fotos de lo que aquí ha ocurrido.

De antemano, Ruvalcaba sabía el final de aquel episodio. Las elecciones para presidentes municipales se llevarían a cabo ese mismo año, y el más interesado en poner punto final al álgido problema era el cacique. Tanto Ruvalcaba como el periodista lo sabían. Por tal motivo, Ruvalcaba no se encontraba en posición de exigir y mucho menos poner condiciones, si los condicionamientos del otro traían como consecuencia la liberación de los presos. Con la suficiente sensibilidad para comprender lo que se le pedía, con sólo mirar al periodista que lo acompañaba, concluyeron que no había vuelta de hoja. No había motivos para regatear lo que parecía una generosa oferta.

—Está bien, señor Epifanio, nos comprometemos en un pacto de caballeros a todo lo que usted nos ha solicitado. Le agradecemos el buen gesto y espero que con esto el problema haya quedado resuelto.

Por orden de Epifanio, Modesto extrajo el manojo de llaves del mismo cajón de siempre. Por un momento dudó, y hasta le temblaba la mano con la cual apretaba fuertemente las llaves, ante la expectante mirada de los demás. Pero el hombre que fungía como autoridad no estaba en condiciones de contravenir las órdenes recibidas. Enfiló sus pasos a la sala contigua y sintió que los pies le pesaban más que nunca. Caminaba con una cara de frustración que no podía ocultar, como si todos los miembros de su cuerpo se negaran a obedecer lo que se les pedía. Frente a las rejas igual que en la víspera, le temblaban ambas manos. Con una temblorina que al instante notaron Gabino y Gervasio, al fin Modesto encontró e introdujo en la cerradura la llave que abrió la puerta dejándolos libres. Nadie dijo una sola palabra ni tan siquiera se miraron a las caras. Y para ellos era más que evidente que el encierro había terminado. Cruzaron el umbral de la puerta de hierro y Modesto se quedó parado con la vista extraviada en algún sitio del interior de la cárcel. En un último intento por hacerles la vida difícil, quiso detenerlos para recordarles que tenían que pagar por los desperfectos del catre de la celda. Pero al instante, se contuvo dándose cuenta que cualquier cosa que dijera no iba a cambiar en nada el curso de los acontecimientos. Prefirió ahorrar saliva y dejó que los otros siguieran de largo. Y, ni tardos ni perezosos aceleraron el paso, antes de que la autoridad cambiara la decisión. Cuando ingresaron a la sala a los primeros que vieron fue a Ruvalcaba y al hombre que lo acompañaba. Epifanio se encontraba parado a un costado del escritorio, y apenas de reojo miraron al cacique con la clara intención de ignorarlo. Gervasio tenía la cara cubierta por una rala barba blanca, y Gabino mostraba una incipiente barba que le había crecido en el mentón y a los costados de la cara. Y un chivo o zorrillo, en comparación, despedían aromas menos desagradables que el par de campesinos que llevaban más de una semana sin bañarse. Pero eso era lo de menos. Estaban felices. Con un fraternal abrazo, Gabino se avalanzó sobre la humanidad de Ruvalcaba y, enseguida, Gervasio hizo lo mismo ante la actitud expectante de Epifanio, percatándose del modo tan familiar con que se trataban los hombres. Modesto se encontraba recargado en el quicio de una puerta y también pudo ser testigo de la escena que lo hizo padecer de celos y disgusto. Ruvalcaba presentó a su amigo y lo abrazaron agradecidos, aun cuando las muestras de afecto no eran tan grandes.

-¡Gracias!-dijo Ruvalcaba.

-¡De nada!-contestó Epifanio.

Así de escueta fue la despedida, y no hubo apretones de mano ni nada que se le pareciera. Con gesto adusto y una ceja enarcada, Epifanio le indicó a Modesto que abriera el portón de acceso a la presidencia municipal. Un rumor de voces se dejó escuchar en la parte de afuera, y los rayos de luz penetraron de forma incandescente. Apenas abierta una de las puertas, ingresaron los pistoleros de Epifanio. Unos y otros se cruzaron al salir y entrar, y las puertas se sellaron con Epifanio y sus secuaces dentro del inmueble.

Un atronador aplauso fue la mejor recepción que nunca habían tenido en sus vidas Gabino y Gervasio. Al instante, embargados por la emoción no pudieron contener las lágrimas que les escurrían por todo el rostro. Los vítores, en medio de alternados aplausos continuaron. Y de forma humilde pensaron que no eran acreedores a tanta gloria. Ni siquiera en los mejores días de boato o de revuelo electoral, se había reunido tal cantidad de gente a las puertas del ayuntamiento. Sobre todo las mujeres, se habían dado cita de manera abundante, desde niñas hasta adolescentes, lo mismo que mujeres encinta o mujeres con sus chiquitines en brazos. Las causantes de todo aquel mar de hembras habían sido en gran parte Inocencia y Ángeles, quienes en medio de mujeres y hombres se abrieron paso para saludar a los suyos. Así, los abrazos de familia se llevaron a cabo a plena luz del día, ante los ojos de la opinión pública, para que nadie pusiera en tela de juicio el potencial y las capacidades de lo que significaba una familia unida. Mientras tanto, encerrados, tanto la autoridad oficial como la verdadera autoridad en compañía de gatilleros, escucharon el ambiente de fiesta que se vivía en la parte de afuera. Y Modesto estaba convencido de que había sido un error haber dejado a los hombres en libertad. Sin embargo, aún se encontraban en los prolegómenos del ajuste de cuentas que Epifanio tenía pendiente con los de casa.

Una vez que secó con el reverso de la diestra sus lágrimas, Gabino se avispó y pensó que el momento era inmejorable para transmitir un mensaje a la gente. Varios hombres lo habían levantado en hombros, pero enseguida puso los pies firmes en la tierra, convencido de que así era mejor. Una mujer tuvo la ocurrencia de ir a su casa por una silla, y de manera entusiasta algunos le indicaron que se trepara para poder ser visto y escuchado por todos. Creyó que no era una muy buena idea. A pesar de ello, su familia lo convenció de la ventaja del improvisado podium. Así, con todos los honores del caso, se subió en la rústica silla dispuesto a pronunciar el primer y más importante discurso de su existencia, ante el regocijo de todos. Poco a poco el silencio se adueñó de la calle, y se retiró de forma cuidadosa el sombrero, acomodando diligentemente su enmarañado cabello. Los nervios hicieron presa de él, ante lo inédito de la situación. Y recordó lo que le había enseñado el doctor Ruvalcaba y el profesor Cisneros. De tal suerte, respiró de forma profunda varias veces, notando como iba cediendo el temblor que le recorría de pies a cabeza. No sabía exactamente cómo iba a empezar, y lo único que tenía en claro era el agradecimiento que sentía por el apoyo procurado a él y a Gervasio, justo en el instante en que todas las miradas se encontraban enfocadas en sus gestos y toda su humanidad.

–¡Bueno, queridos amigos! Antes que nada, quiero darles las gracias por darnos este recibimiento tan bonito a Gervasio y a mí. Yo no sé que pudimos haber hecho nosotros pa merecer tantos honores. Créanme que este es el día más feliz de mi vida, no sólo por el apoyo de ustedes, sino por el apoyo de mis hermanas Inocencia y Ángeles, y por la ayuda del doctor Ruvalcaba y su amigo que, de no ser por ellos, todavía estaríamos encerraos.

Los aplausos no se hicieron esperar, y los vítores a Gabino y Gervasio, como a toda su familia, resonaron de un confín a otro del pueblo. Y la gente al fin tuvo plena certeza de la relación de parentesco de los Ruvalcaba con los Domínguez. Los del pueblo se sintieron confiados de estar en alianza con aquellos personajes. Tan cercanos al cacique, pero a la vez tan lejanos. "Pa que la cuña apriete-gritó entusiasmada una mujer-tiene que ser del mesmo palo."

–¡Esperen, esperen! Todavía no digo lo más importante. Todos estamos muy felices, pero esto apenas empieza. En el pueblo hay demasiados problemas. Y la única forma de cambiar las cosas es que nos organicemos. Si no nos juntamos de a de veras, todo va a seguir igual. Nos va a cargar la fregada, igual que siempre. Entre más personas entiendan esto, mejor pa'l pueblo. No piensen ustedes que don Gerva y yo vamos a hacerlo todo. Nosotros nos somos nada sin la ayuda de ustedes. Debemos empezar porque el presidente municipal nos dé cuentas claras de todo el dinero que le mandan de la ciudá.

-¡Sí, todo eso está muy bien!-gritó un hombre entre la concurrencia-Pero quién va a ser el valiente que se le ponga de tú a tú a Epifanio, porque sabemos que él es el mero mandón.

-¿Y qué no es verdá-dijo una mujer refutando al individuo-que paraos enfrente de nosotros se encuentran los hombres que le dijeron en su cara unas cuantas verdades a Epifanio?

-¡Sí, es verdá!-enseguida gritó un grupo de personas.

Espontáneamente se escuchó el eco de aplausos, en lo que ya era en sí una asamblea en plena calle. Los corrillos se empezaron a formar aquí y allá, y los comentarios trajeron como consecuencia un consenso en el cual coincidió la mayor parte de improvisados participantes.

-Yo creo-de nueva cuenta tomó la palabra la misma mujer-que Gabino debe de ser la persona que nos represente pa los asuntos con el presidente y con el mismo Epifanio.

-¡Sí, siiii! ¡Estamos de acuerdo!-gritó la gente como una sola voz.

-¡Y no sólo pa que nos represente-dijo una señora con un niño en brazos-en los asuntos que vengan, sino yo creo también que debe ser nuestro gallo pa la presidencia!

Los aplausos y los vítores resonaron en el aire y, además de asamblea, la gente parecía asistir a un acto de anticipada campaña política. Gabino se quedó mudo, y por un momento se le turbaron los pensamientos sin saber qué responder. Las coincidencias tuvieron eco en la misma familia, que estuvo de acuerdo en lo que se proponía. Asintieron con la cabeza en señal de aprobación, y sintieron que aquello no tenía nada de descabellado. Aun así, Gabino pensó que las cosas podían hacerse de manera más formal, en un acto protocalario en el cual la gente decidiera entre varios candidatos.

-Yo no veo nada de malo en que me propongan a mí, pero también creo que se deben proponer otras personas. Y que en una votación gane el mejor.

-Yo lo único que creo-dijo un hombre bajito y con aspecto de niño- es que no hay mejor candidato que Gabino. Yo creo que mejor nos ahorramos tiempo en andar haciendo asambleas, y de plano le entramos al toro por los cuernos aquí mesmo. Por lo mesmo, con todo respeto, yo pido que los que estemos de acuerdo alcemos la mano.

Como impelidos por resorte un mar de brazos, incluidos los familiares, se alzaron en señal de aprobación. Nadie quiso quedarse fuera de la trascendental decisión, y a Gabino ya no le quedó otra alternativa que aceptar públicamente lo que la gente quería. Un último aplauso se dejó escuchar por parte de la entusiasta concurrencia, y todo mundo quedó conforme y con la certeza de que habrían de marchar codo con codo en apoyo del líder que había surgido al calor de una serie de circunstancias por demás fortuitas. Varias personas ayudaron a que Gabino descendiera de la silla en donde se encontraba parado, como si fuese un rey apoyado por sus súbditos. Los abrazos no se hicieron esperar, y unos y otros estrechaban sus manos en señal de felicitación. Y como si estuviera en un sueño, por obra del poder que le conferían una gran cantidad de pueblerinos, se convirtió en un personaje célebre. Así, entre felicitaciones y cumplidos la gente se fue dispersando, mientras Gabino y Gervasio acompañados de los suyos, caminaron pletóricos de alegría. Nunca, ni ellos ni nadie, se habrían imaginado que las cosas pudieran dar un vuelco tan dramático. Aquello había sido un paso gigante, tomando en cuenta la apatía que caracterizaba a la gente. Sin embargo, aun cuando la reacción popular marcaba una nueva fase en la historia del poblado, las tareas y los compromisos estaban pendientes y, por los mismos motivos, en la medida que Gabino conversaba con Ruvalcaba, comprendió que lo más difícil estaba en camino.

Por una de las ventanas de la presidencia municipal, Esteban Alarcón, el pistolero de mayor confianza de Epifanio, no se perdió un solo detalle de la improvisada asamblea. En realidad no había mucho que indagar, pues los gestos y los movimientos de las gentes eran más que elocuentes. Ya todos sabían, incluidos Epifanio y sus compinches, que Gabino Domínguez había sido el ungido de la gente en plena vía pública. Con cierta consternación, Epifanio se había reservado sus comentarios, y prefirió que terminara aquella algazara. Mientras el revuelo de aplausos y comentarios ocurrían, él iba y venía de la ventana en donde se encontraba apostado Esteban, y le ordenó al gatillero no moverse de ahí. Por su parte, con gesto grave, Modesto no quiso saber del asunto cuando se dio cuenta como la gente alzaba la mano en señal de respaldo a Gabino. Arrepentido, se reprochó a sí mismo no haberlo abatido a tiros, sobre todo cuando recordó el modo en que Epifanio se había pronunciado en el mismo sentido. Epifanio conocía perfectamente a Modesto, y sabía que si lo hubiese mandado rellenar de plomo a los presos, los acribillaría sin pensarlo dos veces. Pero el cacique no estaba para tontos arrebatos. Menos cuando las evidencias pudieran dar al traste con todos sus proyectos. Esa no era su forma de operar, y si alguna decisión habría de tomar en el mismo sentido, sería con el mayor sigilo posible. Aunque por el momento, ningún atentado o posibilidad de eliminar a un enemigo pasaba por su cabeza. Tenía que poner sus pensamientos en orden y pensar con frialdad. Cuando en apariencia había perdido una batalla, estaba convencido que tan sólo era el preludio de la guerra que primero le habían declarado en la prisión Gabino y Gervasio, y después quedaba plenamente confirmada en el acto público frente a sus narices. Por las mismas razones, tenía que urdir un plan que en forma definitiva pusiera fuera de combate a sus enemigos. Y, mientras esto pensaba, vino a su memoria el día en que se encontraba en la derruida hacienda, siendo advertido por su aliado acerca de la inevitable confrontación. Pero lo que en aquella ocasión fue risa por lo que vislumbraba, se trocó en franca consternación. Sus enemigos inmediatos no sólo eran la familia Domínguez y el viejo campanero, sino también se encontraba incluida su madre y el marido. Y de todos ellos, quien más le preocupaba era Ruvalcaba, pues sabía que además de contar con influencias en la ciudad, el doctor lo había puesto en una situación de jaque mate, obligándolo a liberar los presos.

XXVIII

La calle quedó completamente desierta, y en dos lugares se trataban asuntos similares. En la presidencia se encontraba Epifanio con sus achichincles, mientras que en casa de los Domínguez se departía entre familia. Al fin, el cacique logró poner sus pensamientos en orden, y de manera más o menos coherente hizo una serie de señalamientos, dando énfasis en lo más relevante de aquella jornada.

-Ya no tenemos que darle tantas vueltas. Ustedes vieron con sus propios ojos lo que pasó allá afuera. De ahora en adelante, ya todos sabemos contra quien es el pleito. Por lo mismo, debemos ser más cuidadosos con todos los pasos que demos. ¡Mira, Modesto! Tú más que nadie sabes que nada de esto hubiera ocurrido, sino hubiera sido por tus tonterías.

-Pero si tú mismo me dijiste que mantuviera encerraos todo el tiempo que fuera necesario a ese par de indios muertos de hambre.

-Sí, yo te dije eso. Pero yo no te dije que encerraras al par de guardias con que cuenta la presidencia municipal. Y mucho menos te dije que te pusieras pedo y empezaras a disparar a lo güey.

Los pistoleros no pudieron contener la risa por el papel de payaso a que había quedado reducido Modesto. Hasta ese momento, Epifanio nunca había reprehendido a los gatilleros por mofarse, pero no estaba para bromas y mucho menos para réplicas de nadie.

-¡Y ustedes, mejor se callan! Por andar de chistositos no hacen su trabajo como debieran, y por eso estamos como estamos. Les he dicho una y mil veces que vigilen el movimiento de las gentes, y cuando les pido razón de algo no saben ni qué decir. Pero no estamos aquí pa hablar de eso. Lo más seguro es que tú, Modesto, vayas a ser reelegido pa presidente municipal. A pesar de eso sigo teniendo mis dudas. Vas por muy mal camino, y con tus burradas has complicao las cosas. De aquí a que ocurran las elecciones, si no pones cuidao en lo que haces, es mejor que te vayas olvidando del asuntito.

De entrada, a Modesto le causó gusto ser considerado por un período más como presidente municipal, pero enseguida se mostró ansioso, porque sabía que efectivamente había cometido demasiadas pifias. Los yerros no iban a ser fáciles de borrar, y en contra de su voluntad la ira contribuyó a fabricarle una imagen a su mayor enemigo. Los excesos de Modesto habían encumbrado a Gabino, y en lo sucesivo iba a tener que luchar contra sus propios demonios, pues de otra forma ya sabía cuál era el final que le esperaba. Epifanio no iba a andar con miramientos y estaba decidido a todo, con tal de poner un alto a los incautos que trataban de interponerse en su camino.

-De hoy en adelante quiero que me avisen de inmediato cualquier cosa que pase. No quiero que después de niño ahogao vayamos a tapar el poso, del mismo modo que te pasó a ti, Modesto. Dejaste que el periodista ése se te colara hasta la cocina, y de plano cuando me fueron a avisar, el hombre ya había sacao fotos hasta de las muelas de los presos.

-¡Bueno!-trató de justificarse a sí mismo Modesto-En verdá no fue mi culpa. En medio de tanta gente no me di cuenta en qué momento el periodista ya se había metido hasta el último rincón.

-Que bueno que lo mencionas, porque ese tipo de errores son los que ninguno debe cometer. De otro modo, y esto quiero que le quede muy claro a todos: el que vuelva a hacer una pendejada mejor que vaya pensando en buscarse otro patrón. Yo no quiero conmigo a personas que enreden más las cosas. Así es que ya saben. O ponen más atención en lo que hacen, o se me largan por donde más se les dé la gana.

Conscientes de que sobre advertencia no había engaño, los lacayos entornaron los ojos y se encogieron de hombros, partiendo cada cual por su rumbo, excepto uno de los pistoleros que se quedó a recibir instrucciones especiales.

A corta distancia de la alcaldía, la charla y el ambiente de festejo contrastaban con el modo en que el cacique había dado órdenes acerca de los lineamientos a seguir. Por una y otra parte de la pequeña sala de la casa de la familia Domínguez, se escuchaban las risas, bromas y comentarios de los comensales. El plan de Ruvalcaba para liberar a los presos fue un golpe maestro, excepto por el hecho de que las fotografías tomadas en la presidencia municipal no se publicarían. Sin embargo, aquellas fotos podían servir en un futuro no muy lejano como pruebas de descargo en caso de que el cacique del pueblo se atreviera a una felonía mayor. Y también como una forma de presión para disuadir a Epifanio de cualquier siniestra intención. De ese modo, Ruvalcaba pidió al periodista extraer el rollo de la cámara y esconderlo en alguna parte de la casa, en caso de que a su regreso a la ciudad alguien se atreviera a asaltarlos. La precaución no estaba por demás, pues en alguna ocasión, después de haber tomado una serie de fotografías comprometedoras, al periodista le habían robado la cámara. Una vez que quitó el rollo lo reemplazó por otro vacío. Y cuando estaba a punto de entregarle el rollo en sus manos a Gabino, hizo una objeción.

-En principio, la idea es excelente. Pero cuando quitaba el rollo me puse a pensar en algo. En este pueblo llueve mucho, y también hay mucha neblina y humedad. ¿No es así?

Todos afirmaron con la cabeza, sin percatarse plenamente cuáles eran los verdaderos motivos del periodista.

-¡Bueno! Siendo así, el exceso de humedad podría malograr en muy poco tiempo las fotografías del rollo.

-Pero entonces-dijo Ángeles-, qué podemos hacer.

-Es muy sencillo. Vamos a dejar el rollo vacío en la cámara. Y el rollo con las fotos, lo vamos a esconder en una parte del cuerpecito de uno de los niños. Si por alguna razón nos llegaran a asaltar, los ladrones se van a llevar la cámara con el rollo vacío. O si solo fuera el rollo el que nos robaran, de cualquier forma no tendrían acceso a las fotos.

Convencidos de la astucia del periodista, todos concluyeron que no había mejor forma de hacer las cosas. En lugar de entregarle el rollo a Gabino, el periodista se lo dio a Ángeles, dejando que ella hiciera los arreglos pertinentes. Y mientras los comentarios fluían, de forma espontánea unos y otros empezaron a hablar del mejor lugar para esconder algo. A Inocencia se le ocurrió hacer una broma llamando la atención de todos. Cuando se dio cuenta de su imprudencia, ya era demasiado tarde.

-Espero que escojan bien el lugar donde van a esconder el rollo. No vaya a ser que les pase como a Gabino con el fuete de… ¡Ay, ora sí metí la pata!

Gabino y Gervasio reprocharon con la mirada la indiscreción de Inocencia, pero al instante se tranquilizaron, convencidos que más temprano que tarde el tema iba a ser motivo de conversación. Momentáneamente, los otros se habían quedado en el limbo, siendo lo suficientemente perspicaces para darse cuenta que algo se traían entre manos los otros tres. Inocencia prefirió no decir más palabras. Con ojos y manos, en una especie de graciosa mímica, solicitó que las explicaciones corrieran por parte de los directamente involucrados. Cansado de hablar en la calle la víspera, y sobre todo en consideración al pionero de la aventura de la derruida hacienda, Gabino le cedió la iniciativa a Gervasio. Con el único ojo que tenía, Gervasio auscultó a cada uno de los comensales, y cada cual se encontraba en suspenso por lo que prometía ser un relato único en su género. De forma pausada, y sin la más mínima prisa, el tuerto comenzó a narrar los sucesos a partir del momento cuando en él se despertaron las primeras sospechas. Conforme se fue adentrando en los detalles, la pequeña audiencia se sintió llevada de la mano a una región mágica. Inocencia ya conocía la historia, y no por ello le dejaron de llamar la atención ciertos aspectos que, por la prisa y el lugar en donde se encontraba la primera vez, pasaron más o menos inadvertidos. Conforme el tuerto relataba, al poco rato cada cual quedó imantado y atrapado en una serie de extraños sucesos. Ocasionalmente, cuando olvidaba u omitía algo, enseguida intervenía Gabino de forma breve. La más sorprendida era Ángeles, pues ella había vivido en la otrora majestuosa hacienda, sin haberse percatado de que tales cosas pudiesen existir. Así, cuando Gervasio contó el modo en que habían encontrado el fuete que ellos suponían propiedad del difunto don Eustacio, al instante, Ángeles solicitó que le mostraran la pieza fabricada de piel. Inocencia extrajo el fuete del lugar en donde estaba guardado y se lo entregó en su mano. Al observarlo cuidadosamente, Ángeles pudo constatar que efectivamente era propiedad de los Matínez, pero el dueño legítimo no era precisamente don Eustacio, sino el occiso marido, Epifanio Martínez. De tal suerte, con malestar y desprecio, Ángeles arrojó el fuete en la mesa del comedor contigua a donde ella se encontraba. Todos se dieron cuenta de su disgusto, y enseguida se justificó diciendo que aquel era el mismo objeto con el cual el occiso azotaba sin piedad a los peones de la hacienda. Ruvalcaba tomó una de las manos de Ángeles e hizo énfasis en que todo eso ya no existía, pues tan sólo formaba parte del pasado. Satisfecha con la muestra de afecto del marido, dejó que fluyera el relato, convencidos los demás de lo verosímil de la historia. Y cuando la narración cobró visos lóbregos, el periodista cayó en la cuenta que debía registrar en forma escrita todo lo que ahí se estaba narrando. De ese modo, se encontraba afanado escribiendo lo que podría dar pauta a un magnífico cuento, pero comprendió que lo que parecía un cuento no lo era tanto. Y, como prueba de ello, en la sala de la pequeña casa se encontraba el fuete y los protagonistas en relación consanguínea directa con el cacique del poblado. Como si estuviese en una entrevista de la mayor trascendencia, no dejó un solo instante de escribir. Ruvalcaba simplemente se limitó a escuchar y analizar tratando de medir su reacción en la de los demás. Gervasio denotó cara de susto cuando tocó el pasaje relativo a la aparición de espectros, y al modo en que el viento había soplado fuertemente. Y por unos instantes, los demás compartieron el mismo miedo que Gabino y el viejo habían sentido. De tal talante, cada cual estaba hundido en sus propios pensamientos, sin saber qué decir. El periodista había llenado varias hojas de su libreta. En medio del silencio se alcanzaba a escuchar como se deslizaba la pluma en las hojas. El escribano concluyó y dejó salir una larga exhalación, como si se encontrara al final de una larga jornada. Y los demás dejaron que fuera cediendo la intensidad de la tensión que los tenía posesos, al igual que a los principales protagonistas de aquella historia.

-Mientras yo hablaba-manifestó Gervasio, rompiendo el silencio-, me pude dar cuenta que usté, señor periodista, escribía con hartas ganas. Usté es una persona de letras, y a lo mejor ha de pensar que Gabino y yo estamos medio locos. Pero yo le juro a usté, por la memoria de mi esposa y de toda mi familia, que lo que acabo de decir es verdá.

-No tengo por qué dudarlo, don Gervasio. Ahí está el fuete como prueba de lo que usted nos contó. Además, en esta sala hay varias personas que tienen parentesco directo con el señor Epifanio Martínez, lo cual hace la historia más creíble. A mí me ha tocado recorrer muchos poblados del estado de Veracruz, y he escuchado historias de fantasmas, pero como la que usted ha contado, ninguna.

-Aunque nunca me imaginé-expresó con vehemencia Ángeles-que en la vieja hacienda de El Encanto se escondieran o sucedieran ese tipo de cosas, yo creo que don Gervasio y Gabino están diciendo la verdad. Esto viene a confirmar lo que siempre he pensado de los hombres que han mandado en este pueblo. Son los demonios los que los han inspirado a ser tan crueles, sino es que ellos mismos son el demonio en persona.

-Yo más bien creo lo segundo-manifestó Ruvalcaba-. Es Epifanio el demonio personificado. Y lo pude comprobar por la manera en que se transforma de una persona cruel en otra que no aparenta causar ningún daño. Pero muy en el fondo, pude captar todo lo perverso de su mirada. Sé que no se quedará cruzado de brazos y, por lo mismo, debemos de estar atentos a todos sus movimientos. En cuanto a la aparición o las apariciones de que nos han hablado aquí don Gervasio y Gabino, no sabemos quién o qué eran, pero a mí no me queda la menor duda de que existen.

-Pero por qué-preguntó Inocencia-tenía que ser con este hombre, que es la causa de todos nuestros males.

-Nadie lo sabemos-dijo Ruvalcaba-, y es mejor que no le rasquemos más. Por el bien de todos ya no se acerquen más a la vieja hacienda de El Encanto. Por andar de curiosos les podría pasar algo más feo, y más vale prevenir que lamentar. La prevención es la mejor medicina para cualquier mal.

-Lo mismo hemos pensao-convencido dijo Gabino-don Gerva y yo.

-Esas son cosas del otro mundo-aclaró Ruvalcaba-. Sabemos que existen, pero yo no creo que ninguno de los que estamos aquí podamos dar una explicación lógica del por qué ocurren. Ya bastante tenemos con las cosas de este mundo como para andar queriéndonos meter con los seres de ultratumba. Y ya que de nueva cuenta ponemos los pies en la tierra, quiero aprovechar la ocasión para hablarles de algo que quedó pendiente la última vez que nos vimos en esta misma casa. En aquella ocasión, a pesar de que tenía conocimiento del tema propuesto, no estaba plenamente seguro de lo que les iba a hablar. Por lo mismo, preferí guardar silencio antes que caer en especulaciones ociosas. Sin embargo, mis sospechas han sido confirmadas.

Quienes con mayor emoción se frotaron las manos por las aseveraciones de Ruvalcaba, fueron Gabino y Gervasio. Esperaban de un momento a otro entrar en el tema pospuesto. De la misma manera que fluyó espontáneamente la historia de espectros, Ruvalcaba sabía que estaban ansiosos por escucharlo. Nadie parecía haber resentido que se saltara de un tema a otro, pues si la historia del par de campesinos había sido fantástica, las revelaciones de Ruvalcaba podían ser igual de atractivas. O, por lo menos, tenían la cualidad de tener a todo el mundo en vilo, excepto por

Ángeles que, al igual que Inocencia con la historia de la hacienda, más o menos estaba en antecedentes de lo que el marido iba a decir. Ángeles guiñó un ojo y dio a entender que ahora la sorprendida iba a ser la de casa. Inocencia simplemente externó una sonrisa por lo gracioso del detalle. Desde hacía rato la comida se encontraba lista para ser servida, pero todos prefirieron engañar el hambre con algún bocadillo, antes que abandonar el tema que se antojaba más atractivo e interesante que cualquier otra cosa. Cuando se arrellanó cada cual en el lugar que le pareció más cómodo, dejaron que las explicaciones corrrieran por cuenta de Ruvalcaba.

-La última vez que estuvimos reunidos en esta misma casa, no quise ahondar en un asunto que nos hubiese desgastado de manera innecesaria. Pero bien dicen que todos los caminos conducen a Roma. Lo que les voy a decir está muy cerca de donde se encuentra concentrado el poder de la Iglesia en el mundo. Y ustedes se preguntaran por qué digo ésto, y yo les responderé de forma sencilla que no hay nada que no sepa el Vaticano de lo que ocurre en todas las iglesias que hay dispersas por el planeta.

-¿Incluida la iglesia de El Encanto?-de forma espontánea preguntó Inocencia.

-Incluida la iglesia de El Encanto. Hace algunos meses existía el rumor de que iba a haber un levantamiento armado de parte de algunos curas del país en contra del Gobierno. Los primeros comentarios yo los escuché de algunas amistades que tienen contacto con algunos jerarcas de la Iglesia Católica. Cuando escuché por primera vez aquellas opiniones, se me hizo algo desproporcionado y fuera de lugar. Pero conforme fui investigando a través de diferentes fuentes, me pude dar cuenta que aquello no tenía nada de descabellado.

-Pero por qué-preguntó Gabino-se habrían de levantar en armas los curas en contra del Gobierno.

-Por la simple y sencilla razón de que el Gobierno ya no dejaba, después de la Revolución, que los padrecitos hicieran y deshicieran a su antojo en la administración y decisiones importantes de la vida de las poblaciones. Y de plano, los federales les prohibieron a los jerarcas de la Iglesia que se involucraran en asuntos de política y gobierno. Cuando el Gobierno descubrió que los curas se negaban a reconocer la Constitución de 1917, mandó cerrar los templos, lo cual provocó la ira de muchos clérigos. Pero al parecer, fue la Iglesia quien a propósito cerró sus puertas como una forma de presión, con la esperanza de que los creyentes se pusieran en su totalidad en contra del Gobierno.

-¿Fue por eso-preguntó e ironizó Inocencia-que la sacristana Dolores García y el padre Elías no hicieron nada en contra de mi familia? Porque de un tiempo a acá, nosotros, y me refiero a don Gerva, Gabino y yo, nos dimos cuenta del modo en que la sacristana ya no sonaba ni tronaba sus chicharrones. Y ni que decir del padrecito, que parece que está más en el cielo o en la luna que en la tierra.

Todo mundo rió por el modo ocurrente en que Inocencia había sintetizado socarronamente lo que realmente estaba ocurriendo en el pueblo. Era un secreto a voces que el antaño protagonismo del cura y sus acólitos, había disminuído de forma patente en el poblado. Pero hasta ese momento, al igual que en la política, nadie conocía los entresijos que provocaron que la iglesia de El Encanto se encontrara en franco predicamento.

-Tú lo has dicho con mucha gracia-manifestó Ruvalcaba-. Nada es más cierto que lo que acabas de decir. Sin embargo, debo prevenirlos o más bien informarles de los detalles de todo este conflicto. Ya no es sólo el cierre de templos. Se tienen evidencias de que en los estados de Jalisco, origen de la rebelión, Guanajuato, Zacatecas y Michoacán, al nombre de ¡Viva Cristo Rey! se ha levantado un movimiento armado, encabezado por curas que se dicen llamar cristeros. Y se están enfrentando como auténticos guerrilleros en contra de los soldados del gobierno.

Un largo ¡Oooh!, de admirada consternación, salió de lo más hondo de los pulmones de los comensales. Y no obstante que el periodista y Ángeles de alguna forma se encontraban en antecedentes, compartían la preocupación que a todos embargaba. Si Gervasio y Gabino creían haber impactado a sus interlocutores con su increíble historia, lo que estaba narrando Ruvalcaba se antojaba algo más que inaudito. Pues los protagonistas de los desmanes que azotaban algunas regiones de la patria, se encontraban en franca contradicción de sus propias tesis y creencias. Cualquier cosa podrían haber aceptado quienes escuchaban en forma atenta, menos que un grupo de clérigos azuzaran a hordas de fanáticos que rompían de forma patética sus postulados de paz y concordia en nombre de Cristo. Incontenible, Gervasio se levantó del sillón en donde estaba y miró a través de la ventana, como tratando se cerciorarse de que sus sentidos no lo estaban engañando. Gabino lo siguió con la mirada en forma nerviosa, e Inocencia miró a unos y otros sin saber qué decir.

-¡Doctor, doctorcito!-con angustia externó Gervasio-Yo sé que usté es un hombre que siempre habla con la verdá, pero jurenos usté que todo lo que nos ha dicho es cierto.

-Yo les juro-solemne externó Ruvalcaba-en nombre de la memoria de mis padres que todo cuanto aquí he dicho es verdad.

Hasta ese momento, Ángeles nunca había escuchado que su marido se pronunciara en ese sentido. Pero enseguida comprendió que esa era la única manera en que Ruvalcaba le pudiera dar un poco de certeza al corazón del pobre campesino que se encontraba atribulado y confundido en cuanto a su fe en Dios. A Gervasio lo había lastimado y herido que el nombre de Cristo se manipulara y utilizara de forma tan ruin.

-Yo no creo-manifestó Gervasio visiblemente decepcionado-que Dios nuestro Señor sea tan malo como pa mandar que unos hombres se maten con otros.

-¡No, don Gervasio!-aclaró de forma puntual Ruvalcaba-Cristo o Dios, no tienen nada que ver con las decisiones de muchos curas. Ahí está precisamente el engaño. El trasfondo de todo es el dinero. Saben que ya no van a hacer negocios con el dinero de los fieles, porque el Gobierno los está atando de manos. Utilizan el nombre de Cristo para encubrir todas sus fechorías. Todos esos padrecitos, comen santos y cagan diablos. Y tanto usted como Inocencia y Gabino, saben mejor que nadie que así como la sacristana no era la santa que muchos creen, tampoco el padre Elías es un hombre probo y sin mácula. Por eso mismo, mantenga su fe en lo que cree y olvídese de lo demás. Y ya que de nueva cuenta mencioné el nombre del padre Elías, concluyo diciéndoles que hay firmes sospechas de que el padrecito ha contribuido con dinero en apoyo de los susodichos cristeros. Y si no él directamente, si algunos de los prelados que se encuentran más arriba. Las personas que lo conocen, constantemente lo han visto en la ciudad como nunca antes, junto con otros padres entrando y saliendo de oficinas de gobierno.

-Ora ya sabemos-dijo Gabino-por qué las campanas de la iglesia no se oyen todos los días. Y también sabemos por qué la iglesia se encuentra cerrada. Cuando estábamos encerraos en la cárcel, don Gerva y yo nos dimos cuenta de todo ésto, pero en aquellos momentos no teníamos ninguna explicación.

XXIX

Cuando abordaron el tren, todo presagiaba un simple día de rutina. A través de las ventanillas los Ruvalcaba agitaron manos y brazos en señal de despedida. A su vez, los de afuera correspondieron de manera afectuosa, lanzando Inocencia besos con la mano. Un ferroviario, entonces, caminó por cada uno de los vagones, cerciorándose de que los viajeros se encontraran ubicados en los asientos que les habían sido asignados. Una vez hecha la revisión anunció con estentórea voz la partida de la gran oruga de hierro. El rechinar de ganchos metálicos que unían a cada una de las cajas fue contundente, y la locomotora que arrastraba tras de sí todo aquel peso, retumbo en el aire con estruendo. Una nube de humo blanco fue despedida por la chimenea de la máquina insignia. También los gases en forma de vapor eran expelidos a un costado de algunas ruedas metálicas. De forma pesada y ruidosa avanzó el tren y, en cuestión de minutos, se fue perdiendo en el horizonte. A Inocencia le entró una especie de nostalgia, y recordó el día en que por primera vez se había montado en una de esas moles metálicas. Suspiró profundamente, y no dejó de pensar que precisamente en uno de esos portentos tecnológicos partió en alguna época a reencontrarse con su destino. Gabino miró a su hermana de soslayo, y más o menos adivinó cuáles eran los pensamientos que cruzaban por la cabeza de ella. A su vez, Gervasio se encontraba hundido en sus propias reflexiones, pensando en el modo en que se estaba escenificando una especie de santa batalla en algunas partes de México. Trató de imaginar la manera en que algún cura montaba a caballo, sosteniendo con la siniestra la rienda, mientras con la diestra enarbolaba firmemente un fusil. Los modernos cruzados habían dejado una huella indeleble en la mente del tuerto, y aun perplejo y fascinado, pensó que las cosas creadas por el hombre podían ser tan fantásticas como las del más allá. Quiso imaginarse al padre Elías disparando tiros como loco, y una sonrisa de ocurrente demencia se dibujó en su cara. Como fieles prosélitos de los hombres de la ciudad, Gervasio y su par de amigos no se alejaron de la estación del tren, hasta que sus ojos miraron las últimas estelas de humo que se difuminaron en el aire. Convencidos de sus futuros reencuentros, dieron la media vuelta y partieron por donde habían llegado. El sol del medio día caía en forma vertical sobre sus cabezas, y sin pronunciar palabra, caminaron custodiados por verdes cerros y potreros llenos de vacas.

Cuando el tren se alejó lo suficiente de El Encanto, y ya próximo al siguiente poblado, de uno de los asientos del mismo vagón en que viajaban los Ruvalcaba y el periodista, un hombre se aproximó a ellos con sigilo. El individuo silbó tenuemente y, al instante, llegaron otros dos. Un cuarto hombre se encontraba vigilando, y el que dirigía a los bandoleros mostrando el revólver indicó a varias personas que se alejaran del lugar en donde estaba la familia. De forma obsecuente, la gente se hizo a un lado, comprendiendo que el asunto tenía como destinatarios a otros. Ángeles sentó a su par de niños en las piernas, y Ruvalcaba y el periodista esperaron a que el cabecilla expresara el motivo de aquel acto intimidatorio. No fue difícil adivinar el móvil de los hombres. El pistolero les dio garantías de que nada iba a pasar si se mostraban dóciles. Uno de los individuos se aproximó al maletín del periodista, y lo tomó del maletero escudriñando su contenido. Satisfechos, al ver la cámara, los ladrones decidieron llevarse la misma con todo y maletín. En cuanto llegaron a la siguiente población, los pistoleros descendieron del tren sin el menor aspaviento. Ángeles quiso identificar la cara de los individuos, pero Ruvalcaba le indicó que lo mejor era no voltear a ver a los hombres. Ella, de forma condescendiente, accedió a las peticiones de su marido. Y mientras los nuevos pasajeros abordaban el tren, los asaltantes se perdieron confundidos entre la gente. De tal suerte, un grupo de personas se sentó a un costado de la familia recién asaltada, sin saber lo que había ocurrido. Y la mole de metal inició de nueva cuenta su marcha.

-Quisiera ver la cara-fue lo primero que dijo Ruvalcaba al darse cuenta que estaban fuera de peligro-que va a poner Epifanio, cuando se dé cuenta que el rollo de la cámara está vacio.

-Conociéndolo como lo conozco-dijo Ángeles-, sé que se va a poner furioso. Hasta en eso es igualito al difunto.

-Sí, no lo dudo-manifestó el periodista con consternación-. De alguna manera estoy satisfecho de haber conservado el rollo intacto con las fotos. Sin embargo, me preocupa que una buena parte de mis apuntes estén dentro del maletín con la cámara. En una bolsa de mi chaqueta cargo mi libreta. Pero no se me ocurrió sacar todos los papeles de la maleta.

-Y cuáles fueron los papeles-preguntó Ruvalcaba-que se quedaron en la maleta.

-La mayor parte fueron acerca de lo que escribí cuando entrevisté a la gente en el palacio municipal. Pero otros tienen que ver con lo que don Gervasio y Gabino nos contaron de la vieja hacienda.

-¡Ay!-exclamó Ángeles con angustia-¡Yo creo que eso sí puede poner en peligro a don Gervasio y a mis hermanos!

Por unos minutos, todos se quedaron pensando en la mejor solución para salir del embrollo. Ángeles los interrogó con breves frases. Cada cual, a su manera, negaba con la cabeza o se encogía de hombros sin saber qué decir. Después del lapso de compartida conternación, a ella se le ocurrió algo.

-¡A ver, señor! ¿Me permite ver su libreta que trae guardada en la chaqueta?

El periodista extrajo de forma inmediata la libreta. Ruvalcaba fijó la vista en Ángeles y, al igual que el amigo, con la mirada trató de interrogar a su esposa, preguntándose que pretendía con todo aquello. Al abrir la libreta, sin dejar entrever sus intenciones, Ángeles confirmó con cierta alegría que lo único que se podía distinguir era una serie de ilegibles garabatos. Pasó de una a otra hoja y escudriñando trató de descifrar lo escrito. Al cabo de revisar los escritos con cierta minuciosidad, el par de hombres la miraban sin saber qué decir. Ella le entregó la libreta a su esposo, y él empezó a leer. Y, de la misma manera en que Ángeles no había sacado nada en claro, Ruvalcaba descubrió cuáles eran los motivos de ella. Además, Ruvalcaba pudo darse cuenta que intercalados entre los garabatos se encontraban caracteres taquigráficos. El periodista sabía taquigrafía, y esa era la forma en que acostumbraba realizar sus apuntes, a modo de incluir todos los detalles y la mayor información posible. Ángeles y su esposo se miraron en forma cómplice, y rieron por la astucia de ella. Mientras tanto, el periodista se encongió de hombros, e interrrogó a los otros con la mirada. Ruvalcaba miró a su esposa y dejó que las explicaciones corrieran por cuenta de ella. Después de todo, a Ángeles se le había ocurrido aquella idea.

-¡Por favor no se vaya a molestar! Pero más que nunca en la vida, me da mucho gusto que a su letra no se le entienda nada. Además, yo no sé taquigrafía, y creo que mi esposo tampoco. Y, Epifanio, no sólo va a tener un rollo fotográfico vacío en sus manos, sino también una serie de papeles llenos de jeroglíficos.

Todos estallaron en sonoras carcajadas, ante lo que parecía ser la mejor broma en mucho tiempo. Después del rato amargo que habían pasado, al ser amagados por el grupo de cuatreros a plena luz del día, concluyeron que su travesía de ida y vuelta, podía considerarse como misión cumplida, con el único y pequeño agravante de que el periodista habría de comprar una nueva cámara. Sin embargo, todos estaban conscientes de que la cámara fotográfica formaba parte del ardid que habría de hacer morder el anzuelo a los ladrones. El resto del viaje ya no tuvo el más mínimo sobresalto y, al contrario, de una broma surgió otra, y los viajeros se encontraban francamente encarrerados en chanzas y ocurrencias de todo tipo. Su buen sentido del humor, y el optimismo fincado en el buen juicio, los hizo disfrutar de un paseo más que placentero.

Los cuatreros habían cumplido con creces lo mandatado. La última ocasión en que Epifanio estuvo con sus secuaces en el palacio municipal, Esteban Alarcón había seguido al pie de la letra las instrucciones de su jefe. El pistolero mayor fue quien dio las indicaciones, y los otros procedieron de manera limpia y ordenada. Nadie quedó lastimado, y mucho menos se generó ningún tipo de escándalo público. Así, los hombres traídos de otra comarca, cumplieron con lo pactado y cobraron la otra mitad que aún les adeudaba Epifanio por el trabajo realizado. Al cabo de varios días, Epifanio se encontraba en el segundo piso de su casa mirando a través de la ventana. De un momento a otro habría de llegar el diputado Carreño acompañado de Esteban Alarcón. El pistolero había partido a la ciudad con el rollo fotográfico, con la encomienda de entrevistarse con Carreño y regresar con las fotografías que eran la evidencia de todo cuanto había sucedido en la alcaldía. Epifanio sabía que sin esas fotos los otros estaban perdidos, pues esa era la prueba que no sólo podía incriminar a Modesto sino a él mismo. Mientras esperaba, de forma impaciente, tomó un rollo de papeles que se encontraban en el maletín hurtado y trató de leer el contenido. Y, al cabo de un rato de estar revisando uno y otro papel, sintió un gran fastidio por no entender nada. Obviamente se trataba de notas periodísticas, pero si lo hubieran puesto a traducir algún escrito en francés, del cual entendía muy poco, hubiese sido más fácil que tratar de comprender aquella mezcla de garabatos. La literatura y las letras estaban muy lejos de ser uno de sus pasa tiempos favoritos, y con desdén arrojó los papeles en una cómoda de su recámara. Después de todo, lo verdaderamente sustancial del caso se encontraba en camino, y los papeles que recién había tratado de descifrar, poco o nada valían, al lado de las fotografías que muy pronto tendría en sus manos. Una sórdida sonrisa se dibujó en su rostro, y francamente se burló con desprecio cuando recordó el modo en que Ruvalcaba le dijo que ellos habían suscrito un pacto de caballeros. "Pobre iluso-manifestó en voz alta-, no sabe ni nunca sabrá con quién está tratando." Dio risotadas con arrogante ironía, no obstante ello, tuvo que reconocer que Ruvalcaba no era un tipo cualquiera. Pues solo a José Ruvalcaba se le podía haber ocurrido maquinar un plan que, al final de cuentas, obligó a que el cacique pusiera en libertad a los presos. Pero si Ruvalcaba y su familia le habían ganado la primera partida, estaba convencido que muy pronto el juego se habría de poner a su favor. No albergaba la más mínima duda. Cavilando, sus pensamientos saltaron de una a otra idea, y con el rabillo del ojo percibió el altero de hojas que recién había arrojado sobre el diván. Trató de entender qué podía tener de interesante la vida de un simple reportero, comparado con los lujos y caprichos de que él gozaba. Un periodista no era nada al lado de un hombre como él, pero aquellos individuos según sus razonamientos, todo el tiempo estaban empeñados en arruinar la vida y reputaciones de otras personas. Un reportaje en un periódico o la publicación de una fotografía, podían causar más daño que cincuenta tiros de cualquiera de sus matones. Y eran precisamente esas notas periodísticas las que habían sacado del anonimato al padre Elías y, en consecuencia, al pueblo de El Encanto junto con su cacique y sus compinches. El poblado, como tantos otros que existían en el estado, hasta ese momento había pasado desapercibido, y todo ello le había redituado grandes dividendos a Epifanio. Sin embargo, la presente situación distaba mucho de ser lo que en alguna época fue bajo el reinado de don Eustacio. A Epifanio le hubiera encantado que las cosas se mantuvieran del mismo modo como cuando su abuelo hacía y deshacía a su antojo, pero eran otros tiempos. La supuesta caterva de inútiles que se empeñaba en confrontarlo, al fin había despertado del letargo y, junto con sus amigos de la ciudad y un ridículo periodista, estaban decididos a hacerle la vida difícil al dueño de destinos humanos en el poblado. A pesar de la aparente seguridad, en un arrebato tomó aquellos apuntes y los apretó en un solo puño, haciéndolos bola con toda la saña que le era posible, imaginándose que la misma suerte habrían de correr Gabino y todos sus amiguitos. Si de alguna manera, gracias a sus propios yerros, el cura del pueblo había sido alcanzado por la lupa escrutadora del Estado, él, uno de los hombres más ricos de Veracruz, bajo ninguna circunstancia podía permitir ser ninguneado ni sometido al juicio del gobierno y de la opinión pública. De sobra sabía que Luis Carreño, y otros de su condición, podían interceder para suavizar las cosas con los poderes establecidos. Pero lo que realmente lo irritaba es que aquellos indios, prácticamente surgidos de la nada, intentaran robarle algunos de sus espacios de poder. En virtud de ello, esperaba con ansias el arribo de un momento a otro de su amigo y socio Luis Carreño. El diputado habría de darle la pauta a seguir, en el entendido de que el político sabía como maniobrar en aquel tipo de situaciones, dejando siempre la impresión, en un acto de simulación, que nada ocurría aunque todo sucediera.

Al fin se escuchó el barullo de la servidumbre que corrió a abrir el zaguán de la casa para recibir al ínclito personaje de la ciudad. Carreño fue el primero en ingresar, seguido de su secretario y del pistolero de Epifanio. Los principales protagonistas se saludaron con un efusivo abrazo, mientras los otros estaban a la expectativa. Hasta ese momento, todo parecía marchar con completa normalidad. Inclusive, a Epifanio se le ocurrió hacer una broma. Sin embargo, pudo darse cuenta que rieron más por compromiso que de ganas. Una especie de consternación podía percibirse en el rostro de ellos. Nadie sabía cómo habría da acabar lo que ya denotaba visos de escena desagradable. Esteban no quiso esperar la retahíla de posibles insultos, conociendo de antemano el carácter irascible del patrón. Con astucia inventó un pretexto y salió de la casa a toda prisa, antes de ser avergonzado enfrente del político y de su secretario, quien también se alejó del lugar por instrucciones de Carreño.

-Aquí está el rollo que querías que se revelara-lacónico intervino Carreño.

-¡Bueno, y!

-¡Nada!

-¡Cómo que nada!

-Más vale que lo tomes con calma. El rollo que le diste a Esteban está vacío.

-Y aún así, ¿me pides que me calme? ¿Es que no te das cuenta del desmadre que se puede armar si se llegan a publicar esas fotos?

-Entiendo lo que me quieres decir, y también sé de las implicaciones del caso. Pero también quiero que comprendas que si el doctor José Ruvalcaba se comprometió a no publicar las fotos, él va a cumplir con su palabra. Yo lo conozco y…

-¡No, no, hombre! ¡Para mí, eso no es garantía de nada! El día menos pensado, si las cosas se llegan a calentar en este pueblo de mierda, ellos pueden utilizar esas fotos como arma en contra de nosotros.

Un tanto pensativo, Carreño miró a Epifanio y sabía que no se equivocaba en sus apreciaciones. Conocía más que nadie el carácter de su socio. Cuando se empeñaba en algo, nada ni nadie podían hacerlo cambiar de parecer. La ira apenas contenida, era más que evidente en la mirada de Epifanio, y Carreño también sabía de sobra que en ese tipo de situaciones no podía contrariarlo. Por lo mismo, de forma inteligente, Carreño dejó que su interlocutor se desahogara y hablara todo lo que quisiera, pues de esa manera se iría desinflando el globo de rabia en que estaba convertido. Pero conforme Epifanio fue numerando uno a uno todos los detalles del caso, Carreño pudo realmente comprender en toda su dimensión el tipo de problema en que estaban metidos. Aun cuando el pistolero de confianza del cacique había puesto al tanto de todos los pormenores al político, cuando Epifanio narró todas las vicisitudes del asunto, Carreño sintió una especie de alarma. Por otra parte, Carreño recordó que el mismo hombre que hacía algunos años le había arrebatado en sus narices el amor de Ángeles, era el que de nueva cuenta se atravesaba en su camino. En consecuencia, a Carreño se le removieron ciertos sentimientos personales, y a pesar de su encumbrada posición, sintió celos y envidia por la brillantez y sagacidad de Ruvalcaba. Desde sus años mozos, la rivalidad que sentía nunca la pudo borrar por completo de su mente. Al parecer, la zozobra de no ser tan audaz e inteligente, parecían perseguirlo hasta el final de sus días. De ese modo, con recelo, el abogado tuvo que admitir que el doctor Ruvalcaba supo jugar con destreza sus cartas, dejando como a un par de payasos a sus enemigos. Ellos, que se ufanaban de ser maestros del artilugio, habían sido burlados por el doctor a quien subestimaban. Pero la afrenta no podía quedarse sin una respuesta, y Epifanio juró que los otros lo pagarían muy caro. Y, Carreño, convencido de que el asunto ya era de carácter personal, le dio por completo la razón. El pleito de familia tuvo como nuevo miembro la injerencia del político que estaba dispuesto a ser copartícipe de las aviesas intenciones que vagamente empezaban a pulular por la mente de Epifanio. Los métodos de Carreño eran más sutiles, pero los dos concluyeron que su respuesta debía ser demoledora. Había que sentar el precedente de que con la autoridad no se jugaba. Mientras elucubraban sin lograr aterrizar en ideas concretas, a Epifanio se le ocurrió subir al segundo piso en busca del altero de papeles que la víspera había botado con desdén. Carreño lo siguió con la mirada y aguardó dubitativo su regreso. En menos tiempo de lo esperado, ya estaba de vuelta en la sala. Carreño tomó el altero de arrugados escritos y los revisó con minuciosidad. Para fortuna de Epifanio, Carreño aún entendía un poco de la taquigrafía que había aprendido en sus años de estudiante. En realidad, mientras leía, sólo fragmentos de lo escrito arrojaban un poco de luz. Pero conociéndolo como lo conocía, a Epifanio le pareció extraña la forma en que el abogado reaccionaba. Carreño se mostró desconcertado por no encontrar indicios del tema a discusión.

-¡Bueno, qué pasa!-al fin se decidió a intervenir Epifanio-Pones una cara de susto como si estuvieras en medio del camposanto a las doce de la noche.

-Precisamente, Epifanio. Algunas de las cosas que están escritas en estos papeles, parecen no tener conexión directa con los sucesos de los que tú y yo hemos estado hablando. Francamente, la letra de este periodista es mucho peor que la de un médico. Ni siquiera Ruvalcaba escribe tan horrroroso, pero ese no es el punto. Al principio, todo parece normal, pero después el susodicho periodista o lo que sea, empieza a hablar de algo así como la hacienda y de una supuesta aparición o apariciones. Y también, por lo poco que me he podido dar cuenta, los nombres de Gervasio y Gabino aparecen intercalados en una y otra parte de los escritos. No me sorprende que los nombres de ellos aparezcan ahí. Al fin y al cabo, esos individuos son los protagonistas centrales del conflicto que estamos discutiendo. ¡Y mira! En esta parte también aparece tu nombre.

Ni de manera remota, Epifanio imaginaba que sus enemigos pudieran tener la osadía de atreverse a tanto. El secreto, que nunca había sido mencionado al hombre en el que más confiaba, parecía violado por los personajes menos indicados. El rostro del cacique enrojeció en una mezcla de ira y consternación, y Carreño vagamente columbró que en medio de las ajadas hojas se escondían vicisitudes por él desconocidas. De tal suerte, se sintió con el derecho de saber a que se refería todo aquel enredo.

-Ahora, el que pone la cara de susto eres tú. Nunca me habías hablado de nada de esto. Yo no sé ni entiendo nada de lo que se dice aquí, pero a lo mejor tú me podrías explicar mejor.

Epifanio sabía que Carreño era lo suficientemente perspicaz como para no darse cuenta que efectivamente algo se escondía detrás de aquellos garabatos. Con la diestra se tomó el mentón, y con la mirada llena de dudas trató de salir del impasse de la mejor manera posible.

-¿Te acuerdas del anillo que te regaló el difunto, y que después tu regresaste a mi madre el día en que murió mi apá Eustacio?

-¡Cómo no me voy a acordar! ¡Aquel día, nunca se me va a olvidar en la vida! Pero desde aquella ocasión, por las razones que tú gustes, nunca más se volvió a hablar del tema.

-Quizá, en alguna ocasión, te habrás preguntao que tenía que hacer en manos del difunto don Eustacio un anillo que no era de él. La realidad es que mi apá tenía rencillas antiguas con el que fue padre de mi madre y de Dolores García. Y tú ya sabes que mi apá mató al difunto Refugio García. Lo que no sabes es que le quitó ese anillo por deudas de juego. Y precisamente, fue en la intersección de El Paso de las Tres Cruces en donde mi apá dio muerte al susodicho y a otros dos hombres más. De ahí, el nombre de ese lugar. Desde entonces, a la gente no le gusta andar por esos rumbos, porque dicen que ahí espantan, lo mismo que en la antigua hacienda de El Encanto.

-¡Aaah! Ahora entiendo lo de las apariciones. También entiendo los motivos por los cuales Dolores García odiaba tanto a los Domínguez y sus amigos. Nada de esto hubiera pasado si el viejo Gervasio no mete sus narices donde no debía. Él y nadie más que él, fue el que creó todo este enredo.

-Sí, fue él. Ese maldito viejo también se ha encargao de hacerle la vida difícil al padre Elías. Y junto con su amiguito, Gabino, han estao entrometidos en cosas que no deben.

-Pero hay algo más que no me queda completamente claro. Qué tienen que ver el par de sujetos con la vieja hacienda y con todo este asunto de muertos y fantasmas.

-De seguro han ido a meter sus narices por aquellos rumbos. Y no dudo que ellos mismos se hayan topao con algún fantasma o aparición.

-Me parece que esa es la explicación más razonable.

Con verdades a medias, de manera hábil, Epifanio salió librado de la encrucijada en que se encontraba. Maniobró con destreza verbal y no dio ningún indicio del secreto que solo a él competía. Carreño no se dio cuenta del ardid, y aceptó las explicaciones sin hacer más preguntas. A pesar de todo, una nube oscura se encontraba obstruyendo el pensamiento de ambos.

-¡Bueno, y qué piensas hacer!-preguntó Carreño.

-Les voy a pegar en donde más les duela, de una buena vez y pa siempre.

-Sólo quiero recordarte que hay una gran cantidad de fizgones que están revisando con lupa todo lo que sucede en el pueblo.

-Eso, lo sé de sobra. Deja todo en mis manos y no olvides que yo no soy de los que acostumbran dejar huella. Las cosas se hacen bien o no se hacen.

-¿Y las fotos?

-¡Ahí está la chingadera!

Las miradas de negro contubernio permearon la atmósfera en donde se encontraban departiendo el par de hombres. No había vuelta de hoja ni espacio para medias tintas. Tenían que dar con el plan ideal para acabar en forma definitiva con sus enemigos.

XXX

Desde la tienda que se encontraba a un costado de la iglesia, las personas detuvieron sus conversaciones. También en la carnicería y en algunos tugurios disfrazados llamó la atención lo inusual de los visitantes. Eran tres individuos. A uno de ellos de sobra lo conocía la gente por su forma de vestir. Los otros dos tenían la apariencia de ser burócratas. Algunos reconocieron a la especie de inspectores por su forma de conducirse. En cuanto se asomaron para cerciorarse si la iglesia se encontraba cerrada, dieron la media vuelta y se despidieron del individuo que vestía el típico atuendo por todos conocido. De varias casas que aparentaban estar vacías, salieron algunas mujeres. Y sin que nadie las hubiese llamado al encuentro, dieron la bienvenida al esperado personaje. Las más avezadas intentaron abrir de par en par los portones de la iglesia y, en fila india, como si fuesen a recibir la hostia, cada cual externó sus parabienes al padre Elías, santiguándose y besándole la mano. Con gestos de agradecimiento, el cura externó la forma espontánea y efusiva con la cual fue recibido, pero en ese momento no estaba de ánimo para conversar, y mucho menos para entrar en tertulia en plena calle. Por los mismos motivos, se excusó con los prosélitos que comprendieron que el hombre se encontraba agotado, con más ganas de dormir que cualquier otra cosa. Tan pronto como pudo, el cura se despidió y caminó cerro arriba, ascendiento por cada uno de los escalones de piedra que conducían a la iglesia y a la casa parroquial. Las mujeres se quedaron con sus preguntas a flor de labios por el repentino arribo, pero también comprendieron que hubiese sido una total impertinencia entrar en ese tipo de detalles. Los comentarios empezaron a fluir de manera natural entre la gente. Intrigados, al fin de cuentas se convencieron que el par de hombres de la ciudad trabajaban para el gobierno. Todo parecía indicar que su arribo tuvo como objeto mandar un mensaje subliminal. Si ese era el motivo, en realidad causó todo el efecto deseado. Así, cuando Epifanio fue informado del suceso, fingió que ignoraba por completo a qué obedecía todo aquello.

Mientras dos mujeres se encontraban cuchicheando al pie de las escalinatas de la iglesia, Inocencia pasó caminando a un costado, y más o menos se había dado cuenta del motivo de tantos comentarios. Por simple curiosidad, al mirar las puertas de la iglesia completamente abiertas, encaminó sus pasos rumbo al santuario, y las mujeres voltearon a mirarla con descarado desdén. Deseaban encararla, pero ella se comportó como si no las hubiese visto. Una de las mujeres lanzó una serie de indirectas, las cuales tuvieron como respuesta el silencio. La aludida nunca mordió el anzuelo. De sobra sabía que el par de beatas estaban ávidas de cobrarse muchos de los desaires sufridos por la otrora sacristana. Con ira la retaron, pero ya estaba lo suficientemente distante como para darse cuenta de los improperios. Durante meses no había puesto un solo pie en la iglesia, y en aquellos instantes, ella creyó oportuno acercarse a ver por lo menos en que condiciones se encontraba el inmueble. Además, sintió la sincera necesidad de entrar y sentarse a rezar en una de las largas bancas de madera de la iglesia. Al ingresar, lo primero que percibió fue el tufo de humedad producto del encierro. También, el lugar se veía sucio y un tanto abandonado. Al desaparecer la sacristana, y con las constantes ausencias del padre Elías, todo daba la impresión de que nadie se había hecho cargo de dar a aquel espacio el debido mantenimiento. Le llamó la atención la forma en que estaban empolvados los santos en sus hornacinas, y el modo en que aparecían telarañas en algunos rincones de las bancas. No obstante ello, se persignó frente al altar y se sentó en una de las bancas delanteras a contemplar la inmensa imagen del Cristo bruñido en su cruz. Un zumbar de avispas que habían hecho su panal en algún rincón, era lo único que podía escucharse, lo mismo que las risas de niños que jugaban afuera. De pronto, dos perros juguetones se colaron en el lugar y la despertaron de su estado dubitativo, pero enseguida desaparecieron, lo mismo que el ruido de insectos y de chiquillos. En medio del silencio que todo lo envolvía, llegó a la conclusión que Ángeles tenía razón cuando decía que de igual forma podía sentarse a meditar y a orar en su casa. A pesar de todo, aquel día tuvo el deseo de experimentar de nueva cuenta la sensación de estar en el lugar en donde había recibido muchas enseñanzas bíblicas a través de los sermones del padre. Sus pensamientos la abrumaban al igual que a Gabino y Gervasio. Le parecía inverosímil que el cura de la iglesia del pueblo estuviese involucrado en los acontecimientos referidos por el doctor Ruvalcaba. Sin embargo, las cosas no podían ser de otro modo, sino cómo explicarse todo aquel enredo del cual solo una persona podía darle razón. Y al instante razonó que del mismo modo como cuando el profesor Cisneros narraba los sucesos revolucionarios, ella y sus más allegados familiares se sorprendieron por las recientes noticias. Comprendió que no porque no viera con sus propios ojos los acontecimientos referidos, se podía negar su existencia. La diferencia estribaba entre quienes estaban educados y verazmente informados, en comparación con aquellos que vivían en la ignorancia. Y conforme más ahondaba en las cosas de la vida, cayó a la conclusión que a los más astutos les convenía que la gente no criticara y mucho menos pusiera en tela de juicio el orden establecido. El cura vivía como un rey, y eso sólo era posible con el dinero de las limosnas. Y Dios, si era tan bueno como todo mundo creía, ¿acaso estaría de acuerdo con que el padrecito estuviese asociado con el cacique y el presidente municipal? Pensó que lo que no hacía Epifanio con sus matones, lo hacía el cura con sus fatuos llamados a la concordia. Ni qué decir de Modesto, que tan sólo era un borrachín impertinente, aprendiz de político, cuyo maestro bien podía ser el diputado Carreño. Todos unidos bajo los objetivos comunes del poder político y el dinero. ¿O es qué acaso toda su riqueza la debían a su inteligencia y buen proceder? Al igual que toda la gente de El Encanto, ella había vivido entre el engaño y la mentira. Todo parecía reducirse a expresiones tan mundanas y procaces como las del par de mujeres que recién la habían agredido. La cotidianidad estaba llena de esas vulgaridades, promovidas y acrecentadas por la ignorancia de la gente que desconocía a quién o a quiénes realmente defendía. Era el poder, sobre todo en la figura del cura, los que la enseñaron a vivir bajo el temor de Dios. "Porque si no haces lo que Él dice, te va a castigar o mandar al infierno por toda una eternidad." En lugar de rezar, como lo hubiese hecho cualquier feligrés en aquella banca en donde se encontraba sentada, con audacia y con miedo se preguntó si Dios podía ser tan malo como para propinarle tan tremendos castigos a la gente. Dios, con toda su misericordia, ¿podía ser tan malo para apoyar a asesinos como Epifanio? ¿O ayudar a que cada día se hiciera más rico Modesto? Y en cuanto a riqueza, incluida la del padre Elías, ¿acaso Dios lo había aconsejado en su nombre a pedir dinero, bajo el pretexto de que los creyentes habrían de salvar así su alma? ¿O para que no fueran castigados por la ira del Señor? ¿Era el miedo a ser castigados por Dios el motivo por el cual la gente se afanaba en entregar a la iglesia el dinero que a veces les hacía falta para lo más indispensable? Con horror se tapó la boca, esperando que de un momento a otro le cayera un rayo por todo su atrevimiento, cuando de pronto pegó un salto asustada. Una gruesa mano se posó sobre su hombro, y creyó que efectivamente había llegado el castigo del más allá.

   –Brincas como si hubieras visto un fantasma–dijo el padre Elías.

   –Lo mismo hubiera dao.

   –Qué quieres decir con eso.

   –Nada.

   –¡Cómo que nada! ¿Acaso ya andas con ideas tontas igual que Gervasio?

   –¡Mire padre, si se va a poner en ese plan, mejor me voy!

   –¡Espera, no es para tanto! ¡Tranquilízate! Me da gusto que después de tanto tiempo, al fin hayas decidido regresar a la casa de Dios.

   –A mí también me da gusto, pero no por las razones que usté piensa.

   –Y si no viniste a rezar y a estar en paz con Dios, entonces, a qué viniste.

   –¡Mire padre! De un tiempo pa acá, aunque usté no me haya visto pararme en meses por la iglesia, me siento más en paz conmigo misma y con Dios.

   –¡Ah! ¿Y me puedes explicar como es eso?

   –Es muy sencillo, padre, sólo hay que quitarse la venda de los ojos.

-¿Y tú, ya te la quitaste?-con soterrada sorna, el padre Elías quiso tratar a Inocencia como al común de las mujeres del pueblo. Aunque su verdadero deseo era estar descansando en su cama, la curiosidad lo impulsó a indagar algo que creía haber visto.

-Felizmente-dijo Inocencia-puedo ver las cosas con más claridá. Es como ver la luz después de una larga noche.

- Eso suena muy poético. Y no hay poesía más grande que la palabra de Dios. Por lo mismo le pido a los feligreses que vengan a ponerse en comunión con el que todo lo sabe y todo lo ve.

-Sigue usté sin entender, padre.

-Y qué es eso que yo no entiendo.

-Antes que nada, quiero hacerle una pregunta.

-Tú dirás.

-Usté nos ha enseñao que un juramento siempre debe hacerse en nombre de Dios y la verdá. También nos ha dicho que la verdá debe ser la medida justa de todas las cosas. ¿Es así o no es así, padre?

-¡Claro, Inocencia! ¡Esa es la verdad del Señor!

-Entonces, en nombre del Señor, ¿podría jurarme toda la verdá sobre una duda que yo tengo en la cabeza?

-No veo los motivos por los cuáles no deba yo hacerlo.

Hasta ese momento, el padre Elías no se había percatado de la habilidad con que fue llevado a un callejón sin salida. Un indescriptible rubor le recorrió de pies a cabeza, y sin saber por qué, se sintió desnudado en sus más íntimos pensamientos por una sencilla campesina de inocua apariencia.

-Aunque yo no lo vide con mis propios ojos, todo mundo está comentando el modo en que usté llegó acompañao con dos hombres que parecen ser del gobierno. Lo que la gente no sabe es que usté, y otros parecidos a usté, han estao ayudando con dinero a toda esa gente que se dicen llamar cristeros. ¡Júreme, padre, aquí frente al altar y la imagen de Jesucristo, que nada de eso es cierto!

La brutal descarga de palabras a quemarropa, provocaron que el cura se dejara caer preso de incertidumbre e impotencia en una de las bancas de la iglesia. Boquiabierto intentó mantener el control, pero "palo dado ni Dios lo quita". Y al cabo de unos minutos perdió por completo el habla. Trató, sin lograrlo, de mantener la cordura y el alma que se le había ido del cuerpo. La respiración se le aceleró por completo y su arrebolado rostro parecía que iba a estallar en mil pedazos, cuando de súbito azotó con todo el peso de su cuerpo en el suelo. Inocencia se avalanzó sobre el cura y trató de reanimarlo con palabras, pero él temblaba y se encontraba cada vez más sofocado. Enloquecida, salió corriendo de la iglesia, y gritó a los cuatro vientos en busca de ayuda. Una de las mujeres que previamente la habían agredido, corrió a su encuentro, y la otra fue en busca de ayuda. Al poco rato, la iglesia era un tumulto por donde no se podía entrar ni salir. Los llantos de hombres y mujeres podían ser escuchados de un ala a otra del recinto. Y después de arrojar bocanadas de aire con manos y pedazos de cartón, la gente comprendió que se debía abrir el suficiente espacio para que el caído en desgracia pudiera respirar. Entonces, varios hombres levantaron en vilo al religioso, y decidieron llevarlo a la casa parroquial. En el momento que acomodaban en la cama el grueso cuerpo del hombre en medio de una taquicardia, llegó el único médico que había en el poblado con maletín en mano. No tuvo necesidad de utilizar el estetoscopio para darse cuenta del mal que aquejaba al enfermo. Sin embargo, el doctor tuvo que abrirse paso entre el montón de beatos que se encontraban en genuflexión, rogando por la vida de su guía espiritual. Primero se desmayó una mujer y enseguida otra, y en medio de la confusión, el doctor no sabía a quién atender primero. Al fin decidió que las mujeres fueran llevadas a la parte de afuera, y con don de mando dio la orden de que fuera desalojada la habitación. Extrajo una jeringa del maletín y la recargó con una solución que al instante inyectó en una de las nalgas del cura. Poco a poco, el pulso del enfermo se fue regularizando, pero el médico comprendió que el padre requería de atención especializada, inexistente en el poblado. Cuando salió del cuarto, fue tratado como una especie de héroe por varios beatos que no sabían cómo agradecer las atenciones procuradas. Pero no quiso dar muchas esperanzas a la gente que se debatía en duelo, pues el estado de salud del enfermo era verdaderamente delicado. De tal talante, unas horas después el padre Elías fue llevado el mismo día de regreso a la ciudad. La gente se agolpó en los alrededores de la iglesia y la casa parroquial, y pudieron atestiguar la forma en que era sacado en camilla. Como huérfanos lloraban y rezaban. Presentían que esa era la última vez que lo verían en la comunidad.

En cuanto partió la comitiva que acompañaba al cura, impulsados por el morbo no faltaron los curiosos que merodeaban la casa de Inocencia. Gabino se negó a hacer aclaraciones. Y cuando no era una mujer, era un hombre o algún anciano que arribaban con la esperanza de escuchar de viva voz a la única protagonista de tan desdichados sucesos. Pero de forma inteligente, él se negó a aceptar cualquier visita, argumentando que su hermana se encontraba impresionada, y que prefería descansar antes que decir cualquier cosa. El verdadero trasfondo tenía que ver con no cometer una indiscreción que pudiera incriminar a toda la familia. Gervasio fue el único individuo que ingresó en aquel hogar, y pudo enterarse de los detalles del desafortunado incidente.

-¡A ver! Explícanos bien que fue lo que le dijiste al padrecito, porque por poco lo mandas al hoyo.

Tanto el hermano como el viejo, escucharon atentos las explicaciones que ella daba, y prácticamente en susurros conversaban tratando de evitar que sus voces traspasaran los muros de la casa. Encerrados bajo llave, comprendieron que la situación era sumamente delicada, y estuvieron de acuerdo en que Inocencia no hablara con nadie, sin antes ponerse de acuerdo en lo que iban a decir a la gente. Compungida, ella era la primera sorprendida, pues nunca se imaginó que sus palabras pudiesen causar tal efecto. Concluyeron que el asunto podía traer graves consecuencias. En virtud de ello, de sobra sabían que un comentario fuera de lugar produciría suspicacias y, por consiguiente, la reacción iracunda de la gente. Por otra parte, un sentimiento de culpa empezó a apoderarse de ella. Ellos se percataron de su estado de ánimo, y comprendieron que no tenía por qué cargar con culpas que no le correspondían.

-No debes sentirte así, hermanita. Tú no tienes la culpa de nada. Tú sólo dijiste la verdá. Y cuando hablamos con la verdá, duele, y duele mucho.

-Eso es cierto-dijo Gervasio-. Por eso, muchas veces preferimos hacernos de la vista gorda, porque si nos enteramos de toda la verdá de los hombres y de la vida, de plano nos volveríamos locos. Y yo creo que eso fue lo que dejó mudo al padrecito, sino de qué forma se puede explicar que se haiga quedao callao.

-¡Sí, es cierto!-de nueva cuenta intervino Gabino-Cuando tú le pediste al padrecito que jurara en nombre de Dios, él no supo qué decir, porque perfectamente sabía que todo lo que le decías es verdá. Y eso es lo que cuenta. Él no pudo jurar en falso, y le quitaste la máscara dejándolo mudo y a punto de morirse.

-Pero es eso-dijo Inocencia, sentada en la orilla de su cama-lo que me hace sentir mal. Si yo no hubiera dicho nada, nada de esto habría pasao.

-Pero por lo mismo-dijo Gabino-nunca salimos de perico perro. Vemos todo lo malo que pasa y nos hacemos los disimulaos. La gente sabe que sus parientes y amigos andan en malos pasos, pero nadie quiere decir ni hacer nada, porque de plano les da harta vergüenza o debido a que son iguales. Además, si no le hubieras dicho al padrecito sus verdades, hubiera sido yo mismo o don Gerva. Yo no creo que por eso debiéramos sentirnos mal. Acuérdate que por cosas parecidas, el padre excomulgó a don Gerva y lo corrió de la iglesia. La única diferencia fue que con don Gerva, el padrecito se puso bien mohíno, y contigo por poco se muere.

-¡Bueno!-manifestó Inocencia, satisfecha y con ironía-Si el padre corrió a don Gerva de la iglesia, seguramente también nos va a correr a nosotros. Y por lo menos ya no va a ser un chamuco, sino tres los que nos vamos derechito pa'l infierno. Ora sí, este viejo tuerto no se va a ir solo, sino que lleva compañía, y de la buena.

De forma jocosa, Inocencia rompió la aprensión que la embargaba, causando la hilaridad de los otros, que supieron festejar con gracia el modo en que ella le dio salida a todo aquel entuerto. Habiendo quedado sanjado el problema, ya no había más motivos de preocupación, bajo el tácito acuerdo que nada debía salir de aquellas cuatro paredes. Mientras tanto, más de medio pueblo se rasgaba las vestiduras tratando de indagar los motivos que habían puesto en tal predicamento al cura. Sólo se sabía que Inocencia fue la primera en dar la voz de alarma, cuando salió despavorida de la iglesia a avisar que el padre se estaba muriendo. Una de las mujeres que previamente trataron de desquiciarla, difundió la idea de que no podía haber otra culpable. A pesar de todo, mucha gente no pudo encontrar ninguna relación lógica que pudiese inculparla. Tan sólo los más suspicaces y aviesos, columbraron la posibilidad de una conversación entre el padre Elías e Inocencia. Quienes conocían la verdad ya habían tomado las providencias del caso. Difundieron la idea de que el padre estaba agotado por sus constantes viajes a la ciudad. También manifestaron que el padre aún no se recuperaba de la ausencia de la sacristana. De esa manera, el asunto se fue diluyendo en un tema que ya había sido suficientemente discutido por los pueblerinos. A pesar de todo, la visita de un extraño personaje de nueva cuenta vino a enrarecer la atmósfera del poblado. El mismo día en que el padre Elías llegó, el incógnito se encontraba merodeando por los alrededores de la casa parroquial y la iglesia. Ese fue el motivo por el cual el cura tuvo que suspender el tan anhelado descanso, pues de pronto creyó que el exceso de cansancio lo estaba haciendo ver visiones. Y se afanó en seguir con la vista la extraña aparición. Conforme concentró todos sus sentidos, poco a poco se fue convenciendo que aquello era más familiar de lo que él creía. Persiguió con paso firme a la solitaria sombra, y justamente en una de las esquinas que daba vuelta junto al portón de la iglesia, se perdió de vista. Y de pronto creyó que había dado con el motivo de su búsqueda, cuando de manera fortuita se topó con otra persona. De forma vaga, Inocencia percibió que el padre se encontraba en busca de algo o alguien, pero todo había quedado borrado al instante. Conforme pasaron los días, más que acordarse de la conversación que había tenido con el cura, y al margen de cualquier sentimiento de culpa, en su mente se avivaron los olvidados detalles. Trató de recordar la manera en que por breves segundos la miraba el cura, y quedó plenamente convencida de que algo inesperado había guiado los pasos del individuo hasta el lugar en donde se encontraba ella. Ni de manera remota pudo comprender qué era todo aquello. Y, aun cuando comentó el incidente con sus más allegados confidentes, no pudieron sacar nada en claro. La única certeza, si es que alguna tenía, es que algo estaba a punto de ocurrir. Pero las dudas le provocaron una serie de obsesiones. Pensó que no había nada más horrible que vivir presa de algo desconocido. Y las respuestas brillaban por su ausencia, trayendo consigo largas noches de insomnio.

XXXI

-Me parece que lo que decidieron fue lo correcto-expresó Ruvalcaba, una vez que estuvo al tanto del incidente de Inocencia con el padre Elías. La conversación se desarrolló con la mayor discreción posible. Al contrario de otras ocasiones, la familia extremó precauciones. Ángeles traía en una carpeta una gran cantidad de recortes de periódicos. Esa era la evidencia documentada de todo cuanto Ruvalcaba había platicado a la familia. La primera que se acercó con visible ansiedad a tratar de examinar los papeles fue Inocencia. A diferencia de otras ocasiones, en que esperaba con aparente pasividad a que los demás externaran sus puntos de vista, tomó los papeles y leyó con detenimiento los títulos. Pudo constatar con fascinación que aquello era tan real como el aire que respiraba. Conforme leía los encabezados, se los pasó a Gabino y Gervasio que se encontraban en suspenso leyendo y tratando de entender todo aquello.

-Por si les quedaba alguna duda-dijo Ángeles-, ahí están todas las pruebas de todo cuanto mi marido les ha dicho.

-Pero por qué-consternada manifestó Inocencia-tienen que ser tan hipócritas y mentirosos los padrecitos de las iglesias. ¿Qué no se dan cuenta de todo el mal que hacen engañando a tanta gente en nombre de Dios?

-¡Claro que se dan cuenta!-dijo Gabino-Pero a ellos lo único que les importa es el dinero. Todos sabemos el modo en que se robaba las limosnas la sacristana. También sabemos todo el dineral que recibía el curita de parte de los más ricos. ¿A poco la gente no se da cuenta de todas las joyas de oro que tiene el padre? La sacristana y el padre vivían como el mejor de los ricos en este pueblo. Y de ónde sale pa vivir con tantos lujos y comodidades, si ninguno de los dos, que yo sepa, trabajaba.

-Pa acabar pronto-remató Gervasio-, estamos fregaos. Todo es puro negocio. No han tomao en cuenta que el curita por todo cobraba. Bautizos, bodas, primeras comuniones, quince años, velorios y no sé cuántas cosas más. No tenemos dinero pa arreglar la escuela del pueblo, pero sí pa tener una casa parroquial igual o mejor que cualquier casa de los ricos de este pueblo.

-Y no conformes con todo lo que le sacan a la gente-terció Inocencia-, por si fuera poco, se le quieren poner a las patadas al gobierno. Con el dinero de los creyentes le están comprando armas a los cristeros. Como si Cristo hubiera venido a este mundo a enseñar a matar y robar. ¿Acaso no dicen dos de los diez mandamientos: No matarás y no robarás?

Los visitantes, en aquella tarde nublada que no auguraba mayor novedad, escucharon con asombro las contundentes expresiones de sus familiares. Aquellos juicios eran demasiado adelantados y audaces para el común de la mentalidad de los pueblerinos. Pero al cabo de varios años de analizar las cosas, primero con la ayuda del profesor del pueblo, y después con la de Ruvalcaba, los anfitriones se encontraban desatados cuestionando a diestra y siniestra el estatus quo. Ya no había porque tener contemplación con sus verdugos, confabulados en uno solo. Tal como había afirmado Inocencia al padre Elías, se había quitado la venda de los ojos, pero no sólo ella sino su familia también.

-¿Todo el tiempo ha sido lo mismo?-Inocencia inquirió con molestia.

-Siempre ha sido igual-al instante respondió Ruvalcaba-. A veces he tenido la impresión de que las cosas cambian para no cambiar.

-¿Cómo es eso?-preguntaron todos al unísono.

-Tan sólo les daré un ejemplo, para no remontarme a épocas inmemoriales. Todavía no nacía yo, y por razones parecidas a las de hoy, la Iglesia le declaró la guerra al Estado. La Iglesia era dueña de más de la mitad de las tierras en México, y de todo tipo de propiedades. Además de obtener grandes sumas de dinero por los servicios que ustedes ya han mencionado, el clero se daba el lujo de prestar dinero a réditos. No había más poder en este país que el de los curas que, por otra parte, gozaban y siguen gozando de fuero, porque no pueden ser juzgados por la ley con que es juzgado el ciudadano común. Cuando el gobierno decidió promulgar leyes como la desamortización de bienes y la eliminación de fueros, viendo en peligro sus privilegios, los curas se lanzaron con las armas en la mano a tratar de defender lo que por derecho divino, según ellos, les correspondía. En aproximadamente tres años, de la famosa Guerra de Reforma, en que se proponía la separación de bienes de la Iglesia y el Estado, el país quedó devastado y en la ruina económica. Al fin el gobierno triunfó a un alto costo, quedando afectados los intereses de la Iglesia. Así, se crearon las Leyes de Reforma y la formación de un Estado laico.

-¿Y qué es eso de Estado laico?-preguntó Gervasio.

-Es muy sencillo. Simplemente se refiere a un gobierno en donde no mandan las leyes de ninguna religión. En pocas palabras, la Iglesia ya no podía estar gobernando.

-Entonces-dijo Inocencia-, por lo que se ve, siempre ha sido lo mismo.

-Siempre ha sido lo mismo y no-intervino Ángeles-, porque no debemos olvidar que gracias a las Leyes de Reforma, se acabaron muchos de los privilegios que tenían los curitas.

-Pero entonces-de nueva cuenta Gabino puso el dedo en la llaga-, por qué dijo usté al principio, doctor Ruvalcaba, que a veces le daba la impresión que las cosas habían cambiao pa no cambiar.

-Ahí está el meollo del asunto. Cuando dije eso, fue en el sentido de que en nuestro país existen leyes, pero como si no existieran. Unos cuantos años después de la Guerra de Reforma, llegó al poder Porfirio Díaz restituyendo en secreto muchos de los privilegios que había perdido la Iglesia. La Iglesia ya no tenía de manera formal el poder del gobierno, pero seguían haciendo y deshaciendo a su antojo como si nada hubiera ocurrido. Aunque muchos bienes de la Iglesia habían pasado al poder del Estado, otra buena cantidad quedaron intocados. Y a escondidas, como siempre ha sido su costumbre, los curas eran los consejeros del gobierno. Cabe resaltar que en esta vida nada es de gratis. A cambio de que el gobierno le permitiera a la Iglesia mantener sus espacios de poder, la supuesta sagrada institución, abastecía de información al dictador. Los más íntimos secretos de confesión de los creyentes, los conocía al dedillo la policía del régimen. Entre el cielo y la tierra nada podía esconderse. Lo que no hacían los curas manipulando conciencias desde el púlpito, lo hacía la policía a través de una bárbara represión. El poder se repartía entre el Estado y la Iglesia, mientras la inmensa mayoría de campesinos vivían en el hambre. Unas cuantas familias y extranjeros eran los dueños de los bienes de la nación. Tanta pobreza y explotación fueron el motivo de que la gente se levantara en armas. Por eso estalló la Revolución.

Unos a otros se miraron con verdadero asombro. En la familia ya se había vuelto costumbre conversar y analizar los verdaderos motivos por los cuales la comunidad se encontraba en constante crisis y conflicto. Los comensales vieron con escepticismo el porvenir. Unos subían y otros bajaban, pero el pueblo parecía estar condenado a estar siempre abajo. Revoluciones y rebeliones habrían de llegar e irse quién sabe por cuantos siglos, antes de que los más pobres pudieran tener acceso a un poco de justicia. Un sentimiento de tristeza era patente en la mirada de Inocencia. Los otros oscilaban entre la pena y la impotencia. Su pueblo era un verdadero desastre, y muchos fingían no darse por enterados. Gervasio se retiró y colocó una y otra vez el sombrero, rascándose la cabeza. Perplejo, nunca se imaginó a que grado podía llegar la perversidad del hombre. Quería convencer a sus más allegados compadres de algunas de aquellas realidades, pero cuando no se mofaban con descaro, de plano le decían que sólo Dios sabía porque hacía las cosas. Gabino, a su vez, se empeñó en formar un grupo compacto que lo ayudara a convencer a más personas de la necesidad de un cambio. La gente se mostró muy entusiasta el día en que salió de la cárcel, pero conforme realizaba reuniones en su casa, pudo darse cuenta de la inconsistencia de los pueblerinos. Los que asistían a una reunión, a la segunda ya no llegaban. Por momentos tenía la impresión que la gente hacía acto de presencia por simple morbo, con el único propósito de saber qué era lo que se estaba planeando. Unos entraban y otros salían, escapándose de sus manos la posibilidad de llegar a acuerdos. Al fin, cuando se percató que sólo unos cuantos cumplían con las tareas asignadas, se conformó y concluyó que eso era mejor a no tener nada. Sea como sea, era un avance, pues él también surgió de la nada. Para persuadir y convencer a tanta gente, tenía que ser muy firme en sus principios. El encierro en prisión había sido una prueba dura, pero sin duda, el influir en la conciencia de las personas se antojaba más difícil. Sólo algunos estaban dispuestos a ofrecer lo mejor de su tiempo en aras de una empresa sumamente complicada. Tenía en contra ni más ni menos que al cacique y al cura del pueblo que, no obstante la ausencia de la sacristana, el coro de beatas seguían con obediencia las órdenes de Epifanio. Del mismo modo en que Gervasio externó que nadie quería cooperar para arreglar la escuela del pueblo, en el imaginario de las personas existía arraigada la idea de que todo estaba predestinado. El destino había determinado que Epifanio fuese el mandamás. Lo mismo que Modesto fuera designado como presidente municipal. Las únicas respuestas posibles a tanto conflicto, de acuerdo al sentir popular, se encontraban en poder del Señor.

Conforme fueron descubriendo la triste realidad, los de casa y toda la familia en conjunto no albergaban dudas de lo simple y sencilla que podía ser la realidad, aunque en ocasiones diera la apariencia de ser sumamente compleja. Todo quedaba reducido a la simulación y el engaño. Si los políticos habían degradado el arte de la política, porque no lo habrían de hacer los curas. La única diferencia consistía, si es que alguna había, en que unos invocaban el estado de derecho, y los otros obraban en nombre de Dios. Pero en el fondo, lo que los unificaba y los mantenía como una clase sólida, era el poder de avasallar y dominar para acumular grandes riquezas. La demagogia del politiquero se correspondía con el adoctrinamiento de los clérigos. La historia, como bien lo había expresado Ruvalcaba, se reeditaba pero con diferentes protagonistas. Los antiguos conservadores, con toda su pléyade de esbirros y testaferros, siempre tuvieron el cuidado de dejar sembrada la semilla para perpetuarse de manera eterna en el poder. El pueblo de El Encanto era un reflejo de lo que ocurría en los demás pueblos del país. El botín de lo que oficialmente se conocía como nación, estaba repartido entre políticos que formaban parte de la oligarquía nacional, capitalistas extranjeros y los clérigos. De ahí en más, la mayor parte de la población vivía como parias. Era relevante que los comensales, sobre todo los de casa, estuvieran enterados de la auténtica realidad. La verdad no tenía precio. El privilegio de saber pocos lo tenían, del mismo modo que sólo unos cuantos ostentaban toda la riqueza en perjuicio de la gran mayoría. Pero el estar verazmente informado, no necesariamente podía traducirse de forma automática en la posibilidad de un cambio verdadero. A los hombres del poblado les interesaban más las juergas de ocasión. Una pelea de gallos, una apuesta en las carreras de caballos, una velada de naipes con un buen aguardiente y la conquista de una hembra, tenían más emoción que el estarse involucrando en asuntos de política. Para eso había un presidente municipal. Lo mismo que existía la autoridad de Epifanio. Para qué complicarse la existencia, pensaba una gran cantidad de machos. La vida se había hecho para disfrutar y gozar, de cualquier forma el destino ya había decidido que existieran pobres y ricos. No tenía caso empeñarse en cosas tan complicadas, mientras hubiera un poco de dinerito para comer y poderse dar unos cuantos gustos. Aunque en muchos de esos placeres egoístas tuvieran que pagar justos por pecadores. "Hay que divertirse, compadre-dijo un hombre a Gervasio-, de todas maneras no se va a llevar uno nada. Algún día el Señor se va a apiadar de nosotros los pobres." Las expresiones que en sus años mozos compartía el tuerto, en la vejez lo menos que le podían causar eran asombro. Ese conformismo de sus coterráneos lo irritaban. Muy lejos había quedado el tiempo en que él veía la vida de la misma manera. Gabino, a su vez, se topaba con lo mismo. Tenía que mandar mensajeros para sacar a los hombres de sus casas. O él mismo iba por los individuos que previamente se habían comprometido a asistir a una reunión. En más de una ocasión se percató que preferían estar en algún congal de los que abundaban en el pueblo. Podría no haber alumbrado público ni agua potable en muchas casas, pero eso sí, desde todos los puntos cardinales brotaban como hongos en la sierra las cantinas y el juego de baraja. Además de centros de diversión, representaban jugosos dividendos para sus dueños. Por lo menos en ese aspecto, tenían razón las beatas, cuando se oponían a la proliferación de tanto tugurio. Pero no faltó el feligrés que pronto se dio cuenta que, al establecer uno de aquellos negocios, las ganancias no tenían comparación con ninguna actividad lícita. El dinero procuraba más satisfacciones que cualquier devoción espiritual, sin necesidad de trabajar tanto. En ausencia de la sacristana y en vísperas del arribo del nuevo cura, cada quien hacía lo que se le pegaba la gana. A los únicos que tenían que rendirles cuentas era a la autoridad. Sin embargo, el presidente municipal, no era más que un impertinente briago que podía ser sobornado a antojo. Con una buena botella de licor, en las cantinas a las que tanto le gustaba asistir a Modesto, bastaba para que el dueño lo tuviese de su lado. Ni qué decir de Epifanio, que era tratado mejor que los de casa. Todos se encontraban felices, gozando plenamente de la vida. Pero desde hacía algún tiempo, Gabino y toda su familia prácticamente se habían divorciado de los motivos o razones por los cuales vivía mucha gente. A ellos si les importaba su pueblo. Luchaban contra todo y todos. A pesar de tanta adversidad, lograron consolidar un núcleo de simpatizantes. No obstante, los logros eran lentos comparados con la negligencia reinante. Cuando todo parecía indicar que iban por buen camino, la apatía hacía acto de presencia, provocando que la gente se dejara llevar por la fatalidad del destino.

Las aberraciones y sinrazones constituían el reflejo de toda una vida viviendo en lo mismo. No iba a ser fácil cambiar el modo de pensar de tanta gente. La inconformidad sólo la compartía una parte del pueblo. Y de esa parte inconforme, no todos estaban dispuestos a participar por cambiar las cosas. Los Ruvalcaba comprendieron las razones de sus familiares. En apariencia era poco el avance, pero eso era preferible a quedarse cruzados de brazos. Las dos familias tenían muy claro el problema, no así mucha gente del poblado. Ellos se encontraban en una sintonía y los del pueblo en otra. Prácticamente hubiese sido como de locos, para el común de cualquier persona del poblado, escuchar la conversación en que se encontraban enfrascados los de casa. Aunque pareciese una especie de conspiración, el encierro y la discreción eran mejor que abrir de un solo golpe la caja de pandora, dejando en libertad a los demonios que podrían devorar sin excepción a todo mundo. Por eso decidieron callar lo del encuentro de Inocencia y el padre Elías, lo mismo que los argumentos que con toda confianza externaban. Su sentido común les indicaba que así era mejor. Incluso, sin decirlo de manera expresa, los Domínguez y Gervasio actuaban en consecuencia. Aun cuando sabían cómo corría el agua debajo del puente, si se exponían más de lo debido, podría resultar catastrófico. De cualquier forma, el caos se encontraba en estado embrionario. El conflicto podía estallar de un momento a otro y de la manera más inesperada. Quizá, no iba haber necesidad de esperar tanto tiempo. Las elecciones se encontraban a unos cuantos meses de distancia, y lo que no había provocado el enfrentamiento de Gervasio y Gabino en contra del cacique, parecía reventar por otros sucesos. Alguien llamó a la puerta y el fluir de ideas quedó brevemente interrumpido. Al abrir, Inocencia fue la primera sorprendida. Lola estaba al pie de la puerta. Todas las miradas se encontraban concentradas en ella, sin saber a que obedecía la extraña visita. Traía entre brazos a su pequeña bebé. Apenada y con auténtica modestia, ingresó a la casa. Ángeles la observó y recordó el día de su encuentro con Lola en casa de Epifanio.

-Perdonen ustedes la imprudencia-fue lo primero que dijo Lola con una especie de rubor que le recorría de pies a cabeza-. No hubiera venido aquí, sino pensara que lo que voy a decirles creo yo que es muy importante. El otro día, cuando me encontraba en el patio de mi casa, vi que una mujer entró a la casa de la que era sacristana del pueblo. Como ustedes sabrán, desde ahí se puede ver por esos rumbos. En un principio pensé que se trataba de su hija. Pero en cuanto puse más atención, me asusté y creí que estaba viendo visiones. No pude aguantar la curiosidá y me acerqué pa ver si no me estaban engañando mis ojos. Entonces sí sentí que me moría del susto, cuando pude comprobar que era la mismísima sacristana, Dolores García. No sé de ónde vino ni a qué vino. De lo único que estoy segura es que es ella.

Sólo eso faltaba para completar las cosas. Apenas se estaba acomodando Inocencia en la silla en donde se encontraba sentada, cuando al instante se levantó y se acercó a Lola, tratando de convencerse de que no la estaban engañando sus sentidos. Perpleja pudo comprender los presentimientos que le quitaban el sueño. Su obsesión tenía fundamento, y todo quedó plenamente aclarado al momento de escuchar la noticia. Eso explicaba los motivos por los cuales el padre Elías entró a la iglesia en busca de alguien que no era precisamente Inocencia. En aquel momento, la mirada del cura denotaba inquietud y angustia.

Inocencia estaba a punto de externar una opinión, pero fue tomada del brazo por Ángeles. Cualquier indiscreción podía dar al traste con todo. Los demás comprendieron que así era mejor. Por distintos motivos, cada uno se encontraba absorto en sus propias reflexiones, y prefirieron que las explicaciones siguieran corriendo por cuenta de Lola.

-Ustedes se preguntarán por qué vine hasta aquí a decirles todo esto. Lo hice por varias razones. Primero, porque sé que la sacristana, antes de irse del pueblo, tenía pensao echarles encima a la gente a ti Inocencia y a toda tu familia. Y ora que regresó yo creo que va a querer vengarse. El mismo Epifanio me lo dijo. Tocante a ese hombre, como bien me lo dijo su mamá aquí presente, no tiene corazón. Me ha dejao abandonada y se revuelca con cuanta mujer encuentra en el pueblo. Yo misma lo descubrí un día con una de esas resbalosas que andan por ahí. Me da harta vergüenza hablar de todo esto, pero ya me cansé de ser el hazmerreír de él y toda la gente. Nadie más que yo tiene la culpa, por mi tonta necedá. Por los mismos motivos, mi mamá ya no vive con mi papá. Ora está conmigo en mi casa. ¡Bueno! Más bien quise decir en la casa que me dio Epifanio. Por lo menos no dejó desamparaos al par de hijos que tengo de él. Pero yo soy afortunada, al lado de mujeres que se han quedao con los chiquillos de ese maldito. Me he enterao, que cuando se acuerda, va y les tira unos cuantos centavos, como si se tratara de perros a los cuales se les avienta una gorda. Perdonen mi amargura y mi desdicha. Desde hace tiempo he llevao clavadas como espinas todas estas penas. Mi orgullo y el creerme una persona de una clase social más alta, no me dejaban hablar con la verdá. Y en nombre de la verdá y de mi madre, quiero pedirles perdón por todo el daño que mi padre les ha hecho. Él no merece el perdón de ustedes, pero por lo menos así estoy más tranquila. Al fin he entendido un poquito de lo mucho que ustedes quieren hacer por nuestro pueblo. Lo único que se necesita es un poquito de decencia y dignidá. Y todos ustedes, incluidos los visitantes, la tienen de sobra.

De cualquier persona del pueblo los de casa hubieran esperado la extensa explicación, menos de la hija de Modesto. Sus lágrimas, que brotaron del par de enrojecidos ojos, conmovieron de manera sincera a Inocencia y Ángeles, quienes enseguida acompañaron en su llanto a la quejosa. Ángeles tomó entre sus brazos la niña de Lola, y hasta ese instante se percató que era su nieta. La abuela la arrulló y lloró, al momento que Inocencia abrazaba y también lloraba con muestras de agradecimiento a Lola. Los hombres apenas podían contener la emoción. El breve discurso, no sólo tuvo como motivo informar a los comensales, sino reivindicar las causas por las cuales luchaban. Nadie lo podía haber hecho mejor, y de nadie podían llegar en tan oportuna forma aquellas razones. Justo en el momento en que Gervasio y Gabino sentían desánimo por las vacilantes actitudes de los pueblerinos, arribó Lola para darles esa inyección de aliento.

-¡Gracias! ¡Muchas gracias!-terminó diciendo Lola, una vez que se limpió con ambas manos las lágrimas-Sólo una cosa más quiero decirles. Uno de los guardias de la presidencia fue a verme a mi casa. Me dijo que escuchó clarito, cuando Epifanio le comentó a mi papá que muy pronto se les iba a acabar la fiesta a ti Gabino y a don Gerva. También escuchó cuando le dijo a uno de sus pistoleros, que por menos cosas que las que ustedes están haciendo, otros ya eran difuntos. El guardia quería venir y decírselos directamente, pero prefirió decírmelo a mí, pa que yo viniera a avisarles. No quiere que nadie lo vea que anda en casa de ustedes. Cuídense mucho y no se confíen. Por lo que se ve, algo muy negro se trae entre manos Epifanio. Si en algo les podemos ayudar mi mamá y yo, tengan por seguro que enseguida les avisaremos.

Lola bebió café en un pocillo de barro, terminó su pan de dulce y se despidió en medio de abrazos y muestras de afecto. Un nuevo aliado se había sumado a la familia. El divorcio de Lola y su madre con Modesto, trajo como consecuencia que acabaran congraciándose con los principales enemigos del cacique y sus adláteres. Ruvalcaba celebró el golpe de suerte y todos se encontraban felices. Las cosas no podían pintar de mejor manera.

-¡Miren! ¿Ya ven que no todo son malas noticias?

-Si-dijo Gabino-, al principio me asusté con lo de la sacristana. Pero eso no es nada, comparao a tener a Lola y su mamá de nuestro lado.

-Yo me asusté igual que Lola-repuso Inocencia con cierta consternación-cuando dijo que vio a la sacristana. Más que verla en persona, lo que me interesa saber es ónde estuvo todo este tiempo. Porque todos en el pueblo pensábamos que se había muerto.

-¡Bueno!-manifestó Ángeles-Por lo menos ya todos nos dimos cuenta que está vivita y coleando.

-Eso está por verse-interpeló Gervasio-. Lola ya la vio, pero ninguno de nosotros la ha visto.

-Eso es cierto-dijeron todos al unísono.

XXXII

Como nunca en toda su vida, Lola había sido completamente sincera. Eso le procuró una paz interior de la que ella no tenía memoria. Por primera vez pudo experimentar lo que era vivir con la conciencia completamente tranquila. Además del sosiego que le procuraba estar en paz consigo misma, sintió que quería a su par de hijos y a su madre más que nunca. Por otra parte, también sentía pena por su padre, pero era imposible hablar con Modesto. Las pocas ocasiones en que ella y su madre intentaron un diálogo razonable, enseguida él se comportaba como si aún fuese cabeza de familia. Se negaba a entender que su hogar quedó completamente desintegrado. Y la rabia de Modesto fue mayúscula cuando se enteró de que Lola había estado en casa de los Domínguez. Los reclamos e insultos no se hicieron esperar, y prácticamente madre e hija le cerraron la puerta en las narices. Si antes las relaciones se encontraban deterioradas, las nuevas circunstancias provocaron que el individuo se comportara como un auténtico energúmeno. Rabiaba no sólo por la pérdida de su mujer y su hija, sino también por la impotencia de no poder ver a sus nietos cuando se le diera la gana. En más de alguna ocasión escenificó escándalos en plena vía pública. Para la gente se estaba volviendo costumbre que el hombre llegara en estado de ebriedad a vociferar insultos frente a la puerta de la casa de su hija. Pero era imposible llamarlo a la cordura, y las mujeres se encerraban a piedra y lodo, tragándose la vergüenza de quedar expuestas ante los ojos de todo mundo. Su frustración lo llevó al extremo de querer sacar a empellones de su propia casa al par de mujeres junto con los niños. Amenazó con desheredarlas y no proporcionarles recursos económicos. Sin embargo, los chantajes no produjeron ningún efecto. Socorro tuvo la precaución de extraer una cantidad dinero que guardaban ella y el marido en el guardarropa de la recámara de su otrora casa. El pleito se salió completamente de cauce, y Modesto amenazó con meter a su ex mujer a la cárcel, acusándola de robo. Él era la autoridad, y si había metido a la cárcel al par de indios mugrosos que tanto odiaba, no veía por qué no habría de hacerlo en contra de ella. Sin otro remedio, Epifanio tuvo que intervenir para poner freno a las locuras de Modesto.

-¿Qué no te dije que ya no quería más pendejadas de éstas en el pueblo?

-¡Sí, pero la maldita vieja ésa me robó! Y encima no me deja ver a mis nietos cuando yo quiero.

-Tú tienes la culpa por andar con tus gritos y desmadres en plena calle. Cuántas veces te tengo que decir que esa no es la manera de arreglar las cosas.

-Pos si tú sabes cómo arreglarlas, por qué no me dices cómo. Ya me cansé de lo mismo. Promesas y más promesas, y no veo el día en que se arreglen las cosas.

Como ya era costumbre, Epifanio se encontraba con sus hombres encerrado en la presidencia municipal tratando de hacer entrar en razón a Modesto.

-¡A ver, vamos hablando claro! Qué quieres decir con eso de que promesas y más promesas.

-¡Bueno! Tú dijiste que le ibas a poner un hasta aquí al maldito indio del Gabino, y no veo que se llegue el día. Pa colmo de males, mi hija y mi mujer ya se hicieron amigas de esos desgraciaos. El huarachudo ése se la pasa haciendo reuniones en su casa y anda alborotando la gallera en el pueblo, y nosotros como si nada. Verdá de Dios que ora me arrepiento de no haberlo matao cuando tuve la oportunidá.

-¡Con una puta madre! Deja de quejarte y espérate a que yo resuelva las cosas a mi manera. El problema contigo es que te desesperas muy rápido. Si no aprendes a esperar, nunca vas a llegar a ningún lao. A nadie le conviene, y a ti menos que a nadie, que andes con tus escandalitos. La gente del pueblo no ve con buenos ojos que la autoridá se rebaje de esa manera. Así es que ya párale. Yo también ya me cansé de decirte las cosas. La próxima vez no voy a darte razones. Simplemente le voy a decir a mis muchachos que te echen a patadas de la presidencia.

Epifanio dio la media vuelta y se alejó tan pronto como pudo del inmueble. Modesto se quedó con un palmo de narices, y sintió más rabia que nunca, a pesar de su dinero y supuesto poder. Las órdenes eran terminantes y había que cumplirlas. Aparte de haber perdido a su familia, podía perder la oportunidad de ser reelecto para el puesto. Una tras otra se iba a tener que tragar las afrentas. Se encontraba atrapado y confundido, pero eso era preferible a verse defenestrado por el propio jefe. Al mirar como partía Epifanio con paso arrogante, mientras se alejaba a la distancia, se levantó de la silla en donde se encontraba sentado. Cerró la puerta de la presidencia y volteó el escritorio de cabeza arrojando las sillas contra la pared. De esa manera descargó toda la ira que llevaba adentro y se resignó a esperar. A pesar de que en alguna época creyó que el trato que recibía era entre iguales, el tiempo lo puso en su lugar. Él era uno más de los objetos de los caprichos de Epifanio, del mismo modo que lo fue Lola. Por mucho que pudiera gritar y amenazar en la soledad de aquella oficina, no era más que un lacayo que se tenía que conformar con las órdenes del amo. La impotencia lo hizo rabiar nuevamente, cuando pudo darse cuenta que ni siquiera tenía las agallas de sus peores enemigos. En su momento, los otros pudieron confrontar al mandamás, y él, ni siquiera eso. Ellos no tenían el dinero ni la posición encumbrada de él, pero tenían la dignidad que no se podía comprar con ninguna riqueza. Le hubiera encantado gritarle unas cuantas verdades a Epifanio en la cara, pero su actitud convenenciera y cobarde no se lo permitía. Era preferible tragarse todas las humillaciones del mundo, antes que verse fuera del cargo político que le daba un estatus y le permitía enriquecerse a manos llenas. Gracias al puesto que ostentaba, pudo hacerle grandes mejoras al molino. Todo con cargo al erario público. Las raquíticas partidas que el gobierno enviaba al municipio, quedaban repartidas entre el señor presidente y algunos de sus achichincles. No conforme con el salario que recibía, encima se embolsaba el dinero de las contribuciones y servicios que la alcaldía brindaba. Ni siquiera los muebles eran renovados, y la pintura y las paredes del inmueble daban lástima. Más que la presidencia municipal, el edificio daba la impresión de ser uno más de los tugurios del pueblo. Epifanio lo sabía, pero no le importaba, con tal de tener a su servicio a una ralea de serviles que hacía todo lo que él decía. Así era en el pueblo y otros poblados de la región. Sus verdaderos negocios necesitaban de la complacencia y todo el apoyo de la autoridad. Él era el dueño del dinero y dejaba que los ratones se comieran la parte que les correspondía del queso, con tal de tenerlos satisfechos y a su entero servicio. Modesto nada podía hacer, porque sabía que Epifanio, además del poder del dinero y sus pistoleros, tenía todas las pruebas que podían incriminarlo como un corrupto. No en balde, Gabino le había dicho que era un ladrón. La máxima autoridad en el papel, al igual que su mentor era prácticamente lo mismo, con la única diferencia que los grandes negocios se encontraban reservados para Epifanio. Así pues, Modesto era un rehén que no tenía derecho a voz ni voto por más que pataleara y gritara en las francachelas que tanto acostumbraba. Cuando se ponía impertinente en las cantinas que solía visitar, los hombres apenas si podían contener la risa por aquellos arranques de bravuconería y supuesta hombría. Se quería sentir poderoso y no lo era tanto. Se quería sentir un conquistador de mujeres, y tampoco lo era. Simplemente era una caricatura que en todo trataba de imitar a su jefe. Todos lo sabían y ya ni siquiera le hacían caso, fingiendo que sentían respeto por su autoridad. En apariencia sus amigotes estaban con él, pero en el fondo sólo esperaban la oportunidad de sacar ventaja. Pues en público lo adulaban, pero en privado despotricaban toda su envidia y resentimiento. Aunque sabían que era un monigote manipulado a antojo, más de alguno deseaba encontrarse en la posición del presidente en turno. La política no sólo era uno de los negocios más redituables, sino que además le confería un aura de grandes señores a quienes se dedicaban a tal profesión. Fabricaba falsas reputaciones, basadas en supuestas ideas altruistas y de beneficio a la comunidad. Y dentro de esa misma lógica el ego de los individuos era exaltado y deformado a niveles inconcebibles. Modesto era esclavo del poder del cual creía ser dueño. Sin embargo, ese mismo poder, aparte de beneficios económicos también le procuraba los favores de mucha gente. Por lo mismo, entraba a cuanta cantina quería, bebiendo a cuenta de la casa y recibiendo los favores de la prostituta en turno. Sólo tenía que gastar un poco de dinero por el servicio sexual y asunto arreglado. Obviamente, todo era cobrado con creces por los dueños de los establecimientos. Nada era de gratis. Los negocios eran ayudados por el municipio en la reducción por el pago de contribuciones, lo mismo que en la obtención de permisos para que operaran legalmente. Después de todo, con cinismo Modesto llegó a la conclusión que a pesar de tanta rabieta y supuesta frustración, él tenía lo que quería en la vida. Dinero, lo tenía de sobra con sus raterías y turbios manejos en la alcaldía y el negocio del molino. Mujeres, tenía las que se le antojaran, aun cuando tuviese que pagar por los placeres procurados. Licor y juegos de apuestas tenía a manos llenas. ¿Acaso no era eso a lo que aspiraban la mayor parte de los hombres de su pueblo? ¿A quién le podía importar el bien de los demás, mientras se pudiera hacer y deshacer con el poder que sólo daba el dinero? Quienes pensaran lo contrario vivían en otro mundo. Con sorna, también pensó que Gabino y su familia eran unos ilusos que no sabían nada de la vida. Creían que podían cambiar el estado imperante de cosas con ideas tontas y estrafalarias. Sin dinero no se podía hacer nada, y por lo mismo festejó con hilaridad el poco futuro que tenían quienes trataban de interponerse en el camino de Epifanio. De nada habrían de servir esos anhelos de justicia y de cambio, porque todos en su pueblo tenían un precio, incluido él mismo. Epifanio y Modesto disponían del municipio como si fuese parte de su propio patrimonio, del mismo modo que lo hacía el padre Elías con la iglesia del pueblo. Si la iglesia, como santa institución disponía del dinero de la gente, por qué no lo habría de hacer Epifanio con los bienes de la población. Al cabo de tantos corajes y sinsabores, con ánimo perverso se convenció que Epifanio era un chingón. Aunque le diera coraje reconocerlo, y a pesar de sí mismo, en verdad era una chingonería. Al diablo con su mujer y su hija Lola, lo mismo que con sus nietos, si él podía darse el lujo de encontrar otra mujer y procrear los hijos que quisiera. Después de todo, lo que más les interesaba a muchas mujeres era encontrar el individuo que les pudiera proporcionar una vida de lujos y comodidad. Y él contaba con los medios para realizar dicha empresa, sin importar que rebasara los cincuenta años. Más de alguna mujer, con la mitad de edad, estaría dispuesta a ser considerada por un hombre rico. Con crudeza y total cinismo, también concluyó que su actitud interesada lo había animado para que Lola se casara con Epifanio. Y la boda, lo mismo que sus aires de grandeza y gloria, se los había llevado una ráfaga de viento. Ya no había lugar para lamentaciones. Los lamentos eran como el rumor del muerto que ya no podía resolver nada. Luego entonces, las cosas que ya no existían, muertas estaban. Sin embargo, una vez que entró en el terreno de la muerte no pudo evitar el hombre de marras, reconcentrar sus pensamientos en el revuelo que provocó la reaparición de la sacristana. Parecía haber regresado de la misma muerte.

Todos en El Encanto se persignaban y estaban convencidos que el regreso de Dolores García era poco más que un milagro. En los años que estuvo ausente, ya nadie creía que estuviera viva. Una vez que la gente se enteró de la reaparición de la sacristana, su casa se convirtió en el lugar predilecto de reunión de mujeres y hombres que iban y venían para recibir sus bendiciones. El bisoño cura que había arribado en reemplazo del padre Elías, no tenía la capacidad de convocatoria de la mujer que se había convertido en una especie de Madre Teresa de Calcuta. Todos coincidían que era una auténtica santa, sino de que manera podía explicarse que arribara a El Encanto del mismo modo misterioso en que había desaparecido. Sólo ella sabía en dónde había estado en aquellos años. Y de manera astuta guardó el secreto. Nadie estaba enterado, incluido el cura, que ella había recibido albergue en un seminario de jesuitas muy lejos del poblado en donde vivía. Allí se ganó la confianza de los seminaristas y, al poco tiempo, fue aceptada como parte de aquella congregación. Presentándose como víctima de una conjura maligna, y valiéndose de sus conocimientos de sacristana, pudo convencer a la comunidad de su inquebrantable vocación religiosa y amor por Dios. A pesar de encontrarse deshecha y medio enloquecida en aquella época, con el apoyo de religiosos pudo reafirmar y ampliar sus conceptos teologales. Regresó a su pueblo convencida de que había dejado una misión inconclusa. Por lo tanto, efectivamente se sentía dueña de un aura divina. Y cuando la gente le preguntaba por su paradero en tan larga ausencia, con tenue voz y vivamente emocionada, electrizaba a los feligreses con sus breves relatos en que había estado en un lugar desconocido, en donde tuvo la oportunidad de hablar con el Creador que la había salvado de la muerte. Dios la había tomado de la mano, y la supo preservar en un paraíso al margen de la maldad de la corrompida condición humana. Las beatas lloraban conmovidas, y sin detenerse a pensar expresaban: ¡Milagro, milagro! ¡Alabado sea el Señor y nuestra querida sacristana! Dolores extendía su huesuda mano y los creyentes se la besaban recibiendo las bendiciones. Así, con rostro de mártir, sacaba su desgastada Biblia y se ponía a leer pasajes del Evangelio, conmoviendo hasta las lágrimas a hombres y mujeres. Por momentos, en aquellas aglomeraciones caseras, a más de alguno se le había olvidado que la iglesia se encontraba en otro lado. Pero eso no era de vital importancia, con tal de recibir los parabienes de la santa caída prácticamente del cielo, o surgida de forma divina. Muy pocos pudieron percatarse de lo afectado de sus gestos y la extraviada mirada de Dolores García. Si alguna persona percibía cosas extrañas en el rictus de la mujer, enseguida se encontraban las excusas que evitaban poner en tela de juicio aquellos hálitos divinos. Nadie estaba en capacidad de cuestionar lo que a todas luces era obra del Señor. Incluso el cura, simplemente se encogía de hombros y dejaba que la gente dijera y creyera a su antojo, con tal de que no se contradijeran las santas escrituras. Sabía que no podía excederse en sus funciones, dada la delicada situación del país. Pero tampoco iba a contradecir lo que la gente creía.

Durante meses, Gabino y sus más allegados amigos se habían empeñado en la idea de convencer a los pueblerinos de la necesidad de un cambio. Con base en el esfuerzo y mucha labor de convencimiento, el número de simpatizantes fue en aumento. Pero las reuniones en su casa, eran poca cosa, comparado con el revuelo que había causado el regreso de Dolores. Ni él ni Inocencia se podían explicar que la gente hiciera más caso a una persona que de manera visible denotaba que no se encontraba en su sano juicio. El día en que Lola los puso al tanto de todo lo que se afirmaba y rumoraba, más que coraje, casi estallan en un acceso de risa. Con cortesía, simplemente rieron discretamente, pero no podían dar crédito a toda la clase de barbaridades que escuchaban. En el pueblo, no solo había una loca sino infinidad de locos. Dolores deambulaba como espectro en el crepúsculo, embebida de su papel protagónico. Entraba y salía de las casas llevando las nuevas del Señor. Lo mismo se detenía en plena vía pública a pregonar a los cuatro vientos el fin de los tiempos. Y al poco tiempo se empezó a generar una sicosis colectiva. A pesar de estar las elecciones a la vuelta de la esquina, la gente prefirió centrar su atención en todos los horrores vaticinados por la sacristana. Si los procesos electorales habían causado revuelo en la población, eran poca cosa en comparación a lo que afirmaba Dolores con vehemencia. En ese mismo sentido, mucha gente pensó visiblemente consternada que no tenía caso preocuparse en quién iba a ocupar la presidencia municipal, si al fin y al cabo el mundo estaba muy próximo a su fin. Así, el día en que el padre ofició su primera misa acompañado de Dolores, la iglesia se encontraba a reventar. No cabía un solo alfiler. Ni en los mejores tiempos del padre Elías, se había dado cita tal cantidad de gente. Una vez que el cura terminó su sermón, a petición popular, Dolores dio lectura a algunos pasajes del Evangelio. Todos escucharon y se deleitaron con la voz de la santa enviada por el Señor a salvar a su amado y queridísimo pueblo. Mientras hablaba, el padre la observó y también pudo darse cuenta de la adoración que sentían muchos de los feligreses por la sacristana. Y por instantes, sintió envidia al no poder generar la misma devoción. Pero también comprendió, a pesar de sus estudios en teología, que él sólo era un novato recién arribado al poblado. Por el momento, no estaba en condiciones de poder disputarle aquel protagonismo a la sacristana. De manera inteligente, se guardó sus mejores argumentos para futuras citas, y no quiso entrar en debates que lo hubiesen confrontado y desgastado en conflictos innecesarios. Aun cuando no compartía los desplantes grandilocuentes de Dolores García, acertadamente el cura sabía que quien daba el primer golpe llevaba la delantera. Cuando se dio cuenta de los nuevos sucesos, ella ya había recorrido de cabo a rabo el pueblo. Era preferible por el momento y a futuro tener a una aliada, antes que caer en una confrontación que diera al traste con todo. Ya habría la oportunidad de poner los puntos sobre las íes. Dejó que ella terminara de pronunciar sus palabras y también notó como se encontraba visiblemente conmovida la audiencia, persignándose con una devoción nunca antes vista por el religioso en ningún lugar. Incluso, varios estuvieron a punto de aplaudir, pero se contuvieron al comprender que se encontraban en un templo.

A la distancia, y antes de terminada la misa, Epifanio recibió las noticias de los nuevos sucesos. También se rio al igual que Gabino e Inocencia, sin embargo, él tenía otros motivos. Definitivamente, todo aquello se le hizo chusco, pero se reía de forma maliciosa, pues el arribo de Dolores le había caído como anillo al dedo. Cuando le dijeron que la gente estaba más atenta de Dolores que de sus enemigos, celebró a carcajadas que las cosas se estuvieran dando de aquel modo. Se convenció que aquel delirio colectivo podía ser capitalizado a su favor. Más que cualquier cosa, era ideal que la gente distrajera su atención en asuntos que no eran de vital importancia. Le pareció perfecta aquella paranoia, mientras él podía llevar a cabo sus planes sin que nadie se diera cuenta. Como bien se lo había dicho en alguna ocasión su amigo y guía político Luis Carreño: "Lo único que necesita el pueblo es un poco de pan y circo para distraerse de los asuntos esenciales". Sus pistoleros lo vieron reírse y no comprendieron que podía tener de gracioso todo aquello. El acto circense u obra teatral se presentó en escena sin que él tuviera que mover un solo dedo, y menos aún sacar algún centavo de su bolsillo. Por algún tiempo, las cosas se habían complicado con la ausencia de Dolores y la partida del cura. Sus aliados incondicionales ya no se encontraban a su lado para ayudarlo en la labor de manipular conciencias. Habían cumplido su función y se fueron. Y como nunca antes lo resintió, cuando pudo experimentar como habían quedado los pueblerinos al garete, prácticamente sin brújula. Para su propia fortuna, Dolores se encontraba de regreso. En aquellos días de milagroso retorno, no se había tomado la molestia de visitar a Epifanio, pues las relaciones entre ambos quedaron más que rotas en el inolvidable día del sepelio de don Eustacio. Sin que hubiese existido ninguna desavenencia aparente, para el cacique era más que obvia la actitud de ella. La alianza quedó en la nada. A pesar de todo, la sacristana se comportaba de una manera muy conveniente para los intereses del cacique. Del mismo modo en que ella caminaba frente a la casa de los Domínguez, o hacía cuando pasaba por casa de Epifanio. Ni siquiera reviraba a mirar, y mucho menos se tomaba la molestia de detenerse, convencida de su misión mesiánica. Cuando Epifanio tuvo la oportunidad de mirarla por primera vez caminar frente a su casa, pudo darse cuenta que ya no era la misma. La en antaño rígida personalidad, ya no lo era tanto. Hasta el rictus y la expresión facial eran diferentes. Caminaba como si se desplazara dispuesta a volar, con una holgura y ligereza dignas de una reina. Su atuendo seguía siendo discreto, vistiendo ocasionalmente una especie de capa negra, confiriéndole aquel aire majestuoso del cual se enamoró más de algún pueblerino. Aunque delgada y espigada, la especie de joroba que había desarrollado a temprana edad, parecía haberse atenuado. Y la rígida expresión del rostro se había suavizado con el paso del tiempo. Recuperó un poco de peso y eso le favoreció de manera notable. La piel de la cara ya no parecía untada al hueso, y sus ojos ya no se encontraban tan hundidos en sus cuencas. Pero miraba sin mirar, y veía sin ver, como si todo le diera lo mismo. Y aquellos mínimos detalles de la expresión de sus ojos denotaban que su mente viajaba por dimensiones ajenas a todo lo terrenal. Aun cuando no se había detenido a observar con detenimiento, de pronto, Epifanio pensó que podía tratarse de otra mujer y no la que él conocía. Pero había otras características que no habían desaparecido del todo, dejando patente que se trataba de la misma persona. Sin embargo, para Gabino e Inocencia, lo mismo que para Gervasio, aquellos detalles, sobre todo en la forma de mirar, eran más que evidentes. Uno de tantos días, fueron testigos del modo en que predicaba Dolores en una de las esquinas de la calle en donde tanto le gustaba pararse. La gente se empezó a remolinar y, al poco rato, ya había una nutrida concurrencia. Inocencia se encontraba en medio de la improvisada audiencia, y se esforzó por tratar de encontrar un gesto de cordura en Dolores. Cuando la absorta predicadora descubrió lo que sus ojos le revelaban, se comportó como tratando de recordar a alguien que conocía. Lejos de mostrarse sorprendida y molesta, por poco detiene su sermón. Todos interpretaron que aquel había sido un gesto de sublime perdón. Inocencia y quienes la acompañaban no lo entendieron del mismo modo. Partieron con discreción, perplejos ante las evidencias.

-¿Vieron? Me miró como si tratara de reconocerme. Si no lo veo no lo creo.

-¡Ora sí!-dijo Gervasio-Ésta está más loca que nunca.

-Baje la voz-terció Gabino-. Estamos en la calle y alguien puede oírnos.

Caminaron tan pronto como sus pies se los permitía, y en unos cuanto minutos se encontraban en casa. Mientras recorrían la calle, un desconocido de aspecto torvo observaba a la distancia. Y ellos lo miraron partir sin prestar atención.

-Don Gerva tiene razón-de nueva cuenta intervino Inocencia-. Dolores me vio como si no supiera de quién se trataba. Hasta sentí como si quisiera saludarme o darme su bendición. Ella cree que yo no soy quien soy.

-¡Ora sí la chingamos!-consternado manifestó Gabino-Dolores de plano ha perdido el juicio. Los tres pensamos lo mismo, pero la gente no piensa igual. Dolores perdió la memoria y parece no darse cuenta de nada. Nosotros pudimos reconocer su locura, pero los demás no piensan así. Una de dos: O somos nosotros los locos, o de plano todo el pueblo perdió la razón.

-¡Ay, mijos, que mal andamos en este chingao pueblo! Apenas se estaban componiendo las cosas sin la mujer ésta, y ya vamos de güelta a las mismas. Y pior todavía, porque antes pensaban unos cuantos en que ésa era una santa, y hoy parece que es mucha gente que de veras piensa que lo es. En lugar que la gente ande preocupada en ayudar en eso de la campaña, se ponen a hacerle caso a una loca. Porque de una cosa sí estoy seguro: Nosotros no somos los locos.

XXXIII

Lola se encontraba apaciblemente tejiendo en la salita de su casa, cuando alguien llamó a la puerta. Su mamá se acababa de dormir en compañía del par de nietos. De pronto pensó que podía tratarse de su padre. Pues Modesto acostumbraba presentarse a molestar a altas horas de la noche. Prefirió ignorar los llamados a la puerta, y al poco rato volvieron a tocar junto con unos silbidos que de pronto se le hicieron harto familiares. Hacía tiempo que no escuchaba aquella forma tan peculiar de silbar, y experimentó un pequeño dolor en la boca del estómago, aunque no por las mismas emociones del reciente pasado. Miró a través de los visillos y pudo darse cuenta que aquella extraña emoción no era infundada. Vaciló por segundos al pie de la puerta, respiró profundamente para no dejarse avasallar por las emociones, y al fin se decidió a abrir.

–¡Qué quieres!

–¿Y así me recibes después de tanto tiempo de no vernos?

–¡Y de qué otro modo querías que te recibiera!

No había ni pasado un año desde la última vez que se habían visto cara a cara, y a Lola le pareció que Epifanio ya no era el hombre guapo que ella creía. Las expresiones de su rostro se habían endurecido y una que otra cana se podían observar en la negra cabellera. La expresión de la mirada denotaba al cínico arrogante. Y Lola se percató enseguida de todos aquellos detalles. La frescura que algún día tuvo aquel rostro se tornó en lascivia perversa. Lo que nunca pudo ver en el pasado, lo pudo descubrir en el presente de forma más clara que nunca. Epifanio percibió el sexto sentido de ella y su mirada auscultadora, sintiéndose desnudado en lo más profundo de su intimidad. El sortilegio se había acabado. Él ya no era aquel brujo encantador que la podía hechizar con la mirada. El romance quedó roto, y la prueba de ello era que Lola no parecía inmutarse ante su presencia. Lo que en alguna época fueron desenfrenadas pasiones, dieron paso a un témpano de hielo. O, por lo menos, eso fue lo que pudo percibir Epifanio. La otrora amante se atrincheró en su propia dignidad y no estaba dispuesta a ceder un ápice. Sabía que cualquier debilidad la podía lamentar con creces en el futuro. Así, en lugar de sentirse enfadado por el frío recibimiento, a Epifanio le pareció que ella representaba un reto interesante. Además, a pesar de los dos hijos que llevaba a cuestas, en lugar de afectarle, los embarazos le habían asentado reafirmando su condición femenina. Parecía más atractiva y voluptuosa que nunca. A la vez, su carácter se templó, desarrollando una personalidad más firme y segura de sí misma. Sabía lo que quería y lo que no quería para su vida y para la de sus hijos. Epifanio externó una de sus mejores sonrisas, pero ella simplemente lo observó sin inmutarse.

-¡Bueno! Por lo menos podrías tener la educación de permitirme pasar a tu casa.

-¡Qué poca memoria tienen algunos hombres! Ahora me vienes a hablar de educación, cuando no hace mucho, precisamente cuando me encontraba embarazada de ti, trataste en tu casa a tu madre peor que a una desconocida. Yo no creo que seas tú el que pueda hablar de buenos modos y educación.

-¡Vaya, tienes unos aires de dignidad que no te conocía! Ojalá eso te sirva pa comer. Pero que yo sepa, eso sólo sirve pa morirse de hambre.

-Pue que tengas razón, pero por lo menos en todo este tiempo, no he necesitao de tus migajas pa comer. Con el dinero que malamente le sacó mi mamá a mi papá, y con los puercos que engordamos, podemos vivir con decencia.

-Yo creo que eso lo podríamos aclarar, pero no aquí en la calle.

-Si tanta es tu insistencia, pues pásale. No vaya a ser que lo nuestro termine en un escándalo, como los que acostumbra mi papacito. Lo único que te pido de favor es que no alces la voz, porque mi mamá y mis hijos están dormidos.

Epifanio ingresó a la casa sintiéndose amo y señor de la situación. Estaba convencido que de una u otra forma iba a hacer caer a Lola en una de las trampas que tanto acostumbraba. Recientemente, la había engañado con aquello de la posible boda, pero en aquellos momentos, Lola empezaba a dar muestras de que había dejado la ingenuidad atrás. Así, Epifanio se apoltronó en el mejor sillón de la sala, estiró ambas piernas y se quitó los botines, ante la enfurecida reacción de ella.

-¡Óyeme, qué estás haciendo!

-¿Pos qué no ves?

-¡Ponte tus botas! Siquiera ten un poquito de respeto. Esta no es tu casa.

-¿Ya se te olvidó quién te la regaló?

Lola apretó ambos puños llena de ira. Encolerizada estuvo a punto de pegar un grito y responder con una bofetada ante la desfachatez del individuo. Con gran esfuerzo logró controlarse. Aunque el coraje era mucho, comprendió que no podía despertar a su madre e hijos, entonces sí provocando un escándalo. Poco a poco recobró la cordura, ante la expectante mirada de él. Epifanio la observó con descarada ironía, y disfrutó con la forma en que había logrado desquiciarla. Pero el desquiciamiento no fue total, y los en antaño reclamos y berrinches de ella, al correr del tiempo se transformaron en conductas razonadas.

-Tienes razón, tú me regalaste esta casa. Pero antes que nada, debes pensar que no me la regalaste a mí. Tengo dos hijos tuyos. En todo caso, la casa es de los niños. Mal harías en no cumplir con tus responsabilidades como hombre. Aunque yo creo que de hombre sólo el nombre. Lo que traes colgao allá abajo sólo te sirve pa provocar sufrimientos. Y si no, que le pregunten a todas las mujeres que han tenido niños tuyos. Por lo menos mis hijos tienen una casa, pero todos los chiquillos que has dejao botaos por ahí, no tienen ni perro que les ladre. Si eres tan hombrecito como te crees, deberías empezar por tener un poco de decencia y respeto.

-¡Ya cállate! Hasta te pareces al indio de Gabino y toda la bola de idiotas que piensan igual que él. ¡Sólo eso me faltaba! Ora resulta que en todo te quieres parecer a esos muertos de hambre. Bien me dijeron que andabas metiendo las narices onde no debes.

Con brusquedad, Epifanio se levantó del sillón en que se encontraba a sus anchas. Su sorna se trocó en enojo. Cualquier cosa hubiese esperado de Lola, menos aquella andanada de palabras. Ella no lo tenía acostumbrado a eso tipo de respuestas, y con alarma se dio cuenta que ya no era la dócil mujer que él manipulaba a antojo. Había dejado ser la berrinchuda que al final cumplía con la voluntad del cacique. Al intentar caminar por la salita, se tropezó con una de sus botas, y Lola le indicó con el índice entre los labios que no hiciera ruido. Y él se sintió doblemente contrariado, pues era como si le hubieran dado una orden, en la casa que aún consideraba como de su propiedad.

-¡Mira, Epifanio! Yo no sé qué te haigan dicho. Ni tampoco sé si andas vigilándome. Lo único que puedo decirte es que en buena hora pude darme cuenta del tipo de hombre, perdón, del tipo de persona que eres. Tus mentiras y malos tratos terminaron por alejarme de ti. Y tocante a esos que tú llamas indios muertos de hambre, de ellos he aprendido lo que tú ni mi papá pueden comprar con todo su dinero, y eso se llama dignidá.

-¡Pues púdranse tú y esa bola de imbéciles, si creen que con eso se puede vivir! Yo quería ayudarte con un poco de dinero pa que vivas mejor, pero por lo visto ya te volviste igual de mal agradecida que ésos.

-No tanto como tú, que ni siquiera sientes agradecimiento con tu madre. Si ni a ella respetas, entonces no tienes respeto por ninguna mujer. El dinero que según tú, pensabas darme a mí, dáselo mejor a las criaturas que has dejao regadas por todo el pueblo. Bien dice mucha gente que lo único pa lo que tú sirves es pa causar ofensas y sufrimientos. Ya bastante tuve esta noche con todas tus groserías. Tú y yo ya no tenemos nada de qué hablar. ¡Vete de mi casa!

Los botines que con deliberada parsimonia se quitó Epifanio, al instante quedaron enfundados en ambos pies. Estuvo a punto de proferir una amenaza, no obstante se alejó con expresión torva. Lola se quedó parada como si recién despertara de una pesadilla, y a través de la puerta abierta entró el viento que meció las cortinas. Si antes, no había quedado plenamente constancia del rompimiento, el encuentro puso de manifiesto una nueva guerra. Una más, de tantas que tenía pendientes en el poblado el cacique. El lobo nunca pensó que la oveja le pudiera salir tan respondona. Más que las respuestas que le restregaron en plena cara, fue la forma en que le pegaron en donde más le dolía. Nadie se había atrevido a tanto, ni siquiera Gabino y Gervasio. Epifanio se desplazó con paso lento a través de la calle, sin comprender cabalmente de dónde había sacado Lola tanta audacia. Por tratarse de una mujer, y después por ser la amante sobre la que el cacique ejercía un control absoluto, se sentía doblemente contrariado. Con rabia, no podía acabar de salir de su actitud perpleja. Mientras tanto, ella, miró como se alejó el hombre a la distancia. Con ciertas dudas en el corazón, como en antaño, sintió la necesidad de alcanzarlo y reconciliarse con él. Pero comprendió que eso hubiese sido lo más humillante. Ya no había vuelta de hoja, y se contuvo mordiéndose los labios. Rechazó los ofrecimientos del hombre con el cual intentó en alguna época casarse. Lo más difícil para ella era mantener su decisión y no dar marcha atrás. El problema no solo era tener la fortaleza para enfrentar al individuo, sino también sostener su palabra. Ella sabía por propia experiencia, y por el modo en que se conducían las mujeres con las cuales tenía amasiatos Epifanio, que en unos cuantos días se les pasaba el coraje y todo volvía a lo mismo. De momento actuaban arrebatadas por el impulso, pero una vez que él les decía a las susodichas lo que ellas querían escuchar, todo quedaba resuelto. Con dinero, un regalo, promesas y algunas palabras melosas, según el caso, todo quedaba arreglado. Epifanio no albergaba ninguna duda, y con el correr del tiempo, sus métodos demostraron ser infalibles. "Chillan y patean-razonaba el cacique-de su mala suerte, pero de ahí no pasan." Para él, las mujeres de su pueblo para lo único que servían eran para proporcionar placer y tener hijos. De ahí en más, podía considerárseles como un cero a la izquierda, sin voz ni voto y sin ningún derecho a inmiscuirse en asuntos que sólo competía a los hombres. Sin embargo, en el pueblo había mujeres que ya no encuadraban dentro de esa lógica. Epifanio podía darse el lujo de ignorar a Inocencia y a su madre Ángeles, y de burlarse de cuanta mujer se atravesara en su camino. No obstante, con Lola las cosas tomaron un giro inesperado. Aparte de ser la madre de sus hijos, ella lo había herido como ninguna mujer. Pues puso en tela de juicio lo inútil de la virilidad del hombre que era considerado un semental pura sangre. Y si no de forma tácita, por lo menos si tuvo el valor de recordarle a Epifanio que su lascivia era el origen de muchas desgracias en el poblado.

En unos cuantos años, Epifanio tuvo hijos a diestra y siniestra en El Encanto. La gente ya había perdido la cuenta de los niños sin aparente padre. Según las cuentas de algunos, ya llegaban a sesenta en el pueblo y poblados circunvecinos. Y al paso en que iban las cosas, aquella chiquillada arrojada al mundo sin ton ni son, muy pronto habría de llegar a los cien niños. Un verdadero hito, en relación al occiso padre que en el doble de años no había logrado tal hazaña. Con fascinación, más que con horror así era considerado todo aquello. Incluso, sin saberlo Epifanio, algunas de tantas mujeres con las cuales él se enredó, de más jóvenes procrearon hijos con el occiso. Así las cosas, los noviazgos en relación consanguínea directa, pronto empezaron a arrojar en el poblado consecuencias funestas. En más de una ocasión, se cazaron hermanos con hermanos. Y tanto desmán, de manera inconsciente se había salido totalmente de cauce. Cuando no eran abortos por las corrompidas mezclas de sangre, la cantidad de niños que nacían con taras incurables, crecía de manera preocupante. Las quejas fueron en aumento. Y el cura simplemente se encogía de hombros, ante lo que no tenía ninguna explicación aparente. Quien sí parecía ser docta en la materia, era Dolores, sobre todo cuando las mujeres le daban razón de los infantes mal logrados. Al instante, todas las razones encajaban a la perfección con lo que fue su obsesión de toda una vida. Para ella, el final de los tiempos estaba más próximo que nunca. Hasta el cura creyó en las dotes proféticas de la santurrona. Y nadie, salvo las mismas excepciones de siempre, sacaron en claro que aquello no tenía nada de misterio o de alcances divinos, lejos de las explicaciones mundanas. Por lo pronto, Dolores se encontraba en un maratón de visitas domiciliarias, orando por las mujeres que padecían aquellas desgracias. Y entonces sí, el cura la dejó actuar a su antojo, pues de cualquier manera, nadie le hacía caso al que en el papel era la cabeza de la iglesia del poblado. La mujer daba sus parabienes y bendiciones aquí y allá. Y arrodilladas, las mujeres besaban la mano de la santa que las bendecía. Y la leyenda viviente creció al punto de lo irrefutable de su santidad. Como niños huérfanos, la gente ya no sabía si se encontraba consternada o fascinada por todo lo que acontecía. En medio de la paranoia, no faltaron los incautos que llegaron a afirmar que la santa poseía el don de encontrarse en dos partes al mismo tiempo. Al igual que Epifanio, pero por diferentes razones, más de una persona aseguraba que había visto a la santa dar un sermón en un poblado aledaño, al mismo tiempo que se encontraba dando sus bendiciones en otro lugar. Y la especie de comentario se hizo recurrente en la medida en que veían a la beata desdoblarse tanto de noche como de día, deambulando por todos los rincones del pueblo y poblados circunvecinos. Unos más otros menos, sentían la necesidad de ser alcanzados por las bendiciones del divino ser. Y ya todo se estaba volviendo costumbre, cuando sin siquiera imaginárselo, un acontecimiento natural vino a poner las cosas más de cabeza de lo que ya estaban. Por lo pronto, con las elecciones ya casi en puerta, todo se tornó más confuso.

El despuntar del alba se antojaba como tantos otros en las rancherías. Desde temprana hora, Gabino y Gervasio se encontraban trabajando a medias la parcela de un hombre adinerado. De ahí esperaban obtener el frijol y el maíz para su manutención durante todo un año. Con azadón en mano, a distancia, los dos parecían un par de hormigas obreras trabajando de manera afanosa y alegre. Gervasio observaba el vigor y juventud de su amigo. Mientras el viejo a duras penas iba a la mitad de un surco, Gabino transitaba por la mitad del segundo surco. El más viejo también admiró la fortaleza y habilidad del otro. Y de pronto se imaginó que la vida era como una especie de soplo divino, transcurriendo tan de prisa, que daba la impresión de ser un sueño que se desvanecía entre la noche y el día. Con indolencia arrojó su azadón, y se sintió como un gran inútil. Él ya no tenía la fortaleza, ni mucho menos los deseos y las ilusiones de Gabino. Se acordó de su mujer, y también recordó el día lluvioso en que falleció.

-¡Y ora, a usté qué le pasa!

-Yo ya no estoy pa estas chingaderas. Cuando miro tu juventú y lo bien que trabajas, me siento más viejo que nunca.

-Usté y yo sabíamos que así iba a ser, ora de qué se queja.

-No me estoy quejando, pero de pronto me acordé del día en que murió la pobrecita de mi vieja. Sufrió rete harto por la maldita enfermedá de la que nadie nunca pudo dar razón. A mí no me gustaría sufrir tanto. Si pudiera escoger, me gustaría que mi muerte fuera rápida y en un día onde lloviera hartísimo, así como cuando murió mi mujer.

-¿Ya va a empezar usté con sus cosas? Mejor debería recoger sus azadón y ponerse a trabajar. Porque si no nos ponemos a trabajar, los que se van a morir somos nosotros, pero de hambre.

-¡A que m'ijo, tú siempre tan chistoso! ¡De plano, hasta de la misma muerte te burlas! Por eso se me hace que eres a toda madre.

-¡Ándele, péguele y déjese de cuentos! ¡Aquí nadie se va a morir!

Al instante, Gervasio se sintió resarcido por la gracia del otro. Tomó su azadón y se puso a silbar como si nada hubiese pasado. Lo que pudo haber sido una escena triste, pasó de largo mientras los hombres retomaron el ritmo de trabajo con sus azadones. Apenas estaban entrando en calor, cuando de nueva cuenta se detuvo Gervasio y Gabino hizo lo mismo, teniendo ambos la mirada fija en el horizonte. Así estuvieron durante un espacio de tiempo embobados, observando un extraño fenómeno hasta ese momento nunca antes visto por ellos. Creyeron que se trataba de un arcoíris, pero el efecto de luz era diferente. No había rastros de llovizna ni nada que se le pareciera. La extraña aura coronaba las montañas con espectros de luz difusos, y daba la impresión de no quererse desvanecer.

-¿Usté había visto algo así alguna vez?

-Que yo sepa nunca. Pero ora que me acuerdo, tú todavía no nacías cuando mi abuelo platicaba que él vio una cosa así cuando era niño. Entonces pasaron muchas cosas raras en el pueblo. Nacieron hartos chiquillos deformaos, y los animales se comportaban de un modo muy raro. Contaba mi abuelo que no llovió en varios meses y parecía que todo se iba a morir. La gente decía que esa era energía de mal agüero.

-¡Qué! ¿Ora también usté va a salir con el cuento de que el mundo se va a acabar?

-Yo no creo que se vaya a acabar. Más bien creo que esa luz que acabamos de ver, no es nada bueno. Esto no me gusta nada.

-A mí tampoco. Pero ya bastantes locos tenemos en el pueblo, como pa que encima nosotros hagamos la bola más grande. Con Dolores y todo el gentío que cree en ella es suficiente. Figúrese usté que ya ni el padrecito mete las manos, porque yo creo que él piensa que la mujer ésa tiene razón. Ultimadamente, si se va a acabar todo, que truene lo que tenga que tronar. A ver si así aprendemos a comportarnos como gente de bien.

-Tus razones no me gustan mucho, pero yo creo que la mayoría de gente en este pueblo merece ser castigada por todos sus pecaos. Empezando por las mujeres que se dejan enpanzonar de Epifanio. Yo ya no sé quién tiene más la culpa, si ellas o él.

-Todos, don Gerva. Ellas por interesadas y calientes. Y de él mejor ni hablamos, porque usté y yo sabemos mejor que nadie que Epifanio es el demonio en persona. Mejor vámonos, mañana le seguimos. Ya me dio güeva seguir trabajando.

-A mí también.

Sin mayor pendiente, aun cuando no habían cumplido con la tarea propuesta para el día, los dos enfilaron de regreso al pueblo. Después de recorrer algunas veredas y cruzar por el espeso monte, arribaron a su lugar de destino. Al cruzar por las primeras casas en donde empezaba el poblado, para Gabino fue evidente que alguien lo vigilaba. Al sujeto ya lo había visto en otra ocasión. Era inconfundible por la cicatriz que le atravesaba la cara. Sin duda, aquella marca tenía que ver con la herida provocada por un cuchillo. Cuando el sujeto se percató que los dos campesinos se dieron cuenta de su presencia, se siguió de largo y se reencontró con otro hombre.

-¿Se acuerda de ese hombre, don Gerva?

-Estoy viejo pero la memoria no me falla. Es el mismo que vimos la última vez que vino la familia Ruvalcaba al pueblo.

-¡Sígame! ¡Vamos a ver que se trae entre manos!

Ambos aceleraron el paso y tomaron por la misma calle por donde los incógnitos enfilaron. Por más que buscaron, ningún rastro encontraron. Como si supiesen de antemano que alguien los seguía, los individuos se esfumaron del mismo modo que habían aparecido. El par de inseparables amigos buscaron entre casas y patios, lo mismo que en calles aledañas, pero su búsqueda fue infructuosa. Hurgaron entre chiqueros, incluso interrogando a la gente que encontraron a su paso, y todo daba la apariencia de que nadie vio nada. Por un momento dudaron, y sintieron escalofrío al creer que podía tratarse de apariciones, al igual que las de la vieja hacienda. Al fin, un anciano que se encontraba sentado en una silla mecedora frente al portal de su casa, les dio razón del rumbo tomado por el par de extraños. Cual sabueso tras su presa, rastrearon las huellas de botas y herraduras de caballo en la tierra. Un par de jinetes tomaron a todo galope por una vereda que conducía al monte, y dejaron como seña las nubes de polvo que podían divisarse a la distancia.

XXXIV

Durante varios días, en el pueblo no se hablaba de otra cosa. La extraña aurora vista por Gabino y Gervasio, también fue observada por mucha gente. Dolores intuyó que la señal para que todo llegara a su fin, había sido dada por el Señor. Por eso se previno y extrajo de la iglesia uno de los hisopos con los que comúnmente trabajaba el cura. A pesar de las reticencias de éste, también obtuvo una buena cantidad de agua bendita. Y recorrió uno y otro barrio, esparciendo el líquido y bendiciendo las casas de quien así se lo solicitara. La gente creía que esa era la mejor manera de protegerse de lo que se antojaba como inevitable. El estado de compunción y delirio colectivo se tornó incontenible. Unos a otros comentaban con consternación la forma extraña en que reaccionaban los gallos. Ya no cantaban cuando debían de hacerlo, y de buenas a primeras en horas poco comunes se escuchaban los desafinados cacareos. Las aves daban la impresión de encontrarse desorientadas. En una de las torres más alta de la iglesia, al igual que en la cúpula mayor, hacían su nido pájaros de distinta especie. Pero recién habían llegado, cuando de buenas a primeras partían sin rumbo fijo, flotando en el aire sin brújula. En los gallineros, ya no sólo era el cacareo de gallinas nerviosas, sino también el canto de las parvadas de aves que arribaban descontroladas como pidiendo posada de manera urgente. Los gansos corrían de forma enloquecida de un lugar a otro. Y mientras los dueños trataban de controlar a sus animales domésticos, las mujeres salían con escobas tratando de ahuyentar a los pequeños intrusos. Los perros aullaban sin aparente razón a plena luz del día. Y cuando no era un burro, era un caballo que se escapaba del corral a correr por el campo sin rumbo fijo. La histeria colectiva obligó a que el cura se sumara a la labor de tratar de tranquilizar a tanta alma alterada. Poco a poco se fue convenciendo que, en medio del delirio, Dolores podía tener razón en lo que pregonaba y profetizaba a los cuatro vientos. En el transcurso de dos días pudo sentirse un calor insoportable, pero al tercero cayó una helada con escarchas de aguanieve de manera poco usual en aquella época del año.

Después de tantos días de incertidumbre, la gente parecía haber recobrado la cordura. Sin darse cuenta a qué horas ni cómo, de la ciudad arribaron las urnas con la paquetería electoral. El día señalado para la elección de presidente municipal había llegado. En una casa aledaña a la alcaldía se depositó todo el material. Curiosamente, Epifanio era el único que tenía llave del lugar en donde debían resguardarse tan importantes documentos. Por instrucciones del diputado Carreño, los funcionarios electorales arribados al pueblo se pusieron en contacto directo con el cacique. Y, más que hacer valer su autoridad, los burócratas se comportaban con velada discreción, atentos a las instrucciones que les diera Epifanio sobre la mejor manera de organizar el evento. A nadie parecía interesarle lo que en semanas anteriores causó gran revuelo en el pueblo. Los hombres arribados de la ciudad por poco pasan desapercibidos. Los únicos que no habían perdido de vista tan importante fecha eran Gabino y sus amigos. Lola fue la primera que se percató de que Epifanio tenía las llaves en donde se guardaba toda la paquetería. Al instante avisó a Gabino. Pero cuando éste arribó en compañía de algunos de sus prosélitos, los citadinos, por instrucciones de Epifanio, de manera expedita procedieron a colocar las urnas. Algunas de las cajas de cartón fueron llevadas a rancherías aledañas. De los supuestos colaboradores de Gabino en las casillas, de forma inexplicable se ausentaron varios. Aún no daba inicio la votación y ya corría el rumor de que Epifanio compró a personajes clave con todo tipo de dádivas. También era sabido que muchos votantes recibieron una cantidad de dinero por su voto. Todo ello sin contar la serie de triquiñuelas en que eran expertos los funcionarios que ya traían consigna. Al dar inicio el proceso de votación, como en días anteriores, se empezó a desquiciar el clima. El viento empezó a soplar y un terregal del diablo puso el pueblo en tinieblas. Algunos de los pasquines de la improvisada campaña política de Gabino fueron arrancados de muros por la fuerza del aire. Las mujeres y hombres que ayudaron en el registro, y posteriormente en la contabilidad de los votos, al igual que Gabino, tenían muy poca idea de cómo organizar el proceso de votación. Así, su falta de experiencia y conocimientos los hizo depender sobremanera de los funcionarios de la ciudad, quienes de manera aviesa, hicieron y deshicieron a su antojo. Al ver que todo estaba bajo control, Epifanio decidió observar desde su casa, dejando que Modesto se coordinara con los funcionarios. Sólo una cuarta parte de los pueblerinos acudió a votar. Y como todo había sido calculado matemáticamente por Epifanio, Carreño y sus secuaces, con eso, y la alteración de actas, lo mismo que el relleno de urnas con votos apócrifos, no se requería de nada más. Por si fuera poco, el viento se había confabulado con el cacique. Alarmados de nueva cuenta por los estropicios de la naturaleza, muchos se abstuvieron de votar. Prefirieron quedarse en sus casas a orar. Al fin y al cabo estaban convencidos que un voto más o uno menos, muy poco efecto iba a tener en cambiar la realidad reinante, pues el mundo estaba próximo a su fin. Sin pena ni gloria, una vez concluida la votación, así como llegaron se fueron con toda la paquetería los de la ciudad. Gabino tenía la certeza de que mucha gente votó por él, pero estaba contrariado y confundido por la forma en que maniobraron en sus narices. Los números no le cuadraban, pero las cifras asentadas en actas eran contundentes. Modesto quedó reelegido, y sólo unos cuantos sintieron indignación e ira por la burla. Sus amigos más allegados abrazaron a Gabino y trataron de reanimarlo, de forma parecida a como se da el pésame al familiar de un difunto. Lo que pudo haber sido un evento con bombos y platillos, se tornó literalmente en gris por el efecto de tanta tolvanera.

Dos días después, Gabino se encontraba sentado en una silla de madera en el patio trasero de su casa. Con resignación y expresión meditabunda, se puso hacer un recuento de los posibles errores y aciertos. Empezando por él, se dio cuenta que su mayor pifia fue confiar en quien no debía. La inconsistencia de su gente fue la causa de tanta desorganización. Igual que pollitos desprotegidos en busca de la gallina, así habían actuado el día de la elección. Y él, en vez de dar las direcciones y respuestas a su equipo de trabajo, por ignorancia e ingenuidad dejó que sus enemigos maniobraran a su antojo. Tenía que aprender de sus yerros, y como bien se lo habían dicho Inocencia y Gervasio, los errores de hoy podían ser las victorias de mañana. Pero eso, para muchos era intrascendente. De nueva cuenta, al igual que la víspera, los animales se encontraban enervados. Y ese día, como ningún otro, la temperatura se incrementó repentinamente. El calor era insoportable. Conforme subieron los grados en el termómetro, todo entró en un sopor de sueño. La gente se movía en cámara lenta, y al poco tiempo los animales se tranquilizaron. En el pueblo no se oía un solo ruido, y todo mundo parecía dormir. Con gran modorra, y como si le pesaran los pies para moverse, Gervasio arribó con la camisa desabotonada hasta el ombligo y con las mangas remangadas por encima de los codos. Gabino se encontraba protegido por la sombra de un pequeño árbol arrojándose aire con un periódico. Miró al provecto de soslayo y una risilla se dibujó en sus labios.

—¡Y ora tú, de que te ríes! ¿Se te hace poco la chinga que nos pusieron en la elección?

—No me río de eso, sino del modo que trae puesta la camisa.

—¡Pus que querías! No quiero asarme como un pollo con camisa.

—Parece usté uno de esos jovencitos que quiere andar luciéndose con el pecho de fuera.

—Pareceré lo que tú quieras, pero del pinchi calor yo no me voy a morir. Los que parecen muertos son los de este pueblo. No sé si ya te diste cuenta que todo mundo parece haberse quedao dormido. Ni los chiquillos ni los animales hacen ruido. ¡Ora si estoy preocupao de a de veras! El techo de la iglesia está lleno de pájaros. Están ahí quietecitos como muertitos. No sé cuánta razón pueda tener Dolores, pero por Dios santo que si seguimos así, esto va a terminar muy mal.

Gabino y Gervasio sudaban copiosamente, y a esas alturas ya no abrigaban la menor duda de que todo podía trastornarse de manera radical. Tenían la certeza de que la misteriosa aurora que habían presenciado, era la causante de que el clima, al igual que la gente, hubiese enloquecido por completo. En los primeros días de calor, los manantiales abastecedores de agua bajaron de nivel. Y de continuar las cosas así, hasta el preciado líquido podía empezar a escasear. Por los mismos motivos, socarronamente decidieron tomar un chapuzón antes de que se acabara el mundo. Gervasio se adelantó, y media hora más tarde, Gabino le iba a dar alcance en el arroyo contiguo a las parcelas en donde laboraban. Sonrió al mirar al viejo partir, pero a la vez sintió tristeza sin motivo aparente. Preparó su morral y decidió tomar por una ruta distinta, no sin antes cerciorarse de lo que ocurría en el pueblo. Efectivamente, después del medio día, aquel parecía un pueblo deshabitado. No había rastros de vida por ninguna parte. Y por simple curiosidad, asomó la cabeza al interior de algunas casas. Los animales se encontraban en sus corrales con pesada pereza. En un patio, una vieja se quedó dormida casi embrocada encima del canasto en donde desgranaba maíz. De la misma manera, frente al portal de su casa, un hombre de mediana edad se encontraba roncando con la boca medio abierta en una silla mecedora. Los ronquidos de adultos y niños se podían escuchar a través de ventanas y muros. Conforme avanzó por las calles del pueblo, Gabino sintió bajo sus pies la resequedad de la tierra agrietada. Asimismo, no había una sola alma fuera de su casa. Sin cesar el curioso auscultar lo llevó al cerro en donde se encontraba la iglesia. Gervasio no exageraba un ápice, no sólo las cúpulas estaban llenas de aves, sino alrededor de la iglesia se congregaron animales domésticos, desde jumentos y perros, hasta gallinas y vacas. Ningún ser humano se encontraba a la vista para darle a Gabino una explicación de cómo había llegado tanto animal ahí, con la rara pretensión de guarecerse del calor. Por el momento comprendió que los animales se encontraban más frescos al amparo de los muros del santuario, que sudaba por toda la humedad acumulada. Pero de forma extraña, también percibió que aquella fauna esperaba resignada alguna especie de acontecimiento. Al mirar la campiña en derredor, se percató de los extraños gases emanados del subsuelo por los efectos del excesivo calor. Después de revisarlo todo y confirmar lo que ocurría, tomó por una vereda. En unos cuantos minutos atravesó a través de un monte espeso, pero el calor infernal ocasionó que su travesía fuese más tortuosa de lo que él esperaba. De manera ávida, se detuvo a tomar agua del guaje que traía en el morral. Cuando alzó la vista, sin que él se lo pudiera explicar, sintió que había extraviado el camino. Sin preocuparse demasiado, continuó su ruta con la certeza de que ya no estaba muy lejos de su objetivo. Pero a cada paso, sus movimientos se hicieron más torpes y pesados. Así, creyó pertinente tomar un breve descanso, protegido por la sombra de un frondoso árbol. En seguida pudo notar que las ramas y el tronco transpiraban una rara resina. Hasta donde él recordaba, nunca antes había visto semejante cosa en aquella especie de flora. Tomó un poco de la desconocida gomilla entre sus dedos y percibió el aroma. Antes de continuar, fijó sus sentidos en lo que debía ser la dirección correcta. Por lo regular, en aquella parte del bosque, no faltaba el armadillo, el pájaro carpintero, el coyote o algún gato montés, pero la fauna se encontraba ausente. Reinaba el silencio absoluto. Una vez más, inhaló los restos de gomilla, cuando de súbito sintió que un pesado sueño se adueñó de todo su cuerpo. Medio dormido, ya prácticamente sentado y apoyado en el tronco del árbol, sintió que Epifanio se aproximaba con un revólver en la mano. Corrió a través de la campiña, el monte y la montaña, tratando de huir del asesino que sentenciaba con maldad que nada ni nadie lo salvarían de la muerte. Mientras corría despavorido, Gabino recordó el día en que borracho, Modesto trató de asesinarlo junto a su compañero de andanzas. Al verse solo, trató de prevenir a Gervasio de que la parca rondaba muy cerca de ellos. Con urgencia, mientras corría a través del monte, pudo darse cuenta que el viejo no se encontraba por ningún lado. Quiso recordar en dónde estaba el otro pero no pudo. Epifanio le estaba pisando los talones, y Gabino sintió el zumbido de balas muy cerca de su cabeza. Las risotadas del infernal ogro se escuchaban más cerca de lo normal. Desesperado, no sabía que era más horroroso, si el ánima que vio en la hacienda o el vivo que quería darle muerte. Con gran habilidad saltó matorrales, cruzó arroyos, saltó peñas, y quien lo seguía se mostraba incansable. Nunca se imaginó el desdichado en fuga que el cacique pudiera tener tal agilidad y resistencia. Epifanio sabía que sólo era cuestión de un poco de tiempo para acabar para siempre con su presa. Al momento en que Gabino sentía desfallecer de agotamiento, su verdugo se aproximó profiriendo toda clase de amenazas, en medio de risas de júbilo. "¿Ya ves? Tú y el anciano de tu amiguito se sentían muy cabrones, y a los dos se los va a cargar la chingada. Te quisiste creer muy lidercillo, y no sólo perdiste la elección pa presidente, sino que de paso aquí mismo te cargó patas de cabra." Epifanio se aproximó a dos metros de Gabino, quien se encontraba exhausto tendido entre la yerba. El cazador apuntó el revólver a boca de jarro, y por la mente de la víctima se proyectaron una gran cantidad de pensamientos. Pudo ver toda su existencia fallida en segundos. Vio los rostros felices de sus seres queridos, y se le llenaron los ojos de lágrimas al recordar pasajes dichosos de su vida. La vida o Dios, parecían haber sido muy injustos con él. Pensó que no merecía morir como un perro sin pena ni gloria. La misma muerte también era injusta. Ni vida ni muerte eran parejas. A pesar de tener la conciencia tranquila, se preguntaba por qué precisamente tenía que ser él el elegido. Se iba a morir sin confesarse y sin los santos óleos de la extremaunción. Esa sí que era la madre de todas las injusticias. No debía y no quería partir del plano terrenal de esa manera, cuando dos detonaciones del asesino impactaron su cabeza y su cuello. Claramente, el ya en ciernes moribundo, sintió la tibia humedad de la sangre brotando. Se tocó las partes afectadas, y tuvo la certeza de que todo había llegado a su fin.

Todo se oscureció como si fuese de noche. Una tenue brisa recorrió el bosque. Y así como los incandescentes y pesados rayos del sol se enseñorearon, de la misma manera las tinieblas exigían su lugar. Un solitario búho se encontraba observando desde las alturas la escena, y Gabino parecía debatirse entre la vida y la muerte. Al abrir los ojos para palpar el rojo líquido que le escurría, de lo primero que pudo darse cuenta es que no tenía que ver nada con el color de la sangre. Se tocó la cabeza y el cuello todavía recostado en la floresta, y tampoco existían indicios de ninguna herida. Efectivamente, sus miembros se encontraban mojados, pero por el sudor. Gabino se sentía agotado, y si le hubieran preguntado, habría jurado que se encontraba herido y al borde de la muerte. No obstante, las evidencias eran contundentes. Entornó los ojos, aún recostado en el suelo, y lo primero que pudo ver fue aquel búho encaramado en lo más alto de un pino. El ambiente y la flora de aquel espacio, en muy poco se correspondían en lo que a su entender podía ser el cielo y el infierno. Al incorporarse en ambas piernas, miró el árbol al abrigo del cual se detuvo a reposar. Fue entonces cuando pudo cobrar plena conciencia que ahí se había quedado como abatido por un poderoso somnífero. Se tocó una y otra vez la cabeza y el cuello, tratando de asegurarse que no estaba herido. Y comprobó que todos sus miembros se encontraban intactos. Incluso así, miró en todas direcciones, esperando descubrir a Epifanio agazapado. Todo aparentaba transcurrir con plena normalidad, excepto por el hecho de que él cayó en una pesadilla a plena luz del día y, en un abrir y cerrar de ojos, la atmósfera se ennegreció sin que supiera cuanto tiempo había transcurrido. El ave que la víspera auscultaba al supuesto moribundo emprendió su vuelo. Gabino la siguió con la vista, y pudo darse cuenta que enfilaba hacia el mismo lugar a donde él se dirigía. Por un instante sintió que aquel búho, era una especie de desconocido emisario, indicándole la ruta exacta a seguir. Así, fue guiado por el misterioso visitante. Al salir del bosque a campo abierto, pudo darse cuenta que lo oscuro de la atmósfera no era parejo. En lo alto de las montañas la oscuridad era total. Por lo tanto, concluyó que una tormenta de incalculables e impredecibles proporciones había dado inicio, y no tardaría en alcanzar al poblado y sus alrededores. A paso veloz, y ya sin sentir el cansancio, pensó que Gervasio debía estar desesperado por haberlo esperado tanto tiempo. Quizá ya no estaba en el lugar en donde habían quedado de encontrarse, pero tenía la corazonada que ahí iba a estar. Con urgencia, por la tormenta que se aproximaba, quería ver a Gervasio para platicarle todos los detalles de su extraña pesadilla. Apresurado por las primeras gotas de lluvia, pudo distinguir a corta distancia la parcela y el arroyo en donde esperaba encontrar a su amigo. En un inmenso árbol de rara especie, asustado, pudo ver de nueva cuenta al búho cuyos inmensos ojos le indicaban la ruta exacta a seguir. Con inexplicable terror, una incontrolable tembladera se adueñó de todos los miembros de su cuerpo. Prosiguió en dirección donde le indicaba la mirada del animal y se percató del bulto de un individuo al pie del arroyo. El sujeto se encontraba inmóvil, como si estuviese en una placentera siesta, pero Gabino presentía la posibilidad de un desenlace fatal. Cuando descubrió las primeras manchas de sangre en la tierra y la forma en que el sujeto había sido arrastrado hasta ese lugar, ya no le cupo la menor duda. Gervasio se encontraba tendido de bruces, y Gabino se abalanzó sobre él en forma desesperada. Jalándolo y casi alzándolo en peso, cambió al viejo de posición mientras lo llamaba por su nombre. Al revisar al inánime individuo, se abrazó a él y su cuerpo quedó manchado por la sangre del muerto. Había sido asesinado a cuchilladas. Las heridas podían distinguirse en cuello, pecho y estómago. La camisa del occiso se encontraba desgarrada por los tasajos, y Gabino golpeó con ambos puños la tierra. Estaba gritando como loco presa del llanto, al momento que imploraba a Dios porque regresara al mundo de los vivos a su querido viejito. Abrazó y se aferró con todo su cuerpo al de su padre putativo, llorando y gritando sin cesar, del mismo modo que una mujer en parto. Se negaba de manera obstinada que todo había acabado. El delgado hilo que separa a la vida de la muerte, quedó rotó de manera irremediable. Y después del indescriptible dolor, como fiera herida en la selva, juró que el horrendo asesinato no iba a quedar impune. "¡Ora sí te va a cargar la chingada Epifanio! ¡Hasta aquí llegaste, maldito asesino! ¡Lo juro por Dios! ¡Aunque sea lo último que tenga que hacer en la vida!" Después de las amenazas que gritó con todas las fuerzas de sus pulmones, Gabino se encontraba indeciso en cuál era la decisión que debía tomar de forma inmediata. La rabia era tal que quería en ese preciso momento regresar al pueblo para acabar con Epifanio. Pero sabía que antes, tendría que cargar con el cuerpo de Gervasio a cuestas. No podía salir corriendo en su afán de venganza, dejando abandonado al occiso. Obrando en consecuencia, se inclinó con una rodilla apoyada en el suelo en su intento de echarse a cuestas a Gervasio. El aleteo del búho que había sido testigo de la escena, se escuchó en el aire, y Gabino reviró dándose cuenta como partía el ave en vuelo. En esa misma dirección distinguió la sombra de un sujeto que salió de entre la maleza y se aproximaba a toda velocidad. La lluvia empezó a caer con intensidad y, de pronto, el ambiente se tornó borroso y confuso. El estruendo de lo que parecía un rayo se escuchó en el aire, y Gabino sintió un calor quemante en el antebrazo y la sangre que empezaba a brotar. Al instante pudo darse cuenta que el retumbar de lo que aparentaba un relámpago, no había sido otra cosa que la detonación de un arma. El disparo provenía de una dirección distinta de donde se encontraba acechando el primer asesino. Así, pudo colegir que los asesinos eran dos y no uno. Habían estado todo el tiempo en la maleza esperando el momento oportuno para caer como lobos encima de su presa. Los segundos contaban más que oro molido y, en contra de su voluntad, Gabino abandonó al occiso y corrió tratando de salvar su vida. La fuga y la persecución habían dado inicio. Mientras se alejaba, quiso regresar sobre sus propios pasos por el gran cargo de conciencia que sentía, pero no había de otra, o corría o se moría. Al huir creyó que él tenía gran culpa por la muerte de Gervasio. Pensó, en medio del arrebato y la confusión, que si hubiese llegado a tiempo habría salvado al viejo, sin embargo, no había tiempo para lamentaciones ni dudas. Su vida dependía de su agilidad y resistencia; le venían pisando los talones. No obstante, la borrasca provocada por la lluvia, se trocó en el mejor aliado de Gabino. Sin visibilidad y empapados por el agua, los matones a sueldo ya no pudieron proceder a placer. Además, los caballos no podían transitar por donde Gabino se internó a través del monte. Los gritos de los matones no cesaban. Iban aullando como auténticos indios salvajes, arrebatados por el aguardiente que habían tomado. Por anticipado se regocijaban con la idea de hacer pedazos a su presa. Pero a los cuantos minutos de correr por el espeso monte, los asesinos a sueldo se dieron cuenta que la empresa iba a ser aun más complicada. Una y otra vez trataron de activar sus revólveres, pero las armas se encontraban completamente empapadas al igual que los tres sujetos que corrían por el monte. Cuando no eran los perseguidores los que resbalaban y caían, entre tumbos también, el perseguido se encontraba embadurnado de lodo y hojarasca. Al fin, Gabino tomó suficiente distancia de sus victimarios, pero no fue por mucho tiempo, porque pronto se pudo dar cuenta que estando en la cúspide de un cerro, se aproximaba en contra de su voluntad a una especie de callejón sin salida. Por más que intentó bordear la montaña en busca de la pendiente o brecha que lo proyectaran definitivamente a la libertad, lo único que pudo encontrar al frente y a los lados fue el vacío. Regresó sobre sus propios pasos intentando una nueva posibilidad, pero enseguida escuchó la voz de los hombres que se aproximaban en forma peligrosa. Además, el brazo se le adormeció completamente y empezó a acusar los dolores de la herida que le propinaron la víspera. Al mirarlo, uno de los asesinos se regocijó comprendiendo que su presa se encontraba completamente a su merced. Uno de los sujetos traía una daga de gran tamaño y, el otro, llevaba un machete en la diestra, haciendo alardes amenazantes. Gabino miró al par de sujetos y tembló de pies a cabeza con la idea de que podía terminar como una masa sanguinolenta al igual que Gervasio. Con los sentidos aguzados por el terror, con absoluta desesperación, descubrió una ladera por donde intentó bajar sujetándose de hierbas y arbustos. Aquella media hora de suplicio, le pareció a la víctima como horas interminables de angustia. Los asesinos se dieron cuenta de lo temerario e intrépido del otro, y prefirieron no arriesgarse más, dejando que el destino diera cuenta de Gabino. En condiciones normales, los involucrados sabían que aquellos eran terrenos sumamente resbaladizos, por lo tanto, quien se atreviera a desafiar lo abrupto de la geografía, podía enfrentar irremediablemente la muerte. Los asesinos tenían la certeza que sólo era cuestión de minutos para que todo llegara a su fin. Gabino iba rodando cuesta abajo como fiera enloquecida, aferrándose de peñas y plantas con el único brazo bueno que le quedaba. Más pronto de lo esperado, se le acabó la fuerza de la mano ensangrentada por tanto rasguño y raspones. Su pantalón y camisa prácticamente estaban hechos girones por donde asomaban las partes desnudas de su cuerpo rasponeado y magullado. Iba pendiente abajo a toda prisa, cuando alcanzó a sujetarse de la rama de un arbusto que brotaba de las rocas. Pero poco a poco su mano cedió ante el peso de todo su cuerpo. Gabino se encontraba colgando al borde de un acantilado, sin ninguna otra esperanza que la fuerza de su brazo. Al fondo, el río que tenía como característica su poco caudal, en aquellos momentos corría en forma embravecida por la gran cantidad de agua que bajaba de las montañas en medio de la tormenta. Las risotadas y la celebración fueron grandes cuando los matones pudieron presenciar el cuerpo del campesino en caída libre. Gabino iba dando vueltas en el aire manoteando y pataleando en segundos de vértigo y horror. El impacto fue brutal, y por eso y por la gran cantidad de agua, iba a morir ahogado. Satisfechos, los asesinos observaron hasta donde les alcanzó la vista, la forma en que Gabino desapareció engullido por remolinos de agua, piedras y maleza. Se frotaron las manos y partieron para darle las nuevas a Epifanio y cobrar la mitad del dinero que aún les adeudaban por el trato.

XXXV

Todo era desolación y muerte. La gente corría de un lado a otro sin ton ni son. Las profecías de Dolores se estaban cumpliendo en forma cabal. Al bisoño padre, entonces, ya no le cupo la menor duda. Ella era una verdadera santa, una enviada celestial que supo interpretar los designios de Dios. A dos manos, mientras tanto, daba indicaciones con la intención de rescatar la iglesia que se encontraba completamente inundada por los chubascos de agua caída del cielo. La gente entraba y salía con cubetas, trapeadores y escobas, tratando de desaguar la piscina en que se había convertido el templo. Los chorros de agua bajaban de manera incontenible desde las cúpulas por los muros. Y entre más sacaba la gente el agua, el aguacero parecía empeñado en que las cosas no volvieran a la normalidad. Por momentos, tanto hombres como mujeres se daban por vencidos ante lo avasallador de aquel diluvio. Y muchos prefirieron correr de regreso a sus casas, tratando de rescatar sus bienes. Los riachuelos muy pronto se convirtieron en desbordados ríos. En unas cuantas horas de tromba y de lluvia, los animales arrasados por el agua bramaban horrorizados, cuando no, flotaban muertos ante la desesperación de sus dueños. Y conforme el diluvio fue rodeando de agua El Encanto, las noticias se sucedían por doquier. Así, un hombre que había bajado de las montañas narró la forma milagrosa en que salvó su vida. Descalzo y con la camisa desgarrada, explicó el modo en que se aferró a un tronco mientras flotaba a merced del agua. Un grupo de personas lo escuchó atento, pues el sujeto manifestó que aparte de agua, del cielo cayeron pescados. Nadie lo podía creer, pero muy pronto, la pequeña audiencia apostada frente a la iglesia pudo comprobar lo dicho. El sujeto sacó del bolso de su raído pantalón de manta un par de los especímenes. Algunos curiosos tomaron los pequeños pescados en sus manos y al instante los regresaron a su dueño con horror y sorpresa. La gente quedó convencida de la veracidad del acontecimiento, pues hasta donde se sabía, por los rumbos de donde venía el susodicho, no había peces con aquellas características. Todos se santiguaron y expresaron su sincero pesar con el campesino que perdió todo, incluidos esposa e hijos. A decir del mismo, su poblado de origen fue arrasado completamente por el agua. Al poco rato, en medio de la pertinaz lluvia, varios feligreses se arrodillaron implorando a Dios por su perdón. De boca en boca corrieron las nuevas de poblaciones arrolladas en las mismas condiciones. Y la gente aún no se reponía por el impacto de la noticia, cuando enseguida arribó una mujer narrando el modo en que se había desgajado un pedazo del cerro en donde se encontraba el camposanto. El lodazal buscó su cauce de manera natural, causando la impresión de una gran montaña de lava. El lodo y el agua arrastraban lápidas con todo y contenido. Conforme avanzó el gran amasijo de cajas de muertos y cadáveres, fue evidente para varios testigos la forma en que parecían escapar de sus féretros los esqueletos. Al poco rato de haber desaparecido la loma en donde se encontraba el cementerio, las calaveras de los difuntos nadaban libres a través de los viejos y nuevos ríos. Cuando todo aparentaba que algunos de los más connotados finados habrían de salvarse de los impíos efectos de la naturaleza, la gente pudo enterarse que ni siquiera don Eustacio fue respetado en su lugar de descanso. El cataclismo no sabía distinguir de clases sociales y abolengos. Arrasó sin compasión con vivos y muertos. Todo parecía haberse confabulado para que los viejos y nuevos muertos se vieran las caras en medio del agua y los lodazales en que se habían convertido los alrededores del pueblo. El caótico destino dispuso que los recién occisos, Gervasio y Gabino, tuvieran la oportunidad de medirse mano a mano con el esqueleto del viejo hacendado. Quizá, más rápido de lo esperado, habría la oportunidad de la revancha que con tanta desesperación y deseo parecía haberse llevado consigo Gabino. Por lo pronto, el llanto tomó como rehenes a los pueblerinos que no se cansaban de pedir perdón por todos los pecados cometidos. Varios hombres y mujeres en una especie de mea culpa, se prosternaron en la explanada frente a la iglesia, al momento en que llegó Dolores a externarles sus bendiciones y parabienes. Mientras tanto, el cura no se daba a vasto confesando a la fila de individuos aglomerados a las puertas de la casa parroquial. A nadie le importó seguir desaguando la iglesia, e imbuida por la santa misión que la ocupaba, la sacristana procedió de la misma manera que el padre. En un principio, al cura le parecieron osados, cuando no irrespetuosos, los modos de ella, pero al fin y al cabo la gente lo aceptó con toda naturalidad. Así, el par de religiosos trabajaban incansablemente en aquel acto de confesión colectiva.

No muy lejos de donde la gente se arrepentía en masa, Inocencia recorrió uno y otro barrio en busca de su hermano. Lo único que pudo colegir, al no encontrar a Gervasio en su casa, es que el par de hombres estaban juntos en alguna parte. Y sí, sin siquiera sospecharlo ella, los dos se encontraban juntos, pero en un mundo desconocido para los seres vivos. Envuelto por el velo del misterio, ninguna de las pocas personas a quienes consultó Inocencia, pudieron darle la más mínima razón Después de todo, cuando el par de sujetos partió con dirección al monte, la población se encontraba en estado de modorra y sueño. Y del mismo modo que ella, cada cual se aventuró en sus propias hipótesis acerca de lo que pudo haber ocurrido. Habló con Lola y su madre, pero todas concluyeron que aparte del siniestro natural, algo impredecible ocurrió. Ya se lo había advertido Lola a Inocencia y su familia, sin embargo, ninguna tenía la certeza de que los matones a sueldo de Epifanio pudieran actuar con tal celeridad. Según ellas, las condiciones climatológicas y el estado de confusión en que se encontraba la gente no lo hubiera permitido. Pero conforme fueron platicando y atando cabos, convergieron en que todo tenía cierta lógica. Epifanio no podía haber mandado matar a sus enemigos en vísperas de las elecciones. Todos los dedos lo hubiesen señalado como el único culpable. Además, el reinante caos era el mejor momento para intentar cualquier fechoría. Los ríos provocados por el siniestro se encontraban sumamente crecidos y desbordados, y aprovechando las circunstancias, el tiburón mayor decidió engullirse al par de peces que le estorbaban. Anticipándose a los vaticinios de aquel diluvio, procedió en forma discreta y rápida. No podía ser de otra forma. Muy a su pesar, ellas no tenían la más mínima evidencia de lo que pensaban y presentían. Pensaron que tal vez podían usar como alegato los avisos que en el mismo sentido le dio uno de los policías de la alcaldía a Lola. Pero sabían perfectamente que el pobre cobarde no iba a estar dispuesto a sostener sus dichos. De pronto recordó Inocencia los comentarios de Gabino en relación a un sospechoso sujeto con una cicatriz en la cara. Lola y su madre se enteraron del incidente hasta ese momento desapercibido. Una vez que trataron de buscar una pista que arrojara luz sobre el caso, se dieron cuenta de lo infructuoso de sus pesquisas. Epifanio no acostumbraba dejar huella, y más que en ninguna otra situación, el autor intelectual se encontraba cubierto por las sombras. Por si fuera poco, uno de los asesinos materiales, nada tenía que ver con los habitantes del poblado. Por desgracia, para el trío de hembras las cosas quedaban en el ámbito de la pura especulación. Como ya era costumbre en el pueblo, no habría manera de comprobar las malas artes del asesino mayor. Así, lo que no se llevó el agua, se lo llevaron los matones del cacique. En aquellos momentos de desdicha y desesperación, tanto asesinos como naturaleza tenían algo en común: ambos se pusieron de acuerdo con los emisarios de la muerte.

-¡Y ora!-dijo Inocencia-Si fue Epifanio el que los mandó matar, cómo lo vamos a saber. No sabemos nada. Ni siquiera sabemos si están vivos o muertos.

-¡Que Dios no lo quiera!-afirmó Lola consternada-Pero nadie me quita de la cabeza que la negra mano de Epifanio está detrás de todo esto.

Inocencia sintió un gran escalofrío en el cuerpo y dio por hecho las afirmaciones de la interlocutora. El llanto hizo presa de ella, y la rodearon los abrazos calurosos de Lola y su madre. Del mismo modo en que Lola había llorado la víspera en casa de uno de los difuntos, Inocencia requería del consuelo del par de mujeres, que no podían menos que solidarizarse con plena sinceridad. De algún modo se sentían culpables por los males que Modesto causó en vida a Gabino y Gervasio. Y por si eso no bastara, también tuvieron una relación de harta familiaridad con Epifanio. Por un instante, madre e hija, sintieron que Modesto podía ser cómplice de aquellos crímenes y, aunque no lo externaron de forma expresa, las tres pudieron captar los pensamientos que cruzaron por sus mentes.

Dos días con sus noches de aguaceros habían sido suficientes para crear la total devastación y soledad. De manera similar a como Gabino y Gervasio quedaron atrapados en alguna parte del monte, otros campesinos nunca más regresaron a sus hogares. De tal suerte, aparte de las pérdidas humanas, los daños materiales causados por el diluvio eran incuantificables. El ganado de todo tipo pereció a merced del agua. Las cosechas se perdieron por completo, y lo que en antaño constituía verdes campiñas, quedó reducido a grandes lagunas. Aun cuando los ríos parecían recobrar poco a poco sus niveles, el agua seguía haciendo estragos por todas partes. La inundación causada por tanta agua era evidente. La gran mayoría de las casas del pueblo se encontraban completamente anegadas. Muchas tendrían que ser reconstruidas, pues muros y techos cedieron ante los embates de la lluvia. Inocencia no quiso hablar más del asunto, y siguió caminando en infructuosa búsqueda por calles y callejones, cuando pudo darse cuenta que Modesto salió con un par de cubetas del molino de su propiedad. Por un instante se vio tentada en preguntar al individuo por el paradero de su hermano, pero se contuvo ante la posibilidad de cometer una imprudencia. Al mirarla, Modesto esbozó una risilla de burla, y por la cabeza de ella cruzaron los más siniestros pensamientos. Se alejó del lugar con la idea de que el aborrecible sujeto sabía más de lo que aparentaba. Pero iba a ser imposible siquiera arrancarle una frase, pues aquella risa lo dijo todo o, por lo menos, decía mucho más de lo que muchos podían suponer. Contristada, en medio de la llovizna, continuó con desesperado deambular en dirección a la iglesia. Al pie de las escalinatas, la gente iba en penitencia, como si fuese día de la Virgen. Al mirar la escena, pudo darse cuenta que entre los adultos iban mezclados niños de diferentes edades. Aquellos rostros daban le impresión de corderos con rumbo directo al matadero. Conforme fue ascendiendo los escalones de piedra, la gente ni siquiera si inmutó por su paso. Pasó como si no hubiese pasado nadie. Y al poco rato atestiguó las grandes filas de feligreses quienes esperaban ansiosos la confesión del cura y la sacristana. Dolores, aparte de santa y profeta, realizaba funciones litúrgicas exclusivas del cura. Inocencia, puso una rodilla en tierra y se persignó horrorizada por el estado colectivo de demencia en que había caído la gente. No sólo la naturaleza se encontraba trastornada, sino también las mentes y corazones de los pueblerinos. Todo enloqueció completamente, pues no se salvaron hombres, animales, ni muertos. Desde la altura de la loma en donde parecía brotar la iglesia de la tierra, ella pudo presenciar el gran boquete de lo que en forma reciente fue el camposanto. Por largo rato se quedó mirando con incredulidad las evidencias que saltaban a la vista. Si se lo hubiesen contado no lo habría creído, pero sus ojos no podían mentir. Al poco rato, entre la muchedumbre circundando la iglesia, pudo escuchar infinidad de historias, a cual más de aterradora e inverosímil. Conforme oía pedazos de narraciones aquí y allá, y la cantidad de gente que fue arrasada por el agua en poblaciones circunvecinas, un sentimiento de amarga resignación se apoderó de su alma. Solo un milagro le podía haber salvado la vida a Gabino y Gervasio. Y a esas alturas, una vez ocurrido lo más tórrido del siniestro, se antojaba como algo prácticamente imposible.

A pesar de todo, una vez que las cosas parecían tomar su curso normal, Inocencia aún albergaba una luz de esperanza en su corazón. Ya sin lluvia y bajo una tímida resolana, al cabo de varios días, recorrió de cabo a rabo el pueblo. Pero la respuesta fue la misma que la víspera. El agua prácticamente se tragó al par de seres queridos. Con cada día transcurrido, ya no había la menor duda, el par de infelices nunca más habrían de regresar. Enloquecida por la pena, se asomó en la presidencia municipal en donde un tumulto de gente tenía la esperanza de obtener la ayuda prometida por Epifanio y sus compinches. De la ciudad arribarían las despensas y materiales de construcción para ayudar un poco en la reconstrucción del poblado. Como último recurso, Inocencia se mezcló entre la gente con el ferviente deseo de encontrar lo que tanto buscaba. Auscultó rostros por todas partes, y las personas la miraron como una pobre vagabunda que había perdido el juicio por completo. Debilitada por la falta de apetito y el insomnio de tantas noches de desvelo, se desvaneció y apenas la pepenó en el aire un campesino, evitando que la joven mujer cayera con todo el peso de su cuerpo en el suelo. Sin saber exactamente por qué, Modesto se sintió culpable ante lo triste de la escena, y volteó a mirar a Epifanio en busca de una respuesta. Varios individuos se percataron del incidente, y del mismo modo escudriñaron los ojos del cacique. Pero éste, a pesar de un lapso de duda en que quedó extraviado en los propios pensamientos, recobró la lucidez y fingió sorpresa. Las esperanzas de algún día ver algo diferente de lo que tradicionalmente ocurría en el pueblo, se las llevaron las torrenciales lluvias. Con cierto cinismo y cobardía, cuando no melancolía, varios sujetos dentro de aquella concurrencia, sabían sin saberlo, que frente a ellos se encontraba el culpable. Inocencia fue levantada en brazos y la llevaron hasta su casa en medio de rumores en donde la incertidumbre era mayor que las evidencias. A pesar de la necesidad y en medio de tantas carencias, varias mujeres y hombres se alejaron del lugar en donde esperaban ser asistidos. Por solidaridad, a pesar de no tener pruebas que sustentaran sus dichos, comprendieron que no podían ser cómplices por omisión de lo que poco a poco ya se prefiguraba como uno de tantos crímenes perpetrados en el poblado. Epifanio y Modesto observaron a las personas que partieron en silencio y comprendieron la gravedad del desplante. Solo uno era el autor intelectual de los infames asesinatos, y supo guardar con celo el secreto. No obstante, Modesto, al igual que varios pueblerinos también comprendió cual era el origen de las raras desapariciones. Y a pesar que el hombre autoridad odiaba tanto a los en ciernes occisos, no tenía la misma sangre fría que su jefe, y por unos instantes se alegró de no ser parte de aquella conjura. Si algo habría de ser descubierto, Modesto podía deslindarse y declararse inocente. Sin embargo, poca gente iba a creer lo que el presidente pudiera afirmar, en el entendido que él mismo quiso asesinar a los difuntos. Sin serlo, nadie le creería que no era cómplice de aquellos crímenes. De tal talante, el pretendido filantrópico acto quedó opacado por el imprevisto incidente.

Dormitando y en medio del delirio, Inocencia daba vueltas en la cama, acusando a Epifanio de sus desdichas. Y las mujeres que la asistían en tan aciagos momentos, se persignaron ante la posibilidad de que llegaran a oídos del cacique las acusaciones. Con rostro enrojecido y entre sudores producto de la fiebre, las afirmaciones eran contundentes. Quienes escuchaban, en ocasiones albergaron las mismas certezas que la enferma. Inocencia señalaba a los asesinos apuntando con una mano del mismo modo como si tuviese las imágenes frente a ella. Reclamaba que los otros no vieran lo que se presentaba ante sus ojos con tanta claridad. Las ocasionales afirmaciones, en medio del delirio, daban muestra palpable de que la desdichada sabía exactamente de lo que estaba hablando. Algunos hombres y mujeres hicieron eco de lo dicho y, con más certezas que dudas, se convencieron de que no podía ser de otra forma. Así, creció el rumor de que Epifanio se encontraba detrás de las misteriosas desapariciones. No obstante, la gente tenía cuidado de no hacer comentarios que los pudiesen incriminar. Las cosas se reducían a conversaciones familiares y nadie quería hablar abiertamente del asunto. Pues, al final de cuentas, dos de los hombres considerados como auténticos valientes en el poblado, habían sido borrados de la faz de la tierra sin el menor miramiento. De esa manera, nadie podía pensar que su suerte fuese mejor. Aunque sin pruebas que así lo acreditaran, el cacique parecía haber demostrado con creces que removería sin ningún remordimiento cualquier obstáculo que se interpusiera en su camino. Lo que en cierto momento para muchos fue una luz de esperanza, pareció trocarse en un abrir y cerrar de ojos en una especie de lúgubre noche que amenazaba con mantener en las tinieblas al poblado por los tiempos de los tiempos. El contagioso entusiasmo que en su momento sintió mucha gente, dio paso a la frustración. Todo daba la apariencia que las cosas no habrían de cambiar, y si cambiaban, serían con la intención de cambiar para no cambiar. Al fin y al cabo, el dueño del pueblo tenía en los políticos de la ciudad a sus mejores maestros. Los mayores simuladores se encontraban encumbrados en las más altas esferas del poder. Poco a poco la gente se conformaría con la idea de vivir en las mentiras que se transformaban en verdades.

Después de tres semanas, fueron reconstruidas algunas partes en donde quedó destruida la vía del ferrocarril por el exceso de lluvia. A cuenta gotas empezó a arribar la ayuda prometida por el gobierno federal y estatal. Y en cuanto llegaron los primeros víveres a la alcaldía, una verdadera rebatinga se protagonizó entre la gente. Epifanio tuvo que echar mano de sus pistoleros y servidumbre para poner orden. Los empujones y empellones no se hicieron esperar entre los pueblerinos, y todo mundo quería ser el primero en ser atendido. Tuvieron que conformarse con la poca azúcar, café y frijol que Modesto y sus ayudantes entregaban a las víctimas del siniestro. Sin embargo, se hizo evidente la forma en que hubo preferencias. Primero fueron atendidos los amigos y secuaces del cacique, como premio por su participación y apoyo en favor del reelecto presidente municipal. Después, si alcanzaba, se habría de dar las migajas de lo que sobrara a los otros. La primera remesa de ayuda no satisfizo ni en una mínima parte tanta necesidad. En los siguientes días arribaron otros cargamentos que fueron recibidos por Modesto con mayor organización y orden. A todos se les prometió ayuda, pero, más temprano que tarde, con rabia la gente pudo darse cuenta que no sólo se beneficiaba a los mismos de siempre, sino que empezaron a desaparecer el aceite, el café y otros víveres que eran almacenados dentro de la presidencia municipal. En una madrugada de aquellos días de carencias, Modesto fue sorprendido extrayendo mercadería que llevaba para almacenar en su negocio. Enseguida vinieron las acusaciones pero también las amenazas. Epifanio pudo darse cuenta del hurto, sin embargo, no quiso abonar más al conflicto. Se hizo de la vista gorda y dejó que sus adláteres se llenaran las manos con lo poco que llegaba de la ciudad. Los que pudieron atestiguar el robo fueron amenazados y sobornados con una buena cantidad de despensas, y todo volvió a la aparente normalidad. A pesar del incidente, Epifanio y Modesto no se cansaban de pregonar con cinismo a los cuatro vientos que la ayuda fluía sin distingos. Inocencia pudo atestiguar con indignación que aquella no era más que una más de las trapacerías de Modesto apapachado por su jefe. Hasta el aparador de la tiendita de la mujer que no se cansaba en buscar a sus seres queridos, llegaron las quejas de los abusos cometidos. Y también pudo comprobar que Modesto era un vulgar ladronzuelo, pues en una de tantas noches lo descubrió con las manos en la masa. Al mirarlo, ella salió de su escondite para increpar al hombre, pero al darse cuenta, el corrió de regreso a la presidencia municipal. Por más que esperó a que el hombre saliera del improvisado escondite, éste se quedó agazapado hasta que se sintió fuera de peligro. Para ella fue patente que además de posible criminal, los recursos del pueblo eran administrados por un ladrón. Así, toda la ayuda sólo sirvió para enriquecer a los mismos de siempre.

Después de varias semanas de transcurrido el siniestro, una noticia causó gran revuelo. Un grupo de campesinos arribó al poblado con lo que quedaba de un cadáver. El cuerpo, daba la apariencia de haber sido arrastrado por el agua a un poblado aledaño a El Encanto. Inocencia salió corriendo de su casa para ver de qué se trataba. En franco estado de putrefacción, lo que en su momento fue un hombre de edad avanzada, provocó que todo mundo se tapara las narices por la pestilencia. Lo que quedó del proyecto individuo, se encontraba en gran parte agusanado. No obstante, había rasgos que podían hacer reconocible al occiso. En cuanto lo miró, a Inocencia no le cupo la menor duda de quién se trataba. La vestimenta, lo mismo que lo blanco del cabello en la irreconocible cara carcomida por los gusanos y los zopilotes, denotaban que no podía tratarse de otra persona que Gervasio. Al instante, lo que ella percibió, fue confirmado por varias personas. Al prorrumpir en llanto, sintió cómo era jalada por la mano de un hombre. De pronto creyó que el individuo sólo quería alejarla del cadáver, pero se dio cuenta que algo le decían entre susurros. Al volver al sitio en donde se encontraba el occiso, pudo confirmar, a pesar del avanzado estado de descomposición, que la ropa se encontraba rasgada y con grandes manchas de sangre. Las evidencias mostraban que Gervasio había sido herido por un arma punzocortante antes de ser arrastrado por el agua. Ella no quiso quedarse con la duda y, por consideración, tomando en cuenta la amistad que la unía con el muerto, los otros dejaron que auscultara el cuerpo. El hedor dulzón de carne, provocó que constantemente volteara la cara tratando de evitar la peste, y con la mano abrió un poco lo que quedaba de camisa. Los tasajos en la carne agusanada eran más o menos evidentes. Todos confirmaron al mismo tiempo que el hombre había sido acuchillado. Por lo menos, esas ya eran claras pruebas de que el difunto no murió ahogado. Lo que quedaba por aclarar era saber quién o quiénes cometieron tan abominable crimen. Nadie quiso aventurar una acusación en plena calle, pero con el pensamiento la gente pareció coincidir en el probable culpable. Sólo quedaba darle una santa sepultura al pobre viejo, pero tendría que ser en un lugar distinto de lo que antes fue el camposanto. Los hombres y mujeres parados junto al cadáver le dieron el pésame a Inocencia, dando por hecho que Gabino había corrido la misma suerte. En completo silencio, por prudencia y tomando en cuenta el estado de dolor de ella, nadie quiso hablar más del asunto. Resignada por la muerte del viejo, se resistía a creer que su hermano hubiese tenido el mismo final. En el momento en que varios hombres intentaron llevar el cadáver a casa de Inocencia, arribó de manera intempestiva Modesto. Éste trató de convencer a los testigos que lo mejor era que el asunto quedara en manos de la autoridad. Inocencia no tuvo que decir una sola palabra, cuando varios individuos se interpusieron a los designios del presidente municipal. Enseguida, al ver la negativa de los sujetos, Modesto mandó a unos hombres en busca de Epifanio. Todo mundo se quedó a la expectativa y, al poco rato, arribó Epifanio con evidente interés a tratar de aclarar el asunto dando órdenes terminantes.

-¡A ver, Modesto! Dispón de algunos hombres pa que se lleven al muerto a otro lado. Hay que investigar primero que fue lo que pasó.

-¡No hay nada que investigar!-con manifiesta rabia interpeló Inocencia-Los amigos del difunto ya decidimos a dónde lo vamos a llevar.

-¡Y quién te crees que eres tú pa decidir qué se debe hacer en este pueblo!

-Es una mujer con más dignidá que tú y todos los de tu sangre juntos-intempestivamente acotó Lola, agitada por la carrera que dio en su arribo-. A lo mejor tú nos podrías decir también que fue lo que le pasó a Gabino.

-¡Cállate hija, no sabes lo que estás diciendo!

-¡No me calle! Sé bien de lo que estoy hablando. Además, me siento avergonzada de que usté sea alcahuete de este hombre.

Si se lo hubiesen dicho, Inocencia nunca lo habría creído. La gallardía con que Lola enfrentó a su padre y al cacique, se encontraba más allá de lo que cualquiera pudiese concebir en su sano juicio. Henchida de orgullo, la única hembra de la familia Domínguez, a pesar de la ausencia de su hermano, pudo darse cuenta que ella no se encontraba sola en aquel pueblo. Al instante, dos desconocidos también se pusieron al frente con el resentimiento guardado por no recibir un solo beneficio de las despensas que arribaron al poblado después del siniestro. Los rencores en rostros eran más que evidentes. Ese era el momento de superar temores y de confrontar cara a cara al cacique. Topara en lo que topara, varios se decidieron a no soportar una afrenta más. La tensión se podía palpar en el aire y, al más mínimo movimiento o agresión, aquello podía terminar en una verdadera batalla campal. Epifanio percibió la determinación de la gente, y dio la media vuelta cortando por lo sano, en medio de improperios y malas razones.

-¡Pinches indios taimados! ¡Por eso nunca van a pasar de patas rajadas! ¡Hagan lo que se les dé su chingada gana!

XXXVI

Las lecciones de algunos días de encierro fueron infinitamente mayores que todos los recortes de periódico que Ruvalcaba regaló a Gabino. A la postre, los presos pensaron que más que mala fortuna, el encierro era un verdadero golpe de suerte, rico en aprendizaje y experiencias. Entre meditar y charlar se miraron en el espejo del pasado, acrecentando su consciencia del presente y lo que les podía deparar el futuro. Pudieron ver todo lo erróneo e irracional de sus comportamientos y el de muchos de su misma condición. Día tras día constataron los avances logrados, del mismo modo que un atleta se entrena para alcanzar sus metas. Aún en el terreno de las ideas, vislumbraron que a partir de aquella eclosión espiritual, entraron de lleno a una nueva realidad, y eso, además de excitante, era motivo de regocijo y fiesta. El anochecer y el amanecer ya no eran lo mismo. De esa manera estaban próximos a una semana de encierro, en que se dieron cuenta que también afuera, las cosas no marchaban como lo marcaban los usos y costumbres del pueblo. Los llamados a misa dejaron de escucharse en las horas habituales y, lo que un principio les pareció extraño, al poco tiempo fue confirmado por las frescas noticias que Inocencia llevaba a los presos. De lo único que estaba segura es que la iglesia permanecía cerrada ciertos días, por espacio de varias horas en que el cura iba y venía de diligencias del pueblo a la ciudad, sin que nadie diera cuenta exacta de lo que ocurría. Por otra parte, el par de infelices no tuvieron otro remedio que esperar a que regresara la familia Ruvalcaba, que se encontraba ausente de la ciudad. Noche tras noche, Inocencia llevaba de comer y beber a los presos, de la misma manera en que había hecho el primer día. A Modesto se le hizo sospechoso que los presos no dieran señales de haber perdido peso por el supuesto estado de hambre. Y mucho menos había signos de agotamiento. Por lo mismo tuvieron que diseñar un plan para hacer creer a la autoridad que en realidad estaban urgidos de agua y comida. Cuando el presidente se acercaba a la celda para constatar el estado de los prisioneros, fingían que estaban sedientos y necesitados de alimento. Entonces, Modesto se expresaba con burlas y risas que lo hacían cobrar revancha por las humillaciones sufridas en días anteriores. Nada le causaba más regocijo que verlos deshaciéndose en ruegos por agua y comida. Y para hacer más grande el supuesto sufrimiento, en ocasiones arribaba con un vaso de agua fresca, simulando que bebía con placer. Cuando se le daba la gana, con desprecio les arrojaba el agua en plena cara, provocando que se relamieran labios y manos con fatua desesperación. Al fin, entonces, se conformó con saber que el castigo estaba produciendo su efecto. De cualquier modo dio la orden para que los guardias no se acercaran a donde estaban los prisioneros, pues creía que por lástima o simpatía les daban de comer y beber.

La noche del séptimo día de cautiverio, Inocencia arribó en lo que ya parecía una simple rutina, excepto por dos cosas. La buena noticia era que la familia Ruvalcaba habría de arribar al pueblo al día siguiente. Y todos estaban convencidos que sus familiares los iban a liberar. La otra noticia, quizá no tan buena, se la reservó ella hasta que terminaran de comer y beber los reclusos. No tuvo que esperar mucho, pues devoraron con desesperación, después de no haber comido en todo el día. Ahítos, y con las panzas que parecían tamboras a punto de reventar, los dos aguardaron a que ella les diera santo y seña de cuanto acontecía. Ellos le dieron los detalles de la confrontación con Epifanio. Todos en el pueblo estaban enterados de cómo el gran mito llamado Epifanio, ya tenía su contrabalanza. Los polizontes fueron los encargados de difundir las noticias que caminaron a la velocidad de pólvora encendida. Y entre cavilaciones, sobre todo los más inconformes, cayeron en la cuenta que el par de presos iban a ser su punto de referencia en un futuro no muy lejano. Las novedades parecían haber quedado suficientemente discutidas. Y, de improviso, Inocencia sacó algo que traía oculto en su canasta, como mago que trata de sorprender a la audiencia. Al mirar la tira de cuero que Inocencia introdujo por la ventanilla de la celda, ellos casi se caen del camastro en donde estaban parados. Sin estar plenamente segura, debido a lo oscuro de la noche, quiso indagar cómo reaccionaron. Y aun cuando no alcanzó a percibir plenamente la expresión de las caras, el susto y la consternación hablaban por sí mismos.

-¡Y ora, a ustedes qué les picó! Es mejor que digan algo, porque sino me van a hacer pensar que se quedaron mudos, del mismo modo como cuando alguien ve un ánima.

-¡No, no es eso!-exclamó Gervasio francamente contrariado-O más bien quiero decir que si es, pero de plano es algo que no se puede explicar.

-Son cosas-dijo Gabino-en las que una mujer no se debe meter. Además, de ónde agarraste tú este fuete.

-¡Bueno! Yo lo encontré en el mismo ropero en donde tú guardas la cajita con las fotos y los recortes de periódico que el doctor Ruvalcaba te regaló. Sin querer yo estaba buscando unos papeles por ahí, y me encontré con ese chicote que, de pronto, me hizo recordar muchas cosas, porque yo sé o creo saber quién era el dueño de esa cosa. Y, como estaba junto a tus cosas, pensé que tú podías darme mejor razón de ónde había salido eso que trae muy malos recuerdos.

-Es por demás guardar un secreto contigo, hermanita. Tú estás igual que mi viejo Gerva que, de cualquier manera, se enteran de todo. Nosotros pensábamos hablar esto con los Ruvalcaba y contigo, pero al fin te les adelantaste a ellos y vas a saber lo que un día nos pasó a nosotros en la vieja hacienda en donde trabajamos de niños. Mira que pequeño es el mundo. Nosotros casi nacimos por aquellos rumbos en donde pasamos nuestra triste infancia. Después de tantos años, sin querer encontramos este maldito fuete. También, por meter nuestras narices donde nadie nos llamó, vimos cosas que no deben ser vistas por ningún cristiano. Yo sé lo que sospechas. Pa tu conocimiento, sólo quiero decirte que el dueño de esta horrible cosa es el mismo que tú piensas.

El tono solemne, lo mismo que lo contundente de las expresiones del hermano, hicieron pensar a Inocencia que iba a escuchar un relato extraordinario. Sin imaginárselo, en aquel fuete se encontraban encerrados secretos que le habrían de poner los pelos de punta. Lo grave y lúgubre de aquella narración también causó un escalofrío en todo su cuerpo. Y mientras Gabino y Gervasio narraban aquella fabulosa historia, una serie de ideas y fantasías cruzaron por la mente de ella. De pronto sintió un miedo que la hizo estremecerse compulsivamente. Pensó en lo nefasto y horrible que eran los hombres que dominaban a El Encanto. En su memoria se reprodujo la mirada del difunto don Eustacio, el día en que la gente se encontraba reunida en un aula de la única escuela del poblado. Mientras escuchaba tembló horrorizada. No en balde, aquello había sido un anticipo de lo que más tarde desembocó en el casual descubrimiento de Gervasio, en relación a la muerte de don Refugio García. Pero la especie de raro encuentro con la verdad oculta por tantos años, era poca cosa, comparado con lo que sus incrédulos oídos escuchaban. Con la respiración contenida, sudó y se le paralizaron los miembros del cuerpo. Sintió la fea sensación de que el ánima del difunto podía hacer acto de presencia en reclamo de lo que los otros habían tomado sin permiso. Y por un instante, dominada por el miedo, se vio tentada a interrumpir a los hombres y dejar todo por la paz. Sin embargo, la curiosidad fue más grande que el temor y, sobreponiéndose a sus propias flaquezas, aguardó en completo silencio. Pero entre más se adentraban los hombres en su propia historia, concluyó que la experiencia de ellos superaba con mucho las leyendas y cuentos de aparecidos que conocía. De niña, por boca de los hombres más viejos del pueblo, había escuchado historias inverosímiles. Sin embargo, la novedosa aventura era única en su género por la serie de vicisitudes y por los protagonistas que, en todo caso, podían incluirla a ella misma. Aunque no lo pareciera, tenía tanta vela en el entierro como el par de hombres que se encontraban posesos contando todos los detalles. La narración era tan contundente y elocuente, que prefirió manifestar sus dudas hasta el final.

-Yo creía-expresó ella con una risilla nerviosa-que cuando tú, Gabino, dijiste que éstas eran cosas en las que no se debía meter una mujer, era por lo del pleito con don Modesto y Epifanio. Pero ya veo que ustedes no sólo tienen bronca con los vivos de este mundo, sino de paso, hasta andan buscando ruido con los muertos. Y eso sí que está rete canijo. Por Dios Santo que ya me estaban dando ganas de correr, antes de orinarme en los calzones.

-¡No m'ija-dijo Gervasio-, los orinaos y cagaos fuimos nosotros!

Al instante todos tronaron en sonora carcajada, olvidándose del lugar y las circunstancias en que se encontraban. Y la primera en llamar a la prudencia fue Inocencia que, a pesar de las risas, aún sentía un pequeño escozor que le recorría el cuerpo. De tal suerte, las desveladas se estaban volviendo costumbre en todos. Después de la medianoche discutían todos los temas habidos y por haber. Pero esa madrugada, más que ninguna, revestía un especial carácter por cuanto a la historia de espectros y por la forma en que los hombres habían descubierto nuevos cauces de expresión y motivación. Así, se le vinieron a la cabeza ciertas ocurrencias a Inocencia.

-¡Bueno!-manifestó un tanto dubitativa-Yo no estoy pa contarlo ni ustedes pa saberlo, pero por ahí dicen que cuando una persona sufre de espanto, pueden pasar dos cosas: o de plano les agarra un mal aire y se enferman sin remedio, o pue' que se les salga el alma del cuerpo, y la gente empieza a hacer cosas que no creía poder hacer. Y yo creo que a ustedes, por ventura de Dios, les pasó ésto último.

-Pero no se te olvide-ocurrente respondió Gabino-que a nosotros se nos salió el alma y lueguito nos regresó al cuerpo, sino, ya estaríamos bien fríos.

De nueva cuenta las risas no se hicieron esperar, pero en esta ocasión rieron de manera discreta, aun cuando a esas horas de la madrugada todo mundo se encontraba en su quinto sueño. Más divertidos que en cualquier otro día, a pesar de lo lóbrego del asunto planteado, encontraron en el buen sentido del humor y los chascarrillos la manera de fugarse de sus preocupaciones y los sinsabores provocados por el abuso de la autoridad. Y cuando no era Inocencia, eran Gervasio o Gabino quienes intervenían con sus chanzas. Así es que, ya en plan de broma, los individuos hicieron un recuento de la manera en que desquiciaron hasta enloquecer de ira a Modesto. Las parodias hacia Modesto y Epifanio no se hicieron esperar, del mismo modo en que hacía ya algunos años, Ángeles e Inocencia se burlaban del difunto don Eustacio. E Inocencia celebró con toda franqueza, que no sólo su hermano y Gervasio se habían vuelto más graciosos que nunca, sino que eran un par de valientes como ninguno en el pueblo. El amor y la admiración de ella se hizo más grande hacia ellos y, no obstante la cantidad de chistes y anécdotas, las en antaño vacilaciones empezaban a quedar en segundo término. El porvenir parecía más esperanzador, pero al fin recobraron la cordura y comprendieron que eso apenas era la antesala de futuras y difíciles batallas. Una de ellas estaba a punto de iniciarse. En una especie de misión imposible, los Ruvalcaba habrían de interponer sus buenos oficios para sacar a Gabino y Gervasio de la pocilga en que se encontraban encerrados. El objetivo a lograr no iba a ser nada fácil, con la atenuante de que la guerra había quedado declarada por las amenazas de Epifanio, y por la forma por demás gallarda en que los presos enfrentaron al cacique.

Unas cuantas horas después, Gabino y Gervasio fueron arrancados del sueño por el trajinar de gente que entraba y salía de la presidencia municipal. Sin darse plenamente cuenta de lo que ocurría, pudieron percibir el gran revuelo que había en la calle. Los rumores de voces llegaban de la sala contigua, y por más que agusaron el oído para saber el motivo de tanta discusión, nada sacaron en claro. Súbitamente, y aprovechando el descuido de la autoridad, con toda discreción uno de los guardias entró al lugar en donde estaban los presos, y los puso al tanto de lo que acontecía. Fastidiado por el sueldo de hambre y los maltratos que recibía, el polizonte tomó partido en forma definitiva. Si en un arranque de simpatía se había identificado con los hombres injustamente encerrados, al cabo de varios días, tuvo suficiente tiempo para meditar sobre su situación y la de toda su familia. Sabía que nadie le había dicho sus verdades en su cara a Epifanio, y aquello había sido un acto de heroísmo. Y se encargó de difundir la noticia que tenía concentrados todos los ojos en la presidencia municipal. La gente sabía que Epifanio gozaba de grandes influencias políticas en la ciudad, pero también sabía que los presos, además de su valor, contaban con la ayuda de la familia Ruvalcaba. La figura de Ángeles vino a poner un extra ingrediente de sabor y morbo en el ánimo de la gente. Los pueblerinos sabían que era enemiga abierta de su hijo. Por lo mismo, aquel choque de locomotoras concitó gran polémica y debates. Y aun cuando ya algunos hacían sus apuestas, la situación se antojaba de pronóstico reservado. Las filias y fobias crecieron hasta el infinito, y todo mundo estaba concentrado en el desenlace de aquella confrontación. Sin siquiera imaginárselo, los prisioneros dieron la bienvenida al informante que se acercó por propia convicción, dándoles los detalles del modo en que habían arribado dos hombres a discutir el asunto con el presidente municipal. Y por las descripciones, comprendieron que uno de aquellos hombres era ni más ni menos que José Ruvalcaba. Pero enseguida, el guardia salió a toda prisa del lugar, antes de que alguien se diera cuenta. Del mismo modo que entró, salió con sigilo de la habitación, mientras los presos clavaban la mirada en los barrotes de la celda. Ahí se quedaron parados cavilando, pues tenían entendido que habría de ser Inocencia y Ángeles quienes intervinieran en su defensa. De cualquier modo no eran dueños de su suerte. Sólo esperaban a que los acontecimientos tomaran su curso.

De última hora cambiaron los planes. José Ruvalcaba recién arribaba de una comunidad en donde defendió a un hombre que se encontraba en condiciones similares. Y no veía por qué no habría de obtener los mismos buenos resultados.

Después de mantenerse al margen de problemas que también le concernían, al fin decidió que había llegado el momento de intervenir. Arribó a la presidencia municipal acompañado de un amigo que hacía las funciones de periodista. No obstante que los forasteros arribaron solos, poco a poco y sin ser parte del plan, como la humedad se fueron colando mujeres y hombres. Por más que Modesto intentó echar a la gente fuera, nada pudo lograr, pues con astucia y razón argumentaron que el asunto incumbía al pueblo por completo. Casi acorralado no tuvo otro remedio que aceptar a regañadientes lo que le imponía el populacho. Volteó a mirar a sus policías, pero comprendió que se encontraban tremendamente agraviados, y la mesura imperó para no cometer uno más de sus desaguisados.

-¡Miren señores!-explicó Modesto con forzado donaire-Yo estoy aquí pa cumplir y hacer que se cumpla la ley. Y de ninguna manera podemos liberar a las personas que no sólo violaron la ley, sino de paso, agraviaron mi persona de forma violenta.

-Y en concreto-inquirió Ruvalcaba-de qué se les acusa al par de hombres que están presos.

-¿Tiene usted testigos-a su vez inquirió el periodista-y pruebas de lo que afirma? ¿O acaso a los hombres se les sometió a un juicio antes de ser encarcelados?

-En este pueblo-interpeló Modesto de forma torpe-no se acostumbran ese tipo de cosas.

-Como presidente municipal-contundente afirmó Ruvalcaba-debería usted saber que nadie es culpable o inocente hasta que se demuestre lo contrario. Y la única forma en que se puede aprehender a una persona es justamente por medio de las pruebas del caso.

-Pos en este pueblo-de forma irracional respondió Modesto-no hay más ley que la de Epifanio y la mía. Y es mejor que ya no insistan en sus peticiones.

-Por ahí hubiéramos empezado, don Modesto-con paciencia repuso Ruvalcaba-, y nos habríamos evitado tantas vueltas. Nosotros sólo vinimos aquí en el ánimo de lograr un sano y saludable entendimiento. Por la misma razón, debe tener muy en claro que su injusta forma de proceder nada tiene que ver con la justicia. Usted nos está dando la razón. Lo único que nos queda pensar es que de no enmendar su error, está cometiendo un grave abuso de autoridad. Pero yo no creo que la opinión pública vaya a ver con muy buenos ojos todo lo que hacen usted y el señor Epifanio.

Un atronador aplauso se dejó escuchar en toda la sala. Y todo mundo pensó que más claro ni el agua. Modesto frunció el seño y se dio cuenta, de manera tardía, que había cometido una tremenda imprudencia.

-¡Por eso-grito un individuo de entre la concurrencia-estamos como estamos! En este pueblo no hay más ley que la de las pistolas de Epifanio.

Al parecer, Modesto iba a salir airoso de aquella contienda, independientemente de haber sido desnudado ante los ojos de todos. El hombre estaba aferrado y se propuso no ceder un ápice. Sin embargo, Ruvalcaba aún no había jugado todas sus cartas, y por los mismos motivos llegó acompañado de aquel periodista, porque sabía que la discusión podía llegar a un aparente callejón sin salida. Y después de aplaudir, la gente se quedó expectante. De tal suerte, el periodista sacó una cámara que llevaba en un maletín y empezó a tomar fotos y a hacer preguntas a los asistentes que, en franco desafío a la autoridad, expresaban sus malestares. Los destellos luminosos del flash que aparentaba ser más grande que la cámara, a todo mundo cegaba. A pesar de ello, todos se encontraban contentos de posar en una especie de fotografía de gran familia, que había elegido como estudio fotográfico el inmueble en donde se llevaba la administración y los asuntos legales del poblado. Así, entre una pose y otra, la gente estaba maravillada de los flashazos que despedía aquel portento de la tecnología. Y mientras unos individuos posaban en el quicio de la puerta que comunicaba con la otra habitación, de manera fortuita se toparon con la celda en donde se encontraban parados Gabino y Gervasio. No tuvieron que hacer muchas señales, para dar a entender al periodista que en aquel espacio se encontraban los presos. Entonces, la expectación fue mayor cuando el hombre de la cámara traspasó el umbral de la puerta, ante la atónita mirada de Modesto que, de tanto flashazo, no sólo se le había nublado la vista, sino peor aún, estaba con el pensamiento en tinieblas. Y cuando quiso reaccionar, ya era demasiado tarde.

–¡Oiga, oiga!–gritó Modesto de manera infructuosa–¡Nadie le dio permiso de entrar en ese lugar!

Ruvalcaba esbozó una disimulada sonrisa, y se dio cuenta que su amigo había dado justamente en el blanco, ante la impotencia y alarma de Modesto. Éste dio la orden de sacar al invasor del lugar, pero el golpe ya estaba dado. El periodista no sólo había fotografiado a los presos, sino también por indicación de Gabino, tomó fotos de los boquetes dejados en la pared por las balas de Modesto. La alarma entonces fue mayúscula y mandó a uno de los guardias en busca de Epifanio, comprendiendo a plenitud a que se refería Ruvalcaba cuando afirmaba que la opinión pública no vería con buenos ojos aquella serie de tropelías. Por tales motivos, el semblante de autosuficiencia y arrogancia del individuo que fungía como autoridad, cedió al de nerviosismo y franca incertidumbre. Los forasteros se le habían colado hasta la cocina, sin que el cocinero pudiera hacer nada al respecto.

XXXVII

Cuando el alba descorrió con su claridad el oscuro manto de la noche, lo primero que se encontraron quienes se levantaron más temprano, fue el pasquín con característica de noticia de primera hora. El matutino aquel acusaba en negritas mayúsculas a Epifanio como autor intelectual de la muerte de Gervasio y Gabino. El breve periódico de tan solo dos hojas, también mostraba en primera plana las fotografías en donde anteriormente pretendieron ser asesinados los aludidos. La narración era sencilla y contundente, señalando a Modesto como instrumento al servicio del cacique. Quien deslizó las notas informativas debajo de puertas, escogió con tino a los destinatarios. Los primeros en enterarse corrieron con aquellos papeles en las manos a compartir la información. En un rato, familias por entero se encontraban discutiendo las vicisitudes de antaño y las más novedosas. Lo que era un rumor y secreto a voces, pronto cobró visos de acto consumado. Ya no había motivos para especular, la gente conoció con apellido, nombre y detalles, a la mano anónima actuando al amparo de las tinieblas. Mientras una mujer o un hombre leían en algún hogar, los de casa más las visitas de ocasión, escuchaban embebidos como queriéndose comer cada una de las letras y el contenido de la aparente ficción. La realidad le demostró a todo mundo que podía rebasar con creces lo ficticio. Las mujeres iban y venían tan rápido como sus piernas les permitían de una casa a otra repitiendo lo leído por otros. Hasta el padre, pudo percibir como se aglomeraban las beatas espantadas en el umbral de la iglesia. Una vez que le dieron santos y señas, decidió cancelar la primera misa del día, hasta no tener en sus manos las pruebas de todo lo que se decía. Pero no tuvo que indagar demasiado, porque enseguida arribó Dolores con uno de aquellos periódicos. Con ansiedad el cura tomó los papeles y empezó a leer las graves denuncias y acusaciones. Conforme leía, su rostro denotó a quienes lo observaban, la gran preocupación que hizo presa de él. Aquello era una auténtica bomba, impactando justamente en el blanco. Con manos sudorosas el religioso intentó regresar aquellos papeles a Dolores, aunque en seguida se retractó solicitando conservarlos. La beata mayor no tuvo el más mínimo inconveniente, y dio por hecho que los dueños no lo iban a tomar a mal. De tal suerte, los dos convinieron tomar medidas para contrarrestar las abominables noticias. Conforme discutían la forma de hacer un llamado a la cordura, el padre concluyó que todo era inútil. El golpe fue demoledor. Quien planeó aquello, lo realizó con la absoluta certeza del impacto que iba a causar.

Cuando ya todo era más o menos de conocimiento público, la primera persona en arribar a la tienda de Inocencia fue Lola. Al mirarla llegar, Inocencia se movió de uno a otro lado del estante en forma desconcertada. No hubo necesidad de saludarse, con la mirada lo dijeron todo. Lola traía en las manos los papeles, dándose cuenta que su interlocutora tenía una réplica de los mismos.

-Quién crees que haiga regao estos periódicos en el pueblo-con ansiedad inquirió Lola-¿Tú crees que haiga sido…?

-¡Te juro por Dios que yo quisiera que fuera él! ¡Ay Diosito, ora sí me estoy volviendo loca! ¡No sé, no sé! En un ratito me he puesto feliz y me he puesto a llorar de alegría y de tristeza al mismo tiempo.

Lola arribó con la esperanza de que Inocencia le informara mucho más de lo leído. Quería ser impactada con una gran noticia, pero se encontró con que la dueña de la tiendita se encontraba en ascuas igual que ella. Las dos se abrazaron y se dieron mutuamente ánimo, compartiendo la opinión de que sus presentimientos eran más que descabellados. Y prefirieron no involucrar en su diálogo al innombrable, pues creían que era lo mismo que profanar la tumba de un muerto.

-Yo pensé lo mismo que tú. Pero también he pensao que hay otras personas que sabían muy bien del modo en que tu papá quiso balear a los difuntos. Ángeles y el doctor Ruvalcaba saben de todo este asunto. Y, a lo mejor fueron ellos los que mandaron esos periódicos al pueblo, con la idea de que la gente termine de abrir los ojos.

-Pero si fueron ellos, por qué no te dijeron nada.

-Eso mismo he pensao yo. Después de haberles mandao dos cartas, hasta hace poquito me llegó una carta de Ángeles, y no me avisa de nada. A lo mejor fueron ellos, y no quiso decirme pa no impresionarme. Cuando me escribió, me dijo que pronto iban a venir al pueblo. No han podido venir porque dicen que el agua destruyó las vías del tren y los caminos.

-Si fueron ellos los que mandaron estos periódicos, a qué horas o con quién los mandaron. La gente anda haciéndose las mismas preguntas, pero nadie puede dar razón de nada.

-Lo mismo que saben tú y la gente, es lo mismo que sé yo. Lo más seguro es que alguien trajo estos periódicos cuando todo mundo estábamos dormidos. Quisiera creer que fue el que yo creo difunto. El problema es que después la desilusión es más grande. Si fue él, por qué no me dejó una carta o un aviso. ¿Tú crees que él no tiene las mismas ganas que yo tengo de verlo? Por lo menos, el cuerpo de Gervasio pudo ser encontrao. ¡Y de mi hermano nada, nada! Lo mejor será que ya no siga pensando en él. Además, aquí dice muy clarito que Epifanio los mandó matar.

-¡Pos sí, es cierto!

Inocencia comenzó a llorar con amargura y a Lola se le anegaron los ojos de lágrimas. Se sintió culpable por remover el reciente pasado, del cual la resignación se estaba haciendo encargo. Al instante, la de casa se dio cuenta que con sus lloriqueos en nada remediaría las cosas y se secó las lágrimas con el reverso de la mano. Bastante había llorado ya, concluyendo que no debía dejar que la pena terminara por avasallarla. Si aquel enredo tenía una respuesta, tarde o temprano todos lo iban a saber. Algo dentro de ella le decía que las cosas quedarían aclaradas. Por lo pronto, lo mejor era mantener la calma y esperar. Aunque ella y Lola se empeñaran por querer saber toda la verdad, lo único que lograrían con sus especulaciones podía ser empeorar las cosas. El sufrimiento le enseñó a Inocencia a mantener la paciencia, dejando al tiempo la respuesta de las cosas. El tiempo, quizá más rápido de lo que ambas se imaginaban, daría con el quid del asunto. Por muy dura que fuera la realidad, lo mejor era esperar con resignada esperanza. Así fue como se conformó con su suerte la dueña de la tienda, entendiendo que no era bueno vivir en la completa desesperanza, pero tampoco era deseable hacerse muchas ilusiones de los asuntos que incumbían al común de los mundanos. En un chasquido de dedos, un rato de alegría o felicidad podía trocarse en una desgracia y viceversa. Así pues, la visitante comprendió que todo estaba dicho, y decidió partir cuando notó el arribo de unas personas. Cuando entraron a la tienda los potenciales clientes, el tema de conversación fue el mismo. Inocencia, simplemente se concretó a contestar con monosílabos y frases cortas. Después de cruzar unas cuantas palabras, los nuevos visitantes comprendieron que la dueña del establecimiento sabía lo mismo que ellos. Aquel día, más que en cualquier otro, una gran cantidad de gente entró y salió de la tienda, quedando con las mismas dudas con que arribaron. Algunos preguntaban con discreción, aunque otros, de plano no disimulaban sus intenciones. Con insistente morbo, unas mujeres pensaron que Inocencia sabía más de lo que les decía, pero al final, cansadas de tanto preguntar se iban del mismo modo en que habían llegado. Por si fuera poco, uno de los pistoleros de Epifanio estaba apostado casi enfrente de la tienda. El indolente matón, se encontraba recargado en un muro del otro lado de la calle, con la clara intención de descubrir algo fuera de lo común. Inocencia lo miró con desprecio, y el sujeto cejó en sus intenciones de acercarse. Esteban Alarcón pudo percibir la forma despectiva con que era observado, y con una risilla burlesca arrojó al suelo una pajilla que traía en la mano. Su patrón lo mandó a espiar, y de ser posible inquirir a la hermana del supuesto difunto. Pero Esteban comprendió que lo mejor era guardar las distancias, sobre todo cuando se dio cuenta que Lola entró en más de alguna ocasión a la tienda. No obstante la prepotencia con que actuaba el individuo, tuvo el suficiente tacto para no ser el protagonista central de otro escándalo. Tenía muy en claro las órdenes de su jefe, y si se extralimitaba en sus funciones podía pagarlo muy caro. Además, la perorata del par de mujeres podía ser implacable. Él sólo estaba ahí para llevar un registro puntual de todo lo que ocurría en aquella casa. Así transcurrieron unas horas en las que el improvisado vigía parecía caerse de sueño por el aburrimiento, cuando de improviso se escuchó un silbido en un extremo de la calle. Mientras limpiaba y acomodaba unas cajas y los escasos productos de su tienda, con aguzado oído, Inocencia tuvo la fortuna de percibir la sonora señal. Fue así como se dio cuenta que no solo era Esteban el que vigilaba, sino más de un pistolero apostado en diferentes direcciones. Aquella forma de silbar era harto conocida para ella. Otro chiflido llegó de otra dirección, y notó como despertó de su modorra al matón. Éste movió ligeramente la copa de su sombrero, orientando la mirada al lugar de donde lo llamaban, e Inocencia comprendió que algo había ocurrido. Y no tuvo que esperar mucho para darse cuenta de qué se trataba. Las voces de niños fueron audibles, y a ella se le iluminó el semblante cuando comprendió de quién se trataba. El matón se marchó del lugar en donde vigilaba, y ella salió como chiquilla feliz al encuentro de los tan esperados visitantes. La escena del encuentro familiar en plena calle, no podía ser menos emotiva. Casi de un brinco, Inocencia se abalanzó sobre Ángeles, mientras los niños hacían lo propio. Ruvalcaba tampoco pudo contener la emoción, y sus ojos se aguaron al ver al par de mujeres llorar. Sin embargo, el llanto de todos no era exactamente por los mismos motivos. Con la sensibilidad a flor de piel, Inocencia pudo percibir que el llanto de su hermana no era precisamente de dolor, sobre todo por los breves comentarios en que no hizo alusión más que a la alegría que le causaba el encuentro. Lejos de tener una expresión de tristeza, los Ruvalcaba más bien parecían reconfortados y con nuevos ánimos. En ningún momento salió a relucir el nombre del supuesto difunto, y a Inocencia todo aquello le pareció muy extraño. Lo primero que se le vino a la cabeza, es que sus familiares actuaban así con la pretensión de guardar las apariencias en la calle. El lugar no era exactamente el más propicio para entrar en detalles. Después de todo, un discreto auditorio se encontraba observando todo lo que ocurría. Cuando voltearon a su alrededor, imantados por el feliz encuentro, en una esquina se encontraba un grupo de mujeres y hombres. En el techo de una casa, dos mujeres detuvieron su faena con escoba en mano, barriendo el agua que se había encharcado. En otra esquina, la gente también se arremolinaba. Y así, a través de ventanas y puertas, todo mundo estaba pendiente de lo que ocurría. De tal suerte, para muchos medianamente quedó aclarado quiénes eran los mensajeros que habían invadido con pasquines el pueblo. Los saludos no se hicieron esperar, y manos aquí y allá se agitaban en el aire. Con discreción la familia aceleró el paso dejando a cada quien sacar sus propias conclusiones. Todos querían saber, pero era mejor dejar las cosas así por el momento.

Pasaba del medio día, cuando Inocencia se dio cuenta que era más tarde de lo esperado. Hacía rato que debía haber cerrado la tienda por ser hora de la comida, pero con las visitas de Lola, y de tanta gente a la tienda, perdió por completo la noción del tiempo. Cuando ingresó la familia a la tienda, a toda velocidad, con la ayuda de su hermana y los niños, Inocencia atrancó por dentro las puertas. Por una puerta lateral que comunicaba con la casa, todos ingresaron tan pronto como pudieron. De nueva cuenta, Inocencia percibió la forma inusual en que los otros se comportaban. José Ruvalcaba miró a través de la ventana de la pequeña salita, y se dio cuenta que aún había gente en la calle, atenta a todo cuanto pudiera ocurrir en aquella casa. Al poco rato llegó el hermano de Inocencia, y tanto Ángeles como su esposo se cercioraron que las cortinas quedaran cerradas lo mismo que la puerta. Inocencia los observó extrañada, y se preguntó a sí misma a que obedecía tanto misterio. Se imaginó varias cosas, y esperó a que le dijeran toda la verdad acerca del periódico introducido por mano anónima por debajo de las puertas de las casas.

-¡Ora sí! ¿Me pueden decir que se traen entre manos?

-No es mucho-expresó Ángeles con cierto donaire histriónico-, y a lo mejor es más de lo que tus emociones puedan resistir. Por ahora, lo mejor será que te ayudemos a hacer la comida.

-¡Entonces! ¿No me van a decir nada?

-Primero vamos a comer-dijo Ruvalcaba-. Tenemos mucha hambre. En cuanto empiece a bajar el sol, vas a saber toda la verdad.

Los niños, aleccionados por sus padres, no mencionaron una sola palabra de lo que ya sabían. Enseguida mandó Inocencia a su hermano Juan por todos los implementos para la comida. Pero no fue mucho lo que trajo el muchacho. En la emoción del recibimiento, Inocencia no se percató del gran bolso que Ángeles traía lleno de víveres. Con gran rapidez, apurados por el hambre, el par de hermanas hicieron la comida. Todo quedó dispuesto en la modesta mesa contigua a la sala, y al instante se sentaron a comer. Cada quien escogió su lugar y, sin decirlo, uno de los asientos quedó desocupado. Era el lugar en donde comúnmente le gustaba sentarse a Gabino. Unos a otros tornaron a mirarse y, al instante, un silencio de velorio fue patético. A Inocencia la empezó a invadir el sentimiento, pretendiendo hacer alusión al ausente. Hasta ese momento no se había mencionado una sola palabra sobre el supuesto finado, y la de casa pensó que el momento era apropiado para abordar el tema. Al darse cuenta de sus intenciones, Ángeles cortó con el asunto por lo sano.

-¡Quita esa cara de tristeza! Muy pronto te vas a dar cuenta que no hay motivos para estar tristes.

Inocencia miró a Ángeles como tratando de descifrar qué quiso decir, mientras una lágrima le escurría por un ojo. Una luz de esperanza entró en su alma, pero al instante contuvo el pensamiento pensando que eso era imposible. Mientras observaba a los comensales, su mente empezó a dar vueltas, y prefirió reprimir las ideas que amenazaban con atribularla. Nadie pronunció una sola palabra y como educados niños de orfanatorio, engulleron sus alimentos en menos tiempo de lo que tomó prepararlos. Ahítos, la modorra empezó a invadirlos, en la sobremesa en que cada uno se encontraba abstraído en sus propios pensamientos. En cuanto Inocencia se levantó de su asiento a recoger los platos vacíos, no pudo evitar referirse al tema que tenía ocupado a todo el pueblo.

-¿Verdá que fueron ustedes los que mandaron ese periódico al pueblo?

-Sí, fuimos nosotros-dijo Ruvalcaba-con ayuda de alguien más.

-¿Con ayuda de alguien más?

-Sí, me refiero al periodista que vino una vez a tu casa.

-Y nosotros que nos ganamos con eso. De todas maneras Epifanio se salió con la suya. Y va a seguir haciendo lo que se le dé la gana en este pueblo. Mañana o pasao mañana, ustedes se van a ir y todo va a seguir igual que antes. Los únicos valientes que un día se atrevieron a enfrentársele a ese maldito, ya no están aquí.

El tema empezó a cobrar forma y prometía para una larga conversación. A pesar de la crítica y la desesperanza, a Inocencia le pareció positivo que se difundiera toda la verdad. La gente ya no tendría dudas con respecto al autor intelectual de la muerte del par de campesinos. De cualquier forma, ella no veía el modo en que se pudiera capitalizar la información obtenida en contra del cacique. Según su percepción, se requería del líder o la persona que pudiera nuclear todo el descontento, y por el momento no se vislumbraba ninguna posibilidad en el horizonte. La charla cobró mayor interés al abordar el asunto de Gervasio, cuando unos breves golpes de nudillo llamaron a la puerta trasera de la casa. Inocencia se quedó paralizada al reconocer los golpes en la puerta que daba al patio. Un escalofrío le recorrió todo el cuerpo y sintió que las piernas le flaqueaban para ir a abrir. Aquello sólo podía ser el llamado de un muerto que quería despedirse de ella. Y coincidiendo con lo que los Ruvalcaba dijeron la víspera, se iba a enterar de toda la verdad cuando pardeara la tarde. Al ver que no reaccionaba por lo fantástico del suceso, Ángeles se encaminó a abrir. Descorrió el pestillo de la puerta y el de afuera ingresó sin decir nada. El individuo cerró la puerta con harta familiaridad y Ángeles iba delante de él. Al mirarlo, Inocencia pegó un grito de alegría y sorpresa al mismo tiempo. Enloquecida corrió y se abalanzó sobre el hombre, apretándolo entre sus brazos y llenándolo de besos. Con ambas manos le tocó la cara y el cabello, jaloneándolo de la ropa, como tratando de asegurarse que enfrente de ella había un hombre de carne y hueso, y no el posible espectro que la asustó inicialmente. Gabino se encontraba radiante de felicidad, aunque más sosegado que su hermana. Ella tomó las manos de él e hizo que los dos giraran dando vueltas del mismo modo como cuando eran niños. Todos aplaudieron y daban la impresión de ser niños en medio del recreo de la escuela. El alboroto fue bajando de tono e Inocencia se secó las abundantes lágrimas que recorrían su cara, quedando más agradecida que nunca por el milagro de la vida.

Toda la atención, tanto de niños como de adultos, estaba centrada en la persona de Gabino. Del mismo modo en que quedó impactada Inocencia al verlo por primera vez después de más de un mes de desaparecido, también quedaron perplejos los Ruvalcaba el día que lo miraron llegar a su casa con la ropa que le había prestado la curandera María. Al salir de la choza de donde prácticamente Gabino regresó de la muerte a la vida, tomó la decisión de ir a la ciudad antes que presentarse en el pueblo. La corriente del río lo arrastró muy lejos del poblado en donde vivía, y al comprobar que Xalapa se encontraba a un día de distancia a pie, optó por caminar. Extenuado y medio hambriento se presentó aquel día ante la puerta de Ángeles con la convicción de que el plan cuidadosamente concebido iba a dar excelentes resultados. Ninguno de los Ruvalcaba tuvo la más mínima objeción en cuanto a las propuestas de Gabino. Los de la ciudad, después del efusivo recibimiento, quedaron impactados por el arrojo y astucia de Gabino. La forma en que argumentaba y planteaba las ideas era digna del mejor estratega. Las principales iniciativas corrieron por cuenta de él. Estaba convencido y convenció a José Ruvalcaba que el golpe en contra de Epifanio debía ser espectacular y de dimensiones mayúsculas. José no tuvo la más mínima duda que la solicitud de Gabino en cuanto a publicar fotos y redactar el periódico que todo mundo conocía, era un golpe maestro. El pacto de caballeros entre Ruvalcaba y Epifanio quedó roto desde el momento en que éste mandó asesinar a Gervasio, y por poco lo logra con Gabino. Aquella información entonces, no sólo dio la vuelta a El Encanto y poblaciones circunvecinas, sino también causó revuelo en la ciudad. Había que exponer ante los ojos de la opinión pública la clase de asesino que era Epifanio, y la difusión de los sucesos lograron con creces sus objetivos. En la legislatura del estado, el diputado Carreño intentó interponer sus buenos oficios tratando de acallar las voces de la oposición. Y, al igual que su cómplice de fechorías, estaban convencidos que el autor de aquellos periodicasos no era otro que el doctor José Ruvalcaba, sin saber que Gabino había sobrevivido al atentado en contra de su vida. Y mucho menos, nadie se imaginaba que fue Gabino quien deslizó de madrugada los periódicos por debajo de las puertas. Todo quedó claro para Inocencia, y las especulaciones de ella y Lola con respecto al supuesto finado, no fueron tan descabelladas. El plan, más que maestro, parecía fantástico, sólo capaz de ser concebido por una mente genial. Y así fue como le pareció a todos la genialidad con que Gabino decidió dar el golpe que dejó herida de gravedad la imagen del cacique. Pero aún faltaba lo más importante por hacer. Inocencia explicó a todos el modo en que su casa era vigilada por los matones de Epifanio, y cómo éstos decidieron partir cuando se percataron del arribo de la familia Ruvalcaba. Era más que evidente que Epifanio algo tramaba ante la llegada de la familia de la ciudad. A pesar de ello, la preocupación principal se centró en Gabino.

Los comensales comprendieron que el asesino no se iba a detener una segunda ocasión en sus aviesos propósitos. Quizá, en el instante que dialogaban, los espías de Epifanio ya lo tenían informado del arribo de Gabino al pueblo. De esa manera, un sentimiento de alarma se adueñó de todos. Con sobriedad, Gabino no se dejó influir por el malestar de su familia. Además de la audacia que en su momento exhibió para concebir el plan, Gabino ya no era el mismo de antes. Ubicado en el sillón en donde tanto le gustaba sentarse, le demostró a todos que, aparte de audaz, podía conducirse en situaciones difíciles con el mayor aplomo. La más sorprendida era Inocencia. Incluso Ruvalcaba, que era apreciado por su sereno talante, no dejaba de admirar la seguridad con que se conducía su cuñado. Parecía tener todo calculado, incluso más allá de lo que los demás pudieran imaginar. El contacto con la muerte templó por completo los nervios de Gabino. Haciendo gala de una especie de acto histriónico, levantó ambos brazos invitando a todo mundo a la calma. Hasta ese momento, Inocencia se percató que su hermano calzaba unos botines, y camisa y pantalones muy distintos al común de la gente del pueblo. Cuando se levantó de su asiento, los gestos del hombre al que creía conocer tanto, le parecieron los de un individuo desconocido. Con los brazos en alto, el protagonista central, giró sobre sí mismo como si fuese a bailar. Nadie despegó la vista de él, en espera de un acto mágico. Así pues, la especie de mago caminó hasta salir por la puerta por donde había ingresado, ante el silencio y la expectante mirada de su pequeña audiencia. Unos cuantos minutos después, regresó un hombre muy distinto al que había salido. El atuendo, el viejo sombrero, un sucio jorongo, los guaraches y hasta la forma jorobada del sujeto, daban la impresión de que un desconocido intruso ingresó sin permiso de nadie a la casa. Hasta los niños se asustaron por lo torvo del personaje. Todos lo miraron, y por un instante, el par de hermanas se sintieron tentadas a expulsar al osado invasor. Una risilla burlona frenó en sus intenciones a Inocencia, y con la cabeza prácticamente enterrada en el jorongo, poco a poco descubrió su rostro el desconocido. De no ser por la cara y la expresión de los ojos de Gabino, habrían jurado que aquel no era él mismo. El disfraz funcionó a la perfección, y provocó que los niños aplaudieran contagiando a los adultos después del acto teatral. Él les explicó que con aquel atuendo por la madrugada, arribó al pueblo con el montón de periódicos que escondía debajo del sucio jorongo. Escogió estratégicamente las casas en donde arrojó la información por debajo de las puertas, y partió a esconderse al lugar previamente escogido, a sabiendas que el mismo día por la tarde arribarían los Ruvalcaba. La última parte del plan se la había reservado para sí mismo, pues ni Ángeles ni José conocían los últimos detalles. De lo único que se pudo percatar Ángeles es que él realizaba unos preparativos para el viaje, después de que José le había dado ropa y calzado a Gabino.

—¡Genial, genial!—expresó José—¡Entonces, fue así como repartiste toda la información!

-Del mismo modo-dijo Gabino-. Ora lo que falta es escoger el día en que la gente podrá reconocerme en la calle. Al primero que se le van a caer los calzones por el susto es a Epifanio. De seguro va a querer echarme a su gente encima pa que me maten, pero ya veremos. No va a ser tan fácil como la primera vez. Sobre advertencia no hay engaño, por eso estoy aprendiendo a ser más astuto que un zorro. Si Epifanio se vale de trucos negros pa hacer sus cochinadas, yo también tengo quien me ayude. Por lo pronto, ninguno de ustedes debe de preocuparse, porque ya le tengo medidos los pasos al maldito cacique. Escondido en alguna parte del monte, que está aquí detrás de la casa, me pude dar cuenta como vigilaban los hombres de Epifanio. Inocencia, quiero pedirte de favor que el día que se regrese el doctor con su familia a la ciudad, los acompañen varios de mis compadres. Estoy casi seguro que no va a pasar nada. Epifanio no es tan tonto pa descubrirse luego luego, pero más vale prevenir.

Dos días más tarde, una vez que los Ruvalcaba tomaron el tren rumbo a la ciudad, todo transcurrió con entera normalidad. Los improvisados guardianes, regresaron sin ninguna novedad a casa de Inocencia. Gabino decidió, después de estar encerrado varios días en su casa, que el momento de hacer su aparición en público había llegado. Previamente, instruyó a su hermana para que varios de sus compadres se presentaran en la alcaldía a una hora determinada, bajo la promesa de que habrían de recibir una agradable sorpresa. Incitados por la curiosidad, los hombres quisieron saber de qué se trataba, sobre todo cuando Inocencia les pidió que fueran preparados con sus machetes. Pero no lograron sacar nada en claro. Mientras tanto, Juan, feliz realizaba las funciones de espía y mensajero, manteniendo a Gabino informado de todo lo que ocurría en el pueblo. Resentidos por el maltrato y desdén con que recientemente habían sido tratados los susodichos compadres, arribaron puntualmente acicateados por la curiosidad al lugar de la cita. Con lista en mano, Modesto iba llamando por su nombre a las personas que habrían de recibir los víveres y las herramientas que a cuenta gotas llegaban de la ciudad. Al poco rato, la muchedumbre se agolpó frente a las puertas de la presidencia municipal, ante la expectante mirada de los compadres que con ladina paciencia lo único extraordinario que notaron fue la presencia de Inocencia en los alrededores. Modesto se percató de la presencia de ella y de algunos de sus compadres, y con una mueca trató de ignorar a los indeseables invitados. Hasta ahí, todo transcurría con la normalidad del acto rutinario de siempre, donde sólo quedaban beneficiadas las mismas familias y sus amigos. Las campanas empezaron a repicar indicando que la misa había terminado, y varios de sus feligreses se encaminaron rumbo a la presidencia.

-¡Güeno!-preguntó un hombre desesperado a Inocencia-¡Ontá la sorpresa que según tú nos ibas a dar!

-¡Ahí tá!-con el índice señaló ella hacia un costado.

Los hombres fijaron la vista hacia donde ella les indicaba, y lo único que descubrieron fue a un individuo jorobado, que nadie sabía quién lo había parido. A uno de los compadres le pareció que Inocencia estaba perdiendo el juicio o de plano les estaba haciendo una broma de mal gusto. Sin saber todavía de qué se trataba, el mismo se acercó al jorobado por indicación de ella. Al instante regresó el hombre lívido. Tartamudeó y se persignó balbuceando una serie de incoherentes palabras. Alarmados, varios hombres corrieron a ver que podía tener de extraordinario aquel jorobado. Cuando se acercaron y descubrieron la identidad del desconocido, lo abrazaron y brincaron de júbilo como niños. Apenas tuvo tiempo Gabino de quitarse el jorongo y los trapos que simulaban la joroba, cuando uno de los compadres corrió enloquecido, con el machete en alto y gritando entre la gente.

-¡Gabino está vivo! ¡Gabino está vivo!

-¡¿Gabino está vivo!?-se preguntaron varias mujeres completamente sorprendidas.

-¡Sí, Gabino está vivo!-confirmó uno y luego otro y otro.

El eco de la noticia retumbó en cada uno de los rincones del pueblo, y al poco rato, la calle frente a la presidencia municipal fue pequeña para albergar a tanta gente que quería ser protagonista de la nueva historia, ante la desbordada alegría de muchos.

XXXVIII

Las personas del pueblo, en apariencia, seguían siendo las mismas. Las costumbres y la cotidianidad así lo indicaban. Cada quien obraba y se conducía de acuerdo a sus posibilidades y conveniencia. El destino de la comunidad, por inercia, estaba bajo el mando del mismo hombre. A pesar de todo, el poder de Epifanio, y más que cualquier cosa su autoridad, quedaron en entredicho el día en que Gabino regresó gloriosamente de la muerte. El cacique se afanó por todos los medios en tratar de hacer comprender a la gente que Gabino no era el mito invencible que todos creían. Pero entre más intentaba denostar a su enemigo, más parecía crecer la imagen del campesino que, por convicción, no sólo transformó su apariencia física, sino la forma en que se conducía. Así, mientras Gabino actuaba con sobriedad y cierto donaire hasta entonces desconocido en él, Epifanio cada día se hundía más en la frustración y desesperación. No sólo no había logrado borrar del mapa a su peor enemigo, sino contra todos los pronósticos, acrecentó la imagen del hombre que sin tener el dinero y el poder formal era escuchado y venerado por la mayoría de la comunidad. Agigantado por la maravillosa forma en que Gabino logró burlar la muerte, muchos querían ser como él. Hasta los más jóvenes consideraron que aquellas características que distinguían al nuevo héroe, sólo podían manifestarse en alguien que contaba con el apoyo de ciertos hados mágicos. Y, sin saberlo, no se encontraban muy lejos de lo que sus sentidos alcanzaban a percibir. En más de alguna ocasión, la gente le pidió a Gabino que relatara la extraordinaria aventura en que logró escapar de las garras de sus verdugos. Y entre más escuchaban los pormenores de aquella historia, más se convencían que el campesino era un escogido de la providencia. Las crónicas en plena calle y ante el asombro de muchos, fueron el peor castigo propinado al ego y la arrogancia de Epifanio. Los de El Encanto estaban convencidos que la justicia divina existía. Al fin, no todo eran malas noticias y desesperanza. A pesar de todo, el mismo ogro de siempre, se negaba a aceptar la derrota, el desprestigio y la bancarrota moral en que se encontraba.

Impulsado por la ira que rayaba en odio y tirria, un día, acompañado de los pistoleros de toda la vida, Epifanio arribó a casa de Gabino. La desesperación, como nunca antes, le hizo perder la cabeza. No le importó al hombre de marras, evidenciarse ante los ojos de todo el mundo. Estaba dispuesto, de una vez por todas, a acabar con sus propias manos con la vida de Gabino. Al abrir la puerta, y prevenido por lo que se veía venir, Gabino dio la cara portando un revólver que traía ceñido a la cintura. Se encontraba acompañado de dos de sus más allegados compadres, quienes también estaban armados.

-¡Si no te largas cuanto antes de este pinche pueblo, eres hombre muerto!-Las amenazas de Epifanio fueron contundentes.

-¡Por lo menos, ora si tuviste los güevos de dar la cara!-En cuanto Gabino pronunció estas palabras, todos los hombres tenían las manos puestas de manera nerviosa en sus revólveres. Así estuvieron durante segundos que parecieron eternos. Epifanio nunca se imaginó que Gabino pudiera estar preparado de tal manera. Acostumbrado a amenazar y a tomar por sorpresa a sus adversarios, el cacique fue el primer sorprendido. Parecía que todos iban a acabar a punta de balazos, pero el miedo fue mayor que el odio, y Epifanio dio la media vuelta y partió por donde había llegado. Hasta debajo de las piedras aparentó salir la gente que se mantuvo a la expectativa y, al poco rato, se creó una verdadera romería frente a casa de Gabino e Inocencia. Ya no había la más mínima duda que albergar, la guerra era abierta y ante los ojos de todo mundo. Los que se acercaron a casa de Gabino, lo hicieron convencidos de que a partir de ese día el pueblo habría de tener otros derroteros. Los parabienes y felicitaciones no se hicieron esperar. Y los tiempos aquellos en que las personas apenas se atrevían a balbucear palabras inaudibles en contra del cacique habían pasado. A pesar de todo, Gabino comprendió que en lo sucesivo la situación iba a ser de un constante toma y daca. También concluyó que no se podía dar el lujo de bajar la guardia. Sus enemigos habrían de estar al acecho todo el tiempo en espera del más mínimo descuido. De tal manera, adondequiera que fuera, siempre sería en compañía de sus inseparables compadres. Ellos estaban conscientes que no podían dejar solo al nuevo hombre fuerte del pueblo. Además, la suerte de ellos mismos se encontraba en juego. La única manera en que podrían matar a Gabino sería a traición y, para entonces, para nadie sería un secreto.

Con astucia e inteligencia, Gabino dedujo que aquella confrontación podía ser la primera entre muchas. No bastaba con que contara con el apoyo de mucha gente. El agrio suceso en que fue amenazado de muerte frente a la puerta de su casa, debía ser denunciado ante la prensa y las autoridades competentes de la ciudad. Eran tiempos de actuar con audacia y celeridad. Así, sin pensarlo demasiado, un día salió de madrugada de su casa, con un disfraz en el cual muy pocos lo habrían reconocido. Al cabo de varios días regresó al pueblo satisfecho porque había cumplido con creces su misión. Con la ayuda de Ruvalcaba, interpuso ante un juez una denuncia contra Epifanio por amenazas de muerte frente a su domicilio. En el expediente también se asentó la cobarde forma en que fue asesinado Gervasio, y la ruin manera en que habían intentado asesinarlo a él. Por si fuera poco, arribaron al pueblo varios periodistas enviados por Ruvalcaba. Con gusto, aparte del protagonista principal, Inocencia y sus amistades accedieron a las entrevistas de la prensa. Después de una semana, en el estado de Veracruz, el pueblo de El Encanto cobró fama por los métodos de opresión que siempre ejercieron sus verdugos. A pesar de que Carreño intentó acallar algunos medios de la prensa, el gobierno no contaba con los mecanismos para silenciar a todos. Y la noticia creció a nivel estatal y nacional, cuando Ruvalcaba declaró ante algunos periódicos acerca de su relación de parentesco con los protagonistas principales de aquellos sucesos. Para varios sectores de la población quedó confirmado que la forma de operar del cacique en El Encanto, era la manera en que los caciques sometían a los campesinos en Veracruz y otras partes del país. Ruvalcaba se aseguró de que quedara muy claro que los incidentes no eran hechos aislados, sino que constituían la regla. Al amparo del poder político, los caciques hacían y deshacían a su antojo. Así pues, en cuanto llegaron los primeros ejemplares con las crónicas y fotografías de todo lo acontecido, los pueblerinos se arrebataban prácticamente de las manos los periódicos. Todo mundo, con manifiesto orgullo, quería leer y conservar lo que ya se prefiguraba como documentos históricos. Aislado, prácticamente en el amplio sentido de la palabra, Epifanio se encontraba en una de las recámaras de su casa, leyendo uno de aquellos ejemplares que la mayoría de la gente escudriñaba con avidez. No podía creer aquellas crónicas. Todo parecía una pesadilla o una cruel broma. Leía y releía títulos y subtítulos, arrojando al momento con rabia el periódico sobre un sillón. Y apenas se había desentendido del ejemplar con desesperación, cuando enseguida se escucharon los gritos de una mujer de la servidumbre. Los llamados se hicieron más intensos, y Epifanio salió del cuarto al encuentro de la mujer.

–¡Don Epifanio, vaya usté por favor cuanto antes a casa de la sacristana, doña Dolores García! Dicen que se está muriendo, y no quiere morirse sin antes hablar con usté.

La víspera, Dolores, de ser la protagonista preferida de la gran comedia escenificada en El Encanto, pasó a segundo y tercer plano. La gran audiencia que seguía con atención sus profecías acerca del final de los tiempos, se fue reduciendo atraída por el personaje del momento, Gabino Domínguez. Y, después de todo, varios pueblerinos razonaron de manera lógica, en contra de los augurios nefastos de la sacristana, que el mundo no se había acabado a pesar de los torrentes de agua que cayeron sobre el pueblo y sus alrededores. Mientras tanto, nadie cayó en la cuenta del modo acelerado en que se deterioró la salud de la sacristana. Algunos alcanzaron a percibir que ocasionalmente la mujer deambulaba en horas de la madrugada por el pueblo. Pero apenas se habían percatado del estado febril en que la dama de negro realizaba sus caminatas nocturnas. Y menos se dieron cuenta como de un día para otro, la mujer se redujo hasta convertirse en un esqueleto humano, víctima de una extraña enfermedad. La única que pudo percibir los cambios con asombro fue su hija. También pudo darse cuenta que en medio de la locura de su madre, por momentos tenía destellos de lucidez en que denunciaba con crudeza al verdadero culpable de la desgracia del pueblo. En un último aliento de vida, Dolores pudo verse a sí misma como parte de los personajes que en todo momento actuaron aliados con el cacique. Y sabía con horror, que la impía muerte aguardaba para cobrarle todos sus malos procederes. Por lo mismo, lo menos que podía hacer era pedir perdón con sinceridad, aunque fuese la primera y última vez que lo haría en su existencia. Ya no había tiempo para desplantes de orgullo y soberbia. Sin embargo, la moribunda también tenía en claro que no podía partir sin decirle unas cuantas verdades al cacique. Después de todo, cobró plena conciencia que el difunto don Eustacio era el asesino de su padre. Y Epifanio debía saber de viva voz que ella estaba enterada de todo, pero, antes que nada, no estaba dispuesta a pasar por alto tan terrible infamia.

Cuando Gabino e Inocencia recibieron el mensaje de la sacristana, tornaron a mirarse con sorpresa. Comprendieron que el asunto era muy delicado y no podían negarle su última voluntad a la moribunda. En unos cuantos minutos arribaron a la casa de la sacristana, y los recibió Lola indicándoles el camino mientras se abrían paso entre la gente amontonada dentro y fuera. Al mirarla, tendida en su cama debajo de las sábanas, el par de hermanos sintieron compasión por el estado deplorable en que se encontraba sudando Dolores. Previamente, el padre le había aplicado los óleos de la extremaunción. Al mirar a sus hermanos, sólo alcanzó a pronunciar la palabra, ¡perdónenme!, quedando inerte y con la mirada extraviada en la nada. El deceso fue tan repentino, que varias de las personas alrededor no se percataron. Los únicos que percibieron que Dolores ya no respiraría nunca más, fueron Inocencia y Gabino. Hasta el padre estaba confundido. No fueron necesarias las palabras, cuando Inocencia triste y confundida estrechó en un abrazo a su hermano. Hasta entonces se rompió el silencio en que todo mundo cayó en un impasse. El musitar fue en aumento y los primeros llantos en el dormitorio contagiaron en cadena hasta a los que se encontraban en la calle. Inocencia no quiso saber más del asunto y apresuró a Gabino a salir cuanto antes de aquella casa. Mientras caminaban hacia la puerta de salida, por poco choca Gabino de frente con Epifanio. Así estuvieron frente a frente, sin despegar la mirada el uno del otro, ante el expectante morbo de la gente. Al fin, Inocencia jaló del brazo con prudencia a su hermano, y todo quedó en un conato de bronca. En medio del solemne acto, los más jóvenes apostaban que en un enfrentamiento cuerpo a cuerpo, Gabino tenía la fortaleza para derrotar a su contrincante. Los más viejos, simplemente fingieron que no se habían dado cuenta del incidente.

Por más que aceleró el paso, después del fortuito encuentro, Epifanio comprendió que llegó demasiado tarde a la cita. No tuvo la oportunidad de escuchar que era aquello tan importante que tenía que decirle la recién fallecida. Sin embargo, la fugaz mirada de desprecio de Lola, y la suspicacia con que el prelado escudriñó con la vista al cacique, lo hicieron comprender que nada bueno habría de escuchar de boca de Dolores. Por otra parte, los gestos y desaires de varios individuos hicieron evidente el malestar que embargaba a muchas personas. No obstante, Epifanio se conducía con la misma soberbia de siempre, negándose a aceptar lo que era más que evidente. A pesar de que se retiró el sombrero de la cabeza y aparentó estar condolido, Lola sabía que todo era un acto de simulación, como acostumbraba el hombre en ese y otros actos. A ella no le podían contar la forma en que el sujeto se transmutaba de un demonio hasta el ser más inofensivo. Por eso, y por muchos otros motivos, a la menor oportunidad Lola salió desencantada a toda prisa de la casa de la difunta. Se sintió avergonzada de la condición humana. La que acababa de morir tampoco merecía sus consideraciones. En vida, no quiso o no pudo resarcir muchos de sus errores.

Después de la locura que la poseyó, Dolores, por momentos, parecía haber recobrado la cordura y la capacidad de arrepentirse, pero el inexorable tiempo de mano de la parca se la llevaron a rendir cuentas en otros planos. De tal talante, Lola, al igual que Inocencia, se sentía presa de una serie de sentimientos encontrados. Por un lado, sentía lástima por Dolores y, por otro, no podía menos que sentir confusión por las formas tan aberrantes y contradictorias de la máxima beata. Si algún remedio existía, ese era la resignación. Más que nunca, Lola se convenció que el hábito no hace al monje, del mismo modo que a pesar de todo su dinero, Epifanio no pasaba de ser un asesino y corrupto enfermo de poder. Mientras estos razonamientos resonaban con incesante martilleo en su mente, Lola pasó caminando frente a una cantina. A un costado de la misma, pudo observar el bulto del cuerpo de un hombre tendido en la calle cual largo era. Por el tipo de complexión y la forma de vestir, pudo darse cuenta que se trataba de su padre. Con dolor y llanto, atestiguó el ruin destino de su progenitor. Modesto, prácticamente había dilapidado gran parte de su fortuna en el juego, mujeres y alcohol. De todos sus vicios, el licor terminó por convertirlo en un borracho consuetudinario, desentendiéndose de todo y de todos. Ya ni siquiera prestaba atención al juego o las queridas de ocasión, pues siempre se encontraba en estado de ebriedad, hasta olvidar por completo sus obligaciones como presidente municipal. Los asuntos de la presidencia eran atendidos por el secretario y el tesorero, y en el pueblo, Epifanio y la gente dieron por hecho que Modesto había dejado de ser el presidente municipal. En más de alguna ocasión, Lola intentó ayudar a su padre, pero era imposible lidiar con un individuo que había extraviado el juicio. Por eso, al mirarlo en aquel deplorable estado, prefirió seguir de largo a pesar de toda la pena que le causaba aquel estado de cosas. Lola y su madre sólo esperaban que el día menos pensado, el sujeto encontrara la paz eterna. Mientras tanto, Socorro, a pesar de ya no vivir al lado de su marido, trataba de mantener la tienda y el único molino del pueblo abiertos. Del mismo modo que se desentendió de la presidencia, Modesto dejó prácticamente en el abandono el negocio. Y cuando requería de dinero, iba y se lo pedía a su ex mujer, sin preguntar ni darse cuenta a qué horas ni en qué momento ella había regresado a tratar de poner orden en el molino. Ella hubiera preferido no meter las manos, pero ante la necesidad y casi la exigencia de la gente, retomó las riendas de los negocios. Y, al final de cuentas, con el apoyo de Lola, ambas mujeres se dieron cuenta que la decisión había sido completamente acertada, pues Modesto en medio de su estado de embrutecimiento perdió por completo la memoria.

Varias semanas pasaron después de la muerte de la sacristana, y la gente empezó a acostumbrarse a su ausencia, de la misma manera a no tener autoridad que los representara. De todos modos, socarronamente expresaban los pueblerinos que daba lo mismo, pues con Modesto o sin él, el municipio seguía siendo el mismo desbarajuste de toda una vida. Sólo era el inmueble en donde despachaba una supuesta autoridad, pero todos sabían en quien recaía el verdadero poder. Cansada e indignada de que todos se quejaran y nadie hiciera nada, un día Lola despertó con la idea de que era necesario unirse y tomar cartas en el asunto. De antemano sabía con quienes debía hacer causa común, aun cuando la desidia y la desilusión la habían mantenido alejada de los asuntos del pueblo. Cuando arribó a casa de Inocencia, se encontró con que la familia se disponía a viajar a la ciudad. No sabía a que obedecía la partida de toda la familia, pero intuyó que el asunto que se traían entre manos también le concernía a ella. Sin mayor preámbulo se ofreció a brindar su apoyo a Gabino.

-¿Quieres venir con nosotros?-la invitación en forma de pregunta de parte de Gabino, fue el mejor recibimiento para Lola. No lo pensó dos veces, y enseguida fue por uno de sus hijos, dejando al otro con Socorro. Así, la comitiva que partió rumbo a Xalapa, pronto se amplió con la participación de dos miembros más. Durante el viaje que realizaron en tren, Lola se enteró a detalle de los asuntos que ocupaban al grupo de gente que acompañaba a Gabino. Él la puso al tanto de las gestiones en torno a una demanda en contra de Epifanio. Sorprendida, pero a la vez un tanto avergonzada por su ausencia en asuntos que eran de la incumbencia de todo el poblado, Lola comprobó que Gabino no se había dormido en sus laureles después de haber sido amenazado por Epifanio y sus pistoleros. Los matasellos de recibido de parte del ministerio público, daban fe que las denuncias iban en serio. A Lola se le iluminó el semblante de alegría tan sólo con la idea de saber que Epifanio podía ser llamado a cuentas, pero Inocencia le hizo comprender que las cosas podían ser más complicadas de lo que aparentaban. Y en realidad, así resultó. Las diligencias a la ciudad se prolongaron en semanas que al poco tiempo se convirtieron en meses. Los denunciantes transitaban de una a otra oficina de gobierno, en donde los trámites se movían con tortuguismo exasperante. También comprobaron que el caso de ellos era poca cosa, comparado con los casos de campesinos de comunidades en donde se habían cometido verdaderas masacres. Gabino y sus acompañantes se dieron cuenta de las manifestaciones protagonizadas frente al palacio de gobierno, clamando por justicia y por la liberación de personas encarceladas injustamente. De la cantidad de denuncias interpuestas por ciudadanos de distintos estratos sociales, muy pocas eran resueltas de manera satisfactoria. La justicia, en el estricto sentido legal de la palabra, brillaba por su ausencia de un extremo a otro de Veracruz. Pero eso sí, decían con plena convicción los denunciantes, tratándose de una persona influyente o adinerada, la justicia era más que expedita. La ayuda de Ruvalcaba, a pesar de sus buenas relaciones públicas, pronto se topó con razones de Estado inamovibles. O por lo menos, dentro de esa óptica operaba lo concerniente a la procuración de justicia. La mano negra de Carreño tuvo mucho que ver con que dicho proyecto de denuncia quedara abortado durante el proceso de gestación. Las denuncias, por lo regular, sólo prosperaban cuando iban acompañadas de una gran presión pública. Y, Gabino, no se encontraba en condiciones de movilizar a la gente como él hubiese deseado.

Aunque la paciencia no era propiamente una de sus virtudes, Epifanio tuvo que armarse de ella. Agazapado en las tinieblas, por consejo de Carreño, esperó con la tenacidad del cazador que sabe que va a dar con su presa a pesar de todos los obstáculos que se interpongan. Si había esperado años, por qué no esperar unos cuantos meses para alcanzar tan anhelada meta. Mientras tanto, Gabino no cejaba en sus intenciones, yendo y viniendo del pueblo a la ciudad en algo que ya se había convertido en rutina. Un día, que no parecía tener mayor novedad, cuando él y su hermana descendieron del tren en la estación contigua al pueblo, se toparon con el arribo agitado de Juan, acompañado de un par de hombres.

–¡Váyanse orita mismo del pueblo, porque los quieren matar!–gritó uno de los hombres en forma desesperada.

–¡Sí, yo los vi con mis propios ojos, hermanitos! Eran como diez a caballo. Balearon toda nuestra casita y luego la quemaron. Yo estaba en el monte cortando leña junto con estos señores, y cuando vimos a los matones me acordé de las horas en que iban a llegar ustedes.

–¡Váyanse adonde quieran, pero váyanse ya!

En cuanto gritaron al unísono el par de hombres, huyeron a toda velocidad sin querer saber más del asunto. Gabino se perdió en una breve reflexión, y al fin decidió cuál era el mejor rumbo a tomar. Se desviaron de la vía del tren a través de un sendero que conducía a un monte lleno de maleza. Tan sólo les llevó quince minutos para ingresar por completo al tupido bosque. Inocencia y Juan comprendieron que la decisión de Gabino era más que acertada. Desde aquel lugar tenían una vista espléndida de lo que pudiera ocurrir en la estación de tren y sus alrededores. Desde allí podían observar sin ser observados, dado que el follaje de helechos, árboles, y plantas de distinta especie, procuraban un escondite ideal. Además, si por alguna razón los asesinos dieran con su pista, iba a ser muy difícil perseguirlos a caballo. Y no tuvieron que esperar mucho tiempo, cuando se dieron cuenta que varios hombres arribaron a la estación del tren. Husmearon por los alrededores y trataron de encontrar algún indicio de los recién arribados, pero todo fue infructuoso. Esperaron largo rato con la intención de que algún transeúnte les diera razón de Gabino e Inocencia, y de igual manera no lograron sacar nada en claro. A leguas se notaba que los individuos estaban malhumorados y frustrados, pues al parecer, alguien en el pueblo les informó que allí podían encontrar a quien buscaban.

Gabino y sus hermanos ya habían visto lo suficiente. Concluyeron que cualquier lugar era más seguro que el pueblo de El Encanto. Se reincorporaron en ambas piernas del lugar en donde se encontraban agazapados espiando, y continuaron su travesía sin aparente rumbo fijo. No tuvieron que andar mucho, cuando Gabino les informó a sus hermanos hacia donde se dirigían. Rodearon por algunas veredas y cañadas, siguiendo la vertiente del río. Después de una hora de caminata, ingresaron a una cueva ubicada estratégicamente a un costado de un cerro. De las paredes y el techo de roca de la caverna escurrían hilillos de agua de los cuales bebieron con la tranquilidad de saberse fuera de peligro. Desde el natural escondite, Gabino le indicó a sus hermanos con el índice de la mano derecha, el lugar de las márgenes del río en donde asesinaron a Gervasio. También entró en detalles de cómo huía de los hombres que intentaron asesinarlo. Cuando pudo descubrir entre los cerros el inmenso relieve por donde salió proyectado al vacío desde las alturas hasta el fondo de un barranco, sintió escalofrío. Ni él ni sus hermanos podían creer que hubiese salvado la vida, después de haber caído de tal altura. Concluyeron que al llevar el río un gran caudal de agua, eso fue su salvación. Aun así, con incredulidad y júbilo, celebraron que Gabino se encontrara vivo. La desgracia siempre parecía perseguirlos, sin embargo, de la misma manera el arribo de un guardián protector los socorría en los momentos más apremiantes. Nadie sabía cómo, pero se escabullían de las formas más insospechadas de sus verdugos. Prueba palpable de ello era que una vez más, sus asesinos se fueron con las manos vacías.

-Por qué pensaste primero en ir pal monte-preguntó Inocencia a Juan-, cuando se supone que antes tenías que abrir la tienda.

-Lo mismo pensé yo, cuando agarré el hacha y me fui pal monte a cortar leña. Y me sorprendí hartísimo, cuando al poco rato vi a todos esos escandalosos matones llegar a nuestra casa. La verdá es que me salvé por un pelito, y no sé ni cómo.

-Creo que yo sí sé cómo-dijo Gabino-. Y lo vamos a saber más pronto de lo que todos creemos. ¡Vámonos! Por aquí es un poco más largo el camino, pero nadie nos podrá ver por lo tupido del monte.

Al cabo de otra larga caminata, al fin arribaron a su lugar de destino. Gabino les señaló a sus hermanos el banco de arena adonde medio moribundo lo había arrojado la resaca del río. No muy lejos de allí, se encontraba la choza de madera en donde milagrosamente lo ayudaron a renacer. Al arribar, la puerta se encontraba medio abierta. Él llamó, pero nadie contestó. Sin permiso de nadie decidió ingresar a la casita, pues percibió un ronroneo con mezcla de cánticos poco audibles. Casi pegados a él entraron los hermanos, intrigados por lo inusual del escenario y las circunstancias. Algunos canastos colgaban de la techumbre, y a un costado se encontraba una fogata. Del lado contrario, en una de las paredes había pieles de víbora y armadillo. Dentro de la habitación flotaba una densa capa de humo, procurando un ambiente lóbrego. Todos a la misma vez descubrieron en una esquina a una mujer sentada en un petate a espaldas de ellos. Gabino les indicó a sus hermanos que no la interrumpieran. Ellos expresaron temor, pero él los calmó con un ademán de manos. Al fin, la mujer sentada en el suelo, dejó de emitir los extraños cánticos. Vestía una raída blusa de manta, y de su cuello colgaban collares de diferentes colores. También se encontraba rodeada de pequeños alteros de hierbas. Y frente a ella, en macetas de barro, ardían ramilletes de incienso. Todos quedaron algunos minutos suspendidos en el silencio, hasta que la anfitriona decidió lo contrario.

-A ti te estaba esperando. Y es mejor que haigas venido acompañao, porque de este modo, también tus hermanos se van a enterar de algunas razones que les voy a dar.

Inocencia y Juan quedaron impactados por la acertada forma en que la curandera se refirió a toda la familia sin siquiera volver la espalda de la posición en que se encontraba sentada. Entonces, comprendieron a plenitud porque su hermano había salvado su vida.

-Yo sé que les sorprende que me refiera de este modo a ustedes. Pero más les debería sorprender que estén con vida. De nueva cuenta fue el nagual quien los salvó a todos, pero él ya no va a poder hacer nada porque ya cumplió con lo que tenía encomendao. De aquí pal real, tú, Gabino, y tus hermanos se van a tener que rascar con sus propias uñas. Ya no se arriesguen más, porque lo único que van a encontrar es la muerte. Váyanse y no vuelvan en mucho tiempo. Eso es lo mejor pa todos ustedes. Me dio mucho gusto conocerte, Gabino, y ahora conocer a tus hermanos. Tal vez algún día nos volvamos a ver.

Unas semanas más tarde, en el sosiego y la tranquilidad de la ciudad, Gabino comprendió que la obligada tregua era lo mejor para él y su familia. Ya vendrían mejores tiempos. Por lo pronto, debía mantener en secreto su domicilio, porque hasta allí podrían llegar los tentáculos de Epifanio. Algunos de los personajes de esta historia partieron de este mundo. A su vez, la familia Domínguez se vio obligada a dejar el amado terruño. En El Encanto, mientras tanto, mucha gente se conformó con la idea de que hubo un hombre con la gallardía de regresarles la ilusión y la esperanza de vivir.